U0030675

死神

神

DEATH

降臨

ARRIVES

米高貓◎著

寫下整本書最後一個字，按下輸入鍵的時候，我忽然意識到，不管我願不願意，這本書都已經結束了。

說起來，寫這本書的動機，或許可以追溯到更早一點的時間線，當時啟動漫威電影《鋼鐵人》的漫威工作室，正準備孤注一擲，而那時候他們並不知道，在某一天，人們會為了那句「愛你三千遍」瘋狂感動。

或許更晚一點，在史丹李老爺爺啟程去天堂的那一天，追溯探祕般的觀影體驗，從前所未有的新鮮感，逐漸變成了流水席一般的機械乏味；互相客串的找熟人遊戲，從彩蛋預告式的驚喜，變成流水線式的常規操作。

小學生負評大戰，圈層文化內卷，現實與幻想交互，在科幻與魔幻的狀態下輪番上演，而曾經那些拯救地球的豪言壯語，已經在持續充分的供給下氾濫成災。

但面對這樣的世界，我們又不得不走下去，不得不看下去，因為我們都知道，會有結束的那一天。在那一天，所有的光榮都會重啟，所有的快樂都會閃回，等著我們的有天堂、涅槃，還有故事裡那簡單但是卻讓人痴迷的故事獎勵，一如人生本身。

而我之所以寫下這本書，也是為了向我的青春，我曾經熱愛過的那些人和事致敬。

一位研究美國經典文學的學者指出，男人的青春與冒險，幾乎是美國文學永恆的主題，不管是哈克貝利·費恩抑或是白鯨莫迪·比克，還是傑克·凱魯亞克經典的《在路上》，乃至於雷蒙德·錢德勒的《漫長的告別》，他們筆下的那些男人，永遠都帶著孩子氣的天真和熱烈、硬漢式的嘴硬和心軟。

眾人筆下那些長不大的男人，他們在當下這個混亂的世界裡，對抗、受傷、成長，用躁動和熱血去撞擊世界或改變世界。

很多時候，這些故事裡甚至都沒有什麼女人，即使有的話，也只是行使著單一的背景板功能，這些作者們很少描繪細膩的愛情，因為那些硬漢式的、歷險式的大男孩是不懂愛情的，一旦他們耽於愛情，等著他們的就是婚

姻、責任，還有那向現實低頭後的乏味、庸俗的生活。

也正因為如此，在這些故事裡，我們才會暫時忘卻自己為現實蠅營狗苟的人生，而是，一遍又一遍地重溫我們心靈之中最嚮往、最期待的夢境。

這，也是我寫下這本書的第二個原因，就讓我們在夢裡再飛一會兒吧！即使這個夢像大眾所說的那般，是由塑膠和爆米花疊加而成的，即使這個夢只不過是鏡花水月，即使我創造出來的世界帶著我憤怒的思考。

但是，這個世界的背後，仍然埋藏著天真的溫柔，壞人總會受到懲罰，好人總能得到並肩作戰的夥伴，結伴歷險只需要一個簡單的動機，探索出來的真相往往出人意料。

故事裡的人，閒下來的時候可以彼此互損，危難之際又可以生死託付。當這個世界發生變化的時候，哪怕它是荒誕的、是滑稽的，也還有這麼一群人認真地活著，尋找著某一天發生在紐約的一樁案件的真相。

他們就這樣在路上迴圈著，久到我覺得紐約人民再看到外星人，連YouTube 都懶得拍了，他們終於明白了自己。

就像推石頭上山的薛西弗斯一樣，重要的不是結果，而是在一次次迴圈之中留下的回憶。重要的不是得到了什麼，而是在這個過程之中，我們都成為了全新的自己。而這，就是我寫這本書的第三個原因。

死神、黑暗的天空、無序的世界、荒誕的歷險，探索真相的過程，還有這個世界孕育出來的那些漫畫式人物——追根溯源，從終點回到起點，所有的結局都已經寫好，黑色幽默的背後，是另一段已經啟程的新鮮人生。

當然，故事主角一行人這場浩浩蕩蕩延續多年的冒險秀終於落幕了。當這個故事來到結局時，我設定每個活著的人都重回平靜，重新進入了一個荒誕而奇妙的世界，度過平凡、滑稽而又帶著深刻真實的人生。

而我自己在過去的幾年裡，曾嘗試過創作各種類型、各種體裁的作品，我做過雕塑、畫過漫畫、出版過小說、詩集，嘗試過武俠、傳奇等各種類型文學，我也用這個故事開啟了自己的紀元和宇宙。它帶來的期待和歡樂，支撐著我繼續往下開一個屬於我自己的創作宇宙。

或許這個創作宇宙現在還不完善，中間有著許多被簡化的筆墨，這個世界有很多幻想設定還不全面，這個魔幻傳奇還不夠豐滿等等，但是我相信，只要我還有創作的熱情，我就不會停下我手中的筆。

每當我完成一部作品的時候，我都會慶幸，慶幸自己仍然還有創作衝動，還有描繪這個世界的熱情。我更希望所有看到這部作品的人，能從這部作品之中感受到冒險樂趣，享受到片刻的幸福，並可以藉此暫時忘卻成人世界的那些煩惱。

■ Chapter 001

　　港口的上空猶如炫目的電腦螢幕，有些刺眼。

　　半空之中，刺眼的電子設備發出的藍光散射在天空中，將整個城市的上空映照得如同幾千瓦的探照燈般。但當那藍幽幽的強光折射到被黑暗籠罩的地面時，卻只剩下幾顆細微的灰塵，被冷雨澆得蕩然無存。

　　是的，這座城市，那無處不在的、該死的雨，將遠處冰冷、陰暗的城市，蒙上更加冷酷的、幾乎是深不見底的情緒。極目望去，除了大樓上巨大螢幕上閃爍著的電子廣告，便是有幾個最新的電子女優在賣力地走來走去，用甜美的聲音重複著程式設定的挑逗言語，見縫插針地向往來路人兜售著新款的科技伴侶。

　　半空中常年飛翔著十幾輛磁浮玩具車，如棲鳥一樣掛在它們運行的軌道上。白天它們在商家的遙控下，繁忙地在城市裡來回穿梭，播放著各式各樣的廣告標語。

　　炒作著未來將要面世的懸浮車，聲稱自己早已進入了科技新領域的那些公司，用這種方式霸占了這座城市最好的廣告版面，想用這些小玩意兒來讓人相信他們真能造出讓人飛上天的汽車。

　　地面上一輛高檔汽車開足馬力疾馳而過，留下冷冰冰的背影，開得起這種品牌車的，都是那些人面獸心、道貌岸然的「東西」。他們只有像蛇一樣陰毒，才能奴役這座城市。這些傢伙和炒作懸浮車概念的人一樣，只不過他們壞得各有千秋罷了，凱斯在心中低低地咒罵著。

　　凱斯心中清楚得很，在這座城市的罅隙裡，藏著多少見不得人的陰暗交易。

　　是的，夜城就像是社會達爾文主義的瘋狂實驗場，是那些永遠將拇指按在快轉鍵上的烏合之眾設計出來的，如果不詐取錢財，就會消失得無影無蹤。可是，如果動得稍微快一點，便會破壞市場極其脆弱的表面張力。不管怎麼說，你最終都會消失，被這座城市消化掉。

　　當然，你的心臟、肺或腎臟會有人買下來，泡在診所的玻璃缸裡，等待著在黑市賣個好價錢。

這裡的生意就是一種沒完沒了的下意識的欺騙，而死亡則是對懶惰、粗心、沒有風度，以及不守道上規矩的懲罰。

路邊有人對他吹了一聲口哨，凱斯轉頭，見幾個化著妖冶濃妝的、套著網狀絲襪的俄羅斯妓女，正在對他拋媚眼，向他展示自己嬌俏的身材。

「不是想要這樣，而是我的身體天然如此……」凱斯這才發現，那幾名妓女之中有一個自己的熟人，她低聲笑著，站在一架霓虹燈閃爍的看板下，倒顯得比路人還矜持些。

「天然……」嘿嘿，凱斯笑了一聲，明白這個詞真正意思的人，恐怕在四個世紀之前就已經全死了。

凱斯知道自己是什麼德行，一旦他敢回應這幾個妓女的呼喚，今晚這該死的事，他就不用再幹了。

如果明天一大早，當城市安全網路監管系統掃描到自己欠了三個月房租時，嘿！不用說，十分鐘之後就會將他列為全境誠信異常分子，屆時，等待他的將是妨害治安的拘留懲罰了。那見鬼的電子警告，已經被安全網路系統傳過來三次了，一次比一次措辭嚴厲。

說起來——他一邊想著今天的境況，一邊「匡、匡」地搖了兩下車門，好不容易將這輛破車的車門推開——這才撐著電子雨傘站在路上。

老舊的電子遮雨屏，一時沒有反應過來。

凱斯用力甩了甩手，大概是電子能源底座接觸不良導致的。

透明如虛空的遮雨屏「砰」的一聲猛彈出來，嚇了凱斯一跳，惹來妓女們低低的輕笑。

路上的水幾乎已經漫到凱斯腳踝處，這座城市的排水系統一直都是如此糟糕。

「嘿嘿！姑娘們，你們一邊兒去！我今天夠慘的了。」凱斯一把將那幾名妓女拉開。

舊樓的巷道之中，處處都是鑲嵌著霓虹燈的看板，錯落堆疊著，從這些看板的擁擠程度便可想像，這舊樓之中有多少罪惡勾當。

「Shit！」有人騎著改裝後的飛行機車疾馳而過，凱斯的電子雨傘感應到身側濺起的水漬，立刻將傘屏開到身側，卻淋了凱斯一頭雨。

那騎著機車的小夥子得意地吹了一聲長哨。

　　凱斯今晚沒有時間和他們計較。就在今天下午，他剛進辦公室，辦公桌就自動切換了玻璃電子螢幕模式，螢幕上的電子管家禮貌而又冰冷地通知他，如果他再交不出租賃家具的租金，這張辦公桌將自動返回出租公司。

　　「該死的、善變的 MYHOME 公司。」凱斯憤憤不平地咒罵出聲，前幾天和那個女管家接洽時，明明答應他再寬限十天的。

　　凱斯伸手滑動螢幕，強行關閉了系統。但沒過多久，電子螢幕卻又重新開機，據凱斯推算，應該是 MYHOME 公司對辦公桌電子系統的出廠裝置進行了強行恢復，可能會與自己對話。

　　但這一次他卻預料錯了，恢復了原廠設定的辦公桌，卻並沒有與他對話的意思，而是直接啟動了折疊程式和滑輪裝置，預備衝出門去。

　　「你這該死的二手垃圾！」凱斯撲向辦公桌，強行將辦公桌摁在原地。

　　辦公桌的電子螢幕跳動了數下，虛擬管家終於又跳了出來，看來它是啟動了「粗口模式」，破口大聲咒罵凱斯是這個區域最骯髒的黑偵探，竟然採取這樣的流氓手段來阻礙物品正常回收。

　　凱斯一邊按壓著欲逃回去的辦公桌，一邊大聲嚷嚷著，要辦公桌離開之前，起碼把自己的東西留下來。

　　就在這一人一桌僵持不下之際，那狡猾的家具電子管理設備表面上和凱斯談判，背地裡卻將凱斯信用破產的消息散布給所有的家具租賃公司。趁著辦公桌抖落凱斯個人雜物的間隙，凱斯喘著粗氣，精疲力竭地癱倒在沙發上。

　　他倒在沙發上的瞬間，沙發的電子管理系統卻已收到了剛才 MYHOME 公司的警告，於是它也冷冷地通知凱斯，如果他不能按時繳納租賃費，自己也會啟動強制回收系統。

　　「嘿！嘿！你這冷冰冰的電子機器，竟敢威脅主人，我今天要打斷你那該死的腿，讓你永遠也不能跑出去。」凱斯抽出槍，對著沙發扣動了扳機。

　　子彈呼嘯著穿過沙發中老舊的人工棉花，將沙發表層的電子裝置系統程式也破壞了。

　　被電子系統控制的沙發原本正要折疊起來，在這瞬間又恢復了原有的形態，只有因電流故障而不時跳出的管家，虛弱地警告著凱斯。

　　這時凱斯看見了從辦公桌中抖落的一堆雜物之中，放著一張招募人類寵

物的電子宣傳單。傳單上用影片詳細展示了如何透過基因改造的方式，將人類暫時變成寵物的模樣，諸如倉鼠、貓、狗等。

在扮演寵物期間，甲方會將降低智商的腦晶片植入人腦，待合約到期時，再用技術將一切恢復原狀。

這弱智的宣傳廣告，大概是上星期那個傻乎乎的胖大個兒送過來的。凱斯皺著眉頭回憶著，大概只有傻子才會相信「一切恢復原狀」這種說辭。

他一邊看著宣傳單，一邊向門外走去。豈料他前腳剛跨出辦公室的大門，整個辦公室的預警裝置便悄悄啟動，「匡！」的一聲將他關在門外。

「噢！他媽的！」凱斯一邊迅速回頭，一邊用右手猛烈地砸門，然而並沒有任何作用，眼睜睜看著辦公室的玻璃門以最快速度啟動了安全防護裝置，降下來的鐵柵欄差點把他的手切斷。

他只能去住最便宜的膠囊旅館了，這些旅館靠近港口。

在旅館房間裡根本無法看到港口幽微的燈光，只有高聳大樓幽黑的暗影。從他這個角度，甚至看不到高高聳立的電子公司的全像看板。所謂的海灣只是一片黑色的廣闊區域，漂浮於海面上的成片白色聚苯乙烯泡沫，正拍打著海岸。

港口後面是工業區，工廠的圓頂幾乎被聯合生態建築的巨大立方體擋住了。港口和工業區被老街組成的狹長地帶分開，這個地帶連個正式的名字也沒有，只是被喚作「黑毛蟲」，它以工業區為中心，因為沒有白天、黑夜之分，這裡的酒吧從不打烊，每日供應著無甚滋味的紅色泡沫啤酒。

時針指向了零點，霓虹燈滅了，所有招牌全了無生氣，都佇立在被汙染了的銀灰色天空下。而一到這個時候，這座城市就如同綻放的罌粟花一般，散發出罪惡誘人的腥氣。

凱斯重新掏出了那張宣傳單，用皺巴巴的傳單擦了擦手，如今的境況，如果他今晚再搞不到錢，明天就真的要喝西北風了。

將剛才揉成一團的宣傳單拉開重新瞧了幾眼後，他心中不禁緩緩升起了一個可怕的想法——自己難道真的要去有錢人的家中做寵物？像那些自己在黑市之中見到的，穿著鼻環的牛頭人或者長著鼠尾巴的人一樣？

凱斯心中一慌，懊惱地揉了揉太陽穴，卻不小心碰到放在上衣口袋裡的手機。

凱斯打開手機，想找到那麼一、兩個能求助的人——儘管自己之前已經找過很多遍——也不抱太多希望，但也總覺得應該做點什麼，他驗證身分，通信設備立刻在眼前投射。

螢幕上的一個 APP 系統引起了凱斯的注意。這個 APP 系統是凱斯的朋友——一個號稱「嘎吱船長」組織中的某個傢伙設計出來的賭博病毒，靠這個病毒，凱斯不久前在賭場上小小地賺了一筆。

當然，凱斯自己也懂得見好就收的道理，這類病毒介入賭博公司的虛擬世界小打小鬧沒問題，但若是貪心不足，就要引起賭博公司的懷疑了。

瞧！凱斯總是記得這些古訓。

這個賭博公司的頭獎竟然是一磅牛肉，二獎是一千萬元美金。雖然賭博公司信誓旦旦地說，他們提供的這些牛肉，是如假包換來自遠古時代的真牛肉，絕非如市面上流言所說的那般其實是化學合成物，但凱斯總覺得這些宣傳語中，唯一的如假包換、貨真價實的，是賭博公司廣告詞中那一行小到看不清的那一段法律上要求必須加入的話：「注意！賭博有害。」

但話說回來，不管是牛肉還是一千萬元美金，反正廣告詞中的這些東西，從來都沒有人真正贏到過，也不知道那見鬼的肉到底是真牛肉還是合成化學物，或者是那些非法的——儘管現在美國已經有很多議員呼籲讓其合法化養殖的——肉人的肉。

想到這裡，凱斯敲了敲手機的金屬蓋，腦海中忽然閃過一個絕妙的念頭，他把自己在暗網之中儲存的最後一筆錢領了出來，然後從容不迫地離開了膠囊旅館。

臨近酒吧門口，各種五彩斑斕的炫目燈光晃得凱斯睜不開眼。

他掏出打火機，點了一支「路易老爺」牌[01]的電子煙。這煙是黑市中的那些鬼佬按照很久以前煙草的形態模擬出來的，屬於目前市場中流通的中級貨。更高級的還有人造雪茄，也不知那些傢伙從哪裡變出來的材料。香煙的淡藍色煙霧漫過雙眼，籠罩著酒吧門口那些明亮的全像影像：巫師城堡、達斯・維德的黑色雕像、塗滿油彩的自由女神……

一個口紅斜飛到臉頰的女小丑走上前，看起來就像在嘴角上打了一個勾勾。她熱情的邀約凱斯，半透明的紅色衣服裹著她裸露的身體，若隱若現的乳房和空蕩蕩的裙擺，有意無意地從凱斯身上掃過。

她看見煙霧後凱斯的臉，變戲法似的從手腕上的口袋裡掏出一支廉價的電子煙，就著凱斯煙頭的火星點燃。

就在她準備將雙手伸進凱斯胸膛的那一刻，凱斯卻轉身躲開了她的挑逗，從門口快步走進了酒吧。

「死靈危機」[02]過後，這座城市食物緊缺，人們動用一切手段，爭取著各自的存活空間，這一切他早已司空見慣。

手機上顯示的時間是凌晨一點半，如果凱斯沒記錯，這家賭博公司通常是在凌晨兩、三點的時候開始下注，凌晨三點準時公布贏家名單。

這該死的體系，一定是某個深諳人性的邪惡者策劃出來的，在這一個小時裡，你可以隨便做著這些罪惡的勾當，釋放自己內心深處的種種邪惡，但趨近於高潮時，卻又被無情地切斷一切，讓人不禁回味這與生俱來的獸性。

這是醞釀著為下一次開啟賭局做準備的。

沒有什麼能逃脫他們這些黑偵探的雙眼，他們是這座城市罪惡的共生者，小心翼翼地在生態邊緣試探，從黑暗之中汲取營養，再偷偷享受一點塵世的末日狂歡。

---

[01] 路易老爺是美國 19 世紀有名的煙酒品牌，這裡加上引號，因為男主手中的是仿製品。

[02] 死神降臨後，常常會忘記維修市政中食物發放系統，造成食物緊缺，人們稱呼這一段時間為「死靈危機」。

NANA 站在「湯匙」吧臺後面，各種機械手臂不斷抖動，她額角上的人造皮膚已經磨破，露出一塊金屬製的內芯來。她正在往一個托盤的酒杯裡，斟上泛著紅色泡沫的人造生啤酒[03]。她看見凱斯，不禁笑了起來，露出一口鋼鐵銅牙，機械式的嘟囔著「歡迎光臨」。

這些機器人和那些公司說的懸浮車一樣，距離他們廣告上的品質簡直有著天壤之別，各個機器人公司廣告上的那些機器人，都能陪你從人生理想聊到你是不是喜歡摳腳丫子聞了，但現實裡的機器人，除了固定的話語之外，其他什麼也不會說，除非花錢進行系統升級後，有可能會多說幾句吧，這也說不準。

說起來，「湯匙」酒吧平時並沒有什麼特別的。但是今天是週末，這裡湧進來大量的賭局參與者，眾所周知，「湯匙」酒吧是為數不多連接地下暗網的酒吧之一。

凱斯脫下外套，在吧臺上找到一個位置，幾個最好的位置上早已經擠滿了人——一邊是黑鬍子羅伯·奈特的手下，他正摟著一個妓女，渾身上下的刺青，在糾結的肌肉上顯得格外凸出，臂上纏著標誌著奈特組織的金屬環；另一邊是穿著西裝、戴著一枚粗壯金戒指的白人，雖然沒有直接標明身分的東西，但是凱斯判斷他是來自灣區的某個名流，因為他正模仿著那些影像資料中的大佬，叼著一根人造雪茄，雪茄上刻了一個小寫的「B」[04]，是灣區幾個明聲顯赫的姓氏之一。

混亂曖昧的氛圍中，眾人正調整著眼前陳舊的電子投射，期待一個小時後自己能成為賭博公司開獎的幸運兒。

凱斯點開自己眼前的虛擬投射，他在賭博公司的進入介面，已被調整到第一位。趁著沒人注意到自己，他悄悄的將手機網路中的作弊系統，連接到賭博公司的運行系統之中。

這見鬼的作弊系統如果說有什麼缺點，那就是這套系統一定要凱斯手動操作才行——放任機器運行的結果就是：這套系統會見縫插針地收割賭博公司的每個 BUG，然後幫凱斯成為今夜最大的贏家。

---

[03]這座城市的黑市商人會偷取食物發放機中的食物，按照發酵的方式釀成啤酒，價格昂貴但是味道卻不怎麼樣。
[04]「B」代表布朗，美國十大姓氏之一。

一旦如此，等待凱斯的結果，就是被賭博公司找上門的打手卸下身上的某個重要器官。

酒吧駐場皮條客傑森和他的手下們，正在「湯匙」酒吧中來回巡場，放任著酒吧的妓女們去勾搭那些看起來像雛鳥的年輕賭客。凱斯親眼看見妓女們將一個眼神呆滯迷離的年輕人口袋裡閃閃發亮的東西掏了出來，並握著他的手在酒吧昂貴的訂單上簽字──他應該吸入了催眠煙霧，有點見識的人都能看出來。

凱斯又看了看時間，螢幕上顯示著 1：57。作弊系統讀取成功，他只需要靜心等待即可。他聽著舞臺上幾名女郎挑逗地宣告著賭局開始，他用開局剩下的最後一點錢，點了一杯啤酒。

從某種詭異的角度看，這裡似乎變成了電子海洋裡的一次狂歡。螢幕上跳動的資料就是某種催化劑，酒吧裡不停的有人尖叫昏厥，眾人似乎對此也早就司空見慣了。

凱斯的作弊系統分化出了一套自主運行的計算和收集系統，可以將網路看成好似人類體內蛋白質環環相扣而組成的各種細胞機能，高效地在螢幕上飛躍跳動，搞得凱斯不得不時時截斷手機中系統的運轉節奏，再小心翼翼的放出來。

目前看來，這套系統不過是將賭博公司龐大的資料庫看作一片那種類似於凱斯在歷史影像資料中才看到過的麥田，而它正是收割麥子的鐮刀。

時間跳躍到 2：59，凱斯終於將作弊系統全心投入高速的飄移滑動之中，既入世又疏離，身邊是飛舞的交易、交匯的資訊，還有黑市迷宮裡資料組成的各種女體幻影……

螢幕上跳動的資料，終於在一個虛擬裸體女郎的飛吻及「歡迎下次光臨」的字幕之中，慢慢變成一道道如同人造啤酒淌過的流痕，最終被這一道道紅色的流痕完全吞沒。

「shit！」

「真該死！」

「砰！」的一聲，所有人的虛擬投射在一瞬間被撤銷。

凱斯聽見有人大聲咒罵著賭博公司，有人不停錘打著桌上虛擬鍵盤的位置，那是沒有來得及交易者和操作失誤者懊惱的怒吼。

同時，酒吧四面八方的虛擬投射卻緩緩升起，無數的名字在虛擬螢幕上跳動，這一招彷彿有魔力一般吸引了眾人的目光，凱斯也睜大眼睛在上面吃力的尋找著自己的名字。

賭博公司每期公布一百名獲獎名單，現場兌獎。

前五十名已經歡天喜地地點開自己的電子帳戶了，目前螢幕播放到第七十八位，螢幕上跳動著一個「C」開頭的名字，凱斯也忍不住屏氣凝神，等待著後續幾個字母出現。

「我操！」「C」後面的字母終於緩緩顯現出來，正是凱斯名稱的全拼「Case Smith」[05]。

雖然是預料之中的結果，凱斯仍然激動地揮出了一個上勾拳。

十分鐘後，他點開自己的帳戶，賭博公司已經將他贏到的這筆小錢如數匯了過來。凱斯低著頭，滑動手機的虛擬投射，看著兩人經過吧臺。現在酒吧的人已經緩緩離去，只留下了傑森和他那幫蠢兮兮的打手，還有幾個醉得東倒西歪的人，正穿著卡其布衣服，蜷縮在吧椅腳下。

凱斯惡狠狠的將轉帳過來的錢，匯入了租賃公司的帳戶，聽到「叮！」一聲轉帳成功通知的同時，租賃公司那裡的電子管家再次跳了出來，這次管家換了一副面孔，滿臉堆笑地對著凱斯頻頻飛吻，外加一頓感激之詞。凱斯點開上午威脅過自己的那兩個頭像，語音輸入了一句咒罵的言語後，這才將這個介面關閉。

「婊子！」凱斯套上大衣，順便摸了摸藏在懷中的手槍，他走出酒吧，對著上方微露銀白的天空。街上的霓虹燈早已冷冷熄滅，全像影像也都鬼魅般淡去。看樣子天空上方已經是黎明時分了，但是從幾百米的高空往下，依然黑茫茫的，永遠被籠罩在暗夜裡。

這種不管是黑夜還是白天，大地都永遠是黑夜的狀態，已經不知道維持了多久，人們也早就習慣了好幾個世代。自從「塔那托斯」[06]時代來臨，這裡就一直如此了。

凱斯聳聳肩，他是出生在「塔那托斯」之後的人，這見鬼的城市以前是

---

[05]Case Smith 中「Smith」是美國最常見的姓氏之一，源於中古英語，意思為鍛工；製作者，引申意義為對專業能力有特定要求的職業，間接表明了男主角的偵探身分。

[06]塔那托斯，源於希臘文（英語發源）中對死神的稱呼。

什麼樣子，他只是在爺爺的嘴裡聽到過而已，現在這樣的城市只適合想下地獄的人。

凱斯走向他那輛租來的破車，伸手拉開了車門——從昨天下午到現在，除了那杯啤酒，他還沒有吃過任何東西，現在他要去食物發放機處領取這週的食物。

伴隨著破車啟動的叮叮噹噹聲，「湯匙」酒吧被他甩在身後，探照燈穿過迷霧。凱斯花了點小錢，從虛擬螢幕上預訂系統裡，買了一個靠前的食物序號，雙手握著爺爺死前那隻手一般溫度的方向盤，向電視螢幕般的天空盡頭馳去，那裡是一個叫普利賽爾的地方，安裝著離這裡最近的食物發放機。

因為這些食物發放機安裝在普利賽爾，夏天的普利賽爾依舊人潮洶湧，遠遠看，如風吹草動。那片人頭組成的人流裡，偶爾因爭搶食物需求激起的漩渦，又在維持秩序者的壓迫下安靜下去。

凱斯好不容易在一片廢墟後面，找到一處可以停車的地方。他那輛破舊的老爺車，看起來跟廢墟中報廢的垃圾差不多。一排長長的鎂光燈照著街區，管理者為了省電，這些鎂光燈只在人走近的時候才捨得亮一會兒，走過之後，便馬上熄滅。

從凱斯的視線望過去，這條路黑漆漆的，遠看像極了野獸噬人的巨口。他冒雨按了按老舊的教堂的密碼，沿著臺階向地心深處走去，這裡是食物發放機所在。

雖然外面看起來如同廢墟一般濕漉荒涼，但裡面卻別有洞天——沿著教堂的金屬內牆盡頭，有幾條短短的輕軌，呼嘯著將前來領取的人，向食物發放機所在的廣場運送過去。

食物發放機佇立在廣場中央，黑漆漆的金屬機身，鑲嵌在乾涸的混凝土噴泉池邊，無窮無盡的一張張臉龐在機身前流過，焦灼地等待著機器吐出食物。凱斯向維持秩序者出示了自己的電子號碼牌，在幾個肌肉暴起的護送者帶領下，預備乘坐電動傳送椅，去自己序號所在的位置。

在他們身後，一個孩子跟了過來，眼巴巴的望著凱斯。這個孩子的肩頭搭了一個不知從哪裡撿來的舊窗簾，好似一件斗篷，他整個人好像從風洞裡撈出來的，小耳朵緊貼狹長的腦袋，似笑非笑地露出嚴重內勾的大門牙。

在他身邊，是一個穿著一件粗麻舊夾克的女人，髒得看不出原來的顏

色。女人摟著孩子，眼巴巴的望著凱斯，低聲向凱斯祈求道：「先生，行行好，能不能把序號讓給我們……」

「滾開！」護送者不耐煩地將女人扒開，帶著凱斯繼續向傳送帶的椅子走過去。

「該死！」趁著護送者不注意，那個女人小跑著繞到凱斯眼前：「我自己是沒關係的，先生，您知道，只是孩子已經很多天沒有吃過東西了，就是為了孩子，求求您……」女人的眼淚沖糊了臉上的幾道黑痕。

凱斯看見護送者掏出手槍，低聲咒罵一聲，將手中領到的電子號碼牌扔到了女人手中，女人發出一聲如野獸般歡欣的尖叫，撲上去將號碼牌一把搶在手中。

****

要認真說起來，這個世界原本並不是這樣的，雖然凱斯也沒有親眼見過原來的世界是什麼樣的，但憑藉現在遺留下來的豐富資料，還是能夠拼湊出當時的種種情境。

「災難幾乎是一夜降臨的，所有人都不知道發生了什麼，一覺醒來，外面的世界就已經是另一副模樣了……」這篇描述這個世界變化的文章《disaster》，在凱斯參加這場戰爭之前，幾乎是人手一本。

這個世界的生物——當然得把人類排除在外——幾乎是一夜之間消失的。誰也不知道到底發生了什麼事，大家只能透過現在的狀況，去猜測這件事發生的真相。當然，政府在最初的時候，應該也緊急組織了專家研究過一番，但短期內也找不出什麼具體的原因，無奈之下只能啟動了預案。

聯合國在這個時候多少發揮了一點作用，在那幾個幾乎跟養老沒有分別的聯合國老頭子的幫助下，幾個主要大國政府都召開了回應的發布會：他們幾乎立刻聯絡了所有研究未知文明、研究生物學（包含植物學和動物學）、微生物學的一些專家緊急會議，撥款讓他們弄清楚這件事的真相，同時統計了現存食物的保存期限，制訂了一系列的資源配置方案等。

當然，起初他們還想把這件事當成一場意外處理——人類總是對未來的東西過於期待。但當他們發現所有的計畫執行超過了一個月卻沒有任何改變

時，連政府部門的人員也開始恐慌了。那些邊緣化的工作者，開始擔心自己是否有足夠充足的食物，支撐到能把這場研究做完，畢竟政府部門給出來的獎勵，暫時還只是一張空頭支票，而饑餓卻能在不久後就要了他們的命。

那些被政府部門集合起來的，優先供給自己，其次是研究人員，再來是維持秩序的警察等人的食物，在集合起來不久之後，就因為缺乏微生物維繫，慢慢變成了像石頭一樣硬邦邦的東西，只能勉強果腹而已。

這件事很快就被上層壓了下來，上層還是採用了一貫的安撫政策。諸如別擔心、那些問題他們在解決，不管是哪方面，總而言之，暫時先穩住所有人再說等。

當然，《disaster》的原文作者說，其實在這件事發生的前幾天，已經有過一次預警，一個自稱是死神的傢伙突然降臨到了這個世界，並向著全世界宣布了自己降臨的事情。

那天的情景十分詭異，幾乎是一個如夢似幻的感受，讓人分不清這件事到底是真實還是虛妄的，但凱斯卻認為，原文作者的描述並不假，因為幾乎留下來的每段資料裡，都曾提到過這件事。資料聲稱，那一瞬間，他們腦海中都不約而同浮現出死神降臨的情景，就像隨之而來的那場「大消失」一樣，全世界的人類絞盡腦汁，也不知道具體發生了什麼事。

　　　腦海中的腦電波突然短路，就像是午睡小憩醒來之後的瞬間空白一般。緊接著，腦海裡忽然閃過了一段記憶之中沒有的畫面，有一點像是有人強行占領了自己的大腦，將我帶入到了另一個世界。黑壓壓的雲層上，閃過了一道道耀眼的白光，但是整個雲層卻像化不開的濃墨一樣翻滾著，似乎要向整個城市壓下來。

　　　狂風吹過，這座城市的汽車和行人困難地前行著，但是在那一道道白光像閃電一樣照亮雲層上空的時候，他們突然陷入某種不安的靜謐之中，後來我才知道，他們之所以會呈現出這樣的表情，原因是他們的腦海中閃現著和我一樣的畫面：一個自稱是死神的傢伙，正用著九百六十萬種語言（當然這有些誇張，腦海中是我根據後來腦海中閃現過這個影像的人類所提供的資料統計和編撰出來的）向整個世界宣告自己的降臨。

　　當然，我腦海中呈現的，就是他降臨那一瞬間的景象。就像我曾經在很多地方看到過的那般，這個自稱是死神的傢伙身披黑袍、手持黑鐮，我努力地昂著頭，想要進一步看清楚他的臉時，卻什麼也看不見，只能看到兩道黑壓壓的目光掃視過來，這道目光似乎能穿透人心，嚇得我一陣顫抖。

　　緊接著，這個自稱是死神的傢伙向全世界宣告了自己的降臨，我也聽到了他用英語在我腦海中廣播這件事的資訊。當你看到這裡的時候，千萬不要以為我是用錯了語法，不是那樣的，我之所以這樣寫，是為了盡可能準確地描述這件事發生時的情景。

　　我不知道這個自稱是死神的傢伙，是用什麼樣的方法把它降臨的消息植入我腦海深處的，總而言之，似乎是一陣電波閃過之後，我的大腦竟然自動讀懂了死神想要傳遞出來的資訊。

　　但是，我似乎分辨不出來它用的是什麼樣的聲音，這段聲音似乎已經用美式英語的思維方式，自動轉化了我要閱讀的那段資訊，並強制推送進我的大腦讓我理解。

　　當然，事後我也採訪過很多人，詢問過他們關於死神降臨的這段記憶，他們大多數人的描述和我前面說得差不多，只有語言這個部分是有所區別的，他們告訴我說，死神透過自己的本體，強行向全世界通知了自己降臨的資訊，並且轉化為多國語言，同時直接透過電信號轉化語言資訊，讓整個世界的人都知道了自己降臨世間的這件事。

　　起初我也並不相信這個世界上會有這麼神奇的事情，儘管死神降臨人間之後，這個世界發生了一系列的變化，後來我採訪過很多人，我也學習了一段時間盲文，用盲文和那些盲人交談，用英語嘗試翻譯全世界記錄死神降臨的資料之後，我發現，有些聾啞人甚至盲人，都在腦內「聽」到或者「看」到過死神降臨的場景。

　　但是對不同的人而言，他們所看到死神降臨的場景卻又各有不同，為了研究死神降臨人間背後的真相，我在政府的支持下，用我有限的生命，採訪了盡可能多的人，請他們向我描述他們在「腦波」內看到死神降臨時的情景，以便我能更加充分的瞭解影響了我們這個世界的主宰者。

據說，死神降臨那天，不同的人看到的景象完全不一樣。他腳踏大地，身高高過雲層，宣告自己降臨的那一瞬間，那些非洲地區的人，大部分看到的景象都像是埃及神話裡的阿努比斯；那些歐洲南部的人，多數看到的是希臘神話裡的冥王哈迪斯，那些北歐人看到的則是墨爾斯的樣子；那些亞洲地帶的人，腦海中閃現的形象，則有一點像是中國神話裡的閻王爺。而我所統計的，百分之八、九十的歐美人，他們看到的是骷髏死神的形象。

我原以為能依照著某種規律來研究這次的事件，但是我在詢問之後，發現也有例外，這無疑給我的研究和探索，又增加了某些難度。比如說，並非所有歐美人看到的，都是我腦海中閃過的那個身披黑袍、手持鐮刀的形象，也並非所有的歐洲人看到的都是冥王哈迪斯的形象。

為此，我還專門採訪了一些奉行小眾文明的族群，因為他們對死亡之神的描繪和稱呼，和我們這些純正的美國人不盡相同，他們告訴我，他看到的是類似於壁畫之中的撒旦形象，而北歐的那些遺民們，看到的則是那個上半身繼承了洛基的人形，下半身繼承腐爛醜陋巨人的一個虛影。

我還問過那些日本人，大概是因為我找到他們的時候，他們就已經全然接受了現在的大主宰，並信誓旦旦的告訴我，他們當日看到的，就是黃泉國之主伊耶那美。還有一小部分中國人，在得知我要寫這本書時，他們寫信告訴我，他們看到的是壁畫上的「酆都大帝」，並打算把這個影像畫下來，印成書送給他的信眾。我想，它一定是用了某種特殊的辦法，才造成了這種情形。

凱斯看著眼前亂糟糟的場景，回憶起了《disaster》之中所描述的關於死神降臨時的內容。

這本書後面的部分他也很熟悉，因為他上學的時候，這本該死的書已經成了他的必修課之一，政府規定，所有人都必須充分瞭解他們現在生活的這個世界，至於瞭解到什麼程度，當然是由那些資本家和政府代言人共同規定的。剩下的那些普羅大眾，諸如凱斯這樣的人，只需要每天按時來市中心領取食物發放機裡的食物就行。

《disaster》之中，將死神降臨之後的時代稱為「莫斯特伯阿米克時代」。凱斯抬頭看了看天空，整個城市都像是被幽暗的光芒籠罩和包裹著一般，一旦關上路燈，就只能看見濃雲密布的世界和頭頂上的黑雲，以及黑雲上方那帶著閃電熾光，將整個黑雲上空照得如同白晝的光亮。

說起來，《disaster》之中還有寫過一些關於死神聲明的內容，嚴格來說，就是這份死神的宣告，讓人們不得不來這座城市的食物發放機前，領取這些看起來粉嫩可口、但吃多了十分倒胃口的粉色食物。

這份死神聲明的內容，主要是死神對這個世界人類的審判，聲明內容規定，人類沒有資格決定其他所有物種的生存權，因此死神在降臨的那一瞬間，就已經收走了所有的生物，使得這個世界上除了人類，沒有其他的生物。

當然，死神也用每個人類都能理解的語言告訴整個人類，這個世界上的病毒還在。

這項聲明，改變了整個世界的狀態，因為這項規定，政府不得不聯合生物學家共同發表聲明，向所有人解釋這個世界仍然會按照某種規則繼續下去，所有的病毒都能和人體的免疫細胞共生，但是人類若要戰勝這種病毒，需要看自身的免疫系統和進化程度。

因為這項規定，這個世界立刻陷入到了一場前所未有的混亂之中，大概是死神也沒想過要滅絕整個人類，所以在那些大的中心城市，安置了這樣一些食物發放機。

凱斯他們這樣的人類，就靠著這些食物來維繫生存的基本運轉。

■ Chapter 003

　　「這個婆娘可是個貨真價實的騙子，每個人來領食物都要表演她這一套。」護送者不懷好意地望著凱斯。

　　「你們剛才他媽的怎麼不說！」凱斯望著女人離去的背影，憤憤地爆了一句粗口。

　　「我們也想測試一下，看有多少傻子被她騙過去。喏，剛才那個披著破布的孩子，其實是個侏儒，我查過他的檔案，他和那女人假扮成母子，專門騙別人的號碼牌。」護送者聳聳肩，像看傻子一樣望向凱斯。

　　「打開瞧瞧，」一個矮胖的護送者遞給凱斯一個電子查詢器，「說起來，我還得感謝你，早上我下了十元美金的注，賭今天他們的行騙會成功。」

　　虛擬的電子交易螢幕上，凱斯的食物領取序號，已經被掛在交易名單上。旁邊還有各式各樣的二手交易物品，比如十幾張企業級的成人光碟片、一架舊的博朗牌食物攪拌機、幾個老式的留聲機，還有其他領取食物的序號。

　　凱斯一拳打倒那個正在嗤笑自己的傢伙，伸手在懷中掏出槍，他可不是吃素的，他要讓這兩個騙子付出代價，這種他媽的被人當傻子的感覺，是他凱斯·史密斯最不能忍受的。

　　他向著那女人閃身逃跑的小攤飛奔過去，女人和侏儒已經躲進暗影之中。史密斯對著女人躲藏之處開了一槍，女人驚恐地低下頭，以為會看見那銳利的子彈從自己胸口穿出，但是，沒有。

　　那子彈只是擦過她的臉頰，將身後的一根柱子打得飛石四濺。

　　凱斯衝上去抓住了她，她倒在混凝土柱子腳下，雙目緊閉，一個空的易開罐「咕嚕嚕」的滾到了凱斯腳邊，人群在歡呼著瞧著這場鬧劇，也有其他圍觀者，一邊緊緊抱著他們手中已經領到的食物袋，一邊哄笑著觀望，空氣中混合著各種複雜的味道。

　　「先生，饒了我吧……我有東西補償……」女人身後的暗影裡有哀鳴聲、有碎裂聲。她嗚咽著解開自己的領口，露出白花花的乳房，圍觀眾人響

著一聲嘹亮的口哨。

「滾！」凱斯惱羞成怒地收起手中的槍，將女人趕走。

他可沒有興趣在大庭廣眾之下做這種事，女人連滾帶爬地跑開。凱斯將手槍收到懷裡，觸碰到上衣口袋裡的手機，就掏出手機點開螢幕，看見帳戶中仍有一些多餘的錢，無論如何，再買個食物發放機的序號也是夠的。

「嗯哼！」凱斯將虛擬螢幕關掉，預備把手機收進懷中的前一刻，凱斯腦中靈光一現，驀地想起剛才在矮子的通信螢幕上看到的交易資訊。

這應該是個非法交易的APP，凱斯輕輕點了電子螢幕，沒費太多力氣就找到了這個APP，在搜索欄上嵌入關鍵字，幾分鐘就用低廉的價格，收到了一個更靠前的序號。

他將電子交易資訊出示給那幾個看管食物發放機的護送者，這次護送者將他帶到序列中的電動傳送椅上時，人們對他視而不見。細如髮絲的紅色光線一閃，凱斯在傳送帶上像倒垃圾一般，被丟到了自己應該在的位置。

他前面排著的是一個瘦瘦的男孩兒，豎起的金髮上一片彩色光暈。男孩兒斜著眼睛瞧了凱斯一眼，從夾克口袋裡掏出一粒八角藥片，伸到凱斯眼前：「來一粒？」

凱斯搖搖頭。藥片上泛著詭異的紅色，凱斯懷疑是用食物發放機裡發霉的食物做成的，男孩兒又向周圍其他幾個看起來同樣年輕瘦弱的人，兜售他的藥丸。

「去你媽的。」有人將男孩兒重重推開。

「戰爭可以帶來巨大的市場，在那些地下掩體裡，有些事……全是超級醜聞。買一份電子報紙，就能告訴你所有的祕密。」男孩兒用背熟的廣告詞，向另一群人宣傳自己口袋的其他產品。

「閉嘴！你敢再說一句話，我馬上剪下你那該死的舌頭。」被男孩兒打擾的人低聲威脅恐嚇道。

男孩兒並沒有被嚇到，反而露出不知道該說是像鬣狗還是巨齒鯊般的笑容，鎮定地走向下一個目標。那孩子對一直站在防護網周邊觀望的人說：「這個排隊的序號，想要嗎？要的話八十元美金給你。」

凱斯想起自己在APP上看到的價格標示，他這個位置，絕對值不了這個價錢。那個人衝著男孩兒嘿嘿一笑，露出口中的大金牙，不懷好意地問

道：「你剛才說什麼？位置送給我？」

男孩兒也不再浪費時間，繼續向下一個人詢問去了。

凱斯已經看出來，這小子看起來人畜無害，其實是個老手，他不再理會這個男孩兒，拉起外衣衣領——和廣場人行道一樣是不深不淺的灰色，還有著同樣斑駁的汙漬，他的眼睛裡反射出食物發放機吐出食物時的紅光。

直到凱斯領走食物時，那個金髮男孩兒仍然沒有售出一樣東西。他懊惱的轉身，重新去占領新的位置，大概是想明天繼續碰碰運氣吧！

凱斯領著屬於自己的兩大袋食物，在廢墟旁找到了他的那輛老爺車，啟動時簡直像個凱旋的英雄。

真是不容易的一天啊！

他辦公的舊樓坐落在夜城的東部——佛理森特 [07]，這裡又被小偷、妓女、強盜稱為「自由之都」。大樓鋼筋混凝土的根基底下，有一列火車頂著陳腐的空氣，從大樓心臟開出的一條隧道中前進，在冷雨的黑夜裡，火車悄無聲息地滑過枕木軌道，推動著空氣在隧道中鳴唱，頻率從低音一直衰減到次聲波。

凱斯每天躺在房間裡時，只要火車的震動傳過來，乾燥的人工拼接地板縫隙中，煙塵便會適時飛揚起來。

「又回到『陋居』了，老夥計。」凱斯拍拍自己的舊車。

「這可是當初繁榮的美利堅合眾國的核心地帶。」舊車中的人工智慧唸道。

「和我這種人一點屁關係都沒有，夥計。」凱斯「砰！」的一聲關上車門，從老式的電梯返回自己的辦公室。

「歡迎回來，主人。」辦公室的租賃管理公司，應該是已經收到凱斯的電子轉帳了，將門口的電子管家投影換成了兩名日本女優。凱斯剛走到門口，女優就向他鞠了一個九十度的躬，凱斯故意不看她們。

他走進辦公室，沙發上是昨天他留下的彈孔，因為支付了租賃費用，AI正啟動著自動縫紉裝置，正在一點一點地修復，看見凱斯進門，幾個電子管家立刻悄悄隱身。

---

[07] 佛理森特，英文 freecenter 的音譯，也是「自由之都」或是「自由中心」的意思。

凱斯躺倒在辦公桌前的沙發上，總算是勉強吞進去了自己領來的食物——一種暗紅色、味道微甜的糕點，其實不算難吃，但是讓你一年三百六十五天都吃這個，任誰最後也都只能勉強往肚子裡硬塞。從他這個角度向外看去，對面大廈的玻璃管上，死氣沉沉的霓虹燈拼出大大的「都市之光」，上面有幾處已經壞了，但勉強還能辨認。

他剛坐下，便有人敲門。

凱斯轉頭，一個金髮碧眼的美女站在門口。她站在感網大樓的金屬玻璃門門口，嚼著口香糖，面對滿牆能映射出自己倒影的玻璃屏，好似沉醉於自己的模樣之中。除了用來遮擋植入反光鏡片的巨大墨鏡之外，她的打扮和這裡很搭調，像個嫵媚天真的女遊客。她穿著一件粉紅色塑膠雨衣，一件白色網衫，前幾年流行的藍色破爛熱褲[08]，茫然微笑著，吹破一個泡泡。

說實在的，凱斯常常和女人打交道，但是這樣的女人可不常見。

「我可以進來嗎？」這女人的嗓音悅耳，話語客氣。凱斯忍不住皺了皺眉，來找他的，除了那些做了黑勾當的女人，就是妓女，有這種修養的，倒還是第一個。

凱斯遲疑著點了點頭，將辦公室的門朝裡打開，帶著她走了進來，裡面一股怪味。兩邊都是亂七八糟的廢品，一直堆到牆邊，靠牆的書架上，放著皺皺巴巴的平裝書。廢品堆像是金屬和塑膠扭結而成的傘蓋，從地裡長出來。

「我早就說過，人工智慧不能 100% 地信任，我才出差一、兩天，這裡就搞成這個樣子。」凱斯故意低聲抱怨，試圖把這堆亂糟糟的場景，嫁禍給他根本不存在的實體電子管家，而不是現在用的便宜的投影。

美人臉上卻是更加抱歉的表情，似乎她才是真正的闖入者，打擾了主人家的寧靜。

「噢！幸好這裡還有一點食物。」凱斯心虛地從另一個袋子裡，找出自己上午剛剛從食物發放機中領出來的一點東西，用刀子切下兩塊，放在金屬

---

[08] 死神降臨之後，雖然給了人們一些食物，但是衣服可是人們自行解決的，沒有了所有的動植物，人類也只能用一些人造纖維來做衣服，不過很多人都有一些祖爺爺輩傳下來的舊衣服，這些用動物皮毛和植物纖維做的衣服可是非常值錢。「仙人跳」女的衣服看起來也是舊的，但是看起來卻像是舊時代傳下來的衣服，所以凱斯判斷她是個「上流」女人。

碟中，小心翼翼地端到女郎面前。

女郎穿著尖細的高跟鞋，但行動仍然同舞蹈一般，沒有任何一個多餘的動作，她接著謝絕了凱斯好不容易找出來的一點快要變質的人造啤酒。

「這地方糟透了。」凱斯攤手。

「我倒覺得很不錯。」女郎的一隻手有意無意地搭上凱斯的肩膀，順手接過他裝著「食物」的金屬碟，放在昨天差一點被回收的那張辦公桌上。

「無所謂了，你來找我有什麼事情？」凱斯豎起夾克領子說，「願意為您效勞。」

金髮女郎咬了一口「食物」，輕輕笑了。

窗口十米處，透出一束黃色燈光，灑在濕漉漉的露臺上。

她的手輕輕蓋上了凱斯的胸膛，凱斯下意識地顫抖了一下。

「看來你還是老樣子。」女郎輕笑道。

凱斯疑惑她話裡的意思，他可不知道自己在什麼地方見過她，是思普羅賽爾還是賽爾達？或者是那見鬼的普羅利達？她是那些妓女中的一個？見鬼！他可真想不起來。

金髮女郎拍了拍他的肩膀，手指拂過他的脖子：「翻個身，我按摩手藝很不錯的。」

凱斯當然知道她說的「按摩」是指什麼。

▌ Chapter 004

　　凱斯吸了一口氣，被這美女的主動驚得下意識後退了一步，現在滿街的騙子比蟑螂還多，有好事上門，他本能地會有抵觸心理。這個下意識地揮手動作，很容易引起女人的誤會，但這個性感尤物看起來卻並不在意。

　　凱斯沒有控制好力度，碰倒了窗臺邊一隻缺口的玻璃瓶——那是他爺爺傳下來的，據說在他那個時代，這玻璃瓶是插花用的——好吧，反正他也沒見過什麼真花。這隻倖存的玻璃瓶一路從窗臺跌落，發出一聲脆響。

　　樓上的人還在睡覺，聽見玻璃瓶破碎的聲音，探出頭向樓下大聲咒罵了一句，便又悄無聲息了。

　　美女並沒有被凱斯的拒絕動作嚇退，反而迎上前來，曖昧地瞧著他。她的雙手卻若有似無地在凱斯的腰間遊移，直到慢慢滑向凱斯身體的某個關鍵部位。

　　凱斯閉上眼，心中卻挨個念著自由彼岸上的街道名字，而他的鼻子、臉頰和下巴，甚至臉上的每一寸皮膚，都能感覺到身畔美女鼻息之間傳遞過來的挑逗氣息。

　　他剛要開口說話，美女卻伸出手指壓住了他的雙唇。此刻美女一隻腳搭在他身旁的沙發上，另一隻腳卻攀上了凱斯的大腿。凱斯糊裡糊塗地靠在窗戶那裡，感覺到自己全身繃得緊緊的。

　　該死！他身體裡騰起一股騷動難耐的慾火。

　　下一刻，他腦海中忽然莫名其妙閃過早上在食物發放機的廣場上看到的那個女人的胴體，和她晃動的乳房，他也不知道為什麼會在這個時候聯想到那該死的畫面，白花花的乳房占滿了凱斯的整個大腦。

　　按理說，對這個送上門來的性感尤物，他應該好好享用才對，或許這個美女，還不用像自己在酒吧門口遇到的那些妓女一樣，需要他付出大把金錢，搞不好自己的春天真的來了呢！他想起唐尼說的那句話：「那些堵在酒吧門口向男人拋媚眼的婊子，完事的下一秒就會像討債鬼一樣，催促著嫖客向她們的帳戶轉帳。」

　　就在美女即將把手伸進凱斯的衣服裡時，凱斯忽然伸手握住了她的手

腕，阻截了她後半段的動作。

「這裡最好別動。」凱斯翻過身，推開了身畔的性感尤物。

「怎麼……」

凱斯注意到，美女眼中錯愕的神色一閃而過。

他當然不是啞炮，他只是聯想起早上那個骯髒破爛的女人，和那個侏儒偽裝的孩子罷了。

這個美女全身上下都順滑得令人難以置信，凱斯發誓，他已經很多年沒有遇到過這麼好的女人了，這簡直就是做夢才會有的場景。凱斯轉頭，仍然能看見對面霓虹上閃爍著的燈光，但常年混街頭的常識告訴他，這事好過頭了，反而啟動了屬於他偵探的嗅覺。

「就是你了，老兄。」在凱斯推開美人的下一刻，一個錫林 [09] 人的聲音傳來，「骷髏幫管我的兄弟們叫『刀鋒』。俺叫阿姆塔奇，這是我妹妹，你剛剛是在騷擾我妹妹吧？」錫林人扯著剛才像小貓一樣乖順地靠在凱斯身邊的金髮女郎，現在她已經被阿姆塔奇從凱斯身邊拉開，望向凱斯的眼神冰冷而空洞。

「我和兄弟們想跟你聊聊，朋友。你知道上一個敢對我妹妹做這種事的人，現在怎麼樣了嗎？」阿姆塔奇拍了拍凱斯的肩膀，一副不好惹的樣子。

「那你知道我眨眼就能幹了你嗎，朋友？」趁著兩人不注意，凱斯的手伸向懷裡，那裡放著他的白朗寧手槍。

「你最好待著別動，性騷擾又不是什麼嚴重的大罪，但是我發誓你不敢進監獄，別把事情搞得太大。」阿姆塔奇警告凱斯。

說話間，又有兩人闖進屋子，其中一個是黑人，黑漆漆的身體上肌肉暴起，看不出年紀，看起來就不好惹。他滿頭鋼絲般的小辮子糾結在一起，不懷好意地盯著凱斯。

他伸出右手，刀刃在煙霧中閃閃發亮，他深處彈了彈手上的刀，那刀發出「咚」的一聲脆響。

「這是我的兄弟，馬克沁。」阿姆塔奇自豪地吹了一聲口哨。

「他們管他叫『刀鋒』，是嗎？」

---

[09] 凱斯所處時代的一種土著人的代稱。

「沒錯。」阿姆塔奇沒有聽出凱斯話中的諷刺意味。

「繼續。」凱斯那種懶洋洋的樣子又恢復了，他接著說，「你們兩個聯手應該無堅不摧，對不對？」

「算你說對了。」阿姆塔奇得意洋洋，「看在這件事的份上，你騷擾我妹妹米雪兒的賠償金，可以給你稍微減一減。對了，一共是多少？」

阿姆塔奇轉向隨著「刀鋒」一同進來的那人，這時凱斯才注意到他。

那人衣服破舊，戴著一副同樣破舊的金絲眼鏡，眼鏡看起來也有些年頭了，用細絲修補了許多圈，大概是因為經常使用的緣故，眼鏡邊緣的細絲已經脫落了。

「我叫蘭德，是他們的法律顧問。」金絲眼鏡終於有機會能開口介紹一下自己。

他飛快地掏出一個老舊的投射迷你電腦，調出檔案，計算著現行法律下賠償金的數額。

「你明白我們的意思，」米雪兒趁他計算的當下，轉向凱斯，「裝傻只會對你自己不利。你想被當成騷擾女性的危險分子被拘留，交給那些冷冰冰的智慧警察看管，還是坐下來談談？我想聰明人都知道該怎麼做。」

「我有個問題，」凱斯噴出一口煙，「你們在這裡有執法權嗎？我是說，這套不是應該讓自由彼岸的智慧警官來玩嗎？這是他們的地盤，對不對？」

米雪兒微微一笑，她沒有被凱斯這套說辭嚇倒。「皮埃爾，我知道你不害怕治安拘留，但是你一直在做的事情，我們早就查清楚了。我想，只要那些警局的蠢蛋動動手指，他們也會查出來你幹了些什麼。」

「如果你被治安拘留，那些網路警察只要輸入你的資料，就會發現你不但參與過資料侵入和定點盜竊，還在黑市進行以肉人冒充人類進行器官交易，是危害公眾的危險分子。」米雪兒也同樣點了一支電子煙，用纖細的手指夾著，朝著凱斯的方向緩緩吐出一口煙圈，一副胸有成竹的樣子。

「什麼？皮埃爾？」凱斯那屬於偵探的敏銳嗅覺都不用發揮了，「如果你們找的是皮埃爾，那我想你們大概認錯人了，我是凱斯·史密斯。」凱斯終於回過神來，翻箱倒櫃地將自己混在一堆雜物中的身分證件找了出來。

「看清楚點，狗娘養的瘋子們，我可不是什麼皮埃爾，我是這個街區有

名的偵探凱斯‧史密斯。」凱斯敲擊著證件，憤憤不平的說道，「如果你們真的要找一個叫皮埃爾的傢伙，應該往樓上去才對。」凱斯用手指了指自己的天花板。

阿姆塔奇與米雪兒聽了這幾句話，相互對視了一眼，阿姆塔奇飛快地跑上樓看了一眼，又飛奔下來，拉著米雪兒在一邊低語了幾句。身旁的兩人詫異地看著他們的表情神態，才知道自己果然弄錯了。

凱斯緊盯著他們，這幾個人的表情神態已說明了一切。他們向凱斯輕輕道歉，隨即浩浩蕩蕩地向樓上去了。金絲眼鏡匆忙地收起了他的投射電腦，他剛才一直在計算，凱斯注意到金絲眼鏡路過鐵架時，衣服被刮了一下，腐臭的毛呢後面，落下一片塵灰。

他聽到樓上的動靜，似乎可以想像得到，米雪兒正握住皮埃爾大門口惡龍雕塑的一根前腿，然後門輕輕被打開。

那個傢伙要倒楣了。凱斯聳聳肩。他想，這幾個人大概要把剛才發生在自己身上的那一幕，在皮埃爾身上故技重施。

說起來，這個皮埃爾也算是自己的鄰居，如果自己現在發個提醒資訊給他，他是不是就不會放這夥人進來了？

凱斯在心中暗想著。

他拿起手機，想要給皮埃爾發個訊息，他們這棟大樓有內網。不過，他在投影螢幕上點開程式，剛想要連接皮埃爾房間的通信，米雪兒剛才所說的那段話又跳到了他腦子當中。

她們為什麼對皮埃爾的事情這麼清楚？

米雪兒這幫人看起來像詐騙集團，凱斯拿起手機，又放了下去。他感覺這幫人或許不僅是敲詐這麼簡單，在他沒搞清楚這些人之間的事情之前，還是少管閒事為妙。

凱斯將想要提醒皮埃爾的那隻手收了回來，轉向了手機中的一個 APP，這是個遊戲中心，他從裡面隨意打開了一個遊戲玩了起來。

隨著遊戲中那個虛擬的自動探測儀，凱斯在眾多鋼柱組成的世界之間自由穿行，清理著每一個想要糾纏他虛擬電子角色的怪物。

■ Chapter 005

頭頂上傳來十分嘈雜的交談聲，「吱嘎」的尖銳聲響，忽然呼嘯著劃過凱斯的耳膜，把他嚇了一大跳。

他還以為是遊戲裡士官長的聲音，但他凝神分辨，發現這該死的刺耳聲響，是音響靠近信號源時的聲音，顯然樓上有人在調整音響。

隨著那吱嘎聲慢慢消失，樓上傳來了幾聲音樂混響。緊接著又是一陣劈里啪啦的聲音，像金屬容器跌在地上的混響，間或夾雜著打鬥聲和皮埃爾帶著哭腔的求饒聲。

凱斯一驚，從沙發上跳起來，原來他剛才竟然躺在沙發上睡著了。

凱斯點開黑屏的手機，遊戲角色已經死在水下冒險的關卡，彈出來的資訊提示遊戲任務失敗。凱斯低聲咒罵了一句，從手機中退出遊戲，刺耳「吱嘎」聲卻再次響起。

細高跟鞋踩在樓梯上的「蹬蹬蹬」聲再次響起，有人從樓上下來，打開了凱斯的房門。

「希望我沒有傷害了你的小小心靈，這是給你的精神損失費。」那人塞給凱斯一疊錢，正是早上那個認錯人的米雪兒。

凱斯拒絕了她遞過來的錢。

米雪兒換上了另一套衣服，令她看起來性感了不少，她的衣領上還有斑斑血跡，不過她似乎也不是太在意，至少在凱斯看起來如此。她吐出一個煙圈：「或許你也想看看，你那可憐的老鄰居現在是一副什麼樣的倒楣相。」

「那可不關我的事。」

「皮埃爾是我們的老搭檔了，他主要負責收售贓貨，樓上的辦公室只是他掩人耳目用的。不過我們已經制伏了他，你就當這件事沒有發生過，明白嗎？」

「聽著，從一開始我就不想攪和到你們和任何人的爭端裡去。我不知道你們和皮埃爾有什麼過節，當然也不想知道——除非你們請我幫你們偵查一番——不過我可不會因為你就免費。」凱斯一邊回答米雪兒，一邊收拾起自己七零八落的私人物品。

米雪兒倚靠在門框上，全神貫注地注視著凱斯的動作，想要探索他說這些話時的表情。

「也好，不過從現在開始，我們就是你的新鄰居了。」米雪兒打了一個漂亮的響指，又「蹬蹬蹬」地跑回樓上。過沒多久，凱斯聽見樓上音響中，一陣刺耳的龐克音樂震天般響起。

「好了。」凱斯喃喃自語。剛才他已經將自己的那堆雜物掃進一個鐵箱子裡，致使他的整個房間看起來空曠了不少。

他有些懊惱地打了個呵欠，這才想起自己昨天一夜未眠。

「反正這裡收不收拾都是這麼髒，不如先睡一覺。」凱斯皺了皺眉，將鐵箱推到角落，仍舊躺在沙發上。

「該死！」樓上的音響將室內的灰塵震下來不少，現在凱斯剛收拾完畢的房間，馬上又蒙上了一層灰塵。凱斯從沙發上坐了起來，想起了米雪兒剛才說過的話。他想，自己的確應該去樓上瞧瞧，哪怕警告這些王八蛋一聲也是應該的。

凱斯「蹬蹬」地上了樓。

皮埃爾家的房間裝修得像一個貨倉，只不過現在這間屋子已經不像皮埃爾當初居住時那樣，白天黑夜都緊緊關閉著，而是大門敞開。凱斯抬眼望去，裡面的裝修風格十分詭異，一座穹頂充氣屋，外牆灰色布料緊繃在細細的鋼索之上。門廊兩端各有一扇門，勉強算是逃氣密門，保持屋內的通風系統。天花板是石灰石材質，間隔裝著螢光燈管，多數都已壞掉。

空氣裡充滿了血腥與汗液混合的味道。

皮埃爾不知道被他們弄到什麼地方去，看樣子應該是已經處理掉了，屋內只剩下地板上一道道已經氧化的暗紅色血跡，和桌椅挪動的痕跡。

皮埃爾當初辦公的場所，已經被他們圍成一個「舞臺」，舞臺上沒有燈，只有幾支手機上的閃光燈在上方閃耀變換。室內香煙的煙霧懸浮在空中，看起來有一種令人甜膩而朦朧的迷幻感。

他們不知道從哪裡拖出來一箱人造啤酒──大概是皮埃爾以前私藏的──現在已經所剩無幾，空空如也的金屬易開罐，在他們腳邊滾動著。

他們在音樂的鼓點聲中，如同嗑藥一般搖頭晃腦，只有那個帶著破舊金色眼鏡的蘭德坐在旁邊，皺著眉正看著電腦計算著什麼。就不知道這麼大的

音樂響聲，他還能計算出什麼來。

米雪兒看見凱斯，一邊舞動身體，一邊滑到凱斯身邊。

「我們的慶祝 Party。」米雪兒看見凱斯，吹了一聲口哨，指了指阿姆塔奇和馬克沁兩人。

「看樣子你們已經得手了。」凱斯雲淡風輕地問了一句，接過米雪兒遞過來的一罐啤酒。

「沒錯。智慧警察在十五分鐘之前，已經把那個傢伙帶走了。」她把啤酒遞給凱斯，雙手又在臀部，站在室內的達利鐘[10]下面，見凱斯又要伸手去大衣口袋裡摸那包已經快要乾癟的廉價煙，便從他的指間順了一支過來。

「一起玩玩？」米雪兒對著中央的「舞臺」努努嘴。

米雪兒的話令凱斯想起自己在半夢半醒時聽到的那片嘈雜聲，應該是他們和皮埃爾交涉時弄出來的。

「去把貨運電梯裡的箱子搬上來。」阿姆塔奇手機響了。他接了一通電話後，將一把磁性鑰匙遞給馬克沁。

「早上的事情我很抱歉哥兒們，和我們一起玩玩吧！」馬克沁路過凱斯時，得意地衝他說了幾句。

這是凱斯第一次聽見他說話，有一種錫林人獨有的古怪腔調，這些人說話總是很快又很少有停頓。

凱斯沒有回答，他挪動身子，讓高壯的馬克沁得以推著箱子通過，聽見那箱子在地上拖動的「吱嘎」聲響。

「和你說過多少次了，馬克沁！別拖著貨箱走！小心把東西震碎了！」阿姆塔奇看見了馬克沁的動作，連忙發聲阻止。馬克沁看了他一眼，一聲不吭地將貨箱扛在肩膀上。

「就放在這裡。」阿姆塔奇指著「舞臺」旁邊的一小塊空地說道。

「你們繼續，我先回去了。不過如果可以的話，希望你們能小聲一點，我昨天一整晚沒睡覺。我想你們應該也不希望搬來的第一天，就跟鄰居發生衝突吧。」凱斯對著那幾人攤了攤手。

「很抱歉打擾到你，凱斯·史密斯。」阿姆塔奇點了點頭，一直像木頭

---

[10] 達利鐘：一種前衛的創意鐘錶，外型扭曲，歷史久遠。

人一樣坐在旁邊的蘭德接到他的信號，在鍵盤上操控了一陣，音響的聲音立刻小了很多。

「多謝理解。」凱斯夾著煙，點了點頭，沿著樓梯向自己的辦公室走去。

臨走前他朝著米雪兒頭頂上的達利鐘掃了一眼，發現現在已經是下午五點了。他睡了幾個小時，但現在仍然很睏，他打算回自己的辦公室繼續補眠。

四點過後，樓下的街區就如同一條荒涼的死胡同一般，不過這裡白天也是一片漆黑，見不到什麼亮光，但是白天好歹路上會有一些聚光燈，還有零星往來的人群。

凱斯豎起耳朵，聽見一塊廢鐵被車子碾過，從路口滾了過去。大概因為那些穹頂建築的重疊和空氣對流，大樓呼嘯著穿行的火車汽笛聲，聽起來也有些詭異。

樓上的音樂聲雖然已經小了不少，但還是零零星星漏出一絲重金屬的撞擊聲和幾縷灰塵。

凱斯躺在沙發上，雖然極力地想讓大腦平靜下來，但是卻忍不住翻來覆去，經過剛才樓上那番莫名其妙的折騰，他現在已經睡不著了。

凱斯索性站了起來，透過窗戶，凝視著對那塊死氣沉沉的、掉了漆的全像影像招牌。這塊招牌現在又亮了起來。凱斯以往就是這樣，透過這招牌的開關，來判斷現在是白天還是夜晚。

■ Chapter 006

　　從對面老舊的住宅大樓裡傳來一聲唭嗒聲，整個世界凝固了。

　　在沒有顏色的天空底下，一幢幢住宅大樓就是一片片崛起波浪般的廢墟，廢墟的波峰之上，是城市高樓那褪色的、半熔化的殘骸。廢墟的質地像是一張網，鏽蝕的鋼條扭曲成細細的網線，中間還掛著大塊的混凝土。

　　凱斯雖然見慣了這樣的情景，但還是忍不住嘆了口氣。

　　他站在黑暗中抽了根人造煙，淡淡的仿尼古丁氣味衝上大腦，讓他略微清醒了些。洗手間裡傳來滴滴答答的輕響，讓凱斯覺得身側有一種詭異的寂靜。滴滴答答的漏水聲持續了一會兒，就是這樣的氛圍，總令凱斯覺得有什麼事情不對勁，但是他卻想不起來這不對勁的原因。

　　按理說，他現在比窮光蛋略好一點，眼前也不至於餓肚子，實在沒什麼好為明天擔憂的理由。只是偵探的靈敏嗅覺，總讓他覺得這詭異的平靜中，透著一絲不安。這樣的焦慮驅使他不由自主地打開手機，看看有沒有什麼新的消息。

　　他用手指滑動解鎖手機螢幕，手機上面顯示著現在的時間已經是凌晨三點多。他兩手按著窗臺，下意識地避開著窗臺以前放置著那個舊花瓶的位置，但他揮手時卻撲了空。凱斯這才想起來，那個花瓶早上已經從窗臺跌落，在樓下摔得屍骨無存。

　　對面褪色的霓虹燈依然閃著刺眼的光芒。

　　不對！一定有什麼事情不對！凱斯想起了早上的事情，便不受控制地想起了早上闖進來的那夥人。他們趕走了樓上那傢伙──接著焊接音響──叫凱斯一同參加 Party，但是現在樓上卻已經悄無聲息了。

　　這種詭祕的安靜，正是凱斯覺得奇怪的源頭。

　　想到這裡，凱斯的心突然猛地下沉，他在大衣口袋藏好了那支白朗寧手槍，快步向樓上跑去，卻在樓梯上猛然被絆了一下，這才恍然想起，自己應該先打開手機上的手電筒。

　　他走到那金色雕像的門把旁邊，藉著手機幽暗的燈光，看到阿姆塔奇腦袋旁邊的一塊面板滑了上去，露出染在門上一道暗紅色的血跡。

再往裡面走，他看見了馬克沁。馬克沁的脖子被一條細鋼絲捆在一條小躺椅的背上，鋼絲深深陷進椅子靠枕的記憶棉裡，也同樣深深陷入他的喉嚨。

一團深色的血凝結在那裡，像是一顆奇異的寶石，又像一顆紅黑色的珍珠，絞索兩端的粗糙木柄在空中飛舞，好像陳舊的掃帚柄一般。

眼前的景象映照在幽暗的手機亮光中，讓凱斯忍不住想要作嘔。

「凱斯——」他忽然聽見有人在呼喚他，他被嚇了一跳，但是他能分辨得出來，這是活人的聲音。凱斯打開手機上的手電筒，舉著手機，眼睛變得如同火炬一般，四下搜尋著聲音的來源。

「對，你說過的，你叫凱斯‧史密斯……」米雪兒喘著氣，看得出來她在強忍著疼痛。

「凱斯，」她說，「幫我個忙。」

米雪兒僵硬地靠坐在一片人造塑膠鋼板上，正在玩弄著最上層鋼板上面的一塊塑膠突起，拇指和食指上的刀片滑了出來。「我的腿不行了，你能不能扶我一把？」

地面上的花地毯上有一灘凝固的血液，閃著厚重的透明光澤。自從人類開始領取食物發放機裡的食物後，血液就變成了這種膠水般的透明黏糊狀。

血泊中堆著一床巨大的被子，她的腿被人切開，一塊三角形的刮刀在她身旁的血泊裡閃亮著。凱斯跪下來，小心地躲開那攤血，她自己把那柄刀片拔了出來。[11]

「一群該下地獄的混蛋！」凱斯惱怒地扶起了米雪兒，眼前的慘狀讓他有些不忍直視。

「需要我幫你報警嗎？」凱斯晃動著手機，關切地問了米雪兒一句。

「不……千萬別……」米雪兒平靜地阻止了凱斯，她眼中閃動著仇恨的光芒，淚水從她那雙藍色的眼睛裡流下。

「我們……你知道的，不能驚動警察。」米雪兒平靜地說道，「我哥哥阿姆塔奇，幾年前因為搶劫留下了案底。」

她用右腿支撐住身體停下來，說：「馬克沁那邊大概也有麻煩，他在服

---

[11] 在莫斯特伯阿米克降臨這個世界之後，食用死神食物發放機裡發放食物的人類，血液開始慢慢變成了透明狀，帶著一點黏稠感，就像鼻涕一樣。

兵役期間殺過一個人。對！他失手殺了一個戰友，被軍事法庭審判，後來被開除軍籍了，然後他就一直跟著我們。」

她低頭看了看地面上蜿蜒的透明痕跡——這是另外兩個人的血。

「你早上說，你在這個街區幹偵探？」米雪兒的餘光瞥見凱斯腰間的槍，忽然想起了兩人上午的對話。

「是的。」凱斯扶著她勉強站起來，看得出來，米雪兒有處理傷口的經驗。早上那件衣服已經被她撕成幾道，她的傷口被勒得緊緊的，暫時止住了向外冒著的黏稠血液，這些血液無色無味，很容易被人忽視。

「我那還剩下一點醫用酒精，如果你不介意的話……」凱斯攤攤手，盡量讓自己的話聽起來有安慰的意味。

要知道，現在這個年代，酒精也是稀罕物，如果不是凱斯有一點手腕的話，這些酒精也不會保存到現在。

「謝謝……」米雪兒大半個身子都靠在凱斯身上，她的外衣已經撕開裹傷了，現在就剩下了性感的內衣。凱斯扶著米雪兒堅實的腰部，感覺米雪兒的身子有些微微發燙，似乎是因為傷口的原因，發起了低燒。

真該死！這觸感和他早上在沙發躺椅上想像得差不多，只是現在這個場景卻不太對。凱斯自問不是什麼正人君子，但是也不至於乘人之危。

「你早上說，你是偵探？」米雪兒顯然更關心這件事，剛才提問被凱斯打斷，她瞬間又想了起來，接著追問了一句。

「是的。」凱斯小心翼翼地攙扶著米雪兒，盡量不去觸碰她那隻受傷的腿。

「幫我查我哥哥他們的死因，我要替他們報仇！」米雪兒語氣堅定。

凱斯看了米雪兒一眼，這雙湛藍的大眼睛裡，有一絲哀求的意味，但是他看得出來，米雪兒態度堅定。

他在心中咒罵了一句，想起了自己昨天因為心軟失去了號碼牌的事情，心腸馬上就硬了起來。

「那個，你知道的，我從不會免費接案，我幫人查一個案子，至少要三千元美金的……更何況，是這樣的凶殺案……」凱斯盡量讓自己的語氣聽起來強硬一些。

「這個沒問題，我有錢，三千元美金是吧？」米雪兒明顯地鬆了一口

氣，「麻煩你扶我到那邊。」

凱斯攙著米雪兒來了一個保險箱旁邊。

米雪兒熟練的按著保險箱的密碼，從裡面取出了一疊美金交給了凱斯。凱斯接過錢，有一點懊惱，早知道剛才自己就應該多要一點才是。

「這裡是三千五百元美金，你先拿著，不夠我這裡還有。我們接手了皮埃爾的銀行帳戶，所有的錢都還在，這保險箱裡，只是一小部分的現金。」米雪兒擦了擦手。

「好吧！」凱斯一邊觀察著米雪兒的動作，一邊在室內逡巡著，推斷著案情的可能性，「保險箱裡的錢都還在，應該不是為了錢殺人。」凱斯低聲呢喃著。

「你先靠在這裡。」凱斯將米雪兒放在床墊旁邊，低聲說，「案發現場應該保護起來，我先看看線索。」

米雪兒溫順地點了點頭。從見到米雪兒到現在，這是她唯一一次露出溫順的姿態。

凱斯取出自己的手套，想要洗乾淨雙手，再將室內細緻地搜索一遍，可他剛打開洗手間的門，就看見蘭德的屍體直直向他撲了過來。

「噢！他媽的，真該死。」凱斯勉強將蘭德扶回原位。這才看見蘭德的血流了一地，順著牆的縫隙，正在一點一點地往樓下滲透。

自己抽煙時聽到的滴答聲，原來是蘭德的血混合著洗手間的水漬向下流淌的聲音。凱斯皺了皺眉頭，看樣子自己待會兒得清洗洗手間的牆面了。

他將蘭德的屍體小心翼翼地靠在牆上，戴上了手套，查驗著蘭德的傷口。蘭德應該死了有一陣子了。他傷口的血液都凝固成一灘透明的塊狀糊在身上，剩下的，幾乎都流盡了。

凱斯放開蘭德，又小心翼翼地查驗了馬克沁和阿姆塔奇的傷口。他現在唯一能確定的事情就是，阿姆塔奇應該是幾個人中最後死的，凱斯判斷，自己推門進來的時候，凶手應該剛逃離不久。

現在，米雪兒是唯一的倖存者。

凱斯追問米雪兒當時的情景，希望能從米雪兒的話語中找到一點凶手的線索。三個人全死了，自己在樓下卻沒有聽到一點動靜。尤其是馬克沁，看情形他在死之前應該被折磨了好一陣子，不可能不發出一點聲音才對。

　　凱斯在手機的記事本上，記下所有可疑的線索。

　　米雪兒一聲不吭地看著凱斯的動作。

　　「你真的沒有看見凶手是誰？」凱斯一邊梳理疑點，一邊詢問著米雪兒。

　　「我發誓，我真的沒有看見。」米雪兒堅定地搖搖頭，「我只記得音樂不知道被誰關了，然後阿姆塔奇出去檢查線路，後面我就人事不知了。」

　　「好吧！」凱斯聳肩。他看得出來，米雪兒因為腿上的傷口失血過多，隨時有昏倒的危險，他也不願意在這個時候再追問她。

Chapter 007

　　對面的自鳴鐘響了三聲。

　　這個分辨不了日夜的黑暗城市裡，藏著許多凱斯不知道的勾當。如今他這個亂糟糟的房間裡多了一個人，之前所有的計畫都被打亂，他現在需要去食物發放機處，取回更多的食物。

　　好在之前那個該死的侏儒雖然騙走了他的序號，但卻也讓他知道了二手網站的資訊。凱斯滑動著手機，找出那個 APP，依樣買了一個號碼牌。這個號碼不算靠後，但也要等一段時間，不過這已經是凱斯現在能弄到最靠前的位置了，他準備等明天一大早就過去看看。

　　黑暗中，米雪兒呻吟了一聲。

　　凱斯皺著眉頭走近米雪兒時，她已經站起身來，按住了凱斯手機上的螢光。她用舌頭緊緊抵住凱斯的門牙，凱斯心中微微一動，她身旁粗糙的混凝土牆開始泛出幽幽的白光。但接著她以迅雷不及掩耳之勢，拔出了凱斯腰間的那支白朗寧，槍口對準了凱斯的腰：「好了，親愛的，咱們出去玩玩。」

　　「混蛋，保險栓是開著的！」凱斯怒吼一聲。

　　「我當然知道。」米雪兒好整以暇地應聲，一點也看不出來她剛才受過那麼重的傷。

　　「如果保險沒開，你又怎麼會乖乖聽我的。」米雪兒瞇著雙眼對凱斯命令著，「舉起雙手，轉過身去。」

　　「你這個詭計多端的臭婊子！」凱斯咒罵了一句，但是還是乖乖地將雙手放在腦後。

　　「我必須為我哥哥報仇，現在，送我去馬普爾。」米雪兒的手微微顫抖。

　　她藉著沙發的力量忍痛爬了出來，凱斯感覺到她端著槍的胳膊和雙手，還有塑膠外套下面那熟悉的緊身衣。她的腿上纏著一條止血的舊帶子，那還是他自己幫她包上的。

　　「難道你有線索？」凱斯問她。

　　「我不知道，但是馬普爾有我們共同的敵人。」米雪兒冷冷地回應他，

像是在極力掩飾著自己因緊張帶來的顫抖。

「放下槍。」凱斯趁機猛然轉身，將米雪兒手中的槍按下。

「砰！」米雪兒一驚，毫無徵兆地扣動了扳機，沙發上頓時又被射穿了一個小洞。子彈透過沙發嵌入地板，震動得屋頂撲簌地落下不少灰塵來。

「真該死，看樣子我又得在智慧型家具的網站上賠一筆了。」凱斯一邊藏好槍，一邊將食物發放機中發放的紅色泡沫咖啡，用電茶壺煮上。

「聽我說，你需要冷靜一下。」

凱斯一邊說，一邊翻箱倒櫃地尋找著裝咖啡的杯子。

「你哥哥他們被折磨了很久，但是我卻只聽到了洗手間的滴答聲。這不是一般的凶殺案。」

米雪兒接過凱斯遞給她的那杯咖啡，怔怔地聽著。

凱斯看得出來，她的思緒有一點飄忽，或許還沒有接受她哥哥被殺的這個事實。

「這個世界上沒有完美的謀殺，所有的謀殺都會有痕跡，哪怕殺人者掩藏得再好也不行。世界上所有的能量都是平衡的，如果有誰打破了它，肯定會留下印記，這就是我個人的理解。」

「你的意思是說，每個人都好像是這個世界的一種能量，刪除它們的時候，就會產生波動⋯⋯」米雪兒重複著凱斯的說辭，像是在理解他的敘述。

「是的，這個世界的謀殺，如果逆向來看，可以從兩個方向入手。」凱斯關掉了咖啡壺，避免它的嘟嘟聲打擾到自己和米雪兒的交談。

「哪兩個方向？」米雪兒疑惑地問了凱斯一句。

「殺人者的動機和他們的手段。我不是警探，你可以放心告訴我。第一，你們和什麼人結過仇；第二，我需要一些儀器設備，才能檢測出殺死你哥哥他們的兇器是什麼材質。」

「我剛才說過了，我要去馬普爾。」米雪兒皺了皺眉頭。

「但是你並沒有告訴我那裡有什麼人。」凱斯攤手。

「我現在還不能說。」米雪兒顯然並不希望繼續這個話題。

直覺告訴凱斯，或許米雪兒口中的這個「馬普爾」和今晚這起凶殺案有關，但是她卻守口如瓶。

「聽著，現在就送我走！剛才自鳴鐘響的時候，我看了手機上的時間，

現在是凌晨三點，這裡到機場需要四十分鐘。我到的時候，正好可以趕上五點去馬普爾的那班飛機。」

「這不行！明天早上，警察的電子巡航機應該就會監測到樓上的屍體，你是必要的人證，如果我送你走了，我和你都有謀殺的嫌疑。」

「該死！可是我現在必須要去馬普爾，不然的話，就永遠洗刷不了殺人的嫌疑了。」米雪兒幾乎是在怒吼。

「嘿！嘿！放輕鬆點。聽著，如果不告訴我原因，我是不會幫你這個忙的，我們不過才剛認識而已。」這會輪到凱斯好整以暇地望著米雪兒了。

「好吧，好吧！」米雪兒懊喪地點了點頭。

「我和我哥哥，並不是真人，我的意思是……」米雪兒說到這裡，無奈地咬了咬嘴唇，十分難為情的樣子。

凱斯皺著眉，顯然他已經想到了，米雪兒未完的言語後，絕不是什麼好話。

「肉人？」凱斯已經做了最壞的打算。

「不！我們也不是肉人。」米雪兒連忙搖頭。

「我們是馬普爾的一個富商，用他女兒和兒子的細胞複製出來的。他的女兒和兒子已經死了很久了，他還保存著他們的屍體，希望有一天能復活他們。我知道，這聽起來像神話……但是他真的這樣做了。」米雪兒斷斷續續地將這件事描述出來，像是在說別人的故事。

「塔納托斯降臨之後，他的這些技術終於實驗成功了。然後，他造出了我和阿姆塔奇。十九歲之前，他整天都將我們關在屋子裡，我們從來沒有見過外人，後來我和阿姆塔奇趁著他不注意的時候，想辦法一起逃走了。」

「然後你們就在世界各地漂泊？」凱斯有些難以置信地望著米雪兒。

「可以這麼說吧！」米雪兒點了點頭，「和阿姆塔奇一起逃出來後，我們過得也並不算差。」

「那是當然。」凱斯能想像，像米雪兒這樣的尤物，即便她什麼也不做，只是勾勾手指頭，也會有男人願意自動送上門的。

「你現在為什麼又要去馬普爾？」凱斯不解。

「聽著，凱斯，你並不知道他的脾氣個性，我們逃走的時候，他沒有毀掉複製基因。」米雪兒的聲音冷得可怕。

「所以，你懷疑是他派人下手的？」凱斯一邊問，一邊留神觀察著米雪兒的神情。

「如果他只想要我們的命，那還好辦。可是萬一有另外一個米雪兒和阿姆塔奇，我就會被永遠銷毀了。」米雪兒說出了這句話，凱斯從她的神情可以看出來，米雪兒已經做了最壞的打算。

「你在撒謊。」凱斯從舊辦公桌上的煙盒中取出了一支人造煙，他現在需要一點尼古丁——哪怕是人造的也行。他需要釐清思路，好判斷米雪兒所說的話到底是真的還是假的。

他不會就這麼輕易就被這個女人的一面之詞騙了。

「叮！」的一聲，米雪兒竟然被凱斯的話震得退後一步。她上前抓住了凱斯的衣襟，手機的微光中，她用哀怨的眼神凝視著凱斯：「我發誓，我說的每一句話都是真的……」

「好吧！即使馬普爾的富豪是真的，但是你和阿姆塔奇之間的事情，你也在撒謊。」凱斯目光灼灼，盯著米雪兒，「如果你們是複製人，十九歲以前從來沒有接觸過別人，又是怎麼弄到現在這個假身分的？」

「好吧！」米雪兒嘆了一口，像洩氣的皮球一樣癱在沙發上，「被你看出來了，阿姆塔奇的確是我哥哥，但是我不是富豪的女兒……」

「那你是他的什麼人？」凱斯話音剛落，猛地像是想起了什麼，瞬間覺得自己簡直像個蠢蛋。

米雪兒將淡紅色的咖啡放在桌上，看得出來，她只是淺淺啜了一口而已。顯然她剛才看見了凱斯的表情。

「和你想的一樣，阿姆塔奇幫我逃出來，我還用了原來的身分。如果是他幹的，那他肯定又製造了一個新的米雪兒了。這幾年這個身分一直沒有註銷過，現在你知道了，我得馬上去馬普爾……」

凱斯掐滅了煙。他知道沒有身分庇護意味著什麼，在這個罪惡之城，失去身分識別簡直寸步難行。

「凱斯，你接了我這個案子。我可以再給你一些錢。可是一旦那個人把我現在的身分註銷了，或是把這個身分給了另外一個人，我就死定了。」

「我覺得很奇怪，如果是他幹的，為什麼沒殺了你。你死了，不就一了百了了。」

「我這裡有個晶片。」米雪兒拍了拍自己的右腿,「可以讀出他儲存過的所有東西,然後去整他以前的客戶。我負責誘騙那些人,阿姆塔奇和馬克沁他們去做討債的打手,我們一起做事,我們是同夥。我遇見他的時候,剛離開那傀儡屋八個星期……」

　　她停住了,因為她剛才低頭的時候,清楚地看到手機上的時間,已經指向了凌晨四點。

　　「我得馬上離開這裡,凱斯,你要幫我。」

　　米雪兒十分焦灼。

Chapter 008

　　米雪兒的這句話，讓凱斯沉默了片刻。

　　凱斯看向米雪兒身後，對面螢幕上的霓虹燈，已經斷斷續續地亮了起來。一條由紅點組成的廣告詞，圍繞著自由彼岸組成了一個斷斷續續的紅圈，那些密密麻麻的紅燈忽明忽暗地閃爍，看得久了，便會生出一種間離的陌生感。

　　「如果一定要趕五點那班飛機的話，最好馬上就出發。」凱斯開口打破了沉默，「上次那家租車公司的 APP 裡，隨時都可以預約，該死，我得看看他們附近的租車地點在哪裡……」

　　「好了！」凱斯的手指滑過 APP，預約好一輛福利亞皇冠[12]。

　　「不能太張揚。最好預約一輛能自動駕駛的車，到了機場再把車還給他們。還有，你確定你要去的話，最好準備一個大一點的行李箱，一個要出遠門的單身女性，沒有行李箱很容易引起別人的懷疑……對了，行李箱中不要放液體，檢查起來會耽誤時間，如果真的要趕五點的那班飛機，我想你得在十分鐘內收拾好。」

　　凱斯話音剛落，米雪兒就飛奔到樓上去準備東西了。

　　洗手間的滴答聲終於消失了。

　　八分鐘後，米雪兒已經換好一身衣服從樓上下來，手中還提著一個精巧的行李箱——女士常用的那種——凱斯也不知道她到底從哪裡搞來這麼多東西塞進去的，總而言之，女人們常常就有這種令人吃驚的本領。

　　兩人靜悄悄下樓時，凱斯約好的車已經停在樓下，自動駕駛系統設定了一個小時的使用時間。

　　凱斯取消了車上自動駕駛的設定，隨即關掉了手機。

　　「你最好把手機關了。」凱斯指示著米雪兒，看著米雪兒關掉了手機。

　　「你確定你一個人能行？」他有些難以置信地望著米雪兒。

　　「是的。」米雪兒挺直脊背，盡量讓自己的聲音聽起來顯得正常一

---

[12]美國計程車最常用的兩個品牌之一。

些。她戴著墨鏡，大概是為了遮住自己紅腫的雙眼，以免被路人看見後心生疑惑。

連凱斯也不禁有些佩服起她的細心。

「聽著，」凱斯一邊將東西裝箱，一邊對米雪兒說道，「明天早上警察肯定會發現其他人的屍體，你一直和他們在一起，這種明顯的線索他們那些混蛋是不會遺漏的。但現在，只有你一個人活下來了，你知道這意味著你才是嫌疑最大的那個人。而你現在急匆匆地跑到馬普爾那種荒涼到鳥不拉屎的地方，很難讓人不聯想到這是一樁有預謀的畏罪潛逃，但是我還是選擇了幫你，現在，我得想想該怎麼和警察說這件事……」

凱斯的語速飛快，順便將米雪兒的行李箱塞進了那輛福利亞皇冠之中。

「該死，他們應該派一輛雪佛蘭來的。」米雪兒的行李箱裡不知道塞了什麼東西，提在手中有些沉。

「我們現在對好說詞，我是你的鄰居，我們今天才第一次見面。你的哥哥和朋友們被謀殺了，而你一點線索也沒有，現在除了你那個該死的富豪之外，沒有人有這種殺人動機。好吧！如果明天我這樣告訴警察，他們一定懷疑我腦袋是被牛撞過，才會想出這樣一套謊言。」凱斯無奈地坐在駕駛的前座上，車子的自動駕駛設定剛剛已經被他解除了，現在他得手動操作。

「我想你應該知道，這個世界上的謊言常常聽起來像真的，而你說真話時，人們常常會覺得你在撒謊。」米雪兒坐在副駕駛的座位上，繫安全帶時，不小心碰到了腿上的傷口，疼得她向後縮了一下。

「我想是的。」凱斯掐滅煙頭，將煙蒂扔出了窗外。

「食物得帶著。」凱斯發動汽車，使勁踩了一腳油門，衝破罩在幽暗的霧色光芒，汽車發出低嘯，飛　般向前馳去。

「這些食物真難吃。」米雪兒揚了揚手中的紅色食物，那是凱斯昨天從食物發放機中領回來的。

「拒絕它們的人才是病得不輕。」[13] 凱斯撇撇嘴，現在可不是抱怨食物的時候。

「富豪在馬普爾的什麼地方？」凱斯問米雪兒。

---

[13] 凱斯說的意思是沒有領取死神發放食物的人都生了怪病，所以才說拒絕他們的人，才是病得不輕，一語雙關。

「他在馬普爾一個偏遠的小鎮上，建了一座莊園。」米雪兒回憶起自己記憶中那座莊園的樣子，「那地方在雪山腳下，火車只能到市區，再從市區開兩個小時的車，才能到他住的地方。」

「都是些奇怪的癖好。」凱斯拍了拍方向盤，「好吧！你自己小心點，如果發現不是，就趕緊從那離開，別讓他發現了你行蹤。」

「我知道。」米雪兒點了點頭。

兩人一路再沒有說話，米雪兒安靜的像換了一個人似的。凱斯一路駕車飛馳到機場，停好車後，看了看時間，竟然才四點半。米雪兒已經在手機上訂好了去馬普爾的機票，凱斯建議她選擇靠窗的位置，這樣不容易被人打擾。

兩人停好車，米雪兒拖著行李箱，她的腿已經不流血了，但走起路來還是略有些跛。

「也許你更應該選擇報警。」米雪兒衝著凱斯笑了笑，這個時候她眼神中帶著一絲陰翳，不再是昨天那副風情萬種的樣子了。

她這副表情讓凱斯愣了幾秒，「讓警察們見鬼去吧！」凱斯順手接過米雪兒手中的行李箱，「他們的效率實在太低了，有時候我都懷疑那幫混蛋的腦袋，除了玩手機再也幹不了別的了。你知道，好多時候，我剛找到了案子的線索，他們就來和我們談判了，那幫傢伙做事不行，呵！邀功倒是一把好手……」

凱斯看著米雪兒換了登機證。

「我給你的錢只是訂金，如果你真的能找到謀殺我哥哥的線索，我會給你一筆豐厚的酬金。」米雪兒抬起頭，在登機之前，又鄭重地告訴了凱斯一句。

凱斯點了點頭，他可不是那種和錢過不去的人。

「快走吧！我知道你沒殺他們，所以我才沒有報警。」凱斯努力讓自己的聲音聽起來真誠一些。

機場裡的人不算太多，米雪兒不用排隊就進了安檢口。「莫斯特伯阿米克」（MORSTURB-AMICI）[14] 降臨這個世界之後，人們都不太愛出遠門了。

---

[14]「莫斯特伯阿米克」（MORSTURB-AMICI），死亡瘟疫及天災降臨的拉丁語音譯。

就拿凱斯自己來說，恐怕他除了領取食物發放機和去酒吧賭博之外，其餘的時間也覺得在家躺著才更舒服。

凱斯看見一個穿藍衣服、提著塑膠箱的男人，匆匆跑到了米雪兒身後，從凱斯的視線望去，他正在和機場的安檢人員爭執著什麼，兩人說了一陣，安檢員終於讓男人過去了。

前面米雪兒的背影被男人遮擋著，凱斯的視線差一點捕捉不到。還好男人很快就從她身邊匆匆走過，凱斯從她的背影裡看到了恐懼和不安，但是米雪兒還是義無反顧地拖著箱子進入人群。

凱斯看見她的背影消失在長長的登機通道裡，有一瞬間的恍惚，他等到飛機起飛才離開。

並沒有任何意外，飛機消失在泛著藍光的天幕之中。

天幕之中是刺眼的亮色，這亮色漸漸蔓延下來，到半空中時，和各種人造路燈的光芒交接，鋪成一片暖融融的黃色。

再過兩個小時就又是白天了，凱斯從租車的 APP 上預約了一輛雪佛蘭，這家租車公司在機場附近就有服務站，因此汽車很快就到了。

凱斯坐車回到家中，家裡空空如也，如果不是沙發上丟著米雪兒那件帶血的衣服，他簡直要懷疑剛才的事情是不是自己在做夢。

「好吧！」他攤攤手，反正現在也睡不著，他乾脆拿出手機來，繼續玩著上午中斷的那個遊戲。

還是那個美女。這一次，凱斯領了任務，需要和美女一起潛到水下去偷一樣東西，這個東西是任務必需品，但是如果他願意儲值的話，也可以直接從商店購買。

「這些黑心的商家，總是想各種方法從消費者手中套錢。」凱斯想到了炒作懸磁浮飛車概念的人，暗自在心中咒罵了一句。

這一次他順利地完成了任務，交代任務時才發現，到下一個任務需要金幣，想要獲得這些金幣，又需要再儲值。

「媽的！」凱斯退出了遊戲，雙手別在腦後，呆呆望著天花板上的黑斑。他在腦袋裡整理著米雪兒告訴自己的這些資訊，希望從中釐出一條線索來。

在米雪兒昏倒的那段時間裡，阿姆塔奇應該被折磨過一陣，但是她卻沒

有聽到任何聲音，也沒有醒過來。

蘭德應該是一刀斃命，傷到了動脈，血噴湧出來，順著水池的管道流到了門口……

凱斯在頭腦中慢慢思考著這些線索，腦袋越來越沉，漸漸沉入了夢鄉。

他是被敲門聲吵醒的。急促的敲門聲打斷了凱斯正在做著的一個夢，夢裡他又重新回到了莫斯特伯阿米克降臨前的戰場上。耳邊無線電通信裡，不時傳來女播報員冷冰冰的聲音，告知著每個人邊境的戰況。

身邊都是些斷指殘臂，分不清哪些是美國人的，哪些是墨西哥人的，甚至中間還夾雜著一些俄羅斯人的屍體[15]。地上的土已經被炸彈炸得焦黑，凱斯藉著堡壘的掩護，慢慢向前爬著，他手指緩緩移動，生怕驚動了頭頂上帶監控系統的無人機。

這些無人機上帶有熱感應系統，正地毯式掃描著這個區域的裝甲部隊。據可靠的情報指出，這裡聚集著美軍的坦克集團，所以加墨聯軍決定在此處投放戰術核彈。

凱斯感覺自己伏在地上，意識有些模糊，他周圍已經沒什麼活人了，他縮在泥土裡，祈禱自己的隊友能收到自己剛才發出的求救信號。

漫漫煙塵之中，凱斯遠遠地看見戰友終於駕駛著最新式的坦克過來了。在他奔向戰友的那一刻，加墨聯軍的戰術核彈已經扔下來，隨著一聲巨大的轟鳴，凱斯感覺到自己意識飄搖，似乎靈魂已經飄到半空，遠觀著來不及進裝甲坦克的自己被瞬間蒸發。

巨大的轟鳴聲將凱斯從淺眠中驚醒，他伸手抹了一把，發現額頭上已經冷汗涔涔。現實裡，凱斯並沒有被炸死，炸彈爆炸前，他已經鑽進了坦克之中，這種新型坦克的裝甲，有抵禦加墨聯軍戰術核彈的防核爆能力。

凱斯和他的戰友們當時參加了美墨邊境展開的戰鬥，後來一部分加拿大人也加入進來了，據說背後還有俄羅斯軍方的一些勢力，這些戰術核彈，就是俄羅斯軍方提供給他們的。

事情已經過去了十多年，他還是會夢到自己站在爆炸的中心。

凱斯緩緩地從沙發上爬了起來，拉開了門之前，瞥了一眼昨天丟在沙發

---

[15] 因為這場戰爭表面上是美國與墨西哥、加拿大等臨國進行資源爭奪，事實上俄羅斯軍方勢力也有參與其中，所以他在戰場上也看到了一些俄羅斯士兵的屍體。

上的手機，發現已經是上午十點了。

　　米雪兒那件帶血的衣服仍然在沙發上，凱斯將衣服藏了起來，然後才起身拉開了門。

　　「你好，請問您是不是凱斯‧史密斯先生？」來人語氣十分客氣，他亮出了自己的警員證，凱斯只能先請他進來再說。

　　「我們打交道的時間也不短了。」警察們拿出了掃描器，很快掃描了凱斯屋子中的所有物品。

　　「當然。」凱斯滑動智慧型座椅，請前來的警員坐下，他已經知道了他們為什麼會來找自己。

■ Chapter 009

　　樓上的案發現場已經被警戒線保護起來了，凱斯腦海中重播著門把後面的場景，他幾個小時前已經都見過了，只不過，現在那個地方多了一道警戒線而已。

　　警察已經找上門來了，凱斯知道，短時間內他不可能再上去查看什麼線索了。但如果這些警探們以為他會乖乖被這些警戒線限制，那就大錯特錯了，只不過眼前凱斯得先和他們周旋一陣子。

　　藉著各種光源混合的亮色，凱斯向窗外瞥了一眼，樓下有幾個人正在裝置監控設備，人群也開始活動起來。在大廈一樓的幾個不起眼的角落裡，停放著幾輛廢舊的麵包車，麵包車的車窗已經被搖了上來，看樣子應該是有便衣警探們在車裡蹲守，這種架勢凱斯見過很多次。

　　敲門找他的這兩個人是一老一少，其中年紀大一點的是凱斯的熟人，名叫瓊恩。他管理凱斯居住的自由彼岸街區已經有十多年了。他的年齡大約五十歲上下，蓄著兩撇小鬍子，棕色的毛髮帶著一點捲曲，塊頭很大，頭腦不怎麼好。身邊年輕一點的，凱斯也覺得有些面熟，卻想不起名字，大概原本就沒怎麼見過，應該是自由彼岸街區新來的警員。

　　他們兩人俐落地把一個蟑螂似的智慧測謊儀連接上網路，並且放在凱斯的手邊，那個年輕一點的警員對瓊恩使了個眼色，示意凱斯可以開始講話。

　　「我們想找你談一點事情。」年輕警員對凱斯說道。他眼中帶著一點厭世的神情，這種神情使得他整個人看起來病懨懨的，顯得沒什麼精神的樣子。他穿著人造絲麻編織的警服，漿得筆挺的制服比他大一號，一眼望去有種莫名的滑稽感。

　　「這位是托比警員，刑事偵查科的技術人員，專門研究高科技犯罪的，他能從蛛絲馬跡中分辨出很多有用的資訊。」瓊恩主動向凱斯介紹著自己身邊站著那個年輕警員。

　　「你好。」凱斯伸出右手，禮節性地和這名叫托比的警員握了一下。

　　「是這樣的，」托比的聲音有些嘶啞，「請問您知道您的樓上昨天發生了一起凶殺案嗎？」

「我也是今天早上才知道的。」凱斯答道。

「大概幾點鐘呢？」托比緊追不捨。

「大概是今天凌晨三點左右吧！那該死的血從樓上淌了下來，把我的洗手間都弄髒了。當然，也攪壞了我的美夢，所以，我不得不上去給他們一點警告。然後我上去了一趟，就看見了凶殺案現場了。」凱斯聳聳肩。

「樓上死的這三個人你都認識嗎？」托比拿出他們幾個人的照片。

「昨天早上的時候，他們到我這裡來過。」凱斯坦言。

「來幹什麼？」瓊恩也加入了問話的行列。

「大概是把我誤認為是別的人了吧！」凱斯攤手，一副無奈的樣子。

他一邊說，托比一邊用手指在電腦上飛快地記錄著兩人的談話。

「你確定你之前一點都不認識他們？昨天是你和他們第一次見面？」說到這裡，托比那看起來像沒睡醒的惺忪睡眼，突然來了幾分精神，手指也從鍵盤上挪開，輕輕叩擊著桌面。

「當然！關於他們被殺的事，我知道的並不比你們多。」凱斯又點燃一支煙，猛地吸了一口。

「我們問你這些是公事公辦，並沒指望從你這裡查到什麼凶手的資訊。」托比的語氣突然變得嚴肅起來，「今天早上的時候，我們電子眼偵查到這裡的凶案資訊，現在已經檢查了周圍的住戶。監控顯示，這幢樓裡在凌晨四點左右出去的，只有你和一個女人。」

托比頓了頓，接著說道：「而那個女人，之前一直和樓上的三個死者在一起——我想，你應該可以向我們解釋一下，你為什麼會主動送一個和凶殺案有關的陌生女人離開？」

凱斯在心中盤算了片刻，他沒想到他們的監控如此靈敏，但這個叫托比的警員所透露出的資訊，也並不是全然都是壞的，至少他聽出來了一點——他們仍然把米雪兒當成一個有身分資訊的公民在對待，這至少說明了，米雪兒一直憂心忡忡的事情還沒有變成現實。

「你最好老老實實回答我們的問題。」瓊恩對著凱斯使了個眼色，顯然這個托比並不怎麼好應付。

「你問我到底是怎麼回事，我也想知道。」凱斯的語調裡似乎有一點微微惱火，尋常時候，這座城市死一、兩個人，不會值得他們如此大動干戈。

「你不需要知道，你只要明白，現在是刑偵科的高級長官在向你問話就夠了。」

「別發火，夥計。讓他回想一下。」瓊恩在中間打了個圓場，凱斯則在大腦裡飛快地思索著應對托比問話的理由。

「按照常理推測，凱斯，你知道的，那個女人的嫌疑最大，其次……」瓊恩望著凱斯，眼神有些無奈。

凱斯看了瓊恩一眼，明白了瓊恩的意思，凱斯知道，從常理上很難理解他的行為，但是他瞭解這些穿著警服的混蛋。米雪兒並沒有撒謊，她絕對不會是殺死其他三個人的凶手，這是凱斯的直覺。他願意相信自己的直覺。

而且凱斯還知道另外一件事——一旦米雪兒被他們抓住，這件事就更麻煩了。如果他們找到了米雪兒，米雪兒的身分也曝光了，然後，等待米雪兒的是和沒有資訊記錄的肉人一樣的庭審和宰殺宣判。

即使要找凶殺案的線索，也要等到米雪兒從馬普爾回來才能進行。在此之前，他不得不和這些人周旋，這是他早就想到的。或許運氣更好一點，他還能從這些人嘴裡套出某些和案件有關的其他有用資訊來，畢竟，哪怕這些警察都是混蛋，但是他們的設備儀器都是最先進的。

「別耍花招。」托比的耐心快要耗盡，他對凱斯發出了警告，「關於這個案子，我們已經掌握了很多資訊，撒謊對你沒有任何好處。」

「我的確送那個和他們在一起的女人去了機場。」凱斯點了點頭，並不否認，「我想，沒有哪個紳士能拒絕一名女士在絕境下的請求，更何況，如果嚴格按照法律條文來判斷的話，我送她去機場的時候，她並不是凶殺案的嫌疑犯。相反的，如果她再留在這裡，還有被凶手謀殺的危險。」凱斯語調平靜地敘述著，「根據《聯邦安全管理法案》第九條，在懷疑物品沒有被正式通緝之前，你並沒有權利限制她的自由。而我只是恰好喜歡助人為樂而已。我想，每個美國公民都有助人為樂的權利。」凱斯一邊說著，一邊從手機中調出了《聯邦安全管理法案》的條文。

「聽著，我們現在沒那個閒工夫跟你玩文字遊戲，這三個人現在已經死了，但是他們在死之前，我們查到曾經有人從他們的電腦裡轉移了灣區坎貝爾先生的一大筆錢。現在我們懷疑凶手或許和黑市的毒販有關，明白嗎？而那個女人的嫌疑，恰恰是最大的。可是我們到現在還追查不到那個女人身分

資訊下的任何帳戶。」托比終於按捺不住，怒氣沖沖地將這些話說了出來。

他提到坎貝爾的時候，凱斯有些走神，他想起了自己在酒吧賭博的時候，遇到的那個抽雪茄的傢伙，那個傢伙好像也是灣區的有錢人。

「難道你們就沒有核對過電腦上的指紋嗎？」剛才的念頭轉瞬即逝，凱斯忍不住問了一句。

「指紋被擦得乾乾淨淨，電腦被扔進水池中，線路已經燒壞了，無法追溯轉帳的帳號。」瓊恩逮到機會，終於插了一句話。

「好吧！」現在這件事的複雜程度，顯然已經超過了凱斯當初的預料。轉帳的事情，米雪兒並沒有提過，顯然米雪兒也並不知情，大概是她昏迷期間發生的事情。只是，如果這件事沾上了黑幫，就會變得麻煩許多。

想到這裡，凱斯忍不住皺了皺眉頭。

「現在不僅這四個人的身分非常可疑，殺他們的人也不簡單。但顯然這是一起熟人作案，知道他們的帳戶裡有錢……」托比還在絮絮叨叨地說著，瓊恩對他使了個顏色，他顯然知道自己說得太多了，便馬上截住了話頭。

「在過去的幾個小時裡，你是唯一見過他們的人。而且你還送走了他們之中唯一一個活著的，雖然我們並不知道你是出於什麼動機這麼做，但是我們希望你能跟我們回警察局一趟，我們需要檢查你手機裡的導航路線和通話記錄。」瓊恩例行公事地說道。

「我想，在有正式的搜捕令之前，你們沒有權利這麼做，米雪兒沒有殺她幾個同伴的動機，她沒有理由這麼做。如果她要殺了他們，不需要等到這麼久才動手，明白嗎？」

「可是那筆轉帳上午才到，晚上又被轉走了……聽著，凱斯，現在不是她有沒有動機的問題，而是你，你明白嗎？凱斯‧史密斯，你已經被列入了合謀的嫌疑犯行列，你和米雪兒，合謀殺害了其他幾個人，然後你幫助她逃走了，留下自己來迷惑我們。」托比終於不耐煩再兜圈子，瓊恩的臉色瞬間也變得十分難看。

「如果不是瓊恩和你一起過來，我簡直要懷疑警察局剛被灣區的某位大佬收購了。」凱斯瞇著眼睛，掐滅了煙頭，手又悄悄按到了衣服裡的那支白朗寧手槍上。

▌Chapter 010

　　「要說按我的理解，一個聰明人應該懂得識時務才對。」凱斯的手剛摸到那支白朗寧的槍桿上，托比已經站了起來，下一秒，托比就已經掏出了槍，凱斯只覺得一個黑漆漆的槍口已經頂上了自己的腦袋。

　　「shit！」凱斯在心中咒罵了托比一句，他剛才忘了，這幫警察們進屋的時候，都會用紅外線掃描系統進行熱掃描。

　　「放下槍，轉過身去！」托比指揮著凱斯。

　　「嘿！嘿！聽我說夥計們，別衝動。」瓊恩還在試圖調解兩人之間劍拔弩張的氛圍。

　　「蹲下！把槍慢慢放在地上！快點！」托比完全不理會瓊恩的感受，只是惡狠狠地盯著凱斯。

　　凱斯把放在口袋裡的手槍慢慢掏了出來，在托比的眼前緩緩做出了半蹲的姿勢，又在他的監視下把手槍扔在房間的地板上。

　　「現在，轉過身去！」托比繼續命令著凱斯。

　　凱斯全程都沒有說話，配合著托比的語氣轉身，但在凱斯轉身的一瞬間，他卻抬起手肘，向身後重重撞去。

　　托比被凱斯擊中，一個趔趄摔倒在地上。凱斯把他撞倒在地上的剎那，已經抓住了托比的右臂，將他整個提了起來——隨即一個轉身——等托比回過神來的時候，凱斯已經扭住了他的右臂。

　　「混蛋！」托比疼得齜牙咧嘴，在他還沒反應過來之前，他握在手中的手槍已經被凱斯搶了過去。下一秒，只聽見「哢嚓！」一聲脆響，托比的手臂已經被凱斯擰斷了。

　　「看樣子，美國的警校並沒有教會一個人應該怎樣隨機應變，建議他們加上這一課。」凱斯在瞬息之間，已經反客為主，他扭打托比右臂的同時，已經放開了托比，因為他已經將托比手中的那支手槍奪了過來，這個時候已經變成了他用黑漆漆的槍口對準托比的後腦勺了。

　　「嘿！別動，夥計。」凱斯向前一步，警告著托比。

　　「別動！」下一秒，瓊恩也拔出了槍，對準了凱斯，他的臉色十分難

看，顯然剛才的事情令他十分惱火。

「聽著，夥計們！」瓊恩氣鼓鼓地說，「不管你是誰，都不能玩得太過火，明白嗎？你有伸張正義的權利，但不是現在，現在你得跟我們回去，配合警察局對這個案子的調查。在那個女人和你聯繫之前，你都得待在警察局裡。」

「我所有的通訊設備都得監控？」凱斯惱火地問了一句。他沒有放下手槍，但他知道，自己需要給瓊恩這個面子，他在自由彼岸的時間並不短了，他明白瓊恩不像表面上看到的那麼簡單。

自由港街區人員的複雜程度超出常人想像，不光是黑市交易的問題，還有其他很多見不得人的勾當，即使在死神接管這個世界以後，凱斯偶爾在街頭也能看見一些抽人造大麻的黑鬼。在地獄裡打滾的人是不會上天堂的——但是也需要人能維護那些想正常生活的人——瓊恩就是這樣的警察。

他有辦法在一堆爛鬼裡幹十年，不是沒有原因的。凱斯在心中斟酌了一下——這個面子——凱斯必須得給他，他已經接了米雪兒的請求，他需要偵破這個案件，他不能在一開始就得罪警方。

「好吧！」凱斯點了點頭，慢慢將手中的槍放下，「我理解你們的立場，但是我仍然要強調的是，我有保存我隱私的權利。我知道，米雪兒現在是最大的嫌疑人，她連夜離開了案發現場，而她的同伴都死了，在他們活著的某個時間點裡，不知道誰還用他們的電腦轉走了灣區某個混蛋大人物的一筆黑錢……或許還有比這些更糟糕的前提。對！從正常的角度來看，誰不喜歡錢呢？至於分錢的人，當然是越少越好。我完全能理解你們的懷疑，但是如果你們真的用心查驗你就會知道，米雪兒一直和他們在一起。是的，他們以前是犯了一些案子，但不過都是些無傷大雅的惡作劇而已，他們沒膽子做這樣的凶案，這是顯而易見的事實。」

「如果你們真的查驗過就知道，米雪兒和他們在一起一陣子了，他們的關係很好。死者裡有一個人是她的哥哥，她更沒有理由殺了他，反正無論如何，他們有一輩子也花不完的錢了。如果你們有了充足的理由，能夠監控我和米雪兒的通信，好吧！那你們應該帶著法庭的文書過來，但是現在，這個小混蛋，穿著一身不合身的警服就想拿槍威脅我，想要監控我所有的隱私，瓊恩，不是我不願意，而是你們沒有權利這麼做。」

「給我兩分鐘。」瓊恩對著凱斯比了一個手勢，慢慢把手槍放了下來。

凱斯看了托比一眼，將手中的槍扔在桌上。

看得出來，托比也想要搶一把槍，但脫臼的右臂令他有心無力，他把另一隻完好的左手慢慢移到槍邊，凱斯用憐憫的眼神看了他一眼，又將槍重新撿了起來，往另一個方向推了過去。

瓊恩已經打完電話了，他是在屋外打的，凱斯猜他是在向上級請示。

「抱歉，兄弟！我想這次誰都幫不了你了。我剛剛收到了消息，你的逮捕令上面已經通過了。」瓊恩一邊向凱斯投過來一個萬分抱歉的眼神，一邊走到托比身邊，趁著托比不注意的時候，猛一用力，將托比脫臼的胳膊「咵嚓」一聲又接了回去。

「啊……」托比痛得大叫一聲，再回過神來的時候，他的胳膊已經接好了。他甩動了兩下手臂，快速走到桌邊，繼續操作起自己的電腦來，整個過程中他都沒有再看凱斯一眼。

「你現在必須得跟我們走一趟了。」瓊恩抱歉地掏出了電子手銬，並將手機裡剛剛接收的電子公文調了出來。

凱斯確認了公文的真實性。他以前見過幾次，這東西瓊恩偽造不了，他也沒必要偽造，不就是一通電話的事情。

「好吧！或許黑幫的效率一直都比警察局高。」凱斯諷刺了他們一句，將手伸了出去，任由瓊恩把電子手銬給他戴上。瓊恩在手銬裡輸了兩遍密碼，並將密碼的口令代碼傳輸到警察局的 AI 監控系統裡。

瓊恩繳獲了凱斯的手機，他把手機遞給托比，托比惡狠狠地將手機連接了他電腦內部的一個監控系統裡。

電腦裡的 AI 監控系統將凱斯的手機掃描了一遍，手機裡並沒有什麼有價值的資訊，這是凱斯早就知道的。

凱斯的手機裡沒有和米雪兒的任何通話記錄，他甚至都不知道米雪兒說的那個莊園在馬普爾的什麼地方，只知道下了火車之後還有兩個小時的車程，富豪的莊園在一座雪山裡，他只是米雪兒的委託人而已。

按凱斯的推測，如果他們現在沒有追蹤到米雪兒的任何消息，除了當初富豪為米雪兒偽造身分時，動用了許多特殊手段之外，另一個原因就是——米雪兒現在應該在飛機上——他們追蹤不到她的信號，所以才會以為她失蹤

了。或許，他們最壞的推測就是，是凱斯殺了米雪兒，然後和同夥轉走了那筆錢。按他們的設想，凱斯早上送米雪兒離開，只是為了掩人耳目。

不管他們往哪個方向懷疑，他們唯一認定的，就是凱斯和這起謀殺案有莫大的關係。按這些混蛋警官的想法，他們只要控制了凱斯，就能追蹤到所有有用的線索。這是他們從黑幫學來的慣常做法，或者有時候就交給黑幫去幹，刑訊逼供，用各種電影裡都想不到的手段，弄到嫌疑人堅持不住為止。

但是他們不會殺了他，殺了他，這件事的線索就會永遠石沉大海了。這似乎是警察與黑勢力之間的某種默契，他們各自負責一部分，一起構成了這個世界的完整治安生態。

托比望著瓊恩，搖了搖頭，AI系統將凱斯近一年的資訊都掃描了一遍，沒有一條對他們有用。根據AI的資料分析，凱斯的確屬於危險分子，但是也不到犯罪的程度。

瓊恩點了點頭，他也不想把事情做得太難看，凱斯並不是什麼善類。

托比繼續在電腦上操作，已經完全沒有了剛才的囂張氣焰。瓊恩看著他將凱斯手機中的資訊紀錄備份好，又看了一眼AI系統對凱斯的人物分析。

「好吧！這傢伙還真的是把你看透了！走吧凱斯，別做無謂的抵抗了，在那個叫米雪兒的女人和你聯繫之前，恐怕你都得待在警察局裡了。」

瓊恩把配槍撿了起來，交還給托比。

「年輕人衝動一點在所難免。」瓊恩拍了拍托比的肩膀，那裡正好鑲嵌著一枚警徽。

「我拿一點東西。」凱斯走向窗邊，又掃視了一眼停在路邊的幾輛舊車。

「他們早就把什麼都準備好了。」凱斯在心中暗想，「真是一幫陰險狡詐的混蛋。」

「不用，你單獨住在一個屋子裡，那裡所有的東西都準備妥當了。」瓊恩走到凱斯身旁，順便將凱斯大衣口袋裡的那支白朗寧也收繳了。

托比和瓊恩各自把東西收拾妥當，合力把凱斯押進了路邊一輛破舊的汽車裡，司機應該也是他們的人，沒問任何事情就發動了汽車。托比和瓊恩把凱斯夾在汽車人造皮坐墊的中間，凱斯聽見汽車發出難聽的「匡匡」聲，一路向警察局的方向飛馳而去。

■ Chapter 011

　　凱斯坐在警車上，心中計算著到警察局的距離。

　　這段路他走過很多遍，閉著眼睛也能知道有四個紅綠燈，經過兩個十字路口，中間要拐過六條巷道，才能到警察局門口。現在警車已經走了一段，凱斯在心中計算著麵包車的行程，預計還有半個小時才能抵達。

　　還有托比和瓊恩這兩個傢伙⋯⋯，凱斯在腦海中拚命地計算著，要甩掉這兩個傢伙，自己到底有多少勝算？

　　凱斯一邊想著，一邊透過玻璃窗望著從窗外掠過的各式各樣景色。道路兩旁的建築上安裝的霓虹燈，在朦朧的天光之中閃動著五彩繽紛的光影，紛紛從車窗上掠過。他們路過了「主宰者」[16] 安放在城區的食物發放機，儘管現在的時間尚早，但是食物發放機兩側依然擠滿了人。順著凱斯的目光望過去，可以看見人群之中有幾個人正在為了順序的先後互相撕扯著，大概過不了多久就會有人來維持治安了，凱斯心想。

　　「人類是一群永遠也沒有饜足的生物，不管給他們多少，他們總覺得不夠，只要一有機會，就會侵占得更多，甚至為了自己的欲望不惜同類相殘。這個物種沒有資格決定其他所有物種的生存權，所以，我要將這個世界所有的生物都收走，讓人類自生自滅。」

　　凱斯想起了主宰這個世界的死神降臨時所說的那句話，不得不說，這句話讓他很認同，儘管他也是人類中的一員，但是凱斯同樣認為，這個世界上有些人不配活下去。雖然主宰者最終還是對人類網開一面，給了生活在這個世界之中的人類這座城市中心的食物發放機，讓他們不至於挨餓、受凍，以及被病毒摧殘，但是人類的欲望並沒有因此而消弭，只要一有機會，他們總會想著看看能不能弄一點新鮮的玩意兒，以便將那些有錢人和底層人區別開來。

　　當然，凱斯知道，那些有錢人也試圖尋找被主宰者死神偷偷藏起來的生物。他們把這種對普通人而言稱之為劫難的事情，看作是某種機會。他們認

---

[16] 因為覺得直接稱死神可能有些突兀，所以就讓主角生活時代的眾人以「主宰者」來稱呼死神。

為一旦他們找到了，他們就能操操控某種稀缺資源，並利用這些稀缺資源賺取更多的利潤。想到這裡，凱斯忍不住扯了扯嘴角，露出一抹嘲諷的笑容。很多年過去了，這些有錢人投資的資金算是打水漂了，他們並沒有找到生物的蹤跡，甚至連替代品也沒有找到。

沒人知道主宰者——掌管這個世界的死神，將那些東西藏在哪裡，儘管那些有錢人花了大力氣，出動了無數的科學家和生物學家——凱斯懷疑他們提出所謂的太空計畫，或者也跟這個東西有關，但是那都無濟於事。

總而言之，這些人都失敗了，所有的人還是只能從城市中心的食物發放機裡面領取食物。從這個角度來說，凱斯倒還真的有些感激死神大人，至少他實現了這個世界某種程度上的公平性。

當然，那些有錢人在費盡力氣也沒有找到被死神收起來的生物之後，又開始打起了某些新主意。

就在有錢人尋找生物計畫不久之後，凱斯聽說黑市之中突然冒出了一種叫作「肉人」的東西，他們請了最優秀的廣告來對這種新食物的口味進行吹噓，成功地引起了某些人的食慾。但是只要凱斯用他的偵探技藝對這件事稍加推理，他就能看出這件事背後的某些陰謀。

肉人的飼養權不是那麼容易獲得的——這背後一定有著某種見不得光的交易，凱斯甚至懷疑，黑市那幫賣肉人的傢伙，不過是某個利益集團的執行者罷了——雖然肉人的肉他也只是聽說，跟莫斯特伯阿米克時代沒有降臨之前那種叫「牛肉」的肉類味道差不多，但是他也沒有真正品嘗過。

「黑市！」凱斯想到了這裡，忽然覺得自己腦袋之中冒出了一絲靈感。這兩個傢伙要把警車開到警察局的話，要路過黑市的一個入口，只要自己能進入黑市，找地方打個電話，把這件事對外界公布一下，或許這件事情就能有所轉機！

當務之急，是他得知道米雪兒到底得罪了什麼人，背後還牽扯著什麼樣的勢力。雖然他有一點後悔自己不該一時衝動答應她就幫忙，但是現在後悔也來不及了。住在他樓上的那個傢伙——皮埃爾，雖然他不認識，但是他知道，那傢伙背地裡罪惡的勾當並沒有少幹。

也許是此人蓄意報復，也許是什麼別的緣故，總之，凱斯現在要想辦法把這件事散布出去，如果讓警方得到了優先的解釋權，那他很有可能會在監

獄裡待上一年半載，現在他並沒有多餘的錢請律師，當然，他的那些朋友應該也沒有。

凱斯皺了皺眉頭，掃了一眼前方開車的兩個人。「得想個辦法，讓他們把車停下來。」凱斯心中閃過了一個念頭，「但是，現在想讓這兩個傢伙把車停下來，不是件容易的事情……」

「喂！」凱斯抬高聲音，向前方叫了一聲。汽車的轟鳴聲掩蓋了凱斯的聲線，瓊恩似乎並沒有聽見凱斯的呼叫聲。

「喂！」凱斯用手輕輕拍了拍座椅的後背。

「你他媽的到底有什麼事？」托比轉過頭來，惡狠狠地瞪了凱斯一眼。

「是這樣的，我想請你們幫個小忙，當然，不是免費的……」凱斯一邊胡謅，一邊飛快地轉動著自己的大腦。他知道這兩人沒那麼容易被打動，但是對付這種低級的小混混，他有的是辦法。

「說說看，什麼樣的忙？要是說得不好，小心挨揍。那種滿嘴跑火車、想要蒙混過關的傢伙我們見多了。」托比玩味地盯著凱斯。

「是這樣的，你們也知道，我是一個私家偵探，我知道你們平時賺不了幾個錢，如果你們能讓我打個電話的話……」凱斯伸出了五個手指，在托比面前晃了晃。

「五百？」托比皺著眉頭打量著凱斯，似乎在思考著這件事的可行性。

「沒錯！」凱斯不緊不慢地回答著，盡可能用氣定神閒的姿態面對著托比的審視。他知道，自己這個時候尤其不能慌亂，要裝出一副高深莫測的樣子。

「你從哪來的這些錢？」托比的話語之中，仍然流露出不信任的語氣。

「你們也知道，我樓上住的那個傢伙——皮埃爾，他平時就有一點小錢，他們趕走了他，又得到了他所有的錢，當然也不會虧待我。」凱斯故意拉長了聲調。

「省省吧凱斯！別耍詐，我知道你一直是個窮鬼。」瓊恩似乎不為所動。凱斯忍住了想要揍他一頓的衝動，他知道瓊恩一向腦袋有些凝滯，這種事情他轉不過來。

「不管你們信不信，總而言之，我幫助的那個女人，給了我一筆豐厚的報酬，只要你們願意，我就可以把這些錢分一點給你們。前提是，你們讓我

打個電話。」凱斯故意慢條斯理地說著，「你們也知道，即使你們把我當成嫌疑人扣押，最終也還是得向法庭提起訴訟，而那時候法庭會分派給我一個可靠的律師，所以我想早做準備，反正這件事也不會帶來什麼損失對吧！而且你們還能額外賺上五百塊錢。」

凱斯一邊嘗試說服兩人，一邊觀察著兩人的神態。

瓊恩終於也露出了一絲動容的神態，忍不住看了托比一眼。

「我們兩人一起看著他，讓他現在就去打電話。」托比意味深長地看了凱斯一眼，「五分鐘的時間，多一分鐘加一百，你現在就把錢給我們。」

「當然！」凱斯冷冷地看了兩人一眼，心中慶幸早上米雪兒走的時候給了自己三千元美金的現金，雖然這一點錢遠遠不夠請一個好律師來打這場官司，但是這筆錢在關鍵的時刻也能發揮一點作用。

「把車停在路邊。」托比吩咐著瓊恩。

瓊恩看了托比一眼，依言拐進了一個巷道，將車停靠在了巷子之中。

「就五分鐘。」托比冷冷地看了一眼凱斯，「先轉帳。」

托比一邊說，一邊將手中的手機扔到了凱斯手裡。凱斯接過手機，打開了自己的帳戶，將五百元美金轉到了托比的帳戶裡。

伴隨著「叮！」的一聲輕響，托比的帳戶裡果然增加了五百元的餘額。「你們自己分錢去，我習慣打電話的時候沒有旁人在場。」凱斯滑動了自己的手機，直接找到了賽洛的名字。

「蘭德、阿姆塔奇、馬克西姆、米雪兒，昨天在自由彼岸大樓十一層三〇六室遇襲，死亡人數共三個人，一人受傷。」凱斯快速地編好資訊，將這則訊息傳輸到賽洛的手機上，末了，凱斯又補充了幾句，「幫我把這則訊息散布到網上，如果需要照片，可以出動你的專屬設備去拍攝，相信他們鑑定死者死亡資訊的法醫，還沒有這麼快能到現場。」

凱斯發完了這幾句話，迅速將這則訊息刪掉。他相信只要賽洛看到，就一定會知道該怎麼辦。他轉過頭，看見托比正在向自己的方向張望著，凱斯立刻拿起手機，撥通了賽洛的電話，假裝成正在打電話的樣子。

聽見賽洛那邊接通的響聲，凱斯又迅速將自己的電話掛斷。

■ Chapter 012

　　凱斯從麵包車的咖啡色玻璃車窗之中，瞥了一眼路邊的建築。這種警用麵包車的玻璃是特製的，他能清晰地看清周邊的景物，但是外面的人卻一點也不能窺見車內的情景。

　　司機離開自由彼岸街區的時候，就已經在麵包車上升起了電子 3D 全像影像警報標誌，一路向前方疾馳。凱斯只記得自己路過了許多高樓大廈，看到了大約二十塊鑲嵌著廣告的 LED 螢幕。

　　以前的時代廣場現在已經沒有什麼人了，廣場上的地磚已經變得殘破不堪。一輛舊的飛機殘骸被做成雕塑，停在廣場中央，伸出的抓臂暴露在黯淡的光澤底下，斑駁的外殼被麵包車的前大燈照射著，顯得清晰異常。

　　一條淺色的波紋狀舷梯從舊機艙內伸出來，繞過飛機的引擎，蓋住了後氣密門，這場景看起來頗為猥褻。只不過這個造型令凱斯想起，自己在電子資訊檔案的圖畫中所看到那些捕食的昆蟲，從他這個角度看去，這個巨大模型就像一隻他在畫上看到過名字叫「蜘蛛」的動物。

　　麵包車繞過了中央廣場的建築物，拐進了一片建築群。建築群後面有一棟風格奇異的鋼鐵大樓，麵包車沿著路邊一個戴著警徽章誌的警員所指定的特定路線行駛。凱斯抬頭，他們已經離一個工廠式的廳式建築很近了，這棟建築物的牆面上，被塗成了白色與黑金相間的顏色，一面美國的星條旗插在大門門楣上，在路燈混合天光的照射下，也被鍍上了一層淡金色。

　　「跟我走。」瓊恩打開了車門，率先走了下去，坐在凱斯身邊的托比推了凱斯一把，凱斯也從車上下來了。

　　司機看了他們一眼，戴上墨鏡，將車子開向地下車庫。

　　瓊恩在前面引路，凱斯跟在他身後，托比則夾著電腦走在最後。瓊恩進了大廳，坐電梯上了二樓，二樓是辦公區域，聚集著許多警員。眾警員的目光都落在凱斯身上，托比瞪了凱斯一眼，徑自回到了自己的辦公室，只剩下瓊恩和凱斯了。瓊恩一路上和警局迎面走來的其他同事打著招呼，他一路領著走到犯罪心理分析的諮詢室門口，從裡面走出來一個頭髮灰白的高個子男人，看起來約莫五十歲上下，正從一個電子閱覽器裡面翻閱著什麼。

他用法語向瓊恩打了一聲招呼。

凱斯從高個子男人的電子閱覽器裡，看到了幾張自己樓上死者的照片，照片下面對應著分析員對傷口的分析解讀。他們之間的交談完全不避諱凱斯，或許是以為他聽不懂法語，也或許是故意說給他聽的。他聽到了煙霧、迷藥這類名稱，又聽到了科技犯罪相關的一些專業名詞。兇器、殺人動機這些詞，更是在一片巴黎口音的汪洋大海之中脫穎而出。

這些都是凱斯以前經常接觸的專業詞彙，他翻閱過許多國家的犯罪案例——在職業素養上，凱斯自認為他超過這個街區的許多偵探。以前在部隊服役時的一些格鬥技巧，現在也能用得上。也不知道是偵探這個職業選擇了他，還是以他的能耐，沒有比偵探這個職業更好的選擇。

瓊恩大概是在向灰白頭髮的男人諮詢這個案件的基本資訊，凱斯知道，瓊恩算是在警察中比較吃得開的那種人——不太邀功請賞、能理解一些常識，一個人只要具備了這兩條基本素質，不管在哪種人群裡，都會比那些高高在上的大佬們有人緣得多。

「好的，我知道了。」瓊恩聽了一陣後，對著灰白頭髮警員點了點頭，然後繼續帶著凱斯向前走。

凱斯跟瓊恩來到一個合金門門口，瓊恩輸入密碼，領著凱斯進了一個側門。這裡是一個更衣室，凱斯被紫外消毒燈照掃射了一番，便被人勒令將身上的衣服換了下來。

更衣室裡有專門為他們換衣服的工作人員。凱斯換好了衣服，用手輕輕摸了摸，這是人造乳膠製成的，裡面加了一些特殊的智慧記憶裝置，能根據穿著者的身材收緊或拉伸。衣服穿起來很輕便，衣服的內側被植入了警報系統，一旦碰到，就會發出特殊的鳴叫。

瓊恩也換好了防護服，他被這身緊身的衣物包裹，顯得更胖了些。

凱斯跟在他身後，兩人穿過了一條長長的金屬通道，通道兩側鑲嵌著各種閃爍的壁燈，將通道裡照射得燈火通明。通道裡纖塵不染，兩側都是某種凱斯叫不出名字的高科技金屬，反射著明亮的壁燈，卻泛著柔和的光澤。

瓊恩將凱斯領到一個電梯前，兩人坐電梯下了十層。

電梯門開了。凱斯看見一個碩大的廣場，廣場上放置了許多像籠子一樣的乳白色房間，每個房間裡都有一張簡易的人造塑膠床，凱斯從房間玻璃上

反射的色澤判斷，這玻璃應該也是用人造材料合成的。

廣場的一角有一個房間，這個房間是鋼製的，和那些玻璃房子不同。裡面有一個穿警服的職員，這個職員卻是個女人，胖胖的，面前的座位上擺了一堆零碎的辦公用品，留出來的一塊空地上，擺放了一臺電腦顯示器，電腦顯示器後連接著密密麻麻的小塊 LED 螢幕，凱斯瞥了一眼，這個螢幕裡顯示的，應該是從針孔攝影機裡傳導過來的，關押在塑膠房間裡那些嫌疑犯的一舉一動。

除了這些之外，這屋子裡唯一的擺設就是一臺光滑如桿的機器。

「你名叫凱斯·史密斯，嗯哼？」胖女人幾乎是從鼻子裡哼出來了一句。她講話裡帶著南方口音，她背出他的出生年月和地點，他的個人身分代碼上一連串的數位。

「我是警局裡記憶力最好的人，所有的嫌疑犯資料都會經過我的眼睛。」胖女人對凱斯說了這句話。

「不用記住我的，大概過不了兩天我就得和您說再見了。」凱斯戲謔地說。

胖女人用詢問的眼神看了瓊恩一眼，凱斯捕捉到她疑惑的目光，心中揣測大概胖女人是在問瓊恩關於凱斯的羈押時間。

「涉嫌謀殺的共犯，暫時會在我們這裡待兩天。」瓊恩面無表情地吐出這句話。

「OK，119 號房間。」胖女人點了點頭，從電腦之中調出來一份電子資訊，身旁佇立的那個長桿機器裡面，立刻吐出了一張塑膠卡片。

瓊恩接過卡片，招呼凱斯：「過來吧！」

兩人轉到一個沒有電子監控的角落，凱斯聽見瓊恩小聲說：「不瞞你說，你的案子現在在風口上，刑偵科的警員們壓力太大，誰也沒辦法為你說話。聽著，這裡多少也比外面安全一點。」

凱斯點了點頭，不排除警局裡也有很多壞蛋，但是論手段的殘酷性，他們總比不上黑市裡那些不法分子。他明白瓊恩的意思，但是卻故意裝作無所謂的樣子。有時候就是這樣，在一幫混蛋裡突然遇到一個能體諒自己處境的人，反而會令凱斯手足無措。一直以來，凱斯就是一個給別人提供幫助的人，現在瓊恩的態度讓他有些不習慣。

「明天警署的調查團應該會問你一些問題，今天見到的那個灰白鬍子男人，應該會對你做一些心理分析。」瓊恩一邊快步走一邊說著，凱斯跟在他身後，兩人一前一後，看起來像正常的羈押，並沒有引起任何人的注意。

「他叫奧賴爾，法國人，職位是特派專員，擅長犯罪心理分析和微表情觀察。小心一些，如果他們問不出什麼有用的資訊，或許會對你進行催眠。」瓊恩一邊小心地透露這消息，一邊用塑膠卡對準門口，小心翼翼地開了門。

塑膠門框被塗成了乳白色，內緣鑲嵌了一層藍色的軟膠邊框。瓊恩把卡片貼在門把上方的卡片識別器上，識別器閃爍了三次藍幽幽的光芒，便「叮」的一聲將大門彈開了。

裡面收拾得很乾淨，看得出來，所有的東西都是標準化的。離開了自己雜亂無章的居所，他竟然不用思考明天的生活問題，凱斯心裡覺得有一點諷刺，他可不是來旅遊的。

房間只有一坪大小，放下一單人床後，剩下的東西就顯得更加擁擠了。

「你今晚需要在這裡過夜。」瓊恩對著床比了個手勢。

「嗯？」凱斯比了一個打電話的姿勢，他知道瓊恩一定能看懂。

「監控到那個女人的資訊，我會想辦法通知你——在此之前，你得先在這裡待上幾天。」

瓊恩對凱斯使了個眼色，凱斯領會了他的意思，知道他準備離開「廣場」。凱斯心想，或許在瓊恩的心裡，確實願意相信自己，瓊恩認為自己是無辜的，這筆錢還有殺人事件，是米雪兒主導策劃的，所以，他會建議他們把監控的重心轉移到米雪兒身上——而這一點正是凱斯所擔心的。

凱斯洩氣地坐在床上，米雪兒現在面臨著雙重危險，他需要想辦法和她聯絡。他知道自己的手機將要被大卸八塊，裡面所有的資訊都被破譯出來，但這不是他擔心的。如果有可能，他要想辦法通知米雪兒一聲。

他說不上來自己為什麼會篤定她是無辜的，或者是因為她也受傷了，或者是因為她藍色眼睛中偶爾閃過的無辜神情，或者是因為她不像他以前遇到的那些女人，總想透過做愛把男人口袋裡的錢掏出來。

總而言之，他覺得他自己可能是著魔了，才會如此篤定一個只見過兩、三次的人沒有騙他。

▇ Chapter 013

　　凱斯雙手疊在腦後，躺在塑膠牢房的簡易床鋪上。塑膠牢房用的大概是特殊的材料，從凱斯的角度，一點也看不見隔壁塑膠牢房的情景。這裡的隔音效果很好，凱斯只能零零星星地聽見一點隔壁傳來的水流聲，剩下的時間裡，他就如同與世隔絕了一般。

　　但他隨即想起一件事——瓊恩帶他來的地方，應該是臨時的拘留場所，目前這個凶殺案，並沒有任何直接證據能證明他就是這個案子的犯罪嫌疑人，他們只是臨時控制他而已。這裡很乾淨，沒有那些大型監獄中常見窮凶極惡的罪犯老大威脅新進人員的情形，一切都有條不紊地安靜運轉著。

　　這個臨時拘留的塑膠監獄裡的床鋪，使用的是中檔的人造材質，外觀被漆成了凱斯看到的木質色澤，床的做工比外門要粗糙得多。室內應該有暖氣，所以床上墊了一個薄薄的毯子，此外，床鋪上還配給了一條薄棉被。

　　他們應該有特殊的吸塵設備，凱斯心想，他之所以如此判斷，是因為他發現床上的棉被不算髒，卻有一股陳舊的味道，所以他猜想這棉被應該沒有被清潔人員用消毒水浸洗過，只是將髒東西擦拭掉而已。

　　塑膠牢房裡還隔出了一個洗手間，瓊恩走後，凱斯去過那個洗手間一次，裡面老舊的抽水馬桶散發著難聞的味道。床邊擺放著一些簡單粗糙的生活用品，諸如未開封的一次性牙刷，和兩條劣質毛巾等其他必須的日用品。

　　凱斯聽見外面零零星星傳來一陣吸塵器的聲音，揣想這裡清潔的活兒應該是那些奇形怪狀的清掃機器人在做。

　　頭頂上的報時器閃爍了幾下，然後熄滅了，凱斯聽到幾聲緩慢的鈴聲從頭上安置的麥克風傳來，聽節奏就知道是看管的警員在通知他們睡覺時間到了。

　　一分鐘過後，整個塑膠房間裡所有亮著的燈都熄滅了。凱斯眼前瞬間一黑，但片刻之後，他藉著塑膠牢房之中那一點點反射的微光，又能稍微看清楚一點周圍的情形。現在他什麼也做不了，只能等待明天的傳喚。

　　凱斯閉上眼，蜷縮在床鋪上，在腦海中幻想著明天面對那幾個混蛋時的情景，他想把腿伸直一些，但是剛一抬腳，就撞到了另一側的床欄上。真該

死，他都忘了，以他的身高，只能將腿稍微彎一下才能躺在這張床上。

　　說起來，牢房裡關押的這些人凱斯很熟悉。他和真正的犯罪分子們打過不只一次交道。他見過一些身材矮小的傢伙，可以用猥褻至極的手法連殺數十人；也見過表面看起來人畜無害的人，一受到刺激就傷人洩憤的懦夫，這些混蛋們永遠就只能欺負比他們更弱小的人。

　　凱斯清楚地記得，自己以前辦過一個妓女被殺害的連環凶案，最後這個案子被證明是一個路邊的清潔工所為，而他做這些事情的動機，就是為了搶走她們的錢包，為自己的家裡買一個新的抽水馬桶而已。

　　「真是見鬼了。」凱斯嘟囔了一句，感覺到一陣空虛的情緒襲來。他想轉移自己的注意力，所以他開始繼續在腦海中模擬著明天的情景。只是，他剛想到瓊恩如何來帶自己出去的場景時，腦子中就混沌沉重了起來。他覺得意識有些迷糊時，猛然耳中似乎又傳來戰鬥機的轟鳴聲，嚇得他猛然一顫，從床上坐了起來。

　　此後，凱斯一直迷迷糊糊的處在半夢半醒之間，輾轉難眠。看守所的起床鈴響了，他聽見獄警在關押囚犯的那些塑膠監獄裡挨個敲門，輪到凱斯住的這間時，他們並沒有像對待別人那樣凶神惡煞，只是通知凱斯，上午會有人帶他去審訊室。

　　凱斯簡單收拾了一下，無所事事的玩弄起手指。他昨晚簡直沒怎麼睡過，此刻也沒有人造煙可以提神，整個人感到非常疲倦，他呆坐在床上，等待著傳喚自己的獄警。

　　好在獄警沒讓他等多久就過來了，四個穿著警司制服的獄警，將凱斯從塑膠牢房之中帶了出去。凱斯這才看見，連通著「廣場」區域的牆壁邊，還有另一部電梯，四個人押著凱斯往這部電梯的方向走去，為首的那名獄警將自己的指紋貼在電梯上，又輸入了認證密碼，凱斯聽見密碼器上方的麥克風中傳來一個嚴肅的電子女聲，播報著申請通過，現在可以進入審訊室的資訊。

　　電梯門自動打開，凱斯跟著他們進了電梯，電梯也是特殊的塑膠材質，只是和他居住的塑膠監獄不同，這電梯的材質可以從裡面看向大廳中的「廣場」。

　　真是獨出心裁的設計，凱斯在心中冷笑著。他隨著四名獄警一起上了二

樓後，才知道原來這部電梯上到二樓後，左轉第三個房間就是審訊室。只是這部電梯除了傳喚「廣場」上犯人的獄警之外，其他人並沒有許可權啟用而已，所以這部電梯設計得十分隱蔽，如果不是刻意去尋找，很難發現這裡還有一部電梯。

「報告，凱斯‧史密斯已帶到。」為首的那名獄警向著頭頂上方的一個鏡頭敬禮，隨後他隨身攜帶的通信設備傳來「收到，請進！」的訊息，凱斯見自己面前的一扇鐵門彈開，便跟著幾個人走了進去。

凱斯眼前擺放了一把座椅，座椅前方是一個大理石工作臺，工作臺上方鑲嵌了一扇防彈玻璃，站在身旁的獄警示意凱斯坐下，凱斯走到椅子旁，坐了下來。

防彈玻璃對面坐著六個人，其中至少有兩個是凱斯的熟人，自由彼岸警署的長官莫頓和女警長奧利維亞，另一個就是他昨天見過那個名叫奧賴爾的法國人，犯罪心理學專家和微表情分析專家，剩下的三個凱斯沒見過。

對面的六個人，每個人面前都放置了一個通信器，電腦螢幕被鑲嵌在他們面前的辦公臺上，被接上了錄影裝置。獄警拿起手上的通信器，聽見通信器內傳出可以開始審訊的通知。

他將凱斯面前的通信設備設定好，同時啟動了錄音裝置。其他三名獄警默默退出了審訊室，只留下為首的那名獄警在室內站著。

凱斯聽見身後的鐵門發出「叮」的一聲脆響，知道是他們三個人離開時順便將自己身後的鐵門鎖上了。

「年齡四十五歲，身高一米八三，體重八十五公斤，目前的職業是私家偵探？」對面奧賴爾的聲音透過通信器，清晰地傳來。

「是的，先生。」凱斯回答得比較簡潔，他對這些心理專家沒有什麼好感，他們總是斷章取義或者小題大做。他們能從別人零星的一點一滴資訊裡，解讀出很多根本就不存在的東西，再用他們詭異的邏輯，去論證這些東西的合理性。

「根據警方目前取得的證據，懷疑你涉嫌謀殺三名男子，並私吞了坎貝爾‧布萊克先生的一筆錢。當然，你現在可以否認這項指控，之後你也可以請求你的辯護律師在法庭上為你辯護，但是作為刑事偵查的階段，我們必須向你詢問一些關於案件的細節問題。」

「說吧！」凱斯可以猜到他們要問自己什麼，無非是怎樣遇到米雪兒，什麼時候發現死者，為什麼沒有第一時間報案這些老生常談。

事實果然和他猜測的一樣，在莫頓和奧利維亞反覆就這些問題向他發問時，奧賴爾一直沒有說話，而是在觀察著凱斯。

當然就這些問題而言，凱斯並沒有什麼好交待的，或者也可以這樣說，他能交待的也都交待過了。剩下的那些，他們即使詢問，凱斯也無法提供他們更多的資訊。

「好了，我要問的都問完了，你自己還有什麼想說的？」奧利維亞和凱斯周旋了幾個回合，並沒有得到什麼更多有價值的細節。

「我的律師是誰？法庭指派的公訴法律援助人員，還是我需要透過你們去幫我聯絡？」

奧利維亞聽見這句話，和莫頓警長對視了一眼，臉上露出了一絲疑惑的表情。凱斯捕捉到他們兩人的表情，有些不明就裡。

「你不知道嗎？凱斯，你的老朋友瓊恩把你涉案的消息發布之後，賽維爾決定為你辯護。」

「你是說賽維爾・赫克？擁有這十年來最高的不敗戰績，在律師排行榜上常年占據第一名的那個傢伙？」凱斯的聲音充滿了疑惑。

「是的，凱斯・史密斯先生。」奧利維亞確定地點了點頭。

「我哪有閒錢去支付他的律師費用啊！」凱斯自己也覺得十分意外。

「據我所知，賽維爾律師決定免費為你辯護！」奧賴爾說完這句話，便繼續觀察著凱斯臉上的表情。

凱斯被這句話驚得呆了一秒。他也算是個見多識廣的偵探，這樣的事情卻還是頭一次遇見，不管怎麼說，今天這幫混蛋如此彬彬有禮，應該也是托了賽維爾律師要幫自己辯護的福。

想到這裡，凱斯的腦袋裡冒出一句話：「這鬼地方的每一樁案件，都是一場可以明碼標價的交易。」

■ Chapter 014

　　電梯急速下墜，凱斯雙眼緊閉，有一點眩暈的感覺。

　　獄警對凱斯十分客氣，他們詢問凱斯，要不要下午就和賽維爾律師先視訊交流一下案件的基本資訊──不過是在他們的監控之下──賽維爾律師已經申請了，不過主要也還是看凱斯的意願。

　　凱斯拒絕了，他知道這個世界上沒有免費的午餐，在他想清楚賽維爾為什麼會做這件事之前，他不會輕舉妄動。

　　回到塑膠監獄後，凱斯的早餐已經被看守所的監管人員配送過來，看得出來，這當然也是在食物發放機處申領的淡粉色食物，只是看守所裡的食物看起來似乎更糟糕一些，應該已經放置夠久了，搞不好比死神來的時間還久。

　　凱斯打算在洗手間沖了個澡再吃早餐，昨天一夜也不知是清醒還是睡著了，總之不管怎麼樣，現在事情總算有了一絲轉機。他開了淋浴，感覺到冷水從頭上淋下來，忍不住深吸了一口氣。本來他已經感覺好多了，一低頭卻看見灰色的地磚上有一道道粉色的水流過，看起來像是被化開的血跡，凱斯聯想到自己夢裡的戰場上的種種慘狀，頓時沒了胃口。

　　「好吧！」他聳了聳肩，開始在腦袋裡分析現在的狀況，看來賽維爾已經聯繫過警察局了，只是他不知道，為什麼賽維爾急切地要見到自己。如果是為了那被轉走的鉅款，倒也說得通。

　　如此看來，灣區的大佬坎貝爾先生，應該是想要採取懷柔政策，但恐怕這一次他們的如意算盤打空了，因為凱斯懷疑米雪兒本人也不知道這筆錢的事情。

　　這樣看來，他們在米雪兒這件事上沒有什麼突破。但令凱斯想不通的是，警察局裡的這套智慧系統，既然連凱斯租車送米雪兒去機場都能監控到，為什麼卻追蹤不到米雪兒的資訊呢？真是反常。

　　按理說，每一班航班資訊都應該連接了智慧監控系統，米雪兒即使去了馬普爾，只要有一個身分編碼，他們就能知道她的方向。更何況米雪兒還要租車去雪山莊園，租車的時候，必須要有身分編碼登記才能把車開走。

凱斯想不通，搖了搖頭，他決定先休息一下，再思考這個問題，按照他現在掌握的資訊，他根本無法猜透這些事情。早餐放在他手邊，他還是勉強自己吃了幾口。他不認為坎貝爾和賽維爾這類人是沉得住氣的傢伙，說不定下午就會找上門來。在此之前，他多少也得補充一點體力，這樣才能有力氣應付這些混球們。

　　吃過早餐後，他躺了一會兒，直到頭頂上的時鐘傳來十二點準點報時的響聲，午餐也送來了。在這個塑膠監獄裡顯得格外無聊，凱斯瞇著眼休息一會兒，但沒有睡著。待他再次睜開眼時，發現時間不過才過去了十五分鐘而已。

　　反正入睡對他而言是件困難的事情，不如就這樣吧！凱斯將雙手支在腦後，然後在腦海中編造著各式各樣奇怪的故事。有的是他小時候聽來的，有的是他自己在偵探所時遇到的，他把這些故事在腦袋中按照奇異的想法組合在一起混時間。

　　下午兩點的時候，獄警又來敲了一次門，然後他們輸入密碼，把塑膠監獄的門打開了。

　　「你的律師需要見你。」這兩名獄警顯得彬彬有禮，和他那凶神惡煞的長相形成了一種奇異的反差。

　　凱斯起身，跟著獄警走向了警局的高檔會客室，這裡只有有身分的人才有資格使用。凱斯心想，自己能到這裡洽談，應該也是沾了賽維爾的光。

　　兩名獄警將凱斯引進室內，此時賽維爾還沒到，凱斯無聊地坐在沙發上，打量著整間屋子。室內被裝飾成簡潔的北歐風，乾淨的玻璃反射著室外淡黃色的微光。

　　牆面上被粉刷得很白，在黃光的反射下，被籠上了一層奇異的暖色。凱斯被引入到一個茶水桌旁坐下，抬眼就能看見面前的玻璃罩之中，放置著一架用畸形頭蓋骨做成的中型雕塑，凱斯對著的那個頭蓋骨上，有著黑壓壓的孔洞。

　　頭骨上有些許暗灰色，好幾枚漆黑的鐵釘穿過整個頭蓋骨，使得這個雕塑看起來就令人不自覺升起一陣疼痛感和詭異的扭曲感。房間裡每隔幾步就安置了一架類似這樣的頭骨裝飾，只是這些頭骨的姿勢各自不同。跟其他那些雕塑比起來，凱斯面前那個還算是正常的了，並且凱斯越看越覺得，這些

雕塑用的頭骨好像都是真的骷髏頭。

他同時也隱隱覺得房間裡還尚未散盡的熏香味道，聞起來時有時無，感覺像某些神祕教教派舉行儀式前那些煙霧繚繞中的混合味道。

帶凱斯進來的兩名獄警站在雕塑旁邊，看得出來他們也有些無聊。凱斯聽見他們在竊竊私語，這兩人說話的聲音極小，以為凱斯聽不見。事實上，他們的談論的內容，還是斷斷續續傳到了凱斯的耳中。

「這只是小道消息……我也不確定……」大鬍子獄警正在和另一個光頭獄警嘀嘀咕咕。

「西蒙警長是 SoporAeternus（索婆阿騰納斯）[17] 的資深崇拜者，當然了，他是聰明人……他總是能從很多管道得到資訊，所以他早就已經信奉索婆阿騰納斯了……」凱斯用眼角的餘光瞥見，光頭獄警正在專心致志地聆聽著這條的小道消息。

大鬍子看他聽得用心，顯然受到了鼓舞似的，又小聲說道：「聽著，莫斯特伯阿米克之後，接管這個世界的死神希望能復活一些暴君，來約束那些喜歡製造事端的混蛋。有一次西蒙警長喝醉了，他說，死神現在已經復活了東方的成吉思汗、德國的希勒特、蘇聯的史達林，據說還有尼祿、伊萬大帝、亨利八世、血腥瑪麗，還有……」

大鬍子愣了愣，似乎在努力地回憶著他聽到的那些名字，「還有那個挖過人心肝的什麼東方的紂王……太多了……對了，近一點的還有那個羅伯特‧穆加貝，還有那個法蘭西斯‧佛朗哥[18]，那可真是個貨真價實的惡棍……『相信我』[19]，西蒙警長說，只有信奉索婆阿騰納斯的，以後才能成為上等人……」

室內很安靜，只有兩人窸窸窣窣的談話聲。儘管他們一直壓低聲音，凱斯還是聽了個大概，但是他對他們兩人說的事情卻有些不屑。說起來，雖然凱斯每個月領著死神製造的食物發放機裡的紅色食品，但這不過是一種慣性模式。

---

[17]SoporAeternus（索婆阿騰納斯），死神或者說是死亡教派的崇拜者：拉丁文意為「永恆沉睡」。
[18] 這兩個人有一個人已經死了，另一個現在則還活著，但是因為凱斯生活的年代比那時候晚許多，所以在凱斯的年代他們應該都已經去世了。
[19] 這句話的引號是因為大鬍子在向光頭敘述時，學著模擬西蒙的語氣，像西蒙一樣說話。

凱斯懷疑復活這些暴君來控制世界的事情，只不過是他們臆想出來的而已。西蒙警長是個徹頭徹尾的蠢蛋。凱斯想到那些黑市養肉人賺錢的傢伙們，要是知道有復活死人這樣的生財之道，還不如先請死神把麥可‧傑克森復活了——有他創作新單曲來賺錢的話，他們也不至於冒這種風險。

　　此時幾個粗曠的獄警陸續進入室內，打斷了先前這兩名獄警的談話。他們和領著凱斯進來的獄警站在一起，並向凱斯禮貌地點頭示意。賽維爾跟在他們身後，提著一個黑色的商務包走了進來，他對凱斯禮貌地笑了笑。

　　他身上的黑色毛大衣看起來像全新的，似乎每一個褶皺都被細心熨燙過，顯得很高檔。裡面穿了一件灰色的毛衣和一件白色的襯衫，褲子燙得筆挺，標準的商務人士打扮。

　　凱斯猜測他還請了專門的形象設計，頭髮打理得十分整齊，抹過髮膠，顯得很有精神，完全符合大眾對精英人士的定位。更重要的是，他整個人看起來親切而不失嚴肅，不像凱斯日常在手機 APP 裡看到的那些純粹是各種流行帥哥外型的娘娘腔，大概是他常年從事法務的原因。

　　他的前額高挺光潔，平靜的灰色眼睛有種距離感。他的鼻子雕得有些太過完美，似乎被打斷後又被人笨拙地接上。這種暴力的痕跡和他精緻的下巴，以及輕快的微笑，構成了一種平衡。他齒如編貝，潔白亮眼。凱斯看著他用纖細的手指拉開自己的公事包，從裡面拿出了一臺筆記型電腦，大概是要開始工作了。

　　「不好意思，我想單獨和我的當事人談談。」賽維爾看著站在室內的幾名獄警。他說話的語氣禮貌而疏離，但話裡表達的意思卻是十分堅決的。那三名獄警向為首的那人看了一眼，彼此交換了一下眼神，為首的那名獄警迅速點了點頭。

　　「祝您談得順利，先生。」為首的那名獄警將剩下的幾人領了出去。

　　「好了，這些討厭的混球們，總是想伺機窺探我當事人的祕密，我敢說，他們私下和那些舞池裡八卦的婊子們沒有任何分別。」賽維爾又對凱斯笑了笑。凱斯不動聲色地聽著賽維爾說話的語調，他感覺賽維爾在刻意地拉近他們兩人的距離。

　　獄警們離開了有幾分鐘了。

　　賽維爾打開電腦，將螢幕轉向凱斯：「你聽說過泰爾西 - 埃西普爾股份

公司嗎？」

　　凱斯遲疑了片刻，這家公司很有名，經常出現在他手機新聞類 APP 的各大頭條上。他沒有答話，賽維爾則在觀察著凱斯的表情。

　　「這是它們的核心資料。瞧瞧，利潤很高，報表漂亮，現金流也很棒，但是他們的盈利模式很難有人能模仿，核心機密守得夠緊的。這算是全美最厲害的幾個公司之一了，你知道他們每年的盈利有多少億美金嗎？」

　　凱斯搖了搖頭，他不明白賽維爾葫蘆裡賣的是什麼藥，但是這個階段他應該先聽聽他想說什麼，然後再判斷自己下一步應該如何行動。

　　「這堵冰牆是他們公司那些所謂的專家製造出來的，我看起來和軍方水準差不多，真是頂級的冰牆啊！暗無天日，還滑不留手，只要瞧你一眼，就能把你腦子都凍硬。普通人只要敢靠近一步，他就會把追蹤器從咱屁股塞進去，再從耳朵冒出來，給你進行全身掃描後，然後跟泰瑪董事會報告你的鞋碼有多大，老二有多長。」

　　賽維爾不斷介紹著冰牆的功效，在類比冰牆的阻斷下，顯示出了幾個虛擬的人物被紅外線捕捉後，進行全身掃描的景像類比。

　　「這真不太妙，對吧？我是說，不管怎麼說，惹上這些人，總是會給自己帶來一些麻煩的。」

　　「我想，這不是一個專業律師應該關心的問題。」凱斯冷冷地回應著賽維爾的試探。

　　「是這樣的，我告知你，現在有多少人正盯著你，換言之，你並不知道你現在惹下了多大的麻煩。」賽維爾的語氣稍微冷淡了些。

　　「只要我確定自己沒有殺人，剩下的就不算是麻煩。」凱斯的語氣緩和了一些，他想到那些傢伙應該沒有這麼好說話，如果他猜得沒錯，這個房間裡應該是有監控的──按照那些大人物的脾性──他們不可能這麼好說話，只是放賽維爾一個人來對付他。

　　「現在警察局收押你的理由，是懷疑你夥同米雪兒殺害同夥的嫌疑犯，這是我們在這裡交談的前提。」賽維爾終於像律師的樣子了，「但是，顯然你現在並不清楚，這個謀殺案件背後牽扯到多大的利害關係。」

　　他優雅地轉過身去，回到了電腦前。

　　「警察現在抓你，只是因為你把米雪兒送走了，他們懷疑她是畏罪潛

逃，轉走了坎貝爾先生的錢。事實上，坎貝爾先生並不在乎那點小錢，而是有人透過追蹤坎貝爾先生的帳戶，竊取了坎貝爾先生鎖定帳戶的基因加密資訊。你大概不知道這樣會有什麼後果……」賽維爾故意賣了個關子，想要藉此威嚇凱斯。

「這和米雪兒、阿姆塔奇他們有什麼關係？」凱斯的腦海中閃現過剛見到米雪兒和阿姆塔奇的情形。他敢說，以他們的智商，絕對做不了什麼計畫周詳的事。

「你還記得我剛才說過的泰爾西 - 埃西普爾股份公司嗎？」賽維爾終於流露出一絲失去耐心的樣子。

「我知道這家公司，可是我不認為這樣的大人物，會注意到我這種一文不名的小嘍囉。」凱斯自嘲地撇撇嘴。

「你們的生活確實沒有交集。埃西普爾公司的人的變態程度，超乎你的想像，更重要的是，從來沒有人真正見過這家公司的幕後大佬。有人說，馬普爾雪地裡的那片莊園就是他的。是的，他喜歡下雪，所以就把公司的技術命名為『冰牆』，還在馬普爾造了一座安置在冰天雪地裡的莊園。」賽維爾說完這番話，禮貌而疏離的微笑又掛在臉上，似乎是在欣賞著凱斯的表情。

▌Chapter 015

「這麼說，我現在同時被兩個大人物關注著。」凱斯笑了笑，自打從戰場上下來之後，凱斯覺得這場該死的戰爭，除了給他留下了「創傷後壓力症候群」（PTSD）之外，也讓他擁有了另外一些脾性，比如，在他這種經歷過生死的人的眼裡，很多事情並不是那麼值得在意。

賽維爾沒有接話，大概是在等待凱斯的回答。

屋子裡的冷氣開得有點大，正對著凱斯座位方向的牆上掛飾，畫著一個中世紀的神祕符號，精細的彩色格子玻璃，填充著它那些扭曲縫隙之間的背景空間，黑藍相間的潑墨，帶著某種詭異而扭曲的姿勢，在微光的映照下，顯示出一種幽暗細碎的猙獰感。

「你的費用應該不低。據我所知，應該是每小時八千元吧！我們說了這麼久，或許監聽的人都該著急了。我想知道，你為我辯護，到底是誰來付費？是坎貝爾，還是警察局長西蒙·尼祿[20]？我想，你大概沒有閒心做慈善吧！」凱斯在問話時，刻意把尼祿這兩個字念成了重音。

「你不必知道。反正我既然來到這裡，費用的事情就不用你擔心了，有些東西知道得太多了反而是壞事。」賽維爾在室內優雅地踱步，左手拿著一支筆，纖長的右手指則不停地在筆藍上繞著圈了，「不過，我很好奇的是，你為什麼會覺得西蒙警長會是委託人？」

「如果他不是委託人，就不會在這裡安置這麼多智慧監控，更不會一秒不停地盯著了。」凱斯抬頭望了一眼偽裝在燈管之中的監視器，語氣中充滿了諷刺。

「有煙嗎？我想我需要人造煙提提神。」他知道賽維爾並不抽煙，但是他敢肯定賽維爾來這裡之前，已經把他所有的生活習慣摸得一清二楚了。

「當然。」賽維爾對凱斯的態度很友好，他從他那看起來檔次很高的毛呢大衣口袋中，掏出了一包上好的人造煙，從中間抽出了一根遞給凱斯。

---

[20] 因為警察局長是黑暗力量 Sopor Aeternus（索婆阿騰納斯）的崇拜者：拉丁文意為「永恆沉睡」，所以他用暴君尼祿的諧音名字作為自己的中間名，他日常也喜歡警局的人這樣稱呼自己，警局有些人心知肚明，但也不敢說破。

「借個火，」凱斯將煙湊近了賽維爾，「我的打火機在來這裡之前被沒收了。」

凱斯就著賽維爾的打火機將煙點燃，緩緩吸了一口，賽維爾的人造煙比自己平常抽的那種要高級很多，焦油和尼古丁的模擬含量都恰好，抽起來口感很好。

「我猜你們還沒有找到米雪兒吧！如果你們找到了她，就不會在我這裡下工夫了。」凱斯彈了彈煙灰。

「您肯定知道她去哪裡了吧！咱們之間也用不著兜圈子。您剛才已經看到了埃西普爾公司的冰雪莊園。老實說，昨天警察局裡的人就已開始追蹤她了，不瞞你說，西蒙警長還發了懸賞，但事情怪就怪在這裡，自從她靠近了馬普爾之後，所有信號追蹤就消失了，具體原因至今還沒有找到。」賽維爾望著凱斯，道出了事情的始末。

凱斯的心猛地一沉，在他見到賽維爾的那一刻，他就已經設想過米雪兒或許逃脫了他們的追捕，只是連凱斯也沒有料到的是，米雪兒竟然失蹤了。如果是這樣，之前凱斯所擔心的，關於米雪兒身分資訊登記的事情，暫時還不足以對她構成任何威脅。

「西蒙警長啟動了天眼系統，掃描了從馬普爾車站到冰雪莊園所有汽車的 GPS 信號，但是大概在這個路段，米雪兒的信號就消失了。」賽維爾指著電腦上的某個位置，對凱斯耐心地講解著。

「所以呢？」聽到這裡，凱斯也忍不住有些疑惑問。

「米雪兒失蹤，現在你的嫌疑暫時沒有那麼大了，因為……」賽維爾頓了頓，他說這句話的時候，也一直在觀察著凱斯的表情。

凱斯吃驚的神情看起來並不像是假裝的，雖然他極力掩飾。

「昨天米雪兒信號消失的時候，你還在看守所，所以，你和她合謀的嫌疑，暫時也可以擺脫了。」賽維爾對著有些錯愕的凱斯宣布這個消息，似乎到這個時候，他才扳回了一點主動權。

「我想您大概是弄錯了，先生。」儘管賽維爾這樣說，凱斯仍舊小心翼翼地隱藏著自己的疑慮，只是略帶諷刺意味地回敬賽維爾，「我一開始就說過，我是無辜的，但是這些混蛋警察還是關著我不放，恐怕他們不是需要對納稅人有所交代，而是需要對幕後的操縱者交代吧！」

「不管怎麼看，你的行為很反常，這種反常讓你有和她同謀的嫌疑。」賽維爾不理會凱斯話裡的諷刺，盯著凱斯的眼睛說道，「西蒙警長很忙，但不管怎樣，他重視這個案子，所以我們才有在這裡交談的機會。他們已經檢視完你的手機了，有兩筆來歷不明的收入。手機裡有一筆米雪兒‧蘭達‧佛倫給你的轉帳，還有你在 free-center 的酒吧裡賭博時，靠連接作弊系統贏了一筆小錢。」

「如果我沒猜錯，我想你們已經知道我是幹什麼的了，那筆錢不過是她給我的偵探費用。她委託我幫她查明她哥哥的死因，而我也有權保護我的當事人，避免她受一些無謂的傷害。你知道我們這行的規矩，不需要什麼紙本契約，對我這樣的人而言，收了錢，這個契約就已經建立了。我們靠口碑，不靠那張虛擬的公文。」凱斯噴出了最後一口煙霧。

賽維爾剛取出平板電腦，聽完凱斯這句話，倒像是故意針對自己似的。

很明顯，現在也不是在意這件事的時候，賽維爾將公文遞給凱斯。

「公文有時候也不是一無是處。我申請讓你可以交保候傳，只要你願意在這個協議書上簽個字就可以了。我想，你的確沒有謀殺他們的動機，最多也只能算是知情不報的共犯而已。」賽維爾看了一眼手上的石英表，皺了皺眉頭，顯然他和凱斯談話的時間有些長了，這一點令他十分不滿，語氣也變得生硬了一些。

凱斯在桌子上的煙灰缸裡摁滅了煙頭，接過了賽維爾遞過來的平板。那裡面有一紙電子公文，裡面的內容和賽維爾說的一樣，他確實可以交保候傳，今天就能離開這裡。只不過凱斯必須戴上警局特製的腳環，以方便他們監控他的去向。

對此，賽維爾的解釋是，警局也有他們的壓力，他們害怕凱斯會趁機逃跑，一般交保候傳的嫌犯都會這樣。

凱斯的眼睛掃視著公文，但心裡想的卻是另外一件事──他熟悉相關法律，定罪之前，他們沒有資格限定他的自由，最多就是浪費這些混蛋一點警力──在他家樓下盯著他，防止他逃跑而已，現在他們居然要他戴上腳環。

頭頂上監控器的紅光仍然在閃爍著，顯然另一幫人仍然在監視著這裡的一舉一動，凱斯在大腦中飛速地分析著他們這麼做的動機。

賽維爾顯然沒有給他思考的時間，他出聲打斷凱斯，這聲音聽起來簡直

就像是在引誘凱斯了：「你今天就可以拿回你的手機，但作為這件事的關鍵證人，我想你最好不要離開本州。在他們找到米雪兒之前，如果有什麼新的發現，可能還會通知你過來一趟。」

賽維爾眼中的神情淡定，但他仍然一直盯著凱斯，像是害怕錯漏凱斯的任何一個表情。

「對了！順便說一下，你的手機和其他物品，今天也可以還給你，但是腳環的事情，應該很難再有商量的餘地了。」賽維爾看著凱斯閱讀完那篇電子公文。

「在這裡簽字，我傳給他們，你下午就可以離開這裡了。」賽維爾將手中的電子簽字筆遞給了凱斯，指了指公文的左下角，示意他在公文左下角的空格裡簽上自己的名字。

凱斯想到了一種可能性，但是現在的情勢，他不能輕舉妄動，只能走一步算一步了。凱斯猶豫了幾秒，接過賽維爾遞過來的電子簽字筆，在公文的左下角簽上自己的名字後，將平板遞給了賽維爾。

賽維爾將電子公文上傳到了審查系統裡，剩下的事情就只有等待，但他顯得很焦躁似的，掏出手機在室內撥通了一通電話，電話接通之後連聲催促，似乎有些等不及似的。

凱斯頭頂上的紅燈又閃爍了幾下，然後徹底熄滅了。

賽維爾掛斷電話不久，屋外的四個警察就依次走了進來，為首的那人讓凱斯跟他走。賽維爾對著凱斯點了點頭，凱斯跟在那名警察身後，二人穿過長廊，又上了電梯，凱斯發現自己回到了來時那條金屬通道的入口。

警察帶著凱斯穿過那條金屬通道，兩人一直走到金屬通道的盡頭，警察示意凱斯可以回到房間內換回白己的衣服。他的舊大衣被折疊著放在一個消毒的塑膠袋子裡，手機和其他隨身物品密封在另一個小的塑膠袋子裡，袋子上貼著標籤，上面寫著他的名字和編號。

凱斯將那件貼身的防護服換了下來，推門出去的時候，已經有警察等在外面，他們將領著凱斯去戴監禁腳環。

▌ Chapter 016

凱斯沒有回 free-center 的大樓，他不想回到那個房間裡，他可以想像出房間現在亂糟糟的模樣。

室外還是一點淡青混著暖黃的幽光，間或閃耀著一點 LED 電子螢幕上的廣告提醒，再往前走一點就是那座破爛的廣場。凱斯把手機打開，跳出一個未接來電的提醒消息。不是熟悉的號碼，凱斯看時間是昨天下午打來的，那時候他還在塑膠監獄裡。

他回撥了過去。

電話傳來接通的「嘟嘟」聲，接通的那一刻，凱斯竟然有些緊張起來。他在想，自己會不會太冒失了？萬一電話是米雪兒透過某種手段轉接過來的，只不過警局的系統沒有破譯出來，自己現在回撥過去不正是自投羅網嗎？

他應該先去賽洛[21]那邊，檢查一下自己的手機裡有沒有監聽器，然後再決定回不回這個電話的。

「Hello？」電話那邊傳來一陣不耐煩的招呼聲，緊接著便換成了甜美的女中音，「這裡是 TAO 家具中心，請問有什麼能為您服務？」

凱斯沒有回答便掛斷電話。他點開自己手上那款家具出租的 APP，果然，裡面顯示自己租住的公寓沙發已經被家具公司回收了。

APP 上顯示了清洗費用加修補費用，一共一百五十元美金，其中包含一項不愛護家具的罰金，因為凱斯帳戶上有足夠的費用，所以這次 TAO 中心只是發訊息通知了他一聲，其餘所有的費用，都已經在凱斯的帳戶上自動扣除了。

「Shit！」凱斯咒罵了一句，關上了這個 APP。

不過一秒鐘後，他又點開了手機，他想，現在自己應該租一輛汽車。他的確應該去賽洛那邊一趟，看看他有沒有什麼黑科技的方法，能把自己現在戴著的腳環和手機裡的資訊掃描一遍，看看警察是不是在裡面連接了竊聽系

---

[21]凱斯曾靠著朋友發明的程式在賭博中贏了一些錢，這個朋友就是賽洛，他是一名天才駭客。

統。當然，如果米雪兒真的想辦法跟自己聯繫過，也只有賽洛能破譯了。

凱斯一邊想著，一邊在租車公司尋找著符合自己需求的汽車。賽洛住的地方很隱蔽，在黑市裡面一個不起眼的小角落裡，去那裡有一段崎嶇的泥巴路，他得選一輛越野車才行。但是他也不能租太好的車，那些該死的、智慧化的汽車都裝有行車記錄器，會記錄和回饋他所有的行車路線，然後把這些資訊發給警察。

是的，他一點也不相信那些該死的警察。他不相信他們會這麼輕易就放過自己，這幫狡猾的混蛋，一定在他的什麼東西裡面動了手腳。在他出發去找米雪兒之前，他得先找到賽洛，對這些警察還回來的物品，做個全面的檢查。

車半個小時就到了。凱斯租了一輛手動的、破舊的軍用越野車，這種型號現在已經不生產了，凱斯還是戰時見過。這種越野車是利用裝甲車的某些配備改造的，在遮蔽信號和熱能方面，比普通的越野車要強很多。凱斯熟悉這款車的性能，他打算開車去找米雪兒，但是在此之前，他必須先見賽洛一面。

他在微光之中穿過一片崎嶇的山路，莫斯特伯阿米克降臨之後，天際上空還是日出日落自然運行，而他們這些活在地面的人，卻永遠要在非自然光裡過日子。

路上幾乎沒有什麼行人，現在只要不是領取食物的時間，人們大多數時候都窩在家裡。雖然吃了食物發放機裡面的食物之後，不會再生怪病——即使出門也不會怎樣——但是人們卻總覺得現在連空氣似乎也有毒似的，如果沒有大事，他們都不出門。

現在凱斯必須把車開到另一個城市，路上行人稀少對他而言，倒是一件好事。他緩緩搖下車窗，點了一支從賽維爾那裡順來的人造煙。汽車發動，從車窗望去，兩旁地建築物在飛快地倒退。

出了城，凱斯從高速公路上奔馳，一個小時之後，他來到了孟萊 [22]。進城時費了一點時間，凱斯沒有往市中心走，他穿過了幾個隧道，把車停在一棟空曠地廢舊大樓外面。

---

[22] 孟萊是對美國城市的模擬和異化，這座城市的原型是邁阿密。

這棟舊大樓的樓體殘破不堪，地上磚瓦斑駁，也不知被風蝕了多久。牆體倒還算結實，主體還在，只有一部分房間坍方了，露出了裡面的鋼筋構架。其中有些鋼架已經被鐵鏽蝕黑了，斷裂成幾塊，零零碎碎地落在地上。

從大樓的側面進去是一條小路，路旁有許多連成片酒吧，酒吧外牆上畫滿了各種塗鴉。凱斯走到一個掛著「今日歇業」的酒吧門口，輕輕扣門。

門開了，一個蓬鬆著頭髮、睡眼惺忪的胖婦人從裡面探出頭來，看了凱斯一眼。她只穿了一件舊睡袍，從凱斯的角度看，可以看見她白花花的乳房擠滿了前胸，如同兩個水桶掛在身上晃蕩。

「幹什麼的？」胖婦人懶懶地問了一句。

那扇門是瓦楞板做的，做成了日式拉門的樣子，但是凱斯很清楚，那裡面有一整套的遙控系統。

凱斯在門口做了一連串的手勢，這是一個大拇指來回摩擦食指尖的動作，那是「現金」的意思。

胖婦人點了點頭，把門朝裡打開，帶著他走進去。裡面也是一間酒吧的裝扮，只是這裡瀰漫著一股塵土味。這個酒吧並沒有營業，不！應該是一直以來都沒有營業，所有的裝扮都是為了掩人耳目罷了。

兩邊都是亂七八糟的廢品，一直堆到牆邊，靠牆的書架上放著一些皺皺巴巴的平裝書。廢品堆像是金屬和塑膠扭結而成的真菌，從地裡長出來，有時能從中分辨出些零散物品，但很快又變得模糊。

一臺插滿斷頭真空管的破舊電視機內膽、一段破碎的衛星天線、一個塞滿鏽蝕合金管的棕色纖維罐子，大堆過期雜誌一直散落到他們面前，封面上滿是舊年月夏日裡的肉體，茫然注視著天空。

這裡的場景凱斯很熟悉，他並不是第一次來。他跟著這名胖婦人一直向前走，穿過眾多廢品之間一條窄窄的通道時，聽見身後關上的聲音。

胖婦人領著凱斯一直走到了一個大門的盡頭，那裡有一個小個子男人，他坐在一個破舊的屋子裡，只在眼前開了一個小窗。他從小窗裡看了凱斯一眼，狹長的眼角閃過一絲打量的光，他整個人看起來好像從風洞裡撈出來的，小耳朵緊貼狹長的腦袋，似笑非笑地露出嚴重內勾的大門牙。

「暗號。」小個子男人頭也不抬地說了一句。

「現金。」凱斯從錢包裡抽出兩張現金，交給了小個子男人。小個子男

人收起錢，提起對講機不知道說了一句什麼土語。

片刻之後，有一個人走了過來，打量了凱斯和胖婦人一眼，示意凱斯可以跟他走。他穿著一件粗麻舊夾克，左手拿著一把手槍，向凱斯指指門邊的一塊白色塑膠板。那是一塊近一釐米厚的緻密電路板，他幫著那人抬起板子堵住門，那十隻焦黃的手指靈巧地飛舞，扣上板子邊上的白色搭扣，一臺排風扇不知在哪裡嗡嗡作響。

那人對著這塊電路板掀了三次，一扇老舊的鐵門在凱斯眼前彈開，鐵門外是一條窄窄的、不知道通向何方的舊樓梯。他對凱斯點了點頭，拿槍指了指那濕漉漉的舊樓梯，示意凱斯可以下去了。

凱斯將手插在大衣口袋裡，戴上帽子，從樓梯口走了出去。在他下去後，那扇鐵門又「匡」的一聲在他身後鎖上了。

凱斯一直走到樓梯的拐角處才停下來。

他穿過了一條窄窄的巷子，眼前突然豁然開朗起來，這條街像是一條由金屬打造的雜物街，整條巷子上掛滿了各種老舊的裝飾物，間或有一些 LED 燈，上面用各種文字拼湊出店鋪名稱，有些名字的字母還拼錯了。

凱斯戴上帽子，向街中心走去，街上鋪著大塊的地磚，磚上有些坑坑窪窪的地方還積著水。許多店鋪的牆面都很髒，有些好事者就著這些牆面上的黑斑，畫了一些塗鴉。

凱斯走到一個掛著紅簾的店鋪門口，他敲了敲門，一隻缺了一條手臂的智慧型機器狗將門拉開了。

「網路源自古老的電子遊戲，最早期的圖形程式和軍方試驗的顱骨連接口。」電子狗的程式自從播放出一個妖嬈的女聲。

「臭毛病。」凱斯白了機器狗一眼。

他進了一個通往地下的電梯，電梯裡被賽洛接上了某種不知名品牌的電子顯示器，顯示器上空間戰的二維畫面漸漸消失，生長出一片數學函數生成的蕨類植物，展示著對數螺旋的各種立體形態；藍色調的軍方錄影片段閃過，有被連接測試系統的實驗動物，還有連接坦克和戰機火力控制回路的頭盔。

「哈哈！凱斯，原來是你這個混蛋。我剛才在想，到底是誰對我的甜心這麼粗魯。」賽洛的聲音從凱斯頭頂上方的揚聲器中傳來。

　　「這是對莫斯特伯阿米克降臨之前的世界模擬，感覺怎麼樣？當然，這是我在這個世界收集的資訊，透過整合後呈現的，電腦資料抽象集合之後產生的圖形表現，有著人類無法想像的複雜度。它是排列在無限思維空間中的光線，是密集叢生的資料，如同萬家燈火，正在退卻……」

　　「停！」凱斯掏出槍，對準了那隻電子狗，「不要囉唆，否則我打爆它。」

　　電子狗識趣地舉起了自己那殘破的機械手臂，兩隻眼睛組合出了淚汪汪的電子表情。

　　「愚蠢的人類，不懂得尊重科學的人類，所以才會受到莫斯特伯阿米克的降臨的懲罰。」賽洛沒好氣地說了一句。

▌ Chapter 017

電梯彈開了，凱斯熟悉的場景終於又回來了一點。賽洛是個喜歡拆散重裝的狂人，凱斯每次到賽洛住的地方，房間的裝修風格都不一樣。

低矮的穹頂天花板，兩側排放著幾十個不同的金屬臺，每個上面都放置著各種不同的螢幕，分別展示著賽洛各種科技模擬出來的 3D 效果，這些金屬展櫃與那弧形的牆壁格格不入，但是很明顯，賽洛從來不會在意這些細節。

走廊裡每隔十米裝著已經生鏽的黃銅燈具，投下白色的光暈。地面起伏不平，凱斯隨著電子狗一路走下去，才發現地下亂七八糟的鋪著幾百張小地毯，交錯堆疊，將地面變成一片手工羊毛織造的柔軟表面。

「找我有何貴幹？」賽洛正戴著眼鏡，凱斯看得出來——這個眼鏡的鏡片用的是特殊的防強光材質——賽洛總是有辦法搞到這些亂七八糟的東西，當然，他也喜歡生活在黑市，因為黑市才能有這些材料。

「你自己隨便找個地方坐，等我弄好這個再來招呼你。」賽洛身上永遠都是一股機油味，手套上也染滿了黑色的髒汙。

凱斯低頭看了一眼，幾乎找不到地方落腳，更別提坐的事情了。賽洛的房間裡，永遠都扔著各種密集的線路電板，以及各式各樣未完成的科技怪物的殘骸。

「你現在的裝修風格真夠醜的。」凱斯鄙視地說了一句。

「沒辦法，鋪上地毯才方便我用磁體找電板上那些細小的零件。你瞧，就像這樣。」賽洛指揮電子狗用殘缺的機械臂中的磁鐵，吸起了一片落在地毯縫隙裡的小小零件。

「好吧！」凱斯點了點頭。

他的腳環突然「嘟嘟」地閃爍了起來。原來這裡面有磁鐵感應晶片，是警局專門設計出來的防止暴力拆除的感應器。

感應器的嘟聲極大，也吸引了賽洛的注意力。

「ER 型的。」他一口就報出了凱斯腳環上的感應器型號，「要拆除這個東西，小 case 而已，十分鐘也用不了。」

「光拆除可不行，還要更改這破玩意兒的定位設定，警察局的沃克考特 [23] 系統每小時要掃描一次，看看我有沒有到處亂跑，當然，還要檢查一下這裡面有沒有其他竊聽設備。不要破壞這些竊聽設備，但是，我想你可以給他們聽點別的什麼東西。」凱斯自己從賽洛的櫥櫃頂上倒了一杯酒，對著賽洛笑了笑。

「午夜女郎的性感呻吟，還是恐怖片裡的驚聲尖叫？」賽洛接住了凱斯的玩笑。

「電波的刺啦聲就行，得讓他們以為這玩意兒是自己壞掉了，不然他們還會想別的辦法，但是我也不需要太久的時間。所以，等他們檢修檢查的時間就夠了。」凱斯晃了晃酒杯，他終於找到了一個可以落腳的地方坐了下來。

賽洛按了一下機械狗身上的某個按鈕，機械狗的機械臂立刻縮了回去，變成了一個支架。

「讓我瞧瞧這個設備。不錯！不錯！我正好缺一點鈦合金，光是腳環裡這一點可不夠，你應該戴著兩個腳環來的，那樣就太好了。」賽洛利用支架上的熱能掃描系統掃了腳環的內部結構，腳環瞬間轉換成了 3D 藍圖，在賽洛操作的那臺電腦上顯示得清清楚楚，包括內部結構中的每一款零件。

「好了，等我五分鐘。」賽洛操作著滑鼠，指揮著機械臂操作。

機械臂伸縮著，轉換成針形，插入到腳環裡。凱斯聽見幾聲螺絲的「唭嚓」聲，腳環忽然被撐開，輕而易舉就脫了下來。

「搞定。」賽洛滿意地看見機械狗滑動著將腳環托到自己眼前。

「謝謝。」凱斯真誠地對賽洛說了一句，有個賽洛這樣的朋友，的確在某些時候會令他感到幸運，儘管賽洛希望他再戴一次腳環，但是他相信他是無心的。

檢視腳環裡的竊聽設備倒是花了半個多小時。

「現在警局的竊聽設備做得很隱祕，他們有錢鑽研這樣的技術，搞材料也比我們容易得多。」賽洛一邊仔細用熱能掃描拆除下來的每一塊腳環零件，一邊對凱斯抱怨著。

---

[23] 沃克考特，古英語裡「祕密監視」的音譯。

「黑市大佬也不會少的。」凱斯接道。

「是啊！幸好軟體方面我也精通。」凱斯這句話明顯令賽洛十分開心。

凱斯很清楚，賽洛就是喜歡別人這樣誇他。警局的那些混蛋裡，的確也有一、兩個高手，因為資本的介入，他們研究技術的材料和設備都很容易搞到，但是也正因為這樣，才能顯現出賽洛的厲害之處來。

這是凱斯的潛臺詞，也是賽洛喜歡聽到的話。提到自己的長處，賽洛的話也多了起來。

「對了，剛才說到哪裡了？」賽洛頓了頓，似乎在腳環的一個零件裡發現了監視器的蛛絲馬跡，遂放慢了掃描的速度。

「軟體方面你也很精通。」凱斯抿了一口酒，提醒著賽洛。

「對，是這樣的。」賽洛十分開心，他總覺得凱斯能懂得他做這些東西的內在樂趣，也開始滔滔不絕起來，「要知道，這些零碎的東西有多難收集，每次在黑市的網站上競拍，我都要靠自己改造的那些『黑科技系統』才能搶到……嘿！你還不知道我這裡有多少寶貝。」

「你弄完了再介紹也不遲。」凱斯都有一點後悔自己為什麼剛才忽然要提起黑科技的話題了。

「好吧！」賽洛悻悻地轉過頭，接著用掃描系統仔細檢查著腳環的各個零件。凱斯從 3D 藍圖裡，看見賽洛用操作臺上的工具，同步把一根細針塞進鎖孔，悄無聲息地試探著。

「就是這裡了，沒錯，我找到了！出來，小寶貝……」賽洛在顯示器裡用滑鼠放大了腳環零件裡的一片陰影區，指著那一個細小的晶片對凱斯說，「就是它，這裡，看到了嗎？一個小型的追蹤器。不是竊聽器，竊聽器做不到這麼小。」

凱斯走近賽洛的工作臺，果然看見腳環的鎖扣裡，被安放了一個小型的追蹤器。

「你這裡有遮蔽信號的設備吧！」凱斯有一點擔心地問道。

「當然！」賽洛用毫針小心翼翼地將那塊小型追蹤器取了出來，放在機械臂構建地微型工作臺上，「我可不喜歡工作的時候被人打擾，你要知道，我這個工作需要全神貫注才能做好。」

「好吧！」凱斯點了點頭。他當然要解決米雪兒的問題，但是他也不想

連累賽洛。

「追蹤器需要處理一下，現在還沒啟動連結。」賽洛又一次放大了 3D 藍圖，仔細觀察著這枚追蹤器的內部結構。

「可能他們想不到我會馬上出門。」凱斯回了一句。

「追蹤器還沒啟動，他們應該是不想打草驚蛇……」凱斯在心中默默推斷著這幫警察的真實目的。說不定馬普爾有讓他們想得到的東西，而米雪兒就是解開這個東西的關鍵線索。

「到底是什麼呢？」凱斯在腦海中回憶著賽維爾展示給自己的每一條資訊。

「好了，這個追蹤器送給我了吧？」賽洛向凱斯確認著，打斷了凱斯的思考。

「嗯！當然，你想要就拿走吧！幫我設定好一個追蹤路線，平常的，不要過於引起他們懷疑的路線。」凱斯懇求似的望著賽洛。

「包在我身上，上午九點到下午兩點，在家裡睡覺。兩點以後，去食物發放機所在的廣場領取食物，晚八點以後在酒吧。OK，這樣就可以了。」賽洛飛快地設定好了凱斯一天的生活。

「很好。」凱斯點了點頭，「只設定一天就夠了，他們肯定知道我會走，但是不是今天。他們會懷疑我在故布疑陣，所以他們明天會加大對我的掃視密度，我要去一趟馬普爾，明天幫我設定正常路線。我今天就出發，我要比他們早到一天，這樣我才能沒有干擾地找線索。」

「沒問題。」凱斯一邊說，賽洛一邊飛快地將凱斯所說的這些資訊輸入到他的設定系統裡。

「謝謝你。」凱斯看著賽洛操作完畢。

「沒什麼，這腳環應該是他們目前最先進的設計了，用的是三代系統，有很多零件正是我需要的。」賽洛明顯對這個腳環更感興趣。

「幫我搜索一下馬普爾的多莫莊園[24]。當然，如果你搜到的話。我也不知道他們的防火牆屬不屬害，如果不行就算了……」凱斯欲言又止。

---

[24]多莫（dormer）這個單詞源自法語，是極畫的意思，因為這座莊園在冰天雪地裡，環境類似於極地的極畫天氣，剛好這個名字又和維爾‧多莫的名字有些諧音，所以網友給這座莊園取名「多莫莊園」。

「沒有的事。」賽洛氣鼓鼓地打開電腦，把凱斯所說的幾個關鍵字輸了進去。

凱斯就著微光，站在賽洛身後掃視著螢幕上的內容。

基本資訊和賽維爾說的那些差不多，網上有人猜測這是泰爾西 - 埃西普爾股份公司的前執行董事維爾·多莫的莊園。猜測的依據是這座莊園是建在冰天雪地裡，周邊有一座像冰雕的水晶牆，大家紛紛揣測，這是不是在隱約暗示著泰爾西 - 埃西普爾股份公司的「冰牆」技術。

當然，多莫莊園這個名稱也是網友取的。

「你和這個地方還真有緣分。」[25] 賽洛一邊瀏覽網上的資訊一邊說。

****

「這些人總是喜歡玩一些新花樣。」凱斯看著眼前的網頁，忍不住皺了皺眉頭。

莊園裝飾得有些像未來城的樣子，應該是這些有錢人的新品味。自從莫斯特伯阿米克降臨之後，這些有錢人一直在宣傳和星空未來有關的東西，凱斯懷疑他們的最終目的，也不過是想把公司的股票價格炒高一點而已。

「地址在哪？」凱斯挑了挑眉，「你能幫忙查到嗎？」

「當然。」賽洛故意用不以為意的語氣回答著，「要查到這些有錢人的地址，找賽洛就對了……當然，要幹這種違法的事情，總是需要冒一點風險的。」賽洛聳了聳肩，故意停下了手上的動作。

「少廢話，你這個趁火打劫的混蛋，想要多少報酬，直說就是了。」凱斯無奈地看了賽洛一眼。

「據說上次你讓我幫你發布那條資訊時，是被兩名黑警帶去問話了？」賽洛故意開著凱斯的玩笑，「他們沒有把你怎麼樣吧？」

「我今天可是帶著我的白朗寧來的，小心你那該死的舌頭。」凱斯狠狠地瞪了賽洛一眼。

---

[25]賽洛這句話是打趣凱斯的。因為凱斯有失眠症，就像極畫的白天，所以他這樣說。這裡還有一層隱喻的設定，凱斯是一個像永遠處在白天的人，但是卻生活在黑暗籠罩的世界，他接觸的也都是犯罪、案件這些社會的陰暗面。

「好吧！我相信你不是拿槍口對準朋友的人。」賽洛對著凱斯微微一笑，露出了滿嘴的黃牙。

「當然，只要我確定那個人的確是我的朋友。」凱斯掏出人造煙，輕輕吸了一口，這種用化學物質擬合出來的尼古丁味道，其實是一種對神經的刺激，讓他們以為自己在吸煙，事實上只不過是一種對神經感官的刺激。但即使如此，凱斯和賽洛依舊會對此上癮。

凱斯將手中的香煙扔了一支給賽洛，賽洛伸手接過。

「兩個黑警，我給了他們五百。三百，你幫我找到那個該死的莊園地址。」凱斯吐出了一口煙圈。

「你也說了，我們是朋友。」賽洛點燃人造煙，猛吸了一口，表情也變得迷離起來，「用不著這麼麻煩，你請我吃個午飯，就當是報酬了。」

「一頓午餐而已，用得著兜這麼多圈子嗎？」凱斯咧開嘴嘿嘿一笑。

「當然不是普通的午餐……」賽洛故意賣著關子，壓低聲音對凱斯說道，「我知道黑市有一家賣肉人餐的店鋪，要價雖然高，但是性價比也還算不錯。」

「得了得了，我知道了，」凱斯皺了皺眉，「穿衣服出發。」

「我只要一小塊就行，我想嘗嘗味道，你知道，我這個人一向對新鮮的東西比較好奇，不然我也不會選擇幹我這行是吧哥們。」賽洛收拾東西，站起身來，拍了拍凱斯的肩膀：「上次嘗他們家的菜色已經是一年前了，我真懷念那個味道啊！還有他們家的妞兒身材火辣、性感迷人，你真該去見識見識。」

賽洛一邊說一邊套上外套，戴上自己的帽子和金戒指，拉開門向外走去。

凱斯跟在賽洛身後，賽洛剛一推開門，門外的電子狗又迎了上來，眼巴巴地望著兩人。

「這回可沒辦法帶你出去。」賽洛繞開了電子狗的糾纏，按了一下手機上的某個按鍵，電子狗立刻安靜了下來。

「終於清淨了。」凱斯瞥了一眼電子狗，裹緊了大衣，跟在賽洛身後，向黑市的中心走去。

從賽洛的住處去往黑市要經過一條封閉的地下通道，通道的地面上瀰

漫著各式各樣的臭水，牆面上有各式各樣的塗鴉。通道頂端安裝著各式各樣的路燈，黑色電線牽著的燈泡已經壞了一大半，凱斯數了一下，大概還有三盞燈還能發光，其中一盞燈還忽明忽暗地閃爍著，看樣子也離徹底壞掉不遠了。

他跟在賽洛身後，穿過這道長長的通道，來到了破舊的黑市街道。

黑市街面上掛著各式各樣的霓虹燈，刺眼的紅燈上寫著各式各樣店鋪的名稱，當然，這些名稱都是政府允許銷售的那些舊東西，賽洛曾經告訴凱斯，只要他願意，在黑市裡可以找到任何自己想要的東西。

幾個化著大濃妝的妓女迎面走了過來，向凱斯的方向拋了一個媚眼。

「別理她們。」賽洛壓低聲音對凱斯說著，「她們是『夜鷹』的人。」

凱斯吃了一驚，「夜鷹」是黑市之中最大的一個地下組織，據說那個為首的人叫莫比‧迪克。

凱斯很久之前就聽說過這個人的名號，因為這個人的名字過於奇怪，凱斯特意還上網查了一番，發現這個組織用的名字和代號，都源於某個古老的美國故事。

當然，凱斯在調查這個人的時候，還聽過一些關於這個組織的傳言，有些資訊上說，這個叫莫比‧迪克的傢伙，某些舉動和人類並不相似，因此懷疑他並不是人類，此外，這個人似乎總是喜歡把臉塗成瘀青色，因此，沒有人見過他真正的相貌。

當然，關於這個人的資訊，網上說什麼的都有。憑藉偵探敏銳的直覺和邏輯推理能力，凱斯也不能判斷某些東西的真假，不過他對莫比‧迪克喜歡把臉部塗成瘀青色這件事卻有些警覺，因為他翻遍了網上的資料，也找不到關於這個傢伙的任何一張照片——按理說，除非有人在背後操作著網路系統，否則一個人是不可能抹除自己所有資訊的。

引起凱斯注意的還有另外一點，凱斯曾調查過一起金融案件，委託律師帶他去見那個人時，凱斯發現委託自己的那名金融大亨，也喜歡將臉部裝飾成瘀青色，雖然他會見凱斯的時候仍然是普通人的模樣，但是凱斯在他家的別墅之中，曾看到過他面色瘀青的模樣。

這幫傢伙總把自己當成是某種街頭文化的捍衛者，他們崇拜野性力量，當然，他們崇拜的方式，就是用拳頭和暴力解決問題。凱斯一邊在大腦之中

回憶著「夜鷹」組織的資訊，一邊向旁邊讓了讓，他現在剛從警察局出來，可不想再招惹這些傢伙們。

「這幾個妞又是『夜鷹』組織搞的什麼新名堂？」凱斯看著幾名妓女罵罵咧咧地走遠，壓低聲詢問著自己身邊的賽洛。

「這些黑市的妓女是專門騙男人的。」賽洛向凱斯解釋道，「他們會把男人帶到他們的房間裡，等他們幹完那件事之後，躲在她們背後的那些打手們，會根據情況向那個男人收費，如果你不想一絲不掛地從房間裡走出來的話，就得乖乖地把自己錢包裡的錢全部掏出來。」

「當然，他們也不是對誰都這樣，他們只是想嚇唬嚇唬那些娘炮，有人願意把錢掏出來，當然就皆大歡喜了。」賽洛似乎對這些事情很清楚。

「原來是這樣。」凱斯忍不住回頭望了那幾個已經走遠的妓女，忽然想起了自己初見米雪兒的場景。

「雖然平時跟他們玩玩也是一件不錯的事，但是我現在還有事，我也不想惹麻煩。」

「嗯。」凱斯點了點頭，他相信賽洛說的是實話，這傢伙一向對電腦的興趣要比女人大。

「就在前面。」賽洛指著一家掛著看板，閃爍著霓虹燈的店鋪，對凱斯說著。

凱斯抬頭，看門了店鋪的玻璃門和厚厚的門簾。門簾將店鋪的一切遮擋著，順著凱斯的目光望去，裡面什麼也看不清。

凱斯看著門簾，跟著賽洛走了進去。

「這裡是專門接待有色人種的地方。」賽洛一邊沿著一段陰暗的樓梯上樓，一邊對凱斯解釋著。

凱斯抬頭，看見兩名黑人從樓上的一間小門裡面走了出來。門虛掩著，門把看起來有些陳舊，從門上的玻璃窗望去，可以看門裡面閃爍的霓虹燈，和來來回回閃動著的人頭。

凱斯跟在賽洛身後，兩人推門走了進去。

酒吧之中燈光有些暗，一個老舊的留聲機裡，正放著二十世紀的民謠。一名黑人服務生正在吧臺前忙碌著，黑人服務生看見凱斯和賽洛走上前來，連忙對他們露出了一個標準的微笑。

賽洛走上前去，低聲對黑人服務生說了一句：「要一份威士卡，加冰。」

「明白。」黑人服務生對著賽洛點了點頭，「一共是三百元美金，兩位誰付款？」

凱斯看著黑人服務生，從錢包之中掏出了三張美金遞給黑人服務生。

「多謝。」黑人服務生接過錢，對著凱斯露出了一個標準的微笑，向後臺走去。

「威士卡，加冰，這是要肉人套餐的暗號？」凱斯一邊點煙一邊詢問著賽洛。

「嗯！」賽洛對了對手指，也在吧臺前的椅子上坐下，「當然，還遠不只這些。」

「還有什麼？」凱斯有些疑惑地望著賽洛。

「一會兒你就知道了。」賽洛抽出了一支人造煙，就著凱斯煙上的火星點燃。

凱斯一邊吐出煙圈，一邊轉過頭，只見酒吧之中的人正在低聲交頭接耳，似乎沒有人注意到他們倆。酒吧之中有幾個人還戴著 VR 眼鏡，表情迷離，正在搖頭晃腦，沉浸在遊戲世界之中無法自拔。

自從莫斯特伯阿米克降臨之後，有些人就變成這樣了，他們除了領取食物發放機的食物之外，剩下的事件全部都沉浸在遊戲世界裡。當然，凱斯懷疑這可能也是當局的某種策略——為了防止一部分人無聊鬧事，所以才設計出這些沉浸式體驗的 VR 遊戲來。

「請慢用。」黑人服務生將東西放在兩人面前，特意看了賽洛一眼，轉身又去忙自己的了。凱斯看見自己面前的盤子之中，有一塊黑中透紅的東西，忍不住皺了皺眉頭，這個東西讓他想起了食物發放機那些紅色的食物，所以他忍不住開始懷疑，這個所謂的酒吧不過是打著肉人的噱頭，賣著某些合成物罷了。

「到那邊去吃。」賽洛看著凱斯，輕輕說了一句。凱斯端著自己的餐食，跟著賽洛來到了角落的一個桌邊。

賽洛拿起餐盤之中的刀叉，輕輕劃開了自己眼前這盤黑紅相間的「烤肉」。在凱斯的注視中，賽洛飛快地將放在烤肉中的一張資料儲存卡拿了

起來。

　「味道不錯。」賽洛一邊將儲存卡收起來，一邊假裝品嘗著自己盤中的「烤肉」。

　「那是什麼東西？」凱斯假裝一邊用刀叉切著眼前這盤黑紅相間的「烤肉。」一邊詢問著賽洛。

　「找到多莫莊園的網路路徑。」賽洛一邊壓低聲音告訴凱斯，一邊飛快地將盤子之中的烤肉塞進口中。

「都是一些正常資訊，沒有我想要的東西。」凱斯皺著眉頭。

「你想知道哪些？」賽洛皺了皺眉頭，「這莊園的占地面積太大，要像掃描腳環那樣掃描的話，估計得花一個月。」賽洛報出了時間。

「這裡面一定也有網路系統，試試看吧兄弟，如果能入侵就最好了。」凱斯盯著網頁上的資訊，雙眼就像掃描器一樣，每個資訊都不放過。

「我試試吧！」賽洛打開了幾個後臺的軟體，「如果這裡真的如他們所說的那樣，是泰爾西 - 埃西普爾股份公司的資產，那麼這裡的防火牆系統應該也建立得很完善，我也不一定有辦法。」

「還有能難倒你的加密系統？」凱斯皺了皺眉，他知道賽洛的罩門在哪裡。

果然，凱斯剛說完，賽洛便忍不住不滿起來：「當然沒有！」

說完他又開了幾個後臺的軟體，凱斯看見他偷偷用這些軟體入侵了警察的資訊登記系統。

「莫斯特伯阿米克降臨後，他們把每一座莊園都做了登記。」賽洛一邊監控螢幕上跳躍的數位資訊，一邊跟凱斯說著。

「這種侵犯隱私權的登記，為什麼能通過？」凱斯有些不解。

「當時事態比較緊急，你也知道，莫斯特伯阿米克降臨後，一瞬間收走了很多生物，有些人在混亂中死去了，留下了不少空房子，我想他們最開始應該是檢查還有多少倖存人口。」

「這些網路系統都加密過。」凱斯對著螢幕上跳躍的資訊感嘆道。

「當然。這份資料不能漏出來。你不知道這些混蛋們偷偷貪汙了多少東西，當然，就算你知道了也沒有用，法院都是他們的人，他們用錢買通了那些混蛋。」賽洛的語氣中帶著一點憤憤不平。

凱斯想起和米雪兒在一起的那個叫蘭德的矮個子，想到他被奧利維亞和莫頓她們審訊時所聽到的那句「轉走了坎貝爾先生的一大筆錢。」腦海中忽然靈光一現，忍不住想賽洛詢問道：「你的這些黑科技軟體裡，有沒有能入侵別人帳戶的設計？」

「當然有了⋯⋯」賽洛一邊盯著螢幕一邊回答凱斯，所以他的話聽起來就像是在喃喃自語一樣。

「像那種基因編碼一樣的加密設計呢？你也能有辦法入侵嗎？」凱斯急切地問道。

「基因加密？」賽洛皺了皺眉頭，「這種技術我聽過，但沒見過。話說回來，只有黑色交易裡才會有這樣的技術，據我所知，解鎖基因資訊技術的人都去生產肉人了。肉人這種邊緣地帶又能賺錢又不犯法，這些黑市的人最喜歡做了。」

「肉人才會使用這項技術嗎？」凱斯追問道。

「是的，目前好像只有肉人才會使用，但是對基因密碼的類比，能不能用來鎖定帳戶我也不知道。要知道，一個正常的人類，至少有五十多億條神經網路，要全部類比計算出來，這一臺電腦可不夠，至少要一個占地一百多畝的機房。就算有一個這樣的機房，還需要幾百個像我這樣的人來操作，即使這兩個條件都滿足了，光是檢查各種錯誤的組合，都需要二十年的時間。」賽洛平靜地回答道。

「電腦的計算系統是類比人腦的，二進位的輸入始終比不上人類的意念。除非把電腦晶片和運算系統連接人腦──還要保證被連接者的頭腦能正常運轉，可以用意念來控制電腦的運作速度，這樣的話，時間上會快上大概兩倍吧！」賽洛繼續向凱斯解釋著。

「但是就算這些條件都滿足也還不夠，五十億條神經網路的排列組合不能出錯，我這種假設並沒有算上除錯的時間。」賽洛補上了一句話。

他的話讓凱斯陷入了沉默。

他敢肯定──雖然他並沒有觀察太久──但蘭德的技術肯定不如賽洛，如果真的是有人破解過基因加密的技術，那個人一定不是蘭德。

這是一個明顯的破綻，他不相信警察局的那些混蛋們不知道，但是現在他們還是盯著他。他們肯定覺得，破解這個技術的人是某個「冰牆」的人做的，或者就是泰爾西 - 埃西普爾股份公司的技術團隊，破解了這項技術。

如果真的是那樣，這就太可怕了。這才是這幫傢伙們擔心的，他們懷疑到了這一層，所以想從多莫莊園開始調查。

而米雪兒就是最好的誘餌。

至此，凱斯敢肯定的是，阿姆塔奇和蘭德他們的死絕對不是個意外，但是他沒有更多的線索，其他的東西或許還要等他到了馬普爾才能知道。

　　「所以，要破解基因加密的編碼，首先必須把神經網路系統的運作規則和所有的可能性都建立好，然後才能根據對方的行為習慣，來撷取和模擬他在這一刻的想法，要知道，每個人每一刻的意念都是轉瞬即逝的，而基因密碼是靠人腦裡隨機產生的想法去匹配密碼，匹配上了才能解開。」賽洛解釋得十分詳盡。

　　「我明白了。」聽完賽洛的話，凱斯終於知道為什麼他們會這麼害怕泰爾西－埃西普爾股份公司的技術了。

　　用坎貝爾的想法，即時匹配密碼並不難，難的是這個破譯密碼的人，用機器語言類比出了一個具備真實想法的坎貝爾，難怪他們會這麼害怕。現在這些人追蹤不到米雪兒的行蹤，大概也是害怕多莫莊園裡，有什麼他們不瞭解的新型遮蔽器。如果泰爾西－埃西普爾股份公司真的有這麼厲害的技術，那不管他們的多少人追蹤過去，都等於是自投羅網。

　　只有凱斯，只有凱斯去找米雪兒才不會惹人注意。而且，他們現在已經認定，米雪兒一定和這個泰爾西－埃西普爾股份公司有什麼關聯。這幫混蛋找來賽維爾，尋找理由放掉凱斯，都是因為這個原因。

　　凱斯不知道坎貝爾到底給了西蒙多少錢，應該有一大筆。他有一點想讓賽洛幫忙入侵一下西蒙的帳戶，或者監看一下西蒙的行蹤，他想看看，西蒙是不是真的像那兩個獄警說的一樣，是索婆阿騰納斯的崇拜者。不過他沒有這樣做，如果那兩個獄警所說的是真的，現在賽洛應該也能幫他監看到尼祿和伊萬大帝的帳戶了。

　　「資訊量很大，全部檢查比對的話需要一點時間。」賽洛低聲說道。

　　「沒關係，不用太著急。」凱斯心中有些焦躁，不過他也知道，現在催促賽洛沒有什麼用，賽洛已經盡力了。

　　「找到了！這個應該就是多莫莊園。」賽洛點了點滑鼠，在其中的一條資訊停下，停止了搜索工作。

　　他點開了資訊，嘗試用駭客軟體入侵當地的監控系統。

　　「我的軟體只能入侵那些有攝影機監控的地方，如果這個地方人跡罕至又沒有網路系統的話，那我也沒辦法了。」賽洛有些抱歉地對凱斯說道。

「沒關係，盡量試試吧！實在不行的話，等我到了再說。」凱斯對他點了點頭。

「好吧！」賽洛點開了這則訊息，嘗試連接。

系統載入時間有點久，載入到90%的時候，進度條並沒有再向前推進，賽洛輸入了幾條指令，兩分鐘過後，賽洛的電腦突然黑屏了。凱斯眼睜睜看著螢幕上的雪花跳躍了數下，然後連結賽洛電腦和多莫莊園的入侵網路就徹底斷開了。

「不行，這裡的網路加密技術很高，有一整套的反駭客系統。」賽洛看著資訊崩潰的畫面，不得不重啟了自己的電腦。

「也就是說，他們真的有可能研發出了基因加密技術？」凱斯有些難以置信。

「偉大的造物主才能完全支配人的意識。」賽洛虔誠地說道。

凱斯看著賽洛狂熱的神情，明白他對這種技術的憧憬。賽洛是一個科技狂人，對於一切複雜的技術，都有一種變態的愛好。

「好吧！」凱斯不想和賽洛扯這些黑科技的話題，他掏出手機看了看時間。

「我該走了，從這裡開車到馬普爾需要四個小時，馬普爾是風雪天氣，我還得抽時間去加一些防凍液。」

「等等。」賽洛看了一眼凱斯的手機，「把你的手機給我。」

凱斯毫不猶豫地將手機遞給他，賽洛將手機連接到重啟的電腦裡，打開了一個軟體，將凱斯手機中的資訊複製到另外一支手機裡。

做完這一切，賽洛將自己剛剛複製好的手機遞給凱斯。

「這支手機裡有你經常用的APP，手機裡有一個信號遮蔽軟體，如果你啟動這個軟體，就能遮蔽所有網路搜索，或許這個會對你有用。」

賽洛打開了他給凱斯的那支手機，又向凱斯展示了一遍操作的方法。

「緊急情況的時候可以按這裡，我可以遠端幫你解決一些問題。」賽洛指著上面一個新的APP。

「謝謝你。」凱斯接過賽洛給自己的手機，放進了衣服口袋裡。這支手機看起來十分老舊，像是賽洛重新拆裝過的，但凱斯知道，這支手機絕不是外面能買到的普通貨。

「莊園很大，裡面有一棟帶一點哥德風格的建築，應該有三百年的歷史了。以前當地人談過好幾次，想把這棟別墅作為教堂，但是莫斯特伯阿米克降臨之後，就沒有人在提起這件事了。整座莊園的占地面積很大，室外有一座噴泉，以前應該是引溫泉水的，現在也被凍住了。」

凱斯一邊開車，一邊閱讀著賽洛時不時傳給自己的資訊。看樣子，賽洛還在檢索多莫莊園的資訊，這些應該是賽洛新搜尋到的，他還真是個執著的人。

不過凱斯也很感激自己能有一個這樣的朋友，雖然他並不知道凱斯要幹什麼，但是只要凱斯有需要，賽洛就願意不遺餘力地幫他。當然，這中間需要凱斯用一點激發賽洛的技巧，但總體而言，賽洛的確是一個熱心腸的人。

凱斯心想，賽洛確實是個技術高手，他常常會生出很多奇怪的想法，甚至不熟悉他的人，會覺得他沒有基礎的善惡觀。但是凱斯相信他不是個壞人，至少他覺得，賽洛並沒有用這種技術能力來害人，這就夠了。

偶爾在黑市上做一些非法的技術材料交易，這並不是什麼了不起的罪，凱斯敢打賭，每天穿著筆挺的西裝、坐在鎂光燈前發表演講的那些傢伙們，暗地裡和黑市的交易比他能想到的還要多。

「這裡是美國新音，這裡是美國新音……」凱斯打開了車裡的廣播，想聽聽電臺裡的新聞播報。私家偵探做久了，隨時隨地都會想收集一些資訊，新聞裡總會稍微透露一些普通人注意不到的隱藏資訊。

凱斯扭動著電臺上的旋鈕，哪裡發生爆炸案、哪裡發生槍擊案、哪裡有人搶劫，這些的背後對應著哪些利益集團，凱斯都會在自己的資訊收錄薄裡一一標注出來，以備不時之需。

每個國家都會有一些這樣的大財閥，這些混蛋控制資源影響政府，即使在莫斯特伯阿米克時代也不例外。凱斯聽說，甚至在那些經濟落後的國家，這些財閥和軍閥都會聯合起來控制全國局勢，普通人只有掙扎求存。

沒辦法，這種相互傾軋病根是烙印在人類骨子裡的。凱斯忽然想到，或許正是因為有人犯罪，所以才會需要凱斯這種職業，他和這些罪惡相互

依存。

　　車向前疾馳，發出低沉的轟鳴聲，凱斯留神聽著電報裡的資訊。

　　如果泰爾西－埃西普爾股份公司背後有什麼凱斯並不瞭解的勢力，那總會有一些零星的東西會在現實裡產生一點化學反應，他相信自己的判斷。

　　隨著凱斯越靠近北區的馬普爾，他感覺溫度越來越低。那個地方離加拿大很近，終年積雪，在這裡修建一座冰雪莊園，花費的成本比其他地方要低——但是即使是這樣，算下來也是一筆巨額費用。

　　全美能投資這種莊園的人屈指可數，只是這些所謂的大佬常常會在發跡之後，把自己的資訊隱藏起來，推出幾個傀儡在公司做著掛名股東，自己只在背後遙控操縱。要能挖出這背後的人，凱斯也並沒有這麼大的能力。

　　他調整了幾個電臺，終於收到了馬普爾本地的廣播，可惜這個廣播裡只有一段關於馬普爾天氣的預報資訊。

　　好吧！凱斯放棄了從公共頻道尋找資訊的可能。

　　「叮」的一聲，手機又響了，凱斯低頭看了看，是賽洛發過來的，他找到了一段關於泰爾西－埃西普爾股份公司創始人維爾·多莫的一段演講。這段演講應該有些年頭了，雜訊很嚴重，但好在配有字幕，集中精力的話，也能聽清楚他到底說了些什麼。

　　「按照我們的標準而論，我們對這片土地的守護和喜愛，比你們所想像得還要更多。」影片裡年輕的維爾·多莫說道，「我們的家族十分古老，這個家庭裡，家族成員的錯綜複雜，正展現了我們的悠久歷史，但卻也還有別的含義。從符號學上講，雪地裡的莊園別墅證明了一種內在的追求，但也是對於麥田資訊壁之外資訊入侵的抗拒。」

　　這應該是莫斯特伯阿米克時代降臨之前錄製的影片，黑白影片，不但演講者穿著得體的新衣服，下面圍觀的眾人也是如此。

　　賽洛可能認為凱斯能夠從這段影片裡，解讀出一些關鍵資訊來，雖然現在凱斯還不知道到底關鍵資訊是什麼。他唯一能肯定的就是，維爾·多莫並不像他表面上看到的那樣友好、得體。

　　心中只有民眾的人不會像他這樣，有這麼膨脹的欲望，他們造不出一個泰爾西－埃西普爾公司，更無法令這家公司在政府的夾縫中生存下來。

　　這段影片應該是在一個大廳裡錄的，大廳內有一座平淡無奇的玻璃臺，

玻璃臺中放著一個精美的半身像，以白金和景泰藍製成，上面還點綴著天青石和珍珠。它明亮的眼珠是從一扇紅寶石舷窗切割下來的，而這扇舷窗則來自帶著第一位泰爾西飛出重力井，又接出第一位埃西普爾的那艘飛船。

關於這段泰爾西 - 埃西普爾股份有限公司的發跡史，凱斯在很多新聞網頁上都看到過——雖然是前幾年看到的，但是他現在還有一點印象，這兩年這家公司低調了很多，不知道出於什麼原因。

維爾・多莫演講的大廳頂上方是人造的夜色，華麗的星座閃爍在全像影像的天空之中，如同一張張紙牌，印著骰子、禮帽、酒杯……。多莫莊園內部的設計結構，被科技全像影像所構建出的景像，完美地展現在圍觀者眼前。

虛擬的莊園內部，那些懸崖居所的陽臺層層疊疊，一直延伸到外部的人造冰湖面上，凱斯看到一架輕型無人駕駛飛機藉著上升氣流，優雅地滑過那冰湖的邊緣，沐浴在那個莊園所建造隱蔽的地下賭場前庭柔和的燈光之中。

這種飛機是蛛絲聚合物製成，絲質的兩翼彷彿一隻巨大的蝴蝶，有隱身的效果。在鐳射的鏡片或塔樓之上，標誌著泰爾西 - 埃西普爾股份有限公司的霓虹燈倒影閃過。這些飛機屬於多莫莊園，專程用來接送來莊園內部豪賭的上流精英，控制它們的是莊園內部的一臺電腦主機。

如果按照維爾・多莫最初的構想，這座莊園不應該完全被冰封在冰天雪地裡，而是有一副四季分明的景像。只是可能維爾・多莫自己也沒有預料到，後來莫斯特伯阿米克會降臨地球，目前看來，他的這些構想只不過完成了三分之一。

凱斯看完了這段影片後關掉了手機，他已經進入了馬普爾境內。

儘管他相信賽洛的技術，但是戰場上的鍛鍊，讓他習慣了隨時保持警惕。他要去莊園裡尋找米雪兒，自己有很多事情需要問她，不能這麼快就讓那些混蛋警察把自己想做的事情打斷。

不過在下車之前，凱斯已經聯繫了 APP 上的租車公司，說他把汽車停在一個加油站旁，市區附近也有這家公司的服務站，他們應該會自己過來把車開走。

租車公司感到很奇怪，為什麼凱斯寧可走路也不繼續開車了，他們以為是汽車的性能或是自己的服務出了什麼問題，拚命挽留了凱斯一陣，說了很

多客套話，不過這一切都在凱斯乾脆俐落地把錢付給他們之後就結束了。

米雪兒對他說過，這裡離市區還需要乘坐兩個小時的公共交通工具——如果不是自己開車的話。

凱斯花了一點錢，請人幫忙代購了一張火車票。這列火車會穿越白雪皚皚的山路軌道，然後去到馬普爾邊境的卡多小鎮上。

凱斯向周圍的人打聽了一下，一個穿得破破爛爛的路人告訴凱斯，這個小鎮現在已經沒有什麼人居住了，大家都搬到了市區，因為在那種杳無人煙的小鎮裡，沒有什麼工作機會。雖然食物可以從死神在每個城市中央區設定的食物發放機裡領取，但是說真的，只要有可能，他們也還想掙扎著活得更好一些。

凱斯給了路人一筆小費以示感謝，他看得出來，這個流浪漢應該很高興，大概是他沒有想到凱斯會這麼慷慨吧！

檢完車票，凱斯跟隨著零零星星的乘客上了車。車內很空曠，拉上車門，四座的位置裡只有凱斯一個人。他從上衣口袋裡拿出了一本破舊的筆記本，把一些關鍵資訊都寫了上去。說起來，這個筆記本還是他在爺爺留下來的舊雜物間找到的，現在早就已經不生產了。

他爺爺羅素‧史密斯曾告誡他，這樣的東西常常會比那些電子資訊保存的時間更長久些，他還活著的時候，堅持讓凱斯保持用紙筆記錄資訊的習慣，雖然對凱斯來說，這樣會有些不方便，但他還是堅持這樣做了。

他在本子上寫下了「冰牆」、「多莫」、「碎片」、「神經網路」等字眼，這是目前他得到的關於泰爾西‧埃西普爾股份有限公司的所有資訊。

凱斯在這些資訊上一一標注了時間。

做完這些事後，凱斯攔住一個路過的乘務員，向他打聽了一下火車抵達小鎮的時間。火車「匡匡」地前行著，凱斯望著外面白雪皚皚的世界，從口袋裡掏出了最後一根人造煙來。

「不好意思，先生。」剛剛準備離開的乘務員看見了凱斯的動作，又轉頭回來制止了凱斯，「車廂裡禁止抽煙。」

■ Chapter 020

　　火車在隧道和山間來回穿行，極目眺去，遠處雪山連綿，每座山上都覆蓋著皚皚的白雪。山腰上有一些低矮的房子，看樣子應該是附近的住戶。這個邊陲小鎮裡的人造光，不像凱斯居住的 free-center 那樣的城市那樣多，只有鐵軌兩旁每隔幾米的路燈發出的暖黃。這種暖黃投射到雪地裡，竟然有幾分溫柔的美感。

　　白雪蔓延到視線盡頭，就只剩下與天相接的一大片墨藍色。不過即使沒有這樣的寒冷天氣，這裡也不會有別的生物。凱斯下午上火車，一直到傍晚時分才到卡多。軌道上每隔一段距離都有設定的路標和指示牌，不過凱斯在中途停車的時候看過幾眼，這輛列車路過的幾個小站月臺上，都只有一個月臺管理員，只有臨近卡多的那個月臺上，坐著一位神情呆滯的老人，也不知道在等誰，不過這輛火車在那個站並沒有停。

　　播音室裡終於傳來下一站就到卡多鎮的資訊，凱斯站了起來，他是少數不帶行李的乘客。

　　在他看來，莫斯特伯阿米克降臨之後，資源已經短缺到極限，只要食物能繼續從中心發放機裡領，其他的隨身物品都不重要了，帶不帶行李都無所謂，只有女人才會這麼麻煩。

　　雖是如此，凱斯還是把手伸進大衣的口袋裡，習慣性去摸他那支白朗寧手槍的位置，但是這次他卻摸了一個空。事實，打從一開始，那些混蛋就沒有真心想要放他離開的意思——所以他們並沒有把槍還給凱斯。那天瓊恩把槍拿走後，上繳警察局的物品管理處，後來他們把東西還給凱斯的時候，物品管理處的混蛋特意漏掉了這支槍。

　　說起來，這支槍跟了凱斯很久了，這把老式手槍本來歸凱斯的曾祖父所有。他的曾祖父用這把槍參加過二戰，還用這把槍擊斃過兩、三個敵人。後來他離開人世的時候，把這把槍交給了凱斯的爺爺，然後輾轉到凱斯手上。凱斯並沒有用這把槍殺過人，他只是用它來威懾罪犯。

　　他慢慢跟隨人群從車廂裡出去，四周並沒有什麼可疑人員。他需要找個隱蔽的地方，還要給米雪兒留下記號，這樣米雪兒才知道怎麼找到他。凱斯

一邊把車票遞給檢票員，一邊飛快地在腦海裡思忖著對策。

卡多果然和那個流浪漢說的差不多，這裡很安靜，並沒有什麼人。現在已經是莫斯特伯阿米克時代的冬令時刻，這個鎮子在北區，應該已經是傍晚時分了。

凱斯順著車站裡大掛鐘的方向瞥了一眼，時鐘上顯示現在已經是傍晚六點半了，不遠處有幾個鏟雪的鐵道工人，應該是這裡的工作人員。

凱斯慢慢平靜下來，他看著人群慢慢離去，自己卻沒有動。

乘客慢慢走光了。凱斯藏身在暗影裡，列車員沒有注意到他。他剛才抬頭時，看見出站的路口有一個監控用的鏡頭，他必須等所有人都走光了再出去，他不希望被任何鏡頭拍到。

米雪兒應該也很熟悉這座小鎮上的裝置，凱斯很欣慰她並不像一般的女人那樣，只會哭哭啼啼地求人保護。

透過火車的玻璃窗，凱斯看見列車員正在最後一遍確認著，看看是否所有的乘客都已經下車了。

凱斯看見車廂裡的燈熄了。很好。

他買的是今天到卡多的最後一輛火車車票。當然，米雪兒說過，到卡多也是可以開車的，但是要連續開好幾個小時，而且都是山路，有可能會在路上遭遇暴風雪，這樣做風險太大。不過，就凱斯對這件事的判斷而言，其實危險還不是最重要的──最重要的是，到卡多的人太少，如果凱斯開車的話，只要上空有監視，很容易就暴露目標了。

列車員下車後，向凱斯藏身的方向走過來，凱斯壓低帽簷，閃身躲進了陰影裡。車站的工作人員確認了一下列車資訊，簽好字，遠遠地用廣播招呼那些鏟雪的工人，原來已經到了拉斷電閘鎖門離開的時間了。

凱斯看見工人走了過來，連忙閃進那群工人裡，趁著工人們換衣服的間隙，凱斯順手拉斷電閘後，悄悄地從人群中溜了出去。他想像著列車員走到電閘前的情形，大概會嘟囔一句，自己明明還沒有拉斷電閘，為什麼閘刀會突然合上吧！

車站外風雪肆虐，凱斯一出站門，就被捲著雪花的狂風吹得雙眼模糊，他慌忙裹緊了大衣。

卡多的積雪很厚，一腳下去，積雪直接沒到膝蓋，得費力才能拔出腳

來。凱斯困難地在雪地跋涉，大概走了二十分鐘，就到鎮中心了。凱斯看見鎮中心寫著「噴泉廣場」四個字，暗暗揣測大概這個鎮在很早之前，應該是一個旅遊度假的休閒地。

現在廣場上的鎮標已經殘破不堪，廣場中心修建的溫泉雕塑也已經老舊凋零，呼嘯的狂風夾雜著雪花不時拍打過來，掃起地上一層白雪。

在離廣場不遠的地方，凱斯看見一片低矮灰暗的建築，建築上掛著一些腐朽、老舊的木板標誌，應該是當地的商店。看樣子，這些商店在莫斯特伯阿米克降臨之前就已經開在這裡了。

天色已經完全暗了下來，只有雪地映出的一點微光。凱斯在這一點雪光之中沿著這些建築走去，他決定打開了賽洛給自己的手機，這裡沒有手機不行。他點開了賽洛給自己裝在手機裡的 APP，就著信號搜索著這裡可以落腳的地方。

他現在終於明白，賽洛為什麼非要自己帶著這支手機不可了，在卡多這樣的邊陲小鎮上，手機信號十分微弱，但是不知道賽洛用什麼辦法，增強了這臺手機的信號裝置，凱斯在這裡也能搜索到一些地圖上的資訊。他沿著手機指示的路線前進，如果賽洛的資訊沒有錯，這座小鎮上應該還有一家溫泉旅館開放著。

有那麼一陣子，凱斯覺得這裡根本不是一座小鎮，而是一座死城。也許還是座廢墟，如果不是和那些人一起坐火車抵達，他實在看不出它有什麼活著的生物。雪面上的光暈是暗淡的銀白色，卻又並非暖色。

建築都是又舊又破，有很多屋子都已經荒廢掉了，即使沒有荒廢掉的那些，也是屋門緊閉，四周靜得可怕，好像在暗影深處隱藏著什麼不知名的危險一樣。

鎮子中心有一座舊教堂，教堂很小，只有兩、三棟建築。凱斯低頭看了一眼手機，在最北面，就像凱斯手機裡地圖顯示的那樣，是多莫莊園的位址。這座莊園很長、很大，面積幾乎佔了這座小鎮的三分之二。

這座莊園的華麗，似乎和這座小鎮其他蔽舊的建築形成了某種鮮明的對比，但是眼前風雪肆虐，容不得他細緻思考，他先要找到一個地方落腳才行。

凱斯按照指示走到了溫泉旅館，旅館的門卻緊閉著，凱斯敲了敲門，沒

有人答應。

　　臺階前的積雪被人清理過，但是屋子裡面卻沒有人。凱斯在旅館前後繞了一圈，除了臺階前的積雪被人清掃過外，整個旅館都看不出有人的跡象，風雪將旅館的標誌牌吹得嘎吱作響。

　　凱斯順著那個指示牌看了一眼，只見指示牌被風吹得左右搖晃，牌子上的積雪飄落，左側露出一點一點鮮豔的紅色來。凱斯抽了一口氣，要不是他就著手機上的微光，根本就不會注意到這一點差別。他走近細看，原來這個指示牌左上角的鐵絲上，被人拴上了一根細細的紅布條。這個紅布條看樣子是從衣服上撕下來的，凱斯見過那件衣服——那是米雪兒的衣服。

　　這布條被打了個結，其中一段已經被冰雪凍硬了，凱斯伸手撥了撥，這個布條的方向，指向最中間的那個字母。他掏出點人造煙時用的那個打火機，將布條上的堅冰融掉後，悄悄將布條撤了下來。

　　米雪兒的意思應該是她在卡多鎮的中心區，凱斯揣測著這個指示資訊給自己留下的謎語。她一個人應該也進不了多莫莊園，她在等待，看看他會不會來，凱斯在心中暗暗揣測。

　　他將撤下來的布條扔到溫泉旅館的屋後，向卡多鎮中心走去。根據賽洛給他的手機上的顯示，那裡是一座舊教堂。

　　回頭的路比剛才走得要順利得多，有了米雪兒的資訊，他不用像剛才那樣四處亂竄。在這樣的風雪天氣裡尋找線索，真不是人幹的事情，凱斯在心中暗暗咒罵著。

　　他走到了教堂門口，教堂門口有許多臺階。這座教堂很空曠，平時幾乎沒有什麼人來，莫斯特伯阿米克之後，信奉上帝的人越來越少了，這座教堂已幾近荒蕪。

　　正廳門沒鎖，凱斯輕輕一推門就進去了。教堂內擺著一些陳舊的座椅，正對面是一座耶穌的雕像，只是雕像背後的十字架因為年久失修，已經缺了一塊。

　　凱斯在那些桌椅上摸到了厚厚的一層灰塵，他在尋找米雪兒給自己留下的線索，果然，在教堂中央的一個椅子腳上，米雪兒又拴了一個指向地底的紅繩。

▌ Chapter 021

　　凱斯往教堂深處走去，發現這個教堂四周，有著那些被幾世紀的歲月將基礎磨損了的石柱，這些石柱撐起了教堂的拱頂。拱頂上破了一些小洞，有一些零碎的雪花隨著洞口紛紛揚揚地灑下來，在教堂裡幾個零碎的角落，累積了一片雪堆。

　　四周散發著那種墳墓似的、腐敗的、硝石的氣味。

　　石柱的兩側都安放著燭臺，燭臺裡的蠟燭都已經積滿了灰塵。凱斯從燭臺上的灰塵可以判斷，這裡已經很久沒有人來過了。一個小的聖母瑪利亞雕像被安放在教堂的另一邊，在雕像的底座上刻著一行字：「微弱的火焰消失在那些穹窿的薄明的空虛中，但火焰的光芒會永遠存在。」

　　四周靜謐得可怕，偶爾室外寒風呼嘯嗚咽的聲響，是這裡唯一的響動。

　　凱斯穿過一道頹圮了的拱門，凸窗上的五彩玻璃已經破了一塊，還剩下的那個部分也搖搖欲墜。

　　他拐過了一道門，在走廊上前行了一段，眼前是一段通往地下室的黑漆漆的樓梯。他又沿著黑漆漆的階梯小心翼翼下了一層之後，終於發現了前方透出一點光亮。凱斯沿著光亮的方向前行，就著手機的光亮走了一段，眼前忽然出現了兩隻火把，火把架在路的盡頭，剛才自己看到的，應該就是火把的光亮。

　　這道路的盡頭沒有門，只有一幅巨大的掛畫，這幅掛畫上的色調和構圖陰暗扭曲，畫面上的人物、色澤和線條，無不傳遞給凱斯一種疼痛感，這幅掛畫讓凱斯很容易就聯想到，自己在西莫辦公室裡看到的那些裝置在坡璃罐裡的雕塑。

　　當然，乍看這兩樣東西並不太一樣，這幅掛畫的風格要隱晦一些，甚至還隱隱有一種神聖感。但是凱斯認為這幅畫和那些雕塑之間有一種隱祕的聯繫，具體的東西他也不知道，但是他相信自己的直覺。

　　他相信米雪兒留下這些記號有她的目的，她有些東西需要和自己交流。凱斯一邊想著，一邊用力推了推那幅掛畫，果然，掛畫上有一個活動板，只是這個活動板隱藏得有些隱蔽，當他用力掀動時，木板紋風不動，而他輕推

時，那木板馬上向左側滑去，露出一個僅容一人通過的通道來。他也害怕自己判斷失誤，如果這通道的背後不是米雪兒，他也不知道下一步該如何進行了。

凱斯鑽進通道，輕輕地拉上了那幅版畫。通道只能爬行，他爬到了通道口，那裡有一架梯子，凱斯剛從梯子上爬下去，就聽到了一個熟悉的聲音：「不錯！比我想像的還要聰明，那三千元美金真的沒有白給。謝謝你來得這麼快，如果你不來，我再等下去，真害怕自己會瘋掉。」

凱斯不用回頭也能聽出來說話的人正是米雪兒。

「在風雪中凍了兩個小時的人，可沒有心情開玩笑。」凱斯盡量用輕鬆的語氣回敬著米雪兒，同時搓了搓快被凍僵的雙手，「告訴我哪裡有食物，我今天到現在為止，可還沒有吃到過一口麵包。」

「從昨天開始就在準備食物，但的確沒想過你這麼快就能過來。」米雪兒遞給凱斯一件舊的毛呢大衣。

「這麼說來，這件事是你一開始就計畫好的？」凱斯披上大衣，語氣中有些不快，「三千元美金辦這麼大的案子可不行。」他半開玩笑半認真地說。

「我不可能計畫殺掉阿姆塔奇的……當然不管你相不相信我，但我說過只要你幫我辦這個案子，我可以加錢給你。你相信我有足夠的錢付給你，只要我的身分不被取消就會有。」米雪兒急忙向凱斯解釋。

「好吧！也該說點真話了。」凱斯注意到在地下室的桌子邊上有個壁爐，壁爐前是個小型的餐桌，桌子旁擺了兩把椅子。這些家具都不是凱斯辦公室裡的那種智慧家具，而是一些木製家具，看成色應該有些年頭了，不用細看也知道，這樣的家具百分之百是莫斯特伯阿米克降臨之前的做工。

桌子上擺了一個塑膠罐子，裡面裝的液體裡，浮著一層紅色泡沫，看樣子應該是從食物發放機裡領用的啤酒，只是這啤酒看起來已經有一段日子了，味道肯定不怎麼樣。凱斯想像著自己喝下啤酒的滋味。

靠近牆邊是米雪兒搭建的床鋪，被窩旁邊的牆頭，放著一只廉價的紅色打火機，一把綠色手柄已破裂的水手刀，還有米雪兒的圍巾，圍巾上還打著結，圍巾上滿是汗水和塵土，看起來硬邦邦的。

看情形，米雪兒這兩天應該也出去過幾趟的。

凱斯注視著米雪兒熟練地切開從死神的食物發放機裡領取的一個冷硬的麵包，把麵包切碎之後，倒進火爐邊一個生鏽的空罐頭裡，又從塑膠罐裡倒出水來，用手指攪勻搗碎後，用打火機點燃了蠟燭，就著蠟燭微弱的火焰加熱了一下，然後將這罐麵包糊遞給凱斯。

　　「這些瓶瓶罐罐都是我在上面找到的。」米雪兒對凱斯說。

　　凱斯接過這罐麵包糊，從這罐食物裡，他隱約能嘗出一點發霉的味道，但是他餓得太久了，沒辦法細究這件事，只是三兩下地將罐頭裡的食物吃完。吃完之後，他把空罐頭盒放在桌上，在米雪兒對面端坐下來。

　　「說吧！案子和冰牆之間的聯繫。」凱斯語氣平靜地問。

　　「更多的資訊我也不清楚，你知道的，我從那個莊園逃出來之後，關於莊園裡的記憶好像都遺失了。我不知道自己到底是誰，阿姆塔奇帶我去資訊登記處刷臉識別後，身分登記系統裡有我的資訊。我叫米雪兒，可是我總覺得這個名字也是編造的，但是你問我到底叫什麼，我自己也答不上來。我覺得所有的祕密都藏在那座冰冷罪惡的莊園裡，我知道自己終究有一天要回到這裡的，只是沒想到會這麼快。」

　　凱斯聽得出來，米雪兒正在極力克制自己的情緒，但是在說起冰牆的事情時，她的聲音還是忍不住有些顫抖。

　　「從那個時候起，我就會在這裡存一些食物。這裡算是我的一個祕密基地，我想，如果我到這裡來辦某件事──你知道的──我總是需要一些水和食物，所以我會固定給溫泉旅館的老闆一些錢，讓他幫我從食物發放機裡多領一些食物，存在一個只有我自己和他知道的地方。」

　　「有哪些是你記得的，關於冰牆？」凱斯盡量用柔和的語氣詢問米雪兒，「我看過一段影片──關於多莫發表演講的影片──我想你應該也知道這段影片，如果你對這裡的資訊總是又關注又害怕的話，希望我的揣測沒有冒犯你。」

　　「你說的是他在大廳裡的那段演講？」米雪兒睜大眼睛，顯然她的確看過這段影片。

　　「我記得……而且我也看過。」米雪兒的雙眼突然被某種東西點亮，她回答凱斯說，「那個大廳裡，就在那兒，那裡有一個從飛船上切下來的碎片。維爾‧多莫一開始是希望把這個莊園變成一個研究所，他引進了很多科

技，包括那些違背倫理的科技也無所謂，他是個瘋子，也是個天才。他最開始造了一架飛船。」

米雪兒一邊說一邊端起桌子上裝滿紅色啤酒的罐子，喝了一口紅色啤酒，定了定神。

「按照維爾‧多莫的構想，那座船塢裡伸出的舷梯，是填輪號舷梯的華麗版，適用於紡錘體自轉造成的重力環境。波浪形的通道以內置的水壓機分割，每個介面都有高強度防滑塑膠圈，也兼作階梯。舷梯繞過填輪號進入加維號氣密門，剛開始是水平的，隨即急轉向左上方，需要垂直向上爬過填輪號遊艇的外殼，這樣可以抵禦極寒天氣，也能盡可能地避免失重環境帶來的影響。」

「他花了很多錢造這艘飛船，比你想像的還多很多。據說當初他把莊園的位址選在這裡，就是為了盡可能模擬太空裡寒冷地環境，他想測試飛船的性能，看看是否像一開始設想的那麼好。」

「這些是你親眼見過的，還是只是聽說的？」凱斯知道泰爾西 - 埃西普爾股份公司的科技報導並不少，但是在凱斯看來，很多所謂的科技產品，無非就像自己在街上看到的懸磁浮玩具一樣，只是一種概念的炒作，離真正實現還差著十萬八千里的距離呢！

「我也不知道這是真的還是假的，說真的。」米雪兒的樣子不像是在撒謊，「因為我不確定我自己的記憶哪部分是真的，哪部分是別人給我裝載的……」米雪兒指了指自己的大腦。

「好吧！」凱斯也有些無奈，「為什麼要甩開那些警察，如果和他們合作，或許你的事情辦起來會更順利一些。」

「不行！這件事，我靠的是直覺，警察局裡面混蛋的比例比外面的人更高，他們裡面有些人對多莫莊園的事情早就惦記著，他們巴不得有個機會能搜查多莫莊園呢！但是一旦『冰牆』裝置真的啟動了，我們就再也進不去了。」米雪兒對凱斯說。

「如果要進去的話，需要準備些什麼東西？」凱斯有一點迷惑的叩了叩桌子。

「不介意跟我來一下吧！當然如果你睏了的話，就明天再說。」米雪兒站起身來，理了理衣服。

凱斯這才注意到，她穿了一條舊的棉布長裙，和自己在老照片中看到的那些修女一樣，應該是她教堂裡找到的衣服。

「衣服不錯。」凱斯對她點了點頭。

「這樣比較容易幫腿上的傷口換藥。」米雪兒指了指床角擱置的一個小藥箱。

「看來她的確準備得很充分。」凱斯心想。

「往這裡走，那些東西都在另外一個房間裡。」米雪兒拉了拉手柄，壁爐輕輕轉動，背後露出了一扇門來。

凱斯從洞口往內瞧了瞧，裡頭黑壓壓的，但是隱約可以看見一些影子影影綽綽的，以及一條黑漆漆的長廊。米雪兒從桌子上拿起了那隻陳舊的打火機，就著室內的微光快步走到了長廊門口，取下了掛在牆壁上的火把。她按下打火機，「登！」的一聲便將那支火把點燃了。

「這應該都是以前留下的，還能用，我昨天檢查過的。」米雪兒對凱斯解釋著。

凱斯張眼望去，只見牆上還掛著許多碧色的火把，每支火把旁邊都鑲嵌著一盞青銅鯨燈，只是燈油已經凝固，上面落滿了灰塵。向火光看去，走廊上也鋪滿了一層厚厚的灰塵。

迴廊上很寬，兩側有一些古羅馬、古希臘的鐵像，只是因為年代久遠，有些鐵像手中的武器掉在地上，有些鐵像的頭已從身體上掉了下來，迴廊的每個拐角處，都安置了一個巨大的銅鼎，古拙的巨大鼎身上鑄刻著獰屬的怪獸，每三隻繚繞在一隻鼎上面，將沉重的鼎身高高支起。

「這座教堂應該有些年頭了吧，我覺得得有三、五百年了似的？」凱斯輕聲問著米雪兒。

「具體多久我也不是太清楚，但是以前這裡也是一個舉行儀式的地方，後來這裡的神父說，耶和華是我們唯一的真身，所以就在上面修建了一座教堂，就是你看到的那棟建築。」米雪兒答道。

「原來如此，看來只有深入其中才會瞭解，原來教堂的祕密都在地底。」凱斯譏誚地說著，「所有的宗教背後，都有些陰暗的勾當。」

「大概是吧！」米雪兒專心在前方舉著火把，腳下都是一些零碎的物品，她可不希望一不留神被絆一跤。

兩人順著這條寬闊的迴廊，一直走到了一個大廳內，這座大廳是典型的哥德風格建築，吊頂很高，凱斯猜想大概有平常的兩層樓那樣高。

大廳內十分寬敞，二十四根大理石柱撐起巨大的穹頂，青色巨龍紋飾沿著石柱盤旋而上，最後在穹頂交匯，形成一方極具中世紀歐洲宮廷特色的藻井。大廳一頭描繪著古老的壁畫，凱斯看著像是北歐神話裡「諸神黃昏」的景象，這幅壁畫占據了整面牆壁。頂座垮塌了，地上落著一面徽旗的旗桿，旗桿上裝飾著龍紋。

「這裡的正上方是祈禱室，以前唱詩班用的。」米雪兒一邊把火把懸掛在牆上，一邊指了指兩人的頭頂。

「這裡可以聽見上面的聲音，但是上面的人看不見下面的人在幹什麼。」米雪兒轉向凱斯說道。

「這裡是個偷窺室。」凱斯回道。

「別說得那麼難聽，平時不會有人在這裡偷窺什麼。」米雪兒對他揶揄的口氣有些不滿。

「事實上不管有沒有人那樣做，也改變不了這裡的性質。」凱斯笑了笑。

米雪兒不再答話，細碎的白光從兩人頭頂上的祈禱室穿了過來，落在灰暗的室內，令人感到一種陰沉的清冷。

大廳的正中央是一座水晶臺，罩子之中放置著一襲黃金戰甲，在火把與曙色的映照下，顯得十分璀璨奪目。精細的花枝鏤刻在盔甲表面，金絲織成的天女在鎧甲的每個角落中飛翔著，祥雲構成了甲身那精緻的線條，看起來是那麼華麗、飄逸。

一副黃金面具安放在戰甲正中，面具被設計得猙獰而扭曲，頭部兩側穿

著一根長長的金棒，看起來像是有人透過面具，將這根金棒穿進了主人頭中一樣。

米雪兒小心翼翼地繞過了那座水晶臺。

「小心一點走，盡量別碰到這東西。」米雪兒叮囑著凱斯。

不知道為什麼，凱斯看見這些東西，腦袋中忍不住想起了「索婆阿騰納斯」這幾個字，他立刻回憶起來，這個名詞應該是他那天在警察局從兩名獄警口中聽到的，那是他們議論警察局那個混蛋局長西蒙時所說的一個名詞。但是很明顯，這些東西從成色上看應該有上百年了，幾十年前西蒙這混蛋雜種還是一顆受精卵。但是從眼前的這東西上，凱斯能隱隱察覺出它們之間有某種神祕的相似性，只是一時不敢肯定。

「來吧！」米雪兒見凱斯盯著那副鎧甲，連忙出聲催促，「我不敢確定這個東西上有沒有什麼神祕的機關，但是最好別碰。看見底座上的刻字了嗎？」米雪兒對著安放黃金鎧甲的底座努了努嘴。

凱斯這才注意到，底座上刻著一句古老的讖言——邪惡事件起因於邪惡。如果惡完全變成不堪忍受的，它也將自滅。

「好吧！」凱斯學著米雪兒的樣子，小心翼翼地繞過了那個底座。

米雪兒推開大廳左側的一個暗門，看見凱斯進來，米雪兒又小心翼翼地將暗門關上。

「順著這裡爬上去。」米雪兒指著一個懸梯對凱斯說。

凱斯這才看見，懸梯從一個敞口的板房上垂下來，從他的角度看去，只能看見板房的玄鐵底托著一些陳舊的木板，至於板房裡有什麼東西，從下面一點也瞧不見。

「這裡是座舊閣樓，這個木梯可以收起來。」

凱斯托著米雪兒上了那個老舊的木質懸梯，米雪兒很輕，並不需太費勁。

「謝謝你。」米雪兒順著敞口爬上了閣樓的板房，趴在木板的邊緣將凱斯也拉了上來。

「這裡看起來就像一個儲藏室。」凱斯站在板房邊緣，幫米雪兒收起了懸梯。

「這裡是馬克沁他們發現的，後來就成了我們的祕密基地，從這個玻璃

窗可以看見外面。」米雪兒站在玻璃窗邊招呼著凱斯。

凱斯走到米雪兒身邊，從米雪兒的角度望過去，果然能看見一片白茫茫的雪地，以及空中飄舞著的雪花。

「這裡是個閣樓，以前我和哥哥在這裡儲藏了很多東西。」凱斯看著米雪兒向自己逐一介紹著一堆舊卡帶、老式的電子遊戲機和一些碟片。

「你叫我來這裡，應該不僅是要給我看你以前的回憶吧！」凱斯掃過那一堆舊物，這些應該都是在網上買的，有很多古老的音樂碟片和影音碟片，其中有幾張音樂碟片在莫斯特伯阿米克降臨之前，應該就已經停產了。

「當然不是為了這些，你看看這個。」米雪兒一邊回答凱斯，一邊飛快地在地上一堆碟片裡翻揀著。

凱斯這才注意到，原來這裡還有一臺舊的電視機，電視機上接著遊戲操作的手柄，下方連著一個老式的錄影帶播放機。

「就是這個。」米雪兒從一堆舊碟片裡，找出了一個藍色盒子裝的錄影帶，並將那卷錄影帶插進了影碟機之中。

她打開了那臺老式的彩色電視機，一片雪花過後，電視機中跳閃著幾道白色的波光，看樣子這錄影帶和電視機都已經十分老舊。播放錄影帶的機器在讀帶時發出了一聲尖銳刺耳的噪音，與此同時，凱斯聽見窗外的風不知道吹翻了什麼，發出了匡噹一聲脆響。

米雪兒拍了拍破舊的電視機，抱歉地對凱斯笑了笑：「抱歉，可能稍微有一點故障，放心，我一會兒就能修好。」凱斯見她從電視機背後拖出了一個鐵盒子，裡面放著各種檢修器具。

「還是我來吧！」凱斯認真地調整了一下錄影帶的介面和幾個插孔，又用過期的清洗劑清洗了一番播放機上的灰塵，這才將錄影帶重新放進去讀取資訊。

「應該慶幸我見過這種老式的機器。」凱斯一邊維修一邊開著玩笑。

這一次讀帶比較順利，並沒有卡帶。

「這方面男人總是會稍微俐落一點。」凱斯對米雪兒攤攤手。

「那我姑且把這舉動看成是一種紳士行為，謝謝你。」米雪兒對凱斯溫柔地笑了笑。她笑起來兩隻眼睛彎成月牙狀，在這種靜謐的環境裡，突然泛起一股曖昧的氛圍。

那臺陳舊的彩色電視突然讀取出了畫面資訊，凱斯看著米雪兒碟片中的畫面，這才發現原來這個碟片是一個關於某次發生在馬普爾鎮附近的新聞事故報導。

　　看畫面，應該是莫斯特伯阿米克降臨之前的景象，因為畫面裡凱斯清晰地看見，除了山頂積了一層薄雪之外，整個山體都是蒼翠的。他根據畫面推測，事故發生的時間應該是冬天，因為車輛附近那些樹木的枝杈上都落滿了積雪，湖面上也已經結冰了。

　　從晃動的畫面上，凱斯看見了一輛老牌的汽車，車子裡應該有人，下一秒，車子裡的人好像聽見了響動，剛剛搖下車窗時，車子忽然發動了起來。緊接著，車裡傳來一聲慘叫，那輛車便向著瀑布下的冰湖衝了進去。

▌Chapter 023

「倒回去再看一遍。」凱斯盯著畫面裡那輛衝進冰湖的汽車。

「好的。」米雪兒熟練地操作著錄影帶播放機。

「這卷錄影帶是從哪裡來的？」凱斯一邊緊盯著螢幕中的畫面，一邊詢問著米雪兒。

「馬克沁給我的，他告訴我，這卷帶子是他從多莫莊園偷出來的。有一次他闖進了多莫莊園的地下檔案庫，然後繞過了那裡的攝影鏡頭和管理人員——他說這卷帶子單獨鎖在一個地方，所以他想著裡面可能有什麼重要的內容，就偷偷把這卷帶子拿了出來。」

「聽你這麼說，莊園的檔案庫管理也太鬆懈了。」凱斯又一次掏出了他的紙和筆，飛快地記錄著畫面的資訊。米雪兒看見了凱斯的動作，停下來望著凱斯記錄這些資訊。

「快轉一下。」凱斯看見米雪兒過來，指揮著米雪兒回到原地，繼續操作著這卷錄影帶。

「對！就是這裡，停！」凱斯急速地吩咐著米雪兒，「倒回去一點。」

米雪兒不明就裡地望著凱斯，但是還是操作著帶子，將畫面向後倒去。本來就已模糊的電視機在她的操作下，又開始閃屏了。

「好了，就是這裡，別動！」

凱斯請米雪兒按下了暫停鍵，電視機畫面停留在那汽車向湖面衝過去的那一瞬間。

凱斯走上前，用筆指著玻璃窗邊的一條淡金色影子，對米雪兒說：「看到了嗎？這有一些淡淡的金色虛線，如果不是迎著光，根本就發現不了。」

米雪兒被凱斯的話嚇了一跳，她定神在畫面中仔細分辨時，發現果然和凱斯說的一樣，一條淡淡的金色虛線似乎穿過了汽車玻璃，在這道虛線穿過玻璃窗之後，坐在汽車裡的司機才開始慌亂。正是因為這樣，他才在驚恐之中踩下了汽車油門，將汽車整個開進了冰湖之中。

「這是怎麼回事？」米雪兒似乎也被眼前的景象嚇了一跳，但是她很快就平靜下來，認真地諮詢著凱斯。

「我也不知道，得查過了之後才能明白。這個世界上有本來就有很多未知的東西，莫斯特伯阿米克為什麼會降臨，為什麼所有的動物植物在它降臨後一瞬間就消失不見，這些……也沒有人能說得清。」

　　「這麼說，這卷錄影帶應該是多莫莊園的緣起？」米雪兒有些恍然大悟。

　　「我現在也不確定，如果錄影帶裡發生事故的這個『冰湖』，是多莫莊園的那個冰湖的話，那當初維爾·多莫買下這片地的動機，也並不像他自己描繪得那麼單純。」

　　米雪兒顯然沒有像凱斯那樣，能快速地把這兩件事聯繫起來，她緊皺著眉頭，在腦海中梳理著這兩件事的關聯性。她對很多事情的判斷，並沒有凱斯那樣的直覺，這是多年的偵探生涯帶來的生理性反應，她當然理解不了。

　　凱斯想的則是另外一件事，他想起了賽洛所說的，關於神經網路計算類比難度的那番言論。如果有一個特殊的……能激發人潛能的空間磁場，或許賽洛所說的場景就能夠實現了。

　　凱斯用筆敲打著自己的舊筆記本，他找到了維爾·多莫當初買下這片地的一點線索，但是他也並不能推測現在的泰爾西 - 埃西普爾股份公司的科技，已經發展到什麼程度了。

　　凱斯想起自己看過的那些科幻片，結合在電視機影片裡看到的那個衝入湖水的汽車，覺得不管多莫莊園裡是什麼情況，都不是自己能輕易應付的。

　　他抬起頭，電視機裡的那段影片已經放完了，這些畫面似乎都是鏡頭拍到的。凱斯掏出了賽洛給他的手機，輸入了自己剛才在影片中聽到的幾個關鍵字，終於在一個小網站上看到了後續的報導。

　　米雪兒來到了凱斯身邊，盯著凱斯搜索出來的新聞頁面。她被眼前新聞頁面裡顯示的圖像嚇了一跳，新聞裡顯示的是救援的畫面，一輛重型吊機架著幾條鋼梁，正在將那輛車吊起來。

　　從他們的著裝上，凱斯能辨識出來，這個龐大的救援隊裡，應該有一些醫護人員和救援人員，正在緊張地從車內將他們幾個人抬出來。一個穿著藍色防水連身服的人員，從一輛圓滾滾的醫護車裡走出來，站在車子的一隻抓臂旁邊，抓臂以活塞驅動，卻採用擬人外型，樣子看起來很古怪。在機械臂的關節處有一些滑輪，大概是因為承重需要才安裝的。在畫面裡，周邊還有

一些人在圍觀。

　　凱斯查看這手機螢幕下方的資訊，對米雪兒說，這場打撈行動應該是一週後展開的。米雪兒點了點頭，核對了一下錄影帶裡新聞頁面上的時間，果然一週後打撈隊才趕過來。

　　畫面裡一切看起來很正常，如果不是米雪兒給自己看了這卷事故錄影帶，這就是一個簡單的疲勞駕駛的車禍而已，但是現在看來，這件事並沒有那麼簡單。

　　彩色電視機裡的錄影帶播完了，錄影機跳出了自動關機的介面。

　　米雪兒蹲下了，那件厚厚的外套垂在地上，她掀開裙子，發現自己的雙腿正在往外滲血，大塊的透明黏糊的血順著繃帶滲出來，濡濕了她的裙子，她腿上的傷口還沒好。

　　「我應該把繃帶綁緊一些的。」她喃喃地說。

　　「趕緊回去吧，這裡不是久留之地。」凱斯把米雪兒扶起來。

　　兩人正要下樓之際，忽然聽見了頭頂上傳來一陣細細的嗡嗡聲。

　　「小心！」凱斯的反應速度很快，他拉著米雪兒閃身躲到了舊電視機後面。順著眼角的餘光望去，剛才能看見外面的視窗裡，一樣東西帶著滴滴答答的輕響，從暗處冒出來，附在那塊透明玻璃上。

　　這東西長得像凱斯在畫冊中看到一種以前叫做「蜘蛛」的生物，一樣又彎又長的細腿上，腦袋是一個球形主體，正在左搖右擺，發送出一毫秒的漫射熱能掃描，隨後停住不動。

　　那是一臺博特朗牌自動探測儀，凱斯見過一臺同一型號的，是克利夫蘭的一個銷贓客打包送給賽洛，後來被賽洛改裝後，安裝在那隻電子狗身上。這東西整個看起來就像一隻長著黑色長腿的大型蜘蛛，當然球形身體還沒一個棒球大，球體上掛著兩盞微型的紅色探視燈，一旦啟動監視設定，這兩盞紅燈就開始閃爍。

　　現在，這東西正往凱斯和米雪兒剛剛坐過的地方掃視。

　　凱斯的舊本子和筆落在地上，他似乎看見那道看不見的紅光正穿過玻璃，掃射著自己在本子上記下的每一個字。

　　「Shit！」凱斯暗暗在心中咒罵了一句。這些混蛋這麼快就追過來，這一點也令凱斯有些吃驚。看樣子，多莫莊園真的有一些要緊的東西。

紅色的探照燈掃過凱斯的舊本子和筆，又轉著圈向凱斯和米雪兒藏身之處掃射過來。米雪兒悄悄地站起身，用左腿支撐身體的重量，和凱斯一起緩緩向暗影出退去。

　　紅色的掃描器光芒從兩人剛才的藏身之處掠過，凱斯和米雪兒看著那臺小小的自動探測儀朝後退去，巧妙地繞過一條大梁，回到暗處，又對整個敞口的板房掃描了一圈，這才嗡嗡地向後退去。

　　如果不是雪地裡太寂靜，聽見一點嗡嗡的聲響，剛才那臺掃描器退後貼在暗處的時候，他們幾乎要以為這臺無人監視器已經飛走了。

　　「狡猾至極的小混蛋！如果被我抓住，一定撕爛這東西的腿，看樣子這裡也不能待太久了，收拾一下東西，我們趕快離開，我知道去多莫莊園的一條小路，但是……」米雪兒皺了皺眉頭。

　　「不行，你得先休息一陣子。聽我說，多莫莊園的東西不會消失的，但是你的傷口不能再惡化了。」凱斯阻止了米雪兒的動作，「聽我說，我知道什麼時候該做什麼，今天他們已經檢查過了，這裡反而暫時是安全的。」

　　「好吧！謝謝你凱斯。」米雪兒望著凱斯的眼睛，真誠道謝。

　　「今晚就在這間板房裡過夜。」凱斯掃視了一眼四周，電視機背後的陰影處還有那麼一點寬敞的地方，「我去取藥箱，順便把食物發放機裡的食物也拿點過來，不管怎麼說，這些東西吃了對治病還是有些作用的。」凱斯吩咐著米雪兒，他就著賽洛給自己的手機看了看時間，離天亮應該還有五個小時的樣子。

　　「嗯。」米雪兒接受了凱斯的提議，她用右腿支撐住身體靠在牆板上，雙手去取懸梯，凱斯幫助她把懸梯放下，在凱斯離開之前，米雪兒對凱斯說了句，「你自己也小心一些。」

　　凱斯點了點頭，米雪兒將懸梯放下來，看著凱斯順著懸梯慢慢下去。

　　下了樓，凱斯對著米雪兒點了點頭，示意她把懸梯收好。他自己則打開了手機上的手電筒，重新繞回了那個大廳之中。他們過來時點燃的火把，仍然掛在牆壁上，凱斯一邊在心中責備著自己的粗心大意，一邊沿著來路向米雪兒那間有壁爐的和床鋪的房間走去。

▍Chapter 024

　　凱斯重新繞過了那個擺著金色鎧甲的大廳時，他吹滅了火把，就著手機中的光亮前行。剛才兩人過來的通道裡，仍然是空曠的死寂，只有傳來嗚咽的風聲滲進來的迴響聲。

　　快要走到壁櫥的時候，凱斯警覺地貼著牆壁，放輕了腳步。他想他們來的時候米雪兒應該關上了壁櫥的通道門，現在整個屋子靜得可怕，每當外面颳風時，在這個站滿雕像的迴廊裡，就能聽見陣陣嗚咽聲。

　　灰暗的手機燈光，將那些黑鐵雕塑的影子拉得很長。凱斯關上了手機上的照明燈，貼著老式壁櫥的背面聽了一陣子，確定屋子裡沒有人進來過，這才輕輕轉動了壁櫥背後的扭臺。

　　老式壁櫥發出低沉的旋轉聲，慢慢轉出了一個可以容單人閃身通過的出口。凱斯從出口閃身而過，迅速收拾了米雪兒的藥箱和衣服後，又把通向這間屋子的通風口用鐵片暫時釘死，又順著通道跑到了米雪兒所在的閣樓。

　　米雪兒還沒睡。凱斯順著懸梯爬到了閣樓上，他剛準備說話，聽見「吱嘎」一聲，頭頂上忽然傳來了窸窸窣窣的響聲。

　　包著深灰色仿麂皮的教堂門竟然被人輕輕推開，米雪兒對著凱斯做個噤聲的手勢，兩人聽著頭頂上傳來一陣腳步聲，似乎有人飄進了教堂祈禱室的那扇窄門。

　　「很好，這裡還有一堆爛木頭，可以把它們燒掉。對了，你這裡有沒有打火機？唉！莫斯特伯阿米克降臨後，生活一點都不方便，據說以前住在這裡的人都能燒一種叫作『樹』的東西來取暖。」頭頂上一個粗暴的聲音嚷嚷著。

　　凱斯聽到一陣椅子挪動的聲音。

　　「聽說托卡組織辦的那種賭博比賽，第一名可以贏一塊真正的牛肉。你信嗎？我總覺得那是肉人的肉冒充的牛肉，我不相信這個年代還有牛肉。」那個粗暴聲音又像是在跟人對話，又像是在喃喃自語。

　　從他來回走路的腳步聲裡，凱斯判斷他應該是一個大塊頭。

　　「當然，當然，我相信，對於生意人來說，噱頭是最重要的。是什麼肉

有什麼要緊的呢？反正我們這個年代也沒有人吃過牛肉，你想把那塊肉當成牛肉也不是不行。」一個尖細的聲音回應著那個大塊頭的抱怨。

原來還有一個人，凱斯豎著耳朵聽著，這個尖細的聲音聽起來年紀不算大，但是從這個人說話的語氣裡，凱斯都能聞出一股狡猾的味道。他和這種傢伙打交道得太多了，這種混蛋通常都是想要坐收漁利的計畫者。

「好吧！我也是這麼想的，不管是什麼肉，能讓我嚐一口就行。」那個粗暴的聲音聽起來充滿了對那塊肉豔羨的感覺。

真是個頭腦簡單的傢伙，凱斯在心中暗想。

「別告訴我你是因為想要贏得那塊肉才輸個傾家蕩產的。告訴我，湯瑪斯，你殺過人嗎？」尖細的聲音詢問著頭頂上的那個大塊頭。

「當然殺過！你還記得那個小娘兒們嗎？說是來馬普爾看雪景的，她請我幫她拉行李，我把她拉到了荒野，然後就處理了她。嘿嘿！不過她身上沒有什麼值錢的東西，我賣掉了她的手機和衣服，現在這一點錢早就輸光了。格爾，你說那個躲在教堂裡的妞兒有很多錢，不知道夠不夠買一個肉人？」凱斯和米雪兒躲在閣樓裡，聽著頭頂上這個叫湯瑪斯的人說起自己的殺人經歷，竟然一點也不含糊。

「好吧！原來如此，我看見過她和我爸爸的交易，她告訴過他，她不缺錢，只要能給她足夠的食物和衣服，另外，還要幫她保密。」

凱斯聽到這裡，忍不住與米雪兒對視了一眼。

米雪兒早已經把凱斯掉在地上的舊筆記本撿了起來，就著外面的餘光，凱斯看見她在筆記本的空白頁上寫了幾個字，細細辨認便知道，米雪兒寫的是「溫泉旅館──格爾」。

一瞬間凱斯就明白了米雪兒的意思。他結合前因後果想了想，立刻就知道了事情的緣由。

「要我說，如果真的要說有錢，維爾‧多莫那個老傢伙造的莊園裡，應該有一大筆財富。他以前想過造飛船，還做過改造人體的實驗，這些都是我爸爸親耳聽到過的，聽說這裡可以開採某種稀有元素，所以這個老傢伙才把莊園的位址選在這裡。」那個叫格爾的人說著，語氣中掩蓋不住對多莫莊園的嚮往。

「這種稀有元素難道比牛肉更好嗎？我還沒嚐過肉人的味道，據說肉人

的味道比真人要好，而牛肉的味道又比肉人要好……」湯瑪斯舔了舔嘴唇，似乎在想著這幾種肉類的味道。

頭頂上傳來劈里啪啦的火星飛濺的聲音，凱斯心想，樓上那兩個混蛋應該已經把火生起來了。

米雪兒緊抿著嘴唇。凱斯知道，當她發現他們打劫的目標是她時，她就有足夠的理由殺了這兩個混蛋，米雪兒的內心絕對比她表面上看起來還要堅強。在凱斯眼裡看來，她對自己或對別人都夠狠。

凱斯能感覺到那種架勢，就像他看到的老電影裡面那些西部牛仔和敵人拚命的架勢，她像一隻潛伏在暗處的野狼，伺機報復每一個傷害她的人。但是從凱斯這幾天對米雪兒的觀察來看，他認為這個女人有足夠的勇氣和頭腦，哪怕忍著腿部劇痛，依然帶著這樣的底氣和姿態。

她忍著對那兩個傢伙的噁心，聽著他們話裡的資訊，凱斯知道，現在每一點關於多莫莊園的資訊，都會對他們明天的行動有所幫助。

「據說那個叫維爾‧多莫的老傢伙以前研究發現，」格爾的聲音再次從頭頂上傳來，打斷了凱斯的遐想，「有些地方會有豐富的稀有金屬元素，這些稀有金屬元素對人體有害，有的有放射性，但是卻是建構飛船的必需品。所以他偷偷在這裡建了一座莊園，事實上，他搞的是黑暗物質的研究。莊園裡有一座地下城，就和他們那些人說的黑市一樣。」

「你是說，這座地下城裡也有肉人的肉出售嗎？」湯瑪斯三句話離不開吃肉的消息。

凱斯聽到這句話，忍不住在心中罵了一句。他想，他現在的心情和格爾一樣，恨不得讓那個叫湯瑪斯的傢伙馬上閉嘴。格爾對多莫莊園的描述，讓凱斯想起傳聞裡那些充滿祕密的軍事基地。

戰時美軍建立過很多這類的基地。凱斯參觀過一次，那裡面羅列著各種先進的設備，有很多難以想像的東西。後來凱斯退役了，做偵探的時候，在free-center，他常常因為戰爭留下的後遺症而難以入眠。

那些低密度區的凌晨中心裡會有短暫的寂靜，成群蚊蟲在黑壓壓的商店門口，繞著那些 LED 燈光飛舞，凱斯凝神站在窗邊時，會有一種麻木的期望帶來一種張力。

通常這個時候他會選擇玩一陣電子遊戲來麻痺自己的神經，如果不進行

這樣的刺激，他就很難把注意力轉移到另一件事情上。在那個時刻，凱斯會感覺到周圍都是沉睡的居民，那些無聊的生意都暫時擱置，那些徒勞和重複即將再次蘇醒，而他卻對這個將要蘇醒的世界毫無興趣。

「這兩個混蛋是我的。」米雪兒在凱斯的舊日記本上寫下了一行凌亂的大字。

她從藥箱裡取出了一根針筒，針筒裡吸滿了凱斯叫不出名字的藥劑。米雪兒臉上痛苦的表情，透過注射的藥力慢慢滲出來，她並沒有發出一絲聲響，只是緊緊咬著牙，仔細控制自己的呼吸。

凱斯這才想起來，他們在這裡說話，上面並不會聽見，只是兩人的精神太過緊張，一時間都忘記了這件事。即使現在兩人想起了這一點，還是不想大聲說話，因為他們並不確定這裡的隔音效果，是不是像米雪兒說得那樣好。

在米雪兒翻檢藥箱的時候，凱斯看到了一把槍，不知道米雪兒從哪裡弄來的，但不得不說，有一把槍，對凱斯而言確實是個好消息。他的槍在警察局被那幫混蛋沒收以後，每次把手伸進大衣口袋的時候，他都失去了那種熟悉的安全感。

米雪兒把槍遞給凱斯，她告訴凱斯，等她殺了頭頂上那兩個混蛋之後，這把槍就由凱斯保管。她相信凱斯的射擊技術比她強，更何況現在她腿上還有傷。

「這堆舊木頭燒掉後就再也沒有啦！」頭頂上的湯瑪斯洋洋得意地說了一句。

「那當然，莫斯特伯阿米克時代，除了人類，沒有任何活物。」格爾回了一句。

「所以，如果燒這堆木頭的時候，沒有烤肉，那就是暴殄天物。」湯瑪斯不滿地嘟囔了一句。

凱斯和米雪兒聽在耳中，心想如果自己是那個叫格爾的傢伙，聽到這句話時應該早就抓狂了吧！

「誰？」格爾驚覺的聲音從頭頂上方傳來。

縮在暗影之中的凱斯和米雪兒，剛才聽見的那片嗡嗡聲再次從頭頂上傳來。

■ Chapter 025

　　這是一座人跡罕至的島嶼。

　　一座現代化建築依山而建，遠望過去，建築的外觀被設計成了岩石的模樣，連牆也被漆成了與岩石同樣的顏色，只有進入到建築內部的人才會知道，這棟古舊的建築物內部，裝備著全世界最先進的科技研發體系，在建築的地下二層，是面積一千多坪的實驗室，正在研發著一種代號為「克勞斯特」的新型能量源。

　　矗立在群島深處的現代核心，正與這個古老的、殘留了許多中世紀建築舊跡的島嶼之間形成著一種奇異的反差。洛曼抬眼看了看天色，又低頭瞧了一眼自己那款現代化的手機，確定了時間是在島嶼邊緣水天相接的明暗交匯處，一道飛行的痕跡劃過天際，好像天幕邊緣的一道裂痕和傷口。

　　在島嶼的燈光之中，可以清晰地看見兩尊四公尺高的石像屹立於島嶼的入口處，這兩尊石像看起來年代有些久遠，有許多地方已經被風蝕剝落。

　　掛著坎貝爾家族標誌的直升機，緩緩降落在島嶼前的石臺上，飛機艙門打開，舷梯從艙門口放了下來，幾個身穿黑色西裝的保鏢率先在前面開路，身後跟著的，正是軍工大亨坎貝爾。

　　「這邊請。」洛曼畢恭畢敬地在前方引路，今年是他為坎貝爾家族服務的第十九年了，坎貝爾家族為他提供了實驗室、實驗材料和無數數不盡的人手，但是目前卡在瓶頸期已經三年多了，始終沒有辦法突破，目前「克勞斯特」[26] 已經推進到最後一步了，但是因為欠缺了「神諭」這種神祕物質，所以始終無法達成最後一步。

　　洛曼與坎貝爾乘坐著電梯緩緩下行，在電梯的下方，是坎貝爾家族科技研發中心最豪華的中央操縱室。

　　眾人來到中央操縱室時，西蒙已經帶著一批人坐在這裡等著了。中央操縱室裡，洛曼調出了馬普爾的資料交換的圖形介面。這個圖形介面目前已大

---

[26] 克勞斯特，拉丁文中「鑰匙」一詞的音譯，用在這裡表示這個東西是坎貝爾集團科技成功突破的關鍵。

幅簡化，在他的操作下，這個圖形一分鐘內就被傳導到了圍坐在圓桌上各個大人物的平板電腦上。

「這是這兩個月監測『冰牆』之後得到的新資料。」洛曼一邊往眾人手中的平板電腦發著各式資料，一邊解釋各種資料波段的含義。

「從上次測試到現在，已經過了多久了？」坎貝爾敲了敲桌子，站在他身側的助手，馬上從手邊的一個鐵盒子中取出了一根高級人造雪茄，並用剪刀幫他修理好，遞到了坎貝爾手中。

坎貝爾接過雪茄，意味深長地吸了一口，同時掃視了一眼平板電腦上的資料。現在在座的這些人是不可能徹底瞭解多莫莊園的，他很小的時候就聽過關於這個地方的一些傳說，是有關於這裡奇異的地下磁場的，但那些都已經是很久遠的事情了。僅憑現在的新聞報導，的確很難瞭解這個地方，新聞裡對多莫莊園的介紹，和現在泰爾西 - 埃西普爾工業家族是兩件事。

說起來，當初多莫莊園最繁華的時候，可以算得上是色情業和金融業的樞紐，簡直可以稱得上是另一個拉斯維加斯。一座巴比倫的空中花園，是地球軌道上的日內瓦。更有人說，那裡是一個工業皇室，因為據說泰爾西 - 埃西普爾工業家族的那些高層，一向和皇室一樣崇尚近親聯姻，以此來保持血統的純正性。

「多莫莊園。」洛曼又開始碰了碰操縱板，桌面上的全像投影機放出的影像逐漸聚焦，畫面上逐漸顯示出多莫莊園的骨架，圖像全長接近三米。

「這裡是賭場。」他指出，「這一帶是酒店、私人公寓和大商店。」他指著另一個地方，「藍色區域是湖泊。」

他走到模型一頭，指著一片黑暗的區域說：「根據測試顯示，『冰牆』對這裡的保護最嚴密謹慎，如果是這樣的話，初步推論泰爾西 - 埃西普爾工業真正的核心機密應該就在這塊區域。」

「嗯！繼續監視。」坎貝爾翻看著資料，轉頭向西蒙詢問道，「有沒有那兩個人的消息？」

「暫時還沒。」西蒙關掉了電腦，漫不經心地答了一句。

「上次答應過你的投資，這兩天會繼續追加。」坎貝爾看著西蒙，輕輕敲了敲桌子。

「嗯！」西蒙點了點頭，「賽維爾律師的話已經成功誘騙了那個叫凱

斯·史密斯的混蛋，現在只要盯著他們倆就行了。」

「無人機修理的費用剛剛已經入帳了。」西蒙身後，一個粗曠的獄警附在他耳邊說了一句，很顯然坎貝爾也聽到了這句話。

西蒙點了點頭：「放心，我會繼續追加人手的，但是你要相信，以前有一句古話是怎麼說來著……在貓抓住耗子之前，總是會先玩一陣子。」

坎貝爾意味深長地看了西蒙一眼，他有理由懷疑這句話應該是西蒙臨時背下來的套詞，但這本來就是一筆交易，區別只是到底是檯面上還是暗地裡的交易。

「我聽說冰牆的時候，我是說，那時候它還只是個構思。」西蒙若有所思地看著洛曼放出來的那個立體結構圖。

「現在坎貝爾公司研究出來的隱形病毒是滲透性的，這種病毒不會強行攻擊冰牆的資料，它會和冰牆慢慢交互，慢到冰牆本身內建的修復系統都毫無知覺。滲透性病毒的邏輯內核就是這樣，他們可以偷偷摸進目標，一路產生突變，變得和冰牆的結構一模一樣。然後就咬住對方，從主程序切入，圍繞著冰牆邏輯不斷交流，在對方察覺到不對勁的時候，早就已經和它融為一體了。」洛曼不遺餘力地向幾個各懷心思的人展示著自己的最新研究成果。

「恐怕用不了那麼久。我認為，只要盯緊這個叫米雪兒的女人，一定會有重大發現。」西蒙瞇著雙眼，不以為然地看著眼前的這些資料模型。

「我真希望你能一直這麼樂觀，但是或許你也可以考慮一下其他路徑看看。」洛曼看西蒙走近，在他預備用手觸碰螢幕之前，將模型關掉了。

「那就試試看吧！有時候，你們這些人就喜歡把簡單的問題複雜化，照我看，還是以簡單粗暴的方式解決問題方面最有效。」西蒙一邊走一邊說，觸摸著眼前這堆金屬，掌根從光滑的切面上滑過，似乎是在仔細查探著什麼。

「多莫莊園裡的那樣東西有什麼價值，我相信你和我們一樣清楚。西蒙，有了這個東西，我想，我們倆想要的東西都會實現，所以，如果你能對這件事多用點心的話，我相信問題可能會解決得快一點。」抽完雪茄的坎貝爾終於發話了，他的聲音裡並沒有太多情緒。

他對身邊的人使了個眼色，其他人陸陸續續走了出去，只剩下西蒙、洛曼和他身邊那個幫他剪雪茄的人。

他看了洛曼一眼，洛曼立刻重啟了螢幕，只見全像影像中，基座上一件鑲滿珠寶的東西用婉轉的聲音說道：「多莫莊園的建築師們費盡心血想要掩蓋一個事實，神諭磁場裡控制這些電流主腦的關鍵，就在於這個金屬片。在多莫莊園裡，眾多的結構覆蓋住紡錘體內牆，不斷流動，相互聯結，共同指向上方那個微型電路構成的堅硬內核。他們管這個金屬片叫『神諭磁場』，據我瞭解，這才是泰爾西-埃西普爾家族公司的核心，其中貫穿許多狹小的虛擬維修通道，但是只有神諭磁場才能承受這種大量資料，同時檢索機械老化或被破壞的種種痕跡。」

　　「當初選擇這片群島，其實也是希望能找到另一片神諭磁場。據說，莫斯特伯阿米克降臨之後，有五片神諭磁場，每個磁場裡都會有一個金屬片，掌握了這個，技術上就能突飛猛進，」洛曼看了坎貝爾一眼，見他默許，便接著說道，「坎貝爾的家族當初和多莫家族一樣古老，這裡面錯綜複雜的關係，就不用我詳述了。」

　　「多莫家族的泰爾西‧多莫和埃西普爾‧多莫算是第一代，但是他們當時只是勘測能量場，如果沒有維爾‧多莫，這件事情恐怕永遠也無法完成。只能說，這個人是個天才，也是個瘋子，當初他們利用泰爾西的技術爬出重力井後，便發現他們需要空間。他們建立起多莫莊園，來攫取這些新興島嶼的財富。他們越來越富有，也越來越自我，他們在莊園裡修建的是自我軀體的延伸。我們將自己鎖在自己的財富後面，向內生長，製造出一個毫無缺口的私人宇宙。」

　　洛曼飛快地敘述著這番話，顯然他已經將背過無數遍了。他注意到，在自己提到莫斯特伯阿米克的時候西蒙的眼神閃爍了一下，但是也並沒有什麼特別的表示。

　　「這樣東西是絕對不能用雙手觸碰的，這裡面的輻射能量能令人馬上霧化。所以盡量不要打草驚蛇，如果那個米雪兒的記憶殘骸之中，真的有關於這些東西的記憶，或者說，他們能夠憑藉米雪兒的記憶，找到了這個東西的位置，到時候才是我們出動的時候。」洛曼不忘追加對幾個人警告。

　　「現在無人機還沒有偵查到他們倆的具體位置，但是我想，他們這兩天應該也會行動了。」西蒙瞇著雙眼，陰森森地說出了這句話。

　　　　　　　　　　　　·128·

Chapter 026

　　一座空曠而衰敗的大樓裡，有一個堆著舊雜物的網路公司總部，這裡的東西七零八落地被草草分類，有幾個人正在飛快地打包，而另外一些人則坐在電腦前兜售著一些舊物品。

　　說起來，這片廢墟在莫斯特伯阿米克降臨之前也曾經充滿人氣，有許多人對其進行維護照料。如果是從地理方位來看，這裡曾經是舊金山的郊區，交通情況運轉良好的時候，單軌列車十幾分鐘就能到達城區。

　　整座半島曾經是那樣的生機勃勃，就像圖畫裡曾經落滿小鳥的大樹，沐浴在陽光下枝繁葉茂，這座半島可以稱得上是人們理想的度假勝地，在這裡有酒、有陽光、有海灘，還有身穿比基尼的熱辣女郎。

　　當然，這些都是久遠的回憶了，現在整座島上的人已經跑光了，據說莫斯特伯阿米克降臨時，那些從天上照射下來的黑線，對準了除了人類以外所有的動植物，甚至包括微生物，當然，籠罩在微生物上面的黑線，人肉眼看不到就是了——在一瞬間，這些生物就全部消失了。

　　沒錯，所有的生物竟然在一瞬間就消失了。但是這些也只是聽說而已，現在的人類誰也沒有親眼見到。而且當時也沒有影片資料留下來，只是大家都這樣描述，所以很多人也這樣認為。

　　此後便進入漫長的莫斯特伯阿米克時期，這個半島上的那些商戶沒有辦法做生意，所以紛紛選擇了關門，曾經人聲鼎沸的半島，在幾年之內就變成了現在的樣子，只有那些沒有錢或者沒有能力離開的人還賴在這裡。

　　有錢人不會受這個罪，他們都搬到離死神食物發放機很近的地方，並很快就在那些食物發放機附近建立了新的商業帝國。不管在什麼樣的社會形態下，這些人都能鑽到漏洞，發現某些新的可以順利進行投機行為的商機。

　　如今不會有人記得，這棟廢棄的大樓裡，曾經有一個名叫米蘭德的公司，這家公司的科學研究機構曾世界揚名。自從這個機構被泰爾西 - 埃西普爾公司重金收購之後，幾年時間便已經銷聲匿跡了，沒有人知道泰爾西 - 埃西普爾公司將這個機構的人隱匿在何處，但是卻沒有人再聽到過這個名字。

　　其實米蘭德公司曾經就在這棟大樓裡，但是沒有人再提起它，所以所

有人也都假裝忘記它了，就像曾經住在這棟大樓裡的人一樣，沒有人會懷念他們。

又過了這麼多年，大家似乎早就已經適應了莫斯特伯阿米克降臨之後的生活，現在人們能居住的地方，空氣中都瀰漫著一層指數較低的霧霾，抬眼望時，四周都是人造光帶來的光暈，而再往上去，天空之中明亮的陽光又亮得刺眼。所有人只能靠死神食物發放機裡的食物活下去，但即便是這樣，人類也很快就適應了這樣的生活。

新的社會秩序開始建立了，又有人從稀缺的資源中重新找到了發財機會，而且，自從死神的食物發放機裡能領取食物後，那些好吃懶做的人更找到了偷懶的理由。唯一遺憾是，這些食物的味道不怎麼樣，他們沒辦法像以前一樣發胖。

大概是太過無聊，沒過多久，便又有各式各樣的組織成立，有人說如今的狀況是天罰的，也有鼓動人們發動戰爭去侵占資源的。總而言之，人總得給自己找各式各樣的事情做。

這些組織也是各式各樣的，有宗教組織，也有科技組織，而米蘭德研究所就是典型的科學教派，他們提出了一個「移民計畫」，決定為人類尋找新的、適合人類生存的星球。當然，這個計畫他們並沒有在公開場合提及，畢竟如今的地球再怎麼樣，也還是人類熟悉的家園，有不少人還是不願意去一個新的地方生活。

他們在暗網上散布了這個消息，於是有些有錢人便開始蠢蠢欲動。但是他們也懷疑米蘭德研究所並沒有真正突破這項技術，只是放出這個噱頭，好為他們的研究所吸引來更多的投資而已，畢竟大家心裡都明白，廣告宣傳一向大於實質效用。

這個「移民計畫」在民眾中引發一陣不小的騷亂和恐慌，鬧到後來，政府勢力也不得不介入這件事。民眾們覺得，這種舉動完全是有錢人的福利，不關他們的事，但是如果那些有錢人想自己跑掉，把他們丟在這個骯髒的廢墟裡，他們也絕對不會允許。

在那段時間裡，幾乎每天都有人上街遊行，也有許多人在街頭發表演講，宣傳著富人們種種醜惡的罪行，還有一些人屬於冷眼旁觀者，比如約翰‧克盧格曼。

　　說起他投機取巧的天賦，怕是連他自己也要洋洋自得。在莫斯特伯阿米克剛降臨之際，他就預感到這件事沒有那麼容易解決，當時在眾人都恐慌的時候，他囤積了不少舊物品。

　　後來事態的發展果然驗證了他的猜想，所有生物都消失不久後，食品工廠當然就停產了，其他倒還好說，沒有食物這一點實在是令人難以忍受。他先是靠囤積下來的食物發了一筆橫財，後來死神在很多中心城市擺上了食物發放機之後，他又開始靠著賣食物發放機的號碼牌，做了一點投機取巧的生意。

　　此外，懂得未雨綢繆的他，也囤積了不少衣物，現在生產衣服的工廠，都因為缺乏植物纖維和動物皮毛停產了，他還能靠著自己當時囤積的衣服發財。

　　當然，他這裡的舊物品可不只這些，還有那些亂七八糟的懷舊紀念品，他也收集了大一堆，有些是他花錢收來的，有些則是他在騷亂時直接順手牽羊牽過來的。他就是靠著這種狡詐的智慧，積累了不少財富，並且還在很多地方幫自己開了戶頭，把這些錢分散在各處。

　　正因為如此，他也不敢讓太多人知道自己在幹什麼，所以他這裡通常只有三、五個人幫忙，在應用程式上兜售著各種舊物品。至於那些打包分類的生產線工作，他出錢請一個名叫賽洛的駭客，幫他組裝過幾個廢舊機器人，目前看來還算好用。

　　在轟鳴的噪音中，約翰・克盧格曼在辦公桌前，打開了自己染滿烏黑機油的那個記帳本。他還是習慣用這種老舊的方式記帳，他知道自己是如何發財的，所以他永遠也不會相信任何的電子軟體。

　　這些東西在背後都有系統後門，他可不想把自己所有的祕密都暴露在陽光底下。西方有句俗語叫：「You can't be too careful.（再怎麼小心也不為過）」約翰・克盧格曼一直把這句話當成聖旨在實踐。

　　他看了看手機上的時間，應該已經是晚上七點了。在工作區域，約翰・克盧格曼不允許員工帶手機。他的理由是，他賺錢的方式必須保密，當然他這種公司也請不到什麼好人，混不下去的人總是來他這裡混一票就走了，所以有沒有這些規定，他們也不會在乎。

　　而約翰・克盧格曼常常也會偷偷地把工作區域的時鐘往後撥十多分鐘，

以便侵占一點這些混蛋的時間。他總是懷疑自己只要是看不見的時候，他們就都在偷懶，但他也不可能一天九個小時都盯著監控設備。

「可以下班了，你們。」約翰・克盧格曼吩咐著那幾個打包的人，他自己通常是最後一個走的，他每天都要清點核對一下這裡的東西。

約翰・克盧格曼按照帳本的分類，核對著清單上的貨物，又透過監控仔細檢查了一遍自己每個倉庫裡的東西，確認了數量之後，才安心地把帳本收了起來。

這時，門外有咯咯作響的敲門聲。約翰・克盧格曼有一點疑惑地抬頭向外面瞭望，都這個時間了，還會有什麼人能找到自己這裡來，尤其是他把自己的辦公區域設定在這棟大樓的地下倉庫之後，更是十天半個月都看不到一個鬼影。約翰・克盧格曼並不喜歡被人打擾，特別是關於發財這件事，越少人參與越好。但是，現在他居然聽見有人在敲門。

這麼晚了，到底有誰會過來？約翰・克盧格曼隨意在衣服上擦了擦手，徑直從座位上站了起來。他想，大概是那個員工忘了東西，所以這個時間跑回來拿。他用惡毒的語言罵了對方一句，因為他感覺照著對方這個敲法，簡直快要把他那扇門敲掉了。

「你這該死的混蛋、蠢豬，明天就給老子收拾東西滾蛋！」約翰・克盧格曼對著門外大吼了一聲。他一邊不滿地抱怨，一邊罵罵咧咧地向大門處走去。他得馬上把門打開，如果再晚一點，這扇門大概要被敲爛了。

「這個膽大包天的狗雜種，這個月別想再從我手中拿到一分錢！」約翰・克盧格曼在心中打定了主意，猛地拉開了門。

門外站在一個高個子，約翰・克盧格曼走近他的時候，就能感覺到一股冷冰冰的機械味。這個人應該是駕船過來的，他身上帶著一點潮濕的氣息，有一點海浪的鹹腥味。外面披著的大衣，看起來像撿來的，上面竟然還掛著一些鹹濕的布條，也不知道多久沒有洗過。

這個人，約翰・克盧格曼並不認識。他需要仰著頭才能看到這個人下顎，他的臉上蒙了兩塊黑布，只露出一對射出寒光的眼睛在外面。

「你……你，你要幹什……」約翰・克盧格曼最後一個字還沒問出來，已經被來人一把提了起來，下一秒便被他扭斷了脖子。

■ Chapter 027

「莫斯特伯阿米克時代，您需要全新的輻射防護服，才能通過那些危險區域，只要二百元美金就能帶回家……」來人把扭斷脖子的約翰・克盧格曼扔到了一旁，他的手機摔在地上，似乎觸動了什麼程式，居然開始播放起廣告來。

他繞過了約翰・克盧格曼的屍體，開始在他的貨倉內翻找著某樣東西。那些約翰・克盧格曼生前十分愛惜的寶貝被他扔得到處都是，他看起來十分煩躁，但是卻仍然沒有放棄。

「這就是你最新研發出來的？」在坎貝爾的私人辦公室裡，洛曼正在遙控操縱著這個生化人。

「是的，目前看來，他是這一批裡面比較成功的，但是如果沒有神諭，始終不能進化到下一步。如果可以的話，能再幫我引進一批肉人就更好了，上次的那一批裡面，有很多失敗的試驗品。」洛曼一邊回應著坎貝爾的話，一邊盯著螢幕上的操作，雙眼中煽動著近乎瘋狂的光芒，緊緊盯著那名正在翻揀著東西的生化人。

「問題主要出在哪裡？」坎貝爾盯著洛曼的操作，不疾不徐地問了一句話。

「這些肉人並沒有人類的情感，不然怎麼會甘心被吃？他們的智商也始終達不到普通人的水準，如果要靠生物科技的手段來啟動他們的大腦，他們根本沒有足夠的意志力去承受這種痛苦。所以以前有些搞科學研究的傢伙們才會說，人腦開發的程度，遠遠沒有達到應有的水準，這種自我調整的能力，需要在正常的情感條件下才能訓練出來，不知道泰爾西公司是怎麼辦到的？當然，或者這一切都和他們找到了『神諭』碎片有關。有了這個東西，或許就突破了基因程式設計的界限，也許泰爾西公司依靠這個東西，祕密培養出了一萬個電腦天才的特種部隊。」

「不排除這種可能性。」坎貝爾點了點頭，轉頭詢問自己身邊站著的打手，「送走西蒙了嗎？」

那人點了點頭。

「注意監控西蒙帳戶的資金流向。」坎貝爾在心中冷冷一笑，他很清楚西蒙在打什麼主意。他對西蒙所說的一切東西，都是有所保留的，他當然不能把所有的事情都告訴西蒙，就如現在這件事——他們已經知道儲存「神諭」殘片的東西是什麼，但是他卻並不希望西蒙也能瞭解這件事。

對他而言，只需要西蒙在前方做一個打手就夠了，他可以為此花一些錢，他們坎貝爾家族最不缺的就是錢，他們現在缺的是另外一些東西。

坎貝爾吸了一口助理遞過來的雪茄，透過螢幕看了正在翻找東西的生化人一眼。這個生化人身上被洛曼安裝上了高解析度的監視器，在監視器的鏡頭下，生化人尋找這些東西的即時資料被傳回來了，也正是因此，室內所有的東西都在監控螢幕上看得一清二楚。

「奇怪，這個該死的老守財奴到底把盒子藏在什麼地方？怎麼這麼久還沒有找到？」洛曼操縱著自己手上的遙控器，有些奇怪地盯著螢幕。

他已經找了太久太久了，終於確定了「潘朵拉魔盒」的具體位置，就在這個半島上，不會錯的。

在他身後的書架上，放著好幾本厚厚的書，這些都是花高價買回來的古董。書裡有幾頁紙被撕掉，用玻璃裝裱後端正地掛在牆上。如果再細心一點就能看到，在洛曼身後的牆上，滿滿掛著各種關於「神諭」的資料和「潘朵拉魔盒」的資訊。

坎貝爾只是瞥了一眼生化人的行動，並沒有特別在意，他相信洛曼對這件事的熱心程度要比他自己大得多。

他很欣賞洛曼這一點——洛曼是一個能為了科學實驗罔顧倫理道德的人，這種瘋狂正是坎貝爾家族所需要的。並且，洛曼只忠於他一個人，擁有這點特質的人，或許從坎貝爾家族中能找出幾個來，但是同時把這兩點集中的人，只有洛曼一個人。正是因為如此，坎貝爾決定滿足他的要求。

「這些東西都需要嚴格保密，你需要的肉人，我過兩天會想辦法。」坎貝爾對著洛曼一行人下達指令。

「明白。」洛曼仍然聚精會神地遙控著這名生化肉人，沒看坎貝爾一眼，大概在他心裡，沒有什麼比自己的實驗品更重要。

坎貝爾顯然也習慣了他這副樣子，他沒有多言，只是對著身後的保鏢做了個手勢。保鏢會意後，上前將裝載著洛曼實驗資訊資料的平板電腦取了過

來，遞到了坎貝爾手中。

透過電子螢幕，坎貝爾也能看到生化人的一舉一動。約翰・克盧格曼的屍體被扔在倉庫角落，臉上還帶著一絲錯愕的表情，現在看來竟然有些滑稽。

似乎感覺到了眾人的注視，生化人抬頭，黑壓壓的眼睛在螢幕上被放大，裡面有一些黏糊糊生鏽的感覺，令坎貝爾覺得十分噁心。

洛曼是一個只要實驗結果不需要審美的傢伙，他不會在乎這些生化人的外表，對他而言，只要他們能幹活就行了，其他的任何東西，都不是他考慮的範疇。

坎貝爾關掉了生化人找東西的那一頁，繼續往後翻了翻。洛曼在網頁之中將生化人的資訊描述得十分詳細，他甚至將這個東西做成了和操縱室裡看到的多莫莊園一樣的立體動畫，這些動畫的場景裡傳遞的資訊，足夠令每一個人看懂。

在動態的畫面裡，是一個立體的虛擬金屬盒，這個盒子是中空的，一眼透視過去，核心裡有某種黑色的東西正在成形。那裡的資訊密度遠遠超越了網路空間的資料層，萬花筒般的模糊圖案彙聚到一個銀黑色的焦點之上，令人眩暈。

坎貝爾看著這個潘朵拉魔盒上的資料變幻，感覺到遠古時代各種代表邪惡與厄運的符號沿著透明的資料層飛出：納粹黨徽、閃著蛇眼的骷髏圖案骰子……，他凝神直視，那焦點是虛空的，彷彿並無邊緣，這些粒子閃著黑曜石的光澤，每一粒都在來回運動，時不時地組成一個盒裝的形態。但是仔細一看，這個魔盒卻令人頭暈目眩，黑色身體反射出遙遠的燈光，要從周遭的網路世界裡變成了一個鮮活的生命。

就在坎貝爾盯著黑盒子看的時候，洛曼嘟囔低語，似乎看到了什麼令人訝異的事情。

這個生化人竟然有些遲疑，洛曼的操縱桿突然有些失靈，生化人似乎忽然踏進了一個神經干擾場，耳中傳來陣陣尖銳的呼嘯，好像箭槍的聲音一般，從大腦之中穿過。正在翻撿東西的生化人突然愣在原地，接著便朝前跌倒，從螢幕之中，洛曼只能看到他渾身肌肉都鬆弛下來，眼神失焦，無力呼吸。

「該死，為什麼會在這個時候故障？」洛曼連忙按著操縱臺上的各種按鈕，希望能重新將這個生化人啟動，但是不知道是磁場問題還是生化人本身的故障，不管洛曼如何驅動重啟，這個生化人始終也沒有站起來過。

一分鐘之後，從一切的中心傳來一聲哧嗒聲，似乎螢幕中的整個畫面都凝固了。剛才還在四處翻找東西的生化人，突然變成一幀靜止的圖像，它的手指還放在剛才的位置上，靜止三秒之後，螢幕突然黑了。

坎貝爾的平板電腦的螢幕和洛曼共用一套系統，洛曼的螢幕黑屏了，他這裡也同樣自動黑屏。

「怎麼回事？」坎貝爾放下了平板電腦，抬頭問了一句。

「不知道，我正在調整，坎貝爾先生，請給我一點時間，先暫且不要發問。」洛曼臉色變了，細細檢查著操控臺上的每一個零件。

他仔細檢查著系統故障，確定沒有什麼機械故障之後，面色凝重地說：「應該是生化人的核心系統收到了某些不知名的磁場干擾，或者是一直有人在跟蹤我們。他們人為破壞了生化人的核心系統，因為不希望我們找到『潘朵拉魔盒』。」

「啟動另一套監視系統，看看誰進入了約翰・克盧格曼的貨倉。」坎貝爾下了另一條指令。

「約翰・克盧格曼居住的地方十分偏僻，沒有多少人知道他的垃圾回收站在什麼地方，當初他收購那個盒子的時候，也並不知道這個盒子的用途，他不過是個有眼無珠的老守財奴而已。」提到約翰・克盧格曼，洛曼毫不掩飾自己眼中的鄙夷。

「如果你確定你的保密工作一直做得很到位的話，那這就是一場有預謀的行動。」坎貝爾倒是很快就冷靜下來，如果說「神諭」真的有其致命吸引力的話，那尋找「神諭」之盒的人肯定也不只一波，現在會發生這樣的事情也就不足為奇了。

「打開監控，看看是否有人進入了貨倉，如果是，那就不只我們一個人在尋找盒子了。」坎貝爾指揮著洛曼。

▌Chapter 028

「砰！」在無人機子彈射出的前一秒鐘，米雪兒爬到了玻璃窗的邊緣，用手中的槍精準命中了那架嗡嗡作響的無人機。

她還是決定放過那兩個混蛋，甚至，她剛才救了他們。

「一天二十四小時裡，有人在逃跑，有人在追捕。罪惡的黑夜裡，有人垂死，也有人傷殘，人們被毆打、搶劫和謀殺。城市仍然是那個城市，有人覺得它富裕、繁榮、充滿自尊；有人覺得它失落、挫敗、充滿空虛。這一切，都取決於這個人所處的位置和他的個人成就。」凱斯的腦海中閃過這樣一句話，但是現在，他覺得這句話也可以稍微改一改，有時候，罪惡和骯髒並不僅僅是外部壓迫，有時候，還取決於一個人的選擇。

米雪兒繞過架子，爬出了板房，凱斯緊隨其後。

「把雙手舉起來，放在腦後。」她低聲命令著湯瑪斯和格爾。

格爾顯然被剛才那一幕嚇傻了，杵在原地一動也不動，湯瑪斯則是呆呆將雙手舉在腦後，一雙無神的小眼睛，卻在米雪兒的身上來回轉動。

「你給我老實點！」凱斯抬腿重重撞了一下湯瑪斯膝彎，湯瑪斯笨重的身軀重重摔倒在地上。

「咱們現在可以出發了，讓這兩個傢伙在前面探路。」凱斯扭住了湯瑪斯的手臂，將他固定在原地。

「格鬥術學得不錯。」米雪兒用槍指著格爾。

「現在的確不能放他們走，也許他們知道的東西比我們想像得還要多。」米雪兒皺著眉頭，將槍口向前挪了幾寸。

「你偷偷溜進過多莫莊園嗎？不要臉的混蛋！」米雪兒冷冷地發問。

「我發誓……我發誓我沒有進去過，那裡守備森嚴，我是絕對不可能溜進去的，我發誓，發誓我真的沒有進去偷過東西，真的……」面對米雪兒黑漆漆的槍口，格爾聲音有些發顫。

「你從哪裡知道關於稀有元素的事情？你還知道些什麼，說。」米雪兒用匕首劃了格爾一刀，他的手臂立刻汩汩往外滲血。格爾馬上哀號起來，淒厲的聲音聽起來似乎像他馬上就要死掉一樣。

「有一個人……有一個人曾經在溫泉旅館住過，我那時候偷聽到了他說話……他自己說，他以前是米蘭德實驗室的研究人員，他受傷了……從多莫莊園逃了出來。泰爾西－埃西普爾公司的人在追捕他，我聽到了他說的話，他說，這個東西的名字叫『神諭』，可以賣個好價錢，他已經談好買家了……但是他沒有偷出來……」格爾斷斷續續地說著。

米雪兒與凱斯對視了一眼，泰爾西－埃西普爾公司收購米蘭德公司的事情已經很久遠了，但是這確實不是什麼新聞。米蘭德研究所裡的那些研究人員身價很高，凱斯清楚地記得，在他還是個孩子的時候，曾經從他爺爺的收音機裡聽過這家公司，某一段時間裡米蘭德公司提出的「移民計畫」，曾經被宣傳得沸沸揚揚，對外他們只是宣稱自己研發出了可以啟動飛船全部性能的特殊材料，但是究竟內部情況怎樣，恐怕只有他們自己才知道了。

不管怎麼樣，凱斯都覺得這些操縱民意的傢伙沒有一個是好東西。他們都是外表看起來彬彬有禮、內心卻有著一副鐵石心腸的混蛋。

「凱斯，你大概不知道，米蘭德公司的前身有政府參與。」米雪兒說，「政府研究機構。」

也就是說，這家公司的研究室曾經是這個國家的科學成果中心，按任何標準來看，即使按技術先進的二十三世紀標準來看，都是十分龐大、令人生畏的。在泰爾西－埃西普爾公司崛起之前，米蘭德公司是最頂尖的科學研究機構，沒有人知道它是怎麼被收購的，那時候坎貝爾公司還像個土石搭建的花架子。

然而這種激進的研究機構，容易遭到各方面的抨擊。來自各方懷有敵意的眼睛，曾經細查探過它看到的情況；而那些懷有敵意的頭腦，曾經仔細考慮過它那鮮為人知的事情。此後，米蘭德公司就變得很不安全了，但是即使如此，以它的背景，泰爾西－埃西普爾公司如何收購它的，也是一個巨大的謎團。

格爾的包包和其他物品七零八落地被丟在地上，凱斯從裡面翻出了一些東西，其中有一臺筆記型電腦。這是一臺老式的筆記型電腦，現在已經沒有多少人用了，凱斯打開，讓他詫異的是，這臺筆記型電腦竟然是軍用加密的設備。

桌面上有一個叫「多莫」的資料夾，凱斯看了格爾一眼，點了進去，裡

面分類十分細緻，凱斯點開其中一個，是關於「冰牆」的描述——他疑惑地將其中地文字唸了出來：

「冰牆」高出地面五十英呎，深入地下八十英呎，這樣的建築模式十分堅固。牆壁的厚度三英呎，由大塊的花崗石建成，用含礬土的光滑水泥填塞，並塗於表面，所以它的監控系統在建造之初就已經植入。

牆上沒有任何立足點，據說連莫斯特伯阿米克降臨之前的那種蒼蠅也很難立足。牆基下面，他們植入了一套靈敏度很高的傳聲系統，用網路系統連接了一式兩套，為的是不讓任何人在地下打洞穿入。

凱斯一邊閱讀著關於冰牆的筆記一邊想，大概設計這種牆壁的人堅信，狂熱的人是什麼事都幹得出來的，因此採取任何對策都是理所當然的。

在這些關於冰牆的筆記旁邊，還有許多詳細的繪圖，應該是冰牆裡面，多莫莊園的內部結構：

漫長的四方形研究室位於莊園的**核心區域**。

寫這段筆記的人，把「核心區域」四個字特意標紅了，並在文字說明旁邊繪製了詳細的立體圖畫。

凱斯又打開另外一個資料夾，裡面寫的是關於泰爾西研究所的一些筆記，只是前面的部分似乎被刪掉了。

這個區域只有兩個入口，前面一個狹窄的入口是供工作人員進出的，後面的一個較寬闊的入口，是供卡車運進物資或送出產品之用，兩個出入口上都裝著三道用淬火鋼鑄成的門，門重約四十噸，厚實而又堅固。

門是用機械操作的，每次不能同時開啟兩道門，每道門都有專門的警衛隊看守，他們都長得高大、結實，面如鐵板。和他們打過交道的人一致認為，他們簡直就是按照當年蓋世太保的標準選出來的。

進入那個地方更困難，出去的人一律都要持有出門許可證，他們所遇到的麻煩只是要耽擱一下，等身後的一道門關上後，前面的一道門才能開啟。而要進入門內才是真正麻煩，如果某雇員是警衛熟悉的，他只

要不厭其煩地等待著三道門相繼開啟，讓警衛檢查一下他的出入證——隨時不定期更換——是否是當時通用的式樣，隨後就可以過去了。

而這還只是第一階段，第二隊警衛是善於編造第一隊警衛所沒有想起的不准進入的理由的，他們甚至不惜貶低第一隊警衛的搜身技巧，而堅持要再次搜身。這一次搜身甚至可能包括把假牙摘取下來，然後檢查那一覽無餘的口腔。之所以採取這種做法，是因為知道已經有了一種只有半支香煙大小的照相機。

第三隊警衛是由頑固不化的懷疑論者組成的，它的隊員有一種令人氣惱的習慣，那就是在把任何企圖進去的陌生人擋在門外的同時，和第一隊和第二隊的警衛核對，是否提過哪個問題，如果提過，他是怎樣回答的。他們喜歡懷疑某些回答的真實性，而對另一些聽來似乎有理的回答則不屑一顧。

他們還會要求徹底的搜身，而在前面兩次搜身中如果有任何遺漏之處，那麼在此時此地都會得到補足。他們甚至不惜迫使進入者不得不第三次把全身衣服脫光。第三隊警衛還備有（但不常使用）一臺 X 光機、一架測謊器、一架立體照相機、一套鑒定指印設備，以及另外一些可惡的儀器。

四周的巨大保護牆和牆內的情況是一致的，辦公室、部門、停車場和實驗室都用鋼門嚴格地分隔開，從一個區到另一個區的通道，都由脾氣執拗的警衛把守著。每一個獨立的組，都由走廊和門上的顏色明確表示出來，顏色在光譜上排列的次序越高，該區所要求的保密程度就越高，安全措施也就越嚴格。

研究室整體可以分為兩塊區域：一塊叫作「德尤斯 C 區」，一塊叫作「德尤斯 A 區」。在 C 區幹活的人，是不准通過藍門的；而在 A 區工作的人，可以進入 C 區或排列順序更低的字母的區，像他們所說的那樣去「訪問同事」，但絕對不能把他們的鼻子伸到高貴的 A 區門裡面去。

即使是擔任保衛工作的警衛也不准越過黑色門，除非有正式邀請證，只有黑色門裡面的人、泰爾西 - 埃西普爾的總經理，以及全能的上帝，才能隨意在其他各組走動，並視察整個工廠。

　　整個企業中都裝有複雜的神經系統，那是一些埋放在牆壁、天花板，有時還安置在地板中的電線。這些電線與所有的警鈴和警報器，乃至門鎖裝置、精密傳聲筒或電視掃描器相連接，所有的監視或竊聽，當然都是由黑門組的監控者掌握的。

　　在那裡工作的人長期來一直接受了這項事實，即必須不斷受到竊聽或監視，甚至在盥洗室的時候——因為，有什麼地方比這個小房間更適宜於記住、抄寫或拍攝分類資料。

　　這些勞民傷財的措施和精巧的裝置，在不懂的人看來是一無用處的，事實上，這個地方很容易受到來自一個未被察覺和未曾預料到的地方攻擊，沒有什麼正當的理由能夠說明，為什麼會有任何打擊來源不被設想到，或許是由於擔心得太過分了，因而忽視了顯而易見的事情。

　　儘管有過暗示和事先的警告，有個顯而易見的事情還是被他們忽視了。身為該研究中心所屬工廠最高職位的領導人，都是本行業中高度稱職的專家，然而他們對其他領域一竅不通……所以，這個設計種，有一個致命缺點……

　　這段筆記，到這裡就完結了，凱斯想要往後翻，發現剩下的全部都是省略號。

　　「這不是你的電腦。」凱斯合上筆記本，轉向格爾說著，他的語氣十分篤定。

「你怎麼知道？」格爾瞪大了眼睛。

「他大概不知道你的老本行。」米雪兒笑了笑，和凱斯交換了一個眼神。凱斯有種錯覺，他倆之間似乎越來越有默契了。

「可惜資料到這裡就中斷了，如果能寫得清楚一點，或許我們更知道該怎麼辦了！」凱斯嘆了一口氣，「現在看來，米蘭德研究所裡，並不是所有人都認同泰爾西-埃西普爾公司的這次收購，顯然這是某個良心未泯的科學家留下的重要手記，只可惜，關鍵的部分被刪掉了。」

凱斯接過米雪兒手中的槍，繼續指著格爾：「這個電腦是你偷竊來的，小混蛋，我說得對不對？你們兩個，站起來！」

凱斯用槍指著格爾與湯瑪斯，勒令他們倆站起來。他不像米雪兒那麼溫和，更何況他在軍中有格鬥術的底子，所以他一手扭著湯瑪斯，勒令湯瑪斯蹲在地上，一手則端槍指著格爾。

湯瑪斯被凱斯打倒後有一點害怕，蹲在地上一動也不敢動。這種人的個性，凱斯瞭解得很清楚，他們是典型的欺善怕惡者，制伏他們最好的辦法，就是毫不留情地把他們揍一頓。

頭頂上嗡嗡聲又響了起來。

「真該死，沒完沒了！我們得走了，凱斯。」米雪兒皺了皺眉頭，望向凱斯，雪地的微光透過窗戶映進來，將凱斯的頭髮照成了灰白色。

無人機感應到熱源，精準地射了一彈匣的子彈過來，凱斯閃身躲在了柱子後面，趴在地上的湯瑪斯卻沒有那麼好運，有顆子彈正巧打到了他的大腿上，痛得湯瑪斯齜牙咧嘴地哀號起來。

無人機停頓在空中的那一刻，凱斯從柱子背後伸出槍來，精準地擊中了那架無人機。

那架小型無人機被子彈打壞了內部系統，發出刺耳的「嗡嗡」聲，跌落在地上，因為慣性的緣故，這架無人機還旋轉了幾圈才停下來。

「我真想說一句『活該』，這叫罪有應得。」米雪兒看了一眼被子彈打中的湯瑪斯，很顯然，她仍然對湯瑪斯講過的那件凶殺案耿耿於懷。

女人們在聽到同類受傷害時，總是顯得義憤填膺，凱斯同情地看了在地上掙扎的湯瑪斯一眼。

無人機射出來的子彈穿透力很強，湯瑪斯並沒有流多少血出來，但是子彈打穿了他的動脈。一開始他還躺在地上哼哼唧唧，但是沒過多久，他連哼出聲的力氣也沒有了。

米雪兒和凱斯對望一眼，在此之前他們對這些無人機的殺傷力也不甚瞭解。

「據我所知，政府不會捨得投入這麼多錢來研究這些高科技玩意兒，這肯定是那些科技財閥們改造過的。我們得立刻離開這個地方，他們應該把這裡鎖定了，目前我們現在還不確定他們到底出動了多少這玩意兒來追蹤我們！」凱斯冷靜地分析著當前局勢。

「這兩個人怎麼辦？」米雪兒看了格爾和地上的湯瑪斯一眼。

「這個應該是活不成了，死之前給他一個痛快吧！至於另一個，」凱斯看了格爾一眼，「我想，也不能讓他落在警察局那幫混蛋手中，先帶在身邊，然後我們邊走邊看。」凱斯用商議的口氣詢問著米雪兒。

米雪兒對著凱斯輕輕地點了點頭：「跟我來！」

凱斯押著格爾跟她來到了教堂之中的一間屋子裡，米雪兒取出了一個藥箱，裡面有一支麻醉劑。她把麻醉劑注射到了湯瑪斯的腿部，湯瑪斯低聲的呻吟聲停止了，瞪大著眼睛看著他們的動作。

「嘿！嘿！我知道有一條近路通往莊園，但是……能不能穿過『冰牆』，我也不知道。」格爾看到兩人的動作，急切地哀求起來。

「要不要相信他？」米雪兒望著凱斯。

凱斯看了看外面的天色，外面的雪已經停了，雪色和薄薄的微光交織成了一片蛋清一樣的顏色，看樣子，天應該快亮了。

「能早一點離開這個鬼地方，不會有什麼壞處，現在他也要不了什麼花樣。」凱斯晃了晃手中的槍。

「在真正看到你射出子彈之前，我總是莫名其妙地相信你不會用它來打人。」米雪兒嘆了一口氣。

「對付某些混蛋是不能心慈手軟的，但是這個格爾還不夠當一個混蛋的格。」凱斯將槍收到了懷中。

「跟我來。」格爾哆哆嗦嗦地在前面帶路，教堂的地上有些結冰的水坑，他一腳踩上去時險些滑倒。兩人跟著他，一步一步地來到了市中心廢舊建築標誌所在。

好在這個地方和教堂離得並不算遠。

「從這裡下去，有一間地下室。」格爾指著那個建築標誌的側面說。

凱斯看了那個廢舊的標誌一眼，那個標誌已經遮擋了入口，如果格爾不說，他百分百發現不了。

幾個人費了很大的力氣才將那些雜物搬開，在那個城市標誌的底座上，果然發現了一個祕密通道。

「地下室裡有一部滑索電梯，可以通往一個隱祕的地下實驗室，我也是偶爾發現的。」格爾低聲說了一句。

凱斯與米雪兒對望一眼，他們並不相信格爾說的話，他甚至有理由懷疑，這些祕密路線都是他從那個米蘭德科學家的電腦裡偷來的。

他們押著格爾，讓他先下去，格爾並沒有反抗。幾人就著打滑的路線小心翼翼來到這個地下室。電梯終於打開，他們走了進去，這部電梯和一般的升降梯不一樣，似乎用了特殊的動能，因為它是向前推進的。

三個人擠進了電梯之後，電梯的門便關上了，凱斯注意到電梯的面板上只有一個按鈕，顯示著「開／關」的字樣，這表示電梯到什麼地方，已經預先被人設定好了。

這部電梯先進得跟周遭的一切都格格不入。

「我得事先說明……」格爾結結巴巴地抽了一口氣，「這個電梯是單向的，我們可以從這裡過來，但是不能坐電梯走了，這是被設定好的……」

「你怎麼知道？」凱斯懷疑地打量著格爾。

在他把槍掏出來之前，格爾帶著哭腔說：「這是我在那個人電腦裡看到過的……他說過，這個電梯是單向的，是為那些想要進入『伊甸園』觀光的人準備的，在他們的設計裡，進入『伊甸園』是一件光榮無比的事情，進來了就不會再走了。」

電梯運行的時間比凱斯想像得要長，不過最終電梯的門還是打開了，從另一面打開的。

三個人下了電梯，這裡有一個空曠的峽谷，這部電梯上應該安裝過滑

輪。呈現在眾人面前的，是一座碩大的金屬平臺，平臺四周都被特殊的透明材料包裹起來。打開門時，從凱斯的角度可以看到，平臺內部擺放了許多栩栩如生的人造植物，這些植物的顏色和牆壁相應成輝，植物和金屬混合的掛飾從天花板上懸垂下來，如瀑布一般，不知從什麼地方傳來噴水池濺起的水聲。

這裡是被精心設計過的，凱斯心想。

滑索電梯在平臺的入口處停了下來，凱斯率先跳到了平臺上，他把槍掏了出來。

「這裡沒有其他人。」格爾急忙叫了一聲，緊隨在凱斯身後跳了下來。凱斯看了他一眼，把槍收了起來，又幫助米雪兒跳了下來。

電梯門「唭嚓」一聲自動關上，急速向後退縮，果然，這部電梯只能前行沒有返程。

這個深谷裡的金屬臺，比凱斯想像得要大。

往平臺最深處走去，有一扇寬大的木門，從地板到天花板，全是黑柚木，這未免奢華得有些過分。門上沒有任何標記，這是一扇很大的雙扇門，門上鑲嵌著青銅和黃金飾釘，門的顏色也很鮮豔、亮麗。

凱斯走近一些，才看出色彩所組成的是一個圖案：兩個長著翅膀的男人，分別據守在兩扇門邊，他們臉對著臉，分別向對方伸出自己的胳膊：一隻舉過肩膀，一隻舉過頭頂。他們的頭髮很長，被束成一股垂在身後，他們身上的長袍──或者說是禮服在微微飄動，好像他們正站在風中，他們的長袍上是用紅色、藍色、紫羅蘭和金色組成的螺旋形的圖案和符號。

「在我撿到的那臺筆記型電腦裡，管這個地方叫『伊甸園』，當然了，這裡是人造的『伊甸園』，那個米蘭德的研究員說，他們堅信科學的潛力是無窮的，只要找到合適的技術，可以不用去領取死神食物發放機的食物也能活下來……」格爾生怕凱斯發怒，急忙解釋這裡沒有人的原因。

「結果呢？」凱斯並沒有生氣的意思，他在仔細觀察著那些人造植物。但很顯然，這些植物除了外型和他以往在畫冊和網路上看到的一樣，剩下的幾乎全部都是假的，除了能提供一點觀賞性之外，其他任何價值都沒有。

「結果就和你現在看到的一樣，他們都生病了，有的病死了，有的消失了。」談到自己熟悉的東西時，格爾似乎忘記了凱斯的威脅，耐心地解釋

起來。

「那他們為什麼不去領取發放機的食物？」米雪兒覺得有些不可思議。

「進入泰爾西-埃西普爾公司研究所的人，是不允許中途離開的。」格爾有些惋惜地說著，「他們不能像普通人一樣生活，據說這樣是為了逼出他們的潛能，讓他們為了活下去，研究莫斯特伯阿米克降臨之後的生物成長科技。如果有科學家敢逃走，會遭到公司的追捕……」格爾僵硬地吐出這段話，凱斯聽見他用了幾個文雅的措辭，應該是直接背誦了那個米蘭德研究員電腦裡面的原稿。

米雪兒愣在原地，她對多莫莊園雖然有些零星的記憶，但還是第一次接觸這套嚴苛殘忍的系統。

凱斯則在打量著那扇緊閉著的大門。雕塑的翅膀是金色的，羽毛很長，幾乎可以覆蓋它們的整個身子。它們的臉側對著凱斯，但仍能看到它們挺直而有稜角的臉上那大大的、深色的眼睛。它們胸口掛著紫銅色的鏈條式護身符，護身符的形狀好像是什麼標誌，又好像是什麼古老的咒符。

兩個雕塑男人的頭頂是一輪圓圓的、玫瑰色的太陽，太陽所灑下的金色的光，像一些扭動的條紋，不過太陽還是公平的，一扇門一半，也算是不偏不倚了。

▌ Chapter 030

「這扇門能開嗎？」凱斯站在那扇木門的雕塑前，輕輕敲了敲。

碰觸時他感覺到很緊實，有金屬的沉鬱感。凱斯這才發現，這個門只有外表是木製的，裡面應該是厚重的金屬填充物。他早就應該想到，像泰爾西-埃西普爾這樣的公司，他們的那些「地下建築」應該早就全機械化了。

「這些透明材料應該也是特殊製劑生產的，當初他們想要模仿光合作用效果，製造出可自行合成能量的材料，可惜最後失敗了。」格爾望著那個平臺上透明的「牆壁」感嘆著。

「別碰！這些材料裡都被植入了警報系統。」米雪兒出聲喝止了格爾的動作。

「你怎麼知道？」格爾有些詫異，他反覆查看過米蘭德研究員筆記型電腦裡的資料，裡面並沒有提到這一條。雖然他並不是太相信，但是還是訕訕地收回了手。米雪兒也不知道該如何解釋自己這突然冒出來的記憶，但是她也用不著向格爾解釋這些。

凱斯有些擔憂地看了米雪兒一眼。

木門旁有一座石雕，這塊石雕顯得古老，但是石雕上刻著的花紋，卻讓凱斯又忍不住想起了在西蒙辦公室裡看到的那些雕塑。「索婆阿騰納斯」這幾個字，剎那間又冒進了凱斯的腦袋裡。

米雪兒則在凝神觀察那些人造植物，這些植物看起來和真的沒有什麼兩樣，唯一的區別就是，它們並不是真的，或許聽起來有些拗口，但事實上就是這樣。那些人應該想過很多辦法，但是最後就搞出了這些東西，還白送了性命，她不知道是一種什麼樣的執念，支撐著這些研究者。

她想起了那個叫「神諭」的金屬碎片。

人類總是想要窺見「神諭」，但事實證明，這不過是一種自大和愚蠢而已。真正的「神諭」是讓人類學會謹慎和謙卑的古老聆訓，想要借助一個金屬片就領悟和啟動「神諭」，只能更加證明人類的愚蠢。

這句話在她腦海中閃過，似乎自己以前聽到過，只不過她不確定是在哪裡聽到這句話的。似乎自己模糊了真實與虛幻的邊界，這樣的感覺令她十分

頭疼。她強烈地想要找到真相，但是越接近此處，有一點她的內心深處似乎越覺得有一點隱隱的擔憂。

「從這扇門裡面進去，應該就是米蘭德研究員筆記本那些資料裡提到過的『德尤斯 A 區』。」米雪兒忽然插了一句。

「你又知道？」格爾又適時地表達著自己的疑惑。

「我不知道，也不確定，但是這裡讓我有一種熟悉的感覺。所以，我猜，背後應該就是『德尤斯 A 區』。」米雪兒站在原地，既像是對格爾和凱斯說話，又像是在喃喃自語。

凱斯腦袋想的則是另外一件事——最近總是看到這些病態扭曲的雕塑，他不知道是不是那天在西蒙的辦公室裡看到的東西，令自己印象太過深刻，以至於自己看到什麼東西都像那些病態扭曲的黑色雕塑。

說到底，還是凱斯發自內心不願意相信死神真的復活過那些人，他認為這不過是「索婆阿騰納斯」的宣傳和鼓吹。所有的宗教都巴不得自己的信眾越多越好——然後他們好借助這些信眾去斂財，或者借助這信眾的力量幹點別的什麼事。

或許這些假裝是神使的傢伙，也做過那麼一、兩件好事——但是凱斯絕對相信，大部分時間裡，這些人都是和西蒙一樣的混蛋，他們鼓吹的那些話，也許他們自己都不相信。

在凱斯看來，生活在莫斯特伯阿米克降臨時代的人，帶著某種自甘的墮落，他們可以從死神的食物發放機裡面，領取日常生活需要的一切，所以那些只有基本欲望的人，可以勉強苟活著。但是那些天生就喜歡占據資源的人，還是一樣會投機取巧，想盡各種方法來斂財。

他和那些罪犯打過交道，底層的那些犯罪人員，每個人都有一肚子無奈，有的人甚至除了犯罪之外別無選擇，只有被夜晚、人造酒精、罪惡和自我麻痺之後，這些人才能「超脫」。當這個世界無法正常運轉的時候，罪惡只會更加凸顯——這是他作為私家偵探的覺悟。

「等一會兒……」格爾打斷了凱斯的遐想，「我想起來了，這個電腦裡有個隱祕的資料夾……對！就在資料夾裡還有一個資料夾，我破解不了……這裡面有一個路線圖，我就是在這個路線圖裡面看到這條密道的……但說實在的，我一個人真的不敢過來……也許你找找看，能找到開門的密碼。」

格爾在門邊轉動了很久，忍不住對凱斯說出了一大段話。

「這個檔案在哪裡？」凱斯把格爾的那個舊背包打開，拿出了那臺老式的筆記型電腦。

「在這裡……」格爾操控著電腦，找到了那個資料夾。

凱斯嘗試破譯了幾次，都沒有成功。

這個資料夾用的是二戰時期的摩斯密碼，凱斯服役的時候曾經學過破譯摩斯密碼的相關知識，但是這個米蘭德研究員的設定，和一般的檔案有些不同，這些密碼裡摻雜著一些奇怪的符號，凱斯仔細核對了一下，發現這些符號有一點類似於門上繪製的那些字母。

「有辦法嗎？」米雪兒看到了他們的動作，也湊了過來關心。

「我的朋友或許有辦法。」凱斯想到了賽洛，如果說這個世界上還有誰能搞定這些軟體的話，那一定非賽洛莫屬。凱斯想到了賽洛之前給自己的那部手機，便將手伸進大衣口袋，把手機掏了出來，按下了開機鍵。

手機很快就開機了，這臺手機看起來老舊，性能卻優良無比。

「你的手機在這裡竟然還有信號？」格爾伸長了脖子看，瞥了一眼凱斯的手機。

凱斯轉頭看了他一眼，他立刻把脖子縮了回去。凱斯的格鬥術給他留下了不小的心理陰影，即使他沒有槍，他也不是自己能打得過的人。

凱斯翻出了這部手機裡的緊急連絡人，果然賽洛把這部手機裡的緊急連絡人設定成了自己。

他撥通了賽洛的電話，那邊很快就接通了。

「這麼快就需要我，果然給你這部手機沒錯。」賽洛嘟囔的聲音從電話那端傳來，凱斯聽得出來，他的抱怨裡還帶著一絲興奮的意味，顯然已經摩拳擦掌準備幫凱斯解決問題了。

「有一點麻煩，對，很多人都搞不定……不知道你行不行，需要破譯一個加密檔，我試過很多方法都不行。」凱斯故意說得雲淡風輕。

「什麼叫不知道我行不行？接過來讓我試試。這部手機的熱點能提供網路，裡面我做了信號加強，一般的遮蔽設施不能完全遮蔽掉。」賽洛的聲音明顯帶著一絲被看輕的惱怒。

「沒問題！」凱斯響亮地掛斷了電話，將電腦接到了賽洛給他的手機

上，給賽洛發送了遠端資訊。

賽洛打開了影片，從鏡頭裡看見了自己亂蓬蓬的頭髮和滿臉的鬍渣。賽洛沒想到凱斯身邊還有別人，尷尬地笑了笑，算是打過招呼了。

他很快就介入了電腦程式，甚至都沒有問過凱斯身邊兩個人的姓名，他對軟體和網路系統永遠都比人有興趣。凱斯也不知道他用遠端系統在這臺電腦上安裝了一個什麼軟體，二十分鐘過去之後，軟體已經安裝完畢。賽洛用這個軟體飛快地掃描著硬碟，很快就找到了凱斯所說的那個資料夾，凱斯看見賽洛滑鼠的游標停在那個資料夾上方，帶著一絲遲疑的閃爍著。

「是這個嗎？」影片裡賽洛皺著眉頭問凱斯。

「沒錯，就是這個資料夾。」凱斯回覆賽洛。

「我看看。」賽洛用滑鼠輕輕點了這個資料夾，很快就看到了那個密碼。他試著研究了一陣子，然後抬頭對凱斯說道：「這不是用摩斯密碼加密的，這是另一種二進位的加密方式，很多人把它當成了摩斯密碼而已。你找到我算是幸運，這種密碼我剛好破譯過。」賽洛的語氣中帶著一種肯定的自信。

格爾有些崇拜地看著賽洛的操作，他私下嘗試過很多次破譯這個資料夾，但是每一次都失敗了。他瞪大著眼睛望著賽洛的動作，臉上的神情閃爍不定，老實說，他實在是無法相信，這個世界上竟然有人二十分鐘就解決了一個困擾了他三、四年的問題。

「好了。」賽洛完成了對資料夾的破譯，滑鼠仍然停在原來的位置。

「不想看看這裡面是什麼東西嗎？」凱斯語氣幽默。

「我對那些尋寶的事情沒有興趣。」賽洛打了個呵欠，一副意興闌珊的樣子。

凱斯早就預料到他的反應，對賽洛來說，除了看到機械和軟體會兩眼放光之外，別的東西對他而言都是毫無差別的，連米雪兒這樣的大美女站在凱斯身後，他都視若無睹。

「好吧！謝謝你。」凱斯對著他真誠地道了一聲謝，輕點滑鼠，打開了那個資料夾。

▌ Chapter 031

資料夾裡面存著一個叫作「研發日記」的文件檔，凱斯推測，這裡面應該是關於泰爾西-埃西普爾公司的研究紀錄。

「老實說，來到這個山谷之前，我已經猜想出這家公司肯定在進行許多不為人知的祕密勾當，但是其中種種複雜的細節，恐怕只有內部人員才能知道。這些混球慣常用資本綁架一切，操縱民意，從而賺取更多的錢，以便他們更方便地奴役他們。以我的認知，猜不出他們賺到的這些錢有多骯髒，或者說，這些人背後是多麼龐大的一個組織體系，但是我絕對有理由相信，咱們現在看到的這些，不過才是冰山一角罷了。」凱斯點開了那個資料夾。

「我記不起來多少關於這個莊園內部的情況了，如果他們的計畫不是轉移人口，而是在這裡造出一座『伊甸園』的話，那實在就太可笑了。現在我的腦袋裡有一些碎片，關於這個莊園的資訊，時不時就會冒出來一點，我也不知道還有多少是我不知道的，總而言之，這是個讓我感覺不舒服的地方。」米雪兒憂心忡忡地說著。

「不不不！『移民計畫』也是有的，曾經有個來馬普爾的客人遭受過電信詐騙，對方打著『移民計畫』的幌子，騙了他不少錢。按理說，我不應該把客戶的愚蠢四處傳播，但是這會既然情勢特殊，我稍微透露一點也無妨……」格爾適時地插話，帶著一點討好的意味。

「泰爾西-埃西普爾公司，就是這座多莫莊園的主人造出了一座飛船……」

凱斯與米雪兒對視了一眼，想起了兩人看到的那個關於演講的影像影片。在那個演講的大廳裡，確實有一座飛船的一部分模組。泰爾西-埃西普爾公司曾數次嘗試解決過動力問題，但是在解決這個問題之前，他們像病毒一樣在民眾中宣傳。這種宣傳會引發一定的恐慌，人在恐慌面前就會失去判斷能力——他們正是利用了這一點，又賺取了大把大把的鈔票。

這些鈔票可以供他們繼續做研究，瞧！這些商人只是隨意顛倒了一下次序，勾了勾手指頭，利用了一番媒體資源，就能重新聚集大批財富。不管你是恐懼的、狂熱的、激進的、矜持的，還是別的什麼流派的，他們都能無

孔不入，操縱你的情緒。最後的目的，還是為了從這些人的口袋裡把錢掏出來，彙聚到這些混球的手裡。他們造出一些東西、發明一些概念，就能讓人乖乖地掏錢，就像他在 free-center 的大街上看到的那些磁懸浮玩具車一樣。

「這裡面的東西，或許能給我們提供一部分資訊。」米雪兒盯著破舊的電腦螢幕，帶著一點期待和熱切。

三個人找了一個地方坐下來，凱斯架起了電腦，以便他們倆也能閱讀到文件檔裡的內容資訊。

令他驚訝的是，文件檔裡有一套非常詳細關於工作進程的記錄表，部分檔案旁還用 3D 技術繪製了詳細的機械剖面圖。可惜的是，這些僅僅限於他們研究所研究的那個區塊。但即便如此，也算是幫了凱斯的大忙了。

文件檔裡第一段話寫著：

> 這家公司現在在研究一些可怕的東西，我不確定已經被狂熱的資本、瘋狂的思想和自以為是觀念綁架的維爾‧多莫，現在是否正在做著只有魔鬼才會去幹的勾當？我想，只要得知真相，稍微有些良知的人都會選擇反對他──只要那個人不是個純種畜牲的話。
>
> 這個表面上像維多利亞貴族、內心卻堪比納粹惡棍的老傢伙，自以為進行著一項偉大的實驗──他把這個實驗項目叫作「新世界」，把這個地方稱作「伊甸園」，但是在我看來，他連人類最後的一點良知也泯滅掉了。

凱斯讀到這裡，和米雪兒對視了一眼，接著往下看。

> 在差不多兩個月的時間裡，他們整個公司都在墨西哥的城鎮和一些暗網上四處搜獵，收集有關「莫斯特伯阿米克」的各種證據，其反響不絕於耳。米蘭德研究說，多莫莊園裡的泰爾西 - 埃西普爾公司算是最早幾個接受現實的地方。米蘭德研究所和政府合作，因此方便接收第一手的政府資訊，和某些不適合公開的資料。
>
> 以我有限的知識也能想到，坎貝爾和泰爾西 - 埃西普爾那些賺著髒錢的公司，肯定也和政客們有著各式各樣不為人知的交易。

　　「移民計畫」最早是米蘭德公司提出來的，那時還沒有食物發放機，眾人也並不知道能去領取食物。庸眾們最擅長的事情，就是對所有的東西都有所懷疑，總覺得那些東西一旦被公布出來，就是來騙取他們口袋裡那點可憐兮兮的鈔票的。另一些人大膽嘗試了食物發放機裡的食物，但是結果尚未驗證。

　　有些人——可能是拒絕領取食物的那些人——陸陸續續死去後，在人群中引起了更大的恐慌。當然，這也要得益於人群的愚蠢，在災難面前，他們有時候自己也會編造出各式各樣的謠言。這些謠言相互交織，讓愚蠢的烏合之眾們越來越恐慌，也讓商人和宗教分子發了一筆橫財。

　　一開始，我以為「移民計畫」只是一場虛假的商業廣告，泰爾西 - 埃西普爾公司只是為了收一筆智商稅，採用這種虛擬實境，吸引千百萬人的生存欲望。當然，更理想的狀態是，這種人類的等級最好在火星上也能延續下去。

　　自從我來到了米蘭德研究所之後，近二十年中，全球網路變成了一個偽造遺址和迴圈欺詐的垃圾場。以前的線上電影數量非常龐大，比真正的資料庫更為精密，連貫性也更強，這種擴張過程，將一直持續到多年後電影版權保護期結束為止。

　　運用網路最困難的問題，就是分清什麼是事實、什麼是電影幻想，有一段經典笑話說，如果真有什麼「太空異形」光顧地球的話，他們只需要看一眼網上記載的那些可怕事件，包準會被嚇得大聲尖叫，頭也不回地逃回他們自己的星球。

　　但是，在「德尤斯 A 區」裡看到的一些東西，改變了我的想法。我只能說，如果愛因斯坦因為是一個特立獨行且帶一點瘋狂幹勁的人，因此才研究出了相對論；那麼，維爾·多莫就是一個特立獨行且帶著瘋狂幹勁的魔鬼。

關於他自己的一些想法，寫到這裡就斷掉了，後面是一連串的省略號。
凱斯看完了這些，轉向格爾問道：「你以前一直住在馬普爾嗎？」
格爾點了點頭，順便下意識地將身體向後縮了幾寸，凱斯的下勾拳給他留下了深刻的印象，不知道為什麼，只要凱斯一看向他，他就會有一種他下

一秒就會揍自己的錯覺。

「這麼說，這個『移民計畫』一直都有過，但既然有了這個移民計畫，為什麼又要造出這樣一座『伊甸園』呢？」凱斯有一點糾結，但是他只是一瞬間就想通了。

對於那些富人而言，他們關心的只有自己，不會傾斜弱勢群體，法律也好，廣告也好，科技也好，這些東西都不是給窮人玩的。窮人適合在這個伊甸園的美夢裡給他們提供養分。在這一點上，不管是坎貝爾家族還是泰爾西－埃西普爾，抑或是美國政府，都沒有什麼差別。

「洛薩科技（LostaTech），就是很多很多的意思，這句話的意思是這家公司的科技構想有很多。」米雪兒注意到米蘭德研究員的文件檔右下角標注著的單詞，輕聲唸了出來。

在唸出這句廣告詞的時候，她腦袋中一閃而過的就是這句話，所以她當場就把它說了出來。雖然她不知道自己的這些靈感到底從哪裡來的，但是她相信她說得沒錯。

隨著這句廣告詞紛遝而來的，還有所有和這個單詞有關的記憶，那些關於「德尤斯 A 區」的記憶，似乎一瞬間湧上了心頭。

這個區域有加工生產車間、組裝場所和研究室，占地面積比足球場還大。如果從高空中俯瞰的話，這裡應該是一座擁有數不清的辦公小隔間的房子。

她的頭腦裡還冒出了一個號碼：4009，這似乎是一個編號，但是她想不出這個編號背後代表著什麼意義。她回憶起這棟建築裡有很多小隔間，中央區是一座高聳玻璃建築物，她的記憶裡有一個高檔的大辦公室，四面全是透明玻璃，可以看到遠傳連綿起伏的雪山山脈，俯瞰地面花園的全景。

「在這裡，你就會明白 LostaTech 的含義，我說的不僅僅是字面上的意義，技術來源於需求，有了需求，人們才會有解決需求的構想。而泰爾西－埃西普爾公司能解決無數種需求，因為我們有……」

米雪兒腦海中閃動著關於「德尤斯 A 區」斷斷續續的回憶，但是仍舊是碎片化的，就像劃花了的碟片一樣，有些地方很難播放出來。

凱斯注意到了她的臉色，便低聲說了句：「你應該休息一下，以保持頭腦清醒。」

　　米雪兒搖了搖頭，她很堅強。她知道，如果頭腦裡出現未知記憶，換成任何人都會覺得可怕，但是她已經在這裡了，她覺得這是她必須面對的東西。

　　「建築的外面，可能有很多網球場和一個游泳池，很多樣子差不多的建築分散在附近的山腰上。一個高爾夫球場占了旁邊一整座山丘，走完高爾夫球場，是泰爾西 - 埃西普爾公司買下的『冰湖』。」

　　米雪兒用僵硬的聲音播報般地說著自己腦海中想起的資訊，格爾驚詫地盯著螢幕，震驚得下巴都要掉下來了。他發現，米雪兒說的建築物和這個米蘭德研究員繪製的 3D 圖示分毫不差，如果不是看到了米雪兒和凱斯的表情，他簡直要懷疑這兩個傢伙是專程來耍他的。

「關鍵是要從這臺電腦裡找到打開這扇門的方式。」凱斯說，「如果檔案裡標注沒錯的話，我們現在應該是在峽谷裡，只是這些混蛋把峽谷用拙劣的科學手段改造了一番。如果想要深入瞭解情況，我們必須要打開這扇門，讓我看看，這些混蛋們到底用了什麼方法，把門鎖得這麼緊。」

格爾收回了自己詫異的目光，低聲對凱斯說：「在這個米蘭德研究員逃出來的時候，我聽到過一個傳聞……關於泰爾西-埃西普爾公司的……」

「什麼傳聞？」凱斯挑了挑眉，「希望能有一點有用的資訊。」

「傳聞說維爾·多莫把自己的大腦植入到了電腦當中，現在泰爾西-埃西普爾公司，連同整個莊園，事實上都是由他意識形成的主程序所控制，而他的兩個兒子泰爾西和埃西普爾是他的代理人，這麼做只是為了讓多莫莊園和這家公司看起來正常一點。」格爾小聲嘀咕著。

凱斯凝神聽完，在到達這個鬼地方之前，他當然不相信這個世界上會有這麼離奇的事情，但是現在他卻有一點動搖了。米雪兒大腦之中存留的那些記憶很難解釋，但是從很多方面來說，米雪兒又的確是一個正常人，他不能從科技怪物的角度，去懷疑這樣的一個人間尤物。

他們又往下翻了翻文件檔，想從裡面得到更多的資訊。果然，這個米蘭德研究員並沒有讓他們失望。他在文件檔裡敘述了多莫莊園選址的理由，雖然前面有些檔案損毀了，但是凱斯還是從中擷取了一些關鍵資訊，在這個檔案裡，他終於提到了自己的名字。

這個米蘭德研究員的名字叫奧勃塔夫斯基，是個蘇聯人，生於 1948 年。他應該和維爾·多莫是同一個時代的人，和凱斯的爺爺差不多同輩，凱斯心想。在第二份文件檔下面，清楚地寫著這個人的履歷。

那時候第二次世界大戰剛結束不久，米蘭德研究員的父親是個老科學家，他從小就對地質學產生了強烈的興趣。他畢業之後，就一直從事地質考察工作，還研究稀有金屬。從他的履歷上，凱斯可以清楚地看見，他參加過橫貫土庫曼通往裡海的鐵路建設工作，沿途考察了卡拉庫姆沙漠、阿姆-達瓦河兩岸和尤茲鮑愛司老河床，他穿越阿富汗邊境的沙漠和山地，深入布哈

拉，然後與鐵路建築人員一起進入撒馬爾罕，由此到達阿拉依山。

進入米蘭德研究所之前，他已經隨著父親移民美國，他們是為了躲避二戰移民的，他在美國接受了高等教育，然後在米蘭德研究所裡工作。

文件檔裡面有一張他的照片，應該是探勘的時候拍攝的，凱斯看見他背著登山包，渾身裹得厚厚實實的，手上拿著一個登山用的手杖，笑容很燦爛，看起來應該三十多歲。

「你最後一次見到這個人的時候，他是什麼樣子的？」凱斯有些疑惑，如果這個人的履歷沒有錯的話，以格爾的年齡，他見到的應該是一個老態龍鍾的老頭才對，但是凱斯清楚得記得，在格爾的描述中，他見到的米蘭德研究員奧勃塔夫斯基，似乎是一個四十多歲的中年人，正在逃避著什麼人的追捕。

「他那時候從泰爾西-埃西普爾公司跑了出來……對！沒錯，住進了溫泉旅館。精神緊張，看起來有一點鬼鬼祟祟的……我想他應該是害怕吧……」格爾吞吞吐吐地回答著凱斯的問話。

「然後你就偷走了他的電腦？」凱斯挑了挑眉。

「算是吧……」格爾連忙解釋，「他們說，泰爾西-埃西普爾公司的員工有很多錢，但是必須服從封閉式的軍事化管理，當地傳言他們拉的屎都是金子做的。相信我，我一開始只是想從他的電腦裡找一點帳戶的資訊……反正他也用不上了……」

「這句話是什麼意思？」凱斯停下了手上的動作。

「意思就是……他在溫泉旅館的時候，其實就已經病得很重了……他快要死了，泰爾西-埃西普爾的人在找他，他是偷偷跑出來的，他們隨便找幾個黑幫的亡命之徒就能做掉他。在他離開之前，我偷走了這臺電腦……現在想想，也許他是故意讓我偷走的……」

「混蛋！」米雪兒不知道格爾的話裡隱瞞了多少資訊，如果不是在現在這種場景下，他敘述的這件事足以讓米雪兒也揍他一頓。

格爾低下頭不敢看她，他也不知道自己這種莫名其妙的畏懼感到底從何而來。也許應該說，他以前從來都沒有見過米雪兒這類的女人。他和湯瑪斯欺負女人的時候，那些女人只會哭哭啼啼地求饒，從來都不敢還手，這樣的次數太多了，以至於他以為每個女人除了哭之外，就只會給男人找麻煩。

凱斯看了格爾一眼，眼神中並沒有同情，他見過很多這樣的人，遊走在灰色地帶的邊緣人。沒什麼道德是非觀，只要能鑽一點法律的漏洞，他們就絕對不會放過。這些人算不上窮凶極惡的大奸大惡之人，只是膽小的鼠輩，跟在壞人身後助紂為虐，趁機發一點小財。

　　只不過這個米蘭德研究員奧勃塔夫斯基的死，確實和格爾關係不大，格爾一看就沒有殺人的膽量，他最多只敢偷竊而已。凱斯接待過很多客戶，以前也和格爾這類人打過交道，他們很懦弱，絕對沒有殺人的勇氣。

　　「還有什麼有用的資訊？」米雪兒望著文件檔，「如果能再看到什麼具象徵性的東西，也許能再啟動一些我大腦裡的碎片記憶。」

　　「後面還有一張地圖。」凱斯一邊說著一邊拖動著電腦游標將這些圖片放大，以便米雪兒能將地圖上的資訊看得更清楚一些。

　　只見螢幕上展開著一大張北極地區地圖，醒目的彩色線條，標記著最近五十年來各考察隊行進的路線。泰梅爾半島以北的一塊地方，被研究員奧勃塔夫斯基在地圖上做了特別的標記，這塊地是維里奇茨克在一九一三年發現的。

　　地圖上另外四個地方，也被奧勃塔夫斯基做了標注，但是座標範圍並不像泰梅爾半島以北的那塊地方那樣精準清晰。在凱斯看來，如果是抓捕罪犯或者是找什麼東西的話，給出這樣的範圍實在是太大了。

　　地圖下面還附有一些圖片，這些圖片並不是 3D 繪製的，倒像是從一本舊書或者是舊的筆記本裡面掃描下來的一樣。

　　在這些掃描件下面，附著著一些文字說明。

　　這張地圖已經畫得很清楚了，在西伯利亞、北歐、格陵蘭、北美之間的北極地區有五塊區域，其中一塊正是我們所在的馬普爾。其他幾個地方也畫滿了許許多多考察隊的路線，前不久 WJ 意外發現的那個地方，或許已經可以說明，在這個區域還有可能取得科學上巨大成果。只要付出適當努力，並吸取前人的經驗和教訓，就能有更大進展。

　　當前西伯利亞區域的具體位置還不能確定，目前暫時決定由 XB 和 LN 率領的考察隊對喀拉海和巴倫支海進行考察。十七世紀、十八世紀，多個著名的考察隊已經對這些區域進行了詳細地考察和分析，目前還不

能確定「神諭」所在的具體位置，但是 WJ 已深入了西伯利亞的這兩個
地區，他所受到的不明傷害，或者恰好證明了我們對這個地方的猜想。

　　看到這裡，凱斯停了下來，他本能地覺得，這裡所說的這些東西，應該
是問題的關鍵，他需要把這些關鍵字都記下來。

　　西伯利亞的喀拉海和巴倫支海……這兩個地方，凱斯在服兵役的時候都
專程瞭解過。那時候，長官認為背後支持加拿大和墨西哥的是俄羅斯，所以
預備對俄羅斯發動突襲，凱斯正好是突襲行動選中的士兵之一。有一個專門
的俄羅斯間諜，來幫他們講解西伯利亞的地形。

　　他到現在都還記得，那個間諜用不太標準的英語描述這裡地形的情景：
西伯利亞的喀拉海和巴倫支海裡，有一個名叫楚科奇半島的地方，阿拉斯加
以北一帶，一片空白，沒有一條彩色的線條穿過這個地區。

　　但是現在凱斯看到的西伯利亞的喀拉海和巴倫支海裡面，卻標注了另一
個群島，一個據凱斯所知並不存在的群島——他們把這裡叫作克魯克爾——
當然他們想叫什麼都行。

　　凱斯知道，在那種極寒之地，一定有尚未發現的陸地，沒人願意在那
種地方待上好幾個月，做仔細的考察研究，發現每一塊不毛之地並給它們命
名，這裡有許多漏網之魚。

　　他們把這個名字寫在空白區域裡，證明他們應該發現過這個地方。但是
對於凱斯他們而言，這個空白區域實在是太大了，如果從比例尺上來說，他
們現在在圖上圈出來的這塊地方，面積幾乎為格陵蘭島的一半。凱斯甚至不
確定，這裡是不是一個系列群島，如果是一個群島的話，要在這座島上找什
麼東西就更麻煩了。

Chapter 033

在寂靜的倉庫裡，隱隱約約可以聽到遠處呼嘯的風聲，和海浪拍岸的潮水聲。

這個半島靠海太近，空氣中常年混雜著鹹濕的味道。或許在莫斯特伯阿米克降臨之前，這種鹹濕裡還帶著一點魚腥味，但也只是在各類資料網站和上個時代流傳下來的舊讀物裡，才有關於這些東西的記載。現在生活在這個半島的人，只能透過各種舊時代的資料瞭解什麼是魚類，但是他們多半沒有什麼興趣。對於這個時代已經不存在的東西，誰也不會有太大興趣的。

一向緊閉著的倉庫厚重梭拉門板，此刻卻是敞開著，一陣腥冷的海風夾雜著幾點雨絲，吹進了倉庫，混合著倉庫中那些堆積如山陳舊的物品經年累月混合出來的味道，釀成了一股說不出的怪味。但是仔細聞，還是能感覺出這種怪味裡那種帶著濕潤感的鹹腥味來，不得不說，有時候大自然的確要比人類長情得多。

曾經的米蘭德研究所，現在已經成為一座廢棄的大樓，唯一有價值的，大概就是半島上的這個米蘭德公司曾經使用過的地下倉庫。這座倉庫占地約六百多坪，隔離區間十分完善，曾經儲藏過米蘭德研究所的檔案、各種新型實驗器材，以及某些神祕的研究成果。

是的，在米蘭德研究所尚未倒閉之前，這個地下倉庫裡有一個專門的房間，存放著一些在外人看來的所謂「神祕物品」。烏合之眾一向如此，但凡在他們眼中無法理解的東西，最終都會向神祕主義靠攏。當然也會有人從神祕主義的角度給出種種解釋，只是這中間有多少可信度就得靠他們自己判斷了，從這一點來看，大眾的愚蠢從來都沒有改變過。

倉庫內冷得讓人直打哆嗦。說起來，這是約翰‧克盧格曼特意選定的位址，米蘭德研究所看準的地方，總歸不會太差。但是除此之外，他心中還有一番自己的算計，從環境和地理位置來看，這裡是一個適合勞動的好地方。這裡屬於溫帶海洋性氣候，適合一年四季的工作，當然，偶爾下雨的時候會很冷，比如此刻。

室外的風很大，約翰‧克盧格曼一貫視若珍寶的記帳本，此刻被風吹

得四處飄散，當然他本人已經永遠也沒有機會心疼了。他的屍體被扔在倉庫裡，血沿著隔板的縫隙滴滴答答了好一陣子，現在已經凝固成大塊大塊的糊狀。如果凱斯在這裡，根據他一貫的偵探經驗，或許可以判斷出約翰‧克盧格曼的遇害時間。

他不能想像的是另一件事。

從體型上看，約翰‧克盧格曼也算是個大個子了，但是有人能一隻手將他提起來，擰斷他的脖子，從常理上來說，這一點很難辦到。雖然黑市上有些黑心的商人，為了某種邪惡勾當，也會養一些打手，但是這些打手的拳頭至多不過用來對付三、五個在街頭偷偷摸摸的營養不良的混混而已。

「這個叫約翰‧克盧格曼的傢伙死得很快，兩百秒之內就已經去另一個世界了。」倉庫裡，有人用沙啞的聲音冷冷地說了一句。

「陰溝裡的老鼠，倒是便宜他了，總有人喜歡把這些光有蠻力、沒有頭腦的傢伙放出來丟人現眼，以為設定一個程式就能一了百了，這些蠢貨總是喜歡相信機器和程式，結果卻總是事與願違。」

他的話音剛落，旁邊便有個人格格地笑了起來，笑聲聽起來帶著一點神經質，但說話的人似乎卻習以為常。

「里茲，跟你說過多少次了，別這麼笑。」沙啞聲音裡帶著一點斥責的意味。

「你這種專門研究機器和程式的人，又怎麼會懂得電影的樂趣。」這個叫里茲的人回應著他，又不以為然地笑了幾聲。

「這種被上帝放棄的地方，早就應該由罪惡來統領……我說，坎貝爾和西蒙這幫混蛋，雖然屁股坐在不同的位置，但是卻都是一樣的低級。一個整天都是錢錢錢，活得像他媽的守財奴一樣，另一個就想著權力，還能不能有一點別的追求？這些人表面上打扮得像個貴族，但是內心卻比他媽的劊子手還要邪惡。不管是商界還是政界，都要學會表演。對的，他們每天都在表演，演得像是正義和社會責任擔當的化身，抹上頭油、穿上西裝，發表各種演講，展示著他們對這個世界的公德心，嘖嘖嘖……」

這個叫里茲的說完這番話，又銳利地笑了起來，他的笑聲中帶著一絲滑稽，似乎是在表演某種誇張的舞臺劇一般。

「我早就說過，你應該少看一些電影，生活不是藝術。」沙啞聲音對他

的誇張的笑聲越來越不滿。

「費里曼，你太嚴肅了，要知道，犯罪是一門藝術。」里茲終於停下了他誇張的笑聲，原來剛才他一直在折騰著那個已經被放倒的生化人。

「嘖嘖嘖……」里茲捏了捏那個生化人的鼻子，又撐開了他的眼皮，似乎是在進行某項科學研究活動一樣。

不知道費里曼用了什麼方法，反正這個生化人現在一動也不動。

里茲盯著生化人牙齒和眼眶裡那些厚厚的髒汙，如果生化人也有感覺，大概現在已經羞愧至死了。

「真不好玩，現在他又不會動了。」里茲惡作劇一般扯了扯生化人的眼皮，「做工太差了，我喜歡純機械的手感，這種合成品，總會令人感覺噁心。」里茲觀察了許久，終於得出了這個結論。

「純機械的行動起來沒有那麼俐落。」費里曼還是耐心地解釋了一句。

「鋼鐵人行動非常敏捷，黑豹也是，這些都是上個時代的電影，這種技術現在竟然都還沒有實現，噢！真的是人類的悲哀。」里茲感嘆了一句，「你知道我剛才模仿的是誰的笑聲嗎？」里茲眨了眨眼睛。

「不知道。」費里曼答得乾脆俐落，「這個生化人的技術已經算是先進了，他們應該給他打了不少腎上腺激素，不然的話，無法完成人體的機械移植。這個機器人已經算是排異比較小的了，還能保留一點殘存的意識，這樣才方便操縱。」

費里曼一邊耐心解釋，一邊蹲下身子，撿起了約翰‧克盧格曼扔在地上的帳本，帳本中記錄著約翰‧克盧格曼倉庫中貨物進進出出的詳細記錄。

「實在是太沒意思了，你連《蝙蝠俠》也沒有看過，我模仿的是小丑。」里茲撇著嘴，顯得有一點不高興。

「我一出生就被逼著學物理，後來又學機器製造和研究神經網路，我沒什麼時間看電影。你知道我的生活環境，我們得快一點找到『潘朵拉之盒』，時間來不及了。如果不是我熟悉米蘭德研究所的環境，我們不會這麼快就制伏這個生化人。我怕再晚一點，待會兒如果雨下得太大，我的信號遮蔽器會被淋濕，遮蔽不了這個生化人的信號，到時候他醒過來就麻煩了。」

「你是米蘭德研究所的合法繼承人，這片地方誰能比你更熟悉？」里茲總算說了一句不是電影也不是臺詞的正常語言。

「曾經是，現在米蘭德研究所不存在了，」費里曼的聲音有些黯然，「我父親在米蘭德研究所被收購之前，就已經透過董事會把我開除掉了。說真的，那時我不太理解他的決定，但是現在看來，不得不佩服他，他還是有些先見之明。」費里曼感嘆了一句，「我犯的錯誤其實不至於被開除。」

「我當然知道，我是和你一起走的。」里茲應了一聲，終於放開了那個生化人。

「他的眼睛是改造過的，剛才掃描過這片區域，我查看了裡面的紀錄，在我們來之前，他應該沒有找到『潘朵拉之盒』。」里茲終於說了一句正經話。

「嗯！存放神祕物品的是十號倉庫，我小時候是在這個半島上長大的，米蘭德公司被收購之前的記憶，我這個大腦裡應該還殘存著一些，只是現在不知道十號倉庫裡的東西，被這個投機取巧的胖混蛋扔到了什麼地方。」費里曼有些痛心疾首地感嘆。

「十號倉庫？不，你應該是記錯了。費里曼，在我的記憶裡，米蘭德研究所從來都沒有什麼十號倉庫。你知道的，我有超憶症，我的記憶從來都不會出錯。」里茲攤了攤手。

「那我們兩個人一定有一個人弄錯了。」費里曼有些迷惑地撓了撓頭，他倒不是懷疑里茲的記憶力，而是懷疑自己是不是弄錯了。

「不對！」費里曼突然像想起了什麼似的，「我小的時候，父親帶我來參觀米蘭德研究所的時候，曾經說過，米蘭德最珍貴的兩樣東西：一樣是我，另一樣東西鎖在十號倉庫裡。」

「這麼說來，米蘭德研究所曾經真的有個十號倉庫？」里茲的語氣裡充滿了疑問。

「如果米蘭德研究所被收購，是泰爾西-埃西普爾公司的一場陰謀的話，那我父親有所保留，也沒什麼好奇怪的了。」費里曼聳聳肩。

「我認為這是你對泰爾西公司不滿和對你父親期望值太高，才會生出的某種臆想——你要知道，雖然我很不願提這件事，但是我還是不得不說，是他做出了開除你的決定。」里茲的語氣裡充滿了遺憾。

與此同時，半島上烏雲翻滾，雨點毫無徵兆地落了下來。

「這該死的天氣。」里茲撇撇嘴。

兩人聽見大雨砸在倉庫活動板房上劈里啪啦的聲響。

「雨越來越大了。」費里曼憂心忡忡地說。

「莫斯特伯阿米克降臨之後，這個世界的天氣什麼時候正常過。」里茲不在意地撇撇嘴。

「不只天氣，什麼都沒有正常過。」里茲看見費里曼扭動自己的信號遮蔽器，將干擾功能開到最大，不以為意地說道，「你以為我們這些人，現在在這個世界還能存活就是正常的嗎？」他一邊說，一邊翻看著鑲嵌在這個生化人中樞神經中攜帶著的信號連接器。

「把探照燈拿過來一點，」里茲招呼著費里曼，「這個生化人的是靠這個中樞神經信號傳導器發出指令的。他眼睛裡鑲嵌的是一種高科技的微型掃描器，類似於隱形眼鏡的機制。但是我想，拆掉這個中樞神經傳導器應該就能解決問題了。」里茲撥了撥那個生化人的腦袋，指著他耳後的一個黑色小金屬圈肯定地說。

費里曼看著生化人在里茲的動作下，機械地轉過頭，在耳後果然有一個黑色的小金屬圈，大概只有尾戒大小。

「這些肉人都是在『真空』裡培養出來的，這種暗黑操作，只能培養出這些低智商的小混蛋，這些肉人從來沒有和人正常交流過，所以他們也不可能擁有真正的智力。西蒙他們那些混蛋，一直在從科技啟動的方向想辦法突破，這就是這些混蛋真正愚蠢的地方，其實他們最需要的是一個生物老師——因為他們只知道從科技水準上突破，卻完全無視人類的基本法則。」里茲終於檢查完畢這個生化人全身所有的構造，現在他已經確定，他算是基本上弄通了這個生化人的運作機制。

「把工具箱扔給我。」里茲招呼著費里曼。

費里曼將隨身帶著的工具箱扔給了里茲，里茲接過來，他決定將啟動生化人的信號拆卸下來。這個信號器自從出生時，就鑲嵌在這個生化人身上，幾乎已經和他們的血肉連成一體。洛曼日常發出的指令，都靠著這個中

樞神經傳導器傳導到這些生化人的神經末梢裡，每個生化人都會戴著這樣的微型神經傳導器，用來啟動他們感官，讓他們有超出常人的身體機能。

當然，那些因為承受不了的生化人，沒有人會把他們的生死當回事。里茲忽然想起那些黑市上流出的「牛肉」，也可能是肉人身上來的，又看了看眼前這個生化人，忍不住一陣反胃。

他從工具箱裡取出一把小刀，小心翼翼地切開肉人耳後的皮膚，肉人透明黏糊的血液一下子冒了出來。里茲擦掉那些黏稠的透明血液，一邊像個拆卸專家一樣，小心翼翼地在生化人身上作業，一邊想像著洛曼用食物發放機裡的那些紅色食物餵養這個生化人的場景。

費里曼專心致志地看著里茲的動作，外面呼嘯的冷雨令溫度驟降，兩人帶來的探照燈上，蒙上一層朦朧的霧氣。在對待這些事情上，費里曼相信，只要里茲手握他的拆卸工具面對這些東西時，他的雙手就變得靈巧無比。他對待眼前的這個生化人，也就會像對待情人一樣小心翼翼，在拆卸和組裝這些神經網路的硬體方面，里茲彷彿有著藝術家般的狂熱。

「好了，我的小夥伴……」里茲專心致志地用虛擬的鐳射針，慢慢撬著這個生化人中樞神經傳導器上連接著的每一根神經，並把已經取出來的那個部分分門別類地歸在一處——這樣的精細活兒萬萬不可使用蠻力，任何一個失誤都有可能毀掉這個生化人或者喚醒他，不管是哪一種結果，都是他們不希望看見的。

「真的是太棒了！你的這雙手實在是太巧了。」費里曼看著虛擬的鐳射鋼針交錯在一起，一根根連接著生化人中樞神經傳導器的奇觀，忍不住發出讚歎。雖然他認識里茲很久，也知道從米蘭德出來的人幾乎每個人都身懷絕技，但是每次親眼看到里茲實際展露手藝，還是忍不住會為他叫好。

里茲欣然說道：「你知道，科學的背後是藝術。唉！你真應該多看一點電影，雖然我是機器人學專家，但我可以肯定告訴你，機器人的思考是完全直接演繹自宇宙實存的一切，藝術也是一樣。如果你能把這些小夥伴看成情人，就會瞭解為什麼我會這麼細心地對待他們了。不過只是好好看待他們也沒有用，自從認識你父親之後，我就在演練這兩門藝術……」

兩人說話時，室外大雨如注，砸在板房上發出「砰砰」的聲響。海風將約翰‧克盧格曼安在倉庫門外的招牌吹得匡匡作響，似乎馬上就要掀翻

一樣。

　　「真懷念米蘭德研究所還在的日子，那時候這裡幾乎彙聚了所有頂級的專家，每個人都有自己擅長的領域……」里茲嘆了口氣，費里曼知道，里茲在某些方面還保持著孩童般的天真和熱情，他一向是個感性的人。

　　「這個生化人的中樞神經傳導器，每一根細線都和他的神經末梢連接——它們彼此融合得很好。看起來，這個生化人應該算是洛曼那個蠢材的得意之作了。」里茲一邊拆卸一邊向費里曼說道，「不過我還是維持我原來的看法，我喜歡純機械的手感，這種合成品讓我噁心，如果《鋼鐵人》裡的奈米技術能真正實現，那就什麼問題也沒有了。」

　　「真不敢相信這種話會從一個科學家的嘴巴裡說出來。」費里曼搖了搖頭，他對這那些不知多久以前的電影一向嗤之以鼻。

　　「兄弟，科學的前提是大膽的假設，你就是缺乏一點浪漫的細胞。」里茲打趣著費里曼，但是手上的動作卻沒有停。

　　「好吧！姑且認為你說得對，但是如果別人聽見這句話，會覺得你應該和維爾‧多莫為伍。」費里曼觀賞著里茲的每一個動作，眼神就像欣賞情人的胴體一樣溫柔，這個時候，不管費里曼說什麼，他都會認為他是對的。

　　「老實說，這個人身上有讓我欣賞的地方，但是不能排除從整體上看他是個混蛋的事實，自然給人類文明和科學的啟發，不是為了讓人去反抗和褻瀆他們的，維爾‧多莫正好是個不自量力的混蛋。」

　　「如果一切都是自然而然的行為，那你對莫斯特伯阿米克的降臨怎麼看呢？」費里曼遞給里茲一把鐳射起子。

　　「一切無差別的災難，都是對人類的天啟。愚蠢無知者總是想賦予某些自然現象　些情感或意義，但事實上這只不過是人類的一廂情願罷了，對於無法更改的自然現象，我們能做的只有接受。在原始時代，每個人事實上是自給自足的，他們靠鄰近的農業產品維生。除非因為水災、瘟疫或者收成不好，否則沒有什麼事情能對他們造成傷害。」

　　「後來人類生活圈逐漸擴大，科技也逐漸進步了，地方上的災害，便可以靠遠處另一個人類中心的援助而加以克服。不過他們也付出了代價，那就是擴大了互相依賴的範圍。」

　　「在中古時期，那些還沒有包藏在鋼穴之內的開放城市，包括最大的

城市在內，可以靠它們自己糧食店裡的存貨及各種緊急存糧維持至少一個星期。當紐約剛成為城市時，它可以依賴本身的糧食維持一天，但現在，它連一個小時也維持不了。假如有某種災禍發生，當它發生在一萬年前時，只會叫人覺得不舒服，發生在一千年前會讓人覺得事態嚴重，發生在一百年前會令人感到痛苦，發生在今天則會叫人沒命。」

「但是現在你也看見了，我們還是活蹦亂跳的，因為我們領取著食物發放機裡的東西，吃著那些紅色的麵包，喝著沒什麼味道只能解渴的啤酒，這些才是真正的神跡。」

「也流著這種黏糊糊的透明血液。」費里曼不失時機地接了一句。

「沒辦法，除非有一天我們弄懂了這個新世界的機制，當然，我們原來也沒有弄清楚過，連『神諭』之謎都還沒有解開呢！」里茲略帶譏誚地說著。

費里曼看著他像最細心的腦科醫師一樣，將附著在信號器上被鐳射照射著的、縱橫交錯的不同神經元纏繞在一起，慢慢地將那黑色的中樞神經信號傳導器從生化人耳後取了出來。

「把裝著洗滌溶液的盒子拿過來，對！就放在這裡，小心一點。」里茲用鑷子將這個神經元信號感測器夾起來，上面還帶著黏稠的糊狀血液，他將帶著生化人血跡的信號感測器扔到了盒子裡，盒子裡頓時傳來一陣「呲呲」的溶解聲。

「一想到自己和這個噁心的傢伙流著同樣顏色的血，我就想把吃下去的晚飯吐出來，我敢說，自從這個傢伙出生後從來沒有洗過澡、刷過牙。」里茲強忍著噁心感，撐開了生化人的眼皮，又將裝有微型掃描器的隱形眼鏡取了出來。

「好吧！這個傢伙基本上已經沒什麼用了。」里茲摘下手套，將所有的東西歸位。

「讓這個傢伙自生自滅，也好過讓他回到洛曼的黑工廠。」里茲用容器取了一點雨水，就著雨水洗了一下手，「那些獵奇的新聞，總是管我叫『生化人獵手』，我可不這麼認為。」

里茲一邊甩手一邊看著費里曼說：「我明明是個網路系統維修專家。」

▌Chapter 035

在凱斯唸出那段關於群島描述的同時，米雪兒卻盯著座標上的那串數字，她把這串數字連起來唸的時候，覺得有些耳熟。

「211306……」她輕聲在心裡默念。讓她驚奇的是，在她默念出聲的時候，大腦之中似乎出現了另外一個聲音，這個聲音幫她補全了其他數字。和往常一樣，她已經習慣了，她知道這是她消失的記憶中的一部分。

「我和里茲已經拿到了一些考察資料，這個不知名的群島與馬普爾一樣，也藏有『神諭』金屬。但是這些發現，令維爾・多莫變得像魔鬼撒旦一樣瘋狂，他已經偏離了科學研究的初衷，現在他期待找到的不僅僅是『神諭』碎片，還有研究這些碎片效應後，如何打破自然規律。當然，他還萌發了要利用打破自然規律的手段，來操控這個世界的瘋狂念頭……。我和里茲一致認為，維爾・多莫的這些想法，比史書上記載的蓋世太保還要瘋狂，好在當初『德尤斯Ａ區』建設的時候，我們已經保留了一些暗道，雖然我們並不清楚為什麼要這樣做，但是我們相信總有一天會派上用場。」

凱斯默念著這段文字，但是他現在來不及搜索這篇日記中提到的某些資訊，因為這臺舊電腦已經對他發出了低電量的警告提醒。

凱斯滾動滑鼠，飛快地往下拉去，他想要在電量消耗完畢之前，找到那些和密碼相關的文字記載，但是顯然電腦的電池存量比他想像中要差得多。隨著凱斯的動作，電腦螢幕的光亮慢慢暗了下去，只見螢幕閃動了幾下，凱斯聽見電腦主機內的聲音戛然而止，四周重新陷入一片死寂之中。

凱斯看了米雪兒一眼，低聲道：「沒電了。」他闔上了電腦螢幕。

突然有一陣細微而孤獨的震動聲自遠而近，達到小小的高峰，然後逐漸消失。那是「德尤斯Ａ區」開工的聲音，泰爾西-埃西普爾的祕密生產基地現在已經啟動了。

「也就是說，剛看到關鍵的地方就沒有電了。」凱斯默默地把電腦收起來，重新裝進格爾的包裡，這個電腦裡面所傳達的資訊遠遠超出他們的想像，看樣子，米雪兒遇到的問題遠不如他們想得那麼簡單。

「凱斯，這裡面是不是提到過『暗道』？」米雪兒突然插了一句。

「是的。」凱斯點了點頭，他神情疲倦的時候一向不喜歡說太多話，但是他想米雪兒應該不會介意。

他們根據外面濛濛的天色，無法判斷出現在的時間，但是應該不會早於七點，三個人都有些神色疲倦。

凱斯想要從大衣的口袋裡掏出一根電子煙來抽，但是摸口袋時才發現，自己的電子煙已經抽完了，凱斯只能抽出手。格爾似乎看出了凱斯的意圖，竟然從自己的背包中拿出了一根電子煙，遞到凱斯手中。

「這些都是溫泉旅館的客人落下的，我都收在我的包包裡。」格爾整理著自己的背包，「雖然不知道有什麼用，但是好在我一向喜歡收拾。」

「謝謝，現在不用了。」凱斯回絕了格爾的好意，他懷疑這些電子煙是格爾從客人那裡偷來的。

「暗道」這個詞，似乎啟動了米雪兒腦袋之中的某些記憶碎片，米雪兒站在原地蹙著眉頭苦苦思索，但是現在凱斯和格爾似乎已經習慣她這種狀態了。

「一會兒『德尤斯 A 區』的所有警衛組織啟動後，我們就沒辦法進去了，要想辦法打開這扇門。」米雪兒有一點難受，她感覺自己腦海中關於泰爾西 - 埃西普爾這座古老莊園和祕密工廠裡的東西，就像一個被封口的盒子一樣，只是這個罐子現在破了一個缺口，裡面的東西會時不時地抖摟出來，而這個盒子最核心的部分，自己卻始終窺探不到。

她相信這個核心領域裡有深層的祕密，就像一層薄紗馬上要被揭開前一樣，既有一種委屈的難受，又有一種隱祕的期待，這種感覺令她十分煩躁。

電腦的螢幕熄滅，讓米雪兒的腦中突然岔出一個念頭，她已經把那串數字在心中默念出來了。

「我們得想辦法進去。」凱斯望著那扇緊閉的大門。那對金翅膀的守門員黑漆漆不動，儘管這裡已經被廢棄了，但是在這種沒有微生物的環境中，金翅膀的守門員一點生鏽和殘破的跡象都沒有，凱斯凝視著他們挺直而有稜角的臉上，那大大的、深色的眼睛。

米雪兒走上前來，對凱斯說：「或許我可以試試這個密碼。」

凱斯知道她又想起了什麼，她一向不是那種矯情的人，相較於別的女人來說，米雪兒有種當機立斷的氣魄。

「對！凱斯，不管結果怎樣，讓我試試。」米雪兒猶豫了片刻之後，語氣變得篤定了一些。

「或許也會拉響警報。」凱斯看她凝重的表情，攤了攤手。

「但願不會。」

米雪兒走到門禁處，看了一眼紫銅色的鏈條式護身符，又看了一眼左右兩扇門上兩個男人的頭頂上那一輪圓圓的、玫瑰色的太陽，太陽所灑下的金色光像一些扭動的蛇，這是古老神話的隱喻，這樣的裝飾令她感覺到多莫內心的混亂。

他在身分上是個科學家，但是在內心深處卻期待神啟。或者，他認為只有他自己才是真正得了神啟的那個人，否則為何只有他找到了「神諭」呢？大概正是因為如此，多莫才會呈現出這樣的狂熱姿態。

米雪兒仔細觀察著在那個一扇門一半的太陽浮雕，這個太陽浮雕的金色陽光連接處，有一個凸起的古銅色環蓋。

米雪兒撥動了浮雕的手指，這個古銅色的環蓋自動彈到兩邊，露出了裡面的密碼器。

「211306……」米雪兒一邊默念，一邊輸入了自己心中想像的那串數字。

「德尤斯 A 區」的作業已經啟動，在米雪兒輸入這串數字的時候，凱斯突然想起了自己看到過的一個關於「暗道」的故事。

這故事與洛杉磯某處的車道有關，以一樁謀殺案開始，謀殺案的凶手欲逃往事先安排好的藏匿處，地點就在一條車道的某個角落。凶手奔跑於車道中，踏過百年來從未受到騷擾的積塵，只要找到那個廢棄的洞，他就可以百分之百安全地躲著，等待搜索行動結束。

但是他轉錯了方向，在這些淒涼、彎曲的通道裡，他發了一個褻瀆神明的瘋狂誓言。他說，就算沒有上帝和眾聖徒的保佑，他也能找到他的避難所。從這個時候開始，他不管怎麼轉都轉錯方向。從一個街區附近，轉到另一個街區附近，從菲格羅亞轉到日落大道，再從日落大道轉回菲格羅亞，他就在這些地區間的無盡迷宮中轉來轉去，他不眠不休地從這一頭鑽到那一頭。

他的衣服碎成一片片，鞋子裂成一條條，他已經筋疲力盡，只剩最後一

點力氣。他非常非常疲憊，但卻不能停下來。他繼續地走，不停地走，前面什麼都沒有，只有一個又一個錯誤的轉彎處。

偶爾，他也能聽有車聲經過，他想要呼叫，但總是在下一條車道。無論他跑得有多快（他這時已經很樂意自動投案了），追過去時卻永遠只是面對另一條空空如也的大街和一個空曠的車道。偶爾，他看見前面遠處有個出口，一個通向生命與呼吸的出口，但等他走過去時，它卻又在更遠的遠方微微發光。他再度向它走去，但一個轉彎它又消失了。

執行公務的警員駕車通過地下車道時，偶爾會看見一個模糊的人影，靜悄悄地一跛一跛地向他們走來。它舉起一隻半透明的手臂做哀求狀，它張嘴嚅動，但卻沒有聲音。等它接近時，它會搖搖晃晃跌倒，然後消失。

如今，這故事已經從普通的小說變成了民間傳說，「迷途的殺人凶手」已成為凱斯這種私家偵探們所熟悉的一句成語了，他們總是用它來恫嚇那些想要逃走的罪犯，告訴他們在法律之外還有上帝的窺視。

就在米雪兒鄭重地按下那幾個數字之後，那扇裝飾滿浮雕的門卻沒有絲毫動靜。就在一絲莫名的絕望感爬上米雪兒心頭的時候，那扇門咯咯作響，緩緩地向兩側拉開了。隨著這扇門的開啟，山谷之中聯通幾個人所處的玻璃房子裡，所有的燈光都熄滅了，三個人陷入了一片漆黑之中。

緩慢的幾分鐘之後，這個門拉開了一道寬闊的縫隙，在這條縫隙之間，有一個圓形的空洞，洞裡黑漆漆的，不知道通向何處。

在大門打開的一瞬間，米雪兒回憶起彷彿在很久以前，也看到有人關掉了整個區域的防控設備。這個莊園已經存在數百年了，比泰爾西-埃西普爾公司創辦的歷史還要更久一些。

在這段期間，這裡存在過各式各樣的人，彷彿一個龐然大物被掛上了各式掛件，到後來這些掛件都變成了這個龐然大物的一部分，而頭部的東西已經無暇顧忌這個東西的所有部分了。

當然，這個莊園後來也被擴建過數次，不知道是不是還有人曉得多莫莊園生產區域裡這些彎來彎去的「暗道」，更不知道這些暗道是否還是當初米蘭德研究員認識的樣子。

▌ Chapter 036

　　黑漆漆的洞口暴露在凱斯面前時，他彷彿聞到了一股潮濕發霉的味道。老實說，他也不知道發霉的味道到底應該是什麼樣子，自從莫斯特伯阿米克降臨之後，這種自然現象已經從他們所處的世界消失了。

　　他從網路上看到的資訊裡說，科學家們透過檢測發現，這個世界連微生物都消失了，所以沒人知道發霉的味道到底是什麼。也可能就是因為和人類共存的微生物都消失了，於是人類只能吃那些死神給的食物發放機裡的東西活命，血液才變成了黏稠的鼻涕狀液體。

　　凱斯心想，不管怎麼說，他們也活下來了，現在他還站在多莫莊園的地下通道門口，這裡曾經也有人尋歡作樂，所以被命名為「伊甸園」。但是現在只剩下一條惡臭的暗道，和一些偽造的精緻植物，在「伊甸園」裡永生的人都已經死去了。

　　凱斯聞著通道裡令人作嘔的氣味，記起了他爺爺曾經在日記裡描述過自己從一個發霉潮濕的地下管道裡抓住某個小偷的情景。他對那種噁心的味道進行了詳細的描述，以至於令凱斯差不多忘記了他關於抓小偷的那一段，唯獨對這段關於腥臭發霉的味道描寫印象深刻。

　　暗道壁上附著的凝膠做的保溫層，已經脫落了不少，整塊碎屑掉落在通道的底部。凱斯撿起其中一小塊仔細瞧了瞧，這種凝膠的品質非常好，捏在手中仍然能感覺出一點殘存的彈性。

　　通道的底部是焊接的鐵架子，上面鋪著一些減震用的地板，地板應該也是用特殊材料製成的，看起來並沒有朽壞，只不過有些陳舊。莫斯特伯阿米克時代的東西應該很難自然風化，看樣子這些暗道應該是久遠的產物。

　　此刻通道裡空蕩蕩的，「德尤斯 A 區」的噪音穿梭在巨大巷道中，形成了一種「嗡嗡」的回聲，反而更加襯托出這條管道的空曠來。整個「德尤斯 A 區」正在管道的斜上方靜靜伏臥著，在馬普爾某個陰暗的、不為人注意的角落，這裡面的每一個零件、每一個螺絲帽都即將被喚醒。

　　米雪兒率先走了進去，她比其他兩個人都迫切地想要找到關於整件事的答案。尤其是她這種時不時就會冒出來的記憶碎片，她需要將它們拼湊完

整，需要找到一個合理的解答。

　　格爾自覺地背上了背包，這裡面裝著許多東西，有很多都是他以前偷偷儲存的，他可不想在這裡丟掉。當然，更重要的是米蘭德研究員的電腦，這裡面儲存了太多重要的資訊了。

　　凱斯跟在米雪兒身後走進了暗道，在暗道焊接架下面，漚著一汪汪的黑水，陣陣臭氣從黑水中散發出來。

　　「注意！把門關上。」凱斯看了一眼洞開的大門，多說了一句，「不要讓別人發現我們已經進來了，暫且把這扇門恢復成原狀。」

　　米雪兒點了點頭，伸手按下了內室裡的一個開關，只聽見和開門聲一樣，一陣咯咯作響的聲音後，這扇價值不菲的大門又緩緩合上了。

　　凱斯退了一步，又確定了一次，這扇大門的裡面材質的確和凱斯想的一樣，是金屬製成的。

　　眾人站在黑暗中，一陣惡臭的氣味撲鼻而來，凱斯難以形容這是一種什麼樣的氣味。如果按照米蘭德研究員的年齡來看，這個通道應該是在莫斯特伯阿米克降臨之前建成的，那時候還有一些動植物存活，或許這些東西和凱斯他們一樣，不小心闖入此地，有的就死在這條暗道之中，變成了一堆腐爛物。

　　凱斯可以想到在維爾‧多莫莊園核心區的辦公別墅有多麼富麗堂皇，但即便是這麼豪華的辦公區域，它的陰暗面仍然會有暗道這樣的區域存在，不得不說，這真是一種諷刺。

　　「僕人眼中無偉人。」凱斯想到了這句古老的諺語。一想到像維爾‧多莫這樣的大人物，也需要和普通人一樣吃喝拉撒，凱斯就覺得他沒有多麼可怕了。在他剛進入私人偵探這個行當的時候，每當凱斯需要和一些危險分子打交道時，他就會這樣給自己打氣。

　　三個人亦步亦趨地在暗道之中前行，好在這條通道足夠寬敞，以前應該是用作運輸通道的，所以他們只要一直往前走就行。

　　「有沒有關於『德尤斯A區』的記憶？」凱斯打破了三個人在黑暗之中的沉默，他覺得這種時候自己有必要說幾句話，否則這條該死的暗道簡直就像是無邊無際一樣。如果不說一點什麼，他懷疑他們得像那個洛杉磯幽靈一樣，在這裡轉到老死。

當然，他心裡清楚地明白這不過是個傳說，現實中不會有這麼離奇的事情——如果真的有某種神祕力量存在，或者說上帝真的能窺視到人間的善惡，首先應該擔心的不是凱斯。在他的定義裡，他不過是生活在城市鋼筋水泥瓦之間的某種夜行性動物，而西蒙和坎貝爾甚至包括洛維爾那樣的人，才是十足的惡棍和真正意義上的混蛋。

　　在凱斯生活的那座城市，最富裕的區域有自然日光室。那些富翁們在莫斯特伯阿米克降臨之後，確定了永遠陷入黑暗的大地和有著強光直射的天空再也不會改變之後，就開始自己合成陽光。

　　這種來自本能的需求，並沒有維爾‧多莫合成植物和糧食的實驗那麼難，這種日光浴室使用石英隔板，隔板上設有活動的金屬裝置將空氣隔絕，虛擬合成的自然陽光和相近的溫度進來。紐約市政府首長和高級官員的太太女兒們，可以在那兒把皮膚曬得黑黝黝的，據說每天晚上，那兒都會發生一件稀奇的事情——會有「黑夜」。

　　除了那裡，城市的其他部分則根本沒有白晝或黑夜的分別，甚至大眾人造日光室也一樣。是的，凱斯生活的地方也有大眾人造日光室，這種便宜的人造日光室沒有那麼精細的技術，只是使用廉價的人工紫外線，數以百萬計的人按照嚴格排定的時段，偶爾可以進去照一照。

　　只要他們願意，城市裡的各個機關大可輕易地以每天三班、每班八小時，或每天四班、每班六小時的方式持續營業，反正做「日班」或「夜班」都一樣，照明無休無止，工作持續不斷。

　　差不多每隔一段時間，市政改革者便會以促進經濟效益為由而提出更多建議，為了所謂的經濟效益，社會上已經放棄許多早期的生活習慣，包括個人隱私，還有更多各種以前的人們才能享用的自由活動。凱斯覺得對自己而言，最好的就是自從食物發放機安插在市中心之後，他不需要考慮每天吃什麼，只需要賺到足夠的費用，將那些食物換回來就行。

　　這種日復一日的單調生活，當然也並不是完全沒有後遺症的，最直接的結果，就是這樣的生存狀態使得無聊賦閒的人大大增加，人們完全喪失了對任何事情的期待，只好依靠各種非法行為來刺激人生，導致 free-center 在某個時段內的犯罪率大幅度激增。

　　他在服役的時候，曾因為精神緊張很難入睡，從事這個工作之後，他的

睡眠品質變得更差了。以前喜歡過夜生活的那些人在不分白天黑夜之後，反而不習慣了，因為夜間入眠這種習慣跟人類的存在一樣——晚上睡覺這習慣已經延續了上百萬年，是很不容易改變的。

即使看不見夜晚，但公寓的照明到了晚上會變暗，整個城市的脈搏也慢了下來。在封閉的城市裡，雖然無法根據自然天象的變化來判斷日夜，但人類卻仍能依照時間之手默默無聲的指揮，遵循晝起夜眠的習慣。

「匡！」的一聲，不知道格爾踢到了一個什麼東西，發出了一聲脆響。

「小心一點，萬一被上面那些人聽到，可不就是揍你一頓這麼簡單了。」凱斯提醒著格爾，老實說，格爾雖然不是什麼好人，但也罪不至死。

三個人又向走了長長的一段路。好在通道裡並沒有其他雜物，總體而言他們的暗道旅行還算順利。雖然這條暗道有一點長，起初還有從縫隙之中透出來的一些微光，拐了幾次之後，暗道越來越暗，幾乎快要看不清腳下的路了。即便如此，凱斯也捨不得把手機拿出來照明，米蘭德研究員的電腦電量已經耗盡，如果他手機的電也耗盡，他連找人求助的工具也沒有了。

「不介意的話，我想點個燈……」黑暗之中，格爾哆哆嗦嗦地說了一句。

「開吧！」凱斯有一點意外。

一束微弱的亮光從格爾手上傳了過來，凱斯看見格爾正在扣好他背包上的扣子，這是一個手電筒，而且是老式的，就像一個世紀之前人們常常使用的那種探照手電筒的樣式。現在就連米雪兒也確定了，格爾不過是個想發一點小財的小嘍囉——正常想做壞事的亡命之徒，不會像他那樣背著這些亂七八糟的東西。

不過幸好他亮出了這支手電筒，不然的話，米雪兒馬上就要撞到門板了。在格爾的燈光中，凱斯能清晰地看見米雪兒離那鋼鐵製成門板至多還有兩釐米的距離。根據那扇門板的造型，凱斯推測這是一扇電梯門。

米雪兒用手擦了擦電梯門旁邊的電子密碼器，無奈地攤攤手，對凱斯和格爾說道：「又需要該死的密碼，維爾·多莫真是一個十足的老混蛋，這些噁心人的設計，一定是他想出來的。」

「我來試試，有時候簡單粗暴的方法，比任何的東西都管用。」凱斯聽到裡面機器的轟鳴聲，知道他們已經沒有多餘的時間在這裡磨蹭了。

他退後了一步，從口袋裡掏出了米雪兒給他的那把槍，如果他沒有記錯，這把槍裡應該還有三顆子彈，假如必須要在這裡浪費掉一顆的話，也只好這樣了。凱斯瞄準了那個電子鎖孔，扣動了扳機，子彈呼嘯著從槍口射了出去，正好擊中了鎖孔的電子密碼器。

「砰！」的一聲，隨著一股強大的氣流衝擊，那扇厚厚的金屬門從內向外彈開了。

「也許應該早一點用這個方法。」凱斯聳了聳肩。或許吧！這聲爆炸聲也許會驚動什麼人，但是眼前凱斯也顧不了許多了，他們進行的是一項前途未卜的行動，有時候必須得冒一點險才行。

「目標在哪裡？」凱斯問米雪兒，他們的時間不多，必須依賴米雪兒那種斷斷續續的記憶。

「如果必須要靠直覺的話，我選那個演講廳。」米雪兒冷靜地思考了一下，給出了答案，「維爾・多莫是個老惡棍，他相信自己是天選者，他所有的成果都必須在眾人矚目下才會發布。如果他真的死了，我相信他也是一樣，還認為自己是世界的核心——他需要占有所有的東西才會有安全感。凱斯，或許他把『神諭』帶進了自己的墳墓也說不定。」

不得不說，在「識別惡棍」的這項天賦上，女人比男人的嗅覺敏銳。男人很容易寬容同類中不好的部分，只要這個人夠義氣就行。叛逆的人無論有什麼人格缺失，對渴望冒險的人卻總是充滿魅力，更何況這個人還善於在公眾面前洗白自己的形象，把自己的狂熱和偏執塑造成一個天才應有的樣子。

三個人合力推開了那扇電梯門，這是一個滑輪電梯，從上面垂吊下來長長的纜繩，就可以判斷出來。但是電梯很舊了，看得出來這裡已經很久沒有人來過，如果不是看了米蘭德研究員的筆記，他們也不會知道這條近路。

「從這裡爬上去，應該就是『德尤斯 A 區』的邊緣，那個演講廳在多莫莊園的正中心，我們要繞過『德尤斯 A 區』的重重防衛才行。」

「我……有一點想回家，我想，我恐怕不能……爬這麼高……」格爾猶豫著望著幾乎三層多高的距離，哆哆嗦嗦地吐出了幾個字。

「你現在想回家也來不及了，沿途返回也沒有用了，山谷是封閉式的，只能進不能出，你是知道的。」格爾煞白的臉色令凱斯有一點不忍心再諷刺他了，他親手抓住過很多惡棍，但是他始終堅持一點，自己沒有權力決定任何人的生死。

這是神明的工作，一個人該受到懲罰的時候，無論如何也躲不過。很難想像一個像他這樣職業的人，會相信命運的安排，但是自從凱斯從戰場上倖存下來的時候，他就已經篤定了這一點。

米雪兒把棉布裙子上的一塊碎布條撕下來纏繞在手上，形成了一個簡易的手套。她又檢查了一下自己腿傷的繃帶，已經準備順著這個電梯爬上去。大概要爬三層樓的話，需要用許多力氣。

「『德尤斯A區』有一個發電廠，我們可以偷偷溜進去，然後你們掩護我把電源切斷。整個區域電源重新恢復需要五分鐘的時間，這個時間段足夠我們從『德尤斯A區』穿越過去了。」米雪兒簡短地說。

「這些也是你的記憶？」格爾追問了一句，他現在需要靠說話來轉移自己的注意力。剛才他向來路張望了一眼，確定在來路和爬電梯纜線之間，他更願意爬電梯纜線之後，他還是學著米雪兒的樣子，也做了一副簡易的手套。

「這是米蘭德研究員在電腦裡留下的資訊。」米雪兒答道。她腦海裡的確殘存一些關掉電閘又重新啟動的記憶……，她記不清到底是誰做了這件事，接近「神諭」所在的地方，或許能將這些東西全部啟動，屆時可能會有更多關於她自己的資訊，或許能從其中推斷出殺害馬克沁他們的凶手。

凱斯知道，她現在表現出來越淡定，內心就越緊張，他也有過這種感受，只是男人對此都羞於啟齒，不像女人們那樣，會直接在臉上展示出來。

三個人順著電梯的纜線爬了上去，中途格爾的背包差一點掉下去，幸好凱斯堅持讓自己殿後給接住了。發電廠在「德尤斯A區」的周邊，凱斯聽見了電機運轉時發出來的「嗡嗡」的聲響。發電廠對他而言並不陌生，但許多電機並排運作的場景，仍然令人歎為觀止。

凱斯的父親曾在類似的發電廠擔任要職，他對發電廠的各種設備和模樣

印象深刻，想當初，父親強烈希望凱斯能像自己一樣，成為一名電機維修工人。當然，凱斯的性格有一點不合適，比起機器，他更願意和人打交道。

越接近「德尤斯Ａ區」時，這種「嗡嗡」的聲響就越大，這聲音令格爾雙腿發顫，如果不是懼怕凱斯，他簡直就要跪倒在地上了。現在他哭喪著一張臉，勉強拖著雙腿，跟在凱斯和米雪兒身後。隱在中央護牆裡的巨型發電機嚎嚎作響，巨響迴蕩在四周，空氣裡隱約有股刺鼻的臭氧味，限制區前的警告紅線，帶著嚴肅而沉默的威脅意味，禁止任何未穿防護服的人越過。

泰爾西-埃西普爾科技公司的發電廠某處，每天要消耗四百五十公克的核原料。所謂的「熱灰」放射性分裂產物，借由空氣壓力經鉛管被送到十六公里外的海洋，埋進海面下九百公尺深的洞穴裡。

「離那些紅線遠一點！」米雪兒鄭重警告著呆頭呆腦向前挪動的格爾。

「這些紅線有放射性。」凱斯看了一眼，接著米雪兒的話道。

「對！」米雪兒有一點欣慰凱斯的敏銳，如果她知道凱斯在上戰場時受到過什麼樣的培訓，或許就不會這麼詫異了。

「伽馬射線會在不知不覺中對人體造成絕大的傷害，所以，這個發電廠每天到定點的時間才會有人過來，而且他們會穿著厚厚的防護服。」

「但是我們現在必須有一個人穿越這些紅色射線，跑到電機啟動室裡將電機關掉。」凱斯望著這些紅色射線，心中盤算著自己用幾秒的時間可以到達那些嗡嗡作響的機器前面。

「從這個方向跑過去，應該要不了太久，把槍給我，凱斯。」米雪兒看出來凱斯的疑慮：「從我們站的這個地方穿過去，大概有一百五十公尺的距離，我可以快速跑過去，萬一大門緊閉的話，我也會用你剛才的方法把門打開。」米雪兒盡量讓自己的語氣聽起來輕鬆一些。

「我腦袋裡，有關於切斷電閘的部分記憶，凱斯，所以我是最合適的人選，我比你們更知道那東西在什麼地方。」米雪兒篤定地說著，她在腦海裡努力回憶著那個當初切斷點的場景。

陡然間，她忽然能記起這個場景了，當初也是在工廠的某個實驗室裡，一隊穿著泰爾西工作服的人被趕緊了一個研究室裡，然後厚厚的閘門被無情地拉了下來。那個聲音對她說：「現在，我要切斷這裡的電閘了……這些人是為科學獻身的人，我要記錄他們在放射性金屬下面存活的時間，以便篩選

出最有潛力的那個。」

米雪兒從記憶深處往下看了一眼，那裡似乎安裝著某些特殊的透明材料，跟剛才在山谷裡看到的如出一轍，透過這些透明的材料，室內的場景一覽無遺，但是裡面的人卻看不見他們。他們此時還不知道自己未來的命運，在這個由特殊材料構建的琉璃世界裡，自顧自地生活著。

「這是第三批了，前面兩批的人都死光了……，米雪兒你知道嗎？我其實也覺得這種方式太過簡單粗暴了。我應該讓他們每天被輻射一點，然後再一點一點加大劑量。那些僥倖不死的人，我甚至可以讓他們和另外的人結婚，如果他們有那個福氣能生一個小孩的話，我保證那個孩子會收到最高級的禮遇……，來，加大能量！」

米雪兒的腦袋裡又出現了那個聲音。

她被自己腦海深處的這個聲音嚇了一跳，她望著那個被分隔的世界，知道有人在操縱這些門牆的開關。她隱隱約約感覺到身後有一雙手將自己推了一把，欄頂上的玻璃突然向左右兩邊分開，彷彿自己正墜入核能電廠的分裂槽中。她往下墜落、墜落……，她向他伸出手，尖叫著，但他只能僵立在一條深紅色的線外，眼睜睜地看著她墜落的身軀在扭曲打轉，越來越小，最後變成一個點。

「關掉電閘，今天的輻射訓練到此為止。」隨著一聲閘刀被扳下來的哢嚓聲，米雪兒聽見記憶裡那嗡嗡響的機器，像一頭臣服的獸類一般安靜下來，她自己卻被嚇得一頭冷汗。

「中途這個射線會被關掉一會兒。」米雪兒從自己的記憶中篩選出這個關鍵資訊，「我們可以等待，凱斯，這個輻射區域裡有一種特殊的透明材料做的房間，將這些人關在裡面。但是這些射線不是一天到晚照射的，等他們關掉射線的時候，我可以混在人群裡跑到電廠的控制室裡拉掉電閘。你們先走，然後我們等一會兒在演講廳裡集合。」

「你確定要留下來斷後？」凱斯有一點憂心，但是語氣還是維持一貫的淡然。

「一個人總比三個人的目標小一點。」米雪兒像是在給自己打氣。

凱斯有一點明白自己為什麼會相信她，相信一個陌生女人了，正是因為她那英雄主義的堅定的眼神，凱斯心想。

「先找找看，我想，我們應該換上『德尤斯 A 區』這些工人的衣服，這樣看起來不那麼顯眼。」

「這個主意聽起來不錯，但是我們得先知道到更衣室在哪裡。」就在兩人說話的當下，「德尤斯 A 區」的大門已經轟然打開，一群穿著防護服的人魚貫而入。

凱斯看見他們全身都包裹著一層厚厚的防護服，衣服的背後燙上了數位編碼。在看見人群的一瞬間，凱斯已經和米雪兒躲在一臺機器的暗影裡，千鈞一髮的時刻，米雪兒將杵在原地呆站著的格爾也拉了進來。

凱斯與米雪兒對視了一眼，兩人都讀懂了對方眼中的意思，這樣的防護服很利於他們掩藏。

一陣咯咯作響後，從地面升起了無數特殊透明材料組成的房間，這些房間又長又窄，看樣子只能容得下一兩個人。透過那些透明材料，凱斯看見房間裡有一個半躺的椅子，工作的時候是他們的座椅，一旦累了，這些椅子也可以延展出來，供這些工人們躺下來休息。

地面的水磨石被擦得纖塵不染，又用吸塵器吸了一遍，這裡應該是無塵室。室內的播報器反覆播放著工作中的注意事項，警告的意味溢於言表。凱斯與米雪兒交換了一個眼神，在那些細長的透明工作間打開的一瞬間，他們兩個人已各自鑽進了其中的一個房間。

格爾呆呆地杵在原地，看著兩個人的動作不知所措，他也想要學著凱斯他們的樣子，但是卻遲了一步，現在想要退回機器的陰影裡也不能了。

「德尤斯 A 區」裡的巡視人員迅速開著巡邏車過來，將格爾抓了起來，並繳獲了格爾的背包。

凱斯透過房門看到了這一切，但是眼前他也顧不得格爾了，他和米雪兒都是知道輕重緩急的人。一般來說，正常人都不會相信格爾能靠自己潛入「德尤斯 A 區」，只要格爾沒有供出他的同黨，對他們而言就還有存活的機會。

凱斯迅速掃了一眼這個透明房間的操作臺，操作臺上的指示針上方，顯

示凱斯所在的區域是第二區ＣＧ部門，凱斯不知道這在工廠的術語中代表什麼意義，他也不需要知道。這個指示臺看起來像個精密複雜的儀錶，凱斯嘗試撥弄了幾下，發現當指標前端對準所設定的方向時，它會熱起來，移開方向則很快就會冷卻。

只不過在發熱的時候，這個透明房子會變得更加透明，幾乎只剩下了薄薄的一層，而當指向冷卻方向的時候，這個房子的牆面厚度會增加。有一個標語凱斯還是認識的，這是設定操作區域不可見的意思，凱斯迅速按下了這個按鈕，就在他進行這項工作的時候，原本屬於這個房間的「德尤斯Ａ區」工人卻突然闖了進來，看見凱斯的瞬間，他籠罩在護目鏡下的眼神閃過一絲驚詫，但是不到兩秒鐘就被凱斯放倒了。

凱斯迅速將他的衣服除下來，套在自己的外套上，又戴上了護目鏡。防護服下的人，是個臉色蒼白的金髮男人，凱斯把他藏在操作臺背後。他不確定這個房間裡是否有鏡頭監視著自己的一舉一動，但是他可以確定像泰爾西這樣的黑工廠，不會讓他的工人過得太舒服。

儘管凱斯現在還找不到鏡頭，但是他堅信他們一定有什麼方式在控制著這些工人，現在格爾製造出來的這種騷亂，是凱斯最好的掩護，他又從那座透明狹長的房間中跑了出來。

廠區內有人拉響了一段尖銳的哨聲，召集眾工人向核心區聚攏。

他假裝像其他人一樣往格爾的方向跑去，站定之後，凱斯注意到有人回頭看了一眼，他幾乎憑藉本能就能確定那是米雪兒，米雪兒比他想像得要伶俐，身手也不錯。凱斯一邊想，一邊將手插進了防護服的口袋裡，他的指尖摸到了一樣硬邦邦的東西，應該是他們進入工廠時的標牌。

十分鐘後，所有的人都聚集到了前廳，有幾個人站在前廳的高臺上，幾名身材強壯的保全將格爾押到臺上。

看得出來，格爾已經嚇得快要尿褲子了，但是他還是強撐著不讓自己暈倒。那臺裝在格爾包包裡的舊電腦被這些人查獲了，有人在專門破譯這臺電腦裡的密碼，應該用不了太久，他們就能看見這臺電腦裡的所有資訊。凱斯有一點後悔，自己剛才應該把這臺電腦裡有用的東西都刪除掉才對。

「現在你有十分鐘的時間可以指認你的同夥，十分鐘之後，我不敢保證你身上的哪些部位還是完整的。」站在臺上的那個人蓄著長髮，眼神看起來

冰冷凌厲，像探照燈一樣掃過眾人的方向，似乎要隔著防護服把藏在人群中的偽裝者揪出來。

凱斯看了看周圍黑鴉鴉一片都是人，暗自鎮定下來。

「所有人都站在原地不許動。」凱斯聽見臺上的金髮男人下了命令，遠處傳來了大門緩緩合上的摩擦聲。

「檢查每個房間。」金髮男人似乎看穿了凱斯他們的偽裝，直接對身邊的幾個大漢發出指令。凱斯在心裡盤算著，如果真的動手，自己能有幾分把握脫身。當然，只是他自己脫身也沒有用，米雪兒還混在人群裡，他不能丟下她不管，如果可以的話，他甚至連格爾也想救走，他知道自己有些不自量力，但是他一向如此。

「這裡有人。」金髮男人組織的搜捕手效率很高，他們從那個透明材料造出的房間裡抓出了一個男人，凱斯從人群裡看了一眼，這個男人並不是自己打倒的那個金髮男人，他的頭髮是褐色的，個子不算高，正被兩個大漢在地上拖行。他們把昏過去的男人像扔垃圾一樣扔在檯子上後，又附在金髮男人耳畔說了一句話。金髮男人臉色冷酷地聽完後，重新將目光轉到了臺下。

「編號一八九六，是誰！給我站出來！」他望著臺下的眾人，想製造出一種冷酷凝重的恐怖威壓，剩下的人還在繼續搜尋，更加重了人群中那種緊張的氣氛。

在米蘭德研究員的筆記中，凱斯讀到過，泰爾西－埃西普爾工廠的「德尤斯Ａ區」和「德尤斯Ｃ區」實行的是軍事化管理，但是從凱斯有限的經驗來看，這些人並不是軍事管制，而是恐怖管制。

凱斯注意到，在「德尤斯Ａ區」輻射線周邊，所有的巡邏人員都配槍，儘管他們穿著厚厚的防護服，凱斯還是看見他們時不時地將手伸向腰間，全副武裝的人都會有這種不經意的習慣。在這些人的旁邊，是一些肌肉糾結的大漢，透過肉眼的巡視，抓出那些偷懶的人，不過現在他們都聚集在金髮男人的身畔。

「編號一八九六，自己站出來！如果讓我的人把你找出來，我想你會後悔出生在這個世界上的。」金髮男人又喊了兩次，一次比一次疾言厲色，凱斯從這個傢伙的樣子可以判斷出來，這個人的掌控欲很強，喜歡用威脅和折磨別人的方式，來樹立自己的威信。

　　凱斯抬頭，看見有人撥開了安靜又密集的人群向臺上走去，他從身形可以判斷出那個人是米雪兒。他在一瞬間讀懂了她的意思，米雪兒應該是已經猜到了凱斯也混跡在人群裡，她不希望他們把凱斯找出來，所以她自己寧可鋌而走險。

　　她走得有些慢，一直站在長髮男人身邊的兩個大漢，似乎有些等不及了，走上前去將米雪兒推推搡搡地押到了臺上。

　　「把他的頭罩和眼罩摘下來。」金髮男人對兩個大漢發出命令。

　　兩個大漢想要伸手的時候，米雪兒後退了一步，躲避了他們的動作，「我自己有手。」她一邊說，一邊將自己的護目鏡和防護罩摘了下來，凱斯只能看見米雪兒的側影和她抖落的那頭金色長髮。

　　雖然距離隔得有些遠，但是凱斯還是能注意到，臺上的那個長髮男人在看清楚米雪兒長相的時候，眼睛微微瞇了一下。

　　格爾看見米雪兒的臉時，眼中終於恢復了一點活人的氣息，嘴唇動了幾下，似乎激動地快要哭出來了。他想要向米雪兒的方向走去，想和她站在一起，這樣就能稍微減輕一點他的恐懼。但是迫於周遭的壓力，他還是呆呆地杵在原地，一動也不敢動。

　　「把這個女人帶到我的辦公室裡去！其餘的人各歸各位繼續幹活。」長髮人又多看了米雪兒幾眼才收回目光，站在他身邊的兩個大漢聽見了這句話，馬上將米雪兒羈押起來。金髮男人向站在下面的眾人又掃視了一眼，邁步向大廳中的一架豪華電梯走去，這應該是泰爾西公司高層的專屬電梯。

　　從米雪兒上臺開始，凱斯就緊盯著那個男人，他總感覺，他把米雪兒帶去他辦公室的事情，並沒有表面上看起來那麼簡單，甚至他懷疑這個男人認識米雪兒，否則為什麼這個男人放棄了繼續尋找，而要急匆匆地趕回辦公室呢？

　　冷靜下來後，凱斯開始分析因果——如果米雪兒真的認識這個男人的話，那他更要盡快想辦法脫身。他要先想辦法去金色大廳還是先救米雪兒呢？凱斯猶豫了片刻，他決定還是先去金色大廳，如果那裡真的有坎貝爾家族覬覦的東西，他也可以適時地向這些蠢貨透露一點資訊，他不需要他們的說明，只要給他們雙方製造出足夠的麻煩就行。

　　格陵蘭島常年被雪線覆蓋的山脊道，已成了本郡有史以來最淒涼的風景區，這裡看起來十分冷清。雖然這個世界常常難以分辨白晝黑夜，但是在這個悠久的童話國度裡，綿延的雪山在穹頂漏下來的朦朧清光之中，還是能令人心生出幾分浪漫的感覺，但是現在這點浪漫的感覺，已經被冷雨澆濕了。

　　漁港的漁船早已經殘破不堪，也沒有什麼人去修理，住在漁港中那零星的幾戶人家，已經很多年沒有出過海了。山上偶爾有一、兩戶人家居住，也並不在警方的考慮範圍之內。剩下的居民都聚集在格陵蘭島海岸的小漁村裡，儘管現在他們已經不再以捕魚為生，但是這種數百年綿延下來的舊器具，有些仍舊還存在著。

　　這是格陵蘭島裡一個不起眼的小漁村，這裡早已人跡罕至，如果不是偶爾有一、兩部運貨車來送食物，人們幾乎已經要忘了還有這塊地方了。

　　透過租賃來的小貨車車窗，里茲能清晰地看見漁村東面的海岸線光輝盡展：左邊是戴倫斯灣的森冷峭壁，右邊是波特蘭角的絕美懸崖，前方則是丹麥灣海峽裡的黑水。

　　雖然現在下著冷雨，但是里茲還是能看出一點以前那個童話王國裡的輪廓──只不過是暗黑童話而已──里茲想到了這一點，忍不住又笑了笑。他和費里曼這次行駛的目的地，就是格陵蘭島一個不起眼的海港漁村，這是他從費里曼父親的遺言之中推斷出來的。

　　他想，如果這個世界上還有一個地方藏著「神諭」這種可怕的玩意兒，那一定就是在這附近了。儘管現在他還是對能否在這裡發現新的「神諭」金屬一籌莫展，但是他堅持相信自己的直覺沒有錯。他曾經也是米蘭德研究所的首席科學家之一，但是他堅持相信這一點：在某些方面，直覺有時候比科學更可靠──他曾經靠著直覺啟動了很多靈感。

　　除此之外，他常常會在腦海中構建黑線收走所有除人類以外生物的情景，也許黑線收走的生物裡，還包括那些潛藏在黑水波濤裡能唱歌引誘眾人的美人魚。里茲想起了曾經流傳在這裡關於美人魚的傳說，心頭忍不住蒙上了一層淡淡的憂傷，他向來就是一個感性的人。他自己覺得，自己的聯想能

力足夠豐富，否則他不會從隻言片語中找出一些蛛絲馬跡。

　　他的父親曾經和另外一個探險隊一起參加過米蘭德研究所展開的「神諭」搜索活動，也留下過一些筆記和探索成果，只是後來被一個蘇聯人竊取了。據說這個蘇聯人是泰爾西公司派出來的間諜，當然他父親也留下來了一部分資料，雖然不是核心資料，但是他從卷帙浩繁的筆記研究中，推測出了十號倉庫的大概位置。

　　他相信這是一句暗語，「1」和「0」是二進位中的兩個基礎符號，衍生出了一切機器語言。他也由此聯想到兩個地方：一個是書上所說所有人類的發源地——非洲；另一個是阿拉伯數字。他想，1和0或許是某個座標標誌裡的一和零，綜合對比了這些材料之後，他覺得應該先按座標來找比較可靠。

　　他和費里曼一路走來多次改名換姓，在換了好幾次假護照買機票後，兩人終於到達格陵蘭島。之後，他從舊的資料庫裡又鎖定了這個小漁村，從這裡出發離座標點最近，而且不容易引人注目。

　　當然，里茲還瞭解到，自從莫斯特伯阿米克降臨之後，這裡的人早就不以捕魚為生了，但是有些人因為拒絕食用食物發放機裡的食物死掉了。里茲問起那個幫他們開車的司機，他是這輛租賃車附帶的，因為他執意要跟著里茲他們，好賺一點小費。

　　他問漁村中的這些人是不是因為堅守舊職業而餓死的，但是開車的司機告訴他，這裡的人並沒有他們想像中的高尚品格，莫斯特伯阿米克降臨之後，因為這裡交通沒有那麼便利，離死神食物發放機安裝處太遠，所以那些沒有車子去市中心的人，還沒有領取食物發放機裡的食物，就染上怪病死掉了。

　　另外一些僥倖領到食物的人活了下來，里茲聽了他的介紹不禁想到，這個世界上總是有各種邊緣區域，也許他們這樣的地方還有很多。這些人就這樣自顧自的活著，哪管外界翻天覆地的變化呢？

　　司機告訴里茲，因為這個漁村本來就不多，這樣一來人就更少了。或許一開始這些人外面還有一些親戚，但是這些年過去，該死的也死掉了，如今這個小漁村已經兩、三年沒有陌生人造訪過了。

　　他平時開車只是為了去領取一些食物，順便幫漁村的其他住戶帶一點東

西，這樣才能勉強維持生計。他一邊說，一邊啟動了斷了一根的雨刷，刷著擋風玻璃上冰冷的雨水。

里茲聽見颶風的呼嘯聲，看著漁港裡幾條殘破不堪的漁船，海風掀起的巨浪衝擊出雪白的浮沫，又被戴倫斯灣的森冷峭壁阻擋回來。

司機一路上盡可能地向兩人介紹著這個貧乏漁村的一切，直到再也沒有什麼可說的了，雖然他和費里曼也沒有給這個司機多少錢，但是對這個司機而言，他們已經是大主顧了。

里茲向他詢問了租船的事，他告訴里茲他們，這個漁村現在只有一艘舊船，如果想要從這裡出發，去他們地圖上標誌的那個座標，需要破冰船才行。自從莫斯特伯阿米克降臨之後，破冰船一年才會繞到這個漁港的港灣一次。

這艘破冰船屬於公主航運公司，長 32 英呎，這艘船會在夏季時分單獨駛進入口的水域，它的錨鏈滑過低速空轉的引擎時發出的嘎啦聲清晰可辨。後方不遠處，順風船隊的一艘船，正疾馳過聖阿爾班岬駛向海灣，與那些在微風中晃蕩的遊艇相隔甚遠。

這是一年中最熱的星期日，時間是上午十點十五分，它會停泊在愛格蒙岬另一側，他們需要開半個小時的車才能繞過去，如果能划船的話或許會快一點，但是里茲早上檢視過漁港裡的幾艘船後，還是決定放棄划船的計畫，在這樣的天氣坐漁港裡的破船，絕不是什麼明智之舉。

司機將他和費里曼送到了愛格蒙岬，里茲看到了這艘龐大的破冰船和它身後的船隊，現在這些船都被改造成了觀光遊輪，在漁業沒落之後，只有少數的幾個大公司撐了過來，他們花了巨大的代價，將這些船改造成了觀光遊輪之後繼續賺錢。

里茲可以想像得出來，因為莫斯特伯阿米克降臨的原因，這些人日常中顯得十分無聊，他們急需什麼東西消遣，坐船環繞世界或許是個好辦法，反正這些人有的是時間浪費，只是精神過於空虛而已。

也有少部分人致力於改造這個世界，想要透過各種手段，開闢一點新的生存空間，比如他自己。里茲看著冷雨中陸續上船的人，不禁有一點憐憫他們。司機把他和費里曼放在岸邊就離開了，里茲又多給了司機一筆小費，司機顯得十分高興，他生活的地方民風淳樸，他還沒有學會那些不動聲色的狡

猾伎俩，所以總是喜怒形於色。

　　里茲喜歡跟這樣的人打交道，所以也不覺得虧了。他要弄錢有很多辦法，不至於像這個司機這樣惶恐。他們倆各自用自己擁有的資源交換了對方的幫助，這筆生意做得十分愉悅，這就讓里茲覺得很值得。

　　他和費里曼在隊伍的最後，這個港口上船的人，只有零零星星的十多個人。也有人開車上去，公主航運公司的遊輪裡，有供給 VIP 客戶的專屬套房，裡面有私人車庫，靠港三、五天的時候，他們可以開車下船去其他的地方遊玩。到格陵蘭島的時候，這一次遠航已經快要接近尾聲了，排在里茲前面的那些人，是預備新一輪環遊的，但是里茲他們中途就會下船。

　　大雨仍舊劈里啪啦地下著，里茲和費里曼沒有打傘，他們看起來很落魄。按照他們倆的標準，在這些身外之物上沒有必要費太多心思，這一點他們倒是驚人得一致。

　　雖然以前的那些日用品，在莫斯特伯阿米克時代都變成了奢侈品，但是奢侈品也是分等級的，也有收購舊物撿取纖維合成翻新的公司。日用品的消耗速度遠遠沒有食物那麼快，而且很容易再次利用，所以那些上等人仍然可以藉此把自己打扮得光鮮體面。

　　當然，隨之而來的就是這些雨水、雪水，甚至海水也變得純淨了許多，裡面沒有雜質，淋一下雨也不會生病。

　　大概是下雨的緣故，隊伍前進的速度很快，輪到里茲和費里曼的時候，查票的那個船員有些輕慢。里茲清楚地知道，他輕慢的原因是因為他們從穿著打扮上，看起來不像是上等人。

　　里茲覺得有一點可笑，所以在上船的時候，他並沒有像其他人那樣給他一筆小費。這個舉動加劇了船員對他們兩人的不滿，他接過票，撕掉了票根，對著里茲努努嘴，翻了個白眼說了聲「二樓」就再也不理他們了。

　　里茲和費里曼上了二樓，室內溫度很好，視野也不錯。他們是最後上來的，廣播播報了行程和靠港時間，不一會兒，破冰船拉響汽笛，開始向新的目的地出發了。

從米雪兒的角度看去，只能望見金髮男人的後腦勺，他大步向前走著，路上穿過了一個噴泉和一座廣場。在馬普爾這種冰天雪地的天氣裡，噴泉竟然沒有凍住，下面應該使用著菲洛力克公司開發的熱能技術。

幾個人穿過噴泉時，米雪兒聞到了一股淡淡的酒味，如果不是格爾抽抽噎噎的哭聲太大，她幾乎能聽見汩汩的流水聲。這種酒池噴泉的作風，不禁讓她聯想到歷史上某個有名的暴君。

原來她也看過一些電子書，只是忘記是那是在什麼時候了，反正她的記憶都是碎片化的，時不時會冒出來一些資訊，似乎這些東西以前就存在她的記憶裡，只是要在特定的場景下才能被啟動。

金髮男人的辦公室在十樓，幾個彪形大漢的打手，押著她穿過一個立著羅馬柱的金色大廳，來到電梯前。

大廳裝飾得很豪華，有一些裹著袍子的侍女走來走去，侍女手中端著鍍金的托盤。如果不是米雪兒知道現在是莫斯特伯阿米克時代，她簡直要懷疑自己是不是穿越回了羅馬帝國。

身後的兩人將米雪兒推進電梯，米雪兒閉上雙眼，想用這種冥想的方式想起一點什麼，但是她的大腦裡，卻始終捕捉不到關於這棟大樓的任何資訊。

「叮」的一聲，電梯門開了。

金髮男人轉過身來，對幾個彪形大漢吩咐：「你們先下去。」他掃了幾人一眼，「一會兒不要嚇到皮帕。」

「是！」幾個彪形大漢對著金髮男人點了點頭。

「先把這個哭哭啼啼的小子關在地下室。」金髮男人看了格爾一眼。

「走！」他們一路將格爾推推搡搡地帶進了電梯。

「坐，當然，你願意站著也行，我一向不強迫寵物人，我一直堅持，人造人也應該有一些自己的思想和必要的權利。」米雪兒進了辦公室，金髮男人以後仰的姿勢坐倒在沙發上，點燃了一支人造的電子煙，他吸了一口才直起身子，將煙灰抖落在面前的一個玻璃煙灰缸裡。

煙味很濃郁，米雪兒聞得出來，這煙應該價值不菲。莫斯特伯阿米克降臨之後，越是日常的食物越是匱乏，所以，這些東西的造價都很高。

這個煙的味道很濃郁，大概也沒有受潮……凱斯抽的那些煙裡面，總是帶著一絲絲潮氣，煙味也很淡。凱斯說這是因為莫斯特伯阿米克降臨之後，因為沒有了微生物，所以水分流失特別快，為了維持這個世界的濕度，所以常常不是雨天就是下雪天。

凱斯說，這個世界的那些有錢人，總把模仿以前的時代當成他們主流審美，越接近舊時代的東西越是值錢。米雪兒有時候會想，人類就是這樣，有時候把垃圾當寶貝，有時候又把寶貝當作垃圾，這種輪迴似乎是對人類智慧的詛咒一樣。

她和凱斯相處時間久了，不知不覺竟然學會了凱斯那種隨時隨地嘲弄這個世界的語氣和習慣。

該死！她們不過剛剛分開，但是她總是會想起凱斯。

就在米雪兒冥思苦想的時候，金髮男人也一直在打量著她，米雪兒注意到，他看她的眼神很奇怪。金髮男人見米雪兒抬起頭，似乎看出了他眼神中打量的意思。金髮男人卻並沒有迴避，他只是瞇著眼，猛地吸了一口煙，又看了米雪兒一眼。但他看她的眼神和一般看到她的那些男人不一樣，那些男人看到她時，都是色瞇瞇的，但是他不一樣。

當然，這個金髮男人的眼神裡，也有那種研究獵物的神情，卻沒有色情的感覺，倒像是在……發掘她身上的某種東西。

「把皮帕牽過來。」金髮男人按了辦公桌前的一個按鈕，吩咐了一句。

「好的，經理。」女助理的聲音從另一頭響起。

米雪兒注意到，他用了「牽」這個字，這是個帶有侮辱性的字眼，米雪兒在電子書上閱讀過這個詞，她對這個詞印象很深，一般人只會用來形容動物。但是她很確定，自從莫斯特伯阿米克降臨之後，這個世界上除了人類以外的生物，已經全部都在瞬間消失了，不過如果這個金髮男人養了一隻電子狗做寵物的話，也不是不可能。

但是直覺告訴米雪兒，事情並沒有那麼簡單。以她有限的經驗判斷，這個金髮男人這麼著急著把她拎到辦公室來，絕不只是為了讓她看電子狗那麼簡單。

辦公室裡的氣氛凝滯了片刻。

米雪兒聽見室外傳來一陣敲門聲，金髮男人抖了抖煙灰，將還剩下一半的人造電子煙按熄在煙灰缸中後才說了一句：「進來。」

他的語氣裡沒有恫嚇，就是那種平常普通的語氣，和他對待那些彪形大漢的不耐煩截然兩樣。

「好的，米勒先生。」助理推門進來，這才發現米勒的辦公室裡還有另一個人站在那裡，而且竟然還是個女人。這令她覺得有一點不滿，在她的印象裡，米勒先生絕對不會讓任何女人在他的辦公室裡停留超過三分鐘。

米雪兒並沒有注意到她嫉妒的眼神，在她進來的一瞬間，米雪兒就看見了她身後用繩子牽著的那個人。確切一點說，這不能被稱為是人，因為在看見他的時候，從他蒼白的皮膚和充滿了白翳的眼睛裡，米雪兒就判斷出他是一個肉人。而且這個肉人應該沒有打過催化劑，他身上的肌肉和骨骼看起來，就和他們差不多，看起來並沒有打太多催熟劑。

「皮帕留在這裡，你可以走了。」米勒接過助理手中牽著皮帕的繩子，拍了拍自己身邊的空位，示意皮帕可以坐在自己身邊。

皮帕乖順地坐了下來。

米雪兒現在已經可以完全確定，皮帕是一個肉人了。

可是，皮帕和一般的肉人不一樣，米雪兒聽見過黑市有人會撿取人類細胞複製肉人，然後再將這些肉人養大之後用來售賣。但是這些肉人的成熟期非常短，養殖他們的人通常都是些黑心商人，他們不耐煩地等待肉人漫長的成熟期，都會拚命幫肉人注射催化劑。這些催化劑會減損肉人的智商，使得這些肉人的智商不會超過三歲。

當然，米雪兒也聽說，有人會把肉人當成寵物來養，但是在此之前，她也只是聽說，並沒有親眼見過，畢竟法律已經明令禁止買賣肉人。不過現在米雪兒已經確定了，法律對這些有錢人來說就只是擺設。

「我養皮帕養得很用心——完全把他當成一個普通人來看待，你看。」米勒捏了捏皮帕的臉龐，「沒有用催化劑的肉人，看起來和人類沒有太大區別，他的智力差不多等同一個八歲的孩子。」

米勒說完又圍繞著皮帕轉了兩圈，就像匠人在欣賞自己的某一幅傑作。

「皮帕，去幫客人倒一杯啤酒。」米勒用眼神指示著桌子上的酒杯。

皮帕看到了米勒的動作，立刻垂首站了起來，往杯子裡倒了一杯啤酒，遞給了米雪兒。

「看！我說的沒錯吧！皮帕的理解能力很強，但是這一、兩年，不管我怎麼訓練他，他卻始終還是十歲左右的智力，很難往前再進一步。」

「這些和我又有什麼關係？」米雪兒冷冷地說了一句。

「當然有。」米勒似乎沒有注意到米雪兒冷淡的語氣，「寶貝，你知道嗎？你是我見過幾乎是最成功的人造人。我不知道是誰製造了你、用了什麼技術，但是肯定不是肉人的這種。」米勒近乎崇拜地圍繞著米雪兒欣賞著。

「你不是自然誕生的，我敢肯定你不是——嘖嘖嘖，你實在是太完美了，所有的人造人都有專門的標記，就像肉人一樣。」米勒招了招手，那個被他養殖的皮帕就乖乖地走了過來，米勒將皮帕翻轉過來，只見皮帕的左耳根處，有一道若隱若現的銀絲。

米雪兒看著皮帕的標記，不由自主地伸手摸了摸自己左耳根處。這裡光滑如新，但是右耳根處卻有一點凸起。米雪兒記得自己右耳根那裡，原來有過一條傷疤，現在已經淡得只剩下一道淡淡的凸起，但是仔細感覺的話，還是能感覺到這條傷口的長度和寬度。

「不用找了，親愛的甜心，你這裡肯定會有一條傷口的——男性的銀絲在左邊，女性的在右邊。因為這裡是曾經給你傳輸記憶的地方，我不知道他們用的是什麼黑科技，但是肯定是我從來沒有見過的。這個瘋子把你造得如此完美，一定花了很大筆錢，他已經把一切都想到了。嘖嘖嘖！你實在是太完美了，簡直令人難以置信。」

米勒興奮地圍著米雪兒轉圈，一邊轉圈一邊欣賞著米雪兒曲線玲瓏的身體，米雪兒懷疑，如果不是因為他害怕自己踢他一腳，他隨時都會上手。

「砰！」就在米勒準備上手時，一聲尖銳的轟炸聲響傳來，辦公室厚厚的玻璃窗轟然碎了一地。

「真該死，明天我一定要把那些負責保全的傢伙都撤職了！還有這些做軍火實驗的，能不能長點眼睛！」米勒大聲咆哮著，又恢復了他那種惡狠狠的神態，肉人皮帕嚇得縮在沙發角落上。

米雪兒乘勢一腳踢在米勒的命根子上，在米勒捂住自己的重要部位時，米雪兒拚命地向電梯的方向跑了過去。

■ Chapter 041

「真該死，快一點！」

米雪兒一邊飛快地按著電梯上的按鍵時，一邊腦海裡也在運轉著自己的逃生路線。她原本想要從電梯裡下到一樓，但是透過電梯裡的透明玻璃，她看到那個名叫皮帕的肉人，竟然像壁虎一樣趴在玻璃上，正在急速地從十樓的玻璃窗上向下攀爬。

說實話，她很清楚這些科技公司會對肉人們進行一些生化改造，因為這些肉人不像人類那樣擁有人權，對肉人們的食物供應，也遠遠不如供應人類食物那樣充分——正是因為食物短缺，所以這些肉人或多或少都有一些智力問題。

當然，米雪兒還聽到一種說法，那些飼養肉人的財閥，會採用減少食物的方式讓肉人們生病，並以此來觀察肉人們的生理變化——據說那些因為食物短缺而生病的人，大部分都死了，但是卻有少數挺了過來。

只是挺過來的那些人，身體機能產生了一些變異——那種為了適應嚴苛環境而產生的變異。有的肉人眼睛能在夜間視物，有的肉人們則是長出了類似兩棲動物一樣的蹼腳，還有長出利爪的，也有類似於猛獸一般長出獠牙的……，這些肉人都是嚴苛和殘酷的環境中優勝劣敗的物種——以大量的死亡為基礎。

電梯超直下墜，米雪兒看見皮帕伸出手來抓著電梯的玻璃外框，那裡包著一塊鐵皮。皮帕的利爪碰到了鐵皮，竟然把鐵皮撕下來一塊，這個舉動讓米雪兒嚇了一跳，這個肉人皮帕竟然有兩處變異！電梯框被他抓得搖搖晃晃，就在他將要把電梯弄壞的瞬間，電梯門「叮！」的一聲彈開了。

米雪兒看了一眼女侍往來的大廳，只見皮帕已經繞道廳門口。

她一咬牙，頭也不回地向地下室跑去，她感覺皮帕向自己的方向掠了過來，一路上撞翻了好幾個端著金杯的侍女。

就在他的利爪要抓到米雪兒的那一瞬間，米雪兒感覺自己突然被人猛力地拖入室內，米雪兒向前猛撲過去，隨著一聲重響，地下室的鐵柵欄門在千鈞一髮時刻被關上了。

　　皮帕不甘心地撞在鐵門上，對著米雪兒齜牙咧嘴地吼叫著。

　　「用鐵棒把門擋住，快！」凱斯的聲音從身後傳來。

　　米雪兒從地上抓起了一根鐵棒扔給凱斯，凱斯飛速地把門擋住時，只見米雪兒已經從地上爬了起來。

　　「你怎麼找到這裡的？」米雪兒有一點驚喜。鐵門外，皮帕的吼聲仍然斷斷續續地傳過來。

　　「說來話長，總而言之，我們都得感謝賽洛給了我這支手機。」凱斯簡短地回答了米雪兒。

　　兩人向前走了一段，米雪兒才看見了縮在角落陰影裡的格爾，格爾還在抽抽噎噎地哭著，但是一看見凱斯和米雪兒過來，他馬上停止了哭泣，緊緊跟隨在凱斯身後。

　　「從這裡過去，就是『議事廳』。」凱斯一邊打開手機導航，一邊帶著他們向前走。

　　藉著手機裡的微光，米雪兒看見路上用玻璃罩著一些奇怪的裝飾和雕塑，這些雕塑大部分是黑、白、灰色，面孔之中帶著一種痛苦的扭曲感。更讓米雪兒覺得奇怪的是，有些雕塑身上竟然掛著中世紀的鎧甲，看久了只覺得古怪而又詭異。

　　「凱斯，你有沒有覺得，這裡的雕塑和教堂那邊的有一點像？」米雪兒有一點惴惴不安地開口。

　　她走在最後，只能看見凱斯和格爾的後腦勺。凱斯的個子很高，她只能看到他的肩膀，格爾的頭有一點扁，但是頭髮還算茂密。

　　米雪兒看著他們倆的背影，忍不住又摸了摸自己腦後的那條傷疤，不管怎麼樣，那個金髮男人米勒的話，還是令她心中有一點不快。

　　「我也注意到了。」凱斯簡短有力地打斷了米雪兒的遐思，「我在西蒙的辦公室也見到過一次，雖然我不懂什麼該死的藝術，但是憑藉著偵探的直覺，我覺得這些東西都是同一個風格的。當時那兩個該死的混蛋在小聲討論著，說這是什麼『索婆阿騰納斯』教派的裝飾物。當然我只是聽了個大概，我並不關心那兩個混蛋說了些什麼，但是他們的話還是時不時會鑽進我的耳朵裡。」

　　「後來他們提到了一件事，說是西蒙有一次喝醉酒的時候說漏了嘴，死

神復活了一些有名的暴君來幫助他管理這個世界的人類，其中有一些是我們歷史書上提到過的，有一些聽都沒聽說過。總而言之，我就把這當成是這兩個小子的瞎話，但是我想你也知道，那些宗教分子總是最能唬弄人的，你要是聽他們的瞎話，大概得相信明天就是世界末日了。不過話說回來，西蒙也不是一點用也沒有的……」

凱斯自顧自地說了一長串，大概是剛才逃出來的過程中一直屏氣凝神，現在緊張的神經突然鬆弛下來的緣故。

「對了！凱斯，你是怎麼逃出來，又是怎麼找到我的？剛才一直沒來得及問你。」米雪兒聽著凱斯一長串的喃喃自語，突然想起來自己還沒有問凱斯這件事。

「說起來，這件事也得『感謝』西蒙了。」凱斯故意把「感謝」兩個字的音調拉得很長，讓米雪兒和格爾能更清楚地聽見他語氣裡諷刺的意思。

「我想反正我們的行蹤已經暴露了，索性就更徹底一點。」凱斯抬了抬手機，以便幾人看路看得更清晰一些，「我在那個透明的房間裡聯繫了賽洛，讓他幫我用最快的速度把我的位置傳給西蒙他們。這樣的話，他們就能追蹤著我們進來的無人機來發射幾枚子彈，當然，有沒有打中什麼人無所謂，只要製造足夠的混亂就可以了。」

「西蒙派出來的無人機跟著我們進來了？我怎麼不知道？」米雪兒的語氣裡充滿了訝異。

「當然，據我所知，他不是那麼容易放棄的人。」凱斯頓了頓，「這麼多年，他也花了坎貝爾家族不少錢，應該也早就研究出一點東西來了。只是西蒙也是個狡猾的混蛋，輕易不會露出任何狐狸尾巴，他在外面放出無人機，是為了催促我們趕緊進莊園來找東西。」

「催促我們進莊園找『神諭』碎片？」米雪兒一下子就猜到了西蒙的意圖。

「是的。」凱斯答道，「西蒙想要『神諭』碎片，但是又不想讓坎貝爾家族捷足先登，所以他還偷偷派出了兩架隱形的無人機，跟著我們一起過來了。」

「原來是這樣，看樣子我們得提高警惕才是。」米雪兒警覺地看了看四周。

「剛才有一架已經被毀了。」凱斯說，「另一架隱藏起來，不跟著我們到『議事廳』，西蒙是不會善罷甘休的，所以我們也不用找了，等我們到了『議事廳』，它自己就會出現的。」

「有一架已經被毀了？」米雪兒有些詫異。

「對！在金髮男人辦公室裡撞碎玻璃的那一架。」凱斯解開了米雪兒的疑惑。

「我明白了。」米雪兒恍然大悟地點了點頭，「只是，我去米勒的辦公室一共也不到二十分鐘，竟然發生了這麼多事情。」

「人生不就是和刮樂透似的那麼難以預料嗎？我在那個透明的工作間開了手機，和賽洛聯繫，讓他把我的資訊接通給了西蒙，然後，我和西蒙通了話。」凱斯陳述著二十分鐘前的一切。

「你和西蒙通話？」米雪兒一驚，猜想到了凱斯的辦法，但是她確實沒有想到，凱斯竟然會膽子這麼大。

「是的，你被抓進去之後，我分析這樣做是最快的，我幫西蒙拿到『神諭』，他幫我搜索你的座標定位，然後負責找到你，最後我和你一起去『議事廳』幫他取回『神諭』，就這樣。這一切都進行得很順利，我和他聯繫只花了五分鐘，而我從混亂中跑到大樓花了十分鐘。謝天謝地，最後五分鐘，你自己決定往地下室跑，不然我還要花五分鐘去一樓把你帶回來。」凱斯一邊說著，一邊把手伸向口袋，但這次他卻撲了個空。

米雪兒看見凱斯的動作，知道凱斯是想要取煙，但是他忘記自己的煙已經抽完了。她想到了米勒的煙，又想起了米勒說的話，但是現在並不是為此煩惱的時候，她還有很多東西沒有問凱斯呢！

「西蒙為什麼這麼想要『神諭』？這只是一個啟動潛能的能量塊而已，最多就是有一點科技功效，難道西蒙他想開公司？」米雪兒捕捉到了凱斯話中的資訊，又追問了幾句。

「我想，這一切或許和那個該死的『索婆阿騰納斯』教派有關，我有感覺，但是目前還不敢肯定。」凱斯看了一眼周圍的裝飾物。

「西蒙警局裡辦公室的裝飾物，和這裡的風格很像，我猜想他和這個多莫莊園的泰爾西·埃西普爾公司之間有一點什麼聯繫。或許他們之間唯一的聯繫，就是他們服務於同樣的主人，哈哈！但是有一點不得不承認，哪怕是

西蒙這種蠢笨如豬的人，也會拿宗教恐嚇的那一套去控制下屬。」凱斯用他一貫略帶譏誚的口吻諷刺著西蒙。

「你不相信索婆阿騰納斯教派所說的，死神復活了那些有名的暴君？」不知道為什麼，米雪兒總覺得有些惴惴不安。

「對！是的，我才不相信那兩個混蛋所說的──死神復活了那些暴君，用來管理我們這些人，但是西蒙那種豬腦袋或許就信了，說不定他現在正在某個暴君的腳下幫人家舔鞋呢！」

米雪兒笑了起來。

格爾已經停止了哭泣，聽著兩人的談話，他一見凱斯他們快步向前走，馬上就快步跟了上去。

■ Chapter 042

「另外，你是怎麼找到格爾的？」米雪兒看了跟在兩人身後的格爾一眼，似乎現在才注意到他。

「賽洛接通電腦的時候，已經把電腦裡的信號接收器標記了，這個大樓裡有不少路由器，所以他很容易就找到了格爾的定位，他把格爾的定位透過手機傳給我。我猜想你們是一起被抓走的，所以，關押你們的地方應該也隔得不太遠，二十分鐘不足以把你送到太遠的地方，而推理這些，花不了太長時間。」凱斯將這件事從頭至尾解釋得非常清晰。

「幹得漂亮！我現在終於覺得，給你三千元美金很值。」周邊皮帕的聲音已經越來越遠，幾乎快要聽不到了，米雪兒也終於有了開玩笑的心情。

「別高興得太早，這裡不會只有這麼一個怪物的。」凱斯提醒著米雪兒。

「怪物」這個詞有一點刺痛米雪兒的神經，她又想起了米勒說的話。老實說，自己腦海裡儲存的記憶，並不是最讓她擔心的，她已經習慣了和這些東西相處，真正令她擔心的是她的身分。

但是她轉念又想到另外一些事，目前她有登記資訊，這個世界所有有著登記資訊的人，都是母胎出生的，和複製培養出來的肉人完全不同。這些母胎出生的人，他們擁有人權，哪怕這個人是個混蛋也一樣。

人類最底層的乞丐也比肉人的地位高得多，他們只要擁有一個身分登記資訊，就有資格去網站抽籤，能領取中心區域食物發放機裡的食物。這些都是身為一個肉人或者人造人不可能具備的條件。當然，有些人也把自己抽到的食物出售給別人，換來一點賭博的本錢，自己生病也在所不惜，但是這樣的人畢竟是少數，哪個時代都有這樣的人。

「我開始有一點懷疑自己的判斷了。」凱斯適時的話語，打破了米雪兒的遐想。

「什麼判斷？」米雪兒關切地問。這段時間相處下來，她已經漸漸習慣了凱斯的存在。

「沒什麼，可能是我在中心城市住得太久了，對外面的變化一無所

知。」凱斯聳了聳肩。

「好吧！希望你沒事。」米雪兒由衷地說了一句。

「在我看到了那個追你的肉人之後，我想，也許這個世界真的隱藏著不少西蒙他們說的怪物。他們這些混蛋看到過這些怪物，說不定他們還正在偷偷培養著這些東西呢！但是他們卻對民眾隱瞞這些消息，這些混蛋們都是一些十足的惡棍，表面上裝出紳士的作風，在媒體面前慷慨陳詞，內心卻比婊子們還要骯髒。」凱斯不停咒罵著西蒙。

「所有政府用的還不都是同一套愚民政策嘛！」米雪兒總結了一句。

說話間兩人已經走完了整條長廊，透過長廊兩側的透明玻璃，米雪兒看見他們現在是在水下穿行，確切點說，這條透明的通道是修建在水中的。

「這些都是什麼東西？」米雪兒指著水中那些漂浮的物體。

「應該是模擬水中的生物吧！莫斯特伯阿米克降臨之後，水裡就沒有任何東西了，但是總是有人懷舊，在裡面安放各種人造玩意兒，假裝那些生物還在似的。」凱斯藉著手機的燈光向外看了一眼，確認了一下，然後才開口回答米雪兒的問題。

他們的話音剛落，格爾也向外看了一眼，一個做成鯊魚狀的漂浮物猛地向玻璃艙門撞過來，嚇得格爾慌忙向後退。

「這些鬼東西裡面有機關，湊得太近他們就會動。看樣子，做這些東西應該花了不少錢。」凱斯看見格爾煞白的臉色，冷冷地開口解釋了一句。

「前面就是議事廳。」凱斯在門口停了下來。

米雪兒抬頭，只見議事廳的大門卻敞開著，不需要密碼，不需要破譯，甚至連守衛都沒有。

議事廳和他們在影片中看到的一樣，除了那架飛船的殘片似乎被挪走以外，整個議事廳一點也沒有變。米雪兒抬頭，一眼就望見議事廳裡高聳的穹頂。

穹頂上描繪著一些古希臘和古羅馬時期的神靈，還有逼真的背景，看起來煩瑣而又富麗。這些畫作的色彩十分華麗，充滿生氣，這些作品看樣子作者都應該畫了很久。

米雪兒注意到，中間的那一幅圖所畫的內容，似乎和正在進行著的某種祕密獻祭有關。深紅色的背景上，密祭的場面一步步展開，畫面中所有人都

籠罩在一種肅穆、神祕和緊張的氛圍中。

「叮……」米雪兒一邊注視著穹頂上的畫，一邊向前走著，不小心撞到了大廳中的一件擺設。

清脆的聲響，打破了廳中的沉寂。

「影片裡沒有這些。」米雪兒轉過頭，對凱斯解釋道。

「我知道。」凱斯點了點頭，「影片裡只拍了維爾·多莫的演講，而且還是黑白的。」

「你們來得比我想像得要快，這就證明，你們還是有一點本事的。」一個深沉的聲音從議事廳高處傳來。

凱斯、米雪兒和格爾聽見有人說話，同時轉過身去。

一個坐著輪椅的中年男人出現在廳中，讓米雪兒和凱斯感到詫異的是，這個人身後跟著幾個中世紀打扮的侍衛。他們身上穿著的黑色和銅色鎧甲，讓凱斯不由自主地聯想到自己和米雪兒在教堂裡路過時，看到的那些中世紀雕塑，他還想起了底座上刻著的那個古希臘箴言。

中年男人從椅子上站了起來，看向凱斯一行三人，看見他向前邁步，身後的幾人連忙也跟了過來。

「他不是殘疾人嗎？」格爾看見中年男人起身走路，有些驚詫地問了一句，連害怕也忘記了。

「大概這樣做顯得比較有派頭吧！」凱斯答了一句。

「這個議事廳現在已經沒有之前那麼熱鬧了。沒辦法，一是現在人太少了，二是現在的人沒有什麼追求，每個人都只知道錢。這個世界已經這樣了，存錢還有什麼樂趣？人生最重要的樂趣，在於揮霍。」中年男人看了凱斯一眼，眼神中透著不屑與傲慢，彷彿凱斯就是他嘴裡所說的無趣之人。

「也許你說得對，但是抱歉，你的境界可能我們理解不了。我記得這裡之前有一個玻璃罩，在罩子裡面有一片飛船的殘骸，如果方便的話，你可以告訴我們這片殘骸去哪裡了嗎？」凱斯努力忍住了想揍他一拳的衝動，用克制而禮貌的語氣詢問著，他從來都沒有習慣過這種說話方式，米雪兒和格爾聽在耳中，覺得他說這話極其彆扭。

凱斯也不知道自己怎麼了，大概是被這個中年男人那種傲慢又彆扭的語法節奏所影響，不知不覺之間竟然學起他奇特的說話方式來了。

「這不是飛船的切片。當然了，演講的時候，我會告訴他們說，這就是飛船殘片，只是因為——演講的時候需要煽動民眾的情緒，要讓他們看到希望，看到具象的東西，然後用淺顯的語言告訴他們，我們正在做一件對他們有用的事情。」

「這樣他們就會感動得痛哭流涕，會對我們做的事情充滿信心，然後會繼續買我們的股票，或者是買我們的產品來支援我們。當然，如果那個演講者長得文質彬彬，看起來像個貴族，那才真的是他媽的完美。」

中年男人用慷慨激昂的語氣發表了一長串的說辭，看得出來，他經常當眾講話，所以就連和凱斯他們說話時，語調也是起伏得當、抑揚頓挫。

「這不是飛船殘片，那是什麼東西？」米雪兒追問了一句。其實她心中已經可以猜想出來這個東西是什麼，但她似乎仍然有一點不甘心，想要從這個中年男人的口中得到確認。

「這個玻璃罩子裡罩著的那個東西嘛……我想想，普通人和新聞上常常會稱呼它為『神諭』，所以，你們想叫它『神諭』也行。當然，開採的時候它就在那裡。我讓那些開採的人保存了它的座標，然後以這個座標為核心，修建了這座議事廳。你們覺得怎麼樣？」中年男人語調平靜地詢問著，就像詢問他們幾個人有沒有吃早餐那樣稀鬆平常。

「你是說，這個『議事廳』是你修建的？」不光是米雪兒，就連凱斯也覺得有些不可思議。

他仔細觀察著這個中年男人的表情，想從他的語調神態裡找出他拿他們幾個人開玩笑的證據，一旦讓他覺察到他是像貓抓耗子一樣拿他們尋開心，凱斯會毫不留情地給他一拳。但可惜的是，這個中年說話的聲調很平靜，一點也不像是開玩笑的樣子。

「是的。」中年男人語氣平靜地說。

「那你是誰？」米雪兒驚詫地問道。

「外面的人喜歡叫我給自己取的那個名字——維爾‧多莫，因為這個名字對他們來說比較容易接受。但事實上，只有親近的幾個人才知道，我的真名叫尼祿。你們能親口聽到我說出自己的名字，不得不說，這是一種無上的榮耀。」中年男人平靜地說。

「你說你是尼祿？你真的是尼祿，還是你在拿我們這幾個人尋開心？」

凱斯實在是有一點不相信，在他漫長的偵探生涯裡，他所確定的都是有憑有據的東西，然後順著這些東西找到線索，而現在站在他面前的人卻告訴他，竟然是那個死去了一千多年的暴君。

凱斯看了看頭上的穹頂，又看了看眼前站著的這個人。

他想起自己在教堂中看到的那些有著索婆阿騰納斯痕跡的裝飾品和雕塑，又回想起自己在西蒙辦公室裡聽到那兩個混蛋警察的談話，忽然覺得眼前的一切都假得簡直不像真實發生的事。

「人，」尼祿說，「並不是多麼高貴的物種。」

尼祿拍了拍手。

凱斯感覺到某來自他的壓力，本能地抬頭仰視，尼祿黃色的眼球便從他那懸崖般的眼眶骨底下顯露出來。他身邊的兩名侍衛，一直在悄無聲息地走來走去，在大螢幕的投射上監視著整個泰爾西公司的運作。

凱斯現在才注意到，大廳那明淨的圓屋頂周圍及其上方一片黑暗，只有屋頂的一根根橫桿上，還泛著這個世界不分晝夜的，且夜色之中人造燈互相交織在一起的慘澹銀光。

尼祿睜開他那雙碩大的琥珀色眼睛，環視了一下眾人。

凱斯看了尼祿一眼，努力想把西裝革履的他，和羅馬帝國的那個暴君聯繫起來——但是每當他試圖這樣做的時候，他的思維總是會回到現實當中來，到現在為止，他還是不相信他眼前所看到的一切。

凱斯注意到，投射上顯示是密密麻麻的透明材料所製成的恆溫箱，和早上自己在「德尤斯 A 區」看到的工作箱，應該用的是同樣的材質。

尼祿的侍衛拉大了影像中的畫面，螢幕中顯現出來的畫面變得更清晰。凱斯睜大眼睛才能看清楚，原來躺在這些恆溫箱裡面的是一個個的活人，只是從畫面上可以看出來，這些人應該是被進行了深度麻醉。

「這些是肉人嗎？」凱斯突兀地問了一句。

「當然不是！」尼祿的臉上閃過一絲傲然的神色，他這種漠視人命的神情，終於讓凱斯能把他和那個所謂的暴君聯想起來了。

「肉人的智力有限，遠遠達不到他們這種天才大腦的活躍度。這些是我從那些米蘭德研究所科學家的身體裡提煉出來的基因，然後用他們的基因複製出來的生命體。這些人可比肉人珍貴多了，像肉人這種低智商的生物，最多也就拿來做個寵物而已。當然，這些人裡面也有一些次級品，能用的大概也就是 70％左右吧！」尼祿嘆著氣，頗有一點扼腕嘆息的意味。

「那些米蘭德研究員呢？當初泰爾西公司的維爾‧多莫收購了他們研究所，後來就再也沒有他們的消息了，他們都去了哪裡？」米雪兒突然像想起

什麼似的，插話進來問了一句。尼祿聽到維爾・多莫的名字，皺了皺眉頭，顯出一副很不喜歡這個名字的樣子。

「對我而言，所有沒用的東西，當然都要清除了，我不會讓任何垃圾占據我的地盤。」說話間尼祿整理了一下他的袖口，就像告訴幾個人他午餐吃了什麼一樣隨意。

如果忽略了歲月長河裡遺留下來的那些歷史距離感，凱斯覺得自己聽見這句話時，內心深處實在是很想對著尼祿的臉來一拳的。他覺得長期的偵探生涯裡，他已經接觸了足夠多的社會陰暗面和暴力史，但是直接面對這些東西的時候，他還是會同情那些一個個真實的個體。尼祿現在說的這些話，讓他真實感覺到一種脊背發涼的冷意。

「對了！這就是我要展示給你們看的『神諭』，發現這個能量塊的時候，就像我自己被復活了一樣高興。神對我的命運做了這麼好的安排，那就證明我的做法一點問題也沒有。那些咒罵我的書我統統看過了一遍，我發現，哪怕是莫斯特勃阿米克降臨了，人類也沒有一點長進，所以我才說他們不是多麼高貴的物種。當然，在這個世界上，總會有那麼一、兩個人是和他們不同的，只有這樣的人才配得到永生。很顯然，我就是這樣的人。」

「這是『神諭』？『神諭』在哪裡？」格爾站在一旁，聽見幾個人的談話聽得有些忘神，忍不住隨口問了一句。

在來這個鬼地方之前，格爾在自己心裡模擬的「神諭」，一直就像自己在影片裡看到的能量塊一樣，按照他的設想，他找到神諭的那一刻，就能把神諭裝在一個匣子裡，然後神不知鬼不覺地取走，賣一個他幾生幾世也用不完的價錢。這個過程在他的心裡模擬了好幾百遍，以至於他聽眾人談論「神諭」時，馬上就形成了相對的反射動作。

尼祿看了格爾一眼，就像在藐視一粒塵埃，他沒有回答格爾的提問，在他眼裡看來，格爾這麼愚蠢的人，不配有和他說話的機會，他和他說任何一句話都會令他折壽。

凱斯看到了尼祿的眼神，他懷疑如果不是尼祿現在存著一種戲弄和張狂的遊戲心態，他是不會搭理他們幾個人的——凱斯很明白這些人的心理，他和所有的大人物一樣，做成了一番事業之後覺得無人理解，他們需要萬千的人來崇拜他們的成就，卻又打心眼裡瞧不起這些崇拜他們、討好他們的人。

當然，也有另外一種可能性，他覺得凱斯他們是沒有辦法離開多莫莊園的，所以，他想說什麼就說什麼，可以不想要任何顧忌。

「這就是『神諭』。」尼祿身旁的侍衛，接收到了尼祿的不屑，他明白尼祿的興致尚未完結，但是他卻並不想和格爾說話，所以才開口接了一句。他是在尼祿身邊待得最久的侍衛，因為他善於猜測尼祿的心思，他意識到了他的話所引起的效應，隨便說點什麼，只要能消除這份單調和無聊便可。

「什麼？」格爾又疑惑地問了一句，「我沒有看見『神諭』在哪裡，你別想騙我！」

尼祿的侍衛也不再理會他了。

凱斯怒氣沖沖地對著尼祿，就像一輛瞄準了獵物的坦克：「你到底是怎麼樣把『神諭』的力量發散到這些人身上的？」

尼祿給了凱斯一個玩味的眼神。

「這個道理再簡單不過了，在我醒來以後，我看了很多書，我尤其喜歡達爾文和希特勒的作品。物種在競爭的環境下才能啟動潛力，我就是這樣訓練他們的，當然，這中間不可避免地會遭受到一定的損失。」

凱斯當然知道他所說的損失是什麼。

尼祿對凱斯憤慨的神情十分不以為然，在他看來，他的復活就是一種天選的神跡。他在復活的瞬間見到過死神本人，並接受了他的安置，此後的一百多年內，他創造了泰爾西這個商業帝國，靠著科技和商業，再次把人類玩弄於股掌之間。當然，他甚至覺得現在的日子比以前還要好，因為靠著現代技術，他把自己保養得十分得當，死神給他的日子比他在古羅馬帝國自然生長的時間要長得多，他可以放開手腳來幹一番事業。

「大概是五十年前，米蘭德研究所提出了『外星移民計畫』之後，我就注意到這個計畫了。當然，我不是注意到這個計畫背後的科學意義，我在意的是民眾對這個計畫的狂熱態度。那個時候我就收購了米蘭德研究所，並透過媒體告訴人類，我要加大對這個『外星移民計畫』的投資力度，而因為食物消失恐慌無比的人類，就會傾囊支持這個項目。」

「所以說，米蘭德研究所的收購計畫一開始就是一個陰謀？」凱斯冷漠地撇撇嘴。

「當然！我對科學研究沒有太大興趣，我只對奴役民眾的思維感興趣。

可笑的是，你只有奴役了那些愚蠢的人，才能獲得足夠的資金。只有等你有了足夠的資金，你才能拉開你和這些蠢貨的距離，讓他們更加信奉你，這樣才能奴役他們。這一切是不是很可笑？」尼祿陶醉地說出這些話，十分得意地看了凱斯一眼。

「你真的是個不折不扣的暴君！」凱斯怒氣衝衝地說，「告訴我那些罵你的書叫什麼名字，如果我出去了，馬上會買上幾本來看看。」

「過獎了。」尼祿似乎已經習慣了別人對他的不滿，「你知道我最大的煩惱是什麼嗎？」

「什麼？」凱斯怒不可遏地問道。

「那些庸人永遠也理解不了我，但是他們又確實需要我。當然，死神大人對這一點總是看得很清楚的，我插手和經歷的所有時代，有類似的胡扯故事，當你覺得很荒誕的時候，他們卻在切切實實地發生著。」尼祿用傲慢又帶著古音韻的語調說著這些話。

「如果死神真的復活了幾位暴君，那他真的是個不折不扣的混蛋。」儘管眼見為實，但是凱斯還是顯得怒氣沖沖，「你開採了『神諭』的金屬，卻把它用在人體上做實驗，還是在你明知道這種金屬會對人體造成巨大危害的前提下。」

尼祿隨意地笑笑，似乎他已經聽見很多這類說辭，早已經不以此為意了。尼祿身邊的侍衛看了尼祿一眼，像是用眼神請示尼祿的意見。

「死神大人的意思再明顯不過了——要管好莫斯特伯阿米克時代的人，讓他們在食物和資源危機下仍能有序運轉，不靠尼祿大人這樣的人是不行的。難道你沒有聽過勒邦那句名言嗎？群體向來只對強權俯首貼耳，卻很少為仁慈心腸所動，他們認為那不過是軟弱可欺的另一種形式。他們的同情心從不聽命於作風溫和的主子，而是只向嚴厲欺壓他們的暴君低頭。」尼祿的侍衛驕傲地說了一句。

「不過，我們也沒有完全欺騙他們。當然，我們需要做出一些真正的成就，這中間有人犧牲也就再說難免了。」侍衛說完，看了尼祿一眼。

尼祿贊許地點了點頭。

「『神諭』還能用在人身上嗎？」格爾聽著眾人的談話似懂非懂。

「閉嘴！」尼祿的侍衛終於忍不住吼了他一句。

Chapter 044

「這是說，你已經把『神諭』的能量用完了？全部用在啟動這些人的潛能上？」米雪兒不像凱斯那樣，需要從道德上譴責尼祿，她一下子就抓住了事情的重點。

「當然！你以為我真的像你們在歷史書上看到的那樣，除了殺人、喝酒、淫蕩就一無是處？雖然我根本不在乎你們怎麼看，不過，當那些愚民反對暴君的時候，也會找到一些理由，以洗刷他們崇拜當權者時的那種蠢相，給他們內心所帶來的恥辱。」尼祿傲慢地說了一句。

「這麼說，以前放在這裡的『神諭』能量塊已經沒有了？」米雪兒幾乎是近乎絕望地問出了這句話。

「當然沒有了，如果有的話，尼祿先生為什麼還要致力於科技研發？他就是希望能找到一種途徑，開採出更多的金屬，來啟動人的腦能量。」尼祿身旁的侍衛說了一句。

他一邊說，一邊把投影螢幕裡的圖像放大了許多，讓凱斯他們看得更清楚一些。透過那些透明材料，凱斯可以清晰地看見這些裝在盒子裡的人，看起來就像睡著了一樣，面容十分平靜。

「我採用了量子傳輸技術，所以他們可以在深度催眠下為我工作。不要相信他們就像表面上看到的那樣，事實上他們每個人的大腦都在高速運轉著，深度催眠不過是為了將他們的身體耗能降低到最低。」侍衛帶著尼祿式的傲慢，介紹著泰爾西公司的研究成果。

「就是這些啟動的能量塊，讓我們泰爾西公司研發出了『冰牆』技術，莫斯特伯阿米克時代最先進的網路技術。比基因識別密碼還要更高級，因為『冰牆』不僅有預防功能，還有預測功能。」侍衛不厭其煩地向凱斯三個人吹噓著這個東西。

「我明白坎貝爾家族為什麼會輸給你了。」凱斯冷冷地掃了一眼一望無際的正在進行深度睡眠的人群，冷不防地說了一句。

「你說說看，到底是什麼原因？」尼祿聽見凱斯的話，頓時來了興致。

「他輸在並不像你殘忍得這麼徹底，你完全漠視人的生命。當然，這可

能也和他跟著西蒙混有關，再怎麼樣，西蒙還是美國的警察，表面功夫他們也是要做的。」凱斯一口氣將自己的嘲諷全部說了出來。

「沒錯！這就是我當初選址在馬普爾的原因，這裡人煙稀少，沒有多少人會管我在做什麼，我也不需要把精力花在那些虛偽的、矯情的掩飾工作上。我曾經還想在這裡重造一座羅馬宮殿呢！」尼祿不無遺憾的嘆氣。

「那到底是什麼原因，讓你放棄了這個愚蠢的想法呢？」凱斯冷冷地問道。他的腦海裡同時閃過了教堂裡那些盔甲和噴泉下的那個電梯，還有那個荒廢掉、長滿了不能食用的人造植物的「伊甸園」。這一切都讓他聯想到羅馬時代尼祿的荒淫，深深覺得自己快要吐了。

他相信尼祿在造這座供別人旅遊的「伊甸園」時，一定抱著某種荒淫的目的。他僅有的那一點關於羅馬歷史的知識，令凱斯對尼祿的荒淫有一定的瞭解——尼祿深信，沒有哪一個人是貞潔的，甚或他身體的哪一部分是潔白無瑕的，人們只是在掩飾自己的惡行，狡猾地給它們蓋上遮羞布，因此，凡向他供認自己淫蕩的人，他連同他們的一切其他惡行都饒恕了。

「這就是我為什麼要放你們進來的原因。」尼祿打破了凱斯的沉默。

「你想把我們變成你的狗，也沒有那麼容易。」凱斯摸了摸自己口袋裡的那把白朗寧手槍，忽然想起自己在開那個通道門的時候，已經把最後一顆子彈打掉了。雖然如此，但是凱斯還是說了一句，「在那之前，我會先開槍自殺。」

「你以為我會把你當玩具？不！不！不！我有更重要的事情讓你去做，你對我的印象僅僅停留在那種簡單粗暴的歷史記憶裡。小子，你缺乏一點耐心。如果你能像你的女朋友一樣，大部分的時間都在傾聽，你就會擁有一個不一樣的人生。」尼祿慢條斯理地說著。他的語言裡有許多古羅馬時代的音韻，落在眾人耳中，始終有一些咬字不清的感覺。

「我最後沒能將這個宮殿修建成功，根本的原因還是在於這裡的變異人太多了，有的人跑了，但是大部分的人我都把他們關在『德尤斯 A 區』裡，讓他們能在那裡安居樂業。」

「安居樂業？」米雪兒聽到這個詞，想起了她早上腦海中閃過的畫面，那個突然打開的玻璃罩子和突如其來的能量輻射，這些畫面的細節都清晰無比。她有理由相信，這些畫面並不是假的，而是真實發生過的。

「是的。」尼祿又重新坐回到他的那座高級輪椅上，凱斯和米雪兒對視了一眼。凱斯確信自己剛才清晰地看見尼祿向前邁步的情景，他根本就不需要靠輪椅行動，他只是需要這個輪椅的高級材質和這種作風，來彰顯他自己的身分而已。

「難怪他們能承受『神諭』能量的衝擊……原來他們都是變異過的人。」米雪兒喃喃自語。

「聰明。」尼祿絲毫沒有被人鄙視的惱怒，反而是欣賞地看了米雪兒一眼。

凱斯想起尼祿的嗜好，馬上走到了米雪兒身邊，惡狠狠地看著尼祿。

「放心，我對你的小女朋友沒有興趣，我一點也不喜歡這種看起來單純無害的女人，我要的是那個殺人如麻的瑪麗，只有她才能和我配對。」尼祿用他一貫緩慢的腔調說著，臉上帶著某種神往的神情。

「那你就去找她吧！如果你對我們沒興趣，我們就可以告辭了。」凱斯簡短有力地回答他。

「這麼著急幹什麼？我才剛開始欣賞你呢！這麼久以後，你是第一個不害怕我的人。我剛才都說了，我需要你們幫我辦一點事，你們要知道，要同時催眠這麼多變異的人類，實在是太不容易了，每天都要消耗打量的『神諭』能量。」尼祿看了一眼投影螢幕上的畫面，忍不住皺了皺眉頭。

「那也和我們無關。」凱斯毫不留情地用言語回擊著他。

「在你們幫我找到下一塊『神諭』之前，這件事就肯定和你們有關。」尼祿冷冷地笑了笑，從他這個似笑非笑的動作裡，凱斯終於解讀出了一點暴君的意味。

「你已經擁有一塊『神諭』了，還再要一塊『神諭』幹什麼？你要拿來賣嗎？」格爾聽到這裡，終於有一點弄懂幾個人的意思了，忍不住又插了一句話。

「閉嘴！」侍衛又衝著格爾吼了一句，「維爾・多莫先生是為數不多的，這個世界上能買得起『神諭』碎片的幾個人之一，懂嗎？」

格爾被他的怒吼嚇了一大跳，委屈地站在了一邊，忍不住抽抽鼻子，如果不是人太多，他又要哭出來了。

「你的意思是，這些人是因為變異，所以他們的大腦才能承受『神諭』

能量的高速催動？」米雪兒並沒有被尼祿剛才的眼神嚇倒，她順著螢幕上的畫面，看到了彙聚在這些人頭頂上那些虛擬的量子形態雲。

「沒錯！我那個時候沒有遇到過你這麼聰明的女人，如果我復活了血腥瑪麗，我是說，我的王后一定會給她，但是如果我高興，說不定我也會考慮帶你在身邊做個侍女什麼的。」尼祿投給米雪兒一個欣賞的眼神。

「謝謝了，實在承受不起。」米雪兒想到自己之前有可能就是從這裡逃出來的，忍不住有些作嘔。但是現在她們還需要知道更多的資訊，才能確認到底是誰殺了阿姆塔奇他們。直覺告訴她有可能不是尼祿做的，可是和「神諭」、「人造人」這些名詞似有若無的聯繫，又讓她有些迷惑。

「你也是索婆阿騰納斯教派的人？」凱斯想起了教堂裡那些古怪的盔甲，和西蒙辦公室裡那些暗黑風格的裝飾。

「小子，有時候我會懷疑你到底有沒有常識？不過話說回來，比起暴君，宗教確實也是一個非常完美的愚民組織。可以為那些蠢貨們創造一個虛擬的、遙遠的天堂，反正誰也沒有見過，卻要為了這件事奉獻一切。索婆阿騰納斯教派？那不過是我們管轄的二級下屬而已，我唯一崇拜的，就是死神大人。」

凱斯聽了這幾句話，心中有一些隱隱的不安，如果說像西蒙那種身分的人，在索婆阿騰納斯教派裡也不過是某人的二級下屬的話，那西蒙的頭頂上，肯定還有一個更厲害的人存在。凱斯看了看尼祿，聯想到自己在西蒙辦公室中無意聽到的話，腦海中忍不住冒起了一個念頭，難道西蒙崇拜的那個人也是一個復活的暴君？他之前真的不相信這些，所以也就沒有在意。

「我的條件怎麼樣？」尼祿望著沉思的凱斯，倨傲地問了一句。

「幫你找下一塊『神諭』，讓你能更順利奴役這些變異人？」凱斯冷冷地回敬。

「也不用說得這麼直白。要知道，統治那些蠢貨是要藝術的，他們只在乎自己聽到的，沒有耐心分辨你幹了什麼，所以，所有的語言都需要經過適當的包裝才能說出來。」看得出來，尼祿在盡量克制自己，顯得自己能耐心地與凱斯對話。

　　「不好意思，如果非得讓我說得這麼直白，你才能聽懂的話，那我只能很遺憾地告訴你，你的條件我們真的沒什麼興趣。雖然我愛錢，但是我也還沒有愛到能拿我的命去換錢的地步。」凱斯用他那種一貫嘲弄的語調回應著尼祿。

　　「把他們抓起來，關到『德尤斯 B 區』裡去。」尼祿徹底失去了和凱斯對話的耐心，簡短有力地對身邊的兩名侍衛下著命令。

　　「只要你願意，你可以花大錢請人去幫你找，沒必要死盯著我們不放。」凱斯鄙夷地看了尼祿一眼。

　　「你們該不會以為只有我一個人會盯著這塊『神諭』吧？我的確有觸碰那些人的錢，但是我也要考慮法律和媒體的影響。當然，我找你們還有更重要的原因……不過暫時你沒有資格知道。」尼祿看了米雪兒一眼，「還有，我告訴你們這些，不是在和你們商量，而是在下達命令，不管你們願不願意，你們都要執行我的命令。」尼祿終於失去了最後一點耐心，用簡潔明瞭的眼神看了侍衛一眼。

　　侍衛沒有說話，走上前去，掏出槍指著凱斯和米雪兒兩人，凱斯後退了一步，卻沒有掙扎。侍衛的古羅馬服飾和他們手中的現代武器，形成了一種奇異的反差，在凱斯看來，這兩者搭配在一起非常滑稽。但是當槍口逼近他的時候，他卻笑不出來。

　　眼前的這個尼祿，並不是媒體宣傳出來的那個慈祥老人維爾・多莫，那只是他在媒體上營造出來的表像。凱斯深深地明白，在這間暗室裡，只要尼祿願意，他可以隨時隨地要了他們這一行三人的命，並且，尼祿會做得不留痕跡，不會有任何人能制裁到他。

　　「走！」侍衛用槍逼著凱斯幾個人，命令他們向前方走去。

　　「右邊。」凱斯走到了議事廳的轉角處，侍衛用槍逼著他向右邊的一扇自動金屬門的方向轉過去。

　　凱斯剛走到門口，那扇金屬門就自動打開了。

　　「進去！」持槍的侍衛用手槍指著凱斯的腦門，將凱斯逼進了門內。

門後是和凱斯進來這裡時路過的一樣的長廊,凱斯只看了一眼,就判斷出這個長廊是用最貴的奈米金屬材料製成的。這些材料有兩個好處:一是非常結實,二是浸泡在水中也不容易變壞。這些奈米金屬還有一定的防彈作用,西蒙開的車就用了奈米合金——但是像尼祿或者說維爾‧多莫這樣,用這麼多奈米金屬材料來修建整條通道的,確實也未曾見過。

這兩個侍衛用手槍逼著凱斯一行三人走了很長一段路。凱斯聽見金屬的撞擊聲,心中想的卻是另外一件事,因為尼祿的特殊癖好,這些人每天要穿著好幾十斤重的貼盔甲晃來晃去,真的是滑稽透頂。但是一個生活如此幼稚可笑又混亂無比的人,卻又掌控著這個國家三分之一的科技命脈,仔細想想,這又實在像是對這個世界的一種奇異反諷。

「停!」

兩名侍衛出聲喝止了凱斯等人,凱斯向外看了一眼,他們似乎押著凱斯他們走到了長廊的盡頭。長廊的兩側仍然和來的時候一樣,是冰層下湧動的海水暗流,唯一的區別就是這一端的海水並不像來的時候那樣,裝飾著各式各樣的海洋生物模型。透過這一段長廊的透明材料,只能看見浮冰和海水重泛起的一些泡沫而已,隔著一條長廊,凱斯都能感覺到其中的冷寂。

說起來,凱斯想起自己之前居住在 free-center 的時候,他感覺到最多的,就是空氣中帶著某種重金屬味的冷雨。多莫莊園所在的馬普爾地區靠近極北地帶,並不像 free-center 那樣屬於工業區,這裡的水汙染比凱斯居住的地帶要好很多,至少他能透過這些透明材料看到那些浮沫。

不過自從莫斯特伯阿米克降臨之後,下雨成了他們這裡的常態,有專家解釋說,可能這是死神為了維持這個世界的運轉而製造出來的天氣系統。因為所有的微生物、動植物消失後,土地裡的水分也急劇流失,如果沒有這種雨雪天氣,這個世界很快就會崩塌,變成一無所有的荒漠。

凱斯出生在 free-center,他的父親不過是工業區裡的一個機電工人而已,他並沒到過死神轄區以外地方,也不知道那裡是否真的就像他們所說的,現在已經變成了一片荒漠。

幾個侍衛按下了門上的密碼。凱斯和米雪兒對視了一眼,自從他們來到這該死的多莫莊園後,幾乎每扇門都需要密碼,這是唯一一次不需要他們自己破譯密碼或者是不需要他們想辦法開門的時刻,但是眼前的這個情境,卻

一點也不值得他們開心。

「走！」侍衛用槍逼著他們向門內走了進去。

門背後是一個小型潛艇，這個小型潛艇也是用奈米金屬製作的，潛艇外的材質十分特殊，雖然凱斯認不出來是什麼，但是看起來價值不菲。他在軍隊服役的時候，學會了辨識很多潛艇，也瞭解過一些潛艇的基本構造，但是這個潛艇他無法完全辨識，應該是他退役之後出現的新技術。

潛艇內部空間很大，目測可以容納大概十多個人的樣子，凱斯他們三個人加上這四個侍衛，也並不顯得擁擠。

凱斯看見其中一名侍衛衝著另外三個人點了點頭，那三個人將凱斯他們逼上座位，看著他們繫好安全帶。趁著繫安全帶的瞬間，凱斯偷偷地將自己的右手伸到了口袋裡，他想發個訊息給賽洛。不管發什麼，哪怕是亂碼也行，他相信只要賽洛能看到這串符號，憑藉他們倆多年的默契，賽洛應該能自行領會他的意思。

「你們要帶我們去哪裡？」格爾這時才反應過來，驚恐地問了一句。

「少廢話！」那個吼了格爾三次的侍衛，一聽見格爾的聲音，就開始咆哮。他覺得自己已經忍受這個蠢貨忍受得太久了，這種怒吼簡直就像是一種反射式的報復。

格爾被他的怒吼聲嚇了一跳，瑟縮在椅子上不敢再多說一句話，只是抽抽噎噎地哭了起來。米雪兒看了他一眼，現在她已經覺得格爾沒有那麼討厭了，相反的，因為格爾一直被大家呼來喚去，竟然令她開始有一點同情他了。

「把手舉起來！」幾名侍衛命令著凱斯和米雪兒，凱斯放進口袋裡的手剛剛才把手機的開機鍵打開，快速鍵是賽洛的電話，凱斯飛速撥通了賽洛的電話後，不滿地看了那名侍衛一眼，這才把雙手舉起來。

侍衛拿槍指著凱斯三個人的頭，給他們戴上了手銬。格爾抽抽噎噎地哭了一陣子，見沒有人理會自己，只好吸了吸鼻子，看了凱斯和米雪兒一眼，收住了眼淚。

「你們要帶我們去哪裡？」凱斯冷靜地問著幾名侍衛。他感覺到口袋裡的手機已經接通了賽洛的通話，故意向幾名侍衛詢問著。他必須想辦法把自己的座標點告訴賽洛，只要賽洛知道了他的具體位置，他就會想辦法攪局，

只要有機會，凱斯相信自己就能逃得掉。

「一會兒到了你們自然就會知道，在我們到那裡之前，你最好閉上你的嘴。否則的話，一會兒你要吃的苦頭，會讓你後悔來到這個世界上。」其中一名侍衛看了凱斯一眼。

凱斯注意到，他是四名侍衛之中一直沒有發過言的一個，但是他腰間的裝飾與其他三個人不同。同樣是穿著盔甲，他的腰間卻鑲嵌著一個紅寶石，其他的三個人用的都是藍寶石裝飾。他應該是他們幾個人中的首領，凱斯心想。

「如果我沒猜錯的話，他們應該是想帶我們去『德尤斯B區』。」幾名侍衛還沒有回答，米雪兒已經搶先說了出來。

「你怎麼知道？」侍衛疑惑地看了米雪兒一眼。

那名侍衛話音未落，紅寶石盔甲已經重重地扇了他一個耳光，回答米雪兒的那名侍衛猝不及防地挨了這一巴掌，一個趔趄差一點跌倒。

格爾看見這個場景，嚇得哆嗦了一下，身子往凱斯旁邊靠了靠。

那名被打的侍衛什麼也不敢說，閉上嘴一言不發地站到了一旁。

尼祿手下果然像他訓練出來的，雖然這個侍衛只是簡單地反問了一句，但是有這句話就夠了。凱斯心想，他祈禱賽洛已經聽見了這句話，這樣賽洛就能靠著手機追蹤他們的座標點，然後想到解救他們的辦法。

「我也想知道我為什麼會知道。」米雪兒用一句繞口令式的話回答了他。只有凱斯和格爾知道她話裡的意思，她似乎和這個地方有著千絲萬縷的關聯，這些關聯現在就像碎片一樣遺失在她的腦海深處，要一點一點啟動才行。

開潛艇的侍衛加大了馬力，潛艇發出巨大的轟鳴聲向前奔馳而去。

「當然，我不但知道這個潛艇是開往『德尤斯B區』，我還知道，在『德尤斯B區』裡關著的，全部都是被輻射過的變異人。」米雪兒平靜地說出了這句話。

這一次，不光是那個被打的侍衛感到驚奇，就連那個鑲嵌著紅寶石、穿著盔甲的侍衛也感到有一點詫異了——凱斯注意到，他也忍不住看了米雪兒一眼。

■ Chapter 046

　　海上常年很靜，在莫斯特伯阿米克時代這個不分晝夜的世界裡，船艙內冰面反射的亮光，掩映著燈上暗色的黃光，交織出一片溫暖的色澤來。破冰船緩緩開動，透過厚厚的防凍玻璃，里茲可以看見遠處海面上的幾座冰山。

　　「照我說，這下面應該還有十幾英呎的厚度。」里茲透過船上的防凍玻璃，看著遠處的冰山，低聲嘆息著。

　　舺板下發出一聲輕微的震動。暗夜之中，他能清晰地聽見費里曼均勻的呼吸聲，他睡得很沉。里茲睡不著，他也不知道自己的短睡症是從什麼時候開始的，可能是在米蘭德研究所的時候，就已經顯現出這種跡象了，只是最近幾年爆發得越發明顯。

　　他在原始的電子資料裡看過，很多科學研究工作者都有類似的毛病，包括大名鼎鼎的馮諾依曼。自從里茲確定自己也患上了短睡症之後，他常常會在凌晨四點左右醒來，然後看一部舊電影，等電影播完的時候，費里曼也差不多會醒來，那時候他們會一起看看最新的科技論文，或者在電腦上鑽研練習最新電子產品的立體拆裝技術。

　　今天他醒的時候，比平時還要早一個多小時，里茲以為是自己在船上的緣故，但是等他坐起來的時候，卻發現並非如此。

　　海面上十分靜謐，里茲豎著耳朵，舺板下面又傳來一陣輕微的撞擊聲，這一次，里茲幾乎可以確定，是有什麼東西在舺板下面了。但他隨即又想起另外一件事——莫斯特伯阿米克降臨之後，人類能活動的區域，已經沒有任何可以生存的動物或是植物了——　唯　肉眼可見能活動的生物，就是人類自己。

　　里茲看了一眼還在沉睡之中的費里曼，悄悄起床。他對一切冒險的事似乎有著天然的興趣，或許這是他看過太多電影產生的後遺症。雖然他在現實中，頂多也就見過坎貝爾集團造出來的生化人，但是自從他看過莫斯特伯阿米克降臨之後，他就始終相信，這個世界上有著許多自己無法用科學解釋的東西。在這方面，里茲一向比較謙卑。

　　里茲打開門，一陣涼風灌了進來，他在心中暗暗咒罵了一句。他們雖然

能從中心城市領取食物發放機裡的食物，但是這一點並沒有改變他們的生物感官，里茲仍然會感覺到冷熱──就像現在這樣。

失去微生物之後，海水調節溫度的作用也失去了──現在僅僅是保濕而已。里茲一邊緩緩向船艙內部走去，一邊在腦袋裡想著這件事。

現在對里茲而言，一切東西都已經本能地轉化成科學思維了，這是他長期從事這個工作帶來的後遺症。甚至有時候他去領取食物發放機裡的食物時，他也會覺得這些事看起來不像真的，雖然他也吃著食物發放機裡的紅色食物，才能安全地存活下去。

但是一想到自己因為這些食物，血液就變得和那些生化人一樣黏糊糊的，他就感到一陣噁心。他自己覺得，他還是有那麼一點浪漫主義色彩，對生活的品質也有一些細微要求，但是在莫斯特伯阿米克時代，似乎一切都成了奢望。

里茲打開了甲板旁邊的一個蓋子，往船艙地下走去。這艘破冰船是用金屬和木頭混合製成的──僅有的木地板，還是莫斯特伯阿米克時代降臨之前的船體內建部分，現在都變成珍稀材料了──他一邊想著一邊往艙底走去。

艙底很大，有將近三百多坪的樣子。裡面很黑，大概只有從頂上漏下來的一點燈光，可以照到倉板打開附近的四周，再往裡面走時，只能看到黑壓壓的一片。

「咚……」

里茲又聽到了這聲清響，比之前在二樓房間裡聽到的要清晰很多。他有一點後悔自己的莽撞，甲板下面的區域太黑了，他如果早就瞭解這一點，應該從上面帶一盞燈下來的。里茲深深閉上了眼睛，隔一會兒再睜開的時候，總算適應了這微暗的空間。如果硬要說莫斯特伯阿米克降臨之後還剩下什麼僅有的好處的話，那就是他的眼睛在這種光線對比之下，算是有了一點自我調適的功能。

他慢慢向那個聲源靠攏。

「咚咚咚」的聲音越來越大，里茲走近了那個發出聲響的東西。那個東西被裝在一個鐵柵欄裡，竟然還會動，模模糊糊之中，他似乎聽到了這個東西發出暗啞的呻吟聲。

里茲又往前走了幾步，腳底發出「啪唧」的聲音，像是踩到什麼黏糊

糊的東西。他蹲下身，用手輕輕沾了一些黏液，放在鼻子下面聞了聞，黏液上刺鼻的血腥味提醒他，這應該是血跡。里茲輕輕撚了撚手指，這個關在籠子裡的生物，血液似乎比普通人要稀釋一點，並不像普通人那樣是濃稠的糊狀，只是純白透明的，卻還能在他腳下蜿蜒流淌。

籠子突然被重重撞擊了一下，發出了「咚咚」兩聲巨響，嚇了里茲一大跳。里茲一邊後退一邊在心中嘀咕，他初步猜測個籠子裡裝的應該只是一個肉人，至於有沒有被生化改進過，他倒是還看不出來。

里茲知道，雖然美國法律嚴禁人工培育與人類相近或是類似人類的物種，但是地下黑市裡培養肉人這件事，在民間已經算是公開的祕密了。黑市商人們給出的理由是，長期食用食物發放機裡的食物太過單一，雖然能維持基本的生存需要，但是人類畢竟是一個需要新鮮感的物種，幾百萬年遺留下來的食肉欲望，也會時時提醒人類。所以，那些黑市商人認為，適當的肉人養殖和肉人的肉食供應，能緩解一定的社會矛盾。

甚至部分黑市商人曾經還組織起來，呼籲成立肉人的供應和肉人通行的法案。雖然法案到現在也沒有通過，但肉人交易這件事，眾人私下也算是心知肚明了。有許多有錢人甚至養肉人當寵物，對此當局也是睜一隻眼閉一隻眼——不過有錢人不管幹什麼，當局都是睜一隻眼閉一隻眼，這一點里茲心裡是十分清楚的。

「該死，這狗東西平時沒這麼折騰的，你昨天給他進行過電擊催眠的時間設定到底夠不夠？」一陣粗魯的抱怨聲向里茲的方向傳來。

里茲聽見腳步聲，慌忙縮到艙內的一個陰影處。

一束光柱向著里茲所在的方向射了過來，里茲看見一個穿著綠膠雨衣的彪形大漢，和一個矮敦敦、看起來似乎像是墨西哥人的男人走了過來。他們徑直往籠子中關著的那個東西走了過去，路過里茲所在的方向時，連看都沒有看一眼。

里茲緩緩轉過頭，順著他們兩人手中的亮光，他看見籠子之中關著的，是一個類似於人形的怪物。這頭怪物長著巨大的蹼腳，看起來就像里茲在電腦上看到的那些遠古兩棲動物的爪子一樣——手上也是類似的狀態，這樣的形態，導致這個怪物行動有些遲緩。

他的身體幾乎比常人要大一倍，雖然被關在大一號的籠子裡，但這個怪

物也只能蜷著身子。從里茲的角度看過去，怪物幾乎占了籠子的三分之二，只剩下一點騰挪的餘地，怪物在這僅有的空間裡左衝右撞，將整個籠子撞得發出了「匡匡」巨響。

「真該死，摩卡！這討人厭的蠢貨到底要怎麼樣才能安靜下來？再這樣鬧下去，一會兒吵醒別人了。」綠膠雨衣的彪形大漢，一邊用手電筒向籠子的方向晃蕩著，一邊喋喋不休地抱怨著。

「我昨天晚上幫他增大過注射劑量，為什麼今天會提前醒過來？說起來這件事也不能完全抱怨我，船上變異細胞增量的監測機器實在是太過老舊了，照我看，這破玩意兒早就應該淘汰掉了。」

里茲縮在牆角，聽著這個叫摩卡的似乎是墨西哥人的人，回應著綠膠雨衣的彪形大漢的抱怨。摩卡話語裡帶著明顯的墨西哥口音，里茲聽起來十分費力。

順著手電筒的燈光，里茲看見摩卡從口袋裡掏出了一串嘩啦作響的金屬鑰匙，從中選出了一把插進籠子的金屬鎖裡。金屬籠子靠近銅鎖的地方，已被裡面的怪物撞得略微有些變形，里茲思忖著，大概鎖環上也有一些變形，所以摩卡開鎖的時候，將整個金屬鎖抖動得嘩啦啦作響。里茲看著他大概抖動了五分鐘才將鎖打開，用手拍了拍裡面的怪物。

「真該死，竟然流了這麼多血！」里茲看見摩卡甩了甩手，將手上的黏液甩掉，應該是那怪物的血。自己剛才踩到的，應該也是這個怪物流出來的血，只是不知道為什麼，比普通人類的血跡要淡得多。

打開籠子的一瞬間，怪物怒吼了一聲，嚇了摩卡一跳。

「拉莫爾，你幫我按住這個蠢貨的頭！快一點！這該死的蠢東西力氣實在太大了。」摩卡一邊用力頂住門，一邊出聲叫著那個綠膠雨衣彪形大漢。

里茲看見這個怪物在籠子中扭來扭去，將籠子撞得嘩啦啦直響。

「快一點，別讓它吵醒別人！」摩卡幾乎是壓低聲音對拉莫爾怒吼著。

　　里茲縮在黑暗中，看著兩人的動作，心中暗暗揣測著這個變異怪物的身分。老實說，一開始他懷疑這是個肉人，但是很快他又將自己這個揣測推翻了。在里茲的認識裡，肉人因為缺乏食物，所以大部分發育得不是很完全，像這個籠子裡這樣身強力壯的怪物，他還是頭一次見到。

　　拉莫爾笨拙地按住籠子中怪物的頭，里茲看見摩卡掏出一根針管，用力往怪物的頭上紮了過去。怪物發出了「嗷」的一聲怪叫著，幾乎要折彎摩卡手上的針頭，摩卡在那一瞬間，將手中的藥劑推進了怪物的身體。

　　「真該死，這些抑制劑已經快要用完了。你今天問過了嗎？到極地還需要多久？拉莫爾！」摩卡用力地拔出了手中的針頭。

　　「還有一星期左右，真該死，他們那些大佬自己捕撈來的這些實驗品，失敗了卻要由我們處理。」里茲聽見拉莫爾一直喋喋不休地抱怨著。

　　「算了，反正他們也付過錢了，如果不是這樣，我們哪有這麼多外快。說起來，很多人根本不知道這件事，他們根本就不知道，莫斯特伯阿米克時代裡，死神領域之外的那些變異生物是什麼樣子的，一旦政府公開了這個資訊，我敢打賭，或許美國明天就要陷入新的一輪大恐慌之中。」摩卡一邊彈著手中的針頭，一邊和拉莫爾說著。

　　「想想也是，我敢說，現在的人90％都只知道中心區域的位置，除了自己明天要吃什麼，他們壓根就不會關心除自己房間以外的任何東西。」拉莫爾的話裡面充滿了諷刺的意味，他一邊關上籠子，一邊有意無意地向里茲所在的方向瞟了一眼。

　　他的動作讓里茲嚇了一跳，里茲差一點以為他們發現了自己了。好在拉莫爾不過是往這個方向瞥了一眼，馬上又被怪物的號叫聲和摩卡的招呼聲吸引了注意力，重新望向了籠子。

　　「把它塞進去，對！就這樣，小心不要吵醒船上的其他人，讓他們知道，咱們就麻煩大了。」雖然摩卡壓低聲音，但是里茲還是聽到了。

　　「照我說的，我們一開始就不該接這種生意，實在是太危險了。」拉莫爾又嘟囔了一句。

「你拿著錢去賭博、去夜店玩女人的時候,可不是這麼說的,拉莫爾,幹活兒的時候你就嫌麻煩了。」摩卡看了拉莫爾一眼。

「好吧!好吧……」拉莫爾幫助摩卡重新走近籠子,將裡面逐漸放棄掙扎的怪物裝了回去。大概是藥劑生效,怪物緩緩安靜下來,呆滯地趴在籠子之中。

「這玩意兒就不能更有效一點嗎?」拉莫爾看著摩卡擰下針管上那個幾乎被折彎的針頭,忍不住說了一句。

「這些抑制劑都是從食物發放機的食物裡萃取出來的,效果很難說,這些怪物並不像我們一直生活在死神的管轄區域,他們是從『區域外』被捕撈過來的。這些萃取的抑制劑對這些成年的怪物來說,有多少效果還不知道呢……反正也沒有人做過這方面的實驗。」摩卡一邊將手中的針收回到自己的藥物箱中,一邊說道。

里茲豎著耳朵,仔細聽著兩人的談話,這兩個人大概也沒有想到里茲縮在牆角,將他們所說的事情都聽進耳朵裡,還在自顧自地說著。

「這一票幹完了,下次還是別冒險了,我說真的。」拉莫爾看了籠子中的怪物一眼,「他們那些人送過來的那些『區域外』的怪物,形態越來越怪,我不知道他是打算組織一隊生化大軍還是什麼的。總而言之,下次真的不是我們能搞定的,我想還是算了吧……」拉莫爾一口氣說了許多話,里茲看見他舉著手電筒,正在擦拭著地上蔓延的那些黏稠透明血液。

他現在大概可以推測出,為什麼這個怪物的血液會比一般人稀薄了,大概是這個怪物一直使用食物發放機裡的藥劑,只是使用的時間不長,所以這個怪物的那些變異基因還沒有被完全抑制。當然,他也不知道這個東西的萃取濃度有多高,畢竟他手邊現在也沒有什麼檢驗器材。

只是這個叫摩卡的墨西哥人和這個叫拉莫爾的大個子的對話,引起他的注意,他從米蘭德研究遺留下來的那些資料裡,只是找到了一些關於「神諭」的材料,從里茲目前的研究成果來看,他只知道「神諭」金屬有很強的輻射功效,當然其他的功效他也不知道,因為從米蘭德研究所僅有的資料裡,他暫時研究不出那麼多的資訊。

而且最重要的原因是,雖然他和費里曼每天都在接觸和「神諭」有關的資料,但事實上,他們從來都沒有見到過一塊真正「神諭」。從目前他掌握

的有限資料中，他只是知道在極地的那個座標點上，可能會有一塊「神諭」金屬的存在，至於這塊「神諭」金屬到底能幹什麼用，恐怕只有死神大人自己知道了。

里茲站在黑暗之中，腦袋裡飛快地計算著眼前看到的各種資訊，從這兩個人的談話之中里茲可以知道，他們將會把這個怪物運往極地，而這個怪物本來是生活在他們所說的「區域外」，只是被某些組織祕密地從區域外運往了他們的地下實驗室，似乎正在進行著某些不為人知的實驗。

當然，說是實驗有一點太高估那些人了，就里茲的瞭解，除了泰爾西公司之外，剩下的這些人，從來都沒有誰真正擁有過「神諭」，就更別提開發瞭解「神諭」的某些隱藏功能了。

雖然如此，但是把這些馴化失敗的怪物偷偷運往極地，還是引起了里茲的注意。他可以肯定，「神諭」或許和這抑制這些怪物的變異，有什麼莫名其妙的關聯。只是從泰爾西目前的開發成果看，「神諭」似乎又可以激發某些人體的潛在功能。這些東西都令里茲有些疑惑，看樣子，一切也得自己到了極地才能解開了。

說起來，今晚他來到這塊甲板下面，得到了很多意外的資訊。從這兩人的談話可以得知，這個叫摩卡的墨西哥人和這個叫拉莫爾的大個子，不是第一次幹這件事，他們在此之前應該幹過很多票。雖然他們沒有說到底是在為哪個大佬服務，但是里茲至少可以肯定一點的是，在他們生活的中心城市以外，還有一些地方並沒有被死神接管。有人正在祕密地捕捉「區域外」的變異人，想要馴化他們，為自己所用。

他知道泰爾西公司用「神諭」啟動出來的那些變異人種，這些都曾記載在他曾經在米蘭德研究所任職的父親手稿之中——這裡面也有很多失敗的實驗品，他一度認為那已經是變異的極限了。但是今晚他才知道，原來在「區域外」還有許多變異人，而且，那些大佬把捕捉而來、不能馴化的變異人，都扔到了極地。

里茲一邊想，一邊看著他們兩個人鎖好籠子，向著自己的方向走了過來。里茲踮起腳，向著更深的黑影裡悄悄地移動過去，以免被拉莫爾手中晃動的手電筒照出自己的所在。

「總感覺好像有人在後背盯著我們似的。」拉莫爾一邊說一邊將手電筒

收回來，向著前路晃了過去，只見兩人下來的路上空空如也。

里茲鬆了一口氣。拉莫爾又將手電筒向籠子的方向晃過去，這一照差一點將他嚇了一大跳。剛才已經安安靜靜趴在籠子裡的怪物，不知道什麼時候又爬了起來，正惡狠狠地盯著摩卡與拉莫爾離去的背影，怪物的眼睛瞪得和銅鈴一樣，裡面充滿了紅色的血絲，還有一些黑黃相間的部分。拉莫爾驟然對上這樣一雙眼睛，嚇了一大跳，手裡的電筒差一點扔了出去。

「小點一聲！」摩卡出聲提醒著拉莫爾，「難道你想把別人都引過來嗎？再忍幾天，還有一星期的時間，我們就可以到極地了。船會在那個地方停靠十天，到時候我們隨便找個地方把這個籠子扔出去，這件事就算完了。說起來，如果下次還讓我們繼續幹這件事，一定要漲價，實在太讓人擔心受怕了，好在現在還沒有人發現這事。」摩卡也開始抱怨起來。

里茲看著兩人舉著手電筒從自己的身邊走過，慢慢地回到了一樓的甲板上，又小心翼翼地蓋上了船艙底部的蓋子。

里茲用耳根貼著牆壁，聽見兩人走遠的聲響，長長地舒了一口氣。他沒有立即從陰影裡出來，相反的，他對這個變異怪物產生了濃厚的興趣，他想要知道，這個怪物到底和「神諭」刺激下的那些變異品有什麼區別。

想到這裡，里茲躡手躡腳地移向了籠子所在的方向，對於里茲而言，一切可以瞭解「神諭」以及和「神諭」有關的東西，他都不會錯過。好在船艙內部並非全黑，從一樓漏下來的一點光，已經足夠里茲看清楚這個變異怪物的構造了。

里茲小心翼翼地蹲在籠子外面，仔細觀察著這個變異人的形態。這個變異人比他看到的變異人要高大許多，從里茲的角度望去，可以看見變異人腳掌上長著厚厚的毛髮，或許這和他的生活環境有關——里茲心裡這樣想著——變異人的手掌構造和他的腿腳構造差不多，似乎這個變異人日常就是爬行狀態。變異人的頭上並沒有任何毛髮，只有幾道裂痕，應該是被籠子上尖銳的鐵器劃傷的。

里茲想起自己看到這個變異人雙眼的樣子，覺得這個變異人的模樣，有一點像自己曾經在電子書中看到的某些動物形態，雖然他沒有親眼見過真正的動物，但卻還是忍不住會產生這樣的感覺。

　　就在兩名侍衛走近凱斯的一瞬間，他果斷地掛斷了電話。他相信賽洛已經準確地接收到了他們地位置，剩下的事情，只能聽憑賽洛的機智果敢了——如果他有的話，凱斯在心裡暗暗祈禱著。他也不知道自己到底是在對誰祈禱，在祈禱著什麼，這不過是習慣性動作而已。

　　「喂！喂！」手機的另一頭，掛斷電話的賽洛疑惑地皺了皺眉頭。老實說，凱斯打來這通電話的目的，不用詳細告知，他也可以透過他和周圍那些人的對話清晰地揣測出凱斯的目的，但是自己要怎麼幫他呢？

　　賽洛皺了皺眉，說真的，一時之間他還真的想不到有什麼方法能把凱斯弄出來，他還需要更多的資訊，比如凱斯的座標點什麼的，才能確定他應該如何幫助凱斯。賽洛放下手機，憑藉記憶，把凱斯在多莫莊園裡一連串的遭遇，以及凱斯傳給自己的關鍵資訊一一記錄了下來：潛艇、泰爾西莊園、尼祿、復活……等等，這個習慣是他在凱斯那學到的。

　　凱斯總是隨身帶著紙筆，把那些和案件有關的關鍵資訊都記錄在冊，方便自己組合這些關鍵字的時候，能從偶爾閃現的靈光之中找到某些新的線索。他以前嘲笑過凱斯的這個習慣，說真的，若是按照他的方式，只要將這些東西輸入電腦，電腦會在五分鐘之內就組合出所有的排列組合方式來，比人腦的計算快多了。

　　但凱斯對此卻持不一樣的態度，凱斯說，電腦永遠只能計算出設定好的程式，計算不了設定意外的程式，就像賽洛說的那樣，電腦不能模擬出人腦五十多億對神經元的排列組合方式，更不能像人類一樣，創造出這個世界上本來就沒有的東西。

　　程式的排列組合，永遠只能組合出這個世界上現在已經存在的範例，很難有什麼超越性的建樹。但是罪犯恰恰就是那些你想像不到的人，所以，用靈感來推測，有時候比技術推測要可靠多了。

　　當然，對賽洛這樣的電腦狂人而言，他對凱斯這些類似於玄學的說法，一貫嗤之以鼻。他總覺得，人的認知也必須是一種科學的、線性的升級模式，這個世界上，不可能有脫離現存事物體例存在的那些事物，無非是樣

本夠不夠大的問題，倒是從中篩選出最有可能性的組合，需要花費一定的時間。

在這一點上，凱斯和賽洛倒是一致的，只不過他們倆認識了這麼多年，不管是凱斯還是賽洛，多多少少都沾染了一些對方的習慣，現在賽洛也學會了將關鍵字和關鍵資訊寫在本子上了，他感覺自己的思考習慣都在向凱斯靠攏。

要知道，放在以前，他不會相信任何程式以外的東西，更不用說這些感覺上的東西了。但是自從莫斯特伯阿米降臨之後，賽洛也發現，在這個世界之外，還有許多自己不瞭解的神祕事物，譬如死神的存在，還有中心城市食物發放機裡領取的那些具體的食物。

他依靠著這些具體的食物活了下來——這就是他親身經歷的魔幻現實。這一切也開始動搖賽洛心中的科學觀，他也因此開始有一點相信凱斯所說的「感覺」的存在了。他相信，這個世界上還有一些宇宙法則或者是某些神祕事物，是人類目前無法開採、同時也無法瞭解的領域，就像現在掌控他們這個世界的死神一樣。

所以當凱斯告訴他，自己見到了被死神復活的尼祿，而維爾‧多莫正是尼祿的化名，是他控制了整個多莫莊園和泰爾西公司，並且他還開採出一塊「神諭」金屬時，賽洛並沒有像以前一樣，覺得凱斯的話有多麼不可思議，或是完全覺得凱斯是在欺騙他。透過他對凱斯的瞭解，或者說，他相信凱斯不會傻到拿自己的生命去驗證這種事情的真實性，所以他選擇相信凱斯，而且他還打算幫他。

賽洛一邊在大腦之中飛快地計算這些資訊，一邊想著對策，如果凱斯說得沒錯的話，現在要將凱斯押解到「德尤斯B區」的發令人是尼祿，在凱斯進入到大廳的時候，他已經偷偷地將多莫莊園的照片拍下來發送給了賽洛，並讓賽洛幫他聯繫了西蒙。

說真的，雖然賽洛並不知道凱斯聯繫西蒙做什麼，但是他唯一能確定的一點就是，凱斯比他更瞭解西蒙，因為他們工作上有交集，哪怕是互相討厭，凱斯的這些工作，還是不可避免地會和警察們打交道，他和西蒙之間，肯定有些自己不瞭解的東西。

賽洛一邊這樣想著，一邊把這條線索記下來。從他接到凱斯在潛艇之中

的第二通電話開始，他就在思考，自己是不是要打電話給西蒙。

　　賽洛瞥了自己放在手邊的手機一眼，多少有些猶豫。他想，如果凱斯在這裡就好了──那樣的話，他所有的疑惑都可以從凱斯那裡得到解答，這樣比自己在這裡猶豫著亂猜要好得多。像他這類技術人員，實在是不擅長應付這種複雜狀況，他這個時候才體會到凱斯所說的，直覺有時候比計算更可靠是什麼意思。

　　的確，有時候在面對這種未知無解的狀況時，根本不會留什麼時間給他反覆地推敲計算，當然電腦或許會給出好幾種選擇的辦法，但是每一條都有危險且不確定的情況下，他真的不知道該怎麼做出最好的選擇。

　　賽洛抓起手機，他知道，凱斯等不起，他沒有完整的時間來計算他有多少種方法救出凱斯、這些方法的危險係數有多高，他現在唯一能做的，就是趕緊在凱斯被送往「德尤斯 B 區」之前就想到辦法。剩下的，他相信凱斯自己也會隨機應變的。

　　他撥通了西蒙的電話，在凱斯打算硬闖泰爾西莊園十樓之前，他曾經指示賽洛這樣做過一次。凱斯說，他感覺到西蒙似乎在為什麼人辦事，他敢肯定，西蒙背後還有一個更高的權力系統，雖然西蒙是聯邦調查局的局長，但他憑直覺就覺得，西蒙並不是他這個派系的最高領導者。

　　甚至連給西蒙輸送資金和財產的坎貝爾家族，都未必是這個體系背後真正的大佬。雖然賽洛不知道凱斯到底是透過什麼資訊得出了這個結論，但是他相信凱斯所說的是真的。

　　「西蒙背後的勢力，很有可能是死神復活的另一個暴君。打電話給西蒙，雖然我不知道他背後的人是誰，但是我可以肯定他們是想要『神諭』的，不管他們需要『神諭』來做什麼，他都不會讓尼祿那麼輕鬆地拿到他們……」賽洛想起了凱斯之前和自己說的那些話，他並不知道的是，凱斯正是靠著他接通了西蒙的電話，又說服西蒙毀掉了一架無人機，才和米雪兒一起逃脫了變異肉人的抓捕。

　　「嘟嘟……」賽洛猶豫再三，還是撥通了西蒙的電話，他相信凱斯的判斷，有時候就應該冒險。只要西蒙背後那個掌權的大佬，對「神諭」還有濃厚的興趣，凱斯他們就可以利用這一點來拉攏西蒙，讓西蒙成為他強力的外援。

　　賽洛一邊在心裡這樣安慰自己，一邊焦灼地等待西蒙接聽電話。凱斯說，西蒙背後的那個大佬，也許也是死神復活的暴君，這些被復活的暴君身上，多多少少帶著一點他們原來的性格特質，或者是他們的喜好。賽洛想起自己那貧乏得可憐的一點歷史知識，覺得自己從來都沒有哪一刻像現在這樣，懊悔沒有學好歷史帶來的資訊損失。

　　要是他知道西蒙背後的那個暴君是誰就好了，這樣他至少還可以上網搜索，看看怎樣投其所好，而不是像現在這樣聽天由命。

　　「喂？」西蒙略帶不耐煩的語氣從電話的那頭傳來。

　　「喂喂……」賽洛有些手足無措地回應著西蒙的電話，像他這樣整天面對電腦、整天埋頭研究程式的人，實在不擅長應付這些事。

　　「如果你還需要『神諭』的消息的話，凱斯・史密斯要我告訴你，他現在有線索了，尼祿，不，維爾・多莫現在正在威脅凱斯・史密斯幫他尋找『神諭』，但是他拒絕了，所以維爾・多莫現在打算把他關到『德尤斯Ｂ區』去。如果你還需要『神諭』金屬，我想，你現在也可以出手了。」賽洛像背書一樣機械地對著手機聽筒說完這段話時，他的手心都已經汗濕了，他幾乎從來都沒有跟一個像西蒙這樣的陌生人一次說這麼多話。

　　「我知道你給我打這通電話的目的，你不是想要告訴我『神諭』的消息，你是想利用我，讓我幫你救出你的朋友？」西蒙的話裡那種諷刺的意味更濃了。

　　「反正『神諭』也是你需要的，你不會專門去救我的朋友，但坎貝爾家族不是一向就和泰爾西家族不對盤嗎？既然你們都想要『神諭』，我朋友給你提供了這樣的消息，不正好適合你動手嗎？」西蒙略帶揶揄嘲諷的語氣，一下子令賽洛感到有些憤怒，連帶著緊張的情緒也忘記了。

　　「你怎麼知道我需要『神諭』？我對『神諭』沒有興趣，對『神諭』有興趣的是坎貝爾家族，你應該打電話給他們才對！」電話裡，西蒙一副不以為然的語氣。

　　「你有的。」這一次，賽洛的語氣倒是十分肯定，「即使你沒有，你背後的那個人，對『神諭』也是有興趣的。」

■ Chapter 049

　「小子，注意你說話的語氣和措辭方式，明白嗎？我只要稍微動一點腦筋，就馬上能以威脅罪對你進行逮捕拘留，至於拘留的時候會發生什麼事，你只能自求多福了。」西蒙話裡充滿了冷意。

　「隨你便，我這個人也不喜歡兜圈子，你就直接告訴我，你到底要不要『神諭』吧！如果你要的話，我朋友就可以給你提供詳細線索。」賽洛也忘了害怕這回事，直接與西蒙針鋒相對起來。

　「嘿嘿！小子，你朋友可比你狡猾多了。即使我需要『神諭』，我也有辦法查到『神諭』的線索，根本不在乎你那倒楣蛋朋友給不給我線索。」西蒙冷笑著。

　賽洛聽著他笑聲之中嘲弄的意味，又開始手足無措起來──他不知道凱斯是如何跟西蒙這種看起來道貌岸然、實則流氓氣十足的人打交道，像他這樣每天都坐在電腦前研究技術的人，在西蒙面前，被耍弄得就像一個失智的小學生。不得不承認，凱斯在應付這些人方面，確實有一定的天賦。

　西蒙聽到電話那頭的賽洛沉默下來，繼續冷笑著說：「小子，你知道那架被打下來的無人機多少錢嗎？你以為我救你的朋友，就這麼輕鬆？」

　「說吧！你還需要什麼條件？」這一次，西蒙話裡的意思賽洛倒是聽懂了。

　「把你在網路上做的追蹤系統代碼交出來，這是我去救你朋友的代價。」西蒙簡短地開出了條件。

　「你沒有資格得到這東西，我也不可能把它給你。」賽洛狠狠地說了一句，他明白，只要西蒙得到了這個東西，也不知道會有多少人會因此遭殃。

　「看樣子，你對你的朋友也並非像你說的那麼關心。」西蒙冷冷地嘲弄著賽洛，做出一副馬上將要掛斷電話的架勢。

　「等一等！」賽洛出聲制止了西蒙，「我給你這個代碼，但是你要馬上報給你背後的那個人，凱斯他們等不了那麼久。」

　「沒問題，小子。下次跟人談條件之前，先想好自己手上有多少籌碼再說。」西蒙冷冷地掛斷了電話。

賽洛聽見電話那頭傳來「嘟嘟」聲，憤憤地將手機扔到一邊，惱怒地坐到了電腦前，他剛坐下，手機上便閃過來一條消息。

賽洛拿起手機看了一眼，是西蒙發過來的電子信箱。

賽洛猶豫了片刻，將複製下來的代碼發到了西蒙提供的電子信箱裡。

房間內安靜了片刻。一陣嗡嗡聲從賽洛腳下傳來，賽洛低下頭，看見電子狗正在自己腳下蹭來蹭去。

「走開，親愛的，我現在正忙著呢！」賽洛沒好氣地將機器狗挪到一邊，任由它發出不滿的「吱吱」聲，這聲音讓他想起了凱斯上次到這裡來的情景。

「西蒙背後的人，我現在說不準，但是多半是死神復活的哪個暴君。」凱斯的話在賽洛的耳邊響起來，賽洛伸手握著滑鼠，不管什麼時候，只要他拿著滑鼠、對著電腦，他就會有一種莫名其妙的安全感。

賽洛握著滑鼠，也不知道點到什麼地方，螢幕上彈出了一個網頁。

「暴君，暴君……」賽洛想起了凱斯的話，在嘴裡喃喃重複著。

「暴君，暴君！」電子狗聽到賽洛口中說的話，也跟著重複了起來。

「拜託，現在別吵我。」賽洛沒好氣地說了一句，他一向從來都不會毀壞電子產品，也不會對它們有脾氣。當然，在賽洛看來，拆卸這種事，從來都不算是毀壞，他是為了更瞭解這些電子產品，才會做出這種舉動。

「暴君，暴君！」電子狗並沒有接收到賽洛的情緒，只是在口中不停地重複著這個句子。

賽洛拉過鍵盤，在上面敲出「暴君」兩個字，用搜尋引擎搜索了一下，下面竟然出現了一長串名字。

賽洛點開了尼祿的名字，上面有一連串關於尼祿的介紹。

他輕輕唸著：「尼祿，全名尼祿‧克勞狄烏斯‧凱撒‧奧古斯都‧日耳曼尼庫斯，原名路奇烏斯‧多米提烏斯‧阿赫諾巴爾布斯，或尼祿‧克勞狄烏斯‧愷撒‧德魯蘇斯‧日爾曼尼庫斯……」

電子狗聽見賽洛的話，也跟著唸了起來：「尼祿，全名尼祿‧克勞狄烏斯‧愷撒‧奧古斯都‧日爾曼尼庫斯……~%？…，#*☆&℃$」

賽洛被電子狗發出來的奇怪聲音逗笑了，這個電子狗現在只裝了初級程式，頂多也只是一個會移動的簡單程式狗。雖然賽洛為這隻機器狗設定

了程式，讓它努力模仿人類，但是這麼複雜的中間名對它的設定程式而言，要一口氣念出來有很大的難度。電子狗念到一半，後面的幾乎全部都含混不清了。

　　賽洛往下滑動著滑鼠，仔細閱讀著尼祿的生平介紹。從這些介紹裡，他大概瞭解了尼祿是個什麼樣的人，雖然現在這個尼祿被復活在莫斯特伯阿米克的世界裡，但是賽洛相信，人的性情沒有那麼容易改變，現在的這個尼祿，一定還帶著以前那個尼祿的某些特質。

　　賽洛仔細地把尼祿的介紹閱讀完了，期間他的電子狗再次滑動到了賽洛腳邊，發出了電子產品特有的「吱吱」叫聲，剛才模仿賽洛那一長串的閱讀，卡住了它的閱讀系統，令他的發聲系統產生了故障，電子狗安全系統掃描到了故障後，馬上發出了紅色警報，驅動電子狗再一次滑動到了賽洛腳邊。賽洛看了在自己腳邊打轉的電子狗一眼，伸手將電子狗身上的發聲器關掉了。

　　「知道了，一會兒我再來處理你的事情。別著急，親愛的，等我先做完我手上的這東西，你凱斯叔叔等著我救他呢！」賽洛對著電子狗說了一句，也不管電子狗有沒有聽懂，就又轉頭對著他的電腦了。

　　移動滑鼠的時候，賽洛的手碰到了剛才放在旁邊的紙和筆，他想了想，將網頁上形容尼祿個性的詞都寫在紙上。

　　「好吧！就是這個人了。」賽洛對著這張紙，尼祿的形象頓時清晰了許多，回憶起之前維爾‧多莫的種種表現，確實有許多可以和現在這個形象重合的蛛絲馬跡。想到了這一點，賽洛趕緊將坎貝爾家族和西蒙的名字輸入到搜尋引擎裡。

　　如果可以從維爾‧多莫和泰爾西公司之前的所作所為裡，找出背後的控制者是尼祿的跡象，那他也可以把坎貝爾家族和西蒙的那些事輸入搜尋引擎裡，再透過他們的所作所為，推測出到底和哪個暴君的個性比較接近。只要他找到了這個暴君的名字，再把這個暴君的名字傳給凱斯他們，他應該就能從種找出對策來。

　　「我他媽的真是個天才！」賽洛拍了拍腦袋，他自己都為自己的這個想法感動。不過他隨即想到，如果是凱斯，可能早就想到這個辦法了。

　　「好吧！畢竟他才是幹偵探的，但是我有工具。」賽洛嘿嘿地笑了兩

聲，剛才被西蒙戲耍的羞恥感和鬱悶感一掃而空，因此此刻他想起了自己做出來的那套搜尋引擎，能夠追蹤很多私人資訊——當然也包括坎貝爾家族和西蒙自己的，只要他追蹤到西蒙的私人資訊，他想要怎麼報復他都行。

賽洛微微一笑，將關鍵字輸入到了搜尋引擎之中，他要優先看西蒙的資訊。聯邦調查局的局長，一個表面衣冠楚楚的禽獸，他馬上就要看到他那些不為人知的部分了。

搜尋引擎載入了幾秒鐘，西蒙的資訊從頁面上跳了出來。賽洛瞪大眼睛，緊盯著電腦上的資訊，從字面上來看，西蒙的資訊倒是挺普通的，並沒有任何破綻，不管是家庭住址、日常活動，還是日常開銷，都在均值範圍內，搜尋引擎之中並沒有比對出多少異常資訊來。

「嘿嘿！以為這樣就想瞞過我？」賽洛啟動了二級搜索系統，這套系統能比對出細緻的異常來，只要西蒙有不為人知的東西，多少會留下一些蛛絲馬跡。凱斯以前做偵探的時候經常會這樣說，賽洛一邊緊張興奮地等待著搜尋引擎的讀取，一邊回憶著凱斯說過的這句話。

「叮……」搜尋引擎載入完畢，賽洛看著電腦上載入出來的結果，發現西蒙日常的生活仍然是綠色標誌，但在西蒙的行動軌跡上，卻有幾個被標紅的異常之處。

「果然被我找到了！」賽洛點開那幾個異常的地方，啟動了追蹤系統的按鍵，不一會兒，西蒙的行動路線就被賽洛一覽無遺了。

他隨意點開了一處，追蹤系統顯示，西蒙到這個地方，似乎是為了見什麼人。賽洛點開了那個人的資料，將姓名和關鍵字記錄下來，他又點開了第二個被標紅的異常，發現西蒙到這裡也是為了見什麼人，賽洛又依照前法，將這個人的姓名記錄了下來。

他把這些標紅的異常之處全部都整理出來，輸入到搜尋引擎之中，等待著比對分析的結果。

「索婆阿騰納斯」這幾個字突然從網頁上彈了出來。

Chapter 050

「索婆阿騰納斯？」賽洛琢磨著這幾個字背後的意思。這是軟體綜合比對出來的結果，他暫時也不知道這幾個字到底代表著什麼意思，但是他相信這個軟體的精準度，如果不是經過測試和比較，這個軟體應該也不會隨意推送這幾個字給他。

賽洛複製了「索婆阿騰納斯」這幾個字，將這幾個字輸入到電腦之中，翻譯軟體上彈出了幾個字：「拉丁語裡類似值──死神崇拜」。

「原來如此！」看到這幾個字的瞬間，賽洛已經從中解讀出自己想要的關鍵資訊。看樣子凱斯猜得一點也沒有錯，西蒙背後應該是由死神復活的另一個暴君所掌控的勢力，他只要把這些人日常的行事輸入進去，應該就能得到一個近似值。

想到這裡，賽洛打開了坎貝爾集團的那些新聞，在他看到這些新聞的那一刻，賽洛的臉立刻黑了起來。

「真該死！」賽洛捶了捶桌子，他沒有想到，關於坎貝爾家族的這些新聞竟然這麼長，每一篇報導都他媽的跟一部短篇小說差不多，看樣子，這坎貝爾家族在自我吹噓這件事上真是不遺餘力。

他又不甘心地點開了關於西蒙的介紹，同樣看到一篇又臭又長的報導。

「真他媽的一群自戀狂。」賽洛在嘴裡嘟囔了一句。按照這種篇幅，他輸入進去等待比對結果，那真的是大海撈針。更何況，他的軟體肯定沒辦法從這麼多資訊中比對出精準的近似值來，這簡直就相當於從整個街區找出一個毫無特點的搶包賊一樣。

怎麼辦，怎麼辦？賽洛苦惱地敲了敲桌子。

「~%？…，#* ☆ &℃ $……」電子狗聽到了賽洛的發音，想要模仿，但苦於發聲程式被賽洛關閉，只能在兩隻紅色的電子螢幕大眼睛上，顯示出一段亂碼來。

賽洛焦躁地抓起桌子上的筆，敲擊著自己的電腦桌面，他閉上眼睛想著，如果凱斯遇到同樣的情況該怎麼辦？老實說，凱斯很擅長從毫無關聯的蛛絲馬跡之中，找到他自己需要的線索。

　　但按照賽洛這種科學思維來理解的話，凱斯能做一名偵探的前因，是因為他服役的時候曾經在部隊學過偵察，不存在毫無破綻的案件，因為人類的愛恨情仇是相通的，總跑不過那些東西去，凱斯只是在他的領域，把這類判斷方法內化了。

　　當然，這也和凱斯個人的性格有關，他對這個世界一直是冷漠的、略帶譏諷的，這是他上戰場後的轉變，這種性格有利於他的工作，讓他對這個世界上的很多事多了一些洞察力。

　　但是賽洛並不是這樣的人，他只鍾情於技術，就像凱斯鍾情於破案這樣，他擅長和機器打交道；而凱斯擅長和人打交道，他總是能精準地抓住那些人背後的目的和動機。按他的話說，心理學角度可稱為「側寫分析」，只要不帶任何感情，就不會輕而易舉地被那些蠱惑的話語蒙蔽雙眼。

　　賽洛曾想過自己為什麼會和凱斯這樣的人交朋友，有一點他是可以肯定的，他和凱斯一樣，都對這個世界有一種深深的疏離感，他是沉迷於技術，嫌跟人打交道太麻煩，凱斯則是另一種——一種看透一切的疏離。他們彼此交往起來，常常也是點到即止，不用解釋太多，也不像和其他人交往那樣，會多出很多不必要麻煩。

　　當然，還有更隱祕的一點就是，賽洛開發的某些東西，凱斯能用得上——這一點讓賽洛很有成就感。凱斯常常和賽洛說，那些偵探小說都是胡扯的，一個真正的偵探，要比小說中寫的要艱難得多，畢竟像賽洛這樣的技術狂人不多，而像西蒙這種混蛋卻比比皆是。

　　閃過這個念頭，讓賽洛的腦袋中突然靈光一現。對了！他之前怎麼沒有想到，他應該去問問那些寫三流小說的人，這些人總是會編出一些可笑的黃色故事，然後把他們安插到名人的身上。

　　雖然這是不入流的做法，但是他們應該對這些名人和這個世界上那些臭名昭著的混蛋有一些基本的瞭解——至少比他瞭解得多，而且，找到一個這種三流作者的聚集地，對賽洛而言實在是太輕而易舉了。

　　想到這裡，賽洛再次打開電腦，飛快地找到了幾個類似的網址。

　　賽洛在這些網址上面翻尋著，看到網址之中各種夾帶的色情文章，心領神會地笑了笑，從上面滑過。在賽洛看來，這個網站的商業運營思路也相當精巧，竟然還有定向服務。在網站的論壇上有一個提問的專欄，諸如你最希

望看到哪個名人的小說等等。

　　賽洛簡短地瀏覽了一下這個網站的規則，在腦袋之中思考了片刻，在網站上輸入了幾行字：「如果將現在美國的幾大財閥，比擬成這個世界上存在過的暴君的話，你們覺得坎貝爾家族目前的掌權者和哪個暴君最相似？」

　　輸入完這幾行字，賽洛凝神思考了片刻，覺得這樣寫未免有些太露骨，他想了想，又在下面加了幾行字：「我想看以坎貝爾家族幕後掌權者為原型的故事，最好能和歷史上那些有名的暴君掛鉤，如果有人願意寫的話，我願意付費觀看。」

　　打完最後一行字，賽洛滿意地拍了拍手，按照網站上的指示儲值了十美金後，在問題後面發布了十條懸賞。做完這一切，賽洛又在手機上下載了這個網站的 APP 應用程式，將自己的帳號同步到了手機 APP 上，等待著有人來接單。

　　「現在我們來解決你的問題。」賽洛打開了這個 APP 上的訊息提醒，轉向了自己的電子狗。

　　他從工具箱裡拿出了一些新的工具，把裝置著電子狗發聲系統的面板拆卸下來，面板上這些電線並沒有短路的跡象，看樣子應該不是硬體問題。賽洛將電子狗用資料登錄線連接到電腦上，掃描自己幫電子狗裝置的 AI 擬狗系統，修復了電子狗的聲音模擬器。

　　「好了。」賽洛拍了拍電子狗，將裝置發聲系統的面板重新裝回電子狗身上，打開了電子狗的聲音開關。

　　「好了，好了……」這一次，電子狗發出的竟然是一個女聲模擬聲，把賽洛逗得哈哈大笑。

　　「乾脆以後就叫你愛麗絲好了，哈哈。」賽洛拍了拍電子狗的頭，電子狗在賽洛腳邊轉了兩圈，又說了一句：「乾脆以後就叫你愛麗絲好了！」

　　「好吧！愛麗絲，就這麼決定了。」賽洛吹了一聲口哨，完全忘記了自己要報復西蒙的事。

　　「愛麗絲，愛麗絲……」電子狗「吱吱」叫著這個名字，從賽洛的腳邊滑開，賽洛聽見手機「叮」的響了一聲。他抓起手機看了一眼，從手機介面上顯示著的，正是剛才那個 APP 上彈出來的資訊，原來有人接了自己的提問單。

　　賽洛點開手機，看到了那個接單者發送了一條私人資訊給自己，申請添加提問者為好友。

　　賽洛猶豫了片刻，最終還是選擇了「接受申請」這個按鍵。其實照他的設想，這個人只需要提供給自己答案就行了。賽洛清楚的知道，像這類暗網所有人的身分都是假的，每個登錄進來的人都心知肚明這一點，像這種還要添加好友的，純屬多此一舉。不過他現在急著要答案，不想錯過任何一條有用的線索，不然的話，像這種添加好友的他都不會理會，沒有人會這麼無聊，廣告除外。

　　「你好。」

　　在賽洛通過他好友申請的瞬間，他就發了一條訊息給賽洛。

　　「你好。」賽洛疑惑地回覆著他。

　　「關於你想知道的那個答案，我可以告訴你，你不必問我到底是誰，也不需要隱藏你的想法，我敢向你保證，我不會把這件事告訴別人。」

　　那人似乎用的是語音打字，在確定賽洛回覆自己之後，馬上又發過來一長串的資訊。賽洛猶豫了片刻，在兩人的聊天介面上輸入了一個簡短的「？」字元。

　　「你想要的答案很簡單，那個暴君的名字叫史達林。你放心，我並沒有打算用這個消息來賣錢，只要你告訴我你朋友的具體座標位置就可以了。」

　　回消息的那人似乎有某種洞察人心的魔力，從一個簡短的問號之中，就看出了賽洛心裡的所思所想。賽洛看著他發在螢幕上的那段話，陷入了沉思。他不知道自己到底該不該相信他，但是如果說要從他的第六感出發的話，他本能地覺得，這個人提供給自己、關於坎貝爾家族背後的那個人的名字是史達林這件事，很可能是正確的。

　　那個人發過來這句話之後，螢幕上他的頭像就暗了下去，他沒有接著打字，也沒有再給賽洛任何資訊，似乎他已經洞察了賽洛的一切，連賽洛需要思考這一點也想到了，同時把這個時間留給了賽洛。

　　這無聲無息的等待，反而更讓賽洛感到焦慮——如果這個人能這麼迅捷地瞭解自己的資訊，並且看穿自己想要問的問題，那他知道的東西一定比自己想像的還要多。

　　對面的那個人，他要凱斯的座標，自己到底要不要傳給他？賽洛猶豫

地將手機的螢幕一下點開、一下關閉，他不確定這個人是敵人還是朋友。但是他想到這個人給他提供的暴君姓名，倒覺得坎貝爾家族的行事確實有一點像是史達林白色恐怖的作風，家族中眾人總是派頭十足，喜歡搞監視的那一套，還有那些祕密的實驗基地等，這個人有資源掠奪的癖好，這一點賽洛倒還是瞭解的。

「叮！」賽洛的手機又響了起來，嚇了賽洛一跳。

他慌亂地點開手機，本來以為是神祕人發來的催促消息，沒想到竟然是西蒙的郵件，他簡短地閱讀了一下西蒙發過來的郵件，西蒙告訴他，他們已經集結了一架戰鬥直升機，正在前往賽洛提供的座標點。

這封郵件總算是讓賽洛鬆了一口氣。凱斯他們是坐潛艇走的，如果沒有手機定位的座標點，就算西蒙有直升機也沒有那麼容易找到。想到這裡，賽洛有些慶幸，幸好自己一開始就把手機給了凱斯。

■ Chapter 051

「都他媽的給我閉嘴，如果你們不想死的話。」腰間鑲嵌著紅寶石的那名侍衛眼神冷冷掃過，看了眾人一眼，從腰間掏出了一把槍。

凱斯看到這名侍衛的眼神，向米雪兒使了個眼色。他見過很多犯罪分子，也看過他們的眼神，他很明白，這個紅寶石侍衛和尼祿一樣，只不過尼祿是多莫莊園和泰爾西公司的獨裁者，而這名侍衛是這架潛艇上的獨裁者。

格爾被他的眼神嚇壞了，連哼都不敢再哼一聲。凱斯與米雪兒也不再說話，一時間，潛艇艙之中只有各種機器羅盤發出來的嗡嗡聲。

眾人安靜了大概半個小時，幾名尼祿的侍衛在潛艇之中走來走去，時不時用冷冷的目光掃視著凱斯他們幾個。凱斯心想，如果不是尼祿下了命令要將他們帶到「德尤斯 B 區」的話，他應該會在潛艇上就透過折磨他們幾個人的方法，把他們殺死了。

潛艇的螺旋槳發出嘟嘟的排水聲。

「怎麼走了這麼長時間？」凱斯看了米雪兒一眼，他和米雪兒不一樣，他並沒有任何關於「德尤斯 B 區」的記憶碎片，他也不知道這個地方到底在哪裡，所以他對這個地方的危險性也無從想像。不過話又說回來，對凱斯這種上過戰場的人而言，也沒有什麼東西更能嚇到他。

說實話，他看恐怖片的時候，從來都沒有覺得那些東西有什麼嚇人的，他清楚記得，在莫斯特伯阿米克剛降臨時，他在美加邊境地戰場上，曾看到過自己的戰友從那些死人的身上，把所有值錢的東西都摸走——那個戰友和凱斯一樣是個偵察兵，在回程的途中被打死了。

當然，他的彙報任務也並沒有完成，在自己的戰友悄悄偷他的東西時，凱斯出手制止了他，但是他卻拿槍對準凱斯說，他們現在在戰場上，不過是執行任務的機器罷了。

不管是美加戰爭還是美墨邊境上的戰爭，本質上都沒有什麼爭議性可言，他們只是執行控制著美國那些統治階級的意志——他們在戰場上拚命，只是為了把最好的資源搶奪給美國的那些統治階級，以及那些控制著國民經濟的財閥們——本質上和這幾個所謂的資本大佬搶奪「神諭」沒有什麼區

別，凱斯想到了這一點，只覺得對這個世界的絕望感又加深了一層。

那些大佬們不會在乎那些血肉橫飛的屍體也是一個個活生生的人，凱斯隊友的那句話，又一次在凱斯的耳邊響了起來。凱斯覺得更諷刺的是，他在戰場上就已經徹底地驗證了這句話真實得不能再真實的底層邏輯。

戰爭結束的時候，他意識到自己的戰友說得沒錯，只不過凱斯是個有底線的人，他並沒有像他們那樣徹底墮落——他克服不了自己的心理障礙，徹底向自己的獸性臣服，但是他可以拒絕再被這些人用煽動性的話語和一點小錢利用。

戰爭結束後他就退役了，但是戰爭留給他的創傷，卻並沒有隨著退役的動作而消失——凱斯總是會時不時地想起自己那些被炸彈炸得血肉模糊的隊友，他們之中的某個人，或許前一天晚上還在和凱斯喝酒作樂談女人，第二天就變成了戰場上一具焦黑的屍體，或者說，變成了戰場上血肉模糊的一段殘肢。

這一點給凱斯的心靈帶來了巨大的衝擊，他總是會時不時想到自己又重新回到戰場上的情景，就像上次夢裡發生過的那樣，隊友的裝甲坦克並沒有及時抵達，自己和那些人一樣被炸得血肉模糊。一想到這裡，凱斯就覺得自己的靈魂真的像是被撕成碎片一樣痛苦。

但是這樣的事情也並非完全沒有好處——至少除了這一點，他現在並不會對其他事情感到害怕，對凱斯而言，他人生中僅有的熱情在戰場上已經死掉了，他利用曾經學會的偵察技術，學著做了一名私家偵探，也算是他從這場戰爭之中找到唯一一點有價值的東西。

「不知道。」米雪兒輕輕地搖了搖頭，用眼神回應著凱斯，雖然她沒有說話，但是她的眼神凱斯卻看懂了。

紅寶石腰帶的侍衛轉過頭，正好看見米雪兒和凱斯相互交換的眼神，警覺地問了一句：「你們幹什麼？」

凱斯閉上眼，索性並不理他，他現在已經可以確定這個侍衛只敢虛張聲勢，或許惱羞成怒的情況下，會將凱斯惡揍一頓，但是凱斯肯定他不敢真的把自己怎麼樣，不然他絕對忍不了這麼久。

凱斯剛閉上眼睛不久，侍衛腕上的信號接收器就響了起來。這幾聲滴滴聲令凱斯不由自主地睜開了眼睛，他能夠清晰地識別這些信號所代表的意

思，他以前服役的時候，學過這種軍用摩斯代碼，因為他們這類軍事行動常常會在野外進行，那些地方的資訊傳輸都比較麻煩——所以只能用軍用摩斯代碼來傳令。

凱斯的教官們逼著他們將這些代碼背得爛熟，就像他們每天都要吃飯、喝水那樣熟悉，甚至將接受這些東西變成了本能才放過他們，所以，凱斯聽到這幾聲滴答聲，立刻就豎起耳朵，仔細聆聽著這滴答聲中傳達出來的指令。

「到了之後，先不要把他們放到 B 區。」凱斯豎著耳朵，聽到了這條指令。他想，這幾個愚蠢的侍衛大概也沒有想到，凱斯竟然有能分辨軍用摩斯代碼的能力，當然，凱斯覺得，以他們這幾個侍衛的智商，也不會考慮這麼多，他們只是執行尼祿命令的工具人而已。

「收到！」腰間鑲嵌著紅寶石的那名侍衛首領接收到了這則訊息後，簡短地回覆了這兩個字。

凱斯聽到了這幾個字，睜開眼睛，再一次暗示了一下米雪兒，米雪兒並不像凱斯那樣能聽懂摩斯代碼，她只能從凱斯的眼神中得知，他們似乎已經快要到達目的地了。

米雪兒接收到了凱斯用眼神發過來的指令，冷冷地問了那個鑲嵌紅寶石的侍衛首領一句：「如果快到了的話，麻煩你告訴我們一聲，我們應該怎麼做，不然的話，怎麼幫你們拿到『神諭』？」

紅寶石侍衛看了米雪兒一眼，他沒有想到米雪兒竟然連這個也知道。但是令他感到訝異的，並非是米雪兒如何猜測到他們的目的地是「德尤斯 B 區」，也不是米雪兒為什麼知道他們快到了，他對那個東西才不感興趣，他真正訝異的是，自己的領導者尼祿為什麼一開始就知道，這兩個人才能完成開採「神諭」的神聖使命，這令他對尼祿的崇拜又多了一層。

在他看來，尼祿的復活已經是神跡了，尼祿將他訓練成今天這個樣子，同樣是神跡，而尼祿竟然知道米雪兒和凱斯能夠取回「神諭」，更像是一種神的旨意，領悟到這一點簡直令他瘋狂，他幾乎想要跪在尼祿的腳下，表達自己對他的崇拜之情。

當然，他那種被尼祿的言論深深洗過的腦袋裡，並考慮到這不過是尼祿預設或者只是某種巧合的可能性，他只是單純、瘋狂地崇拜尼祿而已，並且

將這種崇拜引以為人生最大的驕傲。

「有人在跟蹤我們，我不希望他們發現 B 區的位置。」紅寶石侍衛腕上的信號接收器，又一次滴滴響了起來。凱斯看見他按下接收信號，馬上又聽到了這句話。

凱斯看了米雪兒一眼，趁著這個紅寶石侍衛不注意，悄悄用手向後指了指，示意有人在跟蹤他們。米雪兒用極快的速度點了點頭，凱斯看見米雪兒的動作，又一次閉上了眼睛，假裝什麼事情也沒有發生過。

凱斯聆聽著紅寶石侍衛發送信號的聲音，從這些聲音的代碼之中，他分析這個紅寶石侍衛發送的兩個字應該是「明白」。

凱斯聽到這兩個字，嘴角扯出一絲不易覺察的微笑，他想，應該賽洛從手機之中接收到了自己發送的座標點，想到了搭救自己的辦法。他幾乎可以肯定來攪局的人是西蒙，其實在他將自己被控制的消息傳送給賽洛的時候，他就可以斷定，如果西蒙背後真的是被復活的另一個暴君的話，他不會對眼前的這個現象坐視不理的。

當然，凱斯心裡很清楚，那個暴君才不會把凱斯這種人的性命看在眼裡，哪怕再加上這個迷一樣的米雪兒也不行，但是從他有限的經驗來判斷，這些暴君們有一點卻是共通的——每一個人都希望能積極地擴張和占有更多的資源，鞏固他們自己的勢力。

這個東西是此消彼長的，如果尼祿手中的「神諭」多一塊，另外一個暴君手中的「神諭」就會少一塊，那些擔任過一國主人的暴君，不會愛惜任何人類的生命，但是他們絕對不會允許別人手中有自己沒有的東西。

其實到現在凱斯也並不知道「神諭」該如何使用，他想，尼祿應該也不知道這個東西怎麼使用，他現在還在開發研究這個東西的能量，他只知道，這個東西能啟動人的體能，讓人變異——而且這種變異幾乎全部都是好的，擁有更聰明、更敏銳的大腦，還能抵消這些東西帶來的負面影響——更重要的是失敗率低，能讓人類的聰明才智為自己服務，這和那種因為沒有及時吃上食物發放機裡的食物所帶來的病理變異，不可同日而語。

不排除那種自然變異的情況下，也會偶爾出現一、兩個極品，但是失敗的人類物種則更多，而且這些失敗的物種，還會帶來巨大的危險。相比之下，「神諭」金屬帶來的變異，副作用要小得多，非但可控，稍加引導的

話，基本上都是正面向的——當然，還有一點是凱斯不知道的，為什麼尼祿非得要讓他和米雪兒去取第二塊「神諭」。

「座標，0‧0。」潛艇漸漸地慢了下來，凱斯感到一陣劇烈地晃動，應該是潛艇向某個區域停靠時產生的慣性。

「起來！極地到了。」幾名侍衛命令這凱斯一行三人。

「極地？不是『德尤斯 B 區』嗎？」凱斯故意用嘲諷的語調問著幾名侍衛。

「少廢話！趕緊下來。」一名侍衛拿槍指著凱斯。

Chapter 052

　　凱斯、米雪兒和格爾一行三人，被侍衛用槍從潛艇上趕了下來，一行人穿過一條黑壓壓的長廊，凱斯驟然覺得周圍的空氣有些冷冽起來——雖然長期食物物發放機裡的食物，令他們這些人類的生理機能多多少少進化了一些——至少變得不那麼容易生病了，但他們的肉體對於冷熱的感知仍然還是一樣存在的，凱斯忍不住扯了扯大衣。

　　這裡似乎是一個老舊的軍事基地。

　　當然，對於泰爾西家族有這種地方，凱斯真的一點也不會感到奇怪。那些美國的大財閥，從來都不會放棄對資源的掠奪和侵占，這一點從他上戰場的那一刻他就明白了，他們會用謊言、美金、許諾來包裝自己的這些欲望，但在人類世界裡，這些就是有人相信——凱斯有時候忍不住會想，如果死神在中心城市安放的食物發放機裡的食物，吃下去後能進化一下這些烏合之眾的大腦，那才是真正地為這個世界做了貢獻。

　　不知道為什麼，在凱斯心裡，即便是對死神的親近感，也要比那些手握美金的混蛋親近得多。大概在更早的時候，在偵破一樁殺人案的時候——凶手是一個年邁的死刑犯，那個死刑犯告訴過凱斯——在他要被處以絞刑的前不久，他說他聽到了時鐘讀秒般的滴答聲，而就在他的大腦啟動讀秒的時候，正好也是監獄官來通知他絞刑的時間，他的腦袋裡讀秒一千秒之後，他就被送上了絞刑架，凱斯作為被邀請者，旁觀了這場絞刑。

　　後來凱斯還聽另外犯人也說過類似的事情，只是他和這個年邁的殺人犯不一樣，他搶劫了很多錢，在他聽到讀秒聲後，他找了一個地方，強姦了一名妓女，搶走了她身上僅有的幾十塊錢後殺了她。

　　偵破這個案件的凱斯，把他的資訊給了警察，在警察追捕這個年輕犯人的時候，這個年輕的殺人犯正在一條寬闊的馬路上急速穿行——大概因為他太想逃跑了，所以並沒有注意到一輛疾馳而來的汽車，就在那一刻，他被這輛馬路上疾馳的車撞死了。與此同時，他腦袋之中聽到的讀秒滴答聲也停止了。

　　雖然這兩件事聽起來都有些離奇，但是凱斯自己卻相信這件事是真的。

這兩起案件都是他經手的，他敢肯定，這兩個人肯定不認識，但是在整理兩人口供的時候，都提到過這一點。

後面凱斯經手的案子裡，也有很多死刑犯，但是他們並沒有聽到這種倒數計時讀秒，所以凱斯也就沒有再在意過了。現在想想，莫斯特伯阿米克時代，不知道還有多少事情是自己不知道的呢？

「走！」侍衛推搡了凱斯一把，將凱斯的思考打斷，凱斯抬起頭，開始觀察周圍的環境。

侍衛將凱斯他們從潛艇的頂部押了出來，幾人爬上了一段懸梯，懸梯的入口是一個軍用的圓門。紅寶石侍衛輸入了密碼，將凱斯他們幾個人先押送進去，然後他們才上來。

幾個人又坐了一段長長的升降梯，凱斯判斷他們應該是從海裡向地面上升，越靠近地面，他皮膚上那種冷冽的感覺就越清晰。

從他有限的經驗來判斷，這個軍事極地應該廢棄了一陣子了，他聽見了升降梯裡那種因為空氣流動帶起的匡噹聲，這些機械應該很久沒有潤滑過，只是靠著電力強行驅動，但是這些設施建造的時候應該也花過大錢，所以目前大都還可以使用。

幾人坐了一陣電梯才到地面的大廳，幾名侍衛將他們趕到了一個中央大廳裡，那裡有一個監控臺，可以監控到地面的狀況。

「你看著他們幾個，我看看地面的狀況再說。」紅寶石侍衛對著他的幾個手下發號施令。

「是！」藍寶石侍衛們將凱斯一行三人趕到了一旁，將他們鎖在旋轉座椅上。

紅寶石侍衛啟動了地面監控器，「唭嚓」的聲響之中，那些頭頂上的熾燈次第亮了。這裡應該也是泰爾西公司的私產，只不過現在應該很少使用。凱斯回憶起自己聽到那些軍用摩斯代碼的聲音，判斷出這幾名侍衛應該是把他們帶到了一個臨時的基地裡。

大概是有人尾隨跟蹤他們，這個突發狀況令他們有些始料未及，所以才將潛艇臨時停到了這裡。從那些密密麻麻的顯示器裡，凱斯可以看見地面的狀況，地面上覆蓋著皚皚白雪，看起來十分平靜，並沒有任何異樣，凱斯透過畫面判斷，他們應該是已經來到極地了。

凱斯盯著那些皚皚的白雪，感覺這幕場景似乎在那些螢幕之中凝住了，全部的永恆好似濃縮進了這短暫的一刻，毫無變化，也似乎無可變化，然後一輛軍用直升機忽然闖入了畫面，發出巨大的轟鳴聲，在雪地上落了下來……

　　「做好戰鬥準備。」紅寶石侍衛抬起手腕，對著其他幾人發出了簡短的指令。

　　「是！」另外幾個人分別踏上了自己的軍事操作臺。

　　一小隊士兵從軍用直升機中跳下來，每個人手中都端著槍，四下警覺地巡視著。

　　與此同時，擴音器中傳出大聲叫喊的命令，語調堅定，充滿威勢。除了將幾個人待著的地方震動得嗡嗡直響以外，凱斯還聽出了其中的俄羅斯腔調。

　　命令發得迅速而又準確，除了衛兵之外，其餘人一律不得移動。衛兵帶著勘探器，尋找地下熱源的位置。

　　「開不開火，長官？」幾名侍衛向紅寶石請示。

　　「先看看，等待尼祿先生的指令傳過來再做決定。」紅寶石地看了幾個人一眼。

　　從監視器裡，凱斯能清晰地看見直升機中跳下來幾人，從鏡頭中望過去，這些人小如螞蟻，但是凱斯明白，這些人的戰鬥力並不弱，這些士兵跳下來後，都在附近用一些軍用設備探測著，似乎在尋找著凱斯等人的位置。

　　凱斯的頭頂上突然傳來一陣極大的嗡嗡聲，幾塊破碎的瓦礫夾雜著一些塵土，被這陣嗡嗡震動得掉落下來。

　　幾個人避開了沙塵，軍用直升機裡傳來一陣嘈雜的刺啦聲。片刻之後，凱斯聽見有人從軍用直升機中，對著整個空白的雪地喊話，他那些兼具威脅性和煽動性的話語，不禁讓凱斯又一次想起了尼祿身邊那名侍衛所說的話——反正現在他們的身體都包裹在同樣的盔甲裡，凱斯也分不清到底誰是誰——但是他記得勒邦所說的那句話就是了。

　　群體向來只對強權俯首貼耳，卻很少為仁慈心腸所動，他們認為那不過是軟弱可欺的另一種形式。他們的同情心從不聽命於作風溫和的主子，而是只向嚴厲欺壓他們的暴君低頭。

　　這些暴君們有的是蠱惑人心的手段，尤其是那些經過戰爭錘煉的。凱斯現在已經清楚地知道背後的控制者是誰了，如果他猜得不錯，從這種種的蛛絲馬跡和行事風格來看，這個被復活的人，十之八九是蘇聯的史達林。

　　雖然凱斯書讀得也不是很多，但是他瞭解這個世界和人的本質需求。從尼祿身上他夠清楚地看見，精神方面的控制因素，對於那些帝國的暴君來說，幾乎和他們所能調集的艦隊和裝備的火力一樣重要。和誰發動戰爭、發動什麼樣規模的戰爭、以什麼樣的理由發動戰爭，這些都是不足畏的，因為這不是他們考慮的問題，他們唯一需要瞭解的就是，他們能不能打贏這場仗，如果打贏了，他們能從中獲得什麼好處。

　　每個暴君都是極度自戀的，長期的統治者身分強化了他們這種概念，讓他們相信自己是無所不能的。如若不然，帝國怎麼可能統治那麼多人呢？這其中不光是正派人士，也不乏各種殺人犯、強姦和搶劫的偷盜分子，對於他們自己的能力，他們絕對不會懷疑。

　　人類的可笑之處往往在此——凱斯心想，不管是暴君還是螻蟻，在人性卑劣的層面上，似乎並沒有多大區別。

　　他們的這場爭奪，不是自己和米雪兒，凱斯和米雪兒只是其中的一點小獎賞，就像蛋糕上的糖霜那樣，他們不喜歡別人持有自己沒有的東西，不管是出於一時的狂怒，還是作為經過仔細籌畫的策略，他們都必須將這個世界上所有的寶物都占有——可能他們在莫斯特伯阿米克時代唯一不敢比肩的，就是死神了。或許他們內心深處連死神的權威也想挑釁，畢竟凱斯也不知道，這些暴君內心深處到底是如何瘋狂的。

　　凱斯舔了舔嘴唇，他的胸膛起伏著，把空氣深深地吸進肺裡。極地除了這些廢舊的軍事基地之外，並沒有其他汙染，他第一次感覺到空氣在他這個必死之人聞來是那樣的甜美。

　　他想起自己的爺爺曾經在日記本裡寫過莫斯特伯阿米克降臨時代之前的事情，那個時候還不像現在不分晝夜，據說白天會有陽光，陽光照在身上是暖洋洋的。凱斯不知道，陽光是不是會和外面的雪光有一點類似，他沒見過，也不確定。

　　幾人所待的那座軍事指揮廳猛然一震，凱斯被晃得趴在地上。如果他判斷得沒錯，應該是那架軍用直升機向他們所在的方向投擲了一枚炸彈，想要

把他們轟炸出來。紅寶石手忙腳亂地啟用攔截設備，等待尼祿指示的特殊癖好，已經讓他失去了這場戰鬥的先機。

「趴下！」凱斯指示著米雪兒和格爾，在頭頂上幾盞的熾燈爆掉之前，凱斯用眼角的餘光，看見米雪兒與格爾連同他們的座椅一起撲倒在地上。

在一片巨大的皺裂聲中，幾個人頭頂上的建築，正在以肉眼可見的速度撕開一道道裂痕。凱斯倒抽了一口涼氣，因為他深深地明白，這建築頂上不知道還壓著多少英呎的積雪呢！

▌ Chapter 053

　　最後的幾秒鐘裡，凱斯聽見了冰面裂開的聲音，整個中央大廳似乎都已經被炸彈炸裂了，正在急速坍塌，在座椅向地面倒塌的那一瞬間，凱斯迅速地從那個捆住自己的座椅卡扣裡掙脫開了。事實上，從他們綁住他的那一刻起，他就悄悄摸著這個安全帶的卡扣在研究著。

　　在椅子倒地的瞬間，他同時拽開了綁住米雪兒的卡扣，他暗自慶幸著幸好這幾個混蛋用的是活結，大概因為這裡是極地的緣故，而他們相信在手中槍枝的威脅下，凱斯他們也無法跑遠，所以才將他們只用安全帶束縛著。

　　凱斯心想，大概他們本來也沒有想到中途會在這裡停留，更沒有想到暴君史達林派來的戰鬥直升機說扔炸彈就扔，連一點猶豫的餘地也不給他們，竟然就這樣打了他們一個措手不及。

　　「我們得想辦法跑到地面去。」凱斯命令著米雪兒和格爾，「一會兒這裡塌了，我們就永遠變成極地遊魂了。」

　　「好的。」米雪兒簡短有力地回應著凱斯。說實話，有時候凱斯也有些欣賞這個女人的俐落幹勁，至少在這種突發狀況下，她從來不會像其他女人一樣哭哭啼啼，她能應對很多情況。想到這一點，凱斯也有一點懷疑米雪兒的來歷，老實說，這個女人身上的確有很多令他想不通的地方。

　　「我們先得從這裡出去，我還記得來時的入口，這個大廳是地下三層，我們得去地下一層，至少那裡離地面近一點。」凱斯一邊躲避大廳之中掉下來得各種石塊瓦礫和鋼筋混凝土塊，一邊飛快地向米雪兒和格爾敘述著自己的計畫。

　　這個軍事基地大概從規劃的時候就考慮過冰層的影響，所以有很多牆面與頂部的結構，都考慮了對冰層的利用，所以凱斯肉眼可見各種冰塊從頂上掉落，剛才那幾名站在操作臺前的侍衛，有一個被頭頂上掉落的磚塊砸中了，臉上慘白一片，應該是流血了。

　　有幾塊瓦礫掉落在操作臺上，那幾名藍寶石侍衛也紛紛躲避，只有紅寶石還盯著地面的戰鬥直升機，等待著尼祿的指示。

　　「開火！」凱斯聽到了他手腕上帶著的通信器，終於發出來這兩個字的

指示，雖然是在轟隆隆的斷裂聲中，凱斯也能清晰地聽見這個通信器中摩斯密碼的噠噠聲。

幾名侍衛鬆了一口氣一般，看著那個紅寶石侍衛對著那架軍用直升機發出了一枚炮彈。大概是感受到了這種熱能，那架軍用直升機開始急速地轉動螺旋槳，想飛出炮彈的轟炸範圍，但是這架直升機啟動稍微慢了一點，這枚炮彈已經精準地擊中了直升機的螺旋槳。

凱斯看見直升機的螺旋槳冒出一連串的火花，本來已飛升到半空中的直升機，又匡噹一聲栽倒在雪地裡，大概是收到了餘勢的影響，直升機的螺旋槳還在鳴鳴地轉動著，捲起了一大片雪花，然後才緩緩停滯下來，發出吱嘎吱嘎的聲音。

凱斯略瞅了一眼，無力地搖了搖頭。雖然危險迫近，但是他卻有一種很不真實的感覺，兩個暴君的對決，竟然像小孩子的把戲一樣可笑，領悟到這一點，讓凱斯覺得一切更加油滑稽了。他從眼角的餘光中看到了幾個士兵裝扮的人，奔向那架被打中螺旋槳後栽倒在雪地裡的直升機，知道他們還有一陣子要忙，現在正是自己和米雪兒逃走的大好時機。

凱斯趁著紅寶石侍衛發送炮彈的間隙，扯開了格爾腰間束縛的卡扣，一塊大石頭落下來的瞬間，凱斯低聲喊了一聲：「往門邊跑！」

米雪兒率先站起來，拉著格爾向門的方向跑去。這個時候格爾倒像突然領悟過來一樣，也不像之前那樣抽抽噎噎地，跟著米雪兒跑得飛快。

「他們要逃走了！」一個藍寶石侍衛轉過頭，從頂上不斷漏下的砂石之中，看見了向大門邊上奔跑的米雪兒和凱斯。

紅寶石看見米雪兒和凱斯的動作，對身邊的一名侍衛下指示：「你去把他們抓回來！」

「是！」鑲嵌著藍寶石的侍衛端著槍，向凱斯的方向走過來。

米雪兒已經跑到了門邊，她用力拉著門，只要把門打開，他們就能逃出去，到時候從電梯逃到地下一層，他們就能找機會爬到地面去。

凱斯一回頭，正看見端著槍、大踏步過來的一名藍寶石侍衛。

「別動！再動我就先打斷你一條腿！」藍寶石侍衛看見凱斯向門邊張望的眼神，舉起手中的槍，指著凱斯。

凱斯聽見自己頭頂上的崩裂聲，與那名侍衛同時抬起頭，在兩人的頭頂

上，一大塊黏著冰塊的混凝土正搖搖欲墜，馬上就要落下來。

「再見！」在那個石頭塊落下來之前，凱斯已經向著大門的方向跑了過去，那名侍衛向凱斯連開三槍，打得凱斯腳下土石飛濺，但都被凱斯用靈活的步伐躲了過去。當然，還得多謝這些不斷下墜的石塊，如果不是這些障礙物，也許他就打中了。

藍寶石侍衛看見凱斯向大門的方向跑去，端起槍向大門的方向射去。

「趕緊躲開！」凱斯出聲命令著米雪兒和格爾，那枚子彈裹挾著風勢向凱斯和米雪兒的方向呼嘯而來，一槍打中了大門。

大門被槍擊中，冒出了一縷煙霧，凱斯聞到一股燒焦的電火花味，緊接著就看見大門閃爍著紅光，拉響著嗚啦嗚啦的警報聲，緩緩向兩邊拉開。

「快跑！」凱斯看見大門拉開了一道一人寬的縫隙時，大聲命令著米雪兒，米雪兒看了一眼緩緩拉開的大門，也明白了凱斯的用意，拉著嚇得瑟瑟發抖的格爾，閃身從門縫之中快速穿行過去。

「走開！」紅寶石看見凱斯一邊躲避著頭頂上落下來的砂石瓦礫，一邊向著大門的方向狂奔過去，一把推開了擋在自己面前、舉著槍的藍寶石首領。

那個首領被他推倒在地上，手中的槍飛出去老遠，就在那柄手槍落下的瞬間，凱斯飛身過去，將槍撿了起來，飛快地向門邊跑去。

在凱斯身後，紅寶石侍衛取出自己的槍，向著凱斯的方向射了過去。

凱斯看了一眼紅寶石侍衛的動作，向另一側閃身，他用撿來的手槍，抽空向紅寶石開了一槍，但是他低估了紅寶石侍衛對人命漠視的程度，更沒有想到他竟然為了開槍射擊，自己的性命都不當回事。

紅寶石並沒有躲避凱斯射過來的子彈，那枚子彈擦過紅寶石侍衛的鎧甲，但並沒有擊穿，而是向外飛了過去。大概尼祿的侍衛也沾染了尼祿的習性，他們骨子裡都有一股瘋狂勁兒，越是瘋狂遵守命令的人，在關鍵時刻反而越是表現出一種超乎常人想像的瘋癲。

那枚子彈呼嘯而過，從凱斯的腿邊擦了過去，凱斯感到褲管被打破了，腿側也傳來一陣火辣辣的疼痛感。但是他並沒有回頭，在紅寶石發射第二枚子彈之前，他已經跑到了門邊，那枚子彈擦著大門的邊緣而過，並沒有射中凱斯。

「真該死！」紅寶石侍衛看著凱斯跑向門外，將手中的槍扔到地上，端起一架火炮，預備向凱斯一行三人奔逃的方向射過去。

「嘀噠噠，滴答……」千鈞一髮的時刻，他手上戴著的手環再一次響了起來，看樣子是尼祿又一次發了指示給他。

「從現在開始，地面上的那些人是你的玩具了。」在跑出大門的那一瞬間，凱斯模模糊糊地聽見了「玩具」兩個字。

「收到！」紅寶石放下了手中的火炮，眼睛又露出那種對尼祿恭敬又狂熱的神情，似乎他接收到了這個世界上最美好的嘉獎。

當然，凱斯並沒有看到他這種神情，如果他看到的話，他會覺得，僅僅從犯罪心理學上已經解釋不了這個人的行為了，大概這個人已經在尼祿的影響下，脫掉了人類的本性，完全變成了一個嗜血的工具。

在他和米雪兒逃離這個地方之前，他聽見室內轟隆一聲巨響，一塊和冰塊混雜的混凝土，從頂上掉了下來，徹底將門堵住了。這樣一來，大概裡面的幾個侍衛也凶多吉少了。但是凱斯卻感覺到這些人完全不在意自己的生死，相對於他們自己的生死，他們對轟炸地面上的那些人要有興趣得多。

凱斯一行人回身穿過人造柏樹枝，撤進了一個隱蔽的隧道口，格爾對這些東西感到有一點好奇。凱斯早就知道，尼祿有造這些假植物的癖好，在「伊甸園」裡他們就看到過。在他轉身走進黑暗中時，他把手槍別到了肩頭的皮帶上，任它把手槍牢牢拽緊在胸前。

朝黑暗中走了幾百步之後，格爾低聲說：「我這裡有手電筒。」黑暗中傳來細碎的聲響，應該是格爾伸出手來摸索著找到了手電筒。片刻之後，手電筒放出了亮光。

三個人順著長長的斜坡，跑進了無限的黑暗之中，他們進了來時的電梯，電梯在黑暗中狂亂嘶吼地向上升著，手電筒的光隨著格爾的哆嗦在黑暗中飛舞跳躍，又迅即被黑暗吞沒。

「我們要快一點，這裡快塌了。」凱斯看著緩緩上升地電梯，有些焦躁。

「電梯已經加到最快了！」米雪兒看著電梯，她已經將加速器按到了盡頭。電梯中狂喘的三個人，逐漸平息了下來，凱斯的神智略微清醒了一點。

大概是地面晃動得厲害，電梯越走越慢，發出金屬碰撞的吱嘎聲，格爾

手中的手電筒在一堵牆上碰了一下關上了，三個人在冰層下面一片完完全全無法穿透的暗色中前行。

電梯又走了一陣，凱斯終於感到有一縷空氣，吹向他因為緊張而緊繃的臉上，與此同時，電梯也吱嘎一聲，終於被卡在某個地方停了下來。

「前面肯定有一片空間。」凱斯對著黑暗之中的米雪兒和格爾說，「只不過，我們現在得向上爬了。」

格爾重新按亮了手電筒。

「一會兒上去了就把手電筒關掉。」凱斯命令格爾，「我們現在已經被他們帶到了極地，還不知道會發生什麼，所有的能源都要節約一點。」

「好的。」格爾點了點頭，看起來仍舊是一副唯唯諾諾的樣子，大概他上輩子做夢也不會想到，因為自己的一點貪戀，竟然會被抓到這種地方來。

▮ Chapter 054

伴隨著警報聲，升降梯中的按鈕閃動著幾絲電火花，電梯裡的燈光閃動了幾下後徹底熄滅。鑲嵌電梯的深井之中，透出了一絲微弱的雪光，三個人適應了一陣子，大概能從微光之中看到一點影影綽綽的輪廓。

「糟糕了，我們要怎麼出去？」在電梯燈光熄滅的一瞬間，米雪兒焦急地伸手去按電梯上的按鈕，卻仍然沒能來得及將電梯門打開。

「讓我來吧！」凱斯掏出了自己剛才在地上撿到的槍。

「砰！」的一聲槍響，凱斯將升降梯的門打穿了，這把槍的火力很猛，後座力幾乎將他倒推到牆上，看樣子泰爾西公司的掌權者尼祿，在配備武器上確實很捨得花錢。這一槍將電梯厚厚的鋼化板打穿了一個洞，凱斯將槍桿伸進孔洞，將升降梯的門用力撬開了。

三個人從電梯被撬開的門縫之中爬了出來，站在電梯的頂部。

「這裡應該離地面不遠了，這些雪光應該是地面上漏下來的雪光。」凱斯抬頭看了看，接著說了一句，「我先上去。」

他拽了拽懸掛在電梯上空的纜繩，試了試這個纜繩的緊實程度，然後才慢慢向上爬去。

就在他攀爬上纜繩的那一剎那，電梯忽然「匡啷」一聲，又向下墜了一下，嚇得米雪兒和格爾趕快緊緊抓住了纜繩。

格爾打開手電筒，向下探照了一下，電梯下建築物裂開坍縮的狀態，嚇得他差一點把手中的電筒扔掉。

「趕緊爬上去！」凱斯將槍別在自己的腰帶上，率先向天井口爬了上去，米雪兒和格爾緊隨其後，三個人在左搖右晃的纜繩上迅速攀爬著。

「快一點！這裡整個都要塌了。」凱斯一邊急切地指揮兩人，一邊迅速向上爬著。好在這個地方的確離地面並不太遠，凱斯很快便爬到了洞口，他用力推了推，好在上面只覆蓋了一層薄雪，凱斯伸手輕輕一推，就將那塊木板推開了。

極地裡的雪光透過板洞照射下來，凱斯撐在雪地上，率先從洞口爬了出來，又將手伸給米雪兒和格爾，將米雪兒和格爾也拉了出來。

透著外面的雪光，凱斯清晰地看見電纜繩早已扯到了一邊，電梯被吊在半空中，下面是擠壓在一起的各種斷壁殘垣，最下面竟然是浮著許多冰層的水面。

格爾站在雪地上，順著凱斯的目光向下望去，拍了拍胸脯嘆了口氣說：「好險！幸好剛才沒往下看，如果我知道下面是這種狀況，我肯定嚇死了。」

凱斯站在雪地上極目遠望，周圍十分平靜，似乎地下的那一場坍塌，沒有完全波及地面。他分析原理，應該是這些冰層和雪面足夠厚的緣故，那些冰牆已經聯結成一個大的板塊了，所以無論下面怎麼坍塌，上面的冰層仍然是厚實的，足夠凍住頂部的那些瓦石鋼筋。

「我們還是得趕緊離開這裡，我也不想被史達林的人找到。」凱斯吩咐著米雪兒和格爾，他已經領教過尼祿的高招了，真的不想讓同樣的戲碼再來一遍。

他敢打賭，從本質上來說，這兩個人的需求應該沒有太大區別，如果凱斯和米雪兒被史達林的人抓住，無非是將同樣的戲碼再玩上一遍，只是，那時候就不知道他們有沒有現在的運氣——利用他們雙方爭鬥的間隙逃跑了。

「往反方向走。」米雪兒看了一下他們剛才上來的地方，指著另一個區域方位說道。

「好。」凱斯看了一眼四周茫茫的雪域，點了點頭。順著米雪兒手指的方向，他看到那裡有一些星星點點的黑影。說實話，雖然他現在不知道這是幻影還是真的有人在那裡居住，但是現在也不知道該往哪個方向去，如果能找到落腳處補給一下當然更好。

他又抬頭看了一眼那些星星點點的黑影，拾掇了手上的東西，向前方走去。話說自從莫斯特伯阿米克時代降臨之後，整個人類世界的晝夜消失，地面是交織著人造光的暗沉，而天空卻又如熾燈一樣，總是發出耀眼的白光。但是唯有極地因為有雪色掩映，又少有人造光源，所以總是一副清光淡影的樣子。

說起來，有時候他不知道是不是該感謝自己的失眠症，自從他染上這個病之後，越是眾人昏睏的時間，他就越清醒。所以當凱斯和米雪兒、格爾一行人慢慢走到剛才看到的方山映襯出的黯淡光亮處時，聳了聳肩，並沒有在

意，還以為是自己太想見到光亮，而疲勞的眼睛在騙他呢！

臨近這個地方時，凱斯和米雪兒格爾才看清，原來這裡真的是一個小村落。

「太好了！」格爾歡呼著，「我真的是又累又餓。」

「難道你沒有吃過食物發放機裡的食物？如果你沒有吃過，你又是怎麼活到現在的？」米雪兒看了格爾一眼。

格爾看了米雪兒一眼，不好意思地低下頭。老實說，經過了這些事和這幾次的逃亡，他已經沒有辦法把米雪兒只看成是一個敵人了，但是他也知道，他們並非是朋友。

凱斯雖然走在前面，但他也聽見了米雪兒和格爾的談話，他明白米雪兒話裡的意思。說起來死神降臨之後，透過食物發放機向這些存活的人類發放食物——雖然這些食物味道不怎麼樣，但卻大幅增強了人類的免疫力和抵抗能力，大概是因為缺少微生物和有了這些食物的緣故，人類現在生病的機率大大降低了，雖然肉體還是一樣脆弱，但是免疫力和抵抗力上升了，日常也沒有那麼容易覺得疲倦。

格爾大概是心理緣故，凱斯心想，或許這個人從來都沒有面對過這類突發狀況，更何況他還那麼懦弱。

「對了，他們有沒有告訴過你，這該死的怪物扔在哪裡嗎？」

凱斯正要往前走，雪地裡忽然傳來一陣人聲，這句話在四周靜謐的環境之中，顯得特別清晰。

凱斯與米雪兒飛快地交換了一個眼神，閃身躲進了一個雪堆後面，他悄悄探出頭，看到兩個人正拉著一個鐵籠子，從另一個方向走到村落的周邊。其中一個是一名穿著綠色深膠雨衣的大個子，另外一個一眼看上去就知道他是個墨西哥人。

凱斯和米雪兒當然不知道，這兩個人正是破冰船上的拉莫爾和摩卡。昨天晚上，他們的破冰船在極地靠岸，他們急著將船上這個怪物處理好，所以趁著夜深人靜的當下，兩個人用雪地車拉著裝著這個怪物的籠子，就跑到這裡來了。

「我來看看，看看那個人給我們的座標點是不是這裡？」摩卡掏出自己的手機，藉著手機上微弱的光亮，查找著座標點。

　　拉莫爾一邊伸頭去看摩卡的手機，一邊詢問摩卡：「你確定是不是就在這附近，可別害得我們白跑路。」

　　凱斯聽見籠子裡的怪物發出了一陣輕輕地吼叫聲，身子扭動了一下。

　　拉莫爾顯然也聽見了怪物發出的聲音，猶疑地看了怪物一眼，向摩卡問了一句：「對了，你下船的時候有沒有幫它打針？」

　　「當然打過，難道我能放任它醒著，把所有人都吵醒嗎？我可沒有那麼愚蠢。」摩卡一邊在手機上翻尋著這次的座標點指示，一邊飛快地回應著拉莫爾的問題。拉莫爾看見怪物嘟噥了一聲，又翻身睡了過去，這才鬆了一口氣。

　　「就是這附近，這裡就是座標點。」摩卡看了籠子一眼，從手機裡看到了指示的座標點，和自己現在的定位。

　　「那些人到底怎麼指示的，把這籠子放在這裡就不用管了嗎？」拉莫爾驚疑不定地看了看摩卡一眼。

　　「是的，只要我們把籠子放在這裡就不用管了，到時候裡面就有人來接收。」摩卡用他濃重的墨西哥腔調回答著拉莫爾。

　　凱斯和米雪兒對視了一眼，雖然他們現在還看不見籠子裡到底是什麼東西，但是透過這兩人的對話，他們大概可以猜出來一定不是什麼好事。凱斯不知道自己現在應該是出去盤問兩人，還是在原地繼續等待，但是他本能地覺得自己應該聽聽再說。

　　儘管他現在也十分著急，現在時間也成了一個敵人，不過是一個正在逃逸的敵人，一小時一小時地溜走，一分鐘一分鐘地逃去。他和米雪兒不但要躲開這些人的追捕，還要想辦法找到「神諭」，這個東西似乎關係到米雪兒的來歷，也關係到她哥哥的凶案。

　　或許有了這個東西，能完全啟動米雪兒的大腦，讓她想起是什麼人傷害過她，她又和什麼人結過怨等，他手槍裡的子彈是有人付過錢的，那錢正沉甸甸地掛在他的腰際。

　　凱斯聽見他們兩個人在雪地上「嗖嗖」地拉著籠子，他的手指已經搭在了手槍上，他將在他們毫無防備時衝出去，然後將他們兩個傢伙控制起來，再盤問這裡的一切，而不是像剛才那樣，準備貿貿然衝進這個村子。

　　「把這個東西點亮。」摩卡和拉莫爾將籠子拉到了精準的座標點後，摩

卡將手裡的一個東西遞給了拉莫爾。

凱斯聽到而來一陣金屬撞動的聲響。不一會兒，凱斯感覺眼前出現了一片紅光，這片紅光在搖曳著，將周遭的一切都映得紅彤彤的，光勾勒出了暗紅的身形和在雪地上舞動的影子。

凱斯舉起槍，和米雪兒在紅光所及邊緣的雪堆後面，悄無聲息的匍匐著。他剛想要衝出去，突然出現的一聲槍響，讓他停了下來。

在靜謐的雪地裡，有人開槍了。一個不甚清楚男人的聲音，嘟嘟囔囔地掏出手槍，頂著拉莫爾和摩卡的頭：「你們在幹什麼？」

「嘿嘿！看他們的樣子就知道了，他們在處理區域外的怪物。」這個聲音又尖又高，隱約像是女人的聲音。女人？在這兒？凱斯疑惑地皺了皺眉頭，看見米雪兒眼中也同樣驚異。

米雪兒對著凱斯搖搖頭，示意兩人接著聽。

「你們是誰？」拉莫爾和摩卡沒想到這時候這裡竟然還會有人來，大概是來人手中舉著武器，躲在雪堆後的凱斯，清楚地聽見拉莫爾和摩卡兩人的聲音裡，充滿了驚恐和疑慮。

▌ Chapter 055

　　「看樣子，今晚也不能算是一無所獲嘛，我還以為我們找不到那個該死的偵探和那個叫米雪兒的小美人，就要空手而歸呢！沒想到在這裡還能釣到兩條大魚，看樣子，出來這一趟，也不算是一無所獲。」剛才說話的那個女聲又一次響起來。

　　凱斯聽到她話裡嘲弄的聲音，似乎有一種調戲獵物的快感，也忍不住有些不寒而慄。

　　「別在這裡耽誤時間，凱莉。」男人嘟囔了一句，「我們得找到那個叫凱斯・史密斯的傢伙，還有那個叫米雪兒的娘們，至於這兩個人，也不要浪費掉，幹掉他們，把他們的肉風乾，也還能吃上一陣。」

　　躲在雪堆後面的凱斯與米雪兒兩人聽見自己的名字，疑惑地對視一眼。單從他聽到的聲音來說，雪地裡的那兩個人，他應該並不認識，但是這兩個人似乎對他和米雪兒倒是很熟悉。

　　「好啦！我知道了。」女聲說道，「吃的吃的，你就記得吃，據說你那個王后，以前會把人血摻在葡萄酒之中養顏美容，不知道那是什麼滋味？」凱斯聽見這個叫凱莉的女人回應著這個男人，不知道為什麼，雖然她是在開玩笑，但是凱斯聽見她的聲音時，仍然能感覺到一絲凌冽的冷意。

　　「你們要吃的，幹什麼要抓我們？如果你們只是想要吃的，我們……我們船上有的是吃的……我可以帶你們去找。」拉莫爾看了兩人一眼，雖然他也不知道該不該把這兩人帶到船上去，但是對他而言，當務之急是活命，他一向謹慎，把自己的性命看得比一切都重要。

　　「你瘋了嗎拉莫爾？怎麼能把他們帶到船上去！」摩卡焦急地阻止了拉莫爾，他可不敢冒這種風險，這兩個傢伙手上有槍，如果真的把他們帶到破冰船上去，天知道會發生什麼事情。但是，有一點摩卡可以肯定，雖然這兩個人在談論吃的，但是他們想要的，絕對不是吃的那麼簡單。

　　凱斯躲在雪堆之後，雖然看不清這幾個人的表情，但是他卻一直凝神注視雪地上這幾個人跳動著的影子。其中一個比其他更暗、更清楚一點的影子，慢慢變得實在、真切起來。從影子的形狀他可以看得出來，這個人應該

是剛才說話的那個男人——這個人應該是凱莉的上司，雖然凱莉說話的語氣之中充滿了揶揄，但是顯然是在為他辦事。

另外一道影子又長又纖細，更便像是投射在上面的一道夢幻，從影子上可以看出來，這個人手上拿著槍，這把槍的槍桿很長，感覺應該火力十足，看起來像一個的黑色魔鬼。另外兩個身影，一個又胖又壯，看起來圓圓的，沒什麼特徵，應該就是那個拉莫爾；另一個矮一點的，顯得氣勢逼人，應該就是那個墨西哥人摩卡。

凱斯移開了目光，和米雪兒對視一眼，弓著腰向另一個方向看了一眼，米雪兒知道凱斯在等待機會，便衝著凱斯點了點頭。從這兩人的話中，她也聽出了一點端倪，這兩個人在這裡抓住這個叫摩卡和拉莫爾的人，應該只是個意外，他們的本意應該是來找凱斯和她自己的。

凱斯閃身向雪堆後繞了過去，他盡量控制自己的腳步，好讓自己不發出任何響動，幸好拉莫爾和摩卡爭執的聲音有一點大，所以並沒有人注意到自己。

每隔幾公尺，凱斯就停下來聽一聽，雪地之中沒有傳來會令他警覺的聲響，他們幾個人也沒有注意到他。當他爬完半個圓圈，來到了這幾個人身後之後，他確定這周圍除了這個三個男人和那個叫凱莉的女人之外，就再也沒有別人了。

凱斯伏在另一個雪堆後，掏出了手中的槍，他已經打定好主意，只要這個男人敢開槍，自己就會開槍擊中他。這兩個叫摩卡和拉莫爾的人，顯然並不想惹事，他們不會成為凱斯的敵人，他們來這裡應該只是為了安放這個籠子，可能是受人指派想要賺一點錢而已。

幾個人的談話聲突然中斷，一陣低聲的咆哮聲傳來。

從凱斯的角度，他看見摩卡向籠子中看了一眼，「不好了，這個變異人妖醒過來了，我現在手上可沒有抑制劑，如果我們再不離開這裡，一旦它力氣恢復了，就會把這個籠子撕爛的。」摩卡焦急的聲音並不是裝出來的，他看見變異人醒過來，本能地想要去籠子旁邊查看。

「是誰安排你們把這個變異人放在這裡的？」和這個凱莉一起來的男人看見摩卡的動作，立刻舉槍上膛，將手中的槍對準了摩卡。

摩卡被他推膛的聲響嚇了一跳，馬上就不敢再動了。

　　凱斯小心翼翼地抬起頭來，越過兩人之間的縫隙，向籠子裡看去。

　　籠子裡，一個碩大的變異人被關押其中，這個變異人碩大的光頭下面，下面是一張布滿皺紋的黃色臉龐，兩眼半開半閉著，眼角是斜的。短短的脖子上繫著一條髒兮兮的黃色手帕，和破舊的綠色閃光人造絲襯衫下露出的皮膚，是同樣的顏色，只剩一根背帶吊著一條大口袋一樣的太空褲。

　　它的雙手雙腳上長著絨毛，身上滿是透明的、黏糊糊的血跡，汙穢不堪。它似乎只有一隻眼睛可以視物，就在凱斯抬頭的瞬間，這隻眼睛也看向了凱斯，眼球之中的凶光和一道道黃絲，令凱斯嚇了一跳。

　　這個東西的表情，令凱斯想起了自己在電子書上看到那些化外野獸的眼神。凶悍絕倫、嗜血，沒有任何人性可言，他雖然沒有見過真正的動物，但是在看到這個變異人的那一剎那，他自己就覺得應該這樣描述它。

　　怪物的吼叫聲顯然引起了那個拿著槍的男人注意，他疑惑地向凱斯所在的方向轉頭的瞬間，凱斯趕緊躲到了雪堆後面。

　　「出來吧！我可沒有他那種耐心和你們兜圈子。」凱莉的聲音冷冷地從米雪兒和格爾頭頂上傳來。

　　下一秒，凱莉已經用槍頂著米雪兒和格爾，將他們從雪堆後面逼了出來，米雪兒終於看清了這幾個人，和籠子中關押著的那個變異人。

　　摩卡看幾個人都注意到了這個變異人，覺得有些欣慰，開口說道：「這個變異人是身體變異的品種，你們不要小看它，這種能存活下來的區域外變異人，不管是爆發力還是速度，都不是你們能想像的。我今天沒有幫它打抑制劑，一會兒它會把籠子撕開的，到時候我們不一定有勝算……」

　　他的聲音越來越小，可能是看到了幾個人手中的重型武器，覺得這些武器的危險性也不輸給變異人。

　　「你應該有辦法安撫這個變異人吧，墨西哥人？」米雪兒看了摩卡一眼，冷冷地說了一句。

　　「你怎麼知道？」摩卡驚異地倒抽了一口涼氣。說真的，他沒想到米雪兒竟然會知道這些，老實說，變異人在這個當下醒過來的時候，他本來覺得可以利用這個機會讓這兩個人放了他，哪知道米雪兒竟然一眼看穿了他的心思。

　　「很簡單，如果你不能安撫這個變異人，當初沒打抑制劑的時候，是怎

麼把他關進籠子的？」米雪兒挑了挑眉。

　　凱斯聽見這句話，幾乎要忍不住笑出來，這是顯而易見的問題，但是不管是眼前的這個凱莉還是端著槍一臉嚴肅的男人，都沒有想到這個問題。

　　「那些獵手可顧不了這麼多，他們會毫不猶豫地殺了你的。」米雪兒用漫不經心的口吻說道，「何況這個東西還關在籠子裡……所以，如果我們能一起想辦法對付他們或者一起……」米雪兒用眼神打量了那個用槍逼著她和格爾的凱莉一番，故意把話只說了一半。

　　「如果我沒猜錯，你就是那個米雪兒吧？那個凱斯‧史密斯說不定就在附近，看樣子，我要好好搜索一番才行。」凱斯藏在雪堆之後，聽見凱莉冷冷的語調傳來，看樣子，她雖然聽完了米雪兒這番挑撥離間的話語，卻絲毫不為所動。

　　「我為什麼要告訴你？」米雪兒毫不客氣地回應著凱莉。

　　「面前對著一把槍，沒人能好好說話。」格爾插嘴道，他努力地想要表現出跟凱斯還有米雪兒是朋友的樣子。大概是他已經看出來了，這兩個人不會拋棄自己。

　　格爾的話成功地令那個拿槍的男人突然笑了，但是眾人的笑聲中卻聽不出開心來，他把槍放回到了槍套裡，套子上的皮帶把它拉得緊貼在胸口上，手一伸就能拿到。

　　「你是個當弄臣的好材料。」那個男人看了格爾一眼說道。

　　「謝謝了，如果你不是某位被復活的暴君，我真的不敢相信你會用這樣的修辭來說話。」格爾努力應付著眼前的狀況，想要表現出勇敢的姿態來。

　　「啊哈！看樣子我們真的找對人了！我相信除了凱斯‧史密斯和他們身邊的夥伴，大概沒有人敢這麼確定有復活的暴君這件事吧！」凱莉那種調戲獵物一般的嘲弄語調，又一次在眾人耳畔響起。

　　「我可不認識什麼凱斯‧史密斯。」米雪兒故意用那種冷漠的語氣提起凱斯的名字。

　　「是嗎？那你知道暴君們統治這個世界的原則嗎？」凱莉看著米雪兒，臉上帶著玩味的表情。

　　「還是我來告訴你吧！弱者被殺死，強者才能生存。」凱莉冷冷地說。

　　躲在雪堆後地凱斯聽見幾個人的對答，心中有些疑惑。聽這幾個人說話

的語氣，難道又是一個被復活的暴君嗎？只是這個暴君似乎並不像尼祿和史達林那樣有權有勢，竟然還要自己親自出來找人。

但是他轉念想到尼祿和史達林的種種癖好，又有些懷疑起來，或許歷史上某些暴君，就喜歡凡事親力親為也未可知。總而言之，這些精神變態們的行為準則，即使讓他這個偵探從心理分析學的角度來評估，也是一言難盡。

「夠了凱莉，別耽誤正事。」端著槍的高個子男人聽見了凱莉嘲諷的語調，不耐煩地皺了皺眉頭。

米雪兒這才注意到這個拿槍的男人，他長著一副深沉憂鬱的面孔，深眉高目、鷹鉤鼻子，金色的頭髮，乍看還以為是歐洲的某個貴族呢！

「聽候您的吩咐，尊貴的國王陛下！我當然知道要辦正事，但是作為一個男人，你肯定沒有我那麼瞭解女人。凱斯·史密斯是為這個女人服務的，只要我們抓住了這個女人，他就會自動現身的。」凱莉用塗滿黑色指甲油的雙手舉著槍，輕輕地在槍筒處吹了一口氣，看起來性感又撩人。但只有瞭解她的人才清楚，她高貴冷豔的面孔下，是怎樣一副瘋狂的蛇蠍心腸。

「如果這個女人是米雪兒的話，你不能現在就殺了她，她是找到『神諭』的關鍵線索。」高個子男人蹙著眉頭說了一句。

「我當然知道這個小美人不能動。」凱莉用手捏了捏米雪兒的臉，米雪兒憤憤地將她的手甩脫。她的手冷冰冰的，就像她的心肝一樣，米雪兒心想。

「不過，這個人看起來似乎沒有什麼太大的用處，殺掉他應該問題不大吧？」凱莉打量了格爾一眼，眼神之中射出了濃郁而興奮的光芒。

「隨你便。」高個子男人看了格爾一眼，隨口應答了一句，語氣平淡而又隨便。

「那太好了。」凱莉興奮地吹了一聲口哨，看了格爾一眼。

格爾被她的眼神盯得有些發毛，因為她打量他的眼神，就像看到某個可口的食物一樣。

躲在雪堆後的凱斯聽見幾人的對話和這聲口哨聲，也忍不住覺得有些噁心，這個名叫凱莉的女人，雖然不像紅寶石侍衛那樣，已經完全淪為尼祿的私人工具，但是她這種完全來自自我愛好的嗜殺和冷血，讓人更覺得噁心和難以接受。

凱莉一步步走近格爾，嚇得格爾汗毛倒豎。

「先從哪裡開始呢？不如我先挖掉他一顆眼珠再看看？」凱莉一邊說

著，一邊將冰冷的手指搭上了格爾的眼皮。

格爾嚇得牙齒打顫，但是這一次，他忍住了沒哭，大概他明白在這種境況下哭也沒有什麼用。他能做的，只有努力減少凱斯和米雪兒的麻煩，這樣或許他們能夠想出帶他出去的辦法。

「嗖！」的一聲，凱莉已經從腰間拔出了匕首，她拿著匕首在格爾臉上比劃了一番，似乎在思考從哪裡下刀比較好。

「我就是你們要找的人！」凱斯從凱莉噴噴的聲音裡，判斷出她可能會真的下刀，稍微猶豫了一下，便從雪堆後走了出來。

凱莉看了凱斯一眼，眼神之中閃出一絲狡黠的光芒，對著高個子男人噴噴了兩聲：「怎麼樣，國王陛下，我早就說過，我這個辦法一定能有意想不到的效果的。」

「你是凱斯・史密斯？」凱斯的出現，似乎終於令這個高個子男人對這個世界有了一點興趣，他看了凱斯一眼，不經意地問了一句。

「沒錯。」凱斯一邊回答一邊打量著他，不知道為什麼，這個高個子男人身上也有一種令人熟悉的感覺。

米雪兒看了凱斯一眼，眼神中有一點無奈的意味。凱斯心中清楚，米雪兒並不是那種哭哭啼啼的女人，她更不需要凱斯跟她同生共死，剛才看見凱斯離開的時候，米雪兒馬上就明白了凱斯的意思——他應該是想要偵察周圍的情況，然後看看有沒有什麼辦法能讓所有人逃出去。凱斯忽然想到，如果以他有限的經驗來判斷，在這一點上，米雪兒的確冷靜得不像個女人。

米雪兒心中卻是另外一番想法，在她看到凱斯的一瞬間，她也產生了一種複雜的感覺。如果說將這個男人和其他所有她見過的人比較的話，這個人似乎是最簡單又最複雜的，凱斯身上有一種虛無主義，不知道是不是因為他上過戰場，看慣了人類生死的緣故。

總而言之，他似乎已經剝離了畏懼、痛苦和熱情，他對這個世界有一種深深的虛無感，總是感覺一切都沒有意義，卻又本能地做著自己認為對的事情。

這一點和站在他們身邊的這個高個兒男人有很大的區別，這個高個兒男人看起來雖然懶散，但卻是一種漠視的懶散，從他的神情和他的種種表現來看，他應該是養尊處優習慣了，所以對別人和這個世界上除自己以外的一

切，都有一種滿不在乎的感覺。當然，他肯定在意他自己，這一點，米雪兒從他光鮮亮麗的打扮之中就可以看得出來。但是反觀凱斯這個傢伙，他不光是不在乎這個世界，他甚至連自己本身也毫不在意。

「如果你真的像你表現出來的那麼高貴，就沒必要鬼鬼祟祟的，朋友，告訴我們你的名字和目的，或許我們還可以談談。」凱斯緩緩蹲下，將手中的槍從雪地上扔了過去。

「不錯，不錯！」高個子男人吝嗇地將一瞥目光投向凱斯，「你的確沒有令我失望，但是，我認為在你達成我的目的之前，你不配聽到我高貴的姓名，你只能用我的尊號稱呼你。像你們這樣的平民，在我的時代裡，根本沒有和我談話的資格，你來告訴他我的規矩，凱莉。」高個子男人看了自己的女打手一眼。

凱莉已經走向了凱斯剛才扔槍的地方，她將凱斯扔掉的那把槍迅速撿起來，看了一眼，對著凱斯眨眼一笑：「武器不錯。」

她的笑容讓凱斯感覺到某種致命毒藥一樣的特質，但是偏偏她卻要做出一副天真的姿態。

「我向來不喜歡長篇大論，我的國王，這是你給我定下來的規矩，還是讓他的朋友告訴他吧！反正這裡有訊號。」凱莉舉著槍，重新將黑漆漆的槍口對準了站在這裡的那幾個人。

這下輪到凱斯疑惑了，他的朋友？老實說，他的朋友並不多，知道他行蹤的朋友就更少了，所以他在聽到凱莉話語的那一瞬間，想起了賽洛。

「打個電話不會怎麼樣的。」凱莉捕捉到凱斯臉上的表情，不懷好意地看了凱斯一眼。

凱斯從口袋裡拿出賽洛給自己的那部手機，老實說，即便是凱莉不說，他也知道賽洛給自己的手機，即使在極地也能捕捉到微弱的訊號，哪怕只有這一點訊號，也足夠凱斯打完這通電話給他了。

凱斯按下了開機鍵，手機螢幕上的歡迎資訊慢慢浮現出來，幾乎是在手機開機的那一瞬間，賽洛的電話就已經打了進來。

「喂？」凱斯一邊接通了賽洛的電話，一邊看了一眼站在原處的幾個人。

高個子男人和凱莉，似乎存心讓凱斯打完這通電話，他們只是玩味地站

在原地等待著凱斯打完電話，同時用槍口指著拉莫爾、摩卡、米雪兒和格爾等人。

「在一個網站上，有人詢問關於你的資訊，他給了我很多我需要的製造材料，於是我告訴他了。凱斯，請你要原諒我，有些軟體、有些材料，黑市上也買不到，但是他那裡什麼都有。我再三叮囑過他，一定一定不能傷害你。他說，他不會把你怎麼樣的，因為你和你身邊的那個女人，是找到『神諭』的關鍵線索，他說他不但不會傷害你，還會幫助你。」賽洛用害怕的口吻說著。

「凱斯，他知道你的很多資訊，我也不知道他是怎麼找到的，也知道我的很多資訊，我發誓這些都不是我自己告訴他的，是他自己查到的。所以，我就把你們所在的位置，透過手機追蹤定位查找後告訴他了，我不知道他現在有沒有找到你……」

「他現在站在我旁邊。」凱斯無奈地嘆了一口氣，他都不知道自己應該怎麼說賽洛了。當然，他明白，賽洛有賽洛的難處，至少他還在竭盡全力地營救自己，有這一點就夠了。

「凱斯，你聽我說。」賽洛的聲音又一次從電話那一頭傳來，「這個人，還有西蒙，他們應該都和一個叫『索婆阿騰納斯』的教派有關，我懷疑是我在追蹤西蒙的個人資訊時被人反追蹤了，不過這不重要，重要的是我現在知道了，這個教派和『復活的暴君們』有很大的關聯……」

凱斯聽到這裡，忍不住抬頭看了高個子男人一眼。他現在已經有 80% 可以確定，這個高個子男人，應該也是某個被復活的暴君，只是這個暴君似乎並沒有尼祿和史達林那樣雄厚的財力，他似乎不像他們控制了那麼多打手和響噹噹的財閥機構，來為自己服務，竟然還要自己親自上陣。

他本來以為這是某個暴君的某種特殊癖好，但是現在聽到賽洛提到索婆阿騰納斯裡的那些信眾，他又明顯感覺到不是。或許在索婆阿騰納斯內部也是分派別的，從尼祿和史達林的身上，他已經見識到暴君和暴君之間也是有區別的。

這些人，單獨某一個站出來都是響噹噹的人物，但是他們之間卻未必能夠合作，非但不能合作，或許在這些暴君和暴君之間，衝突比一般人還要更深呢！至少那些普通人沒有他們那麼大的欲望，凱斯看著這個高個兒男人，

似乎陷入了某種沉思之中。

　　賽洛的電話到這裡突然斷線了，凱斯「喂！」了幾聲，只聽見「嘟嘟」的聲音，他再想打過去時，卻發現手機竟然一點訊號也沒有了。

　　「別費勁了，你該知道的也都知道了，我想你也聽得差不多了，我們的目的很清楚，你們幾個該幹活兒了！」凱莉用槍桿戳了戳格爾。

　　「既然你們要找的人是他們，那抓我們兩個人乾什麼？」摩卡看了看眾人，終於忍不住問了一句。

　　「對！我們不過就是受人所托，想要賺一點小錢花花而已，根本就不會妨礙到你們辦事。」拉莫爾用他那一貫抱怨的語調說道。

　　「我不喜歡跟人解釋什麼，如果你們繼續這麼煩人，那我只好把你們就地處決掉了。」高個子男人冷冷地說了一句。

　　眾人說話的當下，籠子裡的變異人突然又低吼了一聲，這一聲吼叫中氣十足，把眾人都嚇得後退了一步。

▊ Chapter 057

　　里茲看了看手機上的時間，極地的黎明已經悄然來臨。

　　自從他在破冰船的地下倉板見到了那個區域外的變異人之後，他對變異人這件事產生了濃烈的好奇。據他所知，莫斯特伯阿米克降臨之後，這個世界的人靠著死神安放在中心城市裡的食物發放機維持生活──而這個世界因為缺乏生物和微生物，一開始也出現了一些變化，後來不知道死神大人用了什麼樣的方法，來維持了這個世界正常的氣候運轉。

　　只不過從那以後，這個世界的天氣就只剩下雨、雪天氣了。但因為受到之前生物遺失冰川融化的影響，極地的雪線這幾年只是恢復了常態，並沒有什麼其他變化。

　　除此以外，就是極地裡人造光並不像美國其他大的中心城市那樣多，不過這裡空氣冷冽，還有一些雪面上的反光，裝備齊全的話，倒也不難同行。

　　破冰船靠岸的當天，里茲凌晨四點就醒來了。不同以往的是，這次他叫醒了費里曼，並且早在幾天前就把變異人的事情告訴了他，雖然他們的目標是要去極地尋找「神諭」，但是聽見他們要將這個變異人扔掉的事情，令里茲不自覺地認為，或許這兩件事有某種隱祕的關聯。

　　當然，即使沒有什麼關聯，像這樣的冒險，對於愛看電影的里茲來說，也是一件非常值得興奮的事情，因此在破冰船靠岸的一大早，里茲就叫醒了費里曼，兩人在二樓聽見了貨倉裡的動靜後，就悄悄尾隨著拉莫爾和摩卡下了船。

　　當然，他們也不敢離這兩個人太近，他們並不想驚動這兩個人，幸好在此之前，里茲就已經在變異人的籠子上裝置了一個竊聽器。

　　據米蘭德研究所探險隊傳回來的那些消息裡說，極地現在還生活著一些聚集群落，但是對這些群落的特點，卻並沒有詳述。里茲也不確定這些群落到底是靠什麼生存下來的，尤其是當他看見這個變異人之後，他甚至懷疑這些群落裡是不是聚集著一些變異人，雖然他並沒有親眼看見，但是透過他在此之前瞭解到的資訊，他十分清楚，人類世界裡那些沒有領取食物發放機裡食物的人，到底是什麼下場。

以前在米蘭德研究所的實驗室裡，他看見過一些因為食物缺乏而慢慢變異的人，這些變異人有些被捕捉來用作實驗品種——他們有各式各樣的變異形態，有的進化出類似於野獸般的形態，還有的則仍然和人一樣，只是保持著聰明的大腦。

　　但是這些變異人無一都有著同樣的特點——他們的變異形態並不是十分完備，只能維持兩到三年的樣子——隨後他們就會慢慢地生病死去。

　　現在他在甲板下面見到了「區域外」的變異人種，不管是變異形態還是進化程度，都比之前他見的要大得多。所以，里茲心想，或許這是因為死神使用了某種東西——或許和他維繫這個世界生態系統的東西有關——里茲猜想，這個東西，也許正是「神諭」。

　　他將自己所有推測都告訴了費里曼後，兩人決定尾隨摩卡和拉莫爾，去看個究竟。

　　他們一直遠遠地跟著這兩個人，直到他們兩個人來到目的地，里茲建議不要離得太近，他憑直覺感覺，他們這次「送貨」不會像往常那麼順利。費里曼問里茲為什麼知道他們不會順利，里茲說，這是他看了很多電影之後的直覺。費里曼「呸」了一聲之後，仍然選擇了相信里茲。

　　但當他看見凱莉和高個子男人拿槍頂著摩卡和拉莫爾的頭時，他不得不佩服起里茲的先見之明來。兩人尾隨著摩卡到達這個群落附近，就找到了一個隱蔽物，幸好里茲出門前有所準備，他們已經將他們日常需要的所有設備都準備好了——他們幾乎每次出門都會把全部家當帶齊——用里茲的話說，這是為了應對隨時有可能會出現的風險。

　　除此之外，里茲竟然還拿了一架望遠鏡來，費里曼和他兩人輪換著使用這臺望遠鏡。他們尾隨著摩卡和拉莫爾來到了一個隱蔽的地方，就架起了這架望遠鏡，同時將所有的竊聽設備都裝置好，兩人裝上耳機後，只等待幕後的主使者出現。

　　清晨的寒氣和貼近地面的潮濕霧氣，使這片遼闊而又寧靜的世界露出本來面目。這裡是一個莽莽蒼蒼、橫無際涯、由銀白色的雪和浮冰組成的世界——雖然對於大多數人來說卻是個陌生的、無法生活的世界。但是這裡居然還有一個小的群落聚集著，這一點不得不引起里茲的注意，他始終覺得，這個世界上的事情不能像費里曼那樣，全部都用科學道理來解釋，他越瞭解這

個世界，就越能感覺到自己的無知。

　　現在望遠鏡又一次傳到了費里曼手裡，里茲把手放在一邊，舒展了一下已經僵直的肌肉，他身上裹著一個用以防潮但又根本沒有什麼防潮作用的大防水雨布，他看見剛才聚集在一起不知道在說些什麼的人，正在四下散開。離他不遠的地方，是他們的通聯設備：銀灰色的碟型天線和黑色的發射機箱，地上的一根同軸電纜，迤邐通向活動三腳架上的可攜式攝影機。

　　他和費里曼始終把尋找「神諭」當成是人生中最重要的事情，因此他們總是隨身帶著各種科學設備，況且，他們已經到了極地，在找到「神諭」之前，他們壓根就沒打算回到船上去。至於找到「神諭」之後該怎麼辦，他們也還沒有想到這一步。

　　里茲想起了他們在格陵蘭島雇傭過的那個嚮導，開著那輛小貨車的，既懂得當地的風土人情，又會說班圖語和斯瓦希裡語，還會說一點巴金狄語。現在他們看到了這個群落，不自覺又想起了這件事——或許他們也可以在這裡請一個嚮導，雖然很快就證明了里茲的這種想法不過是天方夜譚罷了，但是此刻他真的覺得自己應該找一個嚮導。

　　兩人交替著看了一陣子，他們先看到高個子男人和凱莉拿槍指著拉莫爾和摩卡，接著又看到凱斯等人出現。他們透過竊聽器聽到了這些人所有的談話。幸運的是，這些人竟然真的和「神諭」有關；不幸的是，這些人一個也不是他們要找的那個「背後大佬」。

　　當然，現在他們倆也透過他們的裝置，以及安放在耳朵裡的接聽設備，聽見了那個變異人的怒吼聲。里茲也被怒吼聲嚇了一跳，猛一甩手，差一點打翻了自己和費里曼剛才架在地上的設備。

　　「不好了！」費里曼用望遠鏡看了一眼前方的景象，忍不住說了一句。

　　「怎麼了？」看不到發生了什麼事情的里茲有些著急，忍不住將望遠鏡從費里曼手中一把搶了過來，舉著望遠鏡向摩卡和拉莫爾所在的方向看了過去。

　　一看之下，里茲也忍不住大驚失色，剛才還被關在籠子裡的變異人已經醒了過來，非但醒了過來，這個變異人似乎還恢復了不少體力。現在這個變異人正猛烈地撞著籠子，想要衝破這個束縛著自己的鐵欄杆。與此同時，遠處的雪堆之中發出了此起彼伏的長嘯聲，似乎在呼應著這個變異人的嘶吼。

「難道這個群落是變異聚集的地方？如果真是這樣，那我們得趕快走，真該死，我現在總算是明白什麼叫作『好奇害死貓了』！」里茲急急忙忙收起望遠鏡，招呼著費里曼去收拾地上銀灰色的碟型天線和黑色的發射機箱，以及三腳架上的可攜式攝影機。

「你以前在電影裡沒有看見過這種情景？」費里曼用詼諧的語調調侃了里茲一句。

「我這個時候可沒有什麼心情開玩笑，費里曼，趕快收拾東西，我還得保障你的安全呢！」里茲一邊焦急地打開自己下船時帶的一個陳舊的便攜登山包，一邊向費里曼叫著。

兩人的聲音在空曠的雪地裡顯得有些大，雖然中間夾雜著變異人的怒吼聲，但里茲突然提高的分貝還是傳得老遠，至少已經足夠驚動另外幾個人了。

「現在情況看起來更糟糕了。」費里曼從遮蔽兩人的雪堆之中站了起來，看著眼前的情景，接著補了一句，「我想咱們現在也沒有必要著急了，反正跑不跑都一樣。」

里茲用纏繞銀灰色碟型天線的間隙，舉著望遠鏡向前望了一眼，不禁也嚇了一跳，原來剛才他聲音太大，引起了對面幾個人的注意，這一下非但變異人是威脅，高個子男人和凱莉也舉著槍對準了兩人的方向。

「什麼人？」伴隨著凱莉冰冷的話語，一顆子彈對著里茲和費里曼所在的方向射了過來。

「不是吧！」里茲抬起頭，看見了子彈呼嘯而來，連忙招呼著費里曼，「趕緊趴下！」

費里曼向雪地臥倒，躲過了凱莉的這發子彈，子彈穿過了兩人躲藏的雪堆，將一抔雪打得四處飛濺。

「我投降，我投降……」蹲在地上收拾東西的費里曼連忙將雙手舉了起來，也不顧地上四下散落的各種東西，慌忙從雪堆後面跑了出來。

「這位高貴冷豔的美女，把你黑壓壓的槍口收起來，我們只是路過旅遊的。你看，你如果不相信，我可以把破冰船上的船票給你看。」里茲一邊和凱莉胡扯著，一邊尋找著逃走的機會，他有一點後悔自己為什麼要跟著過來了，現在這個情景真是複雜。

　　兩人對峙的瞬間，凱斯聽見鐵籠子「唭嚓」一聲，裡面的一根鋼筋似乎被這個變異人折斷了。

　　「不會吧？今天是什麼好日子？」里茲顯然也看見了正在從籠子裡爬出來的變異人。從籠子中脫困的變異人又是一聲怒吼，遠處的雪地裡也傳來了幾聲怒吼，這些吼聲似乎離幾個人站著的地方越來越近。

■ Chapter 058

「不會吧！這裡竟然有這麼多怪物？」這些吼叫聲讓里茲頭皮發麻，他見到這個變異人的那一刻起就有一種感覺，那時候他想，這樣的怪物有一個就夠受的了，沒想到這裡竟然還有這麼多。

費里曼和其他人一樣，顯然也聽到了這些變異人的嘶吼聲，眾人臉色都變得十分難看。里茲一邊飛快地將那些散落在地上的設備收進自己的背包裡，一邊對費里曼叫道：「趕緊離開這個地方！」

雖然他現在還不知道這些變異人到底有什麼危害，但是人類殘存的那種對危險的本能感知，仍然在他的基因裡，看到這個變異人的那一瞬間，他就覺得自己應該離這些傢伙遠一點。

「現在往周邊跑可不是明智之舉。」凱斯一邊和眾人一起後退，一邊向村落所在的方向看了一眼，「看起來這些變異人似乎不敢進入這個村落，不如我們暫時在這裡面躲避一下。」

高個子男人像是沒有聽見凱斯的話，鎮定地將手中長槍推上膛，對準了正在從籠子裡鑽出來的變異人。

摩卡看見高個子男人的動作，連忙擺擺手，大聲提醒高個兒男人：「別別別，千萬別開槍！」

凱莉聽見摩卡的話，調轉槍頭對準摩卡，冷冷地說了一句：「你竟然敢命令國王，膽子可真大。」

雖然被凱莉用手中的槍脅迫著，但是摩卡現在顯然已經忘記了害怕，他深深地吸了一口氣，對高個子男人說：「就當是我求您了，請您千萬千萬不要開槍，讓這個變異人去它的同夥那裡就行了，我會安撫它，盡量讓它不要傷害我們。」

「沒有人能命令我。」高個子男人懶懶地說了一句，「必須把這個怪物打死，不然它會把那些東西都引過來，我可不想我的子彈下面盡是這些東西的血。」高個子男人說完，對準變異人的後面來了一槍。

變異人被槍擊中，子彈嵌進了肉裡，卻並不像人類那樣穿胸而過。變異人在籠子中停頓了一下，用力向前伸著身體，將子彈從身體中彈的地方緩緩

擠了出來，然後在他被擊中的地方，才噴湧出透明黏狀的鮮血來。這個變異人透明黏狀的血跡，並不像人類那樣濃稠。

「這下全完了。」摩卡看見變異人的樣子，無奈地跌坐在地上。

與此同時，變異人發出一聲淒厲的嘶吼，四面八方回應這個變異人的聲音越來越多。

「我們被包圍了。」凱斯聽見這些吼叫，冷靜地向四周掃了一眼，低聲吩咐了米雪兒和格爾一句，「別管他們，我們往這個群落聚集地走。」凱斯一邊後退，一邊招呼著米雪兒和格爾。

「誰也別動！把手舉起來。」凱莉看見變異人不怕子彈，也嚇了一跳，但是轉頭看見凱斯和米雪兒的動作，又調轉槍口對準他們。

說話間，受傷的變異人已經從籠子中擠了出來，它看了離自己最近的拉莫爾一眼，猛地向拉莫爾撲了過去，一口將拉莫爾的脖子咬住。格爾站得離拉莫爾最近，他看見變異人銳利的牙齒插進拉莫爾的脖子，嚇得臉色煞白。

拉莫爾猝不及防地被變異人咬了一口，脖子之中濃稠透明的鮮血噴湧而出，被這個變異人撲倒在地上。這個變異人又嘶吼一聲，從雪地之中爬出來幾個和他形態類似的變異人，一起圍著拉莫爾，像吸吮骨髓一樣，吸吮著拉莫爾透明黏稠的血液。

里茲看見這個場景，差一點噁心地吐了出來，但更多的卻是害怕，他和費里曼對視了一眼，也學著凱斯的樣子，緩緩地向群落聚集處退了過去。但是他的動作幅度有些大，驚動了一個躲在雪堆後的變異人，變異人看清楚了里茲的動向，猛地向里茲的方向撲來。

「快跑！」里茲向凱斯一行人站著的方向飛奔了過去，但是他們剛才把東西架得太遠，在堆積深雪的地裡跑又太吃力，雖然兩人用力向幾個人的方向飛奔，但身後的變異人還是離他們越來越近，眼看變異人的爪子就要抓住兩人的後背了。

里茲拔腿，一步步向前猛衝，身後的登山包卻被變異人拽住。

千鈞一髮的時機，凱莉舉起槍，向著里茲的方向開了一槍。

「你這個蛇蠍心腸的女人！」里茲看見凱莉的動作，惡狠狠地罵了一句，下一秒，他卻發現自己和費里曼並沒有中彈，原來凱莉手中的槍打中了他們身後的那個變異人，雖然這個變異人並不害怕子彈，但是他們似乎也會

受傷，凱莉的子彈仍然阻礙了這個變異人前行。

里茲和費里曼趁著這個間隙，掙脫了變異人的束縛。變異人被凱莉的子彈擊中，用力揮爪子，撕破了里茲的登山包。里茲也顧不得往回看，拉著費里曼飛快地奔向了凱斯等人。

兩人會入人群的一瞬間，凱斯抬頭，只見周邊瞬間聚集了許多和籠子中變異人差不多的怪物，向著眾人的方向奔了過來，大概都是被這些濃稠的血液吸引過來的。凱斯仔細掃了幾眼這些變異人，發現只是這些變異人的形態各不一樣，但是綜合來看，這些變異人都有一些他曾經在電子書上看到過類似野獸的特性。

格爾被拉莫爾的事情嚇得不輕，待在原地一步也不敢動，這時看了一眼包圍過來的變異人，大叫了一聲：「我的媽咪呀！」

「快進這個群落聚集地！」凱斯冷靜地看了看眾人，順便拉了一把癱在地上的摩卡。摩卡這才回過神來，和凱斯一起退進了群落聚集地。凱斯看了一眼，這個極地群落聚集地旁邊插著一個標誌，似乎是這個部落的邊界線。

眾變異人已經將拉莫爾的屍體啃得一點也不剩，轉眼間拉莫爾只剩下一副骨架，眾人看得毛骨悚然。那些變異人將拉莫爾撕扯完，開始盯著凱斯一行人，凱斯用手攔著眾人，一起緩緩向後退著。

眾變異人有的站著，有的四肢著地，目露凶光地望著眾人，凱斯發現，眾人退過了群落聚集地的邊界之後，眾變異人雖然仍然將他們圍在核心，但是這些變異人誰也沒有撲上來，這個群落裡似乎有什麼令這些變異人感到畏懼。

高個子男人也退到了群落界線以後，端著槍冷冷地和變異人對視著，格爾更可笑，直接躲在了眾人身後。

「他們似乎不敢進來。」凱斯強迫自己冷靜地分析眼前的情景，「這裡有讓他們害怕的東西。」

「那不正好嗎？我們躲在這裡，等他們走了，我們就離開這個鬼地方。」里茲聽見了凱斯的話，馬上接了一句。

「也許會有更大的危險，危險到令這些變異人都感到害怕。」凱斯看了里茲一眼。自從上了戰場之後，他從來都不會把這個世界上的任何事情往好的方面設想，當了偵探之後更是如此，長期和犯罪分子們打交道，令他習慣

把一件事情往最壞的方向設想，他看待所有的事情都是悲觀的，從來都沒有里茲這種僥倖心態。當然，他並不知道里茲是個浪漫主義者，他總覺得這個世界上的事情都有某一種浪漫特質。

「你們有信號增強器？」凱斯用懷疑的眼神看了一眼里茲被怪物利爪劃爛的背包，一眼就看見他背包裡的信號架和小型攝影機，當然還有那些各種奇奇怪怪的機械設備。

「是的。」里茲卸下背包，剛才背著這些東西，差一點沒有把他的腰壓斷。

「或許咱們可以用點高科技的法子。」凱斯看了里茲和費里曼一眼，「如果你們不介意把你們的信號增強器打開的話。」

「當然，朋友！」里茲看了凱斯和米雪兒一眼，雖然他不知道他們是什麼人，但是看起來總比凱莉和高個子像好人。

「我覺得你應該先向我道歉，不然的話，我也會給你來上一顆子彈的。」凱莉看了里茲一眼。

「當然，當然，對向美女道歉這種事情，我一向沒有什麼心理負擔。」里茲看了凱莉一眼，不好意思地說了一句。

費里曼已經將信號接收器從登山包裡取了出來，架在了雪地上。

「需要幫忙嗎？」米雪兒走到費里曼身邊。

「不用不用……」費里曼看了米雪兒一眼，大概是他之前從來都沒有跟美女說過話，竟然一下子臉紅了。

「定位到這裡，我來搜索。」凱斯掏出了賽洛給他的手機，有了信號增強器，他應該能搜索到這裡是個什麼地方。

「白骨之地……」凱斯皺了皺眉頭，「網路上說這個地方叫作『白骨之地』。」

「這是誰上傳的？」里茲湊過頭來問了一句。

「不知道是誰，上面沒有寫。」凱斯一邊滑動手機一邊說著，「也許是這個部落裡的人自己上傳的也不一定，或許他們並不歡迎外來者。」

里茲看著凱斯的手機問道：「這裡住的是什麼部落？」

「上面沒有寫。」凱斯一邊回答著賽洛的提問，一邊從上到下翻尋著這個地方的資訊，但是始終沒有找到什麼有價值的資訊。

「看樣子我們只能自求多福了。」凱斯看了一眼在周邊齜牙咧嘴的變異人，心中忽然升騰起一股腹背受敵的涼意。

　「也許這裡面也是變異人呢！而且是比外面那些更強大的變異人，不然為什麼叫『白骨之地』……」格爾哆哆嗦嗦地接了一句。

　「除了變異人，我也想不出來還有誰會住在這種鬼地方？」摩卡看著靜悄悄地群落說了一句。

　凱斯看著手機上顯示的字幕沒有言語，老實說，他們發出這麼奇怪的聲音，這個群落裡竟然沒有一個人出來瞧瞧，已經令他有些不安了。

　「難道我們就這麼倒楣？」里茲哀號一聲，猛烈地捶打起自己的頭來。

■ Chapter 059

「這些變異人動了。」正在架設信號接收器的費里曼抬頭看了一眼，冷靜地說了一句。

凱斯抬起頭，看見這些變異人在群落周邊著眾人打轉，一直齜牙咧嘴地盯著眾人，卻始終不敢跨過群落的界碑闖進來。

格爾看了摩卡一眼，只見他呆呆地坐在地上，眼睛直勾勾地盯著地上拉莫爾的一堆枯骨，似乎不敢相信拉莫爾就這麼死掉了。老實說，雖然他一直都嘗試從暗網上找一些和變異人相關的資料來看，但是他得承認一點就是，他對這些區域外變異人的瞭解，始終都是有限的。或許這些東西原本就沒有多少人知道，即便是委託他處理這些變異人的那個組織，也未必真正深入瞭解過區域外的東西。

截至目前，摩卡只聽說過，區域外的人類是很難存活的。在區域外的那些人，要不就發生了徹底的變異，變異出了各種能適應這種環境的形態——而另外那些變異不成功的，就只能死掉了。

但是在摩卡的心裡，始終還是把這些變異人看成是人類一樣的生物，他給它們下的定義是「有問題的人類」，他從來都沒想過這些變異人竟然會有這麼強的攻擊性，像拉莫爾這樣的大個子，在這些變異人的攻擊下，也沒有任何還手的餘地。

「我們最好和他們站在一起。」格爾看見摩卡過於靠近群落界限的那個標誌，忍不住好心提醒了一句。當然，他算是這群人中膽子最小的一個，如果可以，他真的不情願再看見變異人攻擊他們中的任何一個人，就像剛才攻擊拉莫爾那樣。

與此同時，費里曼聽見自己的信號接收器裡傳來刺啦的聲響。

「真該死，今天也不是什麼雨雪天氣，怎麼這個東西竟然也會受到干擾嗎？」費里曼疑惑地看了信號接收器一眼。

摩卡被格爾打斷了痛苦的沉思，似乎像是剛從夢裡醒來一樣，他看了一眼外面零零星星的變異人，猛然間覺得這些變異人的數量，似乎比剛才少了很多。

「有沒有覺得圍著我們的變異人少了很多？」摩卡看著周邊衝著眾人齜牙咧嘴的變異人，疑惑地問了一句。

「剩下的那些變異人去哪裡了？」格爾看了那些變異人一眼，他也不知道這些變異人到底有沒有變少，因為如果不是必要，他不會主動看這些變異人一眼，畢竟大部分時間裡，他都低頭看著自己腳面，連抬頭看這些變異人一眼都不敢。

聽到摩卡這樣說，格爾趕緊又向凱斯和米雪兒靠近了一些，似乎從物理距離上，跟他們兩個人拉近能給他提供一點安全感似的。畢竟除了他之外，這裡所有人似乎都有自保能力，或者是精通某方面的技能，而自己除了是他們的累贅之外，幾乎想不到什麼可見的好處。

「這些變異人在搬運群落周邊的石塊！」里茲聽見摩卡和格爾的話，好奇地向群落的另一個方向走去，他逡巡了一圈，發現有幾個變異人正繞道群落的另外一角，悄悄地搬運著群落周邊用來阻擋什麼東西的石塊。

「你的天線是不是架在那些石塊上面？」里茲看了費里曼一眼，忍不住問了一句。

「你怎麼知道？」費里曼有一點沒有反應過來的訝異。

「從這些刺啦聲裡知道的。」里茲攤手說了一句，「我想咱們必須得找個藏身之處了，不然一會兒想走也來不及了。」

「這些東西竟然還有這麼高的智商，跟肉人真的不一樣。」凱莉一直全神貫注地盯著幾個人的動作，聽見他們談話，忍不住也發表了一句感慨。

「說得好像你養過肉人一樣。」摩卡不懷好意地撇撇嘴，現在他已經回過神來，語氣裡對凱莉和高個子男人充滿了敵意。老實說，他覺得他們倆要為拉莫爾的死負責主要責任，如果不是他們倆一直用槍指著拉莫爾的話，拉莫爾原本可以找到機會跑掉，如果拉莫爾能跑的話，他就不會死。

「等一等。」費里曼收拾東西的間隙，凱斯突然出聲叫住他們。

「這裡有人說，他來過這個名字叫『白骨之地』的群落，如果有人需要瞭解這個群落的消息，可以和他聯繫，收費是每小時兩百元美金。」

「那你應該回覆他，他還不如直接去搶劫好了，這樣更直接更快。」里茲聽完凱斯的話，忍不住沒好氣地回覆了一句。

「跟他說，如果他能毫無保留地把他知道的東西全部告訴我們，我可以

獎賞他，每小時三百元美金。」一直沉默觀察眾人的高個子男人，直到這個時候才悠悠地開口說了一句話。

「給他三百元美金？你很有錢嗎？」里茲驚得眼珠子差一點掉了下來，他原本以為自己只有在電影裡才能看見這種傻子，沒想到在現實中，竟然真的有人會這麼做。

高個兒男人用極其鄙視的眼神看了里茲一眼，似乎不屑與他對話。

凱莉看見了高個兒男人的眼神，瞬間明白了高個兒男人的意圖，凱莉一邊將手中的匕首重新插回刀鞘之中，一邊笑著對里茲說：「你很喜歡錢嗎？」

里茲看見凱莉的笑容，也回應了她一個笑容：「當然，這裡每一個正常的人類，都是喜歡錢的。有了錢，就能驅使別人為你辦事，如果你有足夠的錢，你可以驅使別人為你送死，甚至把別人玩弄於股掌之上。是不是很可笑？金錢本來是人類創造出來的，現在卻反過來傷害人類的性命，真是一種悖論。」

「說得很好，但是很不幸，我是個只在意當下的人，看現在的情形，金錢再好，也得我們能活著回去，留著性命去享用這些金錢帶來的價值，所以我現在要站在我的主君這邊。」凱莉笑了笑。

「主君？」里茲聽見凱莉的話，也忍不住笑了起來，「老闆就是老闆，我們聽得懂，你竟然還叫他主君，他平時剝削你很多嗎？像你這樣身手敏捷的美女，不應該對他感到如此畏懼。」不知道為什麼，自從凱莉救了他的性命之後，里茲總想和她閒扯。

凱莉看了里茲一眼，並沒有回答他的提問，只是端起了自己手中的槍，對準里茲說了一句：「我的槍有時候射起來也很準，尤其是對著那些話多的人。」

「你確定你可以給他每小時三百美金？」凱斯看了高個子男人一眼，又看了看周邊的變異人，「如果是開玩笑的話，我們就自己進去算了，這個當下，我沒有多少時間和不相干的人事閒扯，但是我不可能自己墊付這個錢。當然，我不是不捨得這筆錢，而是覺得沒有這個必要。」

凱斯的話語立帶著一種質疑的漠然，他本來就是一個一無所有的窮偵探，他連辦公桌椅都是租借的，更別提什麼額外開銷了。當然，更重要的一

點是，他長期和那些罪犯們打交道，對他而言，總是習慣性對這些想要和他做什麼交易的人持一種懷疑態度。

「我可以代我的君主做這個決定，他不喜歡說話，」凱莉答道，「把你的帳號給我，剩下的你照著他的意思辦就行了。」

凱斯點了點頭，將手機交給了凱莉，一秒鐘之後，凱斯發現自己的帳戶上多了兩千美金。

「現在你有錢了，可以和他聯繫到明天早上。」

「好吧！」凱斯點了點頭，「那我趕緊跟他聯繫。」他一邊說，一邊撥通了那個人留在網頁下的電話號碼。電話接通後，凱斯在眾目睽睽之下簡短地說明了自己的來意，又申請和這個人視訊通話。

令眾人感到欣慰的是，這個人似乎像是專程在等著凱斯聯絡他一樣，在凱斯發起撥出電話號碼後，對方馬上就接通了凱斯的電話，又透過凱斯的好友申請，願意替他們做極地的嚮導，指引他們走出這個該死的地方。

格爾和摩卡對視了一眼，都有一種如釋負重的感覺。

在眾人的注視下，凱斯接通了視訊，這位自願來做嚮導的人，看起來有一點像個印第安土著，凱斯跟他進行了漫長且無聊的談判。最後凱斯答應給他一小時二百五十元美金的報酬，但是這個人看見了凱斯身後的凱莉和高個兒男人後，又不懷好意地提出，要他們給他一些武器的要求。

高個兒男人想都沒想就答應了，等他們回到中心城市的時候，就會提供給他一些武器，這一切都談妥之後，這個印第安人才同意做凱斯他們的嚮導。

就在凱斯和這個印第安人對話的期間，費里曼已經將東西完全收拾好了，印第安人帶著眾人向前走去。

里茲一行人聽了他的話，互相對視一眼，彼此點了點頭，預備一起向群落深處走去。前進之前，摩卡看了一眼身後那些變異人，這些變異人仍然圍在群落的界限標誌之外，一個看起來很高大的變異人走到了眾變異人前面，看見凱斯一行人向群落深處走去時，這個變異人臉上竟然露出了一絲詭異的笑容。這絲笑容令摩卡十分不安，當然，摩卡也希望是自己看錯了，但是他分明又看見這個變異人泛黃的眼球之中，似乎有一些幸災樂禍的表情。

因為凱斯接著視訊通話，費里曼則換了一個小型的信號接收器，這個信

號接收器能插在登山包上方。摩卡和里茲還有格爾則低著頭，緊緊地跟在眾人身邊。

　　眾人走在雪地中，因為踩踏的關係，會時不時翻出來一些碎骨片，格爾顯得非常害怕，而凱莉和高個子男人卻根本不當一回事。凱斯在視訊中詢問那個印第安土著，這些碎骨片是什麼，那名土著並沒有回答凱斯，凱斯想起他的習慣，如果自己再追問下去，大概他又要加錢了。

　　他索性也不問他了，自己蹲下身子撿起來一塊碎骨片看了看，他仔細觀察後才發現，這些碎骨頭看著像人類，但又不是人的骨頭。這些骨頭上有很多黑白相間的花紋，也不知道這些骨頭是什麼東西砸爛的。

■ Chapter 060

　　里茲順著凱斯的動作也蹲了下來，學著凱斯的模樣撿起來一塊碎骨，拈在手中看了看。

　　「照我看來，這裡不應該叫『白骨之地』，」里茲看了影片裡的那個人一眼，「應該叫『碎骨之地』，你們對這個地方調查得不夠詳盡，還敢要價這麼貴。」里茲陰陽怪氣地諷刺了那個印第安土著一句。

　　「你們這些白人就是喜歡咬文嚼字，糾結這個字也不會讓你多安全一點，總而言之，你們想要從這裡全身而退的話，就得要聽我的。」印第安人似乎經常和人討價還價，一點也不在乎里茲說了什麼，立刻開腔反唇相譏。

　　「我的父母都不喜歡白人，白人就是一群裝腔作勢、不勞而獲的傢伙，比起你們從我們手裡搶走的東西，我們現在要求的還算少呢！」這個印第安人的話被里茲打斷後，開始憤憤不平地抱怨起來，也忘記了替凱斯一行人指路。

　　好在此時他們也離那些變異人有一段距離了，他們不知道變異人在周邊想要幹什麼，但是這個威脅總歸是暫時緩解了一些，眾人也開始有些鬆懈下來，只有凱莉繼續端著槍，一邊走，一邊用警覺的目光打量著四周。

　　地上有許多碎木屑和石頭，這裡看起來像是有人居住的樣子，但不知道為什麼，卻靜謐得可怕。凱斯本能地感覺到這裡似乎是危險的，但是他卻沒有說出來，只是與米雪兒對視了一眼，各自默默地向前走著。

　　老實說，凱斯覺得自己任何時候對這個世界都像是個局外人，哪怕是在這種危險的境地下，他也沒有格爾那種情緒，更多的是陷入困境的無奈。他在頭腦之中分析了自己現在的處境，雖然他現在和高個兒男人、凱莉、里茲以及摩卡捆綁在一起，但是他們彼此之間並非是那樣齊心協力的。

　　尤其是他還知道，高個兒男人和凱莉一開始到此的目的是為了尋找「神諭」，只是因為這小小的威脅，還不至於讓他們放棄「神諭」金屬片，雖然凱斯也不知道他們要這些東西有什麼用，或許這些暴君們就和孩子一樣，大家都有的自己也要有吧！

　　他們搶奪這個東西，就像搶奪一個玩具一樣，雖然每個人都全副武裝、

荷槍實彈，但內在的本質和一場遊戲沒有區別。當然，這些暴君們玩遊戲也是全力以赴的，他們這場遊戲裡會讓一些人喪命，也會讓另外一些人受傷，然後他們會用錢來補償這些人。

其實不管是「神諭」也好，還是其他別的東西也好，凱斯本人對此並沒有什麼興趣。他唯一的需求就是，在自己需要的時候剛好有錢，這些錢不需要太多，但是也不能太窘迫，他不想為管理任何東西而操心，所以他連自己偵探所裡的家具，都採用租借的方式。

自從上過戰場之後，他對這個世界總是帶著深深的敵意，因為他在戰場上就已經明白了，他不過是那些發動戰爭者的工具，當然並非所有的人都這麼看待。

在士兵裡也有一些人希望透過戰爭來改變自己的命運，他們原來就是一些投機取巧的分子，並不像凱斯的父親那樣有一份正式的工作。他們懶得靠好好努力來累積財富，戰爭這種快速重新分配財富和地位的活動，對他們而言是最好最快的方式。

原本這些人就幻想著一夜暴富或者透過其他方式來把富人拉下馬，好讓這個社會重新洗牌——只是他們個人的力量太渺小，確實沒有辦法做成這件事，戰爭給了他們最好的理由和藉口，凱斯看見他們藉著戰爭的掩飾，對一些手無寸鐵的平民進行燒殺搶掠，真的是噁心無比。

當然，那幾個人第二天就被炸死了，因為他們太冒進。只不過他們並不是被敵人炸死，而是在城市裡因為搶奪財物擦槍走火，內部火拼的時候被自己攜帶的手榴彈炸死了。每次想到這裡，凱斯就覺得十分諷刺。

「暫停一下，建議你們不要再往前走了，你們現在快要到群落的中部，不要在日間從那裡穿過。我建議你們在附近先隨便找個地方休息一下，等過了下午六點後再出發。」印第安人看見凱斯他們的行動，出聲提醒了一句。

「上午不趕路，反而要走夜路，這是什麼道理？」摩卡疑惑地看了影片鏡頭一眼，老實說，他接觸過幾個區域外的變異人，因此他自己覺得，他在變異人這一層面更有經驗一些，現在他已經從拉莫爾的死亡之中清醒過來了，他感覺自己的頭腦也正在恢復理智，嚴肅地分析一些變異人相關知識。

「你們愛信不信，總而言之，區域外的生物，他們的很多習慣都和我們相反，你們如果真的要保命，就按我說的做就可以了。」印第安土著的語

氣緩和了一些，大概想起了自己還沒有拿到錢就這樣態度惡劣可能不太好。當然，還有一個原因是，這個印第安土著似乎也看出來摩卡並不是美國的白人，他的長相和口音更像是一個墨西哥人，這一點令他產生了某種同病相憐的情緒。

「你是說，在這裡生活的都是區域外的生物？」摩卡有一點難以置信，但是他隨即想起，自己當初每次送這些區域外的變異人上岸時，都被要求放置在這附近。只是他送過來的變異人，大體上都和那一隻差不多，雖然有敏捷的速度、銳利的牙齒，但是智商卻並不很高的樣子。

可是這個印第安土著卻說，這裡還有其他區域外的生物，按摩卡的理解，這些生物應該就是變異人了，但是他實在想不出來，這些其他品種的變異人到底是怎麼來到這裡的，他們來這裡的目的又是什麼？

凱斯看了看附近，他們現在所在的位置附近，就有一些低矮的房子，但是看起來似乎荒廢了很久，不像是有人居住的樣子。他們現在還沒有往這個群落聚集地的深處走，並不知道中心地帶會是什麼樣子，到底能遇到什麼人或者什麼怪物之類的，總而言之，凱斯不大相信有正常人會住在這種地方。

「怎麼辦？」凱斯看了高個子男人一眼，不知道是不是因為原來就是一國之主的緣故，這個高個子男人一直到現在都很鎮定，並沒有露出任何惶恐或者恐懼的意思。他的姿態令凱斯想起了一句話：「敢於戲耍別人生命的人，一定也敢於戲耍自己的生命。」

這一點令凱斯說不上來是佩服還是嗟嘆，總之，如果說他非得在這群人中找出一個能和自己商量什麼事情的人，他覺得這個高個子男人是首選。剩下的那幾個，里茲太過於浪漫主義，拿不出什麼實質性的決策，雖然他也說不上煩人；費里曼似乎總是愁眉苦臉，像是在思考著什麼技術難題一般；而米雪兒的記憶遺失了一截，她那些瑣碎的記憶有時候會耽誤很多事情；剩下的摩卡、凱莉和格爾，凱斯實在不能想像，他們能提出什麼有用的建議。

「我不喜歡被人教育我應該怎麼做。」高個子男人看了影片裡的印第安人一眼，「但是我想，即使群落深處有人，也不一定是朋友，還有，你的手機電量不一定能支撐到下一個能紮營的地方。」

凱斯聽他說完，低下頭看了一眼，他這才注意到，自己手機上的電量似乎真的快要見底了，剛才自己一直在向這個印第安土著諮詢著極地的情況，

絲毫沒有注意到手機電量的問題。

　　他想了想，就決定在這個廢墟附近宿營。當然，米雪兒肯定是跟他一起的，格爾應該也不會跟著另外那些人。里茲和費里曼聽完凱斯的決定，兩個人對視了一眼，也決定留下來，畢竟他們面對的是一群未知的變異人，而在這裡，即使凱莉和高個兒男人手裡有槍，但多多少少也是同類。雖然心存疑慮，但是摩卡也決定留下來，他覺得如果自己敢離開這群人必死無疑。

　　為了使眾人放心，高個兒男人決定在其他人休息的時候，安排兩班崗哨，一組是凱莉和里茲，另一組是凱斯和米雪兒。雖然大白天在有雪光的情況下，他覺得這麼做多此一舉，但又覺得這樣可以安定人心。

　　費里曼負責在原地幫凱斯的手機充電，幸好他和里茲出來的時候攜帶的設備十分齊全，他們手上攜帶的這些充電設備，幫凱斯的手機充滿三次電都不會有任何問題。

　　里茲則在附近架起了各種監視器和警報器，看過了那些變異人之後，他本能地覺得，這些東西比生化人危險多了。生化人的智力太過低下，機械臂也好，武器也好，都是人工安裝的，離開了人的控制，這些生化人脆弱地像一攤泥一樣，但是這些變異人卻是從內部變異的。

　　里茲架設好一切之後，按了幾個按鈕，螢幕上出現了清晰的圖像，他輸入密碼，螢幕上出現「WELCOME」的字樣。他重新將那臺三腳架的攝影機架起來，抽空向三腳架上的攝影機看了一眼，見上面的紅燈已亮。他按下連線鍵，螢幕上出現「OK」，表示已經與通信設備連通。接下去有六分鐘的時差，這是鎖定返回電波所需要的時間。

　　這樣的設定，可以讓這臺攝影機將他們看見的這些東西錄下來，借助凱斯手機裡微弱的網路，能夠將這裡發生的一切上傳到公共網路上去。有了這些大家會感覺安心很多，不管在這裡會遇到什麼人、發生什麼事情，哪怕會遇到那些威脅他們生命安全的東西，至少不至於沒有一個人知道。

　　在他做這一切的時候，凱莉一直站在旁邊冷冷地看著他。

　　「這個東西有什麼用處？」凱莉看見里茲做完這一切，抬頭問了一句。

　　里茲簡短地向凱莉介紹了這個東西的功能。

　　「這些東西聽起來都太虛了。」凱莉說，「還是我手裡的槍比較實在。」說完她將手中的一支槍解下來，順勢扔給了凱斯。

「我跟主君先去巡邏，你們在這裡待著。」凱莉看了凱斯一眼。

「帶著這個。」里茲交給凱莉一臺對講機，「這個東西的信號源靠這些鐵架子裡的就行，有問題你可以用這個東西呼叫我們。」里茲拿出了手中的另一臺對講機。

凱莉半信半疑地接過了里茲遞給自己的這臺對講機，將對講機別在腰間，和高個兒男人一起向外走了過去。

Chapter 061

　　里茲看著他倆走出去的背影，心裡突然感覺一陣茫然。說實話，里茲本來也想給高個子男人一臺對講機的，但不知道為什麼，他覺得這個高個兒男人一定會拒絕。

　　他本能地覺得這個高個子男人並不好接近，因為他明顯能從這個高個子男人身上感到一種居高臨下的冷漠感，但是同時他又覺得，這個高個子男人不會暗箭傷人，倒不是不會，而是不屑。他並不像凱斯那樣，已經明白了這個人是死神復活出來的暴君，只是本能地感到這個人和普通人不一樣而已。

　　凱斯倒是很平靜地坐在一側。在泰爾西公司的潛艇上，他們休息了差不多快一個小時，這個時候也並不覺得有多疲憊。只是那時候被人拿槍指著頭，精神上多少有些緊張，現在是外面不知道隱藏著什麼未知的威脅，總而言之，一切似乎都差不多。

　　只是相比其他人而言，凱斯自己的狀態似乎要好很多，對凱斯而言，自從他上過戰場之後，他就再也不能像之前那樣輕易入睡了，一來是因為在戰場上他總是不得不保持一種警覺，以便部隊要轉移的時候，他隨時都能醒過來；二來是他做偵探做久了，見過很多外表老實、內在卻有一副蛇蠍心腸的混蛋，這些都令他對這個世界充滿了不信任。

　　這些東西似乎在無形中已經滲透了他的神經，結果就是導致凱斯很難入眠，或者他始終只能淺睡，像格爾這種倒在一個地方就能睡著的本領，他只有羨慕的份。

　　當然，米雪兒也是一副心事重重的樣子，這一路上發生的事情，讓她開始產生自我懷疑，她的來歷、她的社會關係，還有她這些碎片化的記憶，都是她懷疑的地方。她感覺自己之前的某些認知，似乎已經被瓦解了，剩下的那些也值得懷疑。

　　但是有一點她仍然很確定，拼湊完整她那些記憶碎片的話，關於她哥哥的死，她或許能從自己之前的記憶中找出某些線索。或者她也可以將這些記憶中翻尋出來的線索提供給凱斯，讓凱斯能從這些線索之中，找到這個案件的真凶。

不知道為什麼，米雪兒一直相信這件事並不是意外，而是謀殺。她想不到什麼人會跟他們結仇，什麼人會用這樣的方式殺掉他們。本來她以為在泰爾西公司會找到答案，可是當她見到尼祿之後，她又開始不確定了。

　　對她來說，尼祿看起來雖然也像是一個心理變態，但是尼祿卻是個做大事的人——是的，這一點是她不得不承認的，她能判斷出來，如果尼祿真的要殺某個人，不會用這種謀殺的方式，他會用真刀真槍地去傷害這個人，因為他完全有這種自信。

　　費里曼打開自己的平板電腦，不知道在研究什麼東西。他和里茲剛下船不久，雖然走了一段路，也經過了變異人抓捕他們的那一段緊張刺激環節，但這些東西對費里曼似乎沒有任何影響，他是一個喜歡收據資料、分析經驗的人。

　　現在的這一切令他困惑，他研究過肉人改裝的生化人，但是這種基因發生變異的，他還是第一次見。這種新的發現令他有一種興奮和新奇的感覺，似乎這是某個未知的科學領域。

　　當然，他自己並不是基因生物程式設計的專家，他只是研究程式的研究員，不過技術領域範疇的人，有些習慣還是差不多的，他會學著自己父親的樣子，把眼前所見的東西記錄到自己的平板電腦之中，以便保存下來第一手的研究資料。

　　里茲看著高個兒男人和凱莉離去，自己卻開始無所適從了。他蹲在那些機器面前，想看看雪地裡到底會發生什麼。老實說，他一直到這個時候還是認為那個印第安土著不過是在危言聳聽罷了。他和費里曼去過很多地方，也見過很多人，他知道有些人在做嚮導的時候會玩些這種小把戲，以便多收一些錢，這種人他見得很多。

　　他認為自己原本有機會說服高個兒男人，讓他相信這個印第安土著不過是個騙子而已，但是不知道為什麼，話到嘴邊他卻又咽下去了。反正不是自己出錢，里茲想，那個高個兒男人看起來很有錢的樣子，如果說有誰應該被當盤子，那就是他了。

　　這種傲慢的人，總是應該付出一點代價的，里茲也不知道自己為什麼會對高個兒男人有這麼大的敵意，或許是因為他看見凱莉總和他在一起，心裡就湧起一陣不痛快的緣故吧！

摩卡似乎在他們的世界之外，對這一切都是一種迷茫的狀態。他從口袋裡掏出了一支人造煙，順手又扔給了凱斯一支，卻並沒有給里茲他們。他像個局外人，高個兒男人和凱莉談論的「神諭」金屬，他今天是第一次聽見，他心底有一點懊惱，如果自己並不接這個活兒，或許拉莫爾就不會死——現在他已經完全冷靜下來了，他覺得自己要對拉莫爾的死負責任。

自從他們偷渡到美國之後，他們倆就一直在一起——他們一起幹了很多單，但是直到這一次才出事。他覺得這一切都是因為高個子男人和凱莉來攪局，不然的話，他和拉莫爾已經離開這個鬼地方上船了，而不是現在被困在極地一個不知名的群落裡——所以，他對高個兒男人和凱莉懷著某種恨意，他知道凱斯和米雪兒似乎也是這兩個人的敵人，對他們也就親近了很多。

這一切不過是權宜之計，等他出去之後，他會把之前運送變異人賺來的錢，取出來一部分用作律師的訴訟費，起訴高個兒男人和凱莉。他們在極地可以為所欲為，但是他相信回到美國後，他們也一樣會受到法律的管控和制約。

一陣輕輕的「嘟嘟」聲引起了他的注意，凱斯也聽見了，他向里茲投來詢問的目光。發射設備上一個紅燈開始閃爍，里茲站起身來，朝自己安裝的監控器方向走去。他知道如何操作，因為他在米蘭德研究所的老爸，一定要讓他把它當成「應急手段」來學，他在那臺有綠色發光二極體的黑色發監控器旁邊蹲了下來。

「必要的時候，這個東西是可以發送求救信號的。」里茲看凱斯和摩卡都向自己的方向望過來，就本能地開始解釋這個東西地用途起來。他知道這個東西對他們兩人而言應該並不常見，費里曼當然不用說，他熟悉這些東西就像熟悉自己的雙手一樣。

攝影機鏡頭裡掀起了一陣寒風，地上的積雪被吹得飄舞起來，鏡頭顯得有些模糊，里茲和凱斯等人盯著鏡頭，看見了幾個人影出現在雪地裡。摩卡心中一陣驚喜，如果這裡還能有其他同伴，那就再好不過了——這些人一個也不可靠，他想要趕緊回到船上去，過回他原本的那種普通生活。

里茲透過鏡頭看到了這幾個人的動作，心裡感到有些納悶，他們似乎在找什麼東西。但是這幾個人從外型上看起來，明顯並不是變異人的模樣，這一點又令他安下心來。

凱斯並沒有說話，只是盯著這幾個人的動作，他本能地感覺到這幾個人正向著他所在地方走來，應該是在找他們，凱斯心想。可是他們長得並不像是變異人的樣子，只是看起來膚色有些白，凱斯知道，在氣候異常的地方，或許也有一些相貌上有所變化的人群，但是看這幾個人的樣子，卻都和正常人類差不多。只不過在這裡突然出現幾個正常人，對凱斯而言，才是最大的不正常。

　　「我出去看看。」突然看見同伴的摩卡，壓抑住內心的狂喜的激動，自告奮勇地想要出去看看。

　　他心裡懷著一絲希望，或許破冰船上已經有船員發現他和拉莫爾沒有歸位，所以特意派人出來找尋他。他從攝影機鏡頭的螢幕裡，看不清楚這些人的長相，但是看見他們也是普通人類，他就放心了。從他的角度出發，這附近不會有別的人類出現，最大機率應該就是從船上下來的人了。

　　想到這裡，摩卡就一陣激動，他並不想在極地冒險，他本來就只想和拉莫爾賺一筆錢，現在發生的一切純屬意外，如果能回到船上，他有可能還要告他們。

　　「最好別去，觀察一下再說。」凱斯好心提醒著摩卡，但是摩卡臉上的表情有一點不屑，凱斯從他臉上讀懂了這個意思。大概在摩卡心裡，如果有其他可能性，他是無論如何也不想和他們待在一起的。

　　「我們現在沒有任何防身武器，你不知道這些人從哪裡來的，會有什麼危險。」雖然知道摩卡不會相信自己，但是凱斯還是忍不住想提醒他幾句，這麼多年的偵探經驗，令凱斯本能地相信一點：越是看起來無害的東西，往往潛藏著越大的危險，因為他們看起來無害，人們才不會去防備他們。

　　「總得有個人過去看看。」摩卡從攝影機的鏡頭裡，越來越看清楚這些人的樣子了，從模模糊糊的影像裡，摩卡看見他們似乎穿著破冰船上那些船工的衣服，確定了這一點，摩卡激動得差一點叫出來，現在他更加迫不及待了，他要立即出門，和這些人一起離開這個鬼地方。

　　「好吧！如果你一定要出去的話，最好把這個帶著。」凱斯四下看了一眼，也沒有找到什麼可以防身的東西，只有兩截舊木頭和一些廢置的鐵架子，看起來像是以前路過這裡的人扔下來的。

　　「我想我用不著那些東西。」摩卡乾脆地拒絕了凱斯，「我得走了，你

們如果要待在這裡也隨你們的便。」

　　幾個人爭執的聲音把格爾吵醒了，他睡眼惺忪地揉了揉眼睛，呆呆地問了一句：「你們在幹什麼，我為什麼睡著了？」

　　費里曼也從他的平板電腦上移開了眼睛，和里茲對視了一眼，兩人都有一點想要阻止摩卡的意思。

　　「雖然我不知道外面是什麼人，但是總覺得這樣出去不太好。」費里曼開口說了一句。

　　「是的，這個當下出現這種事，還是不要相信為妙。」里茲也附和了一句。

　　「好吧！」里茲看了摩卡一眼，他們確實沒有阻止摩卡的動機和必要，凱斯看見摩卡急匆匆地拉開了厚厚的防凍門，向門外的暴風雪之中鑽了去。

「等一等！」醒過來的格爾把他們的話聽了個八九不離十，趁著眾人不注意，他從螢幕鏡頭裡看到了那幾個人的身影，現在看看正要推門出去的摩卡，心裡也明白了八、九分。

他看了凱斯和米雪兒一眼，他本來是想去多莫莊園尋寶的，他和摩卡一樣，他只是想要有一點錢，然後能做一點自己想做的事情，最起碼不用過得這麼委屈，但是他沒有想到中間會有這麼多波折。

在泰爾西公司的「議事廳」裡，他見到了尼祿，聽到了尼祿的那番演講，然後又和凱斯他們一起被抓到極地來。

這會兒，他已經不想再要什麼「神諭」了，他這一天受到的驚嚇，比他前半生加起來的還要多——他不想再這麼麻煩了，如果沒有這些鳥事，他現在應該已經吃過食物發放機裡的食物，躺在溫泉旅館的小床上，舒舒服服地看著電影了，而不是在這個鬼地方擔驚受怕。

他想要和摩卡一起離開，趁著那個高個子男人和凱莉回來之前。他現在已經基本上確定了，凱斯和米雪兒不會隨便殺人，他們的槍只是用來給自己脫困——但是他認為那個高個子男人和那個名叫凱莉的壞女人不會這樣。所以，如果有其他人來了，或者說，如果跟著摩卡有逃走的希望，他雖然有些猶豫，但是內心也還是想要地選擇離開，畢竟他已經不想要什麼錢了，而跟著凱斯他們一起，卻不知道還有什麼危險，他實在受不了這種擔驚受怕的感覺。

「幹什麼？」摩卡轉過頭，疑惑地看了格爾一眼，說實在的，如果不是格爾出聲，摩卡幾乎已經要走了。在摩卡心裡，凱斯他們都是危險分子，甚至他覺得這一群都是危險分子，只有格爾才算是個正常人。

「那個……我……我想跟你一起離開這個地方……」格爾的聲音非常小，小到他自己都不確定摩卡是否能聽見他在說些什麼，好在摩卡竟然聽見了。

「你確定？你能和我一起走？」摩卡用懷疑的眼光，掃了一眼凱斯和米雪兒兩個人。

「是的。」格爾為難地看了凱斯和米雪兒一眼，雖然他知道自己這樣做有一點不厚道，但是在現在這種情況下，他也必須這麼做。他才不想跟著凱斯他們冒險呢！他要回到他的馬普爾去，至於他們這些人，愛幹什麼就幹什麼吧，總而言之只要他離開這裡就行了。

「那個，謝謝你們，但是我想我應該回家了。就是……那個……這個東西給你們……如果這裡面的資料對你們有用的話。」格爾看了凱斯一眼，將他背著的那個電腦包取了下來，放在了屋內的一角。其他的裝備他倒是一點也沒有留下，包括手電筒和他那些盜竊的工具。

凱斯看了格爾一眼。

格爾覺得，凱斯似乎已經用眼神把自己看穿了，但是現在的情景，他也只能硬著頭皮和摩卡一起離開了。手電筒這些工具他倒是沒有放下，他覺得如果雪地裡萬一真的有什麼危險——雖然他現在也不能完全確定——他憑藉著這些東西，至少能找到一點逃命的機會。

「祝你們好運。」凱斯看見格爾把電腦包放在牆角，也不再勸阻他和摩卡了，而是用他那種一貫譏諷的語調說了一句話。

「再見！」摩卡似乎十分焦急，他害怕高個子男人和凱莉會突然回來，如果他們回來了，自己就走不了了，只能眼睜睜看著這一步之遙的希望破滅掉，他必須阻止這種事情發生。

想到這一點，摩卡急忙向風雪之中走去，格爾跟在摩卡身後，兩人一前一後走進了雪地之中。

「你覺得他們的命運會如何？」里茲看了一眼出去的兩人，忍不住輕輕問了一句。

「如果真的按電影劇本的節奏的話，那多半是凶多吉少了。」費里曼回答著他的問句，這句話是里茲的口頭禪，他竟然無意之中也學會了。

「好吧！那我們只能為他們祈禱了。」里茲低聲說了一句。

「我看你是想為凱莉祈禱吧！別以為我沒有看出你的心思，不過我應該提醒你一句，雖然她看起來凶巴巴的，但是她身邊的那個高個子男人，才是個真正不好惹的人。」凱斯看了里茲一眼，出聲提醒了一句。

「連這都被你看出來了，真不愧是幹偵探的。」里茲不以為意地回了凱斯一句。

「對了，他們兩個人為什麼還沒有回來？剛才如果他們遇到了這些人，應該會和他們說話的，至少我覺得，他們也應該向這些人詢問一下才是。」米雪兒看了一眼攝影螢幕裡的幾個人，總覺得有些莫名的詭異。

「或許是沒有遇到這些人吧？」費里曼聳了聳肩，他對機器和技術瞭解得比人要多。

「應該不太可能。」米雪兒皺著眉頭，又看了一眼螢幕中的幾個人，總覺得這幾個人有些莫名其妙的詭異。在她看來，這幾個人似乎是專程出現在鏡頭裡給他們看的，而並不是真正的剛好來到了這附近。

但是僅憑這種猜測，她也阻止不了摩卡和格爾，更何況她並沒有阻止他們的義務。格爾跟他們稱不上朋友，摩卡是他們無意中在雪地之中遇到的，她完全沒有任何理由阻止他們的行動。

「先看看再說吧！」里茲盯著螢幕中的影像，現在摩卡和格爾也走入攝影範圍了，從這個螢幕上，四個人可以清晰地看見這兩個人在風雪之中邁步的身影。

「有這東西監控著，如果出現了什麼狀況，我們也可以想想辦法。」里茲看著螢幕裡他們兩個人行走的身影說了一句。

凱斯點了點頭，格爾留下的電腦包裡有一個舊打火機，他試了試還能用，於是他點燃了摩卡臨走之前留給他的那根煙，看著螢幕裡的影像，他對這群人為什麼會在這裡出現，也有些好奇。

摩卡在前面飛快地行走著，他現在已經認定了這群人就是從破冰船上下來的，他害怕自己會錯過，所以著急地想要去找到他們。

他頂著風雪前行，也不覺得冷，這個時候他有一點感謝死神放在食物發放機裡地那些食物。說真的，他正是因為吃了這些食物，所以禦寒能力強了很多，莫斯特伯阿米克時代基本上都是這些雨雪天氣，但是這個時代的人，因為吃了這些東西，才沒有像以前的人類那樣容易生病，他們的禦寒能力也強了許多。

摩卡所在的破冰船公司，自上幾個世紀就開始營業了，他看過以前留下來的照片，那個時代的人，在極地的衣服都裹得厚厚的，他們對這種嚴酷的寒冷，並不像莫斯特伯阿米克時代的人這麼能適應。

他一邊在雪地之中拔腿前行，一邊想著破冰船上的種種，老實說，一想

到破冰船和自己在船上的房間，以及他在船上的種種物品，他前進的動力頓時大了許多。他得快一點趕到那個地方去，破冰船只在極地港口停留一星期的時間，如果他不快點趕過去，他就要被困在這個鬼地方了——想到這裡，摩卡前行的速度更快了一些。

格爾跟在他身後走著，風雪有一點大，他都快要看不清走在自己前方的摩卡了，這個時候，他又有一點後悔自己跟著摩卡出來了。說真的，重獲自由並沒有他想像得那麼快樂，他想這或許是因為自己沒有見到摩卡所說的破冰船的緣故。

格爾想著這些走神了一、兩秒鐘，再抬頭時，卻沒有看見前面的摩卡。

他站在原地愣了愣神，忽然有個東西輕輕地打在他的胸口上，起初格爾還以為是被風吹起來的冰團，但是他低頭看了看自己的卡其布外衣，伸手抹了一把，只覺得上面有一點黏黏的，果然一個小冰塊順著他的衣服滾到雪地上，將雪地砸出了一個小坑。

格爾看了看那個冰塊，彎腰想把那個砸中自己的東西拾起來，這時他才意識到這並不是什麼冰塊。他手指上捏著的，是一個帶著黏稠的透明血液、滑溜溜的人的眼球，白中帶著黑，背後還連了一截白色的視神經。

格爾只看了一眼，就差一點吐了出來，他像是被燙傷一樣，飛快地把那顆眼珠扔掉，然後「嗚哇嗚哇」地回頭，向著凱斯他們所在的小屋方向跑去。

凱斯從監視鏡頭裡看見格爾揮著手，朝著相反的方向跑過來，但是卻看不清格爾到底從地上撿到了什麼東西。摩卡不知道什麼時候已經消失在鏡頭裡了，凱斯只看見格爾一個人驚恐地在原地揮手大叫，他招呼里茲一聲，兩人從地上撿起了一根鐵棒，拉開了屋子的防凍門向外面走去。

格爾在雪地上跑了幾步，聽見自己的靴子在雪地上發出吱嘎吱嘎的聲響，他覺得自己幾乎是用連滾帶爬的方式，向凱斯他們所在的屋子奔去的。這時他又聽見了雪地之中發出了一陣喘息呻吟聲，這聲音聽起來很輕，但是很怪異。

他抬起頭，只見前面橫著摩卡的身體，摩卡沒有死透，只是他的兩顆眼珠都不見了，摩卡的眼窩深深下陷，裡面糊滿了白色黏稠的血液。他的腦殼被來自兩側的力量打爛了，臉部的骨頭被打碎，臉變得又窄又長，嘴像打呵

欠似地張著，一隻眼睛睜得老大，眼球外突，另一隻眼球被巨大的力量打得暴了出來。

　　格爾靠近他的時候，雪地裡有一種詭異的靜謐，似乎連風雪聲都聽不見了，摩卡的呻吟聲緩緩地停了下來。就在摩卡徹底死亡的那一瞬間，四周的風雪聲又開始銳利地呼嘯起來，格爾被這突如其來的風聲嚇了一跳，他猛然跳起，也尖叫了一聲。

▌ Chapter 063

　　「你們先待在這裡！」凱斯和里茲剛拉開門，就感覺到一陣朔風夾雜著雪片，向著室內呼嘯而來。他倆看向米雪兒和費里曼，脫口而出了同樣的一句話。

　　費里曼看了看監控螢幕裡的畫面，上面的畫面突然消失了，只有一片慘白的雪花。

　　米雪兒頂著迎面呼嘯的朔風應答了一句，外面的風聲太大，凱斯幾乎沒有聽清楚她說的到底是什麼。

　　「這兩個該死的混蛋，他們帶走了所有的武器，連一把匕首都沒有留給我們……」凱斯罵了一句，回身和里茲對視一眼，雙方都有一種不好的預感，但里茲始終不好意思說凱莉的壞話——畢竟自己被那些獸化的變異人追擊的時候，是凱莉開槍救了他一命。

　　「反正待在這裡也沒什麼別的事情，乾脆大家不要分開，萬一……萬一真的有什麼危險，人多一點也更方便。」米雪兒看了看外面的風雪，憂心忡忡地說了一句。

　　這句話凱斯倒是聽清楚了，米雪兒永遠都是簡單直接的，凱斯倒是想得很複雜，他只怕這裡的危險，並不能靠人多來解決，但是他並沒有直接反駁米雪兒，他也覺得他們還是一起行動比較好，至於凱莉和那個暴君的死活，他才不會管。

　　幾個人迎面穿過風雪呼嘯的空地，在他們出來之前，凱斯在防凍屋裡找到了一根鐵棒，他把鐵棒作為手杖拄在地上，順便也探測一下積雪下面有沒有什麼別的危險。這些下意識的動作，都是他在戰場上養成的謹慎習慣。暴風雪呼嘯之中，他有一點看不清前方到底有什麼，但是這些警惕危險的本能，卻似乎已經變成了某種肌肉動作。

　　他和里茲頂著風雪向前走，時不時回頭看對方一眼，這個時候，他們都忍不住會從心底感謝食物發放機裡領到的那些食物，這些食物難吃歸難吃，但是自從他們吃了這些東西之後，似乎一部分生理機能也隨之改變了，對寒冷、潮濕、疾病的抵禦都有所提升。

凱斯想起自己在電子產品上看到的各種歷史圖片存檔，深深明白在莫斯特伯阿米克降臨之前，那些人是不可能像自己這樣，只穿著一件大衣就能在風雪之中穿行的，大概也是莫斯特伯阿米克帶來的唯一好處了。

　　雖然雪下得很大，但是一點也不影響他們前行的節奏，雖然幾個人一致認為外面太危險，但如果能盡早解決這件事那就最好了。在凱斯心裡，格爾畢竟也是一個活生生的人，況且他和自己同行了這麼久，就這樣看見格爾在自己眼前死去，凱斯心裡多多少少也覺得有一點於心不忍。

　　「等等！」里茲出聲打斷了凱斯的遐思，「不要走得太快，我感覺這裡的時間流逝和空間結構，似乎都跟別的地方不一樣，不知道這是我的錯覺還是真的。」

　　里茲皺了皺眉，提高了聲音對凱斯說道：「這個地方的這些小孔，你看看，像不像你剛才用鐵棒插出來的孔洞？」

　　凱斯低下頭，用手中的鐵棒重新插進去比畫了一下，發現大小和深度果然匹配。他拔出鐵棒，在里茲的眼中映照出了一片和他一模一樣驚恐疑惑的神色。兩人同時想起了那個土著說的，讓他們晚上出行，盡量不要白天在這裡停留的那句話，那時候他們一致認為他在危言聳聽。

　　「現在幾點？你不是帶著手機嗎？」里茲看了凱斯一眼。

　　「十一點半。」凱斯從大衣口袋裡掏出了手機，看了一眼，對里茲說道。

　　「那個土著不是說過嗎？一天最危險的時候，就是白天的正午。」他看了里茲一眼，很明顯他也想到了這一點，眼裡同時閃過一陣驚恐的神色。

　　「你是怎麼想的？」凱斯看著里茲，在那個屋子裡他已經知道里茲也是從米蘭德研究所出來的，能進這個研究所的人，人多都拿過物理和數學的高等學位，這些時間空間相關的東西，對他們而言只是基礎知識罷了。

　　「這裡的磁場應該被人為改造過……」里茲沉吟著，「這裡是一個無限迴圈的空間，雖然我現在也不知道是誰造出來的。」里茲打量四周，「但能造出這個空間的人，無疑是個絕頂聰明的混蛋……說實話，如果不是親眼看見，我簡直不相信這是人類智慧能達到的成就……」

　　里茲一邊用最通俗的語言向凱斯解釋著，一邊忍不住讚歎著。

　　「你的意思是，這是一個時間倒流的迴圈空間？」費里曼看了看四周，

試探性地問了一句。

「不然這一切怎麼解釋？我們在監控器裡看到的那些人，他們雖然一直在往前，但是卻始終在原地打轉？還有，你忘了那個土著人說過的，這裡『白天最好不要出來活動，夜晚才安全』的警示了嗎？」里茲既像喃喃自語，又像是在對其他人解釋。

「這裡的機率可能的確和別處不一樣，量子的迴圈流動構建了迴圈空間，是不是很符合是線性空間的線性映射規律？極地的量子參數，可以建構出不同的迴圈空間，而且根據相對論的原理，物質和時間（時空）會發生彎曲，時空彎曲的是品質造成的結果，萬有引力是時空彎曲的表現，可能格爾他們就被困在這個迴圈空間裡。」費里曼看了看四周的茫茫雪域，努力用自己在米蘭德研究所學到的知識分析著。

「所以，通俗意義上說，每一個來到這裡的人，只能是在自己固有的時空區域裡打轉，永遠也走不到另一個折疊空間嗎？」凱斯忍不住打斷他們的對話，插了一句。

「這麼說，我們在監視器裡看到那些人雖然在往前走，但是其實只是在原地打轉，永遠都被困在那個空間裡？」凱斯又追問了一句。

「如果按照量子波動裡時空連續性的原則來看，引力場的變化會使整個時空變形，物體的大小、長短、距離在光速狀態下會統統消失。所以，現在我們所在的地點，很人的可能，時空迴圈也是有可能存在的。我和里茲要用機械測量一下，看看這些量子的位置和速度的相對性，然後看看能不能找到一個彎曲點。」費里曼看著里茲，眼神裡透著想得到答案的真誠。

「是的。」里茲鄭重地點了點頭，「所以我們看起來和他們離得很近，但是其實是在兩個平行空間裡，永遠也不可能相遇。」

「那這裡，像這樣的平行空間到底有多少？」凱斯擔心地望瞭望四周，彷彿他們已經被困在一個平行空間裡。

「這個很難說。」里茲向四周看了一眼，「按照物理學的原理來估量的話，量子的折疊是一個以真空基態為界，形成同維空間異向量方向上的世界，它們是以巨大的速度差分隔開。即在同一空間中，兩個不同的宇宙相互疊在一起，以相對極限大的速度差彼此分隔開。兩個不同的宇宙相互疊在一起，以相對極限大的速度差彼此分隔開。這是量子力學的一種，但是如果是

以量子位元單位進行空間測量的話……不瞞你說，大概需要很長時間。」里茲皺了皺眉頭。

「那個，各位，我不想打斷你們，但是我覺得，關於這件事，你們是不是想多了？或許我們看到的那段影片，只不過是別人一開始錄好的而已。」米雪兒聽見他們討論起時空的事情，雖然她不明白他們到底在說什麼，但是她總覺得並不是那麼回事。

「這沒有你想得那麼簡單。」凱斯憂心忡忡地四下張望，他上過戰場，他見過更多比這更匪夷所思的事情。

「如果這裡真的是人為設計出來的，那這個空間最好的用途應該被用來當監獄。」凱斯略帶譏諷地說了一句。還能有比這裡更好的監獄嗎？凱斯感受著呼嘯的風雪，雖然這裡只是極小的一個群落，但是空間和時間被折疊後，或許這裡困住更多亂七八糟的東西。

「你可真敬業，還能聯想到監獄上去，不愧是當偵探的。莫斯特伯阿米克之後，連聯邦調查局的那幫傢伙們都不大管事了。」里茲看了凱斯一眼，他說這句話時，並不像凱斯那樣，會對所有的東西都抱有一種諷刺的語調，大概因為他自己也是一個愛看電影的浪漫主義者，在電影中看多了警匪戲，連帶著對凱斯的職業也抱有某種天然的憧憬和好奇。

「現在所有的爭端都源於資源的匱乏，資本家們遊說窮人把錢掏出來，作為他們的研發資本，一旦他們真的搞出一點什麼來，你以為他們還會管這些窮人的死活嗎？」凱斯拄著鐵棒，又用他那種一貫嘲諷的語調說著。

老實說，里茲也是這樣想的，當初從老費里曼手中收購米蘭德研究所的時候，里茲還對這些人抱有期待，但隨著事態的發展，當他越來越瞭解這些資本家之後，他也越來越相信凱斯所說的了。只不過當他聽到「資源」這兩個字的時候，他腦海裡忽然閃過一絲靈光。

「等等。」里茲叫住凱斯，「我想，我可能知道這裡為什麼能建造出一個不受自然法則影響的磁場了。」

「什麼原因？」凱斯聽見這句話，馬上又追問了一句。

「你知道『神諭』這種金屬吧？」里茲猶豫了一下，才將這兩個字說出來。說真的，他不確定凱斯知道這個名字之後會有什麼反應，也不知道凱斯到底對這東西知道多少，如果不是現在和凱斯一起困在這裡，他可能一輩

子也不會把這個東西的祕密，讓除了費里曼以外的人知道。

　　之前他和費里曼架設著竊聽設備的時候，他已經知道了凱斯和米雪兒也是來找這個東西的，但是這個東西具體到底有什麼用處，他敢發誓，可能到目前為止，也只有米蘭德研究所對這個東西的研究是真正領先世界的，至於泰爾西公司之前的那些做法，簡直白白浪費了一顆「神諭」金屬。

　　凱斯看著里茲，雖然明白他為什麼遲疑，但還是毫不猶豫地點了點頭。

　　「米蘭德研究所的這些科學家們一致認為，我們能在『區域內』的空間裡生存，可能和『神諭』金屬釋放的能量有關。雖然我也不知道這些『神諭』金屬到底是從哪裡來的，可能莫斯特伯阿米克之後他們就在這裡了──但是這些金屬的能量很大。」里茲猶豫了一下。

　　「大到能改變空間磁場的地步？」凱斯挑了挑眉。

　　「應該還不僅僅只有這個功能。」里茲拄著額頭思考了一下，煞有介事地說道，「我分析過泰爾西這兩年裁員的資料，這兩年人員流失幅度明顯大過前幾年，但是那些裁員的資遣費又要超過以往很多，所以……我不相信他們是真的被裁掉了。」

　　里茲透過風雪，眼睛一眨也不眨地盯著凱斯，似乎是在觀察他的表情，他想假裝不經意地透露出這件事來，但是看到凱斯的表情，他馬上就覺得凱斯似乎已經洞悉了一切。

　　「這麼說，這些人應該不是被裁員，而是有可能已經變異了？」凱斯顯然已經領悟了里茲話裡的另一層含義，很快就說出了自己的想法。

　　「如果沒有其他可能性的話，這就是最大的可能性了。」里茲攤了攤手。

　　「你還可以說得再隱晦一點的。」凱斯的話裡不無諷刺，但是里茲卻一點也不以為意，他似乎感受不到別人的情緒，他只在乎和別人溝通的具體內容。

　　「所以，這兩年泰爾西公司的財務有一點吃緊，因為他們那裡的那塊『神諭』金屬的能量，似乎已經消耗完了，而新的能塊又還沒有找到。他們之前很多的業務，都是基於『神諭』的輻射功能展開的，如果他們找不到新的『神諭』，泰爾西公司造出來的科技神話故事，就快要講不下去了。」

　　「所以尼祿他們才這麼著急找到『神諭』？還會用那些和基因密碼有關的歪門邪道的科技成果，來竊取坎貝爾家族的財產？」凱斯點了點頭，似乎明白了整件事的前因後果。

　　「如果我猜得沒錯的話，這些變異人應該是泰爾西公司關在某個地方，或者說，他私下處理掉了，如果他們敢公開這件事，那他們的股票明天就會跌到冰點了。」里茲冷靜地分析著。

　　「尼祿的那種瘋狂勁兒，不能光用資本家的思維來界定的。」米雪兒聽到這裡，終於忍不住插了一句話。

　　「我不認為女人對這些事有多少發言權，你覺得呢？」費里曼看了凱斯一眼，看似在詢問他的意見，但是他話裡的諷刺意味卻顯而易見，顯然他對剛才自己介紹空間理論的時候，被米雪兒插了句話感到十分不滿。

　　「所以說，我們想要離開這個鬼地方，得先找到藏在這個地方的『神諭』？」里茲挑了挑眉，似乎在認真思考這件事。

　　「或許正是因為『神諭』改變了這裡的空間磁場，所以才造成了這個地方時空錯亂。」費里曼望著凱斯和里茲說了一句。

　　「嗯……我想說，雖然你們都不同意，但是我還是堅持認為，事情或許並不是你們想的那樣。我覺得我們不應該受這些雪洞的干擾，或許只是某個人無聊做出來的……」米雪兒聽見費里曼煞有介事地談論著這件事，還是忍不住又插了一句嘴。

　　「嗯嗯……你說的可能也是其中的一個方面，但是我們還是想考慮一下

其他的可能性。」費里曼敷衍著米雪兒。

「米蘭德研究所的數學專家和物理專家們都是世界一流的。」里茲補充了一句，似乎是強調他們在這件事上的專業性。

老實說，前幾個小時前，里茲用竊聽器也並沒有聽到什麼關鍵資訊，他只知道，目前參與搶奪「神諭」的，似乎是幾個被復活的暴君，他對「神諭」的所知，僅限於自己曾經在米蘭德研究所任職的父親留給他的那些資料，在他從破冰船上下來之後，才知道有暴君們復活這回事，一直到他跟凱莉他們待了一段時間後，他才真正接受了暴君復活這個概念。

當然，這些也沒什麼關係，里茲相信，憑他和費里曼掌握的資料，他們一定是最快找到「神諭」的人。雖然看電影是他的業餘愛好，但他是一個地質勘探和材料研究的專家，還粗通物理和數學領域，他相信，他認識到的東西一定比米雪兒這種女人要強得多。至於凱斯這樣的偵探，尋找「神諭」又不是找人，他相信用不到太多偵探知識。

「要從折疊空間出去，需要找到關鍵的解碼定律，費里曼，我想我們應該測試一下這裡的量子波動情況，然後觀察這個空間的曲率，找到彎曲點。」里茲鄭重其事地拿出他背包裡的那些高檔器材，看樣子，約莫是打算在這裡進行什麼實驗。

「我來幫你。」費里曼上前去，幫里茲把些零零碎碎的實驗器材組裝好。

凱斯和米雪兒只能站在一旁，眼睜睜地看著兩人忙碌，有一種完全插不上手的感覺。只不過凱斯凝神專注地看著兩人的動作，米雪兒卻有些心不在焉，大概在米雪兒心裡，仍然覺得他們在螢幕裡看到的只是障眼法，而並非是真的有那麼一回事，但是她也看得出來，這些男人們有他們自己的想法。

「我說，如果我們從這裡出去之後，我是說如果我們能出去的話。」費里曼像所有工科出身的人一樣，不停調整著自己語言的準確度，「我是說，假如是我們搶先拿到『神諭』，你覺得這些暴君們會有什麼反應？」

「別的人我不知道，我歷史學得不好，我是行動派。」凱斯攤了攤手，他對討論這種沒有發生的事情毫無興趣。

「事情如果真的發展到那種地步，這個資本家會不惜發動戰爭的──反正他也沒有怎麼在乎過人命。所以，即使我們率先拿到了『神諭』，也不能

讓任何人知道。」米雪兒聽見他們岔開話題，又接了一句。

「現在只知道『神諭』有維繫和更改空間的功效，其他更多的功能我也不知道，也許這些暴君的復活，和這個『神諭』金屬也有一點關係？」里茲小心翼翼地看著凱斯和費里曼，他相信在這一點上，凱斯知道得肯定比他多。

「這些恐怕只有萬能的死神大人才清楚吧！」凱斯又用他那一貫略帶諷刺的語調說了一句。

費里曼和里茲一邊繼續安裝手上的空間測量儀器，一邊比對和調整著各種精準度。

「聽我說，米雪兒小姐，我們要先測量出這裡的重力分布，觀察這個空間的量子運行情況，還要看看這個空間的彎曲點在哪裡。所以，如果你現在暫時沒什麼事情的話，也可以來幫我們做一下測量。」費里曼看見米雪兒一直用一種不屑的眼神盯著自己手上的動作，略帶不悅地說了一句。

「你們查看的時候，注意空間邊界，不知道下個空間裡有什麼，最好不要貿然闖入。」里茲緊張地說了一句。

「嗯！」凱斯點了點頭。

「假設 V_n 是一個 n 維黎曼空間，那麼它的基本形式為 $\phi \equiv g_{(ij)} dx~idx~j$……」費里曼飛快地撥弄著這些器材，同時用自己手中的電腦記錄著各種測試資料。

「雖然我並不認為事情有你們說得那麼玄，但是我還是願意幫你們去看看這四周到底潛伏著什麼可笑的危險。」米雪兒聳了聳肩，「事實總會證明到底誰才是對的。」

「去吧！女人。你看吧！我一向都認為不會有多少人能搞懂量子力學和迴圈空間曲率研究研究這類東西，女人就更不可能了——到時候你就會知道，事實會證明我這種看法確實是對的。」費里曼連看也沒有看米雪兒一眼，也沒有停下來手中的活，只是不屑地補充了一句。

「帶著這個。」里茲從背包裡翻出來一臺對講機扔給凱斯，「如果不是隔得太遠，都能透過這臺對講機來呼叫我們——費里曼剛才把天線架起來了，對！就是這根。」里茲一邊說，一邊彈了彈他們那堆實驗器材中的天線。

　　凱斯接過里茲扔過來的對講機，按下開關，裡面傳來刺啦的聲音。凱斯調整了一下，聽見里茲那邊的擴音器裡面傳來一聲清晰的「Hello」聲後，才又將對講機關上。

　　「我的呢？」米雪兒挑了挑眉。

　　「你跟著男人一塊去就行。」費里曼看了米雪兒一眼，繼續忙活自己手中的儀器安裝，大概是不打算再和米雪兒多解釋。

　　「如果不是被困在這該死的鬼地方，信不信我揍你一頓？總得讓你知道女人的厲害，你才會學會尊重女人。」米雪兒感覺自己胸腔之中有一種被輕視的怒氣。

　　「女人在無法用道理說服對方的時候，通常就會採取這些蠻橫不講理的手段。」費里曼聳了聳肩。

　　「趕緊去吧！女人，你應該把你的這股潑辣勁兒，用來對付外面那些爬行的變異人。」里茲不失時機地提醒了一句。

　　凱斯聽得出來，里茲是想要化解米雪兒和費里曼之間劍拔弩張的氣氛，但是很明顯他並不擅長做這件事。

　　「先去看看再說，或許我們去看了就會發現，並不需要像他倆這樣大費周章。」凱斯安慰了米雪兒一句。在他看來，米雪兒再怎麼說也是他現在的雇主，雖然他心裡也覺得費里曼和里茲說的那些理論更可靠，但是這樣的表面功夫，也需要由他來出面維持。

　　「好吧！我和你一起，我相信事實總會證明你們這些男人的愚蠢。」米雪兒跟隨著凱斯的腳步向外走去。

　　「在你給不出更合理的解釋之前，我們也只能暫時先相信現迴圈空間的這個假設和推論了。」費里曼對著米雪兒攤攤手，他一向不耐煩給外行人解釋自己的專業問題，對於那些沒有數學和物理基礎的人，他覺得自己怎麼解釋也是徒勞，還不如省下一點口水來做自己手上的事情。

　　「帶著這個。」里茲從他那一大堆實驗器材之中，又拿出一個東西扔給凱斯。

　　「這是什麼鬼東西？」凱斯皺了皺眉接過，里茲扔給他得這個東西有一點重。要帶著這個東西去周圍巡視，萬一真的遇到什麼危險，拖著這種玩意兒跑都來不及。

「這是量子接收器，」里茲一邊擰動著手上的一個螺絲，一邊對凱斯說著，「一會兒你走到對講機能接受到的訊號範圍內，我可以在這邊測試空間密度，然後，看看能不能找到這個平行空間的出口。」里茲解釋道。

　　「好吧！」凱斯接過了那個笨重的機器，將它背在身上，看起來有些滑稽。

　　「走吧！」米雪兒似乎也不願意在這裡和他們倆多做糾纏。那些量子和空間理論，她的確以前聞所未聞，雖然她不願意相信這件事有這麼複雜，但是以她的知識，確實也無法給出更合理的解釋。她有一點後悔自己從前沒有下點工夫在物理學上，但是她相信人生哪怕重來一次，自己還是不會對這個東西有多少興趣。

　　她跟在凱斯身後，兩人一先一後地向雪原外走去。她感覺這個地方的雪似乎下得小了一些，風也漸漸停了，並沒有剛來時那種猛烈的感覺。

　　凱斯仍然拿著那根鐵棒防身。

　　兩人拔腿在厚厚的積雪之中前行，一路上卻沒有任何阻礙，兩個人一直走到了這個群落的周邊，卻並沒有任何奇怪的發現，格爾的蹤跡已經被新的積雪掩蓋了，凱斯和米雪兒叫了幾聲格爾的名字，卻發現他們的聲音被淹沒在風雪的呼嘯裡。

▌ Chapter 065

　　「看樣子，這裡真的像那兩個傻夥計說得一樣，是個平行空間。」凱斯看著米雪兒，發出了一句感慨。

　　「我倒不這麼認為。」米雪兒仍舊擺出一副拒絕的姿態。

　　「可惜你也說不清楚到底為什麼會這樣，所以，我也不得不暫時相信他們說的那些就是真的，至少他們理論依據聽起來更可靠。」凱斯攤了攤手，他瞭解米雪兒的性格，知道自己也拿她沒有什麼辦法。

　　「你可以堅持你的觀點，但是我並不一定就非得同意。」米雪兒皺了皺眉頭。

　　凱斯手中的對講機忽然傳來了一陣「刺啦刺啦」的聲音，他連忙將對講機的天線拉開，以便更清晰地接收到信號，果然，天線拉到一定的長度時，他就聽見里茲的聲音從裡面傳來。

　　「喂！喂……凱斯，你能聽見我說話嗎？」里茲在對講機那頭叫了兩聲。

　　「暫時沒問題，但我想再走遠一點應該就不行了。」凱斯又向前走了兩步，果然里茲的聲音開始模糊起來。他找到了一個風雪小一點的地方，對著對講機回覆了幾句。

　　「好的，我們現在來實驗我們剛剛的裝置，看看能不能找到你們說的這個關於空間的曲率點。」凱斯又將對講機拿回到能接收到信號的位置。

　　「是彎曲點。」里茲一板一眼地糾正著凱斯。

　　「找到了彎曲點就找到了這個迴圈空間的缺口，我們得從那個缺口才能出去。」費里曼的聲音從對講機那頭傳來，像是在補充里茲的話。

　　「那你的意思是，如果這裡真的像你說的那樣，有這麼多該死的平行空間的話，我們還要一個一個去試？」凱斯忍不住皺了皺眉頭。

　　「現在不光是平行空間的問題……」費里曼繼續說道，「還有量子波動的不同曲率造成了時間差，以及不同的折疊空間之間不同的質量、密度及量子參數，可以建構出不同的迴圈空間。而且，根據相對論的原理，物質和時間會發生彎曲，時空彎曲的是質量造成的結果，萬有引力是時空彎曲的表

現。現在，每個空間的讀數可能都是不盡相同的，這一切都要等測試之後才知道。」費里曼又將他那一套物理學的理論擺了出來。

「好吧！反正我也不知道你說的那一堆到底是什麼玩意兒，不過你別太久，我可不想背著這樣的玩意兒，像傻子一樣在冰天雪地裡不停地轉圈。」凱斯對著對講機說了一句。

「OK，就位。」里茲的聲音從對講機那頭傳來。

凱斯背著那臺機器，面色凝重地慢慢向前走著，對講機裡不時地傳來一陣刺啦聲，證明他的對講機仍然可以接收到里茲的信號。

凱斯一邊背著這個量子信號接收器向前走，一邊伸手摸了摸口袋，想要掏出一支煙來──但是他伸手下去時，卻發現口袋裡空空如也。他想起來了，自己之前口袋裡的那些人造煙早就已經抽完了，現在他伸手過去，不過是自己一個下意識的動作而已──在他那個破舊的偵探所裡，每次當他要思考什麼問題的時候，他都會先抽一支煙來定一定神。

米雪兒沒有任何動作，只是偶爾向凱斯所在的方向投過去一種像看傻子一樣的眼神。凱斯一邊背著那個所謂的量子波動器向前走，一邊凝神聽著對講機裡里茲的指示。

米雪兒聽見對講機的另一端，費里曼和里茲討論著什麼資料和波動資訊的聲音，斷斷續續地傳了過來。

凱斯背著量子波動器繞了一圈後，里茲終於想起來這個該死的測試器沉重無比，讓凱斯可以暫時歇歇。

凱斯關掉了對講機，站在原地。

「凱斯，這件事我必須要和你談談。」米雪兒看著凱斯，嚴肅地說了一句：「你真的打算幫這兩個大傻子找尼祿所說的那個『神諭』嗎？」

「嚴格來說，如果我們現在不和他們合作的話，能不能從這裡走出去都有一點難說。」凱斯皺了皺眉頭。

「雖然我覺得我哥哥他們的死，或許和尼祿有某種隱祕的聯繫，但是我總覺得捲到『神諭』的事件裡有一點得不償失⋯⋯我的意思是說，我們也可以從別的地方找證據的。」米雪兒聳了聳肩，「這些暴君們的性格都很古怪，我一點也不想跟他們打交道。」

米雪兒的話，讓凱斯想起了她在 free-center 那棟舊樓裡的保險櫃，和她

銀行帳戶裡的那些錢。

　　老實說，當凱斯第一次在聯邦調查局的警署裡，聽到「索婆阿騰納斯」教派的那些信徒們所說的那些話時，他也覺得那不過是些白日夢瞎話，但是現在他完全不這麼看了。

　　西蒙他們這些人，應該是最早一批透過小道消息知道暴君被復活這些事的人，只是他們不知道這些暴君和死神之間的關係罷了。此外，那些高層肯定也是知道暴君復活的消息的……至於那些下層民眾，凱斯心想，他們永遠都是最後知情的那批人。

　　如果這個世界上，真的會有什麼見鬼的「外星移民計畫」被實現的話，這些出錢去買泰爾西公司和坎貝爾家族股票的底層民眾，大概想都沒想過，他們到底有沒有「上船」去外太空的資格。

　　「實話告訴你，在我見到尼祿之前，我也不相信有復活暴君這件事。但是目前看來，莫斯特伯阿米克時代確實比我們想像得還要複雜——這些暴君，還有那些變異人，說實話，在我見到他們之前，也只當他們不存在，如果誰敢跟我一本正經地提起這些，心情好的時候我會冷哼一聲，至於心情不好的時候，我會直接照著他們的鼻子來一拳的。」

　　凱斯沉吟了片刻，接著說道：「我被警察們拉過去問話的那一天——對，就是那天，我在西蒙的辦公室裡，無意間聽到幾個警察提過一個叫作『索婆阿騰納斯』的教派，這個教派似乎跟這些復活的暴君有一點關係。教派裡的那些人，就是暴君的信眾，所以，他們應該早就知道暴君復活的消息了……但是這些暴君為什麼要搶『神諭』，我現在也不知道。像尼祿那樣的瘋子，他能幹得出來任何事；至於史達林，可能在密謀著自己的軍事計畫……」

　　「這麼說，那個名叫凱莉的女人。」米雪兒看著凱斯，接著問道，「還有她身邊的那個高個子男人，可能也是個復活的暴君？」

　　「顯而易見，除了那些暴君，誰會有那種變態的癖好和性格？你忘了和那個印第安土著談價錢的時候，他那一副不諳世事的樣子？」凱斯總是習慣用這樣反諷的語調說話。

　　本來在他聽到「凱莉」的名字時，以為米雪兒要問的是關於凱莉的事，他想，果然女人們對漂亮女人總是格外注意，如果不是這個凱莉喜歡拿槍指

著他的話，凱斯也可以承認，從某種程度上來說，這個女人長得還算不錯。

「你覺得他會是誰？」米雪兒問了凱斯一句。

「抱歉，這種問題不是偵探範疇內的問題。」凱斯攤了攤手，「不過，你之前給我的錢還有剩餘，如果你真的想要知道他是誰的話，我倒是可以幫你查一查。」

「你的手機還有電？」米雪兒驚訝地問了一句，她記得剛才凱斯和那個土著通話的時候，手機就已經快沒電了。

「作為一個上過戰場的人，做事總是要留一點餘地的。」凱斯挑了挑眉，從口袋裡拿出了手機。

米雪兒看他用賽洛教他的方式把手機打開時，不禁也有一點佩服凱斯的心眼，凱斯和那個高個子男人離開防凍屋時，也曾想過把凱斯的手機收走，但他們看見手機電量耗盡時，便放棄了這個念頭，又將手機丟回給凱斯。

「如果可以的話，你應該讓賽洛想想辦法，聯絡一個救援隊，」米雪兒說了一句，「我可不相信那兩個傻子說的什麼平行空間。」

「如果要聯絡救援隊的話，就需要另外付費了。」凱斯半開玩笑半認真地說了一句。

凱斯邊說邊將高個兒男人的特徵傳給了賽洛，當然，請賽洛幫忙聯繫救援隊的資訊，他也一併說了。

米雪兒看著凱斯發完訊息，心裡覺得這大概算是自己今天看到過最正常的一件事了。

「無論如何，離開這裡之前，我們得先找到摩卡和格爾再說，對我而言，人命比那個該死的『神諭』更重要。」凱斯合上手機，對米雪兒強調著。

「找救援隊的錢我來付，只要價錢不是太離譜就行，如果你非得救回那個膽小鬼的話，那應該由你支付 20％的費用。」米雪兒說了一句，緊接著她又笑了笑。

「很好，看不出來你還是一個這麼有良心的人。」凱斯看見米雪兒笑了笑，也哼了一聲。

兩人似乎在這一刻冰釋前嫌了。從某種程度上來說，他現在還受著米雪兒的委託，想要把那件和泰爾西公司有關的謀殺案弄清楚，他就必須幫米雪

兒找回她之前的那些記憶，而那些記憶很可能就和「泰爾西」公司有關。

　　目前，泰爾西公司和坎貝爾公司都已經盯上他們了，他和米雪兒已經成為眾矢之的，現在再加上「神諭」……，如果凱斯率先找到了「神諭」而不給他們，那些暴君大概會把他列為頭號追殺對象吧！凱斯想到這件事，竟然還有某種滑稽的感覺。

　　「不過，如果我們想要找到格爾的話，就必須先從這個鬼地方出去，所以，聽聽他們倆的建議很有必要。」凱斯又將話題重新繞回到了原地。

　　「好了，我該幹活兒了，這樣可以早一點從這裡出去。」凱斯重新打開了對講機。

　　「資料差不多了，你們可以回來了。」里茲熟悉的聲音，再一次從對講機裡傳來。

　　「好像有什麼聲音？」凱斯聽到風雪之中傳來一陣窸窣的聲音，但是轉過頭的時候，又沒有看到什麼人。

　　他低下頭，看了看手中的對講機，按下了關閉的按鈕，覺得剛才的那陣響聲，可能是從對講機裡發出來的，大概是因為自己沒有關好對講機所導致的。

■ Chapter 066

　　「你們實驗資料收集得怎麼樣？多久才能找到你說的那個『晚點』？」凱斯拄著鐵棒，背著那臺量子測試器返回到里茲和費里曼搭建實驗器材的地方，米雪兒緊隨其後。

　　「是彎曲點！凱斯，測試出彎曲點，才能找到這個迴圈空間的突破口，我們才有可能從那個地方出去。」費里曼猶豫了一下，才聽懂凱斯想要表達的是什麼意思。

　　「好吧，不管是『晚點』還是什麼『彎曲點』，我也管不了那麼多，你們那些專業的玩意兒太深奧了，趕緊幫我把這東西拿下來。」凱斯不耐煩地拍了拍背在背上的那臺又黑又重的量子測試器。

　　「這玩意兒真重，就不能做成可攜式的嗎？」凱斯一邊看著費里曼嫻熟地拆卸動作，一邊皺著眉問了一句。

　　「這已經是目前最先進的測試器了，量子測量可不同於一般經典力學中的測量，量子測量會對被測量子系統產生影響，比如改變被測量子系統的狀態。處於相同狀態的量子系統被測量後，可能得到完全不同的結果，這些結果只是符合一定的機率分布，觀測者會影響量子的狀態，這臺測試器可以把精準度調整到最高。」

　　費里曼雖然不耐煩和凱斯這樣的外行解釋這些尖端物理學的原理，但是對於他自己發明的這臺量子測試儀，卻有一種掩蓋不住的驕傲感。

　　「你們不想看看這個波段的量子數據怎麼樣嗎？」一個冷漠的聲調從幾個人的耳畔傳來，打斷了實驗器材中傳過來的滴滴答答電流聲。

　　「集合 {M_m}，量後得到結果 m 的機率是：p(m)=<psi|M*_mM_m|psi> 測量後系統的狀態變為：M_m|psi>/sqrt(<psi|M*_mM_m|psi>)……」

　　費里曼正聚精會神地在電腦螢幕上敲著這些資料，聽到了這個聲音後，他頭也不抬地說了一句：「那你趕緊把數據傳給我。」

　　「真是個貨真價實的蠢貨。」那個冷漠的聲調再次響起來，這一次連費里曼也聽出了他話裡的嘲諷意味，同時也明白了現在說話的人並不是里茲。

　　他抬起頭，看見發出聲音的地方站著一個人，他頭上裹著一個印第安人

常常戴的純色頭巾，但身上卻穿著一件類似於漢服和日本和服混搭的外袍，明顯也是改良過的──衣服只是半袖，幅擺也只到腳踝，他雙臂和雙腳都裸露在外面，腳上套了一雙泰國式的麻色涼鞋。

他用一隻手甩弄著掛在腰間的玉佩，瘦削的臉上掛著一副無聊空虛的神情，臉上有兩塊人造的日式瘀斑，牙齒不知道被鮮血還是什麼東西染成了血紅的顏色。他的手指有一點類似於老舊的枯藤，指甲又長又尖，看起來十分鋒利。

里茲顯然也看到了這個變異人的樣子，這種裝扮他在一本提到日本千葉城的書裡曾經看到過，但是在現實中這還是第一次親眼見到，那裡的有錢人常常會請人幫他們化這種妝。

但是眼前的這個人和他們那些人還有一點不一樣，他的瘀斑四周，刻畫著某種細小的部落圖騰圖案，配著他冷漠嘲弄的神情，以及血紅銳利的牙齒，不禁令人脊背發涼。

「你還需要什麼資料來測量這個平行空間嗎？科學家。」那人的語氣裡波瀾不驚，「我透過監控器看到了。」他輕描淡寫地說了一句，「我管這些監控器叫戲弄蠢貨的眼睛。」

費里曼聽出了他話裡地諷刺語調，慢慢地漲紅了臉。

「再跟你們玩一個好玩的遊戲。」這個人咧了咧嘴，但是傻子都可能看出來，他並沒有笑意，只是在做著某種下意識的嘲諷動作。

他從寬大的袖袍裡，掏出一個看起來很精緻的儀器，他用手輕輕地撥弄了兩下，便從儀器的機身裡緩緩伸展出了幾根觸手一樣的東西。他挑動著儀器核心的儀盤表，觸手的邊緣緩緩升騰起了幾個光束。

凱斯看著他的動作，原本以為他是要對他們不利，但是沒過多久卻發現並不是如此。他從這個儀器的造型就可以判斷出，這個東西比剛才里茲和費里曼讓他背著的那個量子測試儀要高明得多，至少看起來如此。他雖然並不懂什麼科學和物理學的原理，但是這個東西的高級感，他還是能看出來的。

這個化著瘀斑臉的人，調整著自己手中的儀器，眾人看見他手中的儀盤兩翼現在已經伸展到最大了，程式已經慢慢融入四周，變成了和四周一模一樣的顏色。凱斯注意到，他手中儀盤表的顏色，在幾個人的眼皮子底下慢慢變得透明，但他仍能清楚地看見頭上那閃著黑光的核心點。

那些透明的光束投射到地上，馬上在相同的地方，便出現了幾個和剛才一模一樣的雪洞。他又調整了一下投影機，另一個地方也出現了雪洞。

費里曼呆呆地望著他操作這東西的場景，他與里茲對視了一眼，兩個人眼中的神情都有些複雜。

他們之前接觸的那些科技產品，算是最先進的人類科技了，但卻需要穿著那件觸點科技服並戴上護目鏡，才能看到這麼清晰逼真的投影顯像，而這個人僅僅需要一個和手錶差不多大的儀器，就能做出和現實差不多的投影，其中領先了他們多少倍的科技實力，他們倆有一點難以想像。當然，這中間的差距，只有他們這種專業人員才能明白。

「再給你們變個魔術，讓你們看看好不好玩……」這個人冷冷地把投影機又轉到了另一個頻道。投影光束隨著他的動作轉換到了一片新的空地上，裡面出現了幾個不停向前移動的人的身影，這次里茲倒是認出來了，這幾個人正是他之前看到過的，在監視器螢幕裡顯示過的場景。

看到這個情景，里茲的臉也紅了，他之前篤信這個是平行空間裡的時空阻斷，甚至還想用時間迴圈來推算這個東西，沒想到只是一個小小的投影機裡播放出來的錄製畫面而已。

「你們覺得這個魔術怎麼樣啊？科學家們，識則不識，知而無知。鐵壁銀山，挨開者誰……」瘀斑臉突然吟了一句釋心月的《小師正恭寫松源掩室並師山行圖請贊》。

凱斯他們還沒有反應過來這句詩的意思，瘀斑臉又接著說：「量子的迴圈流動構建了迴圈空間，是不是很符合是線性空間的線性映射規律？極地的量子參數，可以建構出不同的迴圈空間，而且根據相對論的原理，物質和時空會發生彎曲，時空彎曲的是質量造成的結果，萬有引力是時空彎曲的表現……連這麼愚蠢的女人都知道，這件事沒有這麼複雜，你們還搞出那麼多破玩意兒來。」

瘀斑臉的眼神緩緩掃過里茲和費里曼架起來的那堆儀器，眼神中露出嘲弄譏諷的神色。

費里曼剛才運算到一半的東西，仍然顯示在電腦上，那一堆儀器滴滴答答的聲音還在，似乎在提醒著這幾個人剛才的愚蠢舉動。

「你應該背著這個黑得像屎一樣的笨傢伙再多跑幾圈的，以便讓你的這

兩位科學家測算出更精準的量子波動資料情況。」瘀斑臉的人看著凱斯，語氣之中也是充滿了嘲弄，「如果是以量子位元單位進行空間測量的話⋯⋯不瞞你說，大概需要很長時間⋯⋯」瘀斑臉模擬著費里曼說話時那種一本正經的腔調，但是現在幾個人聽了這番話，卻忍不住越聽越難堪。

「我早就說過了，這些東西並沒有你們想得那麼複雜，天啊！我簡直不敢相信，你們還打算從量子力學和時間迴圈的角度，去解決這個問題。現在到底誰是蠢貨，真的是一目了然。」米雪兒看見這個場景，馬上抓住機會諷刺費里曼和里茲兩人，她還記得剛才兩個人是如何瞧不起她的，現在她有一種揚眉吐氣的快意。

「你看，連女人都在嘲笑你們的愚蠢，可見你們確實蠢到家了。」瘀斑臉似乎很享受眾人這種難堪的境地，玩味地看著每個人臉上的表情。

對他而言，眾人被他戲弄得越難堪，他就越得意。這些人的滑稽感猶如鏽鐵，觸手之處就如同風拂過臉頰一般，令他很是快意。更重要的是，他原本就打算捉弄他們，現在他們這樣的表情，對他而言正中下懷。

瘀斑臉的眼神掃過米雪兒，發現米雪兒眼神中有著和他一樣的嘲弄神情，大概是因為自己的出現，印證了米雪兒之前的話，這樣多多少少也令她有些得意。

「女人，你覺得你很聰明？」瘀斑臉看了米雪兒一眼。

「至少也沒有像他們幾個那樣上當。」米雪兒不屑地答了一句。她承認，在某些時刻，她心中確實還有一點報復的快感。

「哦，原來是這樣？」瘀斑臉反問她一句，沒等米雪兒答話，他又自顧自地說道，「在我看來，你的愚蠢也不會比他們少多少呢！」

瘀斑臉看著米雪兒，冷漠地說了一句：「你能看穿這些東西嗎？你只不過是一個頭腦簡單到只能用愚不可及來形容的人，你沒有從量子力學和迴圈空間的角度考慮，只不過是因為你根本就不知道這個世界上還有量子力學與迴圈空間而已，至於這個世界上還有什麼比化妝賺錢更重要的東西，你是從來都沒有想過的，因為你一向都是愚蠢狹隘到只認識自己身邊那兩、三個人的地步。」

瘀斑臉嘲諷完眾人後，又一次切換了自己手中的投影裝置，這一次他投射出來的則是一個小小的游泳池，在雪地裡看起來特別突兀，泳池旁邊安

置了一張精緻的靠桌。他緩緩向桌子前走去，端起投影機投射出來的一個酒杯，輕輕用手晃了晃，好像自己真的端著那杯酒一樣。

　　眾人看到他投射出來的酒杯，以及杯子中傾倒的酒液，並不是他們常見的那種紅色液體，而是淡藍色近乎透明的質感。

　　他羞辱的語言讓米雪兒也有些臉紅，她想反駁這個瘀斑臉，卻又找不到合適的詞彙，凱斯看著瘀斑臉手中的儀器，聽著他說的話，覺得這個人似乎對他們每個人心裡的想法都瞭若指掌。

　　「謝謝你告訴我們這些事，如果沒有什麼別的事，我想我們也應該告辭了。」凱斯本能地感覺到這個瘀斑臉身上散發出來的危險氣息，找了個藉口想要離開。

　　「那可不行！你們既然已經闖進了 सूकर[27] 之地，就要陪我玩夠了才能離開。」瘀斑臉一邊晃動酒杯，一邊用他那種冷漠的語調說道。

　　「什麼 सूकर 之地？」里茲皺了皺眉頭，「這個鬼地方還有名字？」

　　「當然，這裡是我們圈養食物的地方，但是，只有最低等的食物才能被圈養在這裡。」瘀斑臉望著幾個人，不屑地說了一句。

---

[27] सूकर：唸瞻訬，梵語裡圈養豬隻的意思。

■ Chapter 067

　　格爾趴在原地，一動也不敢動，他本能地覺察到有一雙眼睛似乎正在盯著自己，等待著看他的笑話，甚至他感覺到自己的一舉一動，都已經被這雙眼睛盡收眼底。

　　雖然他不知道自己為什麼會有這樣的感覺，但是他相信自己是對的。如果硬要強行解釋這件事的話，只能歸結為——膽小的人總是對外界的危險和嘲笑特別敏感。是的，格爾感覺得到那個人將自己的一舉一動錄下來，只是因為好玩。

　　那雙無形的眼睛，似乎籠罩在這個空間上方，監視著這個空間的每一個角落。雖然摩卡已經死了，但是格爾卻有一種滑稽的感覺，他感覺摩卡的死似乎是一種惡作劇，對方搞出這些花樣來，是為了捉弄自己。

　　風雪漸漸肆虐起來，掩蓋了摩卡的身體，格爾看見摩卡的屍體，但他向前跑了一陣後，卻又聽見了那聲低低的嗡嗡聲，這嗡嗡聲就像是摩卡臨死前發出來的呻吟聲一樣恐怖，那時候他應該已經脫離了格爾的視線。

　　格爾從摩卡的傷口來看，摩卡似乎被他們在外面看到的那些獸態變異人襲擊了，但是格爾想破腦袋也想不出來，剛才那些徘徊在區域外的變異人，為什麼突然又闖進來了——眼前的一切都令他費解，也不是他的腦袋能想像出來的。

　　正在前行的格爾，猛然聽見一聲怪異的尖叫聲，這聲怪異的呻吟聲即使夾雜在暴風雪的呼嘯中，聽起來也十分清晰。他想要離這詭異無比的呻吟聲遠一點，這些恐懼充塞著他的內心，讓他毛骨悚然，格爾覺得自己已經恐懼到極限了——這樣一來，反而有些豁出去的麻木。

　　他現在特別後悔自己跟著摩卡跑出來，早知道他應該待在凱斯他們身邊的，至少他們人多勢眾，格爾也想不出什麼好詞，來形容他跟凱斯、費里曼等人待在一起的感覺。

　　現在他被困在這個地方，又一次看到了摩卡死去的情景，這情景實在太過逼真，逼真到讓格爾懷疑自己的真實性了。他翻來覆去地想著自己跟著摩卡離開那個防凍屋的舉動，他覺得如果再選一次，就算是有人打斷他的腿，

他也不會跑出來的。只是現在他已經出來了，他得想辦法找到凱斯他們，至少人多一點，他可以不用那麼害怕。

那種被人窺視的感覺，讓格爾感覺到有人似乎在和自己玩那種在電影裡看過的貓抓耗子的遊戲。雖然他沒有親眼見過這些動物，但是他能感受到這種惡意。電影裡的貓總是會把老鼠玩到奄奄一息再去吃它們，牠把這當成是一種好玩的遊戲，現在格爾感覺自己就像這隻可憐的耗子。

不過既然已經這樣了，格爾倒是能橫下心來，他決定自己乾脆向這呻吟聲發出的地方去看看，只要能確認這是什麼東西，他就能不再害怕。他忽然想起那個米蘭德研究員寫在自己電腦日記裡的一句話──人類的一切恐懼都源於未知，所以我們要盡可能地去探索未知，這樣做，是為了令我們不再恐懼。

格爾在心裡暗暗下了決心，蜷曲著身子，慢慢向聲音的來源處靠近。他走到了一個雪堆後，遠遠地看見了一個頭上裹著一個印第安人常常戴的純色頭巾，身上卻穿著一件類似於漢服和日本和服混搭的外袍的人，正在操縱著手中的儀器──很顯然，這幾聲嗡嗡聲，正是從這個儀器裡發出來的。凱斯、米雪兒等人，都一臉尷尬地站在那個看起來有些奇怪的人身邊。

格爾用力拍了拍自己的臉，以確定自己看到的就是凱斯他們，而不是別人。

在看見凱斯他們的那一瞬間，他跑得太快了，不小心跌倒在雪地，他順著這片雪地，連滾帶爬地向凱斯等人地方向奔跑過來，好像下一秒自己又會陷入孤絕的境地一般。這短短的距離幾乎用光了他的全部力氣，格爾睜大了昏花的眼睛，看著凱斯等人確實站在自己眼前時，狂喘著的肺部終於漸漸平息了下來，他的神智略微清醒了一點。

格爾抬頭看了看自己爬過來的地方，雪地被他的身體碾出了一道清晰的痕跡。在他打破這個尷尬的局面之前，他聽到的最後一句話是：「你們既然已經闖進了 ͡ᵃ 之地，就要陪我玩夠了才能離開……」

格爾直愣愣地從地上爬了起來，望著凱斯等人。

裹著印第安頭巾、穿著那種帶著某種古典混合風格袍服的瘀斑臉，顯然也注意到了突然闖入的格爾，不過他卻沒有凱斯他們那麼吃驚。

「膽小鬼，想不想我和你玩個遊戲？」瘀斑臉冷冷地望著格爾，將格爾

臉上的吃驚、詫異、恐慌和不經意的狂喜全部收入眼底。

「什麼？遊戲？玩什麼遊戲？」格爾幾乎是本能地反問了一句。

「你看看就知道了。」瘀斑臉冷冷地答了一句，也沒有等格爾再回答，就打開了自己手中的盒子，將剛才展示給凱斯等人的場景，又一次展示了一遍。

隨著他的動作，格爾眼前的情景漸漸清晰了起來，格爾抬起頭，只見前面橫著摩卡的身體。摩卡沒有死透，只是他兩顆眼珠都不見了，摩卡的眼窩深深下陷，裡面糊滿了白色黏稠的血液。

他的腦殼被從來自兩側的力量打爛了，臉部的骨頭被打碎，臉變得又窄又長，嘴像打呵欠似地張著，一隻眼睛睜得老大，眼球外突，另一隻眼球被巨大的力量打得暴了出來。周圍明明沒有下雪，但是摩卡的呻吟聲裏在一陣風雪聲中，發出一陣支離破碎的聲響。

格爾被眼前的場景嚇得驚聲尖叫，雪地裡突然又出現了一種詭異的靜謐，似乎連風雪聲都聽不見了，就在格爾想要看看摩卡是否已經徹底死亡的那一瞬間，四周的風雪聲又開始銳利地呼嘯起來，格爾被這突如其來的風聲嚇了一跳，他猛然跳起，尖叫了一聲，連滾帶爬地往凱斯身邊靠了過去。

摩卡死去的這個詭異的場景，讓他感覺自己經歷的這一切就像倒帶一樣，那些明明已經發生過的事情，在他眼前又重現了一遍。他靜下來時，感到有一縷空氣吹向他掛滿汗珠的臉，他不敢回憶這個恐怖的場景，但是這個場景卻一再地出現在他眼前。

他從光線的明暗裡，看不出任何虛假的跡象，整個雪地的氛圍在格爾重新看到摩卡實屍體的那一瞬間，一直都被這種死寂般的氣息籠罩著。

老實說，凱斯等人在看到這個場景的剎那，也被驚得說不出話來。說真的，在某一瞬間，他們真的以為這是摩卡死在了他們面前，這個瘀斑臉對摩卡死亡的那種真實場景的模擬和投影，於他們而言，足以以假亂真。

雖然凱斯不知道他到底用了什麼樣的技術，但是凱斯很清楚，靠著人類現在的技術，絕對不能模擬出這麼真實的場景來，他甚至可以感覺得到摩卡死之前的那種痛苦。

里茲和費里曼對視一眼，兩人都感覺自己的汗毛都豎起來了。他們的感覺遠遠比凱斯和格爾複雜。對凱斯和格爾而言，他們是被摩卡死亡的慘狀所

震撼，但是對他們來說，他們還震驚於這種技術的模擬性，按照他們現在掌握的技術，如果沒有觸感電極對大腦及眼球的輔助作用，他們無論如何也無法在別人眼中做出這麼逼真的裸眼技術來。

「怎麼樣，膽小鬼，你覺得這個遊戲好不好玩？」瘀斑臉攪動著手中的那個細密的儀器，收起了眼前死掉的摩卡死亡的投影，輕輕地吹了一聲口哨。

一個獸形變異人猛然從旁邊竄了出來，這個獸形變異人的動作非常迅捷，迅捷到凱斯等人幾乎無法分辨出它是從哪裡跑出來的。

瘀斑臉拿出了另外一個儀器，發出了格爾剛才聽到的那種尖嘯聲，這個獸形變異人立刻就乖乖地圍繞著瘀斑臉打轉起來。獸形變異人時不時露出自己銳利的獠牙來，發出一聲嘶吼，而後又在面對這個瘀斑臉時，忍不住乖乖地收了回去，看得凱斯和里茲等人心驚肉跳的。

格爾這麼遲鈍的人也能看得出來，這個獸形變異人，似乎很怕這個瘀斑臉。

「對了，我想我應該給你們隆重介紹一下的，看到了嗎？」瘀斑臉拍了拍自己旁邊站著的那個獸形變異人，「這就是我所說的 sukar，也叫啶瞻訬，高級食物。」

瘀斑臉一邊介紹著自己身旁的獸形變異人，一邊向凱斯他們解釋著。

他冷漠的語調令凱斯等人十分不適，凱斯他們沒有聽清楚瘀斑臉前面的幾個詞彙，但是這個「高級食物」他們聽懂了。在那一瞬間，凱斯和里茲等人似乎明白了為什麼這些獸形變異人不敢跨過這個部落界石的原因。

「但見雪中之獸，令人垂涎欲滴。」瘀斑臉似乎非常享受這種戲弄別人的感覺，拉著這個獸形的變異人，忍不住又吟誦了一句凱斯他們無法聽懂的詩句。

「叮叮……」凱斯口袋裡的手機突然響了起來，打破了這種詭異的氛圍。

凱斯掏出了手機，看到了賽洛發過來的一則訊息，上面寫著「救援人員已到」這幾個字。凱斯和米雪兒對視了一眼，他們倆都明白這則訊息背後的含義，可惜他們害怕瘀斑臉不會那麼容易讓他們離開。

「對了，你知道為什麼我沒有指揮啶瞻訬吃掉這個膽小鬼嗎？」瘀斑臉

一邊撫摸著這個獸形變異人，一邊用他那種居高臨下的驕傲語調，反問著凱斯等人。

凱斯沒有回答。他沒有心思去聽這個瘀斑臉說什麼，他在想如何處理賽洛那則訊息的事。當然，另一個原因是，他知道這個瘀斑臉一定會忍不住把真相告訴他們的。

果然，沉默了不到一分鐘，這個瘀斑臉又自顧自地說了起來：「那是因為我要和你們玩一個遊戲，如果這個遊戲裡沒有這個膽小鬼的參與，那就太不好玩了。好了，我得帶你們去我的遊樂場了。」瘀斑臉拍了拍那個獸形的變異人，「順便帶走今天的食物。」

凱斯與里茲聽完這句話，忍不住又對視了一眼，他們同時想到了一件事──大概讓摩卡和墨西哥人運送這些獸形變異人的幕後指揮者，就是這個瘀斑臉的部族。

■ Chapter 068

「把那個東西關了。」瘀斑臉看了凱斯一眼，「和我一起玩這個遊戲，才是現在最重要的事情。」

凱斯不動聲色地將手機收了起來，雖然賽洛的這則訊息回覆得有一點遲，但是對於凱斯而言卻是剛剛好的，他甚至有一點慶幸賽洛並沒有立即回覆他請救援隊這個需求，剛才他背著那個笨重的量子測試器，在冰天雪地裡跑圈的時候，壓根也沒有想到過，自己竟然是被一個高科技投影機騙了，他有一點慶幸瘀斑臉並沒有在意自己到底收到了一條什麼樣的資訊。

「對了，要玩我的遊戲，這個地方可不合適。」瘀斑臉皺了皺眉，自顧自地說了下去，「走，你們和我一起，我們要去克雷爾莊園，才能愉快地玩這個遊戲。當然了，如果你們輸了，會付出一點小小的代價。」瘀斑臉鄭重地強調著這件事。

在說到「愉快地玩這個遊戲」時，瘀斑臉上閃現一絲天真的神情，但正是這種天真的神情，在凱斯等人看來，才是最恐怖、最令人毛骨悚然的地方。這個瘀斑臉似乎對人類的生命極其漠視，總是帶著那種居高臨下的睥睨姿態，但是在這種睥睨姿態的背後，卻又是一種天真的殘忍，就像孩子喜歡玩死小蟲子一般。

在看見賽洛訊息的那一剎那，凱斯就飛快地關掉了手機，同時適時地按捺住了自己狂跳不止的心臟。這支手機本來就有定位功能，賽洛既然幫自己找到了救援隊，應該用不了兩、三天就能過來了。

「你想玩什麼遊戲？是不是又要像殺死摩卡那樣殺死我們？」格爾雖然有些不明就裡，但是卻能感覺到來自瘀斑臉身上的那種帶著某種天真意味的殘忍，更何況這個瘀斑臉竟然能隨意使喚這個獸形的變異人，這是格爾想都不敢想的事情。尤其是在他親眼看到這個獸形變異人吃掉了墨西哥人，殺死了摩卡之後。他剛才也聽見瘀斑把這個變異人叫作「高級食物」的稱呼。

「對了。」瘀斑臉像突然想起什麼似的，又看了看他們，伸出像枯爪似的手指，對著他們數了數，「現在人太少了，如果要一起玩，玩得不會那麼有意思。」瘀斑臉側著頭，似乎在認真思考這個問題。

　　凱斯注意到，每當瘀斑臉露出這副表情時，臉上都會閃現一絲天真，一想到他這種天真的殘忍，是針對凱斯等人的生死安危時，凱斯就有一點笑不出來了。

　　「最好再加上那麼一、兩個人就好了。」瘀斑臉認真地說了一句。他的語氣聽起來就像在跟凱斯他們商量似的，但是凱斯心裡卻很清楚，他根本就沒有那個意思，這不過是他遊戲的一部分，他用這種漠然的態度，將凱斯等人玩弄於股掌之中，看著凱斯等人不明就裡又莫名擔憂的神情，會令他覺得有一些作弄人的快感。

　　「對了，我想起來了！」瘀斑臉突然又露出了那種冷漠的神情，「欲行疑君在，天涯共此時。」瘀斑臉又吟誦了兩句凱斯等人聽不懂的詩詞，甩了甩他別在腰間的玉佩，做出了一副恍然大悟的表情。

　　「應該還有兩個人，他們也在，加上他們兩個，一定會更好玩的。」瘀斑臉一邊甩著掛在腰間的玉佩，一邊冷冰冰地對凱斯等人說道，「我得先看看他們兩個到底怎麼樣了，你們也一起過來吧！」

　　里茲從聽見「他們兩個」時，就聯想到了凱莉和那個高個兒男人，但他實在是有一點難以置信。雖然他不知道這個女人的真正身分，但是在他躲避獸形變異人追蹤的時候，他也是見過凱莉真正的身手。

　　在他看來，不管是近身搏鬥還是槍戰，這個女人以一敵五問題都不大，這個瘀斑臉說得好像她是一個被人捉弄的玩物一樣——雖然他已經見過了這個人手中那令人驚訝的技術，但是親口聽見他說這件事情，多多少少也讓里茲有些吃驚。

　　「別擔心，你們很快就會會合的，然後，我們會一起去克雷爾莊園。在那裡，沒有什麼人會打擾我們玩遊戲。」瘀斑臉認真地說著，搞得好像他真的很在意他們似的。凱斯心想，按照這個瘀斑臉的性格，這大概是下一次戲弄的先兆。

　　「好了，現在可以出發去找你的朋友們了。」瘀斑臉低頭看了看他手中的儀器，凱斯注意到，他們似乎已經將投影、通信及一些日常的、事務性的功能需求，一起混合在這個儀器裡了。

　　凱斯曾無數次在 free-center 裡聽到過，有人吹噓說要實現這類技術，但是他從來沒有看到過他們的智慧設備做到過，他甚至不相信人類能實現這類

技術，在他見到這個瘀斑臉之前。

　　不過，嚴格意義上來說，這個瘀斑臉似乎並不像是人類，凱斯一直到這個時候才注意到這個問題。他對人類並沒有多少同理心，正常的人類，哪怕是尼祿那種變態，多多少少還帶有一點人的味道，這個瘀斑臉似乎離人類的距離過於遙遠，不光是物理距離上的，還有心理距離上的。

　　「真該死，時間不夠了。我還得先把食物給那些老傢伙送過去。」瘀斑臉看了看時間，突然變得有一點憤憤不平，但是他似乎一瞬間就平復了自己的情緒，馬上又恢復了那種近乎冷血的平靜姿態。

　　這個瘀斑臉　邊說，一邊從自己的袖袍裡取出了一個類似於手槍模樣的新式武器，他將那個武器對準了凱斯，輕輕地扣動了扳機。

　　伴隨著他的動作，凱斯感覺到自己似乎被籠罩在一個由電極組成的磁場之中，這個由電極組成的磁場裡，像是無數個由光電組成的細小繩索，這些小繩索將凱斯裹挾其中，令他無法動彈。

　　抓捕完凱斯的變異人，又對著米雪兒、里茲、費里曼和格爾各放一槍，將他們也捆了起來。

　　格爾有一點想要逃走，但在這個變異人的武器下，格爾似乎也沒有半一點反抗之力。

　　「上車吧！時間要快不及了。」瘀斑臉牽動著手中的電極操縱盤，拉著凱斯五個人向前踉踉蹌蹌地走去。

　　「你看起來很不滿。」瘀斑臉看了凱斯一眼，帶著戲謔的語調對凱斯說了一句。

　　「如果你有一天被人用繩子綁著在雪地裡亂竄，你也會不滿的。」凱斯沒好氣地回敬著這個瘀斑臉。

　　「你們的科技太落後了，所以難免就被我們玩弄於股掌之中。」瘀斑臉看著凱斯，似乎是有一點可憐他。

　　里茲注意到，瘀斑臉提到了一個古老的東方詞彙，他雖然聽不懂是什麼意思，但是前面半句他還是聽懂了。

　　「我看過你們『區域內』所有科學研究論文，我也研究過你們的新發明，我太瞭解你們『區域內』的局勢了。」瘀斑臉說道，「我覺得你們那些研究簡直太小兒科了，比如『黑色閃電』的性能，我們比你們領先三步。」

　　里茲聽他提到「黑色閃電」著實有一點吃驚，這是近兩年才出來的一款觸感裝置的衣服，研究者的論文也才剛剛在網上公開不久，這裡面有一些最新的神經網路技術，算是目前最新的科學研究成果。

　　但是在這個瘀斑臉徒手投影的儀器面前，「黑色閃電」的確像是該扔進垃圾堆裡的陳年舊貨了。

　　變異人端著捆縛槍，將幾個人拉到了荒廢群落的周邊，凱斯注意到那裡的前端是一個雪崖，雪崖旁邊是一望無際的冰面，冰面上停著一輛雪地車。

　　變異人率先進去，他把那把小型裝飾的捆縛槍橫在膝蓋上，凱斯一行人陸續爬了上來，改裝過的雪地車空間很大，他們一票人坐上車後也並不顯得擁擠，凱斯在腦袋之中思考著逃走的方法。

　　幾個人坐上車後，里茲明現感覺到捆綁在身上的電極繩索束縛得更緊了些，緊到他幾乎無法轉身。

　　在鑽進車廂之前，凱斯看見車裡裝置著一個薄薄的擋板，這個擋板將車內的空間分割成了兩個部分，至於車廂後部到底裝著什麼，凱斯他們卻很難看見。瘀斑臉按下了車內的一個遙控裝置，這個擋板馬上就如水一般向四周消散開來。

　　凱斯和里茲終於能看見關在擋板後的人了，不出他們所料，這兩個人果然是凱莉和那個高個子男人。

　　與此同時，車的後門緩緩上升，瘀斑臉手中的儀器發出了剛才那種尖嘯的聲音，凱斯看見那個獸形的變異人從雪地車尾端鑽進了車內，瘀斑臉按下了中控，車後門和那塊像水一樣的擋板變換了位置，將獸形變異人阻隔在最後。

　　「我們出發了。」瘀斑臉按了按雪地車上幾個遙控的按鈕，雪地車立刻在冰面上自動行駛起來。

　　「我都迫不及待要跟你們玩這個遊戲。」瘀斑臉的語氣很興奮，但表情卻有些冷漠。

　　車開得太快，似乎遠超出設計速度，轉彎時頭重腳輕，里茲乾脆把身子探出車外來平衡。凱斯坐在右側，所以左轉的時候倒沒關係，但右轉時格爾就要從凱斯的身上探出去，把他擠在座位上。

　　雪崖很快就被甩在身後，凱斯用眼角的餘光看見寬闊的冰面飛速地向後

退去，他們在茫茫的冰域上行駛。

　　他完全不知自己身在何處，每樣東西看起來都很眼熟，卻無法確定自己到底是不是見過這一段路。改裝雪地車的六個輪子，在層層冰面上悄無聲息地滾動著，只聽見電子引擎的聲音，還有每當車子轉彎的時候，格爾都會壓在凱斯身上，偶爾從他口中發出來的尖叫聲。

　　凱斯抬起頭來，這一望無際的雪域顯得空曠而孤寂。其中傳遞出來的某種孤獨感，和他在戰場上的感覺十分類似。沒有顏色的天空底下，看起來就像是一片波浪般的黑色廢墟，從上方亮得刺眼的光亮下，隔絕出來的一片片暗影。這片暗影如同一塊廢墟一般，凱斯看著這個黑沉沉的天空和地面上冰雪反射出來的濛濛亮光，想像著遠處雪原的波峰之上，是城市高樓那褪色的半溶化的殘骸。

　　遠處連綿的雪崖，和地面上的積雪連成一片，像是一張網子，下面掩蓋著的，是某種類似於廢墟的感覺。鏽蝕的鋼條扭曲成細細的網線，中間還掛著大塊的混凝土，在一望無際的雪原上向前不斷地蔓延。

Chapter 069

　　凱斯偷偷地將手機打開，他的上半身仍然動彈不得，但是他在黑暗之中靠著雙手摸索到了賽洛給他設計的那個定位開關。是的，賽洛是個好夥伴，他的產品設計思路一向都是常人難以理解的——雖然這個東西看起來並不怎麼樣，但是使用的時候卻比一般的手機強多了。

　　隨著雪地車的前行，天色也變得越來越暗，雖然莫斯特伯阿米克降臨之後，這個世界總是顯得灰濛濛的，白晝都在熾光下透過下端的黑幕，帶出來一點一點朦朧的清光，這種清光混合著人造光，顯出一種奇異的暖黃或者暗黃色。

　　但是像眼前這種昏暗的情景，凱斯倒還是第一次見到，這裡的一切都帶著某種奇異的反差——這個瘀斑臉的人使用著最先進的武器，開著一輛充滿了現代科技感的汽車，但是他們生活的地方，卻又充斥著某種原始意味。

　　「好了，我們到了！」瘀斑臉按下一個按鈕，雪地車猛然停在一座外型類似神廟的莊園門口，瘀斑臉用他手中的儀器，向莊園內部發出一段信號。

　　幾分鐘後，神廟的大門緩緩向兩邊拉開，咯咯作響。凱斯發現，神廟的大門是純金加黃銅構建的，上面雕刻滿了各式各樣的東方圖騰，既有泰式風格的四面佛，又有古印度的梵天和濕婆，當然，還有東方的神龍和一個人面蛇身模樣的女神。

　　莊園內部倒是很開闊，瘀斑臉把車停在一個空曠的地方，透過車窗凱斯能看見遠處建築物那種影影綽綽的輪廓。

　　「我們應該接上設備來玩這個遊戲，這樣才更有意思。不過在玩這個遊戲之前，你們要先和我一起把今天的高級食物給老傢伙們送過去，不然他們會把我煩死的。對了！你們應該順便參觀一下我們的標本博物館，這裡面都是些高級貨，你們在別的地方見不到的。」瘀斑臉的語氣裡有一種冷漠的炫耀意味。

　　瘀斑臉一邊讓雪地車緩下來，一邊又用儀器發出指令指揮獸形變異人，伴隨著他的操作，雪地車的擋板緩緩升起，那隻獸形變異人溫順乖巧地跟在他身後。

里茲等人也跟著他下了車，凱斯看見那名叫凱莉的女人，她的嘴巴不知道也被什麼封起來，大概是因為她罵過那個瘀斑臉的緣故，凱斯覺得她現在的模樣有些滑稽，但是他卻笑不出來。里茲用目光暗示著凱斯，讓凱斯觀察一下周圍的環境。

　　瘀斑臉收起了手中的電極發射槍，他覺到了這個地方，已經沒有必要再捆綁這些人了，反正他們也逃不出去。

　　凱斯看見燈光的時候，至少應該已經走了一公里，前面有一間地堡，不知是岩石還是混凝土建造，埋沒在吹來的黑沙之中。入口低矮狹窄，沒有門板，牆壁至少有一公尺厚。

　　「從這裡下去，這裡是我們的育嬰室。」凱斯等人跟在瘀斑臉身後，茫然地向前走著。

　　「別試圖逃走，不然的話，你們也會被製作成標本，陳列在我們的博物館裡，等下次有人來的時候，我也會帶他們參觀。」瘀斑臉用他那種天真淡漠的語氣，提醒了幾個人一句。

　　待凱斯等人下到地堡之後，看到的卻是另一幅景象，地堡裡很開闊，天空被建造出了一種不同的銀色。瘀斑臉忍不住炫耀起自己的知識來，他告訴凱斯他們，天花板上雕刻的神獸，是象徵著東方智慧的狴犴。地面中間留著一條空曠又寬闊的通道，通道兩邊是兩排長長的玻璃櫃，從凱斯的角度，暫時看不清楚玻璃櫃裡到底裝了什麼東西。

　　他們來到門前，瘀斑臉逕直走了進去，凱斯等人只得跟在他身後。他們站到那條通道上，才看清原來玻璃櫃裡陳列的是一個個的容器，容器裡裝著各式各樣的溶液，溶液之中泡著同樣的人形生物。容器外接著各式各樣的管子，自動往裡面輸入著各式各樣的營養液。

　　嚴格來說，凱斯覺得不應該稱呼這裡面泡著的那些東西為「人」，因為他們的模樣，和自己曾經在電影之中看到的外星人有一點類似，同時混合了動物和人形的某些身體特徵。

　　雖然對這些生物並不瞭解，但凱斯也能看得出來，這些東西應該還處在幼年形態，因為他們的表皮看起來很嫩，皮下交織著一片紅藍相間的毛細血管，透過表皮的瘀斑色，看起來有些令人噁心。

　　其中有個變異人打了個呵欠，凱斯看見了他口中黑漆漆的尖牙，以及血

紅的上顎，令凱斯覺得頭皮發麻。

「左手邊的是男性，右手邊的是女性。」瘀斑臉一邊繼續牽著這個獸形變異人，一邊向凱斯等人介紹著玻璃兩邊的情景。

瘀斑臉一直在凱斯眼前晃動的情景，令凱斯想起了之前在多莫莊園裡聽到金頭髮男人提起過的那個資訊——關於變異人或者人造人的耳後，會鑲嵌一根銀絲來表明他們的身分的這件事——想到這裡，他忽然想去看看，看看這個瘀斑臉到底是不是變異人。

但是瘀斑臉的頭現在也裹在頭巾裡，凱斯看不見，一直到他們走完這條長長的通道，凱斯也沒有找到任何能看見這個瘀斑臉耳後的機會。

「這裡躺著的都是些醜八怪，他們還沒有成年之前，你得一直餵養著他們。不過話說回來，他們也不是所有人都能成人的，只有一小部分能夠真正成年，其他羸弱的那些，很快就會變成食物了。」凱斯注意到，瘀斑臉在說起這件事時，有一種幸災樂禍的語氣。

他甚至感覺到，這個瘀斑臉在提到自己的同類時，語氣裡有一種厭惡和冷漠的態度，似乎他們這個種族的族群與族群之間有些疏離。

「有生不幸遭亂世，弱肉強食官無誅……」瘀斑臉又開始吟誦著一句古老的詩句，似乎他每次在評論一些事情的時候，都喜歡用這樣古老的東方歌謠來進行總結，這大概是他們這個種族的某種特性。

「那你是男性還是女性？」格爾聽著瘀斑臉的介紹，看著眼前這種恐怖的培育情景，竟然還產生了好奇心。

瘀斑臉看了格爾一眼，沒有回答。格爾被他的眼神嚇住了，不敢再繼續追問。這裡的一切都不是他能理解的範疇，如果不是有這麼多人，他絕對不敢和這個瘀斑臉說話。

這句話似乎帶來了某種尷尬，瘀斑臉不再和他們講話，而是徑直帶著他們走到了一個類似於加工培育的小房間裡。這個房間裝飾得像病房一樣，房間裡冷冰冰的，沒有半個人影，只有機器的滴答轟鳴聲。

玻璃長廊的兩邊，都有這樣的小房間，小房間似乎聯通著這個瘀斑臉族群所睡的那些盒子。

瘀斑臉按下了一個按鈕，一個類似於凱斯在醫院看到過的紅外線掃描檢測艙，緩緩從房間的一端伸了出來，這條紅外線艙裡面，拖著一個他們在外

面看到的那種盒子。盒子裡面關著一個類似於瘀斑臉的人性生物，瘀斑臉將這個人形生物在盒子中直接切成了幾塊，撈出來裝在一側的金屬盒子裡。

他像提著皮箱一樣提著那個金屬盒子，從培養室裡面走了出來，獸形變異人似乎被眼前的景象嚇到了，連低低的怒吼聲也不敢發出來，偶爾會從喉嚨裡吐出幾聲粗喘的呼嚕聲。

「那些老傢伙們就在這個地堡的背後，我得先把食物送過去給他們。」提到這件事，瘀斑臉的語氣又變成了凱斯等人熟悉的那種憤恨，似乎這件事中間有什麼令他十分憤憤不平。

「你們得在這裡等著，你們不能進去。」瘀斑臉看了凱斯等人一眼，居高臨下地對著凱斯等人發號施令，「要等你們和我一起做完了那個遊戲，才能被製成標本，或者是做成食物——不過，人類太難吃了。」

瘀斑臉皺了皺眉頭，彷彿凱斯他們已經是盤中飧一樣。

「人類的思想裡混合了太多醜陋、自大、狡猾、無知的成分，會影響味道，還不如瞻定基，瞻定基更好吃。」瘀斑臉拍了拍他身邊的那個獸形變異人。

他啟動了牆上的按鈕，凱斯和里茲等人看見眼前這堵高大渾厚的黑色金屬牆體，像水一樣緩緩溶解掉了，牆面呈現出了一種透明的金色。這堵金色的牆體緩緩向兩側滑動。

在瘀斑臉進去之前，凱斯從眼前的餘光之中瞥見，裡面是一個裝修十分典雅的餐廳，這個餐廳帶著濃厚的東方風格，只是這些不同的風格堆砌在一起，顯得有些凌亂。餐廳的正中央擺放著和大門處一樣的裝飾，有泰式風格的四面佛和東方的神龍，以及古印度的濕婆和梵天的雕像。

一個和瘀斑臉長相類似的人，推著一個老人從陰影裡走出來，凱斯注意到，他用的是一張精緻華麗的輪椅，這張輪椅被打造成了東方皇帝所用的那種龍椅的模樣。有著精緻的高輪，轉動起來吱呀作響。

這個老者被包在紅黑條紋的厚毯子裡，高窄的藤編椅背豎在他頭上，他挽著一個古代東方人縮的那種髮髻，頭髮略顯花白。這個人看起來十分瘦小，眾人看見他戴著一副金邊眼鏡，鏡片外面包著雪白的微孔帶，另一隻眼鏡閃著空洞的光芒，頭隨著椅子的行進而晃動。

瘀斑臉在門口脫下那雙泰式的涼鞋，赤腳走了進去。

「食物放在這裡就可以了。」推輪椅的人對著瘀斑臉發話。

「知道了。」瘀斑臉有些不痛快地將手中提著的金屬盒子，放在紅漆的桌面上。

「『區域外』的運貨員都處理了嗎？」就在瘀斑臉放下盒子的瞬間，坐在輪椅上的那個老者忽然問了一句，語氣很是冷冽。

「稟報長老，啶瞻誃咬死了他們。」瘀斑臉連忙收斂起自己剛才的憤恨，用恭敬的語氣答道。

「很好。」那個輪椅老者點了點頭，語氣稍微放緩，對瘀斑臉說，「你可以離開了。」

剛才的那扇大門又緩緩拉開，凱斯等人看見，那扇門變成了金色，然後又像水流淌過一樣，慢慢恢復成了原來深厚厚重的金屬原色。

「你剛才是為了送這些食物給他？」凱斯忍住自己想要作嘔的衝動，問了瘀斑臉一句。

「是的，瞻定基是我們的高級食物，當然，比瞻定基層級更高的，就是那些沒有成年可能性的幼年變異人了。對於我們這個種族來說，那種人類憐憫弱小的情感是可笑的，這個世界必須嚴格按照優勝劣敗的法則來進行，所有違背客觀規律的事情，都應該被否決掉。」他又恢復到之前那種漠然的語調，似乎在說一件別人的事情。

「你是說，你剛才是給他們送食物，難道他們還會吃自己的同類？」米雪兒難以置信地問了一句，對眼前的這種認知，她實在是覺得有一點難以接受。

「這有什麼好驚訝的？弱肉強食是這個世界的底層邏輯，人類發展出來的道德，是那些上位者用來欺騙民眾的，相信這個東西，純屬徒勞。」瘀斑臉用那種冷漠的語調回答著米雪兒。

「你實在太蠢了！」米雪兒忍不住憤恨地看著這個瘀斑臉，「你們對自己的種族都毫無感情可言，你們這種在文明社會裡，還在殘害自己同胞的傢伙，和野獸有什麼區別？」她雖然也沒有見過真正的野獸，但是大家都這麼比喻，她便也學著這樣說。

「一切情感因素都摒棄掉，科技才能進步。因為科技是從自然法則中來的。」瘀斑臉又強調了一句，「女人，你最好閉嘴，因為你的愚蠢已經到了我能忍受的邊緣，如果你敢再多說一句，你就會和她一樣。」

瘀斑臉一邊說，一邊看了凱莉一眼，凱莉的嘴巴仍然不知道被什麼東西封著，凱斯心想，她應該覺得十分難受，只是誰也沒有提議瘀斑臉將她放開。對瘀斑臉而言，這樣耍弄他們似乎能帶給他某種樂趣，一旦他們苦苦哀求他，他一定會因為感到更有趣，而進一步嘲弄他們。

瘀斑臉一邊拉著他們往前走，一邊在思考著什麼。

凱斯心想，他肯定又會接一句詩詞了，但是這次，瘀斑臉的詩詞還沒有說出來，就被某種響鈴聲打斷了。

「有人闖進了這個莊園。」瘀斑臉聽著自己手中警報器發出的「嘟嘟」聲，用他特有的語調說了一句，「正好，這個遊戲，我覺得玩的人越多才越好，你們跟我來，要玩這個遊戲，得有一些設備才行。」

瘀斑臉領著他們走到了一部電梯裡，這部電梯比凱斯見過的所有電梯還要豪華，電梯的四壁和頭頂都鋪著正方形的深色實木板，地板上鋪著一整塊顏色明麗的地毯，上面用藍色和紅色的毛線，織出電子回路的形狀，那是一塊晶片的模樣。電梯正中間有一隻方形的白色玻璃基座，和地毯上的圖案銜接得天衣無縫。

凱斯在計算電梯的造價時，來到了第二十層，他們從電梯出去，是一個空中別墅，別墅門口不知道用什麼材質，造出了很多模擬的植物，植物的形態十分逼真，還有凱斯在書上看到過的藤蘿及稀有的花花草草，植物後面還有一個仿古的噴泉。

「歡迎各位來到遊戲別墅。」瘀斑臉帶著他們走近這個地方，門口基座上一件鑲滿珠寶的頭像用婉轉的聲音說，「這裡是一座怪異的、向內生長的古老東方迷宮式建築，別墅內的每一個空間都有其神祕之處，無窮無盡的房間，以通道和腸子般的樓梯相連，華麗的屏風和空蕩蕩的神龕之外，通道總會急轉，擋住視線……」

「開門。」瘀斑臉直接發出了命令。

「是！提婆主人。你想要玩什麼遊戲呢？」門口基座的頭像回答著。

里茲和費里曼聽見這個基座上頭像與瘀斑臉流暢的對話，起初被嚇了一跳，在他們的認知裡，人工智慧雖然有了一定的進步，但是並沒有思考問題和整合問題的能力，雖然他們知道這個頭像裡，一定裝置了某些人工智慧的識別設備，但是能和瘀斑臉進行如此流暢對話的人工智慧，他們確實是第一次見到。

「娜迦，把遊戲規則說明一遍，他們要熟悉這個遊戲規則，這樣我們才能玩得更開心一些。」瘀斑臉說話的內容就像某個貪玩的孩子，但是腔調卻是那種命令式的，就像他所說的那樣，他似乎生活在一個等序分明的世界裡，一切行為都必須按照規則來，他和任何東西之間都毫無情感可言。

「好的。」娜迦口齒清晰地說著，「第一條，進入了遊戲別墅之後，必須有提婆主人的命令才能出來；第二條，遊戲別墅裡的賭局規則和獎勵的尋

找，必須由提婆主人來制訂；第三條，如果在規定的時間內，你們沒有找到獎勵，則視為賭局失敗，你們要接受懲罰。懲罰的內容是，輸家將會被製成人形標本。」娜迦用冷漠的語調將遊戲規則報了一遍。

「聽清楚規則了嗎？」瘀斑臉向著凱斯一行人問了一句。

不等凱斯等人回答，瘀斑臉又接了一句：「開門。」

凱斯心想，大概他原本就沒有要等待他們回答，他是這個遊戲規則的制訂者，凱斯等人只能被迫參與。

「請進。」這個名叫娜迦的頭像，緩緩打開了遊戲別墅的大門。

在人門洞開的那一瞬間，凱斯和費里曼等人被眼前的景象嚇了一跳，他們原本以為這座遊戲別墅只是一個休閒的地方，但是進來了才知道，這裡面是一座裝飾豪華的東方住宅。

只不過這座豪宅裡的裝飾物，又是剛才那種混搭的風格，就和瘀斑臉的裝飾一樣，有玉飾、有楠木椅子，還有一些掛畫。看樣子，這個瘀斑臉所在的莊園裡，大部分都是這種東方風格的東西。

格爾看見裡面的紅木椅子，一屁股坐了上去，今天一整天都在擔驚受怕，他早就已經累趴了，現在即使這個瘀斑臉要吃掉他，他也要先休息休息再說。

「啪」的一聲，打斷了正在觀賞別墅的眾人的遐思，原來格爾不知道什麼原因，竟然從椅子上一屁股倒在了地上。

瘀斑臉冷冷地欣賞了一會兒格爾臉上尷尬又痛苦的表情才說道：「這裡的所有裝飾都是投影，除了長老們，剩下的人都沒有資格使用實體的東西，所以說，愚蠢的人總是分辨不了現實。鏡花水月，都成空幻……」瘀斑臉說完，又吟誦了一句俳句，作為這件事的總結。

「對了，我們玩這個遊戲之前，你們可以欣賞一下，那兩個闖進這裡的傻蛋的表情，我想，或許你們也願意欣賞的。」瘀斑臉發出了一條指令，把莊園裡監控器的投影接到了遊戲別墅的投射上，凱斯等人的眼前，立刻顯現出了莊園外部的情景。

凱斯看見有一架直升機出現在自己的頭頂上空，如果不是瘀斑臉事前告訴自己這是投影，他幾乎要以為那是架真的直升機了。他想起了賽洛傳給自己的訊息，忽然有一種不好的預感。

　　那架直升機停在莊園的一個空曠平地上，有兩個人從直升機上躡手躡腳地走了下來，他們的模樣看起來特別滑稽。大概是怕自己驚動莊園的其他人，所以他們才做出這種樣子，殊不知他們的行動早已經全在別人的眼中。

　　「話說這個座標點到底在哪裡，西蒙警長不是告訴你了嗎？」

　　透過投影的擴音器，凱斯清晰地聽見了他們兩個人的對話，說話的是一個胖胖的警察，凱斯被囚禁的時候，他似乎見到過這個警察。

　　「如果他沒有弄錯的話，那這個東西應該就是在這附近了，那個叫賽洛的傢伙說，凱斯·史密斯的手機裡有定位，我們只要追蹤定位就行了。」另一個聲音說著。凱斯看到這個警察是個黑人，和這種莊園的那種墨色幾乎融為一體了。

　　「你說，是不是找到了那個叫凱斯·史密斯和那個叫米雪兒的女人，就能找到西蒙警長要的『諭』？」剛才說話的那個胖警察又問了一句。

　　「是『神諭』，不是『諭』，你有空的時候能不能多讀一點書，你再這麼蠢下去，總有一天會把自己蠢死的。」黑人警察有一點不耐煩。

　　「他不會弄錯的……不然的話，他不可能在復活的『大人物』身邊待那麼久，還被大人物委以重任。要知道，這些暴君的脾氣，尋常人可伺候不了。」凱斯聽見黑人警察又接了一句。

　　凱斯注意到，他在提到「大人物」三個字的時候，用的是敬語。凱斯心想，大概是因為西蒙加入了索婆阿騰納斯教派的緣故，所以連帶著他的手下提到這些復活的暴君們時，也會使用那種恭敬的語氣。

　　在賽洛的幫助下，現在凱斯已經知道他們背後的那個暴君是誰了，他也知道西蒙一直都在為史達林服務。聯想到尼祿手下的那些侍衛，凱斯總覺得這些暴君似乎有某種另類的魔力，讓人心甘情願地為他們犧牲的魔力。

　　「總而言之，我們要趕緊找到這兩個混蛋，西蒙警長讓我們偽裝成救援人員趕過來，是為了那塊『神諭』，而不是為了救他們兩個人的命。但是要找到那個鬼東西，必須先找到那個女人，她身上有第二塊『神諭』的線索。」那個黑人警察壓低聲音解釋了一大堆，但是他無論如何也沒有想到，自己所說的話，被凱斯等人甚至包括那個瘀斑臉都聽得一清二楚。

　　「好了，讓他們嘗嘗這裡高科技防禦系統的滋味，一會兒等遊戲結束了，可以把他們兩個先製成人形標本。對了，你們還不知道人形標本的樣

子，我應該先給你們展示展示……」瘀斑臉一邊說，一邊又打開了另一個投影設備。

隨著他的動作，凱斯等人清晰地看見一個被壓成「人乾」模樣的人，被栽在花園中間，花園裡，這個「人乾」臉上驚恐的表情仍然清晰可見，但是頭上卻被做成了花冠的模樣，四肢上則是枯藤一般的樹枝。

「這些植物模樣的部分，都是人造的……」瘀斑臉不無遺憾地嘆息著，「所以和這些人形標本融合得不太完美，唉！要是有真正的植物就好了，這樣子的話，可以將樹種在這些標本的身體裡，讓樹幹從這些標本的頭頂上長出來了。」

瘀斑臉還在用他那種淡漠的語調介紹著，這幅畫面配合這樣的口氣，令凱斯等人感到頭皮一陣陣發麻。米雪兒已經把頭別了過去，凱斯強忍著自己心底噁心的恐懼感，他覺得，自己在戰場上雖然也見過一些死人，但是那些死去的人始終在他的理解範疇內，遠遠沒有這個瘀斑臉所展示的「人形標本」帶給自己的恐懼感那麼深。

■ Chapter 071

　接著，瘀斑臉帶著他們來到養育空間站，並將整個手掌貼在養育空間站的啟動閥門上。

　「驗證完畢，可以通過。」電子螢幕之中傳來擬人的聲音。

　雖然只有兩句話，但是凱斯仍然覺得，這個聲音比他之前聽到的那些電子擬聲者要高明很多。

　手紋驗證設備的表面是水紋狀的，瘀斑臉的手剛剛拿起來，驗證設備立刻恢復原狀。伴隨著瘀斑臉的動作，育養空間站的大門緩緩拉開。瘀斑臉看了一下周圍，確定沒有監視器在監視自己，這才緩緩把育嬰室的大門關上。

　「如果我沒有猜錯，你平時應該也不允許進來這個地方吧？」凱斯忍不住用那種譏諷的語調詢問著瘀斑臉，「但是因為今天我們來了，你會忍不住想要炫耀你在這裡的地位，所以才帶我們進來。」

　「不要在我面前顯示你的聰明，所有喜歡自以為是的人，都沒有什麼好下場。」瘀斑臉忍不住反唇相譏。

　「咳咳。」米雪兒忍不住打了個圓場，「這裡看起來不錯。」

　「那當然，這個世界上最聰明的那些人，都是從這裡誕生的，所以你們即將看到的，就是這個世界最豪華、最有品質、最偉大的地方。」瘀斑臉忍不住得意地炫耀起來。

　凱斯看著瘀斑臉得意的模樣，也不想再繼續和他之間有任何的爭執。他知道，瘀青臉只是不可避免地有著這個世界上很多有錢人都有的通病，儘管瘀斑臉聲稱他們的種族已經掌握了這個世界上的絕大部分財富，甚至他們這個種族已經占據這個世界的絕大部分財富，但是他們還是克服不了某種原始的人性——比如在弱者面前炫耀自己財富的這種癖好。

　「你們看好了，現在就讓你們見識見識，這個世界上最偉大的種族是如何誕生的。」瘀斑臉一邊說，一邊念出了一串句子。伴隨著瘀斑臉吟唱的聲音，整個育嬰空間的燈突然亮了起來。

　雖然瘀斑臉吟唱的聲音，凱斯只能聽見幾個字，但是凱斯還是不可避免地從裡面聽出了幾個奇怪的字音，這些字音之中夾雜著一些類似中文發音和

日文片假名的發音。

　　因為凱斯之前曾聽過一些奇怪的東方節目，所以他對這些音符形成了某種奇怪的感覺——雖然他聽不懂瘀斑臉到底在吟唱些什麼，但是他很肯定，瘀斑臉所唱的應該是某種類似東方的音調。

　　「這裡看起來實在是太棒了……」伴隨著整個育音空間柔潤的黃光次第亮起，他們忍不住發出了一聲讚歎。

　　凱斯抬頭這才看清，原來這個種族的整個育嬰空間站，看起來就像是一個廣袤而又無邊無際的星空一般，培育種族嬰兒的搖籃，被設計成星星的形狀，掛在育嬰空間站的上方。

　　懸掛這些育嬰搖籃的金屬管，泛著藍幽幽的光芒，在被設計成幽黑天宇的穹頂的襯托下，這些藍色光芒如同流水一樣緩緩向下游動，直至將整個星狀搖籃都點亮，然後又緩緩熄滅。

　　「看起來實在太棒了。」雖然米雪兒並不知道這裡的設計到底用了什麼技術，但是生為女人的天性和直覺，還是讓她本能地發出了對生命力本身的感慨，以及對這種鬼斧神工般設計技術的感慨和讚歎。

　　「所有的一切都在功能的基礎上實現了美感。」瘀斑臉看到這幾個人臉上震撼的表情，忍不住用他那種略帶譏諷的語調介紹著，「想不到吧！就連輸送營養的東西，我們都設計成了整個風景之中的一部分。同時，這些嬰兒收音的部分我們也考慮過，進行了特殊處理，把他們的啼哭聲加工成了某種音樂的轉化和某種育嬰的語言，目的就是為了讓他們從嬰兒時期就開始接受精英教育，這樣的話，他們對金融、科技、哲學、法律的思考就會烙印在本能裡，會比那些垃圾種族、底層人士要強得多。」

　　瘀斑臉得意地向凱斯一行人介紹著這裡的一切。

　　「對這個世界上的某些人來說，他們只能是規則的執行者，只有一部分人才能成為規則的制定者。在既定的秩序下，這個世界才能有條不紊地運行著，這些精英人士來決定這個世界將會往何種方向運作。」瘀斑臉望著凱斯等人，眼中充滿了鄙視，凱斯覺得，他的眼神之中，有一種他平時看到的那種高高在上的精英人士看某種愚昧無知的底層人士的意味。

　　凱斯看著瘀斑臉的表情，心中有些震驚，但是更多的是不可思議。不管瘀青臉的種族，是否真的培養出了占據這個世界很多主要資源的精英，但

是瘀青臉這種表情，他在那些精英人士的臉上的確常常見到，他們看那些窮人，就像是看到瘟疫一樣。

　　儘管在「大主宰」掌控這個世界之後，所有人的飲食都需要依賴食物發放機，但是這些精英人士還是以另外的方式，很快掌握了很多其他稀缺資源，針對食物發放機和這個社會的運轉秩序，設計出了很多新鮮的剝削模式——就像瘀斑臉所說的那樣，這個世界的主要運轉規則，仍然掌握在他們的手裡。

　　而且他們還有很多其他的盈利模式，正如瘀斑臉所說，就連這個莫斯特伯阿米克時代的降臨，都給了他們新的斂財理由——他們向民眾宣稱，他們正在研究新鮮的食物，正在飼養肉人——以便製造出某種新鮮的食物品類，這樣的話，那些民眾就可以繼續為他們提供更多的財富，他們就可以有源源不斷的勞動力和食物資源來供養自己，把自己的後代培養成新一代的資本家。

　　想到這裡，凱斯突然覺得有些好笑，瘀斑臉的表情讓他想起了某種東方哲學所說的原理，他開始思考瘀斑臉這個種族的命運。

　　「那你有沒有想過，如果這個世界上只剩下你們這個種族，你們一樣會避免不了某種優勝劣敗的命運，因為只有用這樣的方式，你們才能把整個種族的優勢繼續保持下去。」凱斯看了一眼整個育嬰空間金碧輝煌又格調高雅的裝飾，確信這的確可能是這個世界上最好的設計師設計出來的，但是他還是忍不住反唇相譏。

　　「那就是我們種族能保持某種優勢的祕訣。」瘀斑臉似乎並沒有聽出凱斯話中某種反唇相譏的意味，他現在還沒有那麼深刻地理解某些複雜的人性，只是憑藉天生的能力判斷某些東西，所以他對凱斯的這種譏諷顯得不置可否。

　　「你這種低劣的人種，又怎麼會理解我們這種精英種族的運行規則？」瘀斑臉用鄙視的眼神看著凱斯，「我們這個種族的確信奉著熵增的原理，我們現在所有的培育模式，都是這個世界上最優秀的人設計出來的。你們還遠遠沒有掌握這個世界的運行規則，所以千百年來，人類的智慧幾乎沒有什麼進步。不怕告訴你們，是因為像你們這樣的低等生物，即使告訴你們，你們也理解不了……」

瘀斑臉一邊得意地展示著整個育嬰空間的光焰變化，一邊洋洋得意地向凱斯等人介紹：「你們怎麼會知道知識、經濟，以及財富遠遠沒有達到飽和，當然，這也給了我們這個種族的生存空間。」

　　瘀斑臉滔滔不絕的展示著。伴隨著瘀斑臉的話語，整個星空上的景像也快速變化著，呈現出各式各樣的躍動，像是在播放著世界的發展史一樣。

　　「那就是人類發展之中知識、智慧、財富、資源熵增的過程，我們善於轉化各式各樣的物質，將這些東西轉化成能為我們服務的東西，以擴大我們種族的影響力。」瘀斑臉十分得意。

　　凱斯不禁有些震驚，其實從瘀斑臉黑色的牙齒來看，這個傢伙最多也只有十來歲的年齡，但是讓凱斯不可思議的是，這個傢伙竟然掌握了這麼多知識，他所談論的這些東西，在凱斯生活的自由港，一個五十歲的人也未必能知道得那麼周詳。

　　所以他不禁想到了一個問題，如果這個世界真的如瘀斑臉所說的那樣，掌握在他們這個種族的手中，那自己玩的賭博遊戲，也是由他們這個種族設計出來——自己和其他人，也不過只是這種遊戲棋盤上的某些棋子罷了。

　　「那你有沒有想過，以你們這樣的熵增的方式，如果這個世界上的人口不足，你們最終也會陷入某種自相殘殺的地步？」凱斯反問瘀斑臉，「據我所知，如果熵增到某種程度，當然會不可避免地陷入某種無序之中。」

　　凱斯忍不住提出了自己的問題，當然，他內心深處並不願意接受瘀斑臉剛才所說的那些東西，他想透過瘀斑臉的表達話語，來尋找他們這些種族的某些漏洞——他想，這方面就像是他作為一個軍人的本能，就像上戰場一樣，他自動把自己劃歸為人類的一方，他希望找到奴役自己的那些人的弱點，以便自己在和他們發生衝突時，自己能夠有著某種取勝的可能性。

　　「你以為你想到的問題，我們這個種族沒有想到過，是嗎？你想找到我們的弱點，以便自己能勝過我們？」瘀斑臉似乎看穿了凱斯的心思，不禁讓凱斯有些吃驚。

　　「你們對待自己的同類如此殘忍，談什麼高貴？」雖然心中震驚，但是凱斯仍然忍不住譏諷著瘀斑臉。

　　「這就是你們那些低等種族不能理解我們的地方，我們之所以能成為這個世界上最優秀的種族，本質上就是因為我們這個種族，從一開始就接受了

這種優勝劣敗的設定——對，從出生開始，我們就已經接受了我們必須為這種智慧的熵增做貢獻的設定，愚蠢的偵探，你不得不承認，優勝劣敗才是這個世界的本質，正是因為這些蠢人的反抗，才給我們增加了那麼多的麻煩。告訴你們，我根本不在乎在這個優勝劣敗之中傷害自己人，正是因為我們從內心接受了這種設定，所以我們才不會被人類愚蠢又軟弱的道德情感綁架，才能超越你們成為優秀的種族。」瘀斑臉像發表演講一般，滔滔不絕地說了一大段話。

「哼！我們從來都不會因為需要犧牲自己而煩惱，我煩惱的是，我為什麼不能快一點成為長老，我不想為這幾個老傢伙服務，為他們挑選食物！」瘀斑臉惡狠狠地說出這句話。

凱斯覺得，在他抱怨的時候，似乎有著某種惡毒又天真的孩子氣，這種奇異的反差讓凱斯不寒而慄。

「好了，我要挑選食物了。你們好好看看，看看我們這個種族是如何勝過你們的。」瘀斑臉臉上帶著某種惡作劇的表情，隨即他又開始吟唱起某種東方式的歌謠，伴隨著他的吟唱，幾個育嬰籃降了下來，他從裡面「提」出了兩個裝在藍色保育液裡的嬰兒。

「你們看，不哭也不鬧，他們對整個種族的選擇是完全服從的。」瘀斑臉冷哼一聲，不情願地關上了育嬰籃的閥門。

直到幾人出去，凱斯依然想著瘀斑臉的話，瘀斑臉則一臉漠然地拎著這兩個嬰兒，向長老所在的房間走去。

「好了好了……人形標本或者是賭局，我已經迫不及待要開一個了。」瘀斑臉從長老所在的房間回來後，不耐煩地按下了投影機播放機的停止鍵，那些影像的展示，隨著他的動作全部都消失了。

「這些沒什麼值得聽的，但是我必須要告訴你們的一點是，如果你們不懂得其中的某些規則，等一會兒你們輸了可別怪我。」瘀斑臉擺了擺手。

「那你應該告訴我們這中間的遊戲規則。」凱斯看著瘀斑臉，不客氣地說了一句。

瘀斑臉：「那當然，我不喜歡在我的賭局裡作弊，因為那樣即使我贏了也沒什麼意思，所以接下來的遊戲規則，你們要注意聽了。」

「尤其是你們倆……」瘀斑臉看著里茲和費里曼，又一臉不耐煩地補充了一句。

「如果你願意聽實話的話，我很想告訴你，我對你的賭局真的沒什麼興趣，當然，你也不會覺得我是很好的賭友，我前半生都和數學、物理、電腦待在一塊，當然，他也一樣。」費里曼指了指里茲，「他的人生差不多和我一樣，唯一的區別就是把電腦換成機械。」

「這一點，你以為我沒有考慮過，我可不會蠢到像你們那樣，計算投影機投出的波動量子。不過嘛！我這個賭局和數學倒是有那麼一些關聯，所以我才找你們來。」瘀斑臉乜斜了費里曼和里茲一眼，似乎對他們的回答很不滿意。

「你是說，你的賭局和數學有關？」凱斯看著瘀斑臉，難以置信地問了一句。老實說，凱斯並不是個賭徒，但是如果是正常的賭局，他覺得他或許有那麼一點贏的可能性，畢竟長期的偵探生涯，已經讓凱斯習慣了在危險的邊緣遊走，賭局和偵察有著某種性質的類似，危險有時候都能讓人的腎上腺素和荷爾蒙飆升。

「你以為我會用人類那種低級的開獎方式來做賭局？然後在賭局開獎的時候，用那種可笑的所謂牛肉和三千萬美金來作為獎金的賭注？」瘀斑臉有一點不屑地看了凱斯一眼，接著說道，「我們種族的數學和科學研究，比你

們領先了至少一個世紀，當然，這是因為我們一切以目的為導向。我早就說了，人類那種不必要的情感，只不過是婦人之仁而已。」

瘀斑臉說完這一句話，忍不住又乜斜了米雪兒一眼，當然，雖然他的話裡面充滿了諷刺意味，但是他不認為米雪兒能聽懂他引用的「婦人之仁」這個東方成語，這裡面含有一個古老的典故。

凱斯聽見他提到了自己曾用手機作弊時開過的那場網路賭局，也有些臉紅，在那次的賭局之中，他利用賽洛做出來的一個小小外掛程式作弊了，雖然當時他並沒有覺得這一點有什麼不好——至少解決了他的一部分現實問題，但是這些東西從瘀斑臉嘴裡這樣用嘲諷的語調說出來，他多多少少會感覺有些怪異。

「好了，我不想在這些無關緊要的細枝末節上反覆浪費時間，現在來說賭局的規則。你們知道，機率上有一個東西叫作『弱差別原則』，傳統的無差別原則和大數定律認為，先驗機率和隨機現象的大量重複都趨於二分之一，而我們這個種族，則用一種由簡單的『鐘算術』，發展了『鐘數學』原理，得出了不完全相同的結果。」

「還有『鐘算術』這種說法？這個到底是什麼新理論？」費里曼聽到了這個數學理論，頓時感覺有了一些興趣，他忍不住問了瘀斑臉一句，對他而言，新的數學定律能讓他忘記暫時身處危險之中。

「當然，我會解釋這個東西，但是不一定你們能聽懂——如果你們理解不了的話，因為我不知道你們在數學方面的基礎和理解能力怎麼樣，當然，從你們在雪地的表現看，應該不怎麼樣。」瘀斑臉不耐煩地看了費里曼一眼，「別打岔，對於你們這種科技落後的種族而言，有些東西我和你們解釋不清楚，但是如果你們因為不能充分理解規則而輸了的話，我就能擁有新的人形標本了。」

瘀斑臉臉上閃過了一絲期待的神色。

凱斯想起了自己剛才看到的那些所謂的「人形標本」，幾乎有一種作嘔的感覺。

里茲：「那你就當我是個對你所說的領域一竅不通的人，用最簡單的話來說，什麼叫『鐘算術』？」

瘀斑臉：「那好，在一般的算術當中，六加七等於幾？」

格爾搶著回答了一句：「十三。」

「你終於有機會證明你不是傻子了。」瘀斑臉看了格爾一眼，「答對一個這麼簡單的問題，還顯得如此興奮，真是讓人不得不懷疑，你到底是不是一個真正的白痴。」

格爾紅著臉，囁嚅了兩聲，隨即又低下了頭，說真的，瘀斑臉表現出來的種種，都令他有些害怕。

「在『鐘算術』當中，六加七等於一，因為時鐘面上的數字只有十二點，十二點過後就是一點，所以六點鐘加七點鐘是一點鐘，六加七等於一。這是我們古老的東方智慧裡十二時辰的排列，我們的一切科學計算法，都是以這個東西為基礎的。」瘀斑臉解釋著賭局的底層邏輯，雖然他是一個活生生站在凱斯等人面前的人，但是對於凱斯而言，他的聲音比剛才門口的那個機械姬娜迦還要冷漠。

「注意，這裡是六點鐘加七點鐘，而不是六個鐘頭加七個鐘頭。同樣的，用六減七並不等於負一，我們可以想像在鐘面上，將時針從六點倒撥回七點，結果是指在十一點上，也就是說鐘算術的六減七等於十一。」

「一點鐘正式的叫法其實也是十三點，至少在我們西方的計數法裡面是這樣的。」費里曼有些不甘心地看了瘀斑臉一眼。

「這不影響『鐘算術』的原理，就算六點鐘加七點鐘等於十三點鐘，那麼我又問，十六點鐘加八點鐘等於幾點鐘？你不能照這樣說是二十四點，因為人們認為有二十點鐘，超出二十三點又是十二點，或者說是零點。『鐘算術』的十六加八還是等於十二，這只是一種原理。」

「雖然聽起來有一點不合情理，但是我還是可以接受，你又怎樣用這個『鐘算術』得出『弱差別原則』呢？」費里曼顯然聽出了興趣。

「你們總算能問出一個稍微有點水準的問題了，真的不容易。」瘀斑臉的話裡充滿了諷刺的意味，「在一個有限的，十二點也好、二十三點也好的鐘面上，自然得不出『弱差別原則』，但是如果把這個有限的鐘面推廣為無限的鐘面，情況就改變了。這當中包含了十分根本的關於有限和無限、連續和離散，還有實無限和潛無限的一對對數學矛盾，我正是解決了這些基本的數學矛盾，才在無限的鐘面上，運用有限的『鐘算術』原理步驟，最後計算出了『弱差別原則』，得出新的『大數定律』。」

「你要知道，你們的低等族群，使用的還是四代和五代的電腦，而我們這個族群，早就已經升級到第十代了——當然，這些都是我們這個種族經過艱苦的大量複雜的計算和研究，一步步得出來的，能設計這麼完美的規則，我簡直懷疑我們這個族群是神在世間的造物。」瘀斑臉對著他們幾個發出了類似於詩人般的感嘆。

「我們靠著自然與數的神奇巧合，又一次證明了以前無數科學家已經意識到的科學在本質上的簡單、優美、和諧，這本身就像一個孤波。這個結果你也知道了，它恰好符合黃金比例，先驗機率和隨機現象大量重複的極限值不是二分之一，而是二分之根號五點一，也就是約等於 0.618。」瘀斑臉仍舊對凱斯他們重複著自己那種煽情的、詩性的讚美，當他自己表達的時候，他絲毫不會覺得他重複囉唆。

「對數學一竅不通的人，當然也能理解這種使人屏息的簡單到極致的美。」瘀斑臉看了凱斯一眼，「任何一個人透過這樣複雜的手續得出這樣純粹的結果，都會由衷地發出感嘆。」

瘀斑臉看了格爾一眼，那眼神也和看白痴差不多。

「掌握了這個小小的奧祕，就該知道世上為什麼到處都充滿不公平。沃夫岡·包立說：『上帝是一個弱左撇子。』我看上帝不但是一個弱左撇子，還是一個大小眼。你別指望他會給世上所有人一半對一半的平等機會，有的人總是能得到大於一半的 0.618 的機會，有的人只能得到小於一半的 0.382 的機會。」

「我看起來每次都像在對別人打賭，其實不過是我每次都掌握了 0.618 的機會，我和你們的賭局，就是看誰能搶先得到這個 0.618 的機會。當然，這也充分說明了這個世界上，有些先進的種族，天生就要領先於另一些落後的種族。」瘀斑臉看了眾人一眼，用他一貫睥睨眾生的眼神。

瘀斑臉說完，掃視了一下旁邊的空地，按了手上的一個遙控按鈕，這一次地面上冒出來一張玩骨牌的長長的、豪華的桌子，和兩張遙遙相對的椅子。

凱斯本以為這又是虛擬物品，但是瘀斑臉率先挑了桌子一側的一張椅子坐了下來，看樣子這次的東西並不是虛擬的，而是實體的。

「看樣子你是第一個理解這種原理的人，我還真有一點不敢相信。那

好，你先來，我和你先賭一盤怎麼樣？」瘀斑臉看似在詢問費里曼的意見，事實上，他根本就不會在乎凱斯到底是答應還是不答應。

「第一把嘛，咱們可以玩小一點。」瘀斑臉看了費里曼一眼，掏出了手中的電磁捆縛槍，似乎只要費里曼不答應，他就要對著費里曼來一槍。

費里曼看了一眼大門的方向，卻發現正廳的大門緊緊地關閉著，似乎這道門從他們進來就已經自動關閉了。

▎ Chapter 073

「對了，這裡還應該要有一點賭場的氛圍。」瘀斑臉和費里曼相對坐下，瘀斑臉掃了一眼周圍傻站著的幾個人，沒頭沒腦地說了一句。

瘀斑臉又將他那個技術先進的投影機祭了出來，隨意按了幾下，隨著他的動作，整個遊戲別墅之中，突然又多了很多東西。

剛才太空曠反而顯得有一點壓抑的大廳裡，現在突然黑壓壓聚集了許多來來回回走動的人物，一個個西裝筆挺、打著蝴蝶結，並且全是深色的色調，把現場的氣氛搞得像葬禮似的。

這一段在眾人看來，覺得有些像電影裡的場景，唯一不同的是，電影之中的場景是平面的，而瘀斑臉用投影機投影出來的，則是 3D 的。他想，這一段應該是瘀斑臉在哪裡錄下來的，看著現場的情景和往來人群混搭的著裝，里茲覺得有些混亂。

「高級的賭博是一種運動，一種最紳士的運動，比三大紳士運動的檯球、網球和高爾夫球還要紳士——你們說是嗎？」瘀斑臉用他那種特有的、慢悠悠的語調說著，努力想要營造出一種深沉的氛圍來。

凱斯心想，大概是瘀斑臉已經寂寞得太久了，所以才把一個賭博的遊戲搞出這麼多新鮮的花樣來。瘀斑臉還在喋喋不休地宣講著這種賭博遊戲的高雅之處，他卻不由得一點焦躁，他在擔心外面的事情——瘀斑臉已經啟動了他們大本營裡的追捕裝置，相較於瘀斑臉這個種族的科技技術，眼前這個華而不實的賭博遊戲，都像是某種華而不實的兒童把戲一樣。

瘀斑臉欣賞著往來的人群，似乎對自己這一出傑作感到十分滿意。但是沒過多久，他便覺得有些不滿意——主要是他從凱斯等人的臉上，並沒有看到多少驚豔的意味來，這一點令瘀斑臉多少覺得有一點不舒服，他把這一切歸結為凱斯等人看慣了這樣的場景，所以才會對拉斯維加斯沒有多少驚豔的感覺。於是他又重新啟動了自己的高級投影機，將眼前的這些場景，重新換成了東方園林的布景。

凱斯等人再次抬起頭時，眼前的場景已經被置換成了東方的山水園林，凱斯等人隨著眼前桌子，一起被安置到了一個古老陰暗的房間裡，周遭全是

森森的紅光。兩支殷紅的蠟燭跳躍在凱斯等人的身後，將整個房間也映照得紅撲撲的。

「有一點太暗了。」瘀斑臉不滿地看了一眼，「這個屋子裡的家具，至少價值兩億……」凱斯注意到，瘀斑臉這次投影出來的屋子裡，擺放得滿滿當當的，有一張凱斯在中國的恐怖片裡看到的那些檀木床，床前還點著兩根紅蠟燭。這個屋子單看確實有一股陰森森的意味，但是配上瘀斑臉這張有些現代氣息的桌子，又顯得十分滑稽。

凱斯等人知道，這些東西看起來雖然很真實，但其實也都是投影投出來的，真正意義上真實的東西，只有瘀斑臉現在坐的這張桌子。

「可以開始了。」瘀斑臉拉出虛擬的女荷官，看著這些荷官們做著發牌和洗牌的動作。眾人注意到這些女荷官都清一色的著和服，做著清純的日本女郎的打扮，雖然都是虛擬的，但是和真人的區別並不太大。

「這些荷官的動作，和自動發放歌牌的裝置是同步的，遊戲別墅早就把這一切都調整好了，這裡自動化的程度非常高。」

「好了！」瘀斑臉做著最後的宣言總結和慷慨陳詞，「我們今天玩的這個遊戲，是日本流行過的歌牌……」瘀斑臉拿出一付歌牌，在手中模仿著荷官們洗牌的動作。

瘀斑臉將洗好的歌牌扔到了桌面上。桌面上的牌一擺好，凱斯等人就看見荷官分列於歌牌的兩側——凱斯等人知道，這是瘀斑臉打算現場展示這種歌牌的玩法。

「我們今天玩的這種歌牌，是《小倉百人一首》中一百首和歌集製作而成的『小倉百人一首歌留多』，遊戲參與者在聽到讀手讀出讀箚（唱讀牌）上所寫的短歌後，需要迅速找出印有相對短歌之下句的取箚（搶奪牌），速度快、找出取箚多者為勝。」

伴隨著女荷官的介紹，幾人頭頂上的發聲裝置裡，傳來了和歌之中的句子——天地寂寥中，同為可憐人。除卻山櫻外，復誰知我心。

伴隨著發聲裝置唱出和歌的一瞬間，其中一名電子女荷官，將擺放在自己面前的一張牌搶到了手中。另外一名沒有搶到歌牌的女荷官，瞬間化成了一攤血水。米雪兒看見這樣的場景，忍不住皺了皺眉頭。

瘀斑臉按了按手中的遙控器，那灘血水瞬間又消失了。

「可以開始了，挑自己想要的位置坐下來……」瘀斑臉掃了一眼凱斯等人，一半命令一半宣告說著。

凱斯看了這些歌牌一眼，上面畫著密密麻麻的日本文字，凱斯在他爺爺的筆記本裡看到過關於日本文字的記載，他對這個東西並不陌生——因為他爺爺年輕的時候交過一個日本女友，他們曾經在一起玩過這個東西，只是後來他們分手了。

莫斯特伯阿米克降臨之後，凱斯的爺爺將這套歌牌作為遺物保留了下來，小的時候他爺爺就已經帶他認識了這個東西上所寫的所有文字了。

凱斯想到這裡，忽然有一點慶幸，幸好這個瘀斑臉並不會讀心術。他心中冒出了一句古老的諺語：「你所學到的每一樣東西，在生命的某一刻或許都能夠用得上。」

瘀斑臉指揮著電子女荷官，將歌牌一一擺好，接著他做了一個優雅的跪坐動作，像那些日本人物一樣。凱斯蹲下身子摸了摸這些歌牌，發現這些歌牌竟然是真材實料的。凱斯知道，在莫斯特伯阿米克時代，要搞到這些東西並不容易，雖然也不算太難，他開始有一點明白這裡被稱為遊戲別墅的原因了。

隨著這些日本女郎的動作，凱斯看見豪華的綠呢絨檯面大賭桌上，雪亮的巨型罩燈光圈也逐漸亮起。瘀斑臉按下了一個按鈕，眾人看見兩人身側兩端的螢幕上，分別顯示了「一切正常」的字樣。

里茲知道這是瘀斑臉在學那些一切都經過高科技手段檢測、確保沒有任何利用現場設施作弊的可能。

瘀斑臉又按了幾下按鈕，地上升起來一塊榻榻米，桌面瞬間縮小了許多，兩人對坐的時候，中間正好可以擺滿這些歌牌。

瘀斑臉跪坐在榻榻米上，擺出一副老手的姿態。

「我們這裡的技術人員，會對這個牌桌上的每根電路都進行檢查，它的程式保證它在發牌時絕不會造假。」瘀斑臉掃了眾人一眼，又強調了一遍自己不會在玩這個賭博遊戲的時候作弊。

「另外就是，這裡的所有電子自動裝置，在我們的遊戲期間，我全部都切換到了聲控模式，一旦你決定要跟，就再也不能反悔。」瘀斑臉得意地掃了眾人一眼，似乎對自己的這個安排很滿意。

眾人沉默著聽完了瘀斑臉的介紹。

　　「好了，每個人十個籌碼，每局下注不得低於三個籌碼，對家可以自由地選擇自己跟或者不跟，不跟的話，輸了的話，這些籌碼就會輸給我了；贏了的話，只能收回自己的三個籌碼。第二次、第三次下注都不能低於第一次，輸掉了所有籌碼的人，就只能被做成人形標本了。現在就開始吧！」瘀斑臉伸手，示意費里曼可以坐下來了。

　　費里曼看了里茲一眼，坐到了瘀斑臉對面，他知道自己想逃也逃不掉。這個歌牌上的俳句，雖然有自動翻譯成英文的裝置模式，但是要在聽到播報的那一瞬間就搶下一張歌牌，對他這樣一個純正的美國人來講，實在是有一點太難了。

　　「開始！」瘀斑臉打了個響指，盒子裡的女聲開始唱出聲音。伴隨著女聲念出來俳句，瘀斑臉飛快地搶了一張歌牌在手中。

　　費里曼也從中挑了一張歌牌，因為瘀斑臉告訴費里曼，如果念唱俳句結束後三秒鐘，他還沒有挑出那一句歌牌的話，那也算輸了。費里曼看了一眼自己手中的歌牌，臉色開始慢慢變得有些慘白。

　　凱斯仔細聽著瘀斑臉的話，當然，凱斯精通各種賭術，在他進這棟別墅之前，他並沒有想過竟然是這樣的賭博遊戲——有一點類似於小孩子搶糖果。他想，瘀青臉肯定沒有想到，自己還是個嬰兒的時候，就已經把這些俳句的音節和樣子都記下來了，雖然他並不知道這些歌牌的牌面是什麼意思——凱斯打算先看看再說。

　　瘀斑臉按了一下自己手中的按鈕，一個女荷官走上前來，重新將歌牌擺好，現在他和費里曼要進行第二場歌牌的搶奪。

　　女荷官順便用英文報了一遍下注的規則。

　　按照瘀斑臉的規則，第一把雙方必須都下注。剛才遊戲裡自動運輸機器已經把費里曼的那一份籌碼，運到了費里曼身邊。費里曼從中拿出了三個籌碼，放在獎池之中，按照瘀斑臉的說法，這種籌碼一個代表一百萬——雖然凱斯也不知道真的贏了，能不能在這個遊戲別墅裡把籌碼兌換成現金，但是瘀斑臉這樣說，他們也只好這樣聽著。

　　和費里曼一樣，瘀斑臉也在獎池之中放入了三個籌碼。

　　凱斯剛才一直在觀察著瘀斑臉所發的這些歌牌牌面，他看到費里曼拿起

的牌面背後有一些紅色暗花時，內心不由得鬆了一口氣。帶著這種暗色花紋的歌牌，正和他小時候玩過的那些歌牌一模一樣。

　　與此同時，瘀斑臉和費里曼也已經開始了第二輪的歌牌對賭遊戲。「開！」瘀斑臉吩咐了一句，發聲器裡面報出了第二局裡面的俳句：

　　吹くからに秋の草木のしをるれば
　　ふくからにあきのくさきのしおるれば……

　　播報聲音還未落幕，瘀斑臉已從這些歌牌之中，搶出了自己想要的那一張來。

費里曼聽見了發聲器之中那個女聲播報的聲音，但是他覺得自己實在聽不出來這個女聲到底說的是什麼，他對日語實在是一竅不通。

他看見瘀斑臉快速地從面前的歌牌之中，搶出了那張屬於他的戰利品，猶豫了一下，在話音落下之後，才搶出了自己的那一張牌。

費里曼垂頭喪氣地和里茲對視一眼，瘀斑臉採取的是三局兩勝制，從搶歌牌的狀況來看，費里曼覺得自己已經輸了。

「哈哈！」瘀斑臉得意地看了看自己手中搶到的那張歌牌，看了一眼，放在了旁邊。他擺放這張歌牌的動作很輕柔，似乎自己手上攥著的這張歌牌，是他最心愛的玩具一般。

發聲器裡還在播報著第二局第二輪的搶牌規則。按照瘀斑臉這座遊戲別墅裡的搶牌規則，第二輪歌牌的搶牌有三次機會，每一次都可以選擇增加籌碼或者不跟籌碼，在遊戲裡，這樣的做法叫作「抬注」。抬注必須在遊戲開始前進行，賭的就是遊戲參與者的心理素質。

凱斯也凝神聽著剛才的播報，在瘀斑臉搶出牌的那一刻，他就知道瘀斑臉也很熟悉這個遊戲，但是他相信，自己的肌肉記憶比他更快。這類遊戲是人身體本能的反應，瘀斑臉的高科技在這樣的遊戲裡反而用不上。

「和自己記憶裡的歌牌並沒有太多的差別──大概是莫斯特伯阿米克降臨之後，人類以前的很多生產工具都消失了，沒有辦法再繼續推進，所以才保留了原來的玩法。」凱斯在心裡默默想著。

他覺得自己有一點把握了，至少玩法上他很熟悉。當然，凱斯也注意觀察了瘀斑臉在搶牌時的某些表現，他覺得瘀斑臉說得沒錯，他確實沒有作弊，只是運氣更好而已。

「沒關係，第二局你還有兩輪的機會。」瘀斑臉看著費里曼，他的語氣裡藏有一種天真的惡毒。他一邊說話，一邊按下了「繼續」這個按鈕，將獎池之中剛才的六個籌碼，全部都收到了自己的面前。

「有時候，人多學一門語言並沒有什麼壞處，我們這個種族偉大的祖先，繼承和吸收了所有的東方文化，同時也撥出了對應的資金來發展科

技，當然，最重要的是我們總是能及時地淘汰某些垃圾，掃除某種落後的東西。」瘀斑臉板著臉，像是敘述著他們這個種族的某些生存法則。

「把自己種族裡某些嬰幼兒來當食物的種族，也沒什麼好驕傲的。」米雪兒在心裡腹誹，當然她也只敢在心中腹誹一兩句，玩過了瘀斑臉的科技手段後，她也無法將自己想到的東西說出來。

「好了，廢話少說，我們開始吧！」瘀斑臉吩咐著幾名電子女荷官。

「是！」女荷官應了一句，發聲器也重啟到和歌播報的頻道。

伴隨著瘀斑臉的話，女荷官又一次將兩人面前的歌牌分別擺好。瘀斑臉和費里曼又各自放了三個籌碼在獎池之中，費里曼身畔的桌子上還放著四個籌碼，按照瘀斑臉的規定，第三局他必須把所有的籌碼都下到獎池之中，如果這一輪他再輸的話，就意味著他沒有任何翻本的機會了。

雲がくれにし夜半の月かな……

電子發聲器之中，悠揚的播報聲再次傳來。眾人都緊張地盯著費里曼的動作，害怕他這次又拿錯了擺在自己面前的歌牌。

瘀斑臉已經連贏了兩輪了，這一輪，他不僅要搶自己面前的那張歌牌，還要搶奪瘀斑臉那一方的，兩張都拿到後，費里曼才能將獎池之中的籌碼全部贏過來。

雖然里茲不抱希望，但是他還是緊張地看著費里曼，其他人也是如此。說實話，雖然他們和費里曼也不算特別熟悉，但是費里曼畢竟和他們是同類，他們也會本能地為費里曼感到擔心，尤其是在看到瘀斑臉那個關於「人形標本」的畫面之後。

播報聲剛落，費里曼搶先伸手去拿其中的一張歌牌，同時又迅速地從瘀斑臉那邊抓取了一張歌牌。

與此同時，瘀斑臉也搶出了自兩張歌牌，隨著兩人動作的結束，發聲器之中的播報也已經停止，瘀斑臉似乎迫不及待地舉起了自己手中的那兩張歌牌。

「看樣子我的人形標本庫裡又要增加新的材料了，說實話，好久都沒有人和我一起玩了，我都有一點捨不得這麼快就把你做成人形標本。但是我

這個人從來都不會作弊，也不會說話不算話，那就這樣吧！」瘀斑臉一邊說著，一邊上下打量著費里曼，似乎在思考自己應該從哪裡下手，改造費里曼為人形標本比較好。

眾人聽見他的這句話，向上望向兩人桌臺上方的四面體螢幕。果然，瘀斑臉搶到的兩張才是正確的歌牌，這下子，第二局第三輪不用再比了，費里曼手中的三個籌碼，又全部都成為瘀斑臉的了。

瘀斑臉看著費里曼面如死灰的樣子，顯得十分興奮，他再次滔滔不絕地將自己一開始制定搶歌牌的「鐘理論」說了一遍。

凱斯兩眼望天，裝著對瘀斑臉的說辭不感興趣的樣子，他不能這麼快就讓瘀斑臉知道自己認知歌牌上的日文，甚至……他還有一項從他爺爺那裡學會的殺手鐧，他要沉住氣才行。

瘀斑臉的賭局裡，採用的是三局兩勝制，贏家就像他剛才介紹的「鐘理論」裡的機率一樣，有 61.8% 的勝率，而輸家就是 38.2% 的勝率，反正這些數字凱斯也記得不是很清楚，但是他對賭局的規則一直都是十分清晰的。這種賭博既賭人的運氣，又賭人的膽量，當然膽子大或者膽子小的人，可能最終都會吃虧，這就要靠自己的判斷了。

費里曼呆呆地看著瘀斑臉將自己的三個籌碼再次收走，他覺得自己已經麻木了，反正瘀斑臉說的那些東西，他一句也聽不懂。他現在就像一個陪著瘀斑臉玩耍的工具人一樣，任由瘀斑臉擺布，反正最後的贏家都是瘀斑臉。

凱斯也不知道瘀斑臉在這樣必勝的賭局裡，玩起來有什麼意思，他差一點就想要開口詢問瘀斑臉了。

就在凱斯想到這一點的同時，里茲已經問出口了。

「這種你必勝的賭局，賭起來還有什麼意思？」里茲冷冷地看了瘀斑臉一眼。

「我說過，賭博遊戲嘛！也是一種優勝劣敗的遊戲，如果你們沒有吸收古老的東方文明，不會玩這種歌牌遊戲，那你們被淘汰也是理所當然的。」瘀斑臉像個耍賴的孩子一樣看著里茲，但是他說話的語調卻十分冷酷。

「別說這麼多了，沒用的！趕快開始第三局。進入了遊戲別墅，只要遊戲開始了，誰也不能提前下這個賭桌，更不能賴帳，否則娜迦會透過電子網路，對賴帳者發布追殺令，用遊戲別墅抽成的錢，來支付殺人的賞金。」瘀

斑臉又冷冷地威脅了眾人一次。

雖然他說得很輕佻，但是凱斯相信，這的確是這個遊戲別墅設計者能做到的事情。

女荷官的播報聲打破了眾人之間尷尬的氣氛，兩名和服電子姬將歌牌在費里曼和瘀斑臉面前重新擺好。

按照電子設備之中預先由瘀斑臉輸入的下注規則來看，這一把，費里曼可以自己選擇跟或者不跟。如果費里曼不跟，他就可以拖到第三局第二輪，或許還有贏的機會，如果他跟的話，第一輪輸了，費里曼的十個籌碼就全部都沒有了。

這一局，對費里曼本人而言，是關鍵的一局。

瘀斑臉拿起了自己的四個籌碼，在手中拋來拋去，得意地望著費里曼，目光之中帶著某種挑釁的感覺。

凱斯很清楚，這是一種賭博的心理戰術，對手有時候會釋放出各式各樣不同的信號來迷惑對方，但是真正的情況只能靠費里曼自己來判斷。

「不跟。」費里曼看著瘀斑臉眉飛色舞的樣子，似乎在大腦之中分析了很久，終於說出了這句話。

眾人雖然不知道這一局的結果到底怎麼樣，但聽見費里曼這句話，大家都鬆了一口氣。費里曼選擇不跟，就表示他還沒有完全放棄自己，他還想著能在這場必輸的賭局之中翻本。

當然，雖然他們也猜想費里曼有萬分之一的可能會贏，而瘀斑臉很有可能是在耍花招，但是根據他們和瘀斑臉這一路接觸下來，他們能感覺到瘀斑臉有一種瞧不起他們的自傲感。似乎這個種族天生就更加冷漠理性，他們按照食物鏈上的規則行事，瘀斑臉雖然還沒有完全成為他們這個種族的「長老」人物，但是這樣的特質卻已經表現出來了。

系統接收到了費里曼的信號，自動選擇了退還費里曼的四個籌碼，這就意味著費里曼即使在這一輪贏了，也不會有籌碼進帳，如果費里曼在這一局繼續跟注，他就會輸掉自己最後的四個籌碼。而他不跟注，至少還能拖到第三局的第二輪。一旦費里曼跟注跟輸了的話，他連翻本的機會也沒有了。

「開局。」瘀斑臉吩咐了幾個投影機投出來的和服女郎一句。這些和服女郎對著瘀斑臉恭恭敬敬地行了個禮，然後才走到了桌邊，恭恭敬敬地幫雙

方重新把面前的歌牌擺好。

わびぬれば今はた同じ難波なる
わびぬればいまはたおなじなにわなる

　　發聲器之中，悠揚的女聲播報再次響了起來。費里曼聽到中間，便伸手去抓自己面前的歌牌。現在莊家重新回到費里曼身上，只要他抓對了歌牌，這一把就算他贏了。
　　隨著播報聲的止歇，瘀斑臉也拿起來自己面前的那張歌牌，凱斯等人抬頭，螢幕上已經顯示出兩人歌牌的牌面。
　　「不是吧！」里茲哀號了一聲，他沒有想到，這一次費里曼選擇的牌面竟然是對的，這也就意味著，費里曼白白地放過了贏回三個籌碼的機會。
　　「嗽呵！又輪到我坐莊了！」瘀斑臉高興地說了一句，將自己手中的四個籌碼推向了獎池之中。費里曼與里茲對視一眼，莊家下了四個籌碼的注到獎池之中，意味著費里曼也必須下注四個籌碼，這樣一來，如果費里曼輸了的話，他手中就連一個籌碼也沒有了。

Chapter 075

　　眾人遺憾地驚呼了一聲。如果費里曼剛才跟注，就能贏回來三個籌碼，這樣的話，即使他剩下的兩輪輸掉，也還能剩下一個籌碼，不至於把莊家下注的主動權轉給瘀斑臉。只可惜費里曼剛才真的被瘀斑臉嚇住了，他沒有跟注，不然的話，就能將剛才輸給瘀斑臉的三個籌碼贏回來了。

　　現在，不管瘀斑臉下注多少，費里曼都得跟注了。

　　格爾看著獎池裡的三個籌碼，忍不住為費里曼感到可惜，現在瘀斑臉的三個籌碼只能留在獎池之中，作為下一輪的賭注了。

　　「第三局。」瘀斑臉得意地看了幾個人一眼，似乎對自己騙到了費里曼感到十分驕傲，眾人看到他的眼神裡還有全身上下，都透露出一股興奮勁兒來。

　　現在輪到瘀斑臉下注。他是莊家，這一局之中，無論他下多少，費里曼都非跟不可，如果這局瘀斑臉贏了，費里曼就連翻盤得機會都沒有了。瘀斑臉看了看費里曼面前的四個籌碼，不懷好意地咯咯笑了兩聲，將自己面前的幾個籌碼全部都推入了獎池之中。

　　費里曼輕輕將自己手上的四個籌碼推入到了獎池之中，現在這種情況，他早已經沒有其他選擇了。瘀斑臉看著費里曼推入獎池的四個籌碼，輕輕拉了拉嘴角，彷彿已經看到了費里曼的結局。

　　「繼續。」瘀斑臉吩咐了一句，幾名電子女荷官立刻恭恭敬敬地將兩人面前的歌牌擺好。

　　凱斯看著這些女荷官的動作。剛才幾場比賽下來，他已經將這些牌面全部都記下來了。他想知道，在瘀斑臉設定的這種雙人局裡面有多少張牌，自己要怎麼樣才能將損失減少到最低——畢竟，按照瘀斑臉的規則，三局裡面更多的是運氣成分居多。

　　他首先要保證自己不輸，然後再想贏的事。雖然他已記住背所有的歌牌，但是他和瘀斑臉對賭局的需求不一樣，瘀斑臉只要不輸就行，而他要帶著眾人出去的話，就必須得贏。

築波嶺の峰より落つるみなの川
つくばねのみねよりおつるみなのがわ

　悠揚的女聲再次從電子發聲器之中傳了出來。這次話音剛落，費里曼就已經搶到了一張歌牌，而瘀斑臉等女聲報完了整句和歌，才緩緩挑出了屬於自己的那張歌牌。

　眾人緊張地看著瘀斑臉與費里曼兩人的動作，這一局，是兩人成敗的關鍵局。

　螢幕上顯示出了這個賭局的結果，其實在播報器聲音剛落的時候，凱斯就已經知道結果了。

　瘀斑臉贏了。費里曼不懂日文，他完全沒有招架之力，這幾乎是一場必輸的賭局。瘀斑臉已經迫不及待地將費里曼面前的四個籌碼收了起來，而費里曼則是面如死灰地跌坐在原地。

　幾個人看了看費里曼，又看了看這個瘀斑臉，按照瘀斑臉剛才的規則，決勝局裡面，贏家必須下夠對家全部的籌碼，輸家也必須將自己剩餘的籌碼全部下進去，這一局決定了兩人最終誰是勝利者。

　只不過，如果這是拉斯維加斯裡正常的賭局，只要費里曼有錢的話，他可以重新兌換籌碼，來賭桌前繼續翻本，而在瘀斑臉規定的賭局裡，費里曼只能擁有十個籌碼，一旦這十個籌碼全部輸光了，費里曼就再也沒有任何翻本的機會了。

　「看樣子，我的人形標本庫裡又能增加一個新樣式了。」瘀斑臉一邊說著，一邊準備按下電子捆索槍上的按鈕。

　費里曼面如土色，里茲則是一副準備撲上來和瘀斑臉拚命的架勢，凱莉的手已經悄悄摸上了自己藏在靴子之中的匕首，但是高個兒男人看了看凱莉，凱莉又將自己的手訕訕地收了回來。

　說實話，現在和瘀斑臉打架，確實不是什麼明智之舉。

　「好了，你可以滾下桌子了，別影響我跟下一個人開局。」瘀斑臉看了費里曼一眼，準備毫不留情地將他趕走。

　「你們想要賴可不行，在這個遊戲別墅裡，只要是參與了我這個歌牌的遊戲，任何人都不能賴帳，否則我和娜迦會追殺你們到天涯海角，因

為⋯⋯」瘀斑故意拉長聲調，「因為你們破壞了娜迦的規則，還想賴我的賭帳。」

「誰說我們耍賴了，你的賭局不是還沒結束嗎？」凱斯挑了挑眉，看了瘀斑臉一眼。

眼前的形勢，他不得不說話，他知道瘀斑臉並不會通融什麼，只要他說出來的那些話，他就一定會去做。

「不錯！」瘀斑臉看凱斯擺出一副胸有成竹的姿態，頓時瞇起他那泛著黃色的眼珠，裡面閃動著一絲興奮又狡黠的光芒。

「把我的十個籌碼給我，如果第二場開始了的話，我想和你賭兩把。」凱斯看著瘀斑臉，淡淡地了一句。

他看完了三局，已經徹底明白瘀斑臉的歌牌手法——但是他現在不能再等了，他必須贏過瘀斑臉，如果現在換成是其他新手下場來打的話，自己一會兒要把那十個籌碼贏回來就更難。他雖然知道這些歌牌的全部牌面，但是具體到實際操作的層面，他也要試過才知道。但是凱斯覺得，自己在氣勢上不能輸。

「給他。」瘀斑臉吩咐著凱斯身邊一個托盤機器人。

「如你所願。」機器人答了一句，手中的托盤上立刻自動輸送了十個新的籌碼。

「啊哈！迫不及待地想給我的標本庫再加一個新的標本了。」瘀斑臉看著凱斯，不懷好意地說了一句。

凱斯：「你才是最會耍賴的！在你制定的遊戲規則裡，誰能夠贏你？你這樣賭，沒有公平可言。你希望我輸掉全部的籌碼，使我在接下來的這次賭局中，按規則變為輸家，成為你的人形標本，然後你還是很空虛，因為在那之後，沒有人會繼續和你玩了。」

「我可不在乎垃圾們怎麼想，只要我開心就行。」瘀斑臉得意地吹了一聲口哨。

「你憑什麼這麼有自信，覺得我一定會輸？」凱斯看著瘀斑臉，似乎對他的自信有一點不屑，「我倒是認為，如果一個人設下的賭局裡，他自己總是贏，不會有什麼意思，而且，一個人總是設定自己贏，是因為他輸不起。」

「你才輸不起！我設定賭博規則，因為這是我的賭局，沒有人能在我的賭局裡贏過我。」凱斯的態度很顯然惹怒了瘀斑臉。

「可惜這次你很有可能輸了。」凱斯看著瘀斑臉，盡量用冷靜的語氣說著。

「不可能！」瘀斑臉忍不住爆了一句粗口，「你他媽的不可能在我的賭局裡贏過我！」

「如果我用我的籌碼贏了你現在手上的二十個籌碼，你不就輸了嗎？」凱斯一邊說，一邊將手中的三個籌碼丟在桌子上的獎池之中，「你說過，一個人只能擁有十個籌碼，只要全部輸掉了，就再也沒有翻本的機會了。」

瘀斑臉掃了凱斯剛剛推進獎池之中的三個籌碼一眼，不屑地撇了撇嘴：「第一局就把你這三個籌碼贏過來，不過才三個籌碼而已。」

凱斯：「不錯，只是三個籌碼，但是這一局，你這三個籌碼是我的。所以下一局，我要跟十個籌碼的注，那樣就能把剛才那個蠢蛋輸給你的十個籌碼，全部都贏回來了。」

費里曼和里茲聽到凱斯這句頗有英雄氣概的話，一瞬間對凱斯這個人簡直要崇拜到五體投地的地步了。

這一次瘀斑臉卻沒有笑，只是冷冷地盯著凱斯：「你在開玩笑？」

凱斯：「一點也不好笑。因為我會在這次賭局中每一把開牌都贏你，也就是說，我不會輸給你，所以只需要三個籌碼在第一局裡下注就夠了。剩下的牌局，我都會用贏過來的籌碼下注，而我自己的這十個籌碼都不需要動用。一旦我贏了剛才那十個籌碼，就能換回他的命……」凱斯看了費里曼一眼，「不是嗎？」

瘀斑臉臉色發青，突然站起身來，向身邊投影出來的和服女郎的電子設備系統之中，輸入了一條指令。眾人看著瘀斑臉奇怪的動作，都默默不語，只不過這個瘀斑臉的臉色本來就被染成了瘀青，所以看在眾人眼中，現在顯得更青了。

和服女郎走到了凱斯身邊，用特有的電子掃描器將凱斯掃描了一遍，似乎是在確定凱斯身上到底有沒有作弊的裝置。

「在我的遊戲別墅裡，任何人都不允許作弊。」瘀斑臉看著凱斯，發出了一句刻板的警告。

　　凱斯：「我沒有說過要作弊，當然，如果你願意，我甚至還可以賭得大一點，這樣，你這個遊戲才會顯得更加好玩一些，你說是嗎？」凱斯拿起了手邊的一個籌碼，似乎在觀察著這個籌碼的某些部分似的。

　　「怎麼樣賭得更大？」瘀斑臉將信將疑地看了凱斯一眼。凱斯胸有成竹的表情令他有些不安，畢竟在此之前，他一直都覺得自己才是局勢的掌控者，現在突然被凱斯影響了自己的情緒，令瘀斑臉有些不安。

　　「既然是玩賭博的遊戲，當然是賭得越大越好。」凱斯引誘著瘀斑臉。

　　「怎麼賭得更大？」瘀斑臉雖然在心中提醒自己，凱斯現在只是在玩弄著某種心理戰術，但是他卻還是忍不住上鉤。

　　「為了避免我們作弊，我還有一個提議。」凱斯看了瘀斑臉一眼。

　　「什麼提議？」瘀斑臉雖然知道凱斯可能是用了某些激將法，但是還是忍不住發問。

　「現在我有十個籌碼，你有二十個，但是這個東西畢竟不能兌換成現金——說穿了，這像是某種小孩子的把戲。」凱斯一邊說，一邊將手中的籌碼扔回到了機器人手中的托盤裡。

　「這不是小孩子的把戲！」凱斯的說辭很明顯激怒了瘀斑臉，他似乎特別反感別人稱他為小孩子這件事。

　「如果這個規則只能由你來制定的話，那這就是一種小孩子的把戲而已。」凱斯故意挑了挑眉。

　他知道，瘀斑臉這個種族很理智，即使在玩遊戲的時候，他們也會考慮一套對自己來說最優的方案，他應該不是個容易受激將的人。凱斯有一點緊張，但是他知道，自己現在一定不能將這種情緒表露出來，他在等瘀斑臉接受自己的提議。

　就連一直冷漠的凱莉，看到現在這樣的情景，都覺得有一點吃驚，大家似乎都覺得凱斯有一點反常。和凱斯想的一樣，沒有人搭腔，他們對這件事的反應更多的是驚訝。

　時間一分一秒過去了，依然沒有人說話。

　瘀斑臉沉默著，似乎在斟酌著凱斯的提議，他在飛快地分析著凱斯的心理。他甚至掃了一眼站在一旁的眾人，在他的認知裡，這幫美國佬，即使再加上凱莉，和這個看起來有一點像法國人的高個兒男人，對歌牌這個東西的認知，應該都和外星人差不多，他們不可能像他這個種族那樣，精通古老的日本文化，更不會知道和歌的真正含義。

　「你瘋了嗎？」米雪兒聽完凱斯說的話，忍不住擔心地問了凱斯一句。

　「男人說話女人最好不要插嘴。」瘀斑臉冷冷地看了米雪兒一眼，似乎在認真斟酌凱斯的提議。

　「怎麼樣，不敢了嗎？」凱斯看著瘀斑臉，又挑釁地問了一句，「還是說，你這裡的這些裝置可以作弊，永遠只能判定我們為輸家，你是贏家？你這樣玩，是因為不相信自己的歌牌技術嗎？」凱斯淡笑著看了瘀斑臉一眼。

　「我剛才說過了，我們這裡的技術人員，會對這個牌桌上的每根電路都

進行檢查，它的程式保證了它在發牌時絕不會造假。這些規則都是預先設定好的，不可能臨時更改，那樣會花費很多時間⋯⋯當然，這裡面的科學原理也不是你們這些跳梁小丑可以理解的。」

瘀斑臉用他那一貫不屑的語氣說著：「此外，只要這個命令透過聲控輸入，作為我們這次賭局籌碼的話，那你想反悔也是不可能的了。」瘀斑臉看著凱斯，但是眼神之中卻沒有打量費里曼的那種不屑。他似乎本能地感覺到，在賭博方面，凱斯不是費里曼那樣的菜鳥，非但不是菜鳥，他似乎還是個久經沙場的老手。

他們不是意氣用事的種族，他本能地不想答應凱斯的提議，雖然他不知道凱斯用了什麼樣的方法，顯得如此志得意滿。

「我是無所謂的，如果你害怕，你也可以不用設定這一條新規則，反正我贏你面前的籌碼，你就不得不放我們離開了。你說過，你從來都不會賴帳的。」凱斯看著瘀斑臉，平靜地說。

「那是當然的！沒有人可以在遊戲別墅裡賴帳。」瘀斑臉自信地回覆了一句。

「那你不敢輸入這個指令，就是害怕了。嘿嘿！你也明白，真正的賭博，需要的就是刺激。如果籌碼不夠大，或者說，這件事不夠刺激的話，那就太不好玩了。我也不喜歡我的同伴變成你的人形標本，所以，我會把你手上的那十個籌碼，在第二把就贏回來的。看來你是害怕了。」凱斯繼續挑釁地說著。

「對了，你剛才說過什麼叫『鐘演算法』，你說你們這個種族掌握著61.8％的機會。別人我不知道，但是對於我而言，賭桌上只分百分之百和零次的機會，而我拿著這手牌，這對於我來說就相當於百分之百。你知道自己百分之百要輸，所以我拿命來跟你賭你都不敢賭了？」

瘀斑臉被凱斯挑釁得雙眼直冒火，這是他今晚以來第一次有了被羞辱的感覺。

「凱斯・史密斯，你可以侮辱我的智力，但不能侮辱一門科學。鐘演算法的0.618，是說我三局裡面能夠贏你兩局，這是一種科學的統計規律，在賭桌上，沒有人敢說機率等於百分之百。」

「別說我用鐘演算法有61.8％的機會，就算我只有38.2％的機會，也絕

不可能一把都贏不了你，你只需要輸一次就夠了。這是你自己非要找死，不是我逼你的，你想變成人形標本，那我一定把你刻得漂亮一點。」瘀斑臉一邊咬牙切齒的說著，一邊在賭桌邊坐下。

「很好。」凱斯像瘀斑臉剛才讚賞費里曼那樣，讚賞了瘀斑臉一句。

「輸入指令……」瘀斑臉啟動了自動賭桌上的輸入裝置，將凱斯剛才和自己談判的賭本獎勵輸入了進去。

隨著瘀斑臉指令輸入結束，兩人所坐的椅子發出了「匡匡」的聲響，緊接著便有電流流動，似乎已經接通了電源。

瘀斑臉又發出了一條指令，現場和服女郎作為裁決方的技術人員，仔細檢查了凱斯和瘀斑臉兩個人所坐的電椅，證實了這兩張椅子是否已經通電，並且沒有什麼其他其他的機關。凱斯坐上了電椅，用電帶扣住雙腳，另一邊的瘀斑臉也學著凱斯的樣子，將自己的雙腳用電帶扣住。

瘀斑臉做這一切，幾乎是一氣呵成的，但是在他做完的那一剎那，卻有一點後悔了——他後悔自己為什麼把凱斯提議的這個指令，輸入到遊戲別墅的設定程式裡，一旦他輸了，這條指令就必須執行，否則他就再也不能進遊戲別墅玩遊戲了。

在這個別墅裡，沒有人能賴帳——他知道，娜迦會透過網路發布追殺令，追殺所有賴帳的人，直到他們把欠下的賭債還完為止。

現場的人都沒想到事情竟然會演變成這樣，他們對於即將發生的場面有些擔憂。格爾直接背過身去，他剛才已經意識到了瘀斑臉種種的厲害之處，格爾並不相信凱斯能有贏過他的運氣——但是圍觀的費里曼與里茲，甚至包括米雪兒在等待著，儘管他們心裡都充滿種種猜測、疑慮，米雪兒甚至認為凱斯是真的是活得不耐煩了。

但事已至此，他們心裡仍然殘存著那百分之二、三十的希望，覺得凱斯能贏，至少從目前凱斯的表現來看，他的確像一個老手。他們強迫自己看下去，為了那百分之二、三十的希望。

隨著開局的聲響，和服女郎又重複了剛才的那個發牌動作，將所有的歌牌牌面一一在凱斯與瘀斑臉面前擺好。

伴隨著瘀斑臉的指令，發聲器裡發出了「哧嚓」的對接聲，費里曼、里茲、米雪兒和格爾同時屏住了呼吸，高個兒男人和凱莉的眼神也被吸引了

過來。

「準備開始。」電子發聲器之中傳來了溫柔的日語播報，凱斯並沒有聽懂這句話的意思，老實說，他也並不懂日語，他敢這樣做，純粹是一種心理戰術。他背誦下來的，只是這些歌牌的牌面和樣子而已，至於這其中是什麼意思，他實在是不知道。

現場陷入了一種氛圍詭異的沉默之中，只有機器人荷官刻板而無生氣的聲音不時響起。

「莊家先下注。」和服女郎面無表情地發出了指令。

凱斯和瘀斑臉的第一次賭局和費里曼一樣，只有第二把賭局上才會抬注，第一把完全是莊家占據主動權。因為剛才瘀斑臉贏了費里曼，所以這一把的莊家自動輪換為凱斯，凱斯下注多少籌碼，直接決定了瘀斑臉必須跟注多少籌碼，沒有退縮的餘地。

凱斯看了看瘀斑臉，直接向獎池之中投入了十個籌碼。

眾人疑惑不解地看著凱斯的動作，看著兩人上方的螢幕上寫著「莊家獎池籌碼總計為十」的字樣，都有些疑惑不解，尤其是米雪兒，她簡直要懷疑凱斯的腦袋秀逗了。

瘀斑臉看著凱斯直接向獎池之中投入十個籌碼，臉色也變了，眾人將目光轉向瘀斑臉，發現瘀斑臉的臉色更青了些。

莊家投入十個籌碼，這意味著瘀斑臉也要投入十個籌碼才行。瘀斑臉看了凱斯一眼，似乎和米雪兒一樣，也在判斷凱斯是在故弄玄虛，還是真的胸有成竹。

「我可以給你一個反悔的機會，讓你仔細想想是不是下注下錯了。」瘀斑臉冷冷地看了凱斯一眼，從自己的二十個籌碼之中取出十個，卻並沒有投入獎池之中。

「不用想，我沒有下錯。」凱斯冷冷地回敬了瘀斑臉一句，「我要一次把剛才費里曼輸掉的籌碼贏回來，然後再把你手上的籌碼贏光。」凱斯挑了挑眉，輕描淡寫地說出了這句話。

「看你一會兒怎麼死的！」瘀斑臉聽完凱斯這句話也有些生氣，隨即將自己手上的二十個籌碼一口氣投入了獎池之中。

眾人抬頭，看見頭頂上方的螢幕上顯示籌碼數為「二十」的字樣。

凱莉與高個兒男人對視一眼，凱斯現在的做法令他們倆有些詫異，只不過他們與凱斯的關係並沒有其他人那麼近，所以也沒有顯出其他人那樣大驚小怪的情緒來。兩人從對方的眼神之中看到了一絲好奇。

　　伴隨著發聲器之中傳來的「哢嚓」一聲輕響，女荷官已經將凱斯和瘀斑臉面前的歌牌一一擺好。

　　「準備開始。」發聲器之中傳來機械的英語播報。

　　眾人緊張得摒住呼吸，凱斯反而冷靜了下來。他覺得越是到了這個時刻，越是需要冷靜，對於這些東西，尤其是自己已經坐上了賭桌開始賭的時候。他很瞭解這種東方的心理戰術，他現在的做法也讓瘀斑臉感到了壓力，他想要贏，而瘀斑臉卻不能輸。從這樣的博弈成本來看，瘀斑臉孤注一擲的勇氣，並不比他來得更大。

　　凱斯盯著瘀斑臉，盡量讓自己看起來沒有那麼緊張。

■ Chapter 077

　　瘀斑臉這個種族，在冷靜方面的確比人類要有優勢，凱斯看著瘀斑臉的樣子，他似乎已經冷靜下來了，正在專注自己眼前的歌牌，他似乎也在擔心，害怕自己這一局沒有什麼優勢。

　　里茲看了一眼，即使凱斯剛才贏了，他也不過是保住了費里曼的命而已，而這一輪裡他還要連續贏下去，這樣才能真正贏過瘀斑臉，所以接下來的這一局才至關重要。

　　花の色はうつりにけりないたづらに
　　はなのいろはうつりにけりないたずらに
　　わが身世にふるながめせしまに
　　わがみよにふるながめせしまに

　　電子發聲器之中的女聲報出了一串和歌，大概是因為這一局下注太高，所以要連搶四張歌牌才能決出勝負。

　　凱斯飛快地從面前擺放的歌牌之中選出了四張，老實說，這個電子發聲器報出第一聲的時候，他就已經知道這些歌牌到底是哪一張了。但是到了這個時候，他也難免會有一點緊張，幾乎是用搶的手速，從中挑出了那幾張正確的歌牌花色來。

　　與此同時，瘀斑臉也選出了自己面前的歌牌，眾人緊張地抬頭，發現發聲器之中的播報聲還沒有完。

　　凱斯與瘀斑臉擺好了歌牌，兩人都冷冷地看著對方，想要從對方臉上找出一點恐懼的神情來。

　　隨著電子發聲器播報結束，兩人上方的電子螢幕上，終於顯示出了「本局遊戲結束」的字樣。

　　電子女荷官走到兩人身邊，分別檢查著凱斯和瘀斑臉兩人搶出來的歌牌花色。眾人焦急地等待著結果，尤其是費里曼。這一局關係著他的生死，讓他覺得比大考還要緊張，至少大考並不要命，而且他還可以重來。

米雪兒、凱莉和高個兒男人則是另外一番想法，如果凱斯這一局贏了的話，無疑會給瘀斑臉造成很大的打擊，這樣的話，接下來瘀斑臉可能會因為心理波動而犯錯，只要瘀斑臉犯錯的話，他們就有機會逃走了。

　　「本輪結果，凱斯‧史密斯勝出！」身著和服的電子女荷官搶先報出了結果，眾人隨即看見凱斯勝出的消息，顯示在他頭頂上方的機器螢幕上。

　　「Yes！」格爾與里茲擊了一下掌，兩人都對這個結果感到由衷的高興和難以置信。

　　米雪兒激動地大叫起來，誇張地跑到凱斯身邊，圍著凱斯左看右看，似乎想看看他有什麼魔力能贏了瘀斑臉。

　　格爾聽見結果，激動地跑到凱斯身邊，欣賞著凱斯面前的幾張歌牌，像撫摸情人一樣，拈在手中反覆地查看欣賞。

　　「你怎麼做到的？」格爾顫抖著聲音問凱斯了，眾人聽著格爾激動的聲音，不知道他是在哭還是在笑。

　　「我不同意！這個傢伙在作弊！」瘀斑臉惱怒地將自己手上搶出來的幾張歌牌摔在桌子上。

　　「沒有人能在遊戲別墅裡作弊，所有的遊戲規則都在比賽之前，已經全部作為指令輸入到了電子編碼器之中，在遊戲別墅之中作弊的人，將受到娜迦最嚴厲地懲罰。」電子女荷官聽到了瘀斑臉的抱怨，大概觸發了他們的某些機制，因此電子女荷官又開始機械地將自己程式之中設定的規則播報了一遍。

　　「我要確認！」瘀斑臉大聲叫道。電子女荷官調整了一下幾個人頭頂上的顯示器，顯示器之中用四倍速飛快地播放了剛才兩人搶歌牌的畫面，畫面在凱斯取回歌牌的那一刻定格。

　　電子女荷官用機械的聲音播報：「據防作弊的電子監控設備顯示，凱斯‧史密斯先生在取歌牌的時候，比您要快十秒鐘。根據遊戲規則規定，在雙方牌面均正確的情況下，先取牌者勝。」電子女荷官又將規則宣讀了一遍。

　　這下子，輪到瘀斑臉洩氣地靠在椅子上了。

　　「怎麼，輸不起了嗎？我說過的，在沒有賭完之前，就不要說你的人形標本庫中增加了新的標本。」凱斯笑了笑，語氣淡淡地說了一句。

他已經贏了，就沒有必要再激怒瘀斑臉了，對於他而言，現在的每一步都在自己的預期當中。瘀斑臉這個種族雖然十分理智，可是以凱斯對人性的瞭解，他相信，再理智的人，在面對賭博的時候，也很難保持絕對的理性狀態。當然，這種洞察力來自他的偵探生涯，卻沒有想到自己竟然用在了賭桌上。

費里曼聽著電子女荷官的話，才終於相信自己是真的贏了，他看著獎池之中的自動裝置，將十個籌碼自動歸類到凱斯這一邊，也高興得大叫起來。

「是否要開始第二局第一輪？」電子女荷官望著沉默的瘀斑臉，又看了看凱斯，不知道自己是否應該繼續。

「繼續！我就不相信，你每一把都有這麼好的運氣！」瘀斑臉幾乎是有些歇斯底里地大叫了起來。

「收到。」電子女荷官依然用她機械地聲音回應著，將兩副歌牌在凱斯和瘀斑臉面前一一擺好。

這一輪是瘀斑臉坐莊。也就是不管瘀斑臉下注多少籌碼，凱斯也得跟注多少籌碼，只有在第二局第二輪的時候，凱斯才有資格選擇跟注或者不跟注。

電子女荷官的話，重新令幾個人緊張起來，他們覺得自己高興得有一點太早了，凱斯雖然贏了第一局，但也只不過是將瘀斑臉剛才贏費里曼的那些籌碼贏回來了而已，凱斯自己和瘀斑臉的賭局才剛剛開始，到底能不能贏，依然還不可而知。

發聲器裡又傳來了「哢嚓」的聲響，似乎是在提醒著凱斯和瘀斑臉下注。瘀斑臉的雙眼一直盯著凱斯，聽見發聲器提醒的聲音，瘀斑臉從自己手邊的盒子中取出了三個籌碼，輕輕地丟入獎池之中。

凱斯看見瘀斑臉的動作，笑了笑，也從自己手邊的籌碼盤之中取出了三個籌碼，丟入獎池之中。

凱斯的笑容令瘀斑臉很不舒服，他一直都覺得自己才是那個掌控全域的人，但是現在很顯然他有一點被凱斯牽著鼻子走了，他只敢下注三個籌碼，就能說明一切。但是瘀斑臉畢竟不是那種會在賭博上紅眼的人，他覺得，三個籌碼已經足夠他試出凱斯真正的虛實了。他不相信凱斯這種美國人會比自己還要瞭解東方文化，更熟悉日本的這種歌牌體系。

眾人焦急地等待著第二次歌牌的播報發聲。

如果這次凱斯仍然贏了的話，無疑會給瘀斑臉造成很大的心理壓力，瘀斑臉會認為運氣在凱斯那邊，或許這樣第二局第二輪的時候，他或許就不敢再繼續跟注了。

但若不管他第二局的這三輪之中如何保守，拖到第三局，輪到凱斯坐莊的話，那不管瘀斑臉敢不敢，他都必須和凱斯跟注同樣的籌碼，所以這一把對兩人來說都至關重要，將直接決定心理天平向誰傾斜。

凱斯額頭上也有一些冷汗，他知道第一局的輸贏很關鍵，賭博有時候不光是賭技的高低，還需要從氣勢上壓倒對手。孤注一擲比束手束腳強，他就是靠著這個心態贏了第一局。但是第一局贏了，第二局反而會束手束腳。

與此同時，幾乎沒有等凱斯伸手，自動發牌桌已經將籌碼從兩人面前收走，放進了中央獎池的籌碼盒子當中。

▌Chapter 078

「準備——」電子發聲器之中傳來了一個拉長的女聲。

三笠の山に出でし月かもみかさのやまにいでしつきかも

　　凱斯聽見和歌的一瞬間，猶豫了片刻，瘀斑臉已經從中間抓出了一張歌牌。凱斯飛快地瞥了一眼瘀斑臉手中的歌牌，在和歌聲音落下的前幾秒，才選出了自己的那一張。

　　「二位是否跟注？」和服女荷官用輕柔的聲調詢問著，「根據規定，二位要在開牌之前就決定是否跟注。」

　　「你跟不跟？」瘀斑臉看著自己手上的歌牌，又將歌牌重新放下，似乎是為了避免讓凱斯看見自己的牌面。

　　凱斯很瞭解瘀斑臉為什麼會在賭博之中規定這種抬注的辦法，這個辦法在手中麻將花色混亂或者開局局面不好的時候，可以靠抬高賭注把對方嚇退，全看個人怎樣玩心理戰術。

　　如果凱斯像費里曼剛才那樣，被這樣嚇退一、兩次不跟——甚至用不著兩次，他那十個籌碼也就差不多了。並且，在這樣的跟牌過程之中，瘀斑臉會看穿凱斯的底牌，這樣雙方的心理優勢可能會轉化，如此一來，自己剛才的那一番表演也就等於白搭了。

　　「我跟三個籌碼。」凱斯看了瘀斑臉一眼，又往獎池之中扔進了三個籌碼，瘀斑臉看著凱斯的動作，不由得咧嘴笑了笑。他搶先拿到了那張正確的歌牌，如果凱斯跟注的話，即使凱斯挑出來的歌牌是對的，對他而言，也是沒有什麼意義的。

　　「下注。」凱斯看了瘀斑臉，似乎迫不及待地要和他開始。瘀斑臉「嘩」地又放了十個籌碼取在自己面前：「咱們來試試看，這一把就叫你變成人形標本。」

　　和服女荷官在兩人面前擺好了歌牌。

　　「我不相信這一次你又沒有錯。」凱斯看著瘀斑臉笑了笑，將自己的十

個籌碼一起放到了獎池之中。

「我跟。」凱斯努力表現出一副胸有成竹的樣子。

瘀斑臉看著凱斯的動作，心中有一點猶豫。他剛才推出來十個籌碼，也只是想嚇唬凱斯，他並不捨得現在就把十個籌碼全部都丟入獎池，雖然他相信自己最後一定會贏，但是他還是想再戲弄對手一番。至少在他看來，他現在有足夠的本錢去戲耍凱斯，但是現在凱斯既然已經下注了十個籌碼，他也不得不跟注十個籌碼。

瘀斑臉看著凱斯，但是凱斯的表情卻並沒有什麼異常的地方，他想，凱斯或許還想把第一局的手法再玩一次。但是他覺得這一次沒有那麼容易了，第一次凱斯打了他一個猝不及防，現在他卻對他防範十足。

瘀斑臉看了看凱斯下在獎池之中的十個籌碼，瞇起眼睛，想要從凱斯的表情之中發現出凱斯的企圖。老實說，這一局是關鍵局，現在凱斯已經把所有的籌碼都下到了獎池之中，如果瘀斑臉現在就贏了凱斯，那電子別墅的系統就會直接判定凱斯輸掉，剩下的一局也不用再賭了。

瘀斑臉覺得，自己能想到這一點，凱斯也不會不知道，但現在凱斯竟在明確風險的情況下，下了十個籌碼。這下子，瘀斑臉反而心裡犯愁，無疑的，這一把如果凱斯贏了，這場遊戲就結束了。

「請對家下注。」電子女荷官的聲音傳來，催促著瘀斑臉把自己的十個籌碼放入獎池之中。瘀斑臉聽到女荷官的聲音在自己的耳畔響起，才從探究的神情之中回過神來。

瘀斑臉最後看了凱斯一眼，將自己手中的十個籌碼全部扔進獎池。雖然這十個籌碼是他在遊戲初始規定的，也是遊戲別墅之中提供的玩具籌碼，但是要全部扔進獎池時，他還是和小孩子心疼玩具一樣，竟然覺得有些捨不得。

他覺得，之所以會產生這樣的情緒起伏，都是因為凱斯的緣故，如果不是凱斯下注十個籌碼，他也不必要跟注十個。瘀斑臉狠狠地瞪了凱斯一眼。

「雙方下注完畢，可以開始了。」電子女荷官分別看了兩人一眼，向發聲器發出了指令。

「哼嚓。」

發聲器之中設定的電子系統，用上膛的聲音來表示自己已經準備好了，

隨時可以播報歌牌的牌面提示。

「準備開始。」電子發聲器之中傳來了電子播報聲。

田子の浦にうち出でて見れば白妙のたごのうらにうちいでてみればし
ろたえの富士の高嶺に雪は降りつつ
ふじのたかねにゆきはふりつつ

隨著電子女聲播報完畢，凱斯和瘀斑臉分別拿出了自己的歌牌，眾人也屏氣凝神地看著凱斯和瘀斑臉的動作。開牌的這一刻，決定了凱斯和瘀斑臉兩人的命運。

凱斯看了看自己手中的歌牌，將自己的歌牌放在了一邊。因為兩人都下注了十個籌碼，所以這一次的播報，又是一次四連擊。要在四連擊下搶到歌牌，考驗的不光是兩人對東方文化的認知，還有對這種文化的熟悉程度，以及兩個人的反應速度。

里茲和費里曼看著凱斯的動作，心中百味雜陳。米雪兒和格爾則是緊緊地盯著凱斯放在一旁的歌牌，彷彿兩個人用眼神就能給凱斯增加一些助力似的。

凱莉和高個兒男人則盯著瘀斑臉，這一次的賭注兩人都下了十個籌碼，他們本能地想到，瘀斑臉會為了贏過凱斯而做出什麼小動作，所以兩人對視一眼後，便一直緊緊盯著瘀斑臉。很顯然的，現在這種緊張的氛圍，讓他們都忘記了即使瘀斑臉要做出什麼小動作，他們也沒有辦法阻止瘀斑臉行事的這個事實。

女荷官聽到電子播報器之中傳出「播報完畢」的聲音，又看了看將歌牌放定的凱斯和瘀斑臉，對著另外一個查驗歌牌的女荷官發出了指令。

女荷官走向了凱斯和瘀斑臉，輕輕翻開了兩人放定在桌面上的歌牌，大螢幕上分別顯示出了兩人的牌面。眾人屏氣凝神，將兩個人的牌面與大螢幕上顯示出的牌面一一仔細核對。

米雪兒看見凱斯搶出來的幾張歌牌牌面，與和歌謎底均是同一個模樣，忍不住歡呼了起來。格爾顯然也看見了，雖然他不知道這些東西是什麼意

思，但是他聽見米雪兒的歡呼就知道凱斯拿對了，他看著米雪兒激動又緊張的樣子，也跟著米雪兒的歡呼了一聲。

「凱斯・史密斯只是選對了，他有沒有贏這件事，還不確定呢！」凱莉冷眼旁觀，看了格爾和米雪兒一眼。

米雪兒白了凱莉一眼，她對這個冷言冷語的女人沒有什麼好感。

女荷官又走到了瘀斑臉身邊，翻看瘀斑臉拿到的歌牌，眾人看到了女荷官的動作，連忙緊盯大螢幕。瘀斑臉看了凱斯身邊的幾個人一眼，有一點不屑。按道理說，瘀斑臉這種種族並不在乎這種和結果無關的情緒，但是瘀斑臉看到眾人如此關心凱斯的牌面，又忍不住有一點微微的嫉妒。

不過瘀斑臉很快就把這種情緒又從自己的腦海中清空掉了，在他看來，比賽的結果比比賽之中產生的情緒要重要得多，這個遊戲的本質，是到底誰能獲得最終的勝利——不管這些人再怎麼關心凱斯・史密斯，最終輸掉的還是凱斯・史密斯。因為人類會有情緒的波動，這種波動會影響他們在賭局之中的判斷能力，而瘀斑臉這個種族在進化之中，就已經把一切和結果不相關的情緒，全部都摒棄掉了。

瘀斑臉一邊想著自己的心思，一邊密切注意著女荷官翻牌的動作。

女荷官把瘀斑臉面前的歌牌一一翻了出來，眾人緊張地看著螢幕，米雪兒甚至在心中小聲祈禱著瘀斑臉能拿錯一張歌牌，但是隨著女荷官的播報聲停止，她發現自己這種希望落空了——瘀斑臉實在太過熟悉這些歌牌的牌面，他並沒有拿錯。

女荷官執行完了檢閱程式之後，需要進入到下一個流程之中，她們要確定瘀斑臉和凱斯取歌牌的時間，當兩人取的牌面都正確時，就會用最後的方法來分辨出兩個人到底誰勝誰負。

當然，和第一局一樣，凱斯和瘀斑臉二人搶牌的動作，也在大螢幕上播放了出來，在取牌的一瞬間，電子作業系統自動停頓了下來，以便令眾人看得更清楚，眾人緊緊地盯著螢幕，看著凱斯和瘀斑臉的動作。

第一個動作，凱斯比瘀斑臉取得更快，眾人從畫面之中看到，瘀斑臉在拿到歌牌的瞬間，似乎微微停頓了一下。

第二個動作，凱斯又比瘀斑臉更快。

米雪兒盯著螢幕，如果第三個動作凱斯還是比瘀斑臉更快的話，那他就

穩贏了，畢竟一共只有四張歌牌，哪怕最後一張瘀斑臉搶得比凱斯更快，三比一，還是凱斯獲勝。

所以，第三張歌牌到底是誰先取到的，對兩個人來說至關重要，在荷官女郎要按下第三個動作的重播鍵時，幾個人都看了瘀斑臉一眼。

瘀斑臉冷冷地回敬了幾個人看向自己的目光，在剛才女荷官重播他和凱斯取歌牌的動作時，他看到自己一連兩個動作都比凱斯要慢，心中已經有些不滿了，如果第三個動作又慢半拍的話，這就意味著他這一局要把這十個籌碼全部都輸給凱斯·史密斯。

一想到這裡，瘀斑臉的臉又有些發青。

荷官女郎重新按下了第三個動作的重播鍵，眾人盯著螢幕，看見瘀斑臉還是比凱斯慢了一、兩秒，這也就意味著，凱斯在第三張歌牌抓取上又一次勝過了瘀斑臉。

「凱斯·史密斯勝出。」女荷官按下了停止鍵，用她特有的電子聲播報出了最後的結果。

米雪兒歡呼了一聲，同時挑釁地看了凱莉一眼，似乎是在報復凱莉剛才所說的那句話。凱莉接觸到米雪兒的眼神，不置可否地冷哼了一聲，雖然她心裡也鬆了一口氣，但是她並不願意在這些人面前表現出來。

里茲和費里曼聽到了這句話，也長舒了一口氣，尤其是費里曼，他現在簡直不知道自己是該高興還是該悲傷了。

幾個人還在各自想著心事，籌碼機已將十個籌碼自動捲入到了凱斯的籌碼盒子之中。米雪兒聽著籌碼落入盒子之中的那一聲脆響，竟然比自己賺到了一萬美金還要開心。

瘀斑臉看著桌面上自己搶到的歌牌，有一點惱羞成怒的樣子。他完全被凱斯帶動著情緒，甚至產生了一絲自我懷疑。瘀斑臉有些不耐煩地將自己手上的歌牌摔在桌子上，從重播之中他也看到了，凱斯並沒有作弊，如果這個美國佬沒有靠作弊就能贏了自己的話，他也不得不承認，凱斯是他遇到過最厲害的對手。

瘀斑臉將自己手上的十個籌碼砸向了獎池之中。

「遊戲準備開始。」電子發聲器之中傳來了眾人熟悉的那聲「哢嚓」聲，瘀斑臉看著凱斯和電子女荷官。

「預備，開始。」電子發聲器開始播報最後一輪歌牌的謎面，眾人熟悉的日本女聲，從電子發聲器之中飄了出來。

　　田子の浦にうち出でて見れば白妙のたごのうらにうちいでてみればしろたえの富士の高嶺に雪は降りつつ
　　ふじのたかねにゆきはふりつつ

　　凱斯聚精會神地聽著發聲器之中傳來的電子播報聲，飛快地從自己面前的歌牌之中搶出了幾張。
　　瘀斑臉耳朵之中聽著發聲器裡的電子播報，下手卻有些猶豫，更要命的是，他在下手搶歌牌之前，竟然看了凱斯一眼。直到電子發聲器之中的女聲報出前面幾個字，瘀斑臉才想起自己應該下手去搶這些歌牌，而不是望向凱斯，他雖然努力補救，但是卻還是慢了兩步。
　　就在瘀斑臉飛快地抓起了自己手上的歌牌時，他用眼角的餘光看到，凱斯已經將自己拿到的四張歌牌放在了手邊。
　　瘀斑臉怔怔地取下了最後一張歌牌。
　　「檢驗正誤。」電子發聲器之中傳來了一陣悠揚的女聲，要求凱斯和瘀斑臉同時將手放回到自己的膝蓋上，以跪坐的方式坐好，不得再動歌牌。
　　電子女荷官將兩人的歌牌一一翻開，瘀斑臉和凱斯都沒有失誤，但是現在即使傻子也明白，凱斯贏了，因為他比瘀斑臉快了幾乎一個身位，瘀斑臉雖然也拿到了四張歌牌，但是他卻在取牌之前猶豫了一下。
　　「他在作弊！」瘀斑臉惡狠狠地指著凱斯，這一下他徹底爆發了——在他輸光了最後一個籌碼之後，他徹底明白了凱斯的手法。凱斯所有的下注和賭法，都是在有預謀地挑逗自己，凱斯知道他和自己對歌牌的牌面都很熟悉，單靠搶牌，凱斯很難贏過自己，所以他利用這種方式，讓自己帶著某種患得患失的情緒，這樣的話凱斯才有勝利的機會。

▉ Chapter 079

　　「經過檢查，凱斯·史密斯並未作弊。」電子女荷官冷硬的聲音，從腹腔之內傳來。

　　「不可能，他絕對作弊了！」瘀斑臉狂吼著，「你們這些電子白痴！他就是故意的，他先讓我產生了負面情緒，然後就開始利用我這些情緒贏過我，這屬於作弊，這不算！」瘀斑臉一邊狂吼，一邊伸手去搜刮桌子上的那些籌碼。

　　「未經允許，不能隨意亂動這些籌碼。」電子女荷官冷硬的聲音從機器之中傳來。

　　瘀斑臉還要伸手，腳下的電椅之中突然傳來「唭嚓」的聲響，將瘀斑臉鎖入其中。凱斯看了瘀斑臉一眼，將自己手中的歌牌和籌碼全部都扔到了女荷官手中所捧的盒之中，對著女荷官問了一句：「我想問一下，遊戲結束了嗎？」

　　女荷官禮貌地回答著：「凱斯·史密斯先生，遊戲結束！您是獲勝者，現在您可以帶著您的籌碼和朋友離開了。」

　　「他不許走！」瘀斑臉狂吼著的聲音從另外一端傳來，將凱斯等人嚇了一跳。

　　「您是遊戲輸家，根據您自己定下的規則，您無權阻止任何人離開。」電子女荷官用她一貫冰冷而機械的機器語調，回答著瘀斑臉。

　　「現在您收回您所有的籌碼，您就可以離開了。」電子女荷官看了凱斯一眼，向凱斯發出了最後的通告。

　　凱斯點了點頭，伸手去瘀斑臉處取瘀斑臉護在懷中的籌碼，瘀斑臉看見凱斯走近，竟然抬起手中的電極，向著凱斯的方向用力按了下去。

　　在瘀斑臉對著凱斯發難的前一秒鐘，電子女荷官走上前來，將瘀斑臉手中的東西擋了回去。凱斯看著電子女荷官，微微有些吃驚，隨即他反應過來，這是娜迦在操作電子女荷官的防禦系統。

　　看樣子這個瘀斑臉並沒有騙他們，在這個遊戲別墅裡，確實沒有人能作弊，包括瘀斑臉自己也不行。可是機器始終是機器，他們並不明白，影響人

的情緒導致遊戲結果出現差異，也屬於作弊的一種——從這個角度上來說，瘀斑臉所說的並沒有錯，但是如果把這一條規則也納入遊戲別墅，那實在是太複雜了。

就像賽洛曾經告訴凱斯的，人腦有五十多億對神經網路體系，如果電子全部都可以類比的話，那現在就是電子科技而不是死神去統治這個莫斯特伯阿米克降臨之後的世界了。哪怕是他們曾經見過的那個擁有了「神諭」金屬的尼祿，對人腦的極限開發，也僅僅限於將一部分人變成變異人，還是不那麼智慧的變異人而已。

想到這裡，他覺得有一點可怕，凱斯無法想像死神所在的領域，到底是一個什麼樣的世界。他見過了尼祿那樣復活暴君統治下的金屬變異者，也見過瘀斑臉這樣擁有高級智慧的變異者，但是這些變異人或多或少地都有著自己的缺陷，始終沒有得到完美進化。

「不許動我的東西！」瘀斑臉仍舊狂吼著，阻止著凱斯和那名電子女荷官走近，剛才娜迦對他的打擊，已經令他有些慍怒了。在瘀斑臉的心裡，只有他們這個種族的長老才有資格命令他，哪怕這些長老是以食用本種族多餘幼胎的方式，來防止像瘀斑臉這樣的有智慧、有能力的幼崽，影響自己的權威。

凱斯望著瘀斑臉，感覺瘀斑臉就像是一頭護食的野獸一樣，他現在有一點明白，為什麼瘀斑臉這個種族只能住在這麼寒冷又人煙稀少的地方了。兩名女荷官走到了瘀斑臉身邊，絞著瘀斑臉的手，將瘀斑臉狠狠地按在原來的位置上。另外一名女荷官啟動了自動裝置，將瘀斑臉面前的幾個籌碼統統都收到了屬於凱斯的獎池之中。

瘀斑臉拿起了手中的投影機，似乎想要強行在遊戲程式結束之前關掉遊戲，這樣的話，凱斯剛才的遊戲結果就算是作廢了，他可以有更多的時間來重新啟動這個遊戲。

眾人看到了瘀斑臉的動作，明白了瘀斑臉的意思，凱莉率先動作，在瘀斑臉按下按鈕的那一刻，凱莉將自己手中的匕首扔了出去，正巧擊中了瘀斑臉的手臂。瘀斑臉手中的投影機掉在地上的一瞬間，電子女荷官已經將瘀斑臉手中的籌碼收走了。

「該死！」瘀斑臉站起來，準備用手中的電子捆綁設備來對付凱莉。在

瘀斑臉心中，人類都是低等生物，只能被自己的種族玩弄，絕對不能對自己
有一絲半點的反抗。他瞧不起人類這種低智商的生物，所以他從一開始就沒
有把凱斯他們放在眼裡，他從來都沒有設想過，他們竟然能夠贏過自己的這
種結果。

「唞嚓」一聲清脆的響聲，瘀斑臉被重新綁在椅子上。與此同時，女荷
官已將瘀斑臉面前所有的籌碼都收起來，放在凱斯所屬的獎池之中了。電子
女荷官口中吐出了瘀斑臉最不希望聽到的幾個字：「遊戲結束。」

現在是凱斯・史密斯一方獲勝。

「離開遊戲別墅。」凱斯對著電子女荷官發出了指令。

「如您所願。」娜迦的聲音從電子女荷官的發聲器之中傳來，輕輕迴蕩
在遊戲別墅的四周。

瘀斑臉拚命捶打著自己手中的電椅，想要解開電椅的束縛，但是電椅
的捆綁卻因為瘀斑臉的掙扎而變得越來越緊。眾人此刻才明白凱斯和瘀斑臉
對賭的意思，凱斯要的不是賭桌上的贏，而是希望瘀斑臉能夠入他的局，對
他而言，唯有瘀斑臉能夠入局，他們才有逃走的希望。他從一開始就計算好
了，所以他才提議把自己和瘀斑臉綁在電椅上。

里茲和費里曼抽了一口氣，兩人都沒有想到凱斯的膽子竟然會這麼大，
對瘀斑臉這樣的人而言，要算計他實在太不容易了，凱斯需要完全挑逗起瘀
斑臉的情緒，還要說服瘀斑臉能同意把自己捆在電椅之中才行。他從一開始
就想好了，所以中途才會又贏又輸——如果他一開始就一直按部就班地和瘀
斑臉搶紙牌，恐怕現在誰輸誰贏還說不定。

米雪兒看了凱斯一眼，他覺得他對凱斯的狡猾有了一種新的認知，她有
一點慶幸自己選擇了凱斯來幫她查她哥哥的案子，雖然現在案情並沒有什麼
眉目，但是她現在心情太過激動，能想到的也就是這麼多了。

遊戲別墅的大門在幾個人眼前轟然一聲被打開了，凱斯看了眾人一眼，
大家一起從遊戲別墅之中走了出去，瘀斑臉眼睜睜地看著幾人離開了自己的
遊戲別墅，惱怒地在電椅上不停地掙扎、怒吼著，甚至哭喊了起來——這下
子他終於顯露出幼崽的本性了，想要用聲音把凱斯等人碎屍萬段。

但是作為輸家，他必須接受困在電椅上的懲罰，所以在凱斯等人離開遊
戲別墅的那一刻，娜迦又「唞嚓」一聲將大門關上了，徹底把瘀斑臉的狂叫

聲阻隔在大門內。

　　凱斯從口袋之中掏出了手機，上面有好幾條賽洛發來的資訊，還有一個賽洛的未接來電。凱斯連忙回撥過去，幾聲簡短的響聲之後，賽洛接通了電話，凱斯聽見賽洛用急促的聲音告訴了自己西蒙派來的飛機定位。掛斷電話後，凱斯用手機簡單地標記了一下那個定位。

　　「我們現在得向著這個定位的方向快點過去。」凱斯看了看自己的手機一眼，「我不確定他們是不是還在那邊等著，如果被這個瘀斑臉的種族發現，我們就跑不了。」凱斯看著手機說了一句。

　　「他帶我們偷偷來這裡玩遊戲，又怎麼會讓那些長老們發現。」高個兒男人突然插了一句話。

　　「如果是那樣的話就最好了。」凱斯率領著眾人飛快地向飛機定位的座標方向跑過去。他現在唯一一擔心的就是，如果西蒙派過來的那兩個混蛋沒有辦法躲避瘀斑臉手中的那些小玩意兒就麻煩了。

　　他們現在知道西蒙背後復活的那名暴君是誰了，賽洛在電話裡告訴過他，這個人就是史達林，雖然凱斯並不知道史達林控制的坎貝爾財團，目前的軍事實力到底如何，但是有一點他可以確信，那就是這個人控制的這個財團，絕對不會像外界顯現出來的那麼一點點而已。他和尼祿一樣，為了打別人一個措手不及，他們不會把自己全部的實力都昭告天下的。

　　凱斯一邊想一邊跑，他手機上還有僅存的電量，他希望這一點電量能支撐到在找到那架該死的飛機。

　　「在那邊！」隨著凱斯一起奔跑的費里曼，忽然插了一句話。

　　凱斯抬頭，果然看見了西蒙派過來的飛機正在不遠處等著，飛機四周零零散散地落了一些東西，應該是剛才瘀斑臉派過來那些攻擊他們的小型武器。

　　凱斯鬆了一口氣，從四周的燈光之中，他看到了機身上有一些破損，應該是剛才交火過的。看樣子，瘀斑臉並沒有拿出自己最好的東西，用瘀斑臉的話來說，他只不過是用了一些自己的玩具來對付這架飛機，為了讓凱斯和自己賭博的時候增加一些緊張感而已。

▌Chapter 080

　　「快一點上來！就要來不及了！」操作飛機的托比，衝著幾個人怒吼，「這些該死的小垃圾，不停地飛過來，真煩人！」托比惡狠狠地瞪了幾個人一眼。

　　凱斯向著飛機內部看了一眼，發現飛機內部的空間竟然還挺大的，看樣子西蒙的確是拿出了誠意，凱斯‧史密斯望著飛機的裝甲外殼，一瞬間竟然還有一點感動。但是等他進入了機艙之後，他心中又本能地冒出了一個念頭，為什麼西蒙捨得派這麼先進的戰機，來保護他和米雪兒？如果是為了「神諭」，那現在尼祿的人馬還在外面，西蒙沒辦法確定凱斯他們就一定能拿到「神諭」。對於西蒙這種不見真金不下注的個性而言，這麼做實在有一點反常。

　　「怎麼這麼多人？」托比向著凱斯身後掃了一眼，眼神之中不自覺地流露出一絲嫌惡的神情。這種神情凱斯在之前和他還有瓊恩接觸的時候，已經看到過很多次了，只不過那時候托比還是聯邦警署派過來的技工，他不可一世的樣子讓凱斯覺得十分討厭。他們當場打了一架，是瓊恩制止了這件事。

　　凱斯沒有想到他們會在這樣的情形下見面。不過他也不覺得奇怪，畢竟西蒙手下的高科技人才並不多，雖然史達林手下應該有不少，但是西蒙本人也不過就是史達林的一個嘍囉而已。

　　「沒辦法，如果這些人都走不了的話，那我也不會上飛機。我想，如果我和米雪兒不上飛機，你們也無法完成任務了吧！」凱斯看了托比一眼，托比顯得有些尷尬。如果不是看見凱斯的眼神，他幾乎已經要忘了自己當初是怎麼跟凱斯爭執的事情了。

　　「真他媽的！他們得坐在機艙裡！用安全帶把自己拴好！讓他們快一點！」托比罵罵咧咧的樣子，和他戴著眼鏡的感覺形成了一種奇異的反差，把里茲和費里曼嚇了一跳。幾個人看了凱斯一眼，似乎是在向凱斯求證，托比到底是不是一個神經病。

　　「上吧！」凱斯衝著機艙內部撇了撇嘴，示意眾人進入機艙，這是一架軍用飛機。

凱莉和高個兒男人一進去，就看到了機艙之中的各種裝置，機艙是中空的，兩邊的座椅安全帶上，繪著蘇聯的紅五星。

　　「叫這幫混蛋統一換上軍用服裝，這架飛機的航線是申報過的，如果中途有人路過，看到了軍服就不會主動攔截，這樣會給我們避免不少麻煩。」托比不耐煩地掃了眾人一眼。

　　「最後確認一遍安全裝置，山姆。」托比看見眾人都陸陸續續地進了機艙，吩咐山姆啟動著飛機的安全裝置。凱斯看了看山姆的操作，記下了那幾個按鈕，他在很多時候都會多留一個心眼，尤其是現在，當他發現這個托比竟然是當初羞辱自己、搶走自己白朗寧手槍的那個人時，他也會自動啟動自己的預警系統。

　　凱莉等人在機艙之中換好了軍服，雖然長期食用死神食物發放機的食物，讓他們對冷熱的感覺不那麼明顯，但是很顯然在瘀斑臉這個種族所在的地方，他們已經很久沒有吃過東西了，所以身體熱量的流逝，也令他們產生了疲憊感。

　　「你們手邊的袋子裡有壓縮過的食物。」山姆確認完了飛機的安全裝置，轉過頭對眾人輕輕說了一句。

　　凱斯看到高個兒男人拿起袋子，從裡面抽出了淡紅色的壓縮餅乾──很顯然這是用那些食物發放機的原料製成的，他皺著眉頭咬了一口，其他人也打開了食物袋子。

　　里茲咬著紅色壓縮餅乾抬起頭時，正好看見了他的動作，里茲對著高個兒男人冷冷一笑。凱莉看了里茲一眼，似乎明白里茲嘲笑著眼前這個高個兒男人，在這種情況下還這麼挑剔。當然，她更明白，里茲對高個兒男人這種沒有來由的敵意，正是因為她。

　　飛機飛了一陣子後，眾人不再說話，這架飛機的飛行速度很快，凱斯感覺，極地已經被他們甩在身後了。

　　凱斯並沒有理會身後幾個人擠眉弄眼的表情，他看到托比拿出來一個測量儀，似乎在測量著橫縱座標的位置，那個座標的標記，正好是（10,0）這個座標點上的標記。飛機按照指示盤旋到了山澗旁懸崖的陰影中，露出了橙黃色的標記點。

　　「指揮『蓋伊』號飛機迅速下降。」托比吩咐了身邊的山姆一句。山姆

熟練地操縱著拉桿，凱斯則一邊咬著食物，一邊站在兩人旁邊看著。他這個動作讓托比很不舒服，但是托比卻並沒有和凱斯發生衝突，大概是因為西蒙交代過什麼。

米雪兒找到了另一袋食物，給凱斯送了過來，機艙裡有暖氣，眾人吃了這些東西之後，都感覺到體力恢復了不少。

凱斯看見機艙中央有一個黑色的金屬箱，金屬箱外有一個電極保護層，顯然裡面裝置著十分重要的東西。凱斯有一點納悶，他早就知道西蒙不會專程來解救他，一定是賽洛和西蒙之間有過什麼交易，所以西蒙才會同意派出飛機——西蒙不會單純來解救他的——凱斯很清楚，但是他不明白西蒙為什麼會在飛機上帶著一個這樣的金屬箱，更不知道這個金屬箱裡到底鎖著什麼。

機身隨著氣流產生了一波搖晃，格爾差一點撞到高個兒男人，高個兒男人連忙向旁邊讓了讓。

「那個，真的很不好意思，不過我想問一下。」格爾盡量讓自己的語氣聽起來帶著某種謙卑感，畢竟在這一群人之中，只有他沒有自保技能。

「有什麼問題？」凱莉挑了挑眉，顯然對格爾打擾高個兒男人的舉動，感到有一點不快。

「蓋伊」號戰鬥機小心翼翼地降落到隘口。

「那個，我們一起同路也有一段時間了，我想問一下，這位高個兒先生到底叫什麼名字，我想，一會兒我們分別的時候，總不至於仍以『您』相稱吧！」格爾問道。

凱莉看了高個兒一眼，格爾的話也吸引了凱斯等人的注意力，他們紛紛向格爾所在的方向轉過頭來。老實說，在凱斯他們這些莫斯特伯阿米克時代的人看來，高個兒男人的舉止確實有些令人詫異，他感覺這個高個兒男人跟他們並不是一個時代的人，但是這個高個兒男人顯然和那些復活的暴君不一樣，他只有凱莉一個隨從，雖然他的舉止有著統治者的優雅，但是他的作風卻和尼祿以及史達林很不一樣。

「塞克斯汀。」高個兒男人看了格爾一眼，他雖然是望向格爾，但是這句話明顯是說給凱斯和里茲等人聽的。

這是一個非典型的法國名字。其實凱斯一開始就預想到他有可能會報假

名字，但是沒想到他竟然報出了一個這麼敷衍的名字。

「我們到了，拿到那個東西就走。」托比顯得有些焦慮，按照他的原訂計畫，他應該在賽洛發來的座標點找到凱斯，結果凱斯他們一行人卻被瘀斑臉擄走。沒辦法，他和山姆只能將飛機開到瘀斑臉的種族所在的區域，在那裡又發生了一場小型戰鬥，一直到現在，他和山姆才到達了座標點。

「下來！」托比突然掏出了槍，對準了凱斯，與此同時，山姆也拿起了槍，指著機艙裡的凱莉。他們剛才就已經看出來，這兩個人算是這裡戰鬥力最高的人，只要制伏了這兩個人，剩下的那些人都不值一提。

凱斯看著托比，又看了看山姆，舉起了手，隨著他們兩人一起走下了飛機。

托比手中拿著一個像里茲和費里曼那樣的測量儀，似乎在測量著地下的某些東西。

凱斯看到了托比的動作，他忽然明白了，托比是在尋找「神諭」。凱斯看見雪崖邊深深凹陷的峭壁上有個圖形，什麼人在岩石上刻出由兩條線相連的兩個圓圈呢？他突然明白西蒙為什麼要派托比過來了。

「看著他們，別讓我分心，山姆。」托比說。

「圖形在那邊。」托比的測量儀發出了尖叫聲，大概是和「神諭」金屬之間有著某種特殊的感應。

很顯然的，那個叫塞克斯汀的男人也看到了這個標誌，他看到這個標誌的第一眼，心中有一點犯忱。老實說，作為一個暴君，他曾經天不怕地不怕，但是這個符號卻令他有一點畏縮。

這個符號和死神有一點關係，這樣的標誌不會輕易出現，但是他在被死神復活的時候，曾在死神居住的「拉古拉姆塔」看到過類似的符號，在自己被復活的那一瞬間，他看見塔上留下痕跡——或是巨塔的廢墟，或是空闊的地洞，或是寬敞的豎井，有時候是一些補給基地。

如果這裡面真的藏著死神的東西，那他們這些人想要妄動還是真夠愚蠢的，塞克斯汀往後退了一步，似乎這個符號之中，也凝聚著死神的力量似的，人們總是這樣，總企圖來個小蛇吞大象。

「等一等。」里茲和費里曼顯然也看出來了，托比是要開採「神諭」，這裡應該是他們一直苦苦尋求的「座標點」。

「什麼事情？」托比轉頭，皺眉看著他們倆，他不喜歡自己在做一件事的時候，頻繁被人打擾。

「你應該先看看這個。」凱斯將手上的東西舉到托比面前，托比看到了他那個筆記本上的內容。

「發現的第二個基地是未被觸動過的。然而，剛設法找到直通那裡的大門，剎那間爆炸聲響起，基地蕩然無存，幸運的是，並無一人死傷。第三次，探察的人們異常謹慎，大家不從正門進入，而是在山岩間挖隧道潛入，看見了裡面的『神諭』發出來的光亮。他們甚而抓緊時間，想把『神諭』金屬真正的樣子拍下來。不料，警報聲大作，尖厲刺耳，驚心動魄，使得探險隊員們的神經承受不了，狼狽逃跑。最後一個剛剛離開，轟然一聲巨響，基地便了無蹤影，這便是人們所知道的全部情況。」

托比的探測儀發出了警報聲，它在深深的裂罅中，看見了黑漆漆的塌陷處，旁邊有塊石板。

費里曼望著托比手中的探測儀，這才明白，「原來所謂的『零點座標』並不是在極地，而是指這裡。」

這裡就是費里曼的父親——老費里曼所說的「十號倉庫」，而里茲找到的那個（0,0）的座標，只不過是因為那個「1」因為時間太久，被塗抹掉了而已。

　　「曾經有一次地震，毀壞了基地的入口，又沒有誰返回這裡把它修復。所以，這個基地內部現在應該有一點坍方……」筆記本上的字跡越來越模糊，後面的都有些看不清了。

　　「終於對上了。」里茲極目望去，四周都是光禿禿的岩石黑山，但是看起來都不是很高，沒有被風化的那部分裸露在地面上，遠處則是一眼望不到盡頭的漫漫黃沙。這裡看起來就像是世界的盡頭一樣，里茲不知道自己為什麼會產生這樣的想法，但是這裡蒼茫的感覺，總是會讓他覺得有些沉鬱，他把這一切歸結為自己實在太愛看電影、太過多愁善感的緣故。

　　「這裡真像是世界的盡頭。」凱斯感嘆了一句，眼前的風景令他著實有些感慨，感慨到幾乎忘了山姆正拿著槍指著自己的頭。落地的那一剎那，他們被這些山崖擋著，他並沒有看到眼前的那些景象，現在飛機上的探照燈打開了，在暈黃的光暈照射下，凱斯終於清楚了眼前的景象。

　　這裡仍然籠罩在莫斯特伯阿米克時代的循環系統之中，只不過這裡並沒有都市裡那些人造燈，所以凱斯他們看到的，只是淡淡光暈下流沙的影子，並不能清晰地投射清楚的情景。在飛機探照燈的照射下，他們才看清楚這裡瀰漫著漫天的黃沙，充斥著生物銷聲匿跡之後完全沙漠化的痕跡。

　　托比操縱了一下手中的遙控器，「蓋伊」號把探照燈光轉向黑漆漆的塌陷處。隨著「蓋伊」號燈光的轉向，眾人看到一些模模糊糊的大圓罐輪廓，里茲和費里曼把背包裡他們所知道的那些探險隊員們的報告全部都翻了出來，得知探險員們當初在這種大圓罐裡藏放著供飛機使用、能大大提高航速的超級燃料。

　　「應該在極地的格陵蘭島附近才對。」格爾跟在凱斯身後，不停地喃喃自語著，對格爾而言，他把當初看到的那個米蘭德研究員留在筆記型電腦裡的那本日記，當成了所有的真相，現在突然在沙漠之中看到了這些光禿禿的黑山岩石板塊，以及探測儀在板塊縫隙之中探測出來的基地遺址，他感到分外不可思議。

　　「別忘了，這是莫斯特伯阿米克時代了。」塞克斯汀突然插了一句，

「當初死神大人把植物和動物都收走的時候，有些本來是海洋的地方早就慢慢乾涸了，然後——這些地形地貌變形，也是很正常的事情，連人都能變異，更何況是水土的流失呢。」

「也就是說，死神大人覺得沙漠化的速度過快，所以才總是在中心城市下那些該死的雨？」凱斯看了塞克斯汀一眼，他本能地覺得，在這裡出現的「神諭」，不會只是尼祿說的那麼簡單的東西，它應該還有著某些不為人知的作用。自從凱斯遇見這些被死神復活的暴君後，他就開始收集關於死神的種種資訊，他發現，這個世界還有很多東西是他所不知道的。

想到這裡，凱斯抬起頭，四周仍然被籠罩在類似於多雲天氣的黑暗之中，高高的天宇在他的上方閃爍發光，強烈而近乎白色的光。牆，一堵堵巨大而帶光斑的牆，光斑歷歷而過，十分眩目。

「叫蓋伊準備好，我要把這裡炸開。真該死，我已經找到了基地，沒理由在這個時候放棄。」托比既像一個瘋狂的科學家，又像一個瘋子一樣喃喃自語。

「我現在拿槍指著他們的腦袋呢，先生！」大塊頭的山姆對於托比這些雜亂的指令感到極不耐煩。

「我們不會干擾你找『神諭』，至少我不會。」凱斯攤了攤手，說實話，自始至終他都對這個東西沒有什麼興趣，他不明白這一群人到底在忙些什麼，或許這個金屬片對他們來說很重要，或許能賣一個好價錢，但是凱斯管理他辦公室的自動辦公桌椅就已經夠頭疼了。他習慣了這種朝生暮死的生活，他喜歡賺一點小錢，但是給他一個像坎貝爾或者是泰爾西家族那樣的公司讓他管理，這幾乎和殺了他沒什麼兩樣。

托比已經調整了「蓋伊」戰鬥機的位置，擺好了一門炮彈，他打算把這些無法風化的黑岩炸開。

「這裡是不是那個瘀斑臉說的『區域外』？」米雪兒看著幾個人，突然問了一句。

「沒錯。」山姆百忙之中，竟然還抽時間回答了米雪兒一個問題。

里茲和費里曼對視了一眼，老實說，找到了「神諭」金屬的這個座標點，現在卻要讓他們放棄，對他們而言有一點太為難了。他們前面所做的、所研究的一切，都是為了找到「神諭」金屬，而現在就因為弄錯了一個座標

點，這個唾手可得的東西，卻被托比等人捷足先登，實在是太讓他們不甘心了。

塞克斯汀和凱莉專注地看著兩人的動作，眾人沒有注意到的時候，塞克斯汀朝著凱莉輕輕點了點頭，兩人似乎在無聲地交流著什麼。

「山姆，準備！我要把這該死的黑岩全部都炸開，然後把那開採到一半的『小乖乖』取出來。」托比從喉嚨之中發出了一陣狂笑，似乎這基地裡面埋藏的，是他尋找多年的情人。

托比一邊調控著手中的調整器，一邊指揮著飛機調轉機翼上背著的炸彈筒，對準了黑岩之中的縫隙。

「準備發射！」托比調整著最後的資料。

里茲和費里曼盯著托比的動作，忽然有一點明白他們為什麼會敗給這兩個人了，他們埋在實驗室裡研究機械太久了，即使他們能夠控制一、兩個肉人改造的生化變異人也於事無補——儘管當初里茲因為自己能拆解生化人的技術，還感到有些自豪。但是他們完全沒有想到，進入到這裡需要這樣大規模的殺傷性武器。

當初那些研究人員在這裡建立了一個基地——對，如果不是有一個海底基地，他們怎麼能夠在這裡考察一、兩個月呢？里茲和費里曼本來以為，他們能夠進入這個基地就可以拿到「神諭」，但是很明顯的，現在這裡的危險性已經遠遠超過他們的理解範疇了。

山姆看了凱斯一眼，將指著凱斯頭的槍撤掉。他從凱斯的眼神中看得出來，凱斯對這裡埋藏的這個叫作「神諭」的東西，確實沒有什麼興趣，倒是里茲和費里曼，還有塞克斯汀和凱莉，這幾個人都比較像危險分子。

「座標定位已完畢。」山姆一邊仔細觀察著托比的操作，一邊彙報著炸彈筒指向的定位進度。

「所有人，回到飛機上去。」托比命令著凱斯等人。凱斯看著托比對著黑岩縫隙下軍事基地的狂熱眼神，這才明白了，托比並不是害怕他們知道「神諭」的祕密，而是害怕他看到了飛機上那個長長的金屬箱子裡裝的東西。

他把他們帶到這個地方來，只是為了讓他們遠離這個東西，甚至托比還有一種作為聯邦警署警察的本能，他會下意識地讓他們待在安全的地方。

凱斯想起當初自己作為嫌疑犯被抓進警察局時所遭遇的一切，突然有一點感慨。

他現在已經明白，這是坎貝爾家族策劃好的一件事，目的就是為了得到基地下面的東西。只不過他到現在仍然想不通，這個東西和米雪兒哥哥他們的死因有什麼關聯，或許他找到了關鍵線索，這件事就能得到解答。凱斯很想把自己現在觀察到的東西寫在本子上，但是這通常是他的隱私行為，思考這件事，始終不適合在眾目睽睽之下去做。

凱斯等人隨著托比和山姆一起回到了飛機上，托比操縱著手中的搖桿，山姆則按下了「發射」的按鈕，炸彈向著黑岩的方向飛了過去。

眾人感覺耳鼓一陣強烈的震動，彷彿聽到某種怪物不斷發出的喊叫聲。巨大的轟鳴聲從黑岩的山體之中傳來，像是某種野獸的怒吼，星光跳動了一會兒，然後彙聚成一股巨大的旋風，噴出了火焰。那淡藍色貪婪的火舌，迅速地在走廊上蔓延開來，其速度之快，猶如整個地底都是一堆乾柴。

飛機的壁板被炸彈的氣流衝擊地不停震動，有的地方像骨骼、木棍斷裂似地在劈啪作響，眾人意識到這架戰鬥機似乎很脆弱，可謂不堪一擊，幸好他們在上飛機的那一刻，托比和山姆就命令他們綁好了安全帶。

凱斯看見放在機艙中央的那個金屬箱子，也被震動得發出了嗡嗡的響聲，只是這個金屬箱子固定得極好，並沒有因為這種震顫就滑動。

凱斯不經意地向外看了一眼，炸彈爆炸的火光隨同使人窒息的濃煙，似乎穿透了他的心肺，令他想起了他在戰場上的場景。

那時候他在裝甲坦克裡，敵軍一個炸彈丟了下來，他在坦克裡勉強撐持著才能坐穩。突然他的頭重重地撞在炮彈架上，疼得要命，他用雙手支撐著跪了起來，最新式的裝甲車擋住了核爆炸。凱斯還沒來得及慶幸自己撿回了一條命，壁板又一次震動起來，外面敵軍新一輪的投射又開始了。

這時一陣顛簸再次向幾人所在的戰鬥機襲來，格爾猝不及防，頭重重地向艙壁撞去。凱斯忍住自己的激烈反應，向外看了一眼，一陣煙塵落下來，打在飛機機身上，發出了下雨一般的沙沙聲響。凱斯心想，剛才的震動，應該是炸彈投擲出去產生的一陣震動的餘波。

「其實我一直想知道，這個『神諭』到底有什麼具體的作用，引得這些人趨之若鶩。」凱斯看了里茲一眼。

「說真的，如果讓我說，我也說不出來什麼具體的作用，我是指世俗意義上的。當然，泰爾西公司把這個東西當成了啟動人腦潛能的能量，也算是一部分作用吧！當然，泰爾西公司的維爾·多莫，不對，尼祿這麼著急來找這個東西，或許不只這一個原因。雖然坎貝爾家族也在尋找這個東西，但是我總感覺，這兩個暴君的目的，似乎從某些意義上來說並不一樣。」里茲像模像樣地分析著。

「打從一開始，維爾·多莫，不，尼祿收購米蘭德研究所這件事的目的，就在於讓這些人幫他開發『神諭』的功效——但是我看過報紙，這件事在『神諭』的新聞被公開之前就已經在進行了，所以說，新聞和尼祿的泰爾西這兩件事裡面，肯定有一件事是假的。」凱斯敏銳地指出了問題所在。

「尼祿在報紙上公開了泰爾西發現『神諭』，並且『神諭』金屬會給人帶來危害這件事，表面上目的是為了炒一波泰爾西的股票，讓民眾掏出更多的錢來購買泰爾西的股票，他好繼續投入研究『神諭』這件事，但事實上這件事遠遠不只這麼簡單。」凱斯拼湊著自己一路走來看到的所有線索。

「當然沒有這麼簡單，這是蠢貨都能明白的事情。」托比從飛機的操控臺上站了起來。

凱斯撇了撇嘴，他已經習慣了托比說話的習慣。

「所有被復活的暴君們，都知道『神諭』金屬塊和死神大人之間的聯繫，因為死神大人在金屬塊上做了屬於他的標記。」托比用極不耐煩的語氣向凱斯等人解釋著。凱斯望著托比的表情，深深地感覺到托比既像是要諷刺他，又像是想要在里茲和凱斯等人面前炫耀自己所知道的東西一樣。

「說得好像你知道死神大人的事情一樣。」凱莉冷冷地譏諷了托比一句。

塞克斯汀聽到這句話，淡淡地笑了笑。

托比的臉一下子漲得通紅，似乎馬上就要發作，但是凱莉冷冷看了托

比一眼，立刻就擺出了一副不好惹的姿態，讓托比猶豫著自己是否要上前。說實話，雖然托比和山姆現在算是聯邦調查局的警員，但是對於凱莉這樣的亡命之徒而言，警員的身分對她並不能構成什麼實質性的威懾。

托比很快就判斷出來，凱莉和凱斯並不一樣，凱斯仍然在治安管理的法條規範之中，所以當初托比才能羞辱凱斯，繳下凱斯手中的手槍。但是凱莉明顯不吃這一套，她能奪下托比的武器擊斃托比，她受過專業的格鬥訓練。

「我想我們應該去基地內部看看，我們得在十天後趕到『聖泉』所在的地方。一旦錯過這個時間，下次我們不知道還要等多久。」山姆適時地插話進來，打斷了兩人的對話。

凱斯注意到，山姆在說話的時候，總是會有意無意地向地上擺放著的那個金屬箱子的方向望去。

「這個箱子裡到底裝著什麼東西？」凱斯皺著眉頭思忖著，深深地望了托比和山姆一眼。

「我們應該可以去基地了，希望不會有餘震。」山姆看了托比一眼，順手將機艙之中的儲物間打開，費力地從中間拖出了一個大箱子。

「從基地到『聖泉』需要多久？」托比看著山姆弓著身子，搖動著自己肥碩的屁股，費力地拖著那個金屬箱子的模樣，不禁輕輕地皺了皺眉頭，鄙夷地看了山姆一眼。

「大概需要十天左右，不能開飛機。到了『區域外』就沒有辦法啟動導航了，而且『聖泉』附近的流沙太深，飛機無法降落。」山姆一邊氣喘吁吁地將箱子拖出來，一邊對托比說著。

「我們得把這些補給裝備都讓這些人換上。」山姆一邊說，一邊從箱子裡拿出了探照燈、測量儀、塑膠記憶防護服等東西。

「我一開始並沒有想到有這麼多人，有些沒用的人，去不去基地沒有什麼關係。」托比用陰沉的目光掃了眾人一眼，不情願地補充了一句。

格爾往後縮了縮，生怕托比注意到自己，他覺得整個隊伍之中就他最沒用了。塞克斯汀則仍舊是一副置身事外的樣子。

「基地裡面的空調和電器沒有被炸壞的話——我是說如果，我應該可以啟動，然後只有下礦井的那些人才需要穿防護服，其他的人應該沒有必要。」山姆聳了聳肩。

「你覺得哪些人應該下礦井？你覺得他們願意為我們下礦井找『神諭』金屬，你確定他們不會把這個東西搶走？」托比用諷刺的語調說著。

「我願意下礦井，我確定我不會把這個東西拿走。」費里曼站了出來。

「我也願意和你們一起下礦井，我可以幫你們探測『神諭』的位置。當然，我也可以不要這個東西，前提是我得看看這個磨人的小東西，讓我們這些人魂牽夢縈，不惜發動武力也要找到的東西，到底是個什麼玩意兒。」里茲看了看托比，也站了出來。

「找到十號倉庫，拿到裡面的東西，是我父親的遺願，所以，我必須要下去。」費里曼堅定地補充了一句。

「你們確定不會搶走『神諭』？」托比習慣性地用他懷疑的眼神，看了看身邊的那些人。

「只要你不拿槍指著我們的頭，我們不會對你那玩意兒產生什麼興趣。」凱斯插了進來，「如果你聯邦警員的身分還有效，且你不會濫用槍枝的話，我們就不會對你有什麼威脅。況且，你要開採那玩意兒，也必須得有人來幫你忙。」凱斯望著托比。

「你呢？」托比看著塞克斯汀。凱斯、里茲和費里曼的來歷，托比多多少少也都瞭解一些，哪怕是米蘭德研究員，他也算是知道一點點，唯有這個塞克斯汀，似乎從始至終都顯露出一副神祕兮兮的樣子，托比對這種人不會有什麼好感。

「我的主人當然也會下去，還有我。」凱莉看著托比詢問的目光，冷冷地回應了一句。

「女人沒有資格碰『神諭』。」托比不耐煩地看了凱莉一眼，似乎並不打算解釋自己為什麼會這樣說。

「我可以不要這玩意兒，但是我需要一個真相。」凱斯看著托比，「來根煙吧，山姆，如果這個補給箱裡有的話。」凱斯客氣地對山姆說了一句。

「雖然飛機上並不能吸煙，但是正好我偷偷帶了一包過來。」山姆像個展示寶貝的孩子一樣，將一包煙甩給了凱斯。

「謝謝！我需要這個東西提神，才能把某些事情想清楚。」凱斯用打火機點燃了人造煙，深深地吸了一口，感覺自己的頭腦一瞬間清醒了很多。

「托比，你剛才說，網路上所有關於『神諭』的報導，都是尼祿的泰爾

西公司捏造出來的，你是怎麼知道的？」

　　里茲聽到凱斯問到關鍵部分，也停下了換衣服的手，留神聽著托比的回答。

　　「我們當然有我們的情報網。」托比看了凱斯瞇起的雙眼，不鹹不淡地回覆了一句。

　　「很好。」凱斯點了點頭，「這個情報網，是被復活後的史達林建立的，還是聯邦警署的網路？」凱斯追問了一句。

　　這句話太過尖銳，雖然大家都知道答案，但是如果托比照實回答的話，那又會成為一個公共的醜聞。大家登記在聯邦警署的資訊，竟然成了他們用來監視眾人的工具，如果傳出去，這件事一定會致使全民聲討。

　　「泰爾西公司最大的問題就是，他們並沒有選擇和聯邦警署合作，如果他們不是過於相信自己造出來的網路系統，他們不會遇到今天這麼多麻煩的。當然，這也是這些資本家的通病，他們需要政府的支援，卻又始終和政府保持著距離。在不需要我們的時候，就想把我們一腳踢開，那可不容易。」托比開始了他憤世嫉俗的宣講。

　　「坎貝爾家族要聰明得多，懂得利用現有的資源，比如聯邦警署的公共安全系統……如果泰爾西家族只是希望別人不要靠近他們公司的話，完全用不著製造假新聞那麼麻煩，我們會幫他偽造一個凶殺案，告訴大家，在泰爾西公司附近出現了一個殺人狂魔，然後再把這個消息放出去就行了。或者說，告訴別人『神諭』是放射性物質，對身體沒什麼好處，大家自然也就不會去關注這個東西了。」

　　「可惜，泰爾西公司並沒有領會到聯邦警署辦事的精髓是嗎？」凱斯的話裡不無諷刺，「他們寧可製造一個假新聞，告訴眾人，所有靠近『神諭』的人都會因為磁場的影響，發生莫名其妙的車禍。或者說，產生某種幻覺，也不願意告訴別人，『神諭』其實是某些能量物質，能啟動一個區域。或者說，一個人的生命力，使人變得更聰明，能把大腦開發得更完善？」凱斯一邊說，一邊吐出了一口煙圈。

　　「如果你是泰爾西公司的掌舵人的話，你也不會說的，這些人最核心的本領並不是科技開發，我以為你看到那些懸磁浮的汽車，就應該會瞭解到這一點的。」托比冷笑了一下，「他們這些人，最擅長的事情是講故事——換

言之，只要他們講的這個故事能讓民眾相信，他們就能源源不斷地推出自己的股票，在這個過程之中，他們當然會把這個東西包裝得神祕一點。」

凱斯點了點頭，托比的話一下子擊中了問題的核心，讓他明白了兩個家族搶奪「神諭」的某些原因，但是對於這個能量塊的具體作用，恐怕誰也不知道。

或許死神本人是清楚的——凱斯的大腦裡忽然冒出了這樣一句話，但是他很快就把這句話當成笑話清理掉了，他現在雖然見過了一些復活的暴君，但是對於死神的種種，於他而言仍然和深化差不多。

「別再廢話了，換好了衣服，我們該出發了，十天之後，必須趕到『聖泉』。」托比不耐煩地看了正在慢騰騰換衣服的格爾一眼。

■ Chapter 083

　　格爾飛快地換好了自己的防護服。

　　「怎麼這個人也要下礦井？」托比皺了皺眉，他早就已經看出來了，格爾並沒有什麼戰鬥能力，帶著這樣一個人下礦井，對他們而言是個累贅。

　　「這件衣服太小了，除了女人就只有他能穿得上了。」山姆在一旁解釋著。

　　「至少我可以說個笑話給你們聽什麼的。」格爾用祈求的目光望著凱斯和里茲，他也看出來了，這兩個人算是整個隊伍裡最有正義感的兩個人了，格爾知道只要凱斯說話，多多少少能為自己爭取一點空間。

　　「走吧！我不想留下誰在這裡看飛機，說不定回來的時候飛機已經不見了。」山姆插了一句。

　　眾人提著燈，下了飛機，向著黑岩的方向走了過去。

　　凱斯看了看米雪兒，現在只有她、塞克斯汀還有凱莉沒有換防護服了，對後面兩個人而言，換不換防護服好像也不太重要。除了在瘀斑臉那個遊戲別墅的時候，凱莉表現出跟他們好像同一陣營之外，剩下的時間裡，凱莉幾乎都守在那個叫塞克斯汀的高個兒男人身邊，彷彿凱斯他們是瘟疫，她並不願意跟他們多說一句話。

　　此刻這兩個人也從戰鬥機上下來了，山姆用密碼鎖將戰鬥機的門鎖上了。

　　「他們並沒有拿走那個金屬盒子。」凱斯向後看了一眼，最後確認了這件事。但是他們對這個金屬盒子很重視，凱斯在心裡想著，重視到寧可讓凱莉和塞克斯汀這兩個討厭鬼跟著自己，冒著「神諭」能量塊被搶的風險，也不願意把他們留在飛機上。

　　不知道為什麼，在跟托比談過之後，凱斯更願意把這個東西叫作「能量塊」，現在他已經知道了尼祿那裡，那些變異人和這個能量塊之間的關係了。那些變異人或許不是大腦被能量塊啟動失敗之後的副產品，而且尼祿並沒有給他們吃下那些食物發放機裡的食物，所以才導致了這些變異人的出現。

凱斯忽然想到了一個問題——如果這些變異人和「神諭」無關，那「區域外」沒有食物發放機的地方，應該會有更多變異人——這才是真正意義上的危險。

　　「你原來就知道『神諭』能啟動大腦嗎？」凱斯意味深長地看了托比一眼。

　　「我當然知道，西蒙警長觀看過坎貝爾家族的那些變異人實驗，他們嘗試過各種啟動大腦的方式，但是那些肉人製成的變異人總是蠢笨如鐵，毫無能動性，一旦脫離了主腦連接器的指揮，就變成了一堆廢肉，只能到黑市之中倒賣。」托比似乎並不怕凱斯他們知道自己的祕密，一股腦地全都說了出來。

　　「原來如此，黑市之中流傳出來的肉人，竟然是坎貝爾家族生意裡的一部分，這一點我真的沒有想到。」凱斯冷笑著，他想起了自己在旅館之中度過的那一夜，那時候他正為了明天的生計而發愁，靠著賽洛做出來的作弊軟體小贏了一筆錢。

　　而當時他記得，第一名的獎品是一塊牛肉——據說是莫斯特伯阿米克降臨之前保存下來的，但是大家一致認為那是肉人的肉，現在他聽到了托比說的，終於把這兩件事聯繫起來了。

　　凱斯想到第一名獎品之中所謂的牛肉，很可能是坎貝爾家族淘汰下來的肉人，忍不住感到了一陣噁心。

　　「能夠啟動和維持人類大腦運轉，還能不讓他們變異的東西，就是這個『神諭』能量塊吧？」凱斯看了托比一眼，「我的朋友賽洛曾經告訴過我，人大腦裡的神經體系有五十多億對，這個東西很難被機器模仿，但是人卻可以組裝成機器，就像尼祿在泰爾西公司裡面做的那樣，用這些東西啟動他們的思考神經，然後再催眠他們，讓他們日以繼夜地為自己工作。」凱斯很快就找到了這些事物之間的聯繫。

　　「不然呢？你以為泰爾西家族的『冰牆』是怎麼造出來的，用手砌成的嗎？」托比用看白痴的眼神看了凱斯一眼。

　　「用人腦來類比電腦的運轉模式，比用電腦來模擬人腦要好得多，只不過一般人沒有那種基因。」凱斯忍不住諷刺了一句。

　　「尼祿那樣的暴君，天然就帶著這樣的基因，很多人生下來就是為了這

個世界做墊腳石的，沒什麼好覺得不公平的。如果他們能把莫斯特伯阿米克世界的祕密研究得更加透徹，美國政府會給他們記上一筆大功的。只有精英才有被記名送上祭壇的資格，剩下的那些庸眾，只是給那些精英輸血的垃圾而已——他們死了或者活著，都沒有什麼人去關心。」托比冷冷地闡述著自己的價值觀。

里茲和費里曼並沒有覺得托比說得有什麼不對，在他們看來，科學從某種程度上而言，的確是一種犧牲。

「要知道，儲存技術和資訊整合，本來就是未來的主要技術之一，我們要從中萃取出某些公式，製成更高級的武器，管理好那些庸眾。有了『神諭』，就可以把所有我想知道的事情，都存貯在某個大腦中，或者是幾個大腦中。簡單的事物每個人都可以知道，但是深奧的事物只會存貯在少數幾個人的腦中，如果我想要這部分知識的話，我可以將它找出來。」托比一邊向前走著，一邊滔滔不絕地發表著自己的演講。

「你是以什麼身分進入聯邦警署的？」凱斯用意味深長的眼光打量了托比一眼，他總感覺托比現在的這些宣講，不像是一個資訊警察在向著自由公民介紹這個國家最新的技術，反倒像是一種宗教宣講。

他又想起了當初在西蒙辦公室裡聽到的那個對話，死神復活了一些暴君之後，有一部分人建立一個叫作「索婆阿騰納斯」的宗教。有一部分人，在復活了暴君之後，透過討好這些暴君來獲得權力，他們都是狂熱分子，帶著這些暴君某一部分的信仰在世間行事。

一開始凱斯也只把這件事當成一個笑話，直到他親眼見到了尼祿，並且看到了西蒙派了兩個人，帶著史達林執掌的坎貝爾集團研發的戰鬥機來和自己接頭。

「精英們大腦儲存的資訊，是那些垃圾的上百倍。有了『神諭』，我可以啟動某些君王的頭腦，或者說，我也可以喚醒某個暴君的記憶，把他的能力放得更大，這樣他就能更輕易統治這些垃圾，給他們講更多完美的故事，讓他們貢獻出自己手中的錢，為了某個虛無縹緲的希望。」托比談到這件事，眼中放出了一絲狂熱的光芒。

凱斯看到托比的樣子，心頭劃過一絲疑雲，他隱隱約約地意識到，或許這才是西蒙派托比來的目的，坎貝爾家族內部也並非是鐵板一塊。

「縱觀人類的歷史，真理往往掌握在少數不被社會大眾認可的人的手裡，而正是這些人最終取得了成功，並且改造了我們的世界。剩下的那些人，並不需要思考，他們只需要重複他們現在的生活就行了——從死神大人提供的食物發放機裡領取特定的食物，然後幹好他們自己手上的活，明白嗎？」托比轉頭看了看格爾和米雪兒一眼，對他們沒有認真聆聽自己的宣講感到有些不滿，不過他很快又釋然了。

至少在托比心裡，格爾基本上可以等同於他所說的「垃圾」，至於米雪兒這樣的女人嘛，托比從來都不認為女人在這類事情上能有什麼見地和認知。像自己這種崇高的理想，米雪兒和凱莉這樣的女人能聽到，已經用光了她們的幸運了。

里茲和費里曼對視了一眼，雙方都從對方的眼中看到了一點詫異，里茲覺得，托比把他心中某種隱祕的東西宣之於口了。

以前他研究某些東西的時候，他也曾這樣想過——那些庸眾不過是服務於科學的——他們不需要思考，只需要幹好自己手上的事情，被那些精英領導就可以了。像他和費里曼這樣的精英，包括那些米蘭德研究所的人們，都可以代替他們去思考這個世界上某些深奧的道理，只不過，這些暴君把這個理念貫徹得更加徹底一些罷了。

甚至里茲知道，凱斯所說的「尼祿的那種基因是什麼」，這種基因，應該是願意拋棄道德底線，承擔某種罵名的勇氣——里茲當然沒有凱斯那種屬於偵探的正義感，在他看來，要成就某些事情，讓一部分人來做出適當的犧牲，確實是必要的。

「小心腳下！」在前面引路的山姆，突然發出了一聲警示。

眾人低頭，這才注意到他們腳下有很多碎石，這些碎石的斷口還很銳利，並沒有被風化，應該是剛才被托比的炸彈炸下來的。

托比一腳將一塊小碎石踢開，彷彿這塊小碎石就像他所說的垃圾一樣。

「我先看看前面到底是什麼情況。」山姆推了推掛在額頭前的探照燈，向縱深處照去。

眾人順著山姆探照燈的方向望了過去，看到眼前的石壁上，被鑿出了無數深洞，這些深洞看起來就像是紐西蘭人建在山洞裡的房子一樣，帶著某種魔幻的意味，唯一的區別就是這些深洞看起來就像蜂巢一樣，一個連著一

個，有些洞裡面還放著一些鐵架子床或者一些研究器材，看樣子應該是米蘭德研究所的那些探測員們當時用過的。

「看看你那些筆記裡，有沒有關於這裡危險性事物的介紹。」托比看了里茲一眼。

「就算有，現在也早就變了。」凱斯一邊檢查這些空洞一邊說了一句，「米蘭德研究院探索『神諭』能量塊，是莫斯特伯阿米克剛降臨的時候，那時候死神大人剛把這些生物收走，這裡的生態系統還沒有完全發生變化，現在……鬼才知道會有些什麼東西。」凱斯一邊說，一邊輕輕用手敲了敲牆壁。

像是為了回應凱斯的話，牆壁的另一面，竟然傳來一陣「叮叮咚咚」的響聲。

幾個人聽見了這聲叮叮咚咚的聲音，周圍氣氛陡然緊張了起來。凱斯和米雪兒對視了一眼，塞克斯汀則看著前方的棧橋上，密切地注視著一切。

這個基地看起來就像是一個巨大的洞穴，那些孔洞上密密麻麻的小孔，看起來就像是一個巨大的複眼。里茲和費里曼默默地站在旁邊，用探照燈觀察著這些孔洞，想像著當初建造這些東西時的不易。

「下面是空的。」山姆向托比打了個手勢，托比啟動了手中的一根繩索。繩索慢慢地垂下去，繩索另一頭上的探照燈，照亮了地底的平臺，眾人這才看見，原來棧橋下面還有一個巨大探測平臺。這裡看起來就像當初在海洋之中建造出來的一個巨大氣泡一樣，只是現在海洋變成了沙漠，但是這個氣泡體仍然還在，只不過是中空了一點而已。

眾人緩緩爬向了地底的平臺，依次鑽入了平臺上停靠的潛艇內部。

「這裡的控制室還可以使用。」費里曼走進了潛艇的控制室，坐在儀錶板前。他打開了儀錶開關，各式各樣的指示燈在他面前閃亮，他把答錄機和綠色的示波器接通，在示波器上立即顯示由一個銀色的光點。

「我們應該可以透過這臺儀器監測看看。」

「你會使用？」托比疑惑地看了費里曼一眼。

「當然，我從出生開始，就看著這些圖表長大。」費里曼看了儀錶一眼，雖然這些東西都真真切切地顯示在眼前，但是他還是有一點不敢相信。

費里曼拂去了儀錶板上的灰塵，操縱著手上的操控臺，想要移動這個潛艇。潛艇底部聯動著平臺上的升降儀器，應該只是用來托底這個平臺的。

費里曼試了試平臺的靈敏度，這個升降平臺還能用，只是時間有一點久，在向各個孔洞移動的時候，偶爾會發出一聲吱嘎聲。

數字深度顯示器上標出「15」之後繼續下降，銀色的光點在綠色螢幕上移動著，一根微型針在座標紙上畫著。

「注意，這裡以前是深海。」凱斯看著費里曼的動作，提醒著費里曼。

「我知道，現在已經變成了沙漠和黑岩了。」費里曼啟動了操作臺，潛艇向著崖底的那些孔洞旁慢慢靠了過去。幾人乘坐的潛艇，在陡峻的懸崖壁

間緩緩移動著，有一點像遊樂園的觀賞車。

顯示器標出「150」，然後漸漸地接近了「200」。

里茲著話筒，不停地讀著深度數位：「快到 200 英呎的深處了……」

突然，儀錶上的數字停止了跳躍，螢幕上的數位在 200 和 201 間跳動起來。費里曼停下了手中的操縱桿說：「可能就在這附近。」

里茲檢查了一下他所攜帶的儀器，輕輕點了點頭。

眾人從潛艇上下來，四周漆黑一片，凱斯率先打開了手中的探照燈，他環顧四周，綠色的雙眼在黑暗中閃閃發光。他聽見底部傳來不同的聲音，近處有奇異的滴答聲和一些輕微的呼吸聲，遠處有可怕的叮叮咚咚聲。

托比走近那叮咚的聲音，舉起探照燈，看見上面有些碎石子不停地落下。他這才明白，原來這個巨大的「石頭氣泡」也已經開始風化了，只不過當初建造這裡的那些人，用了一些特殊材料，所以風化的速度很慢，而且這裡被埋在沙漠附近，鮮少有人靠近。

山姆招了招手，眾人沿著一個海底陡坡滑下去，托比把腦袋貼在石壁上，嘈雜聲越來越響，好像還聽見某種奇怪的叫聲，是一種可怕的、連續不斷的、抑揚頓挫的奇怪聲響。

「或許這裡以前是個很有生氣的世界。」凱斯走到托比身後，看著托比的動作，發出了一句感嘆。

「不管什麼樣的世界，最後都未必能留下什麼痕跡，人類總是自視甚高，以為自己到達了文明高度的頂端，天下無敵。」托比冷冷地哼了一聲。

「別忘了，你也是人類。」凱斯心中又升騰起了一股想要揍托比一頓的衝動。

托比狡猾地閃了閃眼睛：「你得承認，有時候人和人就是不一樣，有些人負責思考和統治，而另外一些人負責做垃圾。」

里茲和費里曼沒有聽到兩人在說什麼，他們在黑暗之中，靠著探照燈微弱的燈光，沿著一堵大牆下慢慢地走著，地上的紅燈漸漸變成了綠色。

高牆旁邊有一個大廳，他們跨近大廳，發現內部十分寬敞。山姆用探照燈看了看，發現大廳的牆壁上顯出凸凹粗糙的岩石，大廳的四周放著許多複雜的機械。在大廳的中央，由上至下垂掛著一幅巨大的世界地圖，上面畫著紅、藍、黃等顏色的艦艇模型，標明各國潛艇和導彈巡洋艦的位置。

在微弱的燈光下，眾人看見這裡已經積滿了灰塵，但是里茲和費里曼能夠想像，當初米蘭德研究所的研究員和科學家圍著他們的監聽裝置，正在大廳裡緊張工作的情景。

「你看，」托比對凱斯說，「這裡現在不就是這樣嗎？我們在這裡冒險，而這個世界上絕大部分人對此一無所知，他們仍舊在渾渾噩噩地生活著。我研究了人類這種動物——不是從書本上，而是親自進行考察。根據我的判斷，人類已經沒有希望了，一切只能重新開始，創造出一個謙遜有禮、有紀律的新型世界。你同意我的看法嗎？」

托比望著凱斯說：「就拿你自己來說吧！你也痛恨戰爭，痛恨資本家，痛恨某些領袖為了他們自己的利益做違心的事情。所以，換成暴君統治的世界，只是為了加速這個世界的工作效率，事實上，和現在這些自私自利者統治的世界，從表面上看來並沒有任何分別，而且這些暴君能保證某些東西嚴格執行。」

「比如說那兩個人，」托比看了看里茲和費里曼，「他們希望有一個追求純科學的機會，也許將來有一天他們會如願以償。」

「如果我們的計畫能成功，可以使更多人的生活變得沒有痛苦、沒有煩惱，不需要像你那樣，患上創傷後壓力症的病症，每天都睡不著，靠著那些無聊的事情寄託自己的靈魂。」說完，不等他回答，托比又狂笑起來。

「你調查過我？」凱斯皺了皺眉頭，「當心我告你侵犯個人隱私權。」

「隨你告去吧！我不會害怕的。」托比看了凱斯一眼，「等我辦成了這件事，這個世界的法律、格局，全部都要改變。」

托比一邊說，一邊從鼻孔之中冷冷地哼了一聲，不再理會凱斯。

米雪兒走到凱斯身邊，二人對視一眼。

凱斯想起了他們當初打的那一架，托比說的是真的，他從他的眼神之中看出了這一點，但是他不明白托比為什麼會有這種自信。現在他唯一的已知資訊就是：托比是聯邦警察局的技術研究員，他是西蒙派過來的，他背後的主子是史達林。

但是現在，凱斯聽見托比說的話，感覺又有些奇怪，他像個狂熱的宗教分子一樣，似乎自己是掌握了真理的先知，成了死神的代言人。但是據凱斯的瞭解，托比本人並沒有什麼奇特之處。

　　里茲和費里曼站在中央大廳之中，山姆蹲下去，似乎在檢查著大廳之中的這些照明設備，能否再次啟動。這些設備當初是用洋流勢能來啟動的，現在全部都絞動在一起了，山姆費了很大的力氣，才把這些東西一一撥開。

　　「過來幾個人幫忙！」山姆一邊修整著眼前的機械，一邊對著幾個人叫喚著。

　　凱斯走到山姆身邊，蹲下來幫助山姆。說實話，比起這個喋喋不休又狂妄的托比，凱斯覺得山姆更可親一些。

　　里茲指著儀器和儀錶繼續說：「你瞧瞧這些東西，它們都來自極端祕密的俄國間諜、美國中央情報局的飛機和法國人的超級潛艇。當初米蘭德研究所的那些人找到他們，重新組裝，然後又投入使用，所以才造出了這個十號倉庫。」

　　「你是怎麼知道的？」費里曼聽見里茲的話，覺得有些疑惑。

　　「我在筆記裡看到過。」里茲撫摸著自己眼前的儀器，就像撫摸情人一樣細緻。

　　「你的父親，真是一個聰明的廢物利用大王。」托比走到了兩人面前。與此同時，山姆扭開了地上的地燈，強烈的亮光照射過來，刺得幾個人幾乎睜不開眼睛。

　　「還好這東西用的是核能發電，我剛才試過了，還能用。」山姆開心地搓了搓手，似乎辦成了一件了不起的事情似的。

　　「廢物能利用的話，當然是最好的了。因為只有這樣，才能用最快的速度達成目標，提高這個世界的運作效率。當然了——這件事的前提是——他們得有一個合格的領導者。」托比接著山姆的話說著，像是某種雙關句。

　　「你到底還找不找『神諭』？如果你要找的話，我建議你馬上閉嘴。」凱莉看了托比一眼，似乎對他的喋喋不休感到極不耐煩，「否則的話，我不知我自己會做出什麼樣的事情來。」

　　托比轉頭，冷冷地上下打量了凱莉一眼，但是卻識趣地不再說話。

　　里茲和費里曼正在檢查著大廳之中的各種設備。

　　「嘿！夥計們，我說，如果要拿到『神諭』，恐怕我們有兩個人得下潛到這個大廳的底部了。那東西就在下面，我剛看了，（0,0）的座標系，原來時指這個大廳正中央的底部。」里茲看著眾人，大聲說了一句。

▊ Chapter 085

「這個操縱臺設計得真精緻……」里茲看到了操縱臺，不由得發出了一聲感嘆。眾人這才注意到，原來這個大廳裡的操作臺竟然還能使用。費里曼順勢轉向儀錶板，將一把鑰匙塞進了鎖裡。一個充滿各種按鍵的密室打開，在一排排標明用途的按鍵盤上，費里曼按下了第一個鍵。

「這裡用的是類比蜂巢的結構和技術，整個都是，這在當時是最精巧的結構。」費里曼一邊轉動著手中那個老舊的羅盤，一邊回應著里茲。雖然他從來沒有來過這裡，但卻對這裡非常熟悉。隨著費里曼的操作，大廳操作臺上的燈光亮起，操作臺的程式緩緩啟動。

「喂，我想知道，誰下去開採那該死的東西？」山姆看到了牆角放置的一個特製小型潛水器，馬上明白了這個東西的用途。

里茲和費里曼顯然也注意到小型潛水器對操控臺的回應。

費里曼向操縱臺底部丟了一顆石頭，石頭向著操縱臺底部滾下去時，費里曼聽見了「嘩嘩」一聲輕響，原來更深的地底裡還有浸著一些水。也不知道這裡當初有多深，是不是把地底都鑽穿了。他和里茲對這裡有一些特殊感情，似乎這裡還帶著米蘭德研究所當時的味道。

「我要下去。」托比看了看那個小型潛水艇，又看了幾個人一眼，似乎害怕眾人跟他搶這個位置。雖然他現在明白，大家可能對這個東西並沒有多少興趣。他尤其關注塞克斯汀，不知道為什麼，他總覺得這個人是個危險人物。

「那我和你一起下去。」塞克斯汀看了看托比，突然說了一句。托比用懷疑的眼神看了塞克斯汀一眼，似乎並不願意讓塞克斯汀和自己一起下去。但是他掃視了一下其他人，見其他人確實沒有要下去的意思，這才相信他們是真的對那個「神諭」能量塊沒什麼興趣。

「我不會要你那個東西的，我下去只是因為我想弄清楚，這個東西到底長什麼樣子。」塞克斯汀看了托比一眼，語氣淡漠，彷彿真的對一切都沒有興趣。

托比看了看山姆，似乎是在徵求山姆的意見。山姆接觸到了托比的眼

神，立刻明白托比的意思。托比雖然暫時相信了這些人，但是他心裡還是害怕自己進入了潛艇之後，這些人會有什麼小動作，所以特意讓自己留在上面看著，這樣他在開採的過程之中，多多少少也會放心一些。

老實說，越是到了離自己夢想只有一步之遙的時候，托比忽然感覺有些緊張，他覺得眼前的一切看起來似乎都有一點不真實。

「怎麼樣？」塞克斯汀看著托比，似乎算準了其他人並不會和他一起下去。里茲和費里曼看見托比看著潛水服，似乎是在沉思。塞克斯汀向凱莉點了點頭，凱莉走上前來，幫助塞克斯汀開始換那個老舊的潛水服。

費里曼仔細操作著操控臺上的拉桿，水底似乎裝了掃描攝影的裝置，隨著他的操作，水底的立體圖像清晰地顯示在螢幕上，里茲走上前來，幫助費里曼一起調整著各種資料。雖然兩人在微型設備上類比過很多次，但是像現在這樣真正在「蜂巢」設備上實際操作，對他們而言還是第一次。

里茲和費里曼一邊監視著小型潛水艇下潛時可能沒入水中的位置，一邊仔細記錄著操控臺上儀錶板上的資料。

「怎麼樣？你如果不下去，那我就獨自下去了。」塞克斯汀看了看托比，率先鑽進了潛水艇，坐在了潛水艇駕駛艙中的一個位置，綁好了安全帶。托比見其他人實在沒有上潛水艇的意思，只能恨恨地換上潛水服，鑽進了潛水艇的副駕駛艙，綁好安全帶。

「一會兒到了座標點的時候，可能還需要再往前游一段距離。」費里曼一邊實驗著操縱臺上的資料一邊說。

「先下潛再看看。」費里曼仔細操作著操縱臺上的拉桿，像對待情人一樣體貼。

隨著費里曼的動作，操縱臺上的拉桿緩緩將潛水艇提起，慢慢向下輸送而去，塞克斯汀和托比仔細觀察著潛水艇下潛的位置。

隨著拉桿的投放，兩人乘坐的潛水艇「匡噹」一聲撞進湖底，托比被這巨大的衝撞感撞得十分難受，大概是剛才心中憤憤不平的緣故，托比的安全帶並沒有繫得十分緊，巨大的衝撞導致托比向前猛衝而去，一頭撞在了玻璃罩上，托比的頭盔裂開了一道縫隙。從費里曼操作的立體圖上可以看到，兩人乘坐的潛水艇正在緩緩接近目標點。

「接近目標點。」費里曼的聲音從潛艇的音箱之中傳來。

「你們現在得從潛艇之中出來，游泳前行。」費里曼從螢幕中的監控之中，監視著兩人的動作。

「前面有一道黑岩阻擋，這個通道太狹窄了，你們得游泳才能穿過去。」費里曼播報著前方的情況。

他的話音未落，托比的頭盔已經傳來開裂的聲響，似乎有些水灌進了托比的潛水服之中。托比像在陸地上一樣甩了甩頭，想把頭盔之中的水甩出去，但是頭盔裡的水似乎並不能甩掉。

隨著潛水服之中的水越來越多，托比也越來越驚恐，拚命想把他的頭向籠頂抬起，臉色看起來就像死一樣蒼白，托比不停地呻吟，剛才的萬丈豪言現在全部化成了恐懼。

山姆從潛水服之中的聲音裡聽到了托比急促的呼吸聲，趕緊讓費里曼監控托比的潛水狀態。兩人看到托比的頭部已經灌滿了水，托比正昂著脖子，盡量不讓那些水浸入到鼻子之中。

托比從來沒有想過，這裡的水竟然會這麼冷。

序列機的螢幕上閃跳出 03：58，03：23，03：00，這些水馬上就要接近托比的呼吸設備了，螢幕上顯示只剩下最後十分鐘，情況有些緊急。

「深深吸一口氣，不要亂動，在上面堅持忍耐一會兒，否則這些冰水就會嗆入到你肺部。」山姆幫托比戴好了潛水服的頭盔，將其中的呼吸系統調好。然後托比深吸了一口氣，似乎緩過來了一些。

山姆拚命地按著螢幕上的設備，讓托比趕忙返回潛艇之中，換一套備用的潛水頭盔。紅燈、監聽器和序列顯示器的指示燈全部亮著：10：51，10：53……52……。他目不轉睛地盯著地操縱臺上顯示的數字和各種水下監視器上的標記，以便更輕鬆掌握托比現在的生存狀況。凱斯與米雪兒對視一眼，兩人雖然並不喜歡托比，但是也不忍心看到托比現在的樣子。

費里曼緊緊盯著操縱臺上的數字，在他眼前，序列顯示器上已經閃現出「04：50」，托比必須在這個時間內返回到潛水艇之中，更換自己的潛水服。

「注意前方。」隨著托比的動作，費里曼手中的操縱臺突然發出了「嘟嘟」的聲音，一連串的數字跳了出來。山姆顯然也聽見了這個異常的聲響，連忙轉過脖子，湊上去看了一眼。

這顯然並非是托比潛水服上的監控，而是探測儀上探測到的另一串資料。這種奇怪的滴滴聲，吸引了所有人的注意力，大家都把頭湊了過來，看到螢幕上閃爍的亮點，這個亮點在螢幕上發出了悠悠的藍光，從它發出聲音開始，螢幕上其他幽暗的地方都被點燃了，似乎是在一瞬間就啟動了儀盤表上所有的程式。

「就是這裡！這就是『神諭』能量塊！拿走它就可以了！」里茲和費里曼看到螢幕上閃爍的資料，忽然明白了這是什麼東西，里茲激動地叫出聲來。很顯然，塞克斯汀已經接近了這個「神諭」能量塊，塞克斯汀潛水服之中聯通操控臺的監視器，掃描到了「神諭」能量塊之中的能量！

眾人緊緊盯著螢幕上閃爍的那個藍色光點，似乎在等待著某種神聖的時刻。只有山姆一個人急得抓耳撓腮，現在托比被困在了潛水服之中，他必須馬上救他的命，但是偏偏在這個時候，這個叫塞克斯汀的傢伙已經接近了能量塊。

顯示器上的數字仍然在閃現「00：41」、「00：40」、「00：39」……山姆焦急地注視著。托比現在顧不得搶佔「神諭」的先機，他得先救自己的命。

山姆看見托比慢慢接近潛艇，同時潛水服之中的氧氣也在慢慢耗盡。他明白，如果潛水服之中的氧氣耗盡的時候，托比沒有進入潛水艇的話，托比就很難再活下來了。

山姆注視著托比的行動，其他人則緊緊盯著螢幕上接近「神諭」的塞克斯汀。現在這兩個人都在水下，不管他們遇到什麼樣的情況，都只能靠自己自救，其他人只能監控而無法幫忙，這種無力感讓山姆十分痛苦。托比昂著頭，已經游到了潛艇蓋處，他需要掀開蓋子，才能進入潛艇。

山姆緊張地盯著螢幕上的資料，托比還有兩分鐘的時間，如果這兩分鐘他不能進入潛艇，他就會在水下因為窒息而死去了。

「砰」的一聲，托比終於接近了潛艇蓋，他從上端扭開了潛艇，隨即又「啪」一聲摔倒在潛艇內部，山姆從顯示器上看到了托比的動作，終於長長地舒了一口氣，他看見，儀盤表上顯示托比潛水服之中的氧氣數字停在「01：03」上。

與此同時，塞克斯汀也越來越接近那個小藍點。

　　托比趴在地上，深深地吸了一口氧氣，緩解自己剛才因為溺水而帶來的恐懼和慌亂。

　　山姆指示他行動的聲音，仍然迴蕩在潛艇前端的音響之中，托比憤憤地站起來，一把扯掉了自己頭上的頭盔。

　　很顯然，他也從螢幕中看到了那個叫塞克斯汀的傢伙，正在一步步地接近那個藍點，畢竟這裡和上面那個顯示器都是聯通的。

　　他從小型潛艇的艙窗望過去，模模糊糊地可以看到塞克斯汀穿著藍色潛水服穿過黑岩岩縫的身影。那一塊「神諭」能量塊，應該就鑲嵌在地底的某一處石壁上。

　　托比拉開了小型潛艇的壁櫃，從裡面找到了一套新的潛水服。他一邊緊緊盯著螢幕上顯示的畫面，一邊迅速地換上了自己找出來的潛水服。雖然他明白，現在即使他換上了潛水服，可能也無法搶先得到「神諭」能量塊了，但是他還是想要過去看一眼。

　　他表情冷漠地看著塞克斯汀接近「神諭」能量塊，眼神陰暗，連山姆叫了他幾聲都沒有聽見。

　　塞克斯汀緩緩游動著，他已經來到了這個藍色光點的旁邊。塞克斯汀拉開了罩在這個藍色光點上的保護鐵閘盒。盒子上面裝置了一些按鈕，隨著塞克斯汀的操作，盒子上方門的蓋子自動打開。他小心翼翼地看著保護外殼裡面所罩的那個東西，眼中第一次流露出了讚歎的神色。

　　「這就是那種可以喚醒那些數量少、精明能幹、智慧更高的新型人類的東西……」塞克斯汀在心裡想著，完全沉醉在「神諭」的能量磁場之中。他想起了自己被死神復活的那一剎那，在路克斯塔裡見到的那些奇觀，在這一刻，他似乎又重新感受到了那些神跡。

　　托比望著那些按鍵，似乎每一個都亮著，他感到十分遺憾，甚至有些痛苦。原本現在感受到「神諭」能量的人應該是他，但是現在卻被這個塞克斯汀搶先了。塞克斯汀關掉了鐵閘盒附近的保護措施，取出了鐵閘盒之中的那塊「神諭」能量塊。

　　他將這個小東西小心翼翼地放在自己的口袋中，緩緩向小型潛艇的方向游了回來。老實說，在看到他身形移動的那一剎那，托比有一種想要把船開走的衝動，可是他並沒有那麼做的原因是，他雖然已經恨透了這個塞克斯汀，竟然能搶先一步拿到這個東西，如果可以他也想要甩掉這個塞克斯汀，可惜他抵抗不了親眼看到「神諭」能量塊的那種誘惑，只能將小型潛艇的艙門打開，放濕淋淋的塞克斯汀進來。

　　塞克斯汀小心地穿過了兩塊黑岩的夾縫，踩在潛艇的入口處，門在他背後自動地關上了，帶著一攤冰冷的水。塞克斯汀將「神諭」能量塊握在手中就往潛艇艙室內走，連潛水服都沒有脫下，他進入了艙室，看見了面色陰沉的托比。

　　「你應該把這個東西放在盒子裡。不然的話，我也不敢保證會發生什麼事情。」托比看了塞克斯汀一眼，冷冷地說了一句。因為塞克斯汀先他一步取到了這個東西，現在他幾乎把這個塞克斯汀當成仇人。當然，這個名叫塞克斯汀的傢伙神祕兮兮的，這一點也令他很煩。

　　塞克斯汀看了托比一眼。

　　現在這兩個人站在同一個房間裡，鼻子對著鼻子，眼睛對著眼睛，但誰也沒有使用暴力，而且互相表現得相當尊敬。但是明眼人都看得出來，兩人的這種對峙好像下棋，看看誰才智過人，誰略勝一籌。

　　「零點座標系號，準備什麼時候返航？」艙室之內，費里曼不帶感情色彩的聲音傳來。

　　他的聲音迴蕩在艙室之中，但是塞克斯汀和托比都沒有回答。

　　托比向前走了幾步，將自己剛才取出潛水服時找到的盒子，遞到了塞克斯汀面前。塞克斯汀看了托比一眼，並沒有行動，托比一邊走近一邊說：「說起來，你是隨著我一起來訪問這裡的客人……要是你不願意把這個小東西交回來的話，我可以用萊塞光束在你的頭上穿出洞來……我可以用強光射瞎你的眼睛……我可以用超聲波把你燒焦，使你像沙漠裡那些變異的傢伙一樣，因缺水而死亡……」

　　他覺得他的話足以使塞克斯汀感到震驚，於是一手拿著自己剛剛找出來的盒子，一手從艙室的控制臺上摸了一把槍，倏忽一下，便對準了塞克斯汀。

控制室裡的眾人從控制臺上的音響裡聽到了托比的聲音，疑慮地互相對視了幾眼。

山姆有些不好意思地看了看眾人，能做的就是焦慮地關注著小型潛艇控制室裡的情況。

眾人聽見托比大聲對塞克斯汀說：「不用擔心，我絕不會隨意處置『神諭』能量塊的。你要相信，生存不僅是對於適者的報答，而且也是一種義務。看在你找到了這個東西的份上，我決定你是那個有權參觀儀式的人。當然，那個儀式肯定會讓那些不太重要的人們離開，讓另外一部分有資格的人留下來，就像我之前說的，這個世界原本就是一部分人奴役另外一部分人，被奴役的那部分人，他們並不需要知道太多東西。」

塞克斯汀的大腦正在高速運轉著，正如眾人所說的那樣，這個名字叫作「神諭」的能量塊，在他伸手觸碰到的那一剎那，就已經啟動了他腦海中的很多東西——他感覺，自己曾經親歷過的那些事情，在眼前快速閃過，纖毫畢現，讓他有一種飄飄欲仙的感覺，以至於托比的盒子和槍頂到他的頭頂時，他都沒有絲毫的察覺。

「把這東西放進盒子裡！快一點！」托比威脅的聲音，就像是從虛空之中傳過來的一樣。

塞克斯汀看了托比一眼，冷漠又事不關己的眼神之中，第一次流露出了一點不耐煩的情緒。但是出乎托比意料的，塞克斯汀並沒有反抗，而是按照托比所說的，將自己手中的「神諭」能量塊放進了盒子之中。

托比蓋上了盒蓋，將這個東西一把揣在了自己的懷中，似乎害怕遲一步塞克斯汀就會反悔似的。

「神諭」藍悠悠的光芒，在托比蓋上盒蓋子的那一剎那，從幾個人的螢幕上同時消失了。

費里曼有些遺憾地望著桌面上的那個操控臺，後悔自己並沒有多看一眼這個開採的過程。雖然他並沒有親自接觸到「神諭」能量塊，但是自己這麼多年的尋找有了一個結果，和一塊石頭落地的感覺也差不多。他轉頭望向了里茲，里茲臉上，同樣帶著意猶未盡的遺憾。

凱斯拍了拍里茲的肩膀，走下了操控臺。從戰場上下來的時候，他就已經明白了人的這種感情。有時候的確是這樣的，人陷入在某種目標之中，會

產生狂熱的情緒——很多時候，人追尋的並不是目標，而是這樣一種情緒追求的快感，在目標達成的那一刻，他們反而會覺得存在著某種遺憾。

就像凱斯自己，戰場上朝不保夕的日子雖然令他作嘔，但是在他得知戰爭結束的那一刻，首先感受到的並不是開心，而是茫然。他的神經已經繃得太久了，久到他已經忘了放鬆應該是一個什麼樣的狀態。

「零點座標系號，準備返航。」托比緊緊護著自己懷中裝置著「神諭」的那個盒子，飛快地繫上了安全帶，然後才對著操控臺上的啟動器喊了一句。

「收到。」費里曼的聲線裡帶了一絲因為激動而混合進去的顫音。眼前的一切恍如夢幻一般，他幾乎不敢相信，自己竟然會以這樣的方式找到「神諭」和十號倉庫，追尋了太久的東西一旦實現了，似乎都產生有這種莫名其妙的恍惚感。在找到這東西之前，大家把這個東西渲染得像神話似的，一旦實現了，好像什麼也沒能改變。

塞克斯汀也已經繫好了安全帶，小型潛艇帶著兩個人重新浮向水面，精準地送到了費里曼操縱的這個拉桿爪之中。

費里曼用顫抖的雙手操縱著操控臺上的按鍵，山姆和里茲則站在一旁，作為他的副手幫忙。

伴隨著「吱」的清響和小型潛艇發動機隆隆的被緩緩拉回了大廳之中。

就在潛艇落地的那一刻，托比已經解開了安全帶，護住了懷中的盒子。塞克斯汀則看了托比一眼，緩緩地解開了安全帶。

兩人一前一後跳下了潛艇，托比已經走到了山姆身邊，向山姆輕輕點了點頭。山姆看到了托比的眼神，明白那是「東西拿到了」的意思，頓覺鬆了一口氣。

凱莉在塞克斯汀下來的那一剎那就已經迎了上去，幫助塞克斯汀脫下自己的潛水服。凱斯的目光被兩人的動作所吸引，他仔細看了看塞克斯汀換潛水服的情景，感覺有些奇怪——這個名叫塞克斯汀的法國男人，似乎並不是因為某種高傲，而是他好像真的不太懂這些生活瑣事一樣。

看到這些細節，凱斯現在幾乎已經可以百分百確定，他也是被復活的暴君之一，這個人身上很多說不清、道不明的東西，都和那些被復活的暴君差不多——只不過他喜歡單獨行動而已。

「塞克斯汀⋯⋯」凱斯在心裡默念這個名字，他想搞清楚他是誰。

他剛才透過小型潛艇和控制臺上聯動的音響，已經知道這個名叫塞克斯汀的男人，放棄了「神諭」能量塊的事情。他本來也是來這裡找這些東西的——可是現在他竟然主動把這個東西給了托比。他並不是因為害怕托比手中的槍，凱斯有這種直覺，可是現在他竟然放棄了，那是什麼原因呢？

凱斯用手指輕輕敲著掌心，似乎在思考著這件事。他望著塞克斯汀，腦海中忽然閃過一條訊息：如果這個塞克斯汀也是復活的暴君，他在被死神復活的那一刻，一定見過很多自己未曾見過的東西。

Chapter 087

　　凱斯盯著螢幕上的那個藍點，如果按照螢幕上的顯示，現在塞克汀已經拿到了這塊「神諭」。

　　但是凱斯總覺得哪裡不對，雖然他說不清楚到底出了什麼事情，但是他覺得這件事一定不會那麼簡單。他盯著里茲和費里曼的動作，水底的塞克斯汀已經發出了回程的信號了。

　　凱斯看著費里曼和里茲的動作，他感覺那個藍瑩瑩的東西似乎正一點一點地滲透到他腳下站著的這座大廳之中──令凱斯奇怪的是，這個情景雖然他雖然並沒有親見，但卻從他的意念之中逐漸滲透了進來。隨著那個叫塞克斯汀的男人越接近那個藍幽幽的光點，凱斯的這種感覺就越強烈。

　　他眨了眨眼睛，眼前的情景又恢復成了自己剛才進來時的那樣，似乎他看到的那道幽藍又深邃的光芒，從縫隙之中滲透進整個大廳，像一個繭把大廳包裹起來的情景，僅僅只是凱斯意念之中的某種想像。他晃了晃腦袋，想要把這種夢幻的想像從腦海中擠壓出去。

　　作為一個凡事講證據的偵探，他不應該產生現在這樣的想法，可是只要一看到螢幕上閃爍著的那個藍光，這種念頭似乎就會自動從他的腦袋之中冒出來。眼前的這些場景，還有眼前的這個時空，似乎都已經在他的腦海中渺渺茫茫，翻轉成了一個另外的模樣。

　　「這裡的磁場似乎已經被這個『神諭』能量塊影響了。」里茲看了一眼費里曼的動作，喃喃地說了一句。費里曼手上仍舊一刻不停地操作著那個控桿，似乎完全沉浸在尋找「神諭」能量塊的快感之中，連里茲剛說了什麼，他似乎都沒有聽見。

　　托比獨自待在潛艇之中，山姆透過立體圖，將托比的動作看得一清二楚。

　　「嘿！嘿！」山姆透過托比腰間掛著的信號器呼喚著托比，似乎在催促著托比趕緊上來。他一邊透過那個信號器發出「嘿嘿」的聲音，一邊催促著托比，讓托比趕快去取走神諭，但是自從托比回到了那個小型潛艇之中後，整個人就像是虛脫了一般，靠在潛艇的地板上一動也不動，似乎連站起來的

力氣也沒有了。

山姆又呼喚了兩聲，托比仍然沒有反應。他連忙走到了費里曼那邊，想要看看費里曼他們有沒有什麼辦法，拉響小型潛艇之中的警報來喚醒托比。

費里曼沉浸在操控探測器接近藍色光點的曼妙之中，似乎現在並非是他在控制手中的拉桿，而是手中的拉桿在控制著他。

「你剛才說什麼，我並沒有聽見。」費里曼疑惑地看了里茲一眼，「你知道的，我全神貫注地幹某些事情的時候，是很難被打擾的。尤其是我馬上就要引領塞克斯汀接近『神諭』了……你不明白這種感覺，這是一種掌控一切的感覺……」費里曼迷醉地說著。

凱斯看著費里曼的表情，感覺費里曼似乎已經沉浸在他做的事情之中了，周圍的一切都無法干擾他和這種能量之間的聯結。凱斯注意到，費里曼臉上似乎有一種朝聖的神情，這種神情他只在狂熱的托比和某些癮君子的臉上看到過，當托比談起他的理想，和癮君子吸食完毒品之後，他們全部都是這樣一副表情。似乎沉浸在某些難以言喻的世界之中，時而迷醉、時而心神激盪，迫不及待地想要把他們看到的一切告知所有人。

凱斯看了費里曼一眼，他腦海中突然響起了一陣話語。凱斯抬頭，「神諭」能量塊之中的藍光似乎從四面八方滲透了過來，這些光芒一開始是藍幽幽的，後來變成了白熾的狀態，似乎整個大廳在這道藍底的白色熾光之中，被擠壓成了一塊塊的碎片，凱斯並沒有刻意控制自己的意念，他知道，這或許是一種引導。

他任由這種意念對自己引導，他忽然也有些好奇起來，他想要看看，如果任由這個所謂的「神諭」能量塊來引導自己的話，他到底會進入到一個什麼樣的世界之中去。

凱斯閉上眼又張開雙眼，感受到了大腦的意念，似乎將他帶入了另外一個時空。

「控制造幣廠和法庭，讓賤民去擁有其餘的一切。」凱斯似乎走進了一個廣場。這裡站立著很多人，大多數人都戴著一頂黑色的兜帽，似乎在聆聽著主教的訓斥。

凱斯將自己大衣的領子往上提了提，以便讓自己的臉在人群之中顯得不那麼突兀。他驚異地發現，自己提領的動作，竟然變成了戴上與所有被訓斥

者同樣的兜帽，他伸手觸碰了一下自己的臉龐，他的臉上也有了和他們一樣的東西——一個黑色的金屬面罩。

　　凱斯抬起頭，這裡顯得幽靜而空曠，但是四面八方都透出一股死氣沉沉的黑氣來。

　　那迪沙皇帝正在訓話。凱斯的腦海中突然冒出了一條這樣的資訊，這令他的意識有些混亂。這則訊息似乎原本就在他的腦海裡，他站在這群黑衣人當中，頂著漸漸瀝瀝的雨，聽著主教在訓話，而另外的一些事情似乎變得很遙遠，但是在他另一端的意識裡，他應該是凱斯‧史密斯，被托比和山姆等人劫持到了一個叫作「十號倉庫」的大廳之中。

　　在那個大廳之中，里茲和費里曼正操縱著拉桿，引導著托比和塞克斯汀接近神諭，指揮著他們倆用特殊的方法將「神諭」開採出來，但是這個費里曼似乎又被某些奇怪的能量波動所影響，連和里茲說話也開始變得氣衝衝的。

　　「你沒事吧，凱斯？」米雪兒看到凱斯露出了少見的恍惚神情，連忙走到了凱斯身邊，輕輕問了一句。

　　凱斯耳中恍惚聽見了米雪兒的聲音，他正要應答，身邊一個身穿黑色長袍、戴著兜帽的人，冷冷地看了凱斯一眼。他的眼神充滿了責備，似乎是在怪凱斯不應該亂動。

　　那迪沙皇帝向著兩人所在的方向看了一眼，眼神中的冷意讓凱斯不寒而慄。凱斯輕輕掐自己的手臂，感到了一絲疼痛。他這才意識到，他看到的場景，是聯動著自己的痛感神經的。他忽然想到，如果自己在意識之中被殺死了，那自己在現實之中的身體雖然沒有死，但是還是會感覺到同樣的疼痛的。

　　這一點令他聯想到了尼祿養在箱子裡的那些人，他在這一刻忽然明白了這些人的工作機制，尼祿利用「神諭」能量塊產生的磁場，讓這些人的意識完全進入了一個不知是虛擬的空間還是真實存在過的地方。身體上的痛感和眼前畫面的清晰度讓凱斯覺得，這裡或許是真實存在過的，至少他在掐自己的時候有強烈的痛感。

　　他低下頭，能看見衣服上栩栩如生的紋路，這些東西或許殘留在自己基因裡，是他，或者說他的先輩在某一個時空裡清晰地記憶，現在只是被這個

「神諭」能量場啟動了。

　　尼祿一定啟動了那些人關於工作的記憶，凱斯心想。不知道尼祿實驗過多少次，才把這些能量磁場調整到了正確的頻道上來。凱斯想起了 A 區的那些變異人，應該都是尼祿實驗失敗之後的產物。

　　米雪兒輕輕地將手搭在了凱斯的手臂上，從她的視角望過去，她只能看到凱斯站在原地一動不動，就像陷入了某種沉思一般。

　　在搭上凱斯的一瞬間，米雪兒感到那股熾熱的藍光似乎穿透了整個大廳，進入了她的整個大腦，眼前的一切，一瞬間變成了無數個碎片。

　　米雪兒抬起頭，她似乎也來到了這個廣場上。

　　「如果你想獲得巨額利潤，你就得掌握統治權。」托比腰間掛著的對講機之中，不時地閃動著這個提醒的聲音。

　　托比靠在小型潛艇之中，他朦朦朧朧地感覺到自己似乎站了起來，正在以某種審視的目光，看著躺在地上的那個人。他的腦海中像電流一樣流過了一段話，這段話令他感到十分熟悉，就像是他自己說過的那樣。

　　托比一抬頭，他似乎來到了一個中世紀的場景裡。他穿著黑色的衣服，戴著兜帽，正仰視著眼前的演講者。

　　「所有的事物中，都有一種傾向成為宇宙某部分的模式。這種模式具有調和、精美和優雅的性質，這些性質只有在真正的藝術家所捕捉到的模式中才可以找到。在季節的交替中，在沙沿著沙脊的流動中。在含有雜酚油的灌木叢樹枝的年輪中，以及在樹葉的花紋中，才可以找到這種模式。」

　　「在社會生活中，我們盡力模仿這種模式，追求節奏、舞蹈和安撫的形式。然而，在尋找最終完美的過程中，可能會遇到危險。很明顯，最終完美包含著其本身的固定，在這樣的完美中，一切事物都走向死亡……」

　　托比感覺到，自己似乎從這裡面聽到了某些植物的名稱，這些植物，他只是在歷史書上見到過，而這個演講者卻拿它們做比喻，這簡直比他自己還要離譜，他想起了自己在對那些蠢人演講的情景。

　　托比伸手碰了碰自己的臉，卻只觸摸到了一個冷冰冰的金屬鐵塊，這個鐵塊是一個面具。他抬起頭來，忽然明白了，自己現在正在聆聽著另外一個人的演講。托比想要嘲笑那個人，卻發現自己無法發出聲音，他不自覺地被那個人的演講所吸引。

這是那迪沙皇帝，托比和凱斯一樣，他心中突然湧起了一陣熟悉的感覺，似乎這個情景只是他某一段生活經歷的再現。他感覺自己來到了潛意識深處的某個世界，一個一切體力限制消失的超自然的世界。

「一些人，按照他們對你的看法，可以分成若干類型。」臺上的那迪沙皇帝緩緩開口。

「在它誕生時，在它變成了現實的壓力時，宇宙就有了它自己的生命力，並產生出它自己難以捉摸的差異。可怕的目的仍然存在，種族意識也仍然存在。所有這一切，都出現在這腥風血雨的瘋狂護教復仇戰爭中。」那迪沙皇帝深沉的聲音，像細沙一樣灌入了眾人的耳朵。

當然，也包括托比的耳朵，這奇怪的氣場讓托比感到了某種威壓。他似乎聽見了山姆的叫喚聲和自己腰間掛著的那個對講機的提醒聲，還有他一貫說的那句話：「如果你想獲得巨額利潤，你就得掌握統治權。」

但是他已經沉淪在眼前的場景之中，更確切點說，他似乎已經和眼前的這個場景融為了一體了——他被眼前的場景深深地吸引，山姆遙遠又細微的呼喚聲，根本無法將他從眼前的場景拉回到現實中來。

Chapter 088

「當法律和職責被宗教統一起來時，你永遠不會清醒。」那迪沙主教的話自幾個人的頭頂上傳來。

凱斯轉了轉脖子，他感覺自己的意識似乎寄生在這個戴著黑色兜帽的身體裡，但是這個身體和他的意識似乎又融合得很好，彷彿這個身體原本就屬於他一樣。

「你是誰？」凱斯感覺到自己身邊這個大腦之中，似乎冒出了一句莫名其妙的話。

這不是自己在說話，凱斯心想，他感覺得出來。他的意識始終是凱斯‧史密斯，而現在問話的這個人，似乎是這個身體原本的主人。他似乎對凱斯意識的寄生有一點莫名排斥，但是卻並沒有發出聲音。

凱斯抬起頭，大概是因為他的動作幅度太大，身邊另一個穿著黑色斗篷、戴著黑色面具的人，也扭過頭來看著凱斯。

凱斯從她的眼神之中讀出了一點米雪兒的意思來，大概是被自己的意識牽引，米雪兒在意識之中也來到了這個莫名其妙的地方，聽到這番莫名其妙的演講。

凱斯注意到，這些人臉上所戴的面具的風格十分詭異，很像自己看到的那些索婆阿騰納斯教那些雕塑。黑漆漆的鐵面上插著兩根長長的鐵條，臉部也被扭曲的金屬線條一分為二，看起來帶著中世紀哥德式的暗黑風格。

「米雪兒」向凱斯輕輕點了點頭，示意凱斯不要東張西望。凱斯抬起頭，看見廣場四周的高臺上，站著許多頭戴面罩的人，那些人背著弓箭，手持嘯刀，目光銳利，似乎在尋找著人群之中的叛徒，並隨時準備對這些人進攻。

主教兩邊的高臺上，站著另外兩個人，將嘯刀提在手中，似乎隨時準備展開一場殺戮。凱斯只能看見這些戰士的頭罩和眼睛，那些人站立的姿勢和攻擊的準備狀態告訴他，這是一群訓練有素的戰士。

他們有著和法國人差不多的藍眼睛，凱斯心想。「法國人」這三個字令凱斯心中忽然升騰起了一個莫名其妙的想法，他想起來了一件事——那個

已經在慢慢靠近「神諭」的塞克斯汀，正是一個法國人。或許「神諭」啟動的，正是他殘留在記憶之中的某些潛意識……但是凱斯的意識所寄生的這個人，似乎又令他十分熟悉，凱斯抬頭，冰冷的雨水淅淅瀝瀝地落下來，讓他清醒了一些。

　　他能感覺到，自己寄生的這個人，似乎跟他有著某種關聯，或許他的前世正是中世紀的某個異教徒──這樣的想法令凱斯著實嚇了一跳。他想制止自己這種莫名其妙的念頭，勒令他的意識重新回到大廳的凱斯身上去，卻發現他現在已經辦不到了。

　　這一刻，他的意識似乎已經和「神諭」產生的能量磁場牢牢地捆綁在了一起，除了看臺上那迪沙主教的話，他幾乎已經感受不到其他任何東西。

　　「如果你再這樣東張西望的話，我會被你害死的。」凱斯意識裡的那個聲音忽然冷冷地說了一句。

　　「什麼？」凱斯有些疑惑。他並不知道，現在這具身體裡的意識還具備與自己對話的功能，他原本以為他只是因為「神諭」產生的能量場的影響，而被塞克斯汀拉到了他的某段回憶之中，現在凱斯聽見了這個黑袍裡原本的「意識」和自己的對話，不由得有些詫異。

　　凱斯的聲音引起了一陣不小的響動，身邊的兩個人，紛紛向凱斯所在的方向側目。

　　「你，現在，馬上給我閉嘴，不要亂動。如果我們敢在那迪沙主教演講的時候，發出某些奇怪的聲音的話，那你就會被教廷中的人用最嚴厲的方式進行處罰。」凱斯從這個警告聲中聽出了某些和自己類似的意味來。

　　自己從「意識」裡聽到的那個聲音，雖然在警告著自己，但卻似乎帶著某種諷刺的調調，這一點和他日常說話的語氣十分相像，如果他不是知道這個場景，或許是從塞克斯汀記憶之中調遣出來的，他也許會認為這個說話的人是自己的前世呢！

　　「都說了，叫你不要亂動。」那個聲音又警告了凱斯一句。

　　「你們曾經聽到我父親講過宗教的力量，任何風暴、任何生物以及任何東西，都不能阻擋我們的真神……」那迪沙主教的聲音穿透了淅淅瀝瀝的小雨，穿透著凱斯的耳膜。

　　凱斯的手被這冷雨打濕了，他抬起頭向遠處眺望，只能看到主教的紅

袍。主教身後是陰沉的天色，黑色的雲層壓在他身後那些哥德式的建築物上，讓凱斯產生了某種清冷又陰鬱的感覺。

「米雪兒」繼續用眼神向凱斯打著招呼。自從她來到了這個場域，她的感覺就和凱斯一樣，這個地方令她有一種既陌生又熟悉的氣息，似乎這個場景是她曾經經歷過的，現在只是回顧一般。但是她的意識又是新的，是清醒的，就好像自己在觀察著另外一個時空的自己，她也不知道自己為什麼會有這樣的想法，似乎從來都沒有人跟自己說過，這些想法就自然而然地從她的大腦之中冒了出來。

米雪兒寄居的那個身體之中的「意識」，顯然也感覺到了自己身體的失常，凱斯看到「米雪兒」的失常，又看到了米雪兒將自己的頭轉了過去，馬上就明白了，米雪兒或許是遭遇到了和自己一樣的問題。

凱斯嘗試著讓自己的意識平穩下來，雖然這種身臨其境的感覺令凱斯十分不適，但是對這具身體裡原本存在的意識的那種親切感，讓凱斯還是決定不要做出太過引人注目的動作。他凝神聽著周圍的一切，想要透過他偵探視角的觀察來判斷現在的形式。

當他安靜下來的時候，他發現廣場上十分安靜，只有那迪沙主教的聲音。

凱斯假意用動脖子的方式輕輕扭了扭頭，發現自己四周聚集了許多人群，這些人群之中，散發著某種冷硬、壓抑和恐怖的情緒，凱斯從那些人的眼神之中，讀出了某些隱藏著的緊張和不安。凱斯寧願相信，他們是因為恐懼才會保持這種反常的安靜。

「你猜對了！如果你能像他們那樣安靜，或者我能活得更長一點。」凱斯身體裡的那個「意識」，透過腦海中的意識和凱斯默默地交流著。

凱斯學著這些黑衣人的樣子安靜地低下頭，一陣風吹了過來，凱斯看見這些穿著黑色斗篷的人擠在一起，那些黑色的斗篷，在風的吹拂下，就像一道黑色的波浪一樣。

「如果每個人都受到了『神諭』能量場的影響，那他們應該都會看到這個場景的。」凱斯的腦海中又冒出來一個想法。

「什麼叫能量場？還有，『他們』是誰？」凱斯腦海裡的聲音，似乎能在瞬間就感受到凱斯的想法。

「這個……要解釋起來實在太難了。」凱斯在意識界裡飛快地和那個聲音交流著。如果這個意識和身體真的和自己有一定的聯繫的話，那他應該能透過自己的思維，讀取到自己現在的想法的，凱斯心想。這種「心流」般的交流，比他之前的交流要快多了。

「你們要知道，你們這裡有些人，如果追隨我，和我一起，那麼在我得到本該屬於我的那些皇室的權利時，你們在吉拉斯也會擁有重要的地位。」那迪沙主教的聲音突然高亢起來，打斷了凱斯和那個聲音的繼續交流。

「斯格爾特就是這些人中的一個，這並不是我想收買他，也不是因為要感激他，儘管我是他救過命的許多人中的一個。而是因為他的聰明才智和強壯，也是因為他用他自己的智慧，而不僅僅是透過紀律，來統率著那些不願意思考的民眾。

他用軍隊去鞭撻他們，讓他們不得不勞作——只有死亡才能讓那些蠢人們克服他們的懶惰，很早就掌握了這個真理的人，才能明白怎麼樣推行他們的思想，你們說是不是？」那迪沙主教突然向凱斯所在的方向看了一眼。

凱斯聽著這半截的演講，感到一頭霧水。這個名叫那迪沙主教似乎在動員著什麼，但是他卻並不能從「意識」之中讀取前面的資訊。

「你不用找了。」凱斯感受到「意識」之中傳到了一則資訊，「他所說的斯格爾特就是教會新晉的一名主教，我從來都沒有見過，當然沒有關於他的記憶了。」凱斯感受著意識之中那個聲音在提到「斯格爾特」時那種熟悉的諷刺語調，竟然還覺得有些親切。

隨著那迪沙主教話音的落幕，凱斯看見了一個身著黑袍的人，撥開人群向高臺上走去。那人拾級而上，他的背影卻令凱斯莫名其妙地想起了托比。

托比……凱斯在心中默默地推演著托比的那些說辭，覺得托比的這些認知和這個那迪沙主教剛才的演講有些異曲同工之妙。說不定托比前世就是一個狂熱的教徒呢，凱斯心想，他那一套說辭，真就像是最極端最狂熱的宗教分子。

「讓你們的統治者授予你們最好的榮譽。你們幫助他獲取財富，殺死敵人，用你們最殘酷的手段去對付他們，我要對你們說，要團結起來，去殺那些我們真正的敵人，去獲得你們的鮮花、女人和榮耀！」

那迪沙主教一邊說，一邊將手中的一個花冠遞給了走上了前臺的那個

「托比」。

　　凱斯看見了給托比戴上花環的所謂的君主——他是這群人之中唯一沒有戴著面具的人。

　　在他抬頭的瞬間，凱斯看見了那個和塞克斯汀一模一樣的臉，當然，他身邊站著那個冷著臉的凱莉。不過，這個凱莉似乎和凱斯平時見到的那個冷美人不太一樣，她竟然帶著某種親切的笑容。

　　「真是見鬼了。」凱斯從心裡發出了一聲哼哼，他知道這一切都是「神諭」能量場的影響，他想要擺脫，卻又無能為力。

　　「托比」戴上了那迪沙主教給自己的花環，他的臉上流露出了凱斯常見的那種得意。

　　「我很感激我今天得到的一切，當然，在我正是為那迪沙主教和國王服務之前，我需要清除掉我們自己隊伍之中的某些叛徒。」「托比」掃視了細雨之中站著的眾人一眼，凱斯覺得，他在自己和「米雪兒」所站的地方，停留的時間格外長。

　　「真該死，他並不知道自己以前的人生之中還有這一段！」凱斯從鼻孔裡冷哼了一聲，觀察了一下地形，似乎隨時準備跑路。

Chapter 089

　　顯而易見的，「托比」並沒有打算放過他們。不，在這個時空裡他應該叫作「斯格爾特」，現在正向著他們的方向看了過來。

　　「該死！」「凱斯」和「米雪兒」對視一眼，兩人立刻從對方的眼神之中領會到了對方的意思，在大主教手下的黑衣劍士提劍之前，就已經拔腿從人群之中鑽了出去，以極快的速度拐進了身側的一個陰冷小巷之中。

　　「凱斯」感到了身體裡那個「意識」的憤怒，但是他已經來不及解釋這麼多了。幸好這個意識和他的理念是互通的，他和這個意識之間，以極快的速度就達成了某種共識。

　　身後的東西飛快地向後退去，「凱斯」和「米雪兒」鑽進了那條窄窄的巷道之中，身邊是古舊的哥德式建築。兩人在陰冷潮濕的通道之中向前奔跑，凱斯發現通道的盡頭還有一扇門，連忙拉著米雪兒向通道盡頭的那扇門跑了過去，在他接近門的一刹那，忽然被人拉進了一條巷子之中。

　　「米雪兒」慌忙地跟了上去，那人拉著凱斯和米雪兒跑了一段路，從一條骯髒的巷子之中鑽進了一間屋子，將追兵的馬蹄聲甩在了身後。

　　「凱斯」摘下自己黝黑的鐵面具，這才看清楚，將自己拉進門口的人是「里茲」。「凱斯」轉頭看見「費里曼」正在室內擺弄著一堆瓶瓶罐罐，室內一片黑暗，只有一點幽微的火光，壁上掛著一個被煙火熏壞了的馬燈。「凱斯」抬頭，雖然屋子看起來有些幽暗，但是還是能藉著火光看出這個暗室的基本輪廓，「凱斯」藉著馬燈的微光，打量著自己眼前的這個「里茲」。

　　「別看了，我也不知道這是哪個時空的自己……」「里茲」攤了攤手，看樣子這應該也是某一個時代的「里茲」。

　　「這他媽的是該死的怎麼回事？」凱斯打量著四周脫口而出。

　　「費里曼」聽見這句話，有些疑惑地抬頭：「我們也不知道，應該是塞克斯汀受到『神諭』的影響太大，所以產生了能量波動吧。」費里曼用他一貫的慢條斯理的語氣回答。在他看來，「凱斯」應該很清楚這是怎麼回事，畢竟他們的意識是清醒的，他們明白在那個大廳之中發生了什麼事情，現在

他們的意識只是穿梭到了某一個世紀的「自己」身上而已。

　　「剛才那句話不是我問的。」「凱斯」有些抱歉地聳了聳肩。他相信「里茲」和「費里曼」都明白這是怎麼回事。說起來他也挺抱歉的，他只不過是凱斯・史密斯的意識，他很清醒，他的身體還在那個黑漆漆的大廳裡，卻不知道自己的意識為什麼會看到法國的波旁王朝。但是對這個身體原來的「自己」而言，他被追殺卻是切切實實的，他都不知道自己要怎麼收場。

　　「托比對『神諭』的執念和憤恨被放大了，他要追殺每一個接近『神諭』的人，他的意識被嫁接到了波旁王朝的斯格爾特身上，現在我們每個人都是他的仇人，要回到那個大廳，首先得喚醒托比。」「里茲」一邊看著「費里曼」擺弄著那些瓶瓶罐罐，一邊對「凱斯」說著。

　　「你就不能停下你那該死的動作再解釋這件事嗎？」「凱斯」皺了皺眉，對「費里曼」這種漫不經心的語氣似乎感到有些不滿。現在他和「波旁王朝」的自己，共用著一個身體的感覺，令「凱斯」覺得自己像個精神分裂症患者。他的意識瞬間被「自己」讀取，原來的「意識」終於安靜了下來。

　　「沒辦法，我以為自己還在操作大廳裡的那些東西呢。」「費里曼」抱歉地抬起了自己的雙手。

　　「凱斯」想到「費里曼」還在操縱著那個大廳之中的指示器，不由得吸了一口涼氣。「費里曼」現在擺弄這些瓶瓶罐罐的動作，像極了大廳之中操縱那些指示器的動作。

　　「現在到底應該怎麼辦？我只是碰了你一下，就來到這裡了。」「米雪兒」也摘下了她的黑鐵面罩，露出了一張秀美高貴的面龐。

　　「我也不知道，那片藍色的熾光影響了我的意識，然後我就到了這個該死的地方。現在我們得想辦法從這裡回到大廳去。」「凱斯」看了看四周，說出自己的判斷，「如果『托比』真的像你說的，只是因為『神諭』影響了他的意識的話，那我們回去把他從潛艇之中喚醒就可以了。」「凱斯」冷靜地分析著。

　　「我想，大概是離那個玩意兒越近，受到的影響也就越嚴重。」「里茲」皺了皺眉頭。

　　「我有一點後悔對那個東西產生好奇心了。」「米雪兒」打量了四周，忍不住說了一句抱怨的話。

「早知道你就留在飛機裡就行了，女人本來就不應該去冒險的，她們只擅長坐在屋子裡等待，說一些不著邊際的閒言碎語，品評別人的衣服和首飾，八卦著某些無聊的東西，像研究『神諭』這類工作，有女人參與進來，本來就是一種恥辱。」「費里曼」有些不滿地看了「米雪兒」一眼，用他一貫嘲弄女人的語調品評了一句。

「現在我們在哪一段時空裡？」「凱斯」適時地打斷了二人的聊天，再讓他們說下去，肯定得吵起來。

「大概是法國波旁王朝吧！塞克斯汀受到『神諭』能量場的影響太大了，所以把我們所有人都帶回了這個時代，我們的意識不能憑空漂浮，只能回到波旁王朝的『自己』身上。當然，這只是我的推測，不過應該八九不離十。」「里茲」攤了攤手。

他有一點慶幸自己對這個時代的歷史學得還不錯，當然，這個時代的自己對政治格局也相當瞭解，在他被帶回這裡的一瞬間，就已經讀取了相當多的資訊。

「當然了，塞克斯汀離那個玩意兒最近，所以他意識之中被那東西影響的部分也最多了。」「費里曼」補充了一句。

「小聲一點『費里曼』，別被那些追兵聽見。」「里茲順著門縫看了一眼，一隊騎兵從門口掠過，撞翻了好幾個坐在門口看熱鬧的人。

「里茲」看著這些穿著厚重鐵甲的士兵從門口奔跑過去，才又謹慎地回到了幾個人身邊。

「你們知道，塞克斯汀是一個被復活的暴君——他叫塞克斯汀，因為他原來就是路易十六。」「里茲」耐心地向眾人解釋著，他第一次感覺自己意識之中儲存著這些知識的好處。

「好吧！我們想想現在我們應該怎麼回去。」「凱斯」輕聲問了一句，雖然現在身邊的幾個人都是自己原本就認識的人，但是他卻總是感覺有些陌生感，大概是這些面孔都是自己不熟悉的，雖然他對「里茲」和「費里曼」的感覺是熟悉的，但是看著兩人的前生後世同時重疊在一個身體裡，總是讓他覺得怪怪的。

「我們的意識已經依附在曾經的自己身上，看樣子塞克斯汀一時半刻也醒不過來，我想，要想讓我們的意識和身體脫離，可能需要我們在這個時代

的肉身完全死去才行……」「里茲」攤了攤手，他也知道，這樣對前世的自己而言，實在是太不公平，但是就目前的形勢來看，別人似乎也沒有什麼更好的辦法。

「你確定這個辦法可行嗎？」「凱斯」有些疑惑地望著「里茲」，雖然現在他有自己這具身體的使用權，但是要「殺死」曾經的自己，去拯救那個站在大廳的混蛋凱斯，令他有些迷茫，似乎覺得沒有什麼必要。

「當然，這裡並不是真正的波旁王朝，「凱斯」，這只不過是塞克斯汀的記憶。因為塞克斯汀是這個時代的人，所以他理所當然的，把我們也帶回了他這個時代，因為別的時代他沒有經歷過。」「里茲」篤定地說著。

「你怎麼知道得這麼清楚？」雖然「里茲」說得煞有介事，但是作為偵探的本能而言，「凱斯」還是有些懷疑。

「我真得感謝自己，前世竟然是一個政治文化愛好者——當然，書也看了不少，恰好也看過這方面的書。」「里茲」深深地吸了一口氣，他沒有告訴「凱斯」和「費里曼」的是，自己的前世竟然是個書記員，平時除了看那些雜書之外，竟然還熱衷於編故事，自己的前世曾經編過一段後世意識闖入的故事，而這段故事竟然恰好現在還留在這個身體的意識裡。

「里茲」懷疑，大概正是因為自己的意識回到了前世的身體裡，所以這段記憶也殘留在這個身體的意識裡，所以他才能讀取這些東西。當然，「里茲」在意識之中讀取的這段故事裡，意識共生的雙方是控制軀體從高處下墜，這樣終於才將後世的自己送回了自己的時空之中，但是他實在是不敢把自己得到這則訊息的來源告訴「凱斯」他們，如果他們知道這只是一個揣測，大概上會暴揍自己一頓。

「好吧！」凱斯攤了攤手，雖然「里茲」的這套說辭並沒有完全說服他，但是眼前除了這種方法之外，他們也實在是不知道還有什麼新的可能性了。

「壞的辦法也比沒有辦法好——現在這樣的情形，只能先試試了。」「里茲」的前世似乎很喜歡說話，雖然他讓「費里曼」聲音小一點，自己卻一直滔滔不絕地向「凱斯」和「米雪兒」兩人解釋著。

「我們需要爬到最高的地方，然後向下跳。」「里茲」看了「凱斯」一眼，「但是我們首先得躲過那些追兵。」

　　「真該死，看樣子看到自己的前世，真的不是什麼好事情，尤其是在被人追殺的情況下。」「凱斯」皺了皺眉。

　　「沒辦法！如果我們跳下去的時候也能看見一片熾藍的光芒，應該就能回到那個該死的大廳裡了。」「里茲」詳細耐心地解釋著步驟，並小心翼翼地提出自己的設想，不管怎樣，現在他的提議還有他們幾個人的做法，看起來都和瘋子沒有什麼兩樣。

　　「噢天哪！我寧可被『托比』抓住殺掉。」「米雪兒」有些絕望，她覺得自從和「凱斯」遇到了這些人之後，發生在她身上那些奇奇怪怪的事情也越來越多，也越來越令人不可接受。

　　「怎麼了？」凱斯有些疑惑地看了看米雪兒。

　　「我有懼高症。」米雪兒猶豫著向凱斯解釋著。

　　「現在也沒有其他辦法，我們先這樣吧！」費里曼看著米雪兒，眼神之中也閃過一絲不耐煩的神色。他對米雪兒在這個時候提出這樣的說法感到不耐煩，自己的意識來到這個時空，而另外一邊的「自己」還在操縱著那些拉桿，他害怕如果出了什麼紕漏，塞克斯汀和托比的潛艇回不來的話，怕是他自己的意識也無法重新回到大廳之中的身體裡的。尤其是他發現自己在這個時空的身分竟然是一個鐵匠，這個發現讓他大為惱火。

　　雖然里茲的意識找到了前世的「自己」之後，馬上就來到了這個鐵匠鋪尋訪費里曼，並在千鈞一髮的時刻救下了凱斯和米雪兒，但是費里曼內心深處仍然覺得，讓凱斯和米雪兒看到自己這麼窘迫的模樣有些難堪，在他看來，連米雪兒這樣的女人的前世，都是主教使團裡面的人物，而自己卻僅是一個鐵匠，實在是讓他有一點難以接受。

　　「我們一會兒從後門繞出去……」里茲拉開了後門，偷偷從門縫之中看了一眼，確定空曠幽冷的街道上沒有其他人之後，他才伸手招呼著米雪兒和凱斯等人圍到桌邊。

　　凱斯低下頭，看到桌面上攤開著一張簡易的巴黎地圖，他這才意識到，自己身處的地方竟然是十八世紀的巴黎，地圖之中有一座哥德式的建築，用法語標注著「巴黎聖母院」幾個字。

　　米雪兒也看到了這張地圖，這才發現自己居然認識法語了，她一眼就認出了自己眼前的這幾個字，也反應過來從剛才和他們的對話，都是用自己前世那個年代的法語，但是彼此間居然也都知道對方在說什麼，這也挺神奇的，她希望自己的意識回到本來的身體後也能會法語就好了。

　　「那邊有一條小路，可以直接繞到巴黎聖母院——當然了，這個前提是

得快速地從地下通道穿過去，中間沒有驚動任何士兵。接下來順著下水管道旁邊的石沿爬到牆邊，能從牆邊翻進這個塔樓裡面去。管道每隔兩個小時會關閉一次，這個關閉的時間只有半個小時，你們必須在這半個小時從管道裡面爬出來，不然就會被沖進塞納河中。」

「進了塔樓之後，躲藏的地方會多一些，因為那時候會有很多可以隱蔽逃亡者的遮擋物，當然，如果我們能不驚動那些騎兵還是最好的，誰也不想像火燒屁股一樣，被那些拿著鐵桿子的混蛋追著跑的。」里茲一邊講解著地圖上各項標誌性建築物，一邊向凱斯等人講解著這件事應該如何執行。

「當然，如果中間咱們驚動了騎兵的話，我也不知道最後的結果會怎麼樣。」里茲小心翼翼地看了凱斯和米雪兒一眼，老實說，他對自己的這個計畫也不抱太大希望。

「就先這樣辦吧！」凱斯無奈地嘆了一口氣。

「我覺得前世的你比大廳的那個要有趣得多。」凱斯看著里茲小心翼翼地收起了那張巴黎地圖，開玩笑地說了一句，「如果你一直都是這個性格，我想那個叫凱莉的女人也會看上你的。」

「說起來，凱莉到底有沒有來這裡？你們見到她了嗎？」米雪兒問了一句。

「沒有，如果我能見到她本人，我是說如果，我肯定能一眼就認出來的。」里茲肯定地說著。但是他卻隱隱感覺，即使他在這個時空裡見到了凱莉，她的反應也應該是先戳自己一劍，而不是投懷送抱。

里茲脖子上掛著的一個金屬掛墜，忽然滴嘀嘀地響了起來。這個金屬片鑲嵌在一個裸女的掛墜上，這個裸女有著十分誇張的乳房和屁股。

凱斯和米雪兒聽見聲音，轉過頭看著里茲，米雪兒一眼就看見了報時器上的那個裸女。里茲連忙用手指滑動著裸女的兩個乳房，裡面果然藏著一個報時器，里茲連忙伸手將報時器關閉。

「這是我的前世，不！是我自己平時搞的一些小發明，只是一個簡單的報時器，一旦到了那個時間，就會自動發出聲音。」里茲一邊尷尬地關閉著報時器，一邊向凱斯和米雪兒解釋著。

「你如果能把這玩意兒帶到大廳，說不定能按古董的行情賣個好價錢。」凱斯又用他一貫的語調調侃著。

「我倒是渴望真的有這麼個東西。」里茲匆匆將報時器塞進了衣服裡。

「我們得趕快走──『神諭』金屬影響塞克斯汀越深，他在自己的這段意識之中沉睡得也就越深，如果他像尼祿那裡的那些人一樣，進入了深度睡眠，只有腦波活動的話，那我們就得和這個世界的前世一起生活在他記憶中的這個巴黎了，雖然我覺得這樣也不錯……」里茲攤了攤手。

「不行！我們得馬上回去。」費里曼馬上拒絕了里茲的這個提議，他可不想只在這裡當個鐵匠。一想到他將永遠帶著現代的意識在這個鐵匠鋪裡度過自己接下來的生活，日復一日地重複著，他便感到極度恐慌。

「我也得走了，現在我還在被托比追殺呢！」凱斯皺了皺眉，想到了托比討人厭的樣子，他甚至有一點想要跟他打一架。新仇舊怨加在一起，只有幹翻托比才能讓他解氣。

「先出去再說。」里茲將頭伏在門上聽了聽外面的動靜，見外面沒有什麼人來過，便衝著凱斯招了招手。

「我們從那邊的房頂爬上去──從那兒可以找到出路。」里茲指著前方一條通道對凱斯和米雪兒說著。

「我們得先換上鐵匠的衣服，這樣比較不容易被人發現。」凱斯衝著費里曼點了點頭。

費里曼會意到，他從髒兮兮的衣服堆之中找了幾件充滿油汙的衣服，扔給了凱斯和米雪兒。看見米雪兒換上了那件充滿油汙的衣服，費里曼心中就有一些惡作劇的快意。

凱斯和米雪兒將他們的鐵面具扔進了火焰之中，又將身上的長袍脫了下來。他往米雪兒身上抹了一些油汙，因為他們是臨時改扮的，所以看起來有些假，當然從凱斯偵探的眼光來看，這兩個鐵匠身上有著太多破綻了，但是現在他們只需要走過對面那條街就行。

衣服上的油汙味衝上鼻子，凱斯感到了自己腦海中翻騰著不滿的意味，他明白那是自己前世的「意識」在作祟，只能將這種不滿強壓下去。

「還得帶幾把武器才行。」凱斯和費里曼說了一句。

費里曼又蹲下身子，從自己的那堆破爛之中，找到了幾個還算趁手的鐵片，將其中的一個鐵片扔給了凱斯。

「不行，不能帶著那東西，那東西走在路上太顯眼了。」里茲看了凱斯

和費里曼一眼，忍不住提醒了一句。

凱斯思忖了片刻，將手中的鐵片放了下來。

里茲拉開門，幾人從後門跑了出去。凱斯低下頭，盡量讓自己看起來不那麼顯眼。雨已經停了，路邊有一些平民坐在門口，看著凱斯一行四人從裡面浩浩蕩蕩地走出來，都用好奇的目光打量著他們。

地上有些汙穢泥濘，米雪兒小心翼翼地繞了過去。里茲扯著自己的法式長袍，神情輕鬆地對路邊投過來好奇目光的人客氣地笑了笑。藉著外面的光亮，凱斯才看清楚里茲也穿著一個法式的長袍，看起來似乎是一個有一點地位的體面人。

「這件衣服不錯。」凱斯看了看自己身上充滿油汙的衣服，又看了看里茲，用他諷刺的語調說著，「如果這些人知道，神職人員身上的報時器竟然是用裸女做的外殼，不知道他們會怎麼想。」凱斯故意用只有他和里茲兩人能聽見的語氣說著。

「只是皮囊不一樣，但是從內在的心思所有人都是一樣骯髒的，對性的渴求，在這一點，所有的人都一樣。」里茲小聲回覆著凱斯，對迎面走來的一個和自己打招呼的人做了一個回禮的手勢，「神會寬恕他每一位真心懺悔的子民的。」

「謝謝。」那個平民微笑著從凱斯等人身邊走了過去。

幾人走了一段路，凱斯在路邊看到了兩個鐵甲兵，把這些人的臉龐一個個撥開來看了看。

「管道就在前面……」里茲指著前方說著，他又掏出自己的報時器來看了一眼，「還有十分鐘就要關閉水閘了，我們得在那之前就躲進去，然後在對岸開放的時候，我們趁著水勢繞到牆邊。」

凱斯抬頭看了一下，果然看到了河對岸的幾條管道。

「走。」里茲引著他們，沿著河岸走到了管道邊。費里曼率先爬了進去，他迫不及待地想要擺脫前世的自己。

米雪兒第二個爬進去，凱斯看了看，近距離一看，這個管道很大，能容得下一人直立。接著里茲也爬了進去。

三個人一起向著管道的另外一端跑了過去，里茲說過，這個管道的水閘關閉時間只有半個小時，他們必須在半個小時之內跑到牆邊上去，然後才能

沿著牆面爬到他們的目的地。

「真該死！」凱斯抹了一手汙泥，他毫不猶豫地在衣服上擦乾淨了，擦完了之後他才想起來，這是費里曼的衣服。

費里曼也覺得有些鬱悶，如果不是「神諭」的影響，把自己的意識引入這個世界，他現在應該站在那個黑漆漆的大廳裡，指揮著自己手上的那臺控制儀器，透過立體影像看著托比在水中撲騰的模樣，而不是在現在這個波旁王朝的巴黎，被托比在這個王朝的前世追殺。

里茲拎著自己的袍子站在岸邊，看著凱斯他們進入了那個管道之中。

Chapter 091

「我一會兒去塔樓和你們會合。」里茲有些依依不捨地看了凱斯和費里曼等人一眼。

凱斯聽見了里茲說的話，這才想起來，托比追殺的是自己和米雪兒，里茲的確沒有必要從管道之中鑽過去——他的前世是一名神職人員，他想要進入塔樓，只需要光明正大的從那條該死的泥濘街道走到塔樓去即可。

凱斯和米雪兒扶著管道向前走去，他們雙手都濕漉漉的。管道之中倒是沒有什麼汙泥，只有一些水垢沖刷過的痕跡。雖然這條管道並不算長，凱斯仍然感覺到心裡有一股無明業火的感覺。

儘管他說不清楚為什麼會這樣，但是這種感覺就是存在，凱斯在意識之中，將這歸結為前主人對自己的意識占據這具身體的不滿——雖然從某種程度上來說，他們也是一個人。

幾人跌跌撞撞地向前走去，管道之中有些滑，稍微不小心便要摔倒。凱斯看了看費里曼的神情，覺得他應該是他們這幾個人中間最鬱悶的一個，好在管道並不算長，凱斯等人很快就走到了管道的中部。

一陣刺啦的聲音傳來，帶著某種舊金屬的沉重。

「這是什麼聲音？」費里曼神情緊張地問了一句。

「這是騎兵在我們頭頂上行走的聲音。」米雪兒白了費里曼一眼，雖然費里曼一直瞧不起她，但是她穿梭回來的身體，竟然也是一名主教使徒，而且她驚異地發現，自己身體的前主人竟然對這座城市還有一定的瞭解。

「如果不是我清楚地知道自己是米雪兒，你是凱斯，我簡直要懷疑這裡到底是由塞克斯汀意識引動的世界，還是我們真的在這個地方活過……」米雪兒看著凱斯，喃喃地說了一句。

「假如這裡不是塞克斯汀的意識，我也希望真的能和你在這座城市裡生活過一段。」凱斯看了米雪兒一眼，他並不想費里曼那樣覺得女人有什麼問題，雖然他也認為女人們經常會製造麻煩，但是像米雪兒這樣漂亮的女人，他卻一點兒也不覺得麻煩，只有費里曼那樣的理工腦才會排斥漂亮女人，因為他的腦袋裡已經只剩下科學研究這一件事了。

凱斯想像著那些穿著盔甲士兵在自己的頭頂上方走過的模樣。

「什麼聲音？」一個熟悉的聲音從凱斯頭頂上傳了過來，凱斯、米雪兒和費里曼聽見了這句話，連忙屏住呼吸，貼緊管道站著。

「或許是老鼠吧！」另一個士兵恭恭敬敬地回答著，同時凝神聽著管道之中窸窸窣窣的聲響。

「嗯！」問話者輕輕嗯了一聲，雖然對這個回答感到有些不滿，但是似乎也沒有深究的意思，而是帶著這隊士兵繼續向前走去。

凱斯與米雪兒聽著上面兩人的對答，聽著他們走遠的聲音，對視後，輕輕地鬆了一口氣。

「繼續往前走。」凱斯用眼神目視著米雪兒和費里曼，里茲說過，他們只有半個小時的時間。

凱斯聽見了澎湃的水聲和遠處的一聲奇怪的聲音。幾人又摸索著向前走了幾步，眼前變得亮了一些，這裡的天空和莫斯特伯阿米克時代不太一樣——凱斯想起了頭頂上那個人說的「老鼠」，不禁有些迷惘，大概這是波旁王朝自己沒見過的某樣東西。

他腦袋之中剛冒出這個念頭，隨即又浮起了一個形象，他馬上想到，這應該是波旁王朝時代自己腦袋之中，原本就存在的某種「意識」。

管道之中安靜的可怕，只有他們三個向前爬行時發出來的聲響，凱斯隱隱約約覺得似乎哪裡有些不對勁，發問者的聲音聽起來有些像是托比。凱斯心裡覺得，托比並不是一個好糊弄的人。

「出口就在前面。」費里曼看到了管道的另一頭，那裡果然像里茲說的一樣，在管道的盡頭有一道牆沿，只不過這道牆沿有些窄，一次只能容得下一個人走過。

費里曼率先鑽了出去，隨即發出了一聲慘叫。

凱斯眼疾手快地將費里曼重新拉回了管道之中，費里曼的肩膀已經被一支長矛戳傷了。費里曼伸手捂住了傷口，米雪兒連忙從費里曼身上撕下來半截衣服幫他包紮。

費里曼肩頭被戳傷的地方，瞬間湧出了紅色的血液，這令凱斯感到有些訝異，他們在莫斯特伯阿米克時代，血液是是透明黏稠的，他只是在他爺爺的筆記之中看到過，曾經有人類擁有過紅色的血液，這還是他第一次親眼見

到紅色的血液。他忽然有一個新奇的想法，他不知道自己的血液是不是也是紅色。

「他們在上面，那些該死的士兵……」費里曼咬著牙，痛苦地說了一句。

「我看到了。」凱斯冷靜地回答了。他早就知道托比是個陰險的傢伙，卻沒想到托比竟然在管道的出口等著他們。現在他們有兩個選擇：要麼就掉到水裡，要麼就被那些士兵的長矛戳中，但是不管哪一個看起來都不是太好。

「下去看看，他們就躲在管道裡。」托比的聲音從凱斯的頭頂上冷冷地傳了過來。

「是！斯格爾特大人。」士兵一邊應答，一邊從圍牆上方翻落下來。凱斯想起了自己在主教宣講時聽到的那名名字，是的，那個該死的混蛋托比，在這個時代竟然是皇家侍衛的上將，想到這一點，凱斯就有些難以忍受。

「早知道我們就應該帶著那些鐵棍。」凱斯看著士兵從上面跳下來的身影，找到了他的落點，一邊說著一邊抬起自己的雙腳，一腳將士兵揣進了河水之中。

他現在發現，自己「前世」的這具身體竟然十分好用，大概是因為平時就是主教使徒養尊處優的緣故，說不定還伴隨著一定的格鬥術訓練，凱斯心想，當然這個意識又是自己前世的身體灌輸給自己的。

如果他在第一次和托比見面的時候就有這樣的格鬥術，他就不會被托比那個混蛋用槍指著自己的頭差辱了——凱斯有些後悔自己當偵探的時候沒有好好鍛鍊身體，只是不停地自我消耗。

三個人聽見管道下面傳來了「撲通」一聲重響，應該是剛才的那名士兵掉落在水中的聲音。

米雪兒想像著那名士兵穿著盔甲向上爬的樣子，忍不住笑了起來。又有兩名士兵從圍牆上爬了下來，凱斯和米雪兒兩人看準這兩名士兵，想要學著剛才凱斯的樣子，在他們落地之前就將他們踢到水中，但是有了前車之鑒，這兩名士兵一邊向下爬的同時，一邊讓自己頭頂上的士兵用長矛向內戳著，那兩名士兵身上有鎧甲倒是沒事，凱斯、米雪兒和費里曼三個人卻是什麼遮擋的東西也沒有。

管道之中隱隱傳來了流水聲。凱斯和米雪兒對視了一眼，大概是兩人都聽到了管道之中的流水聲。凱斯心中一沉，他們三個同時想起了里茲說過的那件事——這條管道半個小時會開一次水閘。

　　「我們得想個辦法，馬上從這裡出去。」凱斯看了米雪兒一眼，又看了看幾個闖進來的士兵。

　　「里茲說過，到塔樓之後河沿上的一條路，那裡最快，只要我們爬到牆邊就進入塔樓了。」費里曼捂住傷口，忍痛看了看闖進來的士兵。雖然疼痛的是自己前世的身體，而他仍然帶著費里曼的意識，但是他還是難以避免地感覺到這種神經之中的刺痛感。

　　「那些士兵從牆上爬下來還要一陣子，他們穿著這些鐵質的鎧甲，太過於笨重。現在退回去也不大可能了，托比那個混蛋，肯定也派人去管道的另一頭了，現在我們唯一的辦法就是從牆沿上的小道上衝過去。」凱斯看了看眼前的形勢，冷靜地分析著。

　　「現在他們已經下來了，我們怎樣才能衝過去？」米雪兒憂心忡忡地看著來人，雖然凱斯說得很有道理，但是她實在是想不出他們幾個人應該怎麼從來人的包圍之中衝出去。

　　凱斯看了一眼那幾個爬進管道的士兵，大概是為了更方便進入管道，他們將自己左手之中的盾牌扔在管道之中，右手仍然扛著他們手中的鐵質長矛。凱斯向米雪兒使了個眼色，示意她向那些盾牌靠攏。

　　米雪兒接收到了凱斯的眼神，在那些士兵們跳下管道的一瞬間，米雪兒飛速拿起一塊盾牌，在士兵們反應過來之前，將那些士兵從管道口撞了下去。

　　與此同時，凱斯也拿起了一塊盾牌，拉著費里曼向著牆沿的小道衝了過去。

　　費里曼也學著兩人的樣子抓起了一塊盾牌，和衝進來的那個士兵扭打在了一起。大概是因為他手臂受傷的緣故，費里曼的動作顯得有些遲鈍，但是滑溜的管道讓那個士兵也顯得有些笨重，費里曼掄起盾牌，便將那名士兵撞了下去。費里曼看了一眼從管道上掉下去的士兵，感到有些興奮，大概自從意識來到這個世界之後，這是他第一次因為自己是個鐵匠而感到興奮。

　　凱斯聽見了管道下又傳來「撲通」的幾聲響聲，與此同時，橋上也傳來

了一陣喧嘩，那些士兵們看到了管道之中意外，對凱斯三個人的抓捕聲也更大了。

「他們已經封鎖了整個道路，但是他們不知道我們要去哪裡。」米雪兒向凱斯傳達著自己聽懂的資訊。

「從這個牆沿上的小道衝過去，大概需要十分鐘，我們頂著盾牌向那邊衝過去。只要保持平衡的話，衝過去會很快。」凱斯將盾牌舉在了頭頂上。

米雪兒和費里曼也學著凱斯的樣子將盾牌舉在了頭頂上。

「我先看看，一會兒我們一起向對面跑。」

凱斯一邊向前移動，一邊看著前方，大喊一聲：「快跑！」

　　三個人頂著盾牌，低頭向著前方極速跑了過去。

　　凱斯頭頂上傳來一陣金屬撞擊的匡匡聲，這是托比指揮這群人用長矛戳動凱斯三個人頭上頂著的盾牌傳來的聲音。

　　凱斯用力向上托舉著盾牌，盡量讓自己攀著牆，以免被長矛撞下去。他們本能地向前移動著，透過眼角的餘光看見身邊來回晃蕩的各種東西，感覺自己隨時都有掀翻到河水之中的危險。

　　「跳！」離矮牆還有一角距離的時候，凱斯突然吩咐了一句。三個人鼓起勇氣，向著矮牆的方向陸續跳了過去。

　　凱斯聽見費里曼「撲通」一聲掉進了水中，連忙伸手將費里曼拉了起來。

　　「好吧！正好把這一身的廢鐵味洗一洗。」費里曼似乎有些不以為意，對他來說，落入水中這件事並不算什麼。凱斯看著這個費里曼，忽然覺得這個人比之前的那個可愛多了。

　　幾個人翻過矮牆，從昏暗的顏色之中，凱斯可以清晰地判斷出對面正是巴黎聖母院。他敏捷地攀爬上窗戶，悄悄溜進了塔內，里茲正在裡面等著他們。里茲仍然穿著那件法式的長袍，看起來一副道貌岸然的樣子。

　　「快走，我們得在他們追過來之前，爬上那座高塔。」里茲一邊分派任務，一邊一馬當先地向著塔樓上飛跑過去。

　　凱斯看著里茲的動作，有些訝異里茲穿著長袍竟然還能跑得這麼快，他跟在里茲身後，一瞬間想起了里茲胸口掛著的那個裸女鐘錶。

　　米雪兒和費里曼跟在兩人身後，凱斯跑上塔樓的那一瞬間，不由得輕輕舒了一口氣，他有一點慶幸，米雪兒似乎對周圍的情況變化總是適應得很快。雖然讓這樣一個美女跟著自己逃跑，並不是什麼好事，但是一個不添麻煩的美女，是故事裡的標配，凱斯想起了自己看到的那些三流電影。

　　四個人一起奔到塔樓頂上。

　　「這裡曾經誕生過這個世界上最偉大的文學作品之一。」里茲忍不住發出了一聲感嘆。

「我們得快點走了。」凱斯聽見了那些穿著鐵甲的士兵們噔噔上樓的聲音，他們的鎧甲很厚重，壓得整個木質地板嘎嘎作響。

里茲忍不住欣賞了一眼遠處的風景。放低視線，望向河流沖積而成的平原，於是看見了高塔在這座城市之外留下的印記：那條大河在深溝底部流淌著——這是挖掘河泥燒制磚石造成的後果。還有城池之南那一排又一排早已不再升火冒煙的磚窯，它們同樣也是高塔的印記。

「這裡和莫斯特伯阿米克時代很不一樣。」里茲感慨了一聲，似乎對現在的身分和現在的生活有些戀戀不捨。

「沒時間說那麼多了，我們得趕快跳下去，如果你的辦法可行的話。」凱斯白了里茲一眼，在這個當下，費里曼一直沉默著，他心中也覺得早一點離開這個地方比較好，可是他也不想直接去反駁里茲。

「聽我說，夥計，我在書上看過的——對了，書上是這麼寫的，在下墜的過程之中，你會看到無數紛亂的幻想，你得想著那個你想要回去的地方，然後保持一顆虔誠的心，這樣你才能得償所願。」里茲有一點膽怯地望著凱斯，現在他們已經到了這個地方，他不得不把真實的情況告訴凱斯。

「這麼說，你也不知道這個辦法是不是真的可行？」凱斯皺了皺眉頭，感覺怒氣正在從自己的腳底升騰。他覺得頭昏腦脹，好像腦袋上挨了重重一擊似的，他強忍住了自己想要揍里茲一拳的衝動。

「難道還有更好的辦法嗎？」里茲攤了攤手。

大約他平時就是用同樣的辦法糊弄那些信眾的，凱斯忽然想惡狠狠地咒罵上帝，在這一刻他慶幸自己並不信仰任何宗教。

見兩人遲疑不前，里茲看了一眼遠方說：「來吧！害怕的話，你們可以先趴下來，再向塔外看。」費里曼硬著頭皮走上前去。

凱斯看他擺出這副聖父的模樣，忍住了一拳揍在他鼻子上的衝動，費里曼已經走到了塔邊。

凱斯看了看費里曼的動作，他不願意表現得像個膽怯的小孩子，但他實在鼓不起勇氣，就那麼坐在塔邊，腳下就是絕壁，於是只好肚皮貼地趴下，只把腦袋探到塔邊，米雪兒也照他的樣子做了。

「我先跳。」凱斯看了兩人一眼，他知道，如果他不帶頭幹這件事是不行的。他看了一眼前面黑沉沉的迷霧，想像著自己跳下去粉身碎骨的樣子。

「媽的，真正的凱斯還在那個該死的黑漆漆的大廳裡站著呢！」凱斯在心中自我安慰著。

「想著你要去的那個地方，千萬不要走神。在大廳我觀察過，我們的意識都是附在你身上的。」里茲努力讓自己的聲調聽起來嚴肅一些。

「也就是說，我到哪裡，你們都會跟著過來？」凱斯挑了挑眉。

「應該是這樣的，我們會去你所有去過的時代，前世來生，至少我那本書裡是這麼寫的。不對，我得把這個作為結論也記錄下來。」里茲努力向凱斯解釋著，現在大家都是孤注一擲的心態。

凱斯聽見了門口的么喝聲，大概是托比帶領的那些鐵甲士兵已經追上來了。凱斯想起了托比和自己初次見面時趾高氣揚的樣子，忽然生出了一點勇氣。如果里茲說的是真的，只要他跳下去，托比也會跟著死去的話，那就好辦多了。不管怎麼樣，他至少結束了托比這看起來不可一世的樣子。

想到這一點，凱斯馬上閉上眼，不管三七二十一便縱身一躍。風在凱斯耳邊呼呼作響，他感覺自己正在急速下墜，甚至覺得自己可以數清流逝的時間，隨著陰影接近，它變得越來越快。

費里曼同樣跟隨著凱斯跳了下去，他是無所謂的，反正他認定了真實的費里曼現在就在大廳之中，操縱著那些拉桿，他相信自己只要跳下去，就能回到那個大廳之中。

里茲從他臉上讀出了這個意思來，他並沒有告訴費里曼，他們是由凱斯的意識引動才來到這個世界的。從這個世界的各種建築上，里茲看出來這裡已經離他們的生活時代很久遠了，這個地方是一個他從電子書籍和影視作品之中也沒有見過的時代。他想，大概這個時候人類已經將環境毀得差不多了。

凱斯還沒來得及眨一下眼睛，陰影已經掠過了他。他眼前出現了無數的幻想，有集市、有山嶺、有荒漠、有河流，他還看到了很多自己只在電子雜誌和影視劇之中看到的動物的虛影，這些東西有的面目猙獰，有的卻衝著凱斯微笑。他再往下墜時，感覺自己的腦海周圍似乎出現了一條寬闊的大河，河水之中似乎還有各式各樣的鬼影，正在撲騰糾纏著凱斯。

凱斯被眼前的景象嚇出了一身冷汗。他感覺自己的靈魂似乎在和自己操縱的這具肉體剝離。他的大腦已經停止了任何思考的可能性，他完全將自己

交給了自然界的客觀規律。他已經從里茲口中知道了，這些東西竟然是自己每一世所經歷過的場景。

「想著你想去的那個地方……」凱斯在心裡默念著，想讓他紛繁暗湧的大腦安靜下來，但是他眼前看到就只有這些亂起八糟的景象。這些東西就像電影鏡頭一樣，紛紛往他的腦袋裡面湧。

這一點讓凱斯感到極為痛苦，他越是想要忘記這些場景，腦海中這些東西便越是向他的腦海中湧入。

如果是里茲遇到了同樣的情形，他會怎麼辦？凱斯在大腦裡搜索著里茲在自己跳下來之前對自己的某些交代，但是發現自己竟然完全想不起來。

凱斯看著眼前幾隻晃來晃去的生物，在腦海中搜索了半天才想起來，這個東西竟然是自己曾經在電子雜誌上看見過的那種叫作「羚羊」的生物。這一瞬間的失神，令凱斯腦海中的意識加速旋轉，那道藍色的熾光又一次將凱斯包裹起來，將他整個捲入到了這片藍焰背後。

他心中知道不好，但是張口想要出聲時，卻只發出了和羚羊一般「咩咩」的叫聲。這種叫聲凱斯以前只不過在電影和電視節目之中無意中聽到過幾次，現在竟然從自己的喉管之中發了出來。與此同時，凱斯的意識似乎也被拉到了這隻羚羊身上，他竟然能感受到這隻羚羊對於外界的一切體驗。

「不會吧……」里茲似乎感受到了凱斯的意識波動，現在這個莫名其妙的「神諭」控制著凱斯的精神世界，凱斯任何意識的波動，都會把他們這群站在他身邊的人牽引向一個未知的地方——其中就包括凱斯曾經輪迴過的每一生、每一世。

但是里茲對此的瞭解也僅止於此，這些還都是以前研究過「神諭」的米蘭德研究所留下來的二手資料。至於「神諭」到底是什麼，或者具體對人產生了什麼樣的影響，米蘭德研究所的二手資料之中從來都沒有記載過，里茲也無從得知。

老實說，在里茲被托比他們用槍押著來到那個地下大廳的時候，里茲曾經想過要自己在此之前的研究資料分享給托比，但是托比似乎對此並沒有什麼興趣，他迫不及待地想要拿到那個「神諭」，並堅信他自己對這個東西的研究才是權威。

他趾高氣揚的樣子，直接打消了里茲想要和他交流的欲望——但是現在

凱斯的意識被這個叫「神諭」的東西，牽引到一隻羚羊身上，確實讓里茲一點也沒有想到。

「咩……」凱斯又一次發出了一聲羚羊的叫聲，「他」抬起頭，竟然還是凱斯的意識——他看見里茲等人也都伴隨他一起變成了羚羊。

「現在怎麼辦？」凱斯有一點歉疚地望著里茲。

「我也不知道。」里茲攤了攤手，「神諭」影響了凱斯的意識，他們只能隨著凱斯的意識波動，來到凱斯所經歷過的那些輪迴或是某個時空之中——至於具體到哪裡，卻是隨機的——具體要看那些東西對凱斯的影響有多大。

Chapter 093

「也就是說，一定要凱斯自己意志夠堅定，我們才能拿到這個叫『神諭』的東西？」費里曼嘆了一口氣，用「羚羊語」和里茲交流著。

「大致上來說，就是如此。」里茲嘆了一口氣。

他想像著自己是人形的時候，如果聽見這種類似於「咩咩咩」的羚羊語，自己大概只會覺得吵鬧吧！現在因為自己的意識附著在羚羊身上，竟然還能聽懂「羚羊語」，這種體驗雖然並不是什麼好的體驗，但對里茲而言，卻也還有一點新鮮感。

而且他們的很多對話還不僅是咩咩叫，很多說出來的意思，還包括了肢體語言和對方身上的氣味，這應該也是動物交流的模式吧！

「我們的意識附著體，都是隨著凱斯的意識變化而變化的。這些東西全是凱斯經歷過的輪迴，當然，某些輪迴還在另外的時空裡——也就是和我們現在完全不一樣的平行宇宙當中。如果你們也看過那些科幻電影的話，應該理解我說的是什麼意思。」里茲用無奈地語氣解釋著。他的意識竟然附著在一頭母羚羊身上，這一點真是令他難以接受。

「我本來以為下一世會風光一點的，看樣子是我想多了。」費里曼攤了攤手，他現在不是鐵匠了，卻又變成了一頭公羚羊。

「噢！凱斯的前世竟然都是這些奇奇怪怪的東西，真讓人受不了。」米雪兒皺了皺眉，和里茲和費里曼比起來，她應該算是最好的了，至少她在性別上並沒有太大的誤差，她的意識仍舊附在一隻母羚羊的身上，而且從里茲和費里曼的「羚羊」的角度來看，米雪兒現在附著的這頭母羚羊，和前世的米雪兒一樣，也算是一隻「美貌的母羊」。但是作為米雪兒自己來說，她實在是接受不了自己身為一個美女，現在卻變成為一隻母羊存在。

「凱斯的意識在哪裡產生波動，我們就會被牽引到他哪一世的時空當中來。」里茲攤了攤手，「現在只能聽天由命，我們也沒有更好的辦法。」

「你以前看到過關於『神諭』的筆記，那上面是怎麼說的？」費里曼有些後悔自己當初只專注於數學和電腦研究，卻沒有仔細鑽研過那堆筆記，對他而言，那堆筆記上記載都是某些凌亂的、私人化的東西，並沒有什麼研究

的價值。在他看到「神諭」有可能會影響人意識波動時，他一度以為這是哪個講鬼故事給米蘭德研究所解悶的傢伙編出來的。

「『神諭』會影響它選中的那個人的意識，而這個人的意識又會影響和他在同一時空的那些人。也就是說，我們會隨著凱斯意識的波動，看到凱斯所有的輪迴，他進入哪個輪迴或者哪個時空，我們也得跟著他一起來。除非他有辦法離開，不然的話，我們會一直困在這些輪迴的時空，和這些不同時空的環境裡，把凱斯所有輪迴過的經歷經歷一遍。」

里茲盡量用所有人都能聽懂的語言解釋著，因為他注意到在自己解釋著一切的時候，凱斯一直都沒有插話，似乎凱斯也為自己回到這隻羚羊的身上感到十分懊惱，他從來沒有想過，自己的某一世竟然是一隻羚羊，而自己剛才因為意識的波動，竟然把意識附在了這隻羚羊身上。

「我真的沒有想到，竟然還有比當鐵匠更糟糕的事情。」費里曼聽懂了里茲的解釋，忍不住抱怨了一句。他現在既是費里曼，又能感覺到羚羊的意識，覺得有些奇怪，他腦海裡忍不住渴望著某些沒有聽過名字的食物，據他有限的生物知識來判斷，他的這種渴望應該是渴望著食用某種植物。

一陣低吼從遠處傳來。

「這是什麼聲音？」這種聲音讓身為羚羊的凱斯腦海中產生了一絲莫名其妙的恐懼感。

「這是獅子的吼叫聲。」米雪兒驚呼了一句，在她聽見這個叫聲的剎那，幾乎從腦海中本能地閃過了這樣的意識。雖然她並不知道獅子是什麼樣的生物，但是現在她的意識附在這隻母羚羊的身上，這種吼叫聲會令她本能地感覺到害怕。當「獅子」腦海中這個詞在她腦海中跳脫出來的時候，她馬上就從心底升騰起了某種莫名其妙的恐懼感，並忍不住從她那個屬於羚羊的腦海中，浮現出了「獅子」這個詞來。

「什麼？不是吧？」里茲嚇得大驚失色。雖然他現在仍然保存著里茲作為一個人應該有的意識，卻也不可避免地沾染上了羚羊本身對獅子的恐懼。更何況這幾個人之中，大概只有里茲一個人看過《獅口驚魂》這部老電影了，此刻他聽見了獅子的吼叫，竟然本能地感覺到有些害怕。

「獅子是什麼？」費里曼這種生活在莫斯特伯阿米克時代的人，幾乎對獅子沒有任何概念。

「看樣子你變成了羚羊，也是一隻笨羊。」凱斯鄙夷地看了費里曼一眼，「雖然我也不知道這玩意兒具體是個什麼東西，但是我知道這個東西絕對不是什麼友善的玩意兒，所以我覺得，我們現在應該趕快跑才對。」凱斯看了里茲和費里曼一眼，率先撒開腿跑了起來。

「幸好自己這一世是個身體健壯的公羊……」凱斯一邊跑一邊想著，他忍不住回頭望了一眼，只見里茲緊緊地跟在自己身後，費里曼和米雪兒則落在後面，大概因為他們是母羊的緣故，雖然跑得也不算太慢，但是比起那個叫「獅子」的生物所帶來的恐懼感，顯然他們這種速度是不夠的。

「快一點，米雪兒，被那東西逮到我們就死了。」凱斯呼叫著米雪兒，似乎這樣就能讓米雪兒加快速度似的。

他還是不習慣說「獅子」這個單詞，畢竟這在莫斯特伯阿米克時代並不是什麼常用詞。看到變成一頭羚羊的米雪兒奔向自己，凱斯忍不住想起米雪兒當初給自己三千元美金的事情，那時候自己覺得拿米雪兒的三千元美金他賺到了，但是現在發生了這麼多事情，凱斯有一點後悔他自己沒有向米雪兒多收一點錢。

「我已經在跑了，凱斯！」米雪兒氣喘吁吁地奔到凱斯身邊，忍不住有些抱怨。凱斯從費里曼的眼神之中看到了一絲不滿，大概費里曼覺得是因為凱斯的意識波動太大，他們才會來到這個輪迴世界之中受這種罪。

費里曼的眼神讓凱斯想起了格爾，幸好格爾並沒有來。凱斯心想，如果格爾也隨著自己的意識來到這個世界，大致上會被這個叫獅子的動物追上，然後變成這個猛獸的腹中美餐吧！

「這真是一趟遠古之旅──大概唯一的收穫，就是我這算是現實中看到了這種叫『獅子』的玩意兒，不過我可不認為這是什麼好的體驗。」里茲看著凱斯，發揮著他不怎麼高明的幽默感。

「我想，沒有人想親自面對這個玩意兒。」凱斯一邊奔跑一邊看著前方。他們已經跑過了幾個荒野了，前面是一個深澗，凱斯跨過這個深澗，努力向上跑去。

「我想，來這個鬼地方的第二個收穫，就是我好久都沒有跑得這麼快過了……」里茲一邊跑一邊用「羚羊語」扯著嗓子喊。

「如果你不想也死於話多的話，最好閉上嘴向前衝。」凱斯已經越過了

深澗，向著前面一個山嶺跑了過去。

　　他已經從這隻羚羊的意識之中弄清楚了，這種叫獅子的，他們沒有見過的生物，是一個大傢伙，這個傢伙的體型有些笨重。當然，那種母的可能身形靈活，而且極喜歡成群結隊地圍攻獵物。

　　「它們已經快要追上來了。」費里曼一邊跑著，一邊忍不住回頭看了一眼，就在他回頭的一剎那，一頭母獅子已經猛然撲了上來，差一點將費里曼的脖子咬斷。

　　「我的天！我寧可當鐵匠，也不願意被這玩意兒咬一口！」就在母獅子要撲倒費里曼的瞬間，費里曼也不知道從哪裡迸發出了一股力量，向前猛然一躍，一下子跳過了深澗。

　　「我們向山頂上跑。」凱斯看著自己眼前的山谷，招呼著身後的三個，「里茲，是不是只要我從高處跳下去，意識就能脫離現在的身體？」凱斯一邊跑一邊大聲詢問著里茲。

　　「如果我研究的那堆筆記沒有騙人的話，應該就是這樣，現在看來，很顯然這個方法能奏效。」里茲想起了凱斯從巴黎聖母院鐵塔上跳下來的場景。

　　「往山嶺上跑。」凱斯沉著地說了一句，巧妙地避開了一個獅子的包抄。那裡視野開闊，而且羚羊的跳躍能力不差，如果可以，他們三個可以率先躍過山谷，凱斯來斷後。

　　「我來斷後，你們幾個先跑。」凱斯對米雪兒和里茲說道，「一會兒我從山谷上躍下去，這樣的話，意識就能從這隻該死的羚羊身體裡脫出來了。」

　　「拜託，凱斯，你的注意力一定要集中一點才好！」米雪兒忍不住有些埋怨。她倒不是害怕獅子的追逐，而是她實在忍受不了自己的意識竟然會跑到一隻醜陋的羚羊身上，不管這隻羚羊是不是一隻「美羊」，米雪兒都覺得自己實在是不堪忍受，尤其是她發現自己在這種緊要關頭，居然還控制不住的拉起羊糞來。

　　「我只能盡量。」凱斯一邊跑，一邊迎著風回答著米雪兒。

　　「『神諭』對意識的影響很大的。」里茲一邊跑一邊對米雪兒說著，「要不然也不會這麼久，這玩意兒都沒有任何人拿到了。而且拿東西具體是

444

什麼形態，從來都沒有人真正見到過，如果他能這麼輕鬆就擺脫這玩意兒的影響，那『神諭』也不是『神諭』了」。

「難為你一邊跑還要一邊和這個女人解釋這麼多。」費里曼冷不防地插了一句。

說話間幾人已經跑到山頂，凱斯放慢了腳步，獨自站在最後。幾隻雌獅已經追了過來，正對著凱斯齜牙咧嘴。

「你們趕緊跳到對面去。」凱斯冷峻地說著。

「如果我們在你意識脫離之前被獅子吃掉了，我們會怎麼樣？」米雪兒憂心忡忡地望著凱斯。

「誰也不知道，所以最好不要做這種實驗。米蘭德研究員的筆記本裡面也沒有記載過。那個被『神諭』影響過的研究員已經死了，他實際上遇到了什麼事情，都是身邊的人透過他的口述整理的。當然，如果你想要實驗一下，我們也不介意，我們會把你獻身科學的事情記錄下來的。」里茲用最快的速度說了一整段話。

「快跳！」在幾隻母獅子飛撲過來的瞬間，里茲大聲喊了一句。

伴隨著里茲的聲音，其他三個人繃直了身子，向著對岸跳了過去。凱斯則閉著眼睛，向著峽谷的高崖跳了下去。

　　母獅向著凱斯的方向撲了過來，凱斯向著山谷之中一躍而下，就在他衝向山谷的瞬間，凱斯感覺自己的意識又一次飄起來。

　　但是那頭母獅子也踩著凱斯的背壓了下來，凱斯矇矓之間，竟然從意識之中看到了自己剛才和瘀斑臉玩牌的場景，這是凱斯的得意之作，他靠著對瘀斑臉情緒的干擾，成功贏下了這場賭局。凱斯看到了自己正在賭桌前冥思苦想的樣子，他稍微失神了片刻，忽然感覺自己身體漂浮了起來，意識竟然鑽進了剛才打牌的那個「凱斯」的大腦之中。

　　他感覺到這個「凱斯」的身體微微抖動了一下，連帶著雙手也微微抖動了一下。

　　「該死！他的意識偏離設想了！」里茲驚呼一聲，忍不住跟著凱斯一起鑽入了賭局的空間之中。

　　伴隨著凱斯的思想，三個人一起墜落到了他們剛剛逃離的遊戲別墅之中。里茲看到了自己，他的意識不由自主地被吸引了過去，然後是費里曼和米雪兒。凱斯看了看里茲和費里曼，又看了看米雪兒，對他們投去一個抱歉的眼神。

　　「還好這裡沒有什麼危險。」凱斯聳了聳肩，這是他們經歷過的事情，如果和之前一樣，他應該會很快就贏過這個瘀斑臉，然後他們會跟著托比和山姆開過來的飛機，從這裡逃出去。

　　凱斯有些得意地向著自己剛才的動作。他一邊思考一邊聽見了電子播放機女荷官唱牌的聲音，凱斯手輕輕一抖，搶過了一張歌牌。如果他沒有記錯的話，這應該是自己剛才最後那一局的牌面，這一局過後，他就會贏過這個瘀斑臉。當然，這個瘀斑臉也很不甘心，這是個狡猾、多疑、生性冷酷殘暴的種族，凱斯覺得，把這種族群稱為人類都是抬舉他們。

　　「凱斯先生，你輸了。」電子女荷官恭恭敬敬的聲音從腹腔之中發了出來。

　　「什麼？」凱斯有些錯愕，他放下了手中的歌牌，不可置信地看著眼前的一切。

　　和凱斯一樣，瘀斑臉面前也擺著幾張歌牌，正是自己最後一局之中和他對壘時，瘀斑臉所拿到的牌面。

　　「我不相信！我要重新檢查！」凱斯氣急敗壞地望著那個播報聲音的女荷官，他並沒有注意到自己現在的態度，和當初瘀斑臉的表現簡直一模一樣。

　　「如您所願。」女荷官對著凱斯輕輕鞠了一躬，禮貌地將兩人剛才抓取歌牌的影片放了出來。

　　對面瘀斑臉的臉上洋溢著得意的笑容，似乎在譏諷著凱斯的愚蠢。

　　「讓他看看自己的蠢樣。」瘀斑臉得意地吹了一聲口哨，對於凱斯這個人形標本，他很滿意。

　　「這裡是另一個時空，凱斯。」里茲走到凱斯身邊，小聲提醒著他，「你真正的身體，還在那個黑漆漆的帶有『神諭』能量物質干擾的房間裡站著呢！我想，如果我沒有記錯的話，嗯……或者說，如果科學的記載沒有出錯的話，整個宇宙有四千八百多萬個平行時空，在這些時空裡，每一次你做的事情，結果都不盡相同。」里茲盡量壓低聲音，以免讓瘀斑臉聽見。

　　「這該死的混蛋，他是靠著作弊的方式才贏了這個賭局。」凱斯像是沒有聽見里茲的話，仍舊憤憤地盯著眼前這個大螢幕。

　　在這個大螢幕上，他和瘀斑臉賭局的過程正在一一上演著，為了讓凱斯看得更清晰，電子女荷官甚至將這個螢幕調整成了慢動作，以便讓凱斯看得更加清楚一些。

　　「不管怎麼樣，我們的意識得回到自己的身體裡才行，我們不能離開自己真正的身體太久。」里茲憂心忡忡地看了凱斯一眼。他對凱斯現在的狀態感到十分擔心，更何況他是受「神諭」影響最深的人，他們都是受凱斯的意識牽引，才會來到這個世界的。

　　「我知道了，我會回去的。」凱斯的語調之中透露著一股心不在焉的情緒，眼睛仍然盯著眼前的螢幕。

　　「怎麼樣，看完了，就可以安心做我的人形標本了。」瘀斑臉不懷好意地看著凱斯，對這個世界的他而言，凱斯和他的朋友們已經是死人了。

　　「你遊戲玩得不錯。我很高興，衝著這一點，我一會兒會讓你們幾個死得痛快一點，哦不！也不能太痛快，你們死得太痛快了，血會把我的標本製

作臺弄髒的，得慢慢地一點一點地把你們血放掉、肌肉風乾才行。」瘀斑臉描述著這個過程，就像自己在製作一道美味的菜肴一樣。

凱斯聽見瘀斑臉的話，忍不住感到胃裡一陣陣噁心。

他剛才確實很憤怒，他以為是自己的記憶出了偏差。在前面的賭局裡，他明明已經贏過了瘀斑臉，但是現在自己卻又輸給了他，這讓凱斯十分惱火。里茲看見了凱斯的表情，又在凱斯身後碰了碰他。

「如果這裡算是一個平行世界的話，會不會有山姆和托比？」凱斯趁著里茲繞到自己身後觀看影片的空檔，偷偷問了一句。

「我也不知道，據我所知，平行世界裡發生的事情，和我們曾經經歷過的場景既相同又不相同。」里茲聳了聳肩。

「好吧，看樣子我得想辦法逃走了。」凱斯努力讓自己冷靜下來，說真的，他寧可面對托比和山姆那張臉，也好過面對這個瘀斑臉。至少他認為那兩個人和自己是同類，會遵守聯邦警署的法規，至於這個瘀斑臉，凱斯自己都知道，他從心眼裡從來沒有把他當成人類看過。

「好了，你確認完畢了吧？」瘀斑臉冷冷地望著凱斯，想要從凱斯臉上看出一點不惱怒的痕跡來。僅僅是贏了這場賭博遊戲，對瘀斑臉而言還不算高興，他必須要把對手玩弄於股掌之中才會開心。

「當然，我的確輸了。」凱斯淡淡一笑。里茲的話倒是提醒了他，對於現在的他而言，他只不過是一段「意識」。瘀斑臉做夢也不會想到，凱斯剛才已經經歷過一場這樣的比賽，而現在他只是看到了另一個時空的自己，和瘀斑臉在賭博而已。

想到這一點，他覺得瘀斑臉的人形標本也沒有那麼可怕。凱斯在四周環視了一眼，這個空間裡，竟然沒有塞克斯汀和凱莉，凱斯想起塞克斯汀已經接近那塊「神諭」，心中有些不安。如果從距離上來看的話，那東西對塞克斯汀的影響，比對他的影響要大得多。

「塞克斯汀和凱莉應該停留在他們的意識界裡，現在那個玩意兒正在開發我們的大腦，我們的每一次意識波動，那個叫『神諭』的玩意兒都應該都能捕捉到。」里茲在凱斯身後，輕聲細語地說了一句。

「我明白了。」凱斯點了點頭，里茲的解答多多少少解開了一些他的疑惑，那個叫「神諭」的東西會影響人的精神，開發人的大腦，將人體的某些

潛能激發到極限，難怪尼祿能用那玩意兒創造出那麼多先進的科技來。

凱斯感到精神上傳來一陣劇痛，緊接著一種極度亢奮的感覺侵襲過來。他在亢奮之中，似乎看到了自己站在大廳之中的虛影，想到了這個時空之中贏了凱斯的瘀斑臉，竟然發現自己贏了四個假人，凱斯覺得有些好笑。他這樣想著，忍不住扯了扯嘴角。

「你在笑什麼？」瘀斑臉警惕地看了凱斯一眼，他警惕又敏感地捕捉到了凱斯嘴角的笑意。凱斯並沒有像瘀斑臉設想地那樣惶恐，另外幾個人似乎也不怎麼害怕，這讓瘀斑臉多多少少感到有些疑惑。

「沒什麼。」凱斯淡淡地看了瘀斑臉一眼，「如果你需要將我製作成人形標本，那就動手吧！我沒有什麼意見。」凱斯看了瘀斑臉一眼。

瘀斑臉被凱斯的話激得一愣，他本來以為凱斯等人會想辦法逃走的，這樣一來，他可以繼續和他們玩一個貓抓老鼠的追捕遊戲，但是現在凱斯竟然不動聲色地坐在椅子上，反而讓瘀斑臉有些摸不著頭腦了。

「跟他說用電擊的方式……凱斯，拜託。」里茲的聲音帶著某種隱隱約約地懇求意味。凱斯坐在椅子上，剛才冷靜下來的時刻，他腦海中的意識應和眼前的這位「凱斯」融合在一起了。

確切一點說，他從這位凱斯的大腦之中，讀到了之前發生在這裡的事情。從調取的記憶之中，凱斯看到了剛才那幾局歌牌的賭局，剛才輸掉的那個人，竟然不是費里曼，而是里茲。

凱斯看了里茲一眼，難怪他這麼想要脫離這個地方——他剛才輸掉了所有的籌碼，在凱斯贏回來一局之後，因為里茲的情緒干擾，又輸給了瘀斑臉。凱斯想起了他們剛才在未來的法國街頭看到的那個書記員里茲，又看了看眼前的這個，一瞬間覺得十分滑稽。

「娜迦，收起遊戲別墅，我現在要對輸家進行懲罰。」瘀斑臉惡狠狠地瞪了凱斯一眼。這個瘀斑臉雖然本質上和那個時空的瘀斑臉一樣，但是不知道為什麼，他卻並沒有用言語繼續嚇唬凱斯，大概是凱斯的表情令他疑惑，或者是他感覺到自己即使嚇唬凱斯也不太管用吧！

瘀斑臉瞪著眼睛，仔細地打量了凱斯一眼。他掏出了自己的電子捆綁儀，隨著他手輕輕地按下按鈕，電子捆綁儀之中吐出來的電絲，立刻將凱斯和費里曼等人一一捆綁了起來。

瘀斑臉將費里曼和米雪兒帶到了凱斯身邊，三個人交換了一個眼神，有了上一次的經歷，他們對眼前要發生的事情也不怎麼覺得害怕。畢竟對他們而言，現在他們只是一段「意識」，平行時空發生的一切，雖然和他們有關，但是又不是他們這段「意識」真正的人生。

　　隨著瘀斑臉的拉扯，電絲上的火花刺啦聲纏繞在凱斯身上，凱斯感到身體一陣痙攣。

　　「得先把你們帶到我的實驗室去，讓你們見識見識，我比你們人類先進八倍的科技。」瘀斑臉伸出舌頭，得意地舔了舔嘴唇。凱斯被他拉得踉蹌了一步，忍不住跟著瘀斑向前走去。

　　「不是領先十倍嗎？」費里曼忍不住問了一句。在之前的那個世界裡，那個瘀斑臉在他們第一次在雪地見到投影機的時候曾經說過，他們這個種族的智慧是超群的，因為他們沒有情感羈絆，是徹底的實用主義者，因此他們這個種族的科技要比人類領先十倍。

　　「很快就突破到十倍了，等我們發明出實效投影機出來，你們就能見識到我們這個種族科技的厲害之處。」瘀斑臉洋洋得意地說著。

Chapter 095

　　里茲與費里曼對視一眼，瞬間明白了其中的關鍵，在現在的這個世界裡，他們在雪地之中見到過的那種投影機，瘀斑臉和他們的種族暫時還沒有發明出來。

　　「就是那種能在雪地上投射出真人影像的投影機器？」費里曼試探性地問了一句。

　　「你怎麼知道雪地？」瘀斑臉想起了自己這個種族餵養在雪地上的那種瞻啶誃，馬上變得有些警惕起來。這麼多年，他們一直在祕密收購這種變異人，並沒有人類知道這件事。

　　「沒有，我隨便問問。」費里曼顯然也從意識之中讀取到了這裡之前發生的事情，裡面將這件事岔了過去。雖然他並不怕死，但是如果激怒了瘀斑臉，他不能對他們進行電擊，里茲讓他們意識返回到大廳的計畫就不能奏效。

　　凱斯看到瘀斑臉又一次帶著眾人，穿過了那個畫著文殊菩薩和各種東方圖繪的大廳，和他們剛進入這裡時不同，這個大廳裡現在泛著一絲藍幽幽的光，將整個大廳的風格襯托得猶如鬼蜮。

　　「看樣子，這個時空並裡沒有雪地上的事件發生。」趁著瘀斑臉擺弄自己手中的電索，凱斯低頭，悄悄和里茲耳語了一句。

　　「幹什麼？」瘀斑臉將里茲扯了扯，將他拉離了凱斯身邊。不知道為什麼，自從自己在歌牌遊戲之中獲勝了之後，他總覺得哪裡怪怪的，但是具體是什麼問題，他卻又說不上來。

　　難怪這個時空裡也沒有塞克斯汀和凱莉，凱斯想通了這一點，連忙在意識之中搜索著自己被瘀斑臉抓來的記憶。在這個時空之中，他和里茲、費里曼乘坐了同一艘遊輪，他們剛下遊輪就被瘀斑臉這個種族追捕，隨即關押，而瘀斑臉出於孩子的好奇心，把他們從這個種族特製的監獄之中撈了出來，順便和他們玩了一把遊戲。

　　瘀斑臉將凱斯等人牽到了他的實驗室之中，凱斯抬起頭，他記得這裡，這裡曾經養了許多像瘀斑臉一樣的幼兒，瘀斑臉他們把這些幼年的族人當成

食物送給長老們。

「好了，我要在這裡製作我的人形標本了。」瘀斑臉按了一下自己手中的捆縛電索，將凱斯等人輕輕地推到了桌臺上，「你們這種低劣的種族，一定沒有見過我們這麼高級的實驗室。」

瘀斑臉將凱斯等人固定在原地，也不知道啟動了一個什麼按鈕，凱斯三個人的腳邊的地面上，立刻出現了一個啟動了閃著藍光的塑膠腳環，將凱斯等人鎖在原地。瘀斑臉也不管凱斯他們，只是吹著口哨，自顧自地開始擺弄那些製作人形標本的器材。

凱斯看見瘀斑臉打開了一盞燈，聯結各式各樣的器材。里茲見瘀斑臉沒有注意到他們幾個人，於是用眼神暗示凱斯，看看瘀斑臉手邊的那些電擊設備。凱斯偷偷看了一眼，對著里茲比了一個「OK」的手勢。

瘀斑臉一邊擺弄那些東西一邊哼歌，凱斯聽得出來，瘀斑臉的歌聲之中透露著一些輕快。

他似乎感覺到了凱斯的動作，瘀斑臉轉過頭來，狐疑地打量了凱斯和里茲一眼，想要看看他們到底有什麼勾當。

凱斯在心底冷冷一笑，雖然瘀斑臉這個種族的確很聰明，但是他大概做夢也不會想到，自己在這個時空裡只是一段「意識」，所以對於他接下來的動作，他並沒有那麼害怕。凱斯想起了雪地之中，瘀斑臉嘲弄他們幾人的樣子，心裡有一種報了一箭之仇的痛快感覺。

瘀斑臉看見凱斯仍然是一副不以為然的姿態站在原地，轉過來又開始啟動自己製作人形標本的那些實驗器材，他的動作十分俐落。

凱斯從他身後冷冷地盯著這個瘀斑臉的背影，凱斯心想，如果這個瘀斑臉的城府再深一些，或者說，這個瘀斑臉再年長一些，或許也和他們種族的那些長老一樣，變得像他們那樣冷血無情、喜怒不形於色的話，他一定會發現凱斯他們幾個人的變化的。

凱斯從他們能吃掉這個種族的幼童就可以想像出來，這些人已經完全變成了異化的機器，當然，他們會很聰明，因為他們所有的目標都是為了進化和實用主義。只可惜，現在面對著他們的是個幼崽，雖然他也很怕，但是畢竟沒有那些老混蛋那樣洞悉人心。

凱斯想起了自己參加過的那場戰爭，雖然他只是其中的一個炮灰，但是

很多事情的原始驅動，就是生存的欲望和恐懼，只不過對凱斯這樣的普通人而言，參軍打仗不過是變成別人欲望的炮灰罷了。

從這一點上，他覺得托比或許有他的道理，只是大家接受不了他那種赤裸裸的語氣，凱斯覺得現在能維持一點基本秩序的原因，大概是因為那些資本巨鱷們，還沒有把最後的那塊遮羞布揭下來。

「你，先過來！」瘀斑臉盯著凱斯，惡狠狠地說了一句。凱斯這副漫不經心的樣子，總是令他感覺有些莫名其妙的火大。

凱斯看了瘀斑臉一眼，輕描淡寫的眼神讓瘀斑臉感覺自己幾乎要被打敗了。不知道為什麼，瘀斑臉每次和凱斯的眼神接觸的時候，他都有一種被人嘲弄的感覺，這種感覺令他覺得格外地不爽——明明他才應該是這個空間的主宰者，凱斯和這幾個混蛋都應該跪下來向他求饒才對，但是現在倒好，他每次看到凱斯的時候，凱斯反倒像是這裡的主人一樣。而且瘀斑臉隱隱地感覺到，凱斯這一夥人似乎對自己的高級實驗室和即將被製成人形標本的恐懼，似乎有些不屑一顧的感覺。

「你，對，你這個該死的小夥子，對！過來躺在這個檯子上。」瘀斑臉一邊說著，一邊用自己的電子捆索將凱斯拉了過來，推推搡搡地按倒在了自己的實驗臺上。不知道瘀斑臉啟動了一個什麼按鈕，看臺上馬上伸出了兩個塑膠環，「唭嚓」一聲，就已經將凱斯的雙手雙腳一起鎖在了看臺上，和剛才鎖住凱斯等人的腳環一樣，這個塑膠環也發著幽幽的藍光。

「我已經迫不及待地要啟動我的人形標本裝置了……」瘀斑臉從鼻孔之中哼了一聲，又得意地吹了一聲口哨，想要營造出那種毛骨悚然的氛圍。

凱斯躺在實驗臺上，望著頭頂上的熾燈，覺得腦袋之中有些空蕩蕩的。他並沒有感覺到害怕，也沒有感覺到那種即將回到那個黑漆漆的大廳之中、回到那個真實的凱斯身上的欣喜，現在的他反而有一種虛無的情緒。

他想起了剛才下墜的過程中，看到自己幾生幾世的場景，這些情景裡，有功成名就的凱斯，也有淪為階下囚的凱斯，還有變成餓鬼的凱斯……這讓他有一種大徹大悟的感覺。

當然，他也看到了自己變成了某種在以前電子雜誌之中看到的植物，以及在電子雜誌之中看到的那些動物。這其中唯一令凱斯驚訝的就是，他並不知道以前的世界有這麼豐富多彩的東西，他出生在莫斯特伯阿米克時代，

自打他出生，這個世界的天空就是上面有無數熾眼的白光，下面則是黑沉沉的天幕，這種背景板同樣也讓凱斯感覺到自己生活在虛空之中。

「一會兒你會很享受的，小夥子。」瘀斑臉露出了一絲不懷好意的笑容。他又啟動了一個按鈕，凱斯的脖子也被鎖了起來，凱斯雖然沒辦法抬頭，但是他透過瘀斑臉的語氣，感覺到笑容背後的森森惡意。

「我希望你不要用電擊——如果你真的想要把我製成一個完美的人形標本的話……」凱斯故意用顫抖的聲音說著，就在剛才的空檔，他一直回想著里茲在大廳裡告訴自己的話。

「為什麼？」瘀斑臉皺了皺眉頭，仔細觀察著凱斯的表情，似乎想要從凱斯的表情之中找到一點端倪。

「因為電擊會把我變糊。我想，你也不希望你的人形標本失去它原本的顏色吧！我們人類種族裡，把標本當成一種藝術，對！就像埃及那些製作木乃伊的人那樣。」凱斯平靜地回答著，「當然了，我不認為你有什麼藝術細胞，看看你的穿著就知道了。」

「你這個死到臨頭的混蛋雜種，竟然敢質疑我們這種高貴族群的品味。」瘀斑臉惡狠狠地瞪了凱斯一眼，隨即扯開嘴角，用他枯枝一樣的手指刮了刮凱斯的額頭，像魔鬼在打量自己的獵物一般。

凱斯明白，瘀斑臉這個種族擁有著普通人難以想像的智慧——如果自己一早就開口請他使用電擊的模式，或者求他不要用電擊模式，他反而會懷疑自己別有用心，會想出新的花招來對付自己。但是如果自己現在躺在這個實驗臺上，請他不要用電擊，或許他才會認為自己是真的害怕了。

當然，這些是凱斯臨時想出來的，這一切的前提，都建立在這個平行空間的「凱斯」腦海中讀出的，基於他和這個空間之中的瘀斑臉接觸之後，對瘀斑臉的行為做出的判斷。

「不要用電擊的方式？」瘀斑臉皺了皺眉頭，思考著凱斯說這句話的意思，他不會簡單地認為凱斯就是在請求自己。在他看來，凱斯是一個狡猾的人，對於凱斯的任何提議，他都應該先想一想，然後再做出判斷。

瘀斑臉低下頭，凱斯和瘀斑臉的目光接觸的時候，凱斯終於配合地露出了害怕的表情，這讓瘀斑臉感到很滿意，因為他覺得自己的恫嚇終於得到了應有的效果。

　　瘀斑臉滿意地打了個響指，在凱斯的身上接通了各種電擊的設備。

　　凱斯躺在實驗臺上，暗暗鬆了一口氣，在里茲告訴自己想辦法讓瘀斑臉用電擊的時候，凱斯就已經覺察到了里茲的意思。對於這個時空而言，他們仍然只是一段「意識」，如果要讓意識脫離這個時空的「自己」，除了從高處再次墜落，那就是用電擊的方式，強行將他們的意識從身體上剝離出來。

　　凱斯在心中暗暗想著，他希望瘀斑臉不要從自己的話裡解讀出別的意思來——他有些慶幸，瘀斑臉這個種族雖然聰明，但是也並非沒有弱點，像瘀斑臉這種年輕的幼崽，並不能像這個種族的長老們那樣控制好自己的情緒，也無法像他們那樣做到純粹地老奸巨猾。凱斯心想，利用瘀斑臉的年輕，這應該是自己唯一的脫身機會。

　　瘀斑臉掛好了電擊設備，低下頭，似乎準備仔細欣賞著凱斯臨死前懼怕的表情，在他看來，讓凱斯露出害怕的表情，證明凱斯剛才的一切都是偽裝，比馬上殺死凱斯更加令他滿意。

　　凱斯看著瘀斑臉那雙凸出的眼珠，果然露出了一絲害怕的神情，但是他想起瘀斑臉的特性，立刻又移開了眼神，強裝鎮定。

瘀斑臉對凱斯臉上的表情和反應有些不滿，他按下自己實驗臺上的另一個按鈕，一股電流穿過了他剛才掛好的那些電流線，直擊凱斯的後背。

凱斯感覺到自己的大腦在燃燒，脊椎火辣辣的刺痛感穿過背部，在電流流過他背脊的那一瞬間，他覺得自己簡直快要中風了，什麼也看不見，什麼也聽不見，頭腦一片混沌。

里茲、費里曼和米雪兒看著電火花順著整個線纜流動，在凱斯身上的鐵環上發出了劈里啪啦的聲響，都覺得有些不忍心。瘀斑臉望著凱斯扭曲的神情，發出了恐怖與歇斯底里的狂笑。

凱斯產生了幻覺，種種說不出的恐怖包圍著他，歷歷在目，清晰得不可思議，劇烈衝突。一定是幻象，不是肉體的暴力，而是精神上的分裂，他感覺自己在無數的空間裡輪迴著。

瘀斑臉扭動了自己身邊實驗臺上的按鈕，加大了電擊凱斯的力度，凱斯幾乎感覺到自己的靈魂要從身體之中脫離了。

瘀斑臉滿意地欣賞著凱斯的表情，突然將手邊的電流斷開了，最後的關頭，凱斯感覺到一道熾熱的藍光，滑進了自己的大腦之中。

他的知覺恢復了片刻，瘀斑臉停止電擊的那一刻，凱斯躺在實驗臺上，衣服浸透了汗水。舌頭咬爛了，喉嚨紅腫，應該是尖叫的緣故。反覆痙攣導致凱斯渾身上下青一塊、紫一塊，後腦青腫，可能發生了腦震盪，凱斯也不確定，他看不見其他人的表情。

最後那一刻，他腦海中閃過的那道逐漸變成熾白的藍光，有些像凱斯在那個黑漆漆的大廳裡最後看見的光芒，那是「神諭」入侵他的意識之前散發出來的光芒。

「我覺得我們應該休息一下，我有一點累，然後，咱們繼續。」瘀斑臉滿意地欣賞著凱斯痛苦的表情，顯然他並不明白凱斯剛剛在意識之中經歷了什麼。

凱斯只覺得自己的眼前一片模糊，頭腦中那個喧囂的咆哮聲又開始了。自己真正的身體還在那個黑漆漆的大廳裡站著──凱斯這樣安慰著自己，現

在一切都只是「神諭」引導出來的幻覺——但是他不得不佩服這玩意兒對人精神的操控，他剛才幾乎要崩潰了。這個東西似乎在引導他想起自己最深重的那段記憶——關於上戰場時的創痛感，這個感覺幾乎要將凱斯撕裂。

「好了，我們可以重新開始幹活兒了。」瘀斑臉伸了一個懶腰，得意地望向凱斯，準備再次接通他身邊的這些電擊設備。

「我們應該加點料。」瘀斑臉拍了拍自己面前的實驗臺，像突然想起了什麼似的，向凱斯頭部接了一根管子。瘀斑臉看了凱斯一眼，往凱斯身體所插的塑膠管之中，添加了一些青色的藥劑。

里茲看著那些綠色的藥劑慢慢流入凱斯的身體，也嚇得臉色發白，雖然他不能辨認這些玩意兒到底是什麼化學藥劑，但是看起來就有些令人害怕。

「藥物突破臨界量。」瘀斑臉面前的實驗臺上，發出了一聲電子播報聲。

瘀斑臉看了看凱斯，這才關掉了自己添加藥劑的儀器。

「很好，這樣才符合我們東方人製作標本的美學原理。如果僅僅是簡簡單單地殺人的話，嗯！那樣實在是太無趣了。」瘀斑臉看了凱斯一眼，不由自主地吟誦了一句俳句，雖然凱斯他們聽不懂瘀斑臉到底在嘰嘰咕咕地說些什麼，但是用腳趾頭想也知道應該不是什麼好話。

幹完了這一切，瘀斑臉又重新扭動了他身畔的電擊按鈕，凱斯臉上重新露出了痛苦的表情，這一點令他十分滿意。

就在他扭動這些按鈕的那一剎那，凱斯又一次感覺到那道藍光撲面而來，這一次他倒是感覺沒有剛才那麼疼痛，身體四周反而洋溢著一種暖洋洋的感覺。他感覺自己的整個意識似乎已經懸浮了起來，正沐浴在這道不算熾烈的藍光之中。

意識懸浮的凱斯低下頭，看見那具身體正躺在瘀斑臉的實驗臺上，電流正從他的身上穿過，應該是馬上就會變成瘀斑臉所說的那種「標本」了。他暗暗鬆了一口氣，看著自己像是死去的那番模樣，也不知道心裡是什麼滋味。

他現在明白了，這一切都是因為自己的意識，受到了「神諭」這種莫名其妙物質的波動和影響，這個東西正在急速地開發自己的大腦，讓自己在瞬間領悟到幾生幾世的時光輪迴，但是這其中受到的種種折磨，讓凱斯忍不住

想要作嘔。

　　剎那間，這道熾熱的藍光又一次張開，將凱斯的意識包裹其中，隨著瘀斑臉電擊的程度加重，凱斯腦海中意識所受到的衝擊也越來越大。他感覺自己似乎沉浸在某種可以隨意變化的空間，一會兒將他搓圓，一會兒將他拉扁，凱斯在墜樓時看到過的幾生幾世的場景，一下子又出現在他面前，他一會兒變成了地獄之中的惡魔，一會兒又變成了水溝之中那個叫作「老鼠」的東西，一會兒又變成了一個毒梟，最後那一下，他整個人似乎都已經粉身碎骨，變成了一堆煙塵。

　　與此同時，凱斯的大腦也在急速運轉著，他似乎理解了自己的思維機制，確切地說，他似乎認識到自己瞭解事物的過程。他從前和現在的所有經歷，像幻燈片一樣在他的腦海中反覆播放，並且清晰無比，他看到這一切就像一場清晰、帶著痛覺的電影一樣，只不過這些場景的主角都是他自己。而引導他意識的「神諭」能量，似乎帶著某種惡意，越是令凱斯痛苦的場景，越是要讓他反覆驗證觀看。

　　凱斯看著眼前的這些場景，不由自主地產生一種自我毀滅意識，他竭力止住聯想，可是這些記憶無法抑制，他彷彿從高峰墜落，不得不目睹這個過程。

　　在觀看的同時，凱斯的耳邊反反覆覆地響起了一句莫名其妙的話：「對自我的認識無比精微，不是一步步、無休止地去瞭解，而是直接領悟極限。反觀自身，清明朗照。掌握了『神諭』，你就會對『自我意識』這個詞有全新瞭解的，我會重新清洗你的人生，帶領你走向全新的世界……」

　　這個聲音模擬著人聲，但是整個人的聲線，似乎是從某個空曠的空間之中傳來的，聲音帶著碰見某種回音壁時產生的餘音激蕩。凱斯聽得出來，這是某個空靈的女聲。「意識」之中的那個凱斯，覺得自己慢慢凝固出了身形，似乎像猛然掉進了某個空間之中，凱斯猛然睜開了雙眼，剛才腦海中的一切已經退散。

　　瘀斑臉疑惑地望著躺在實驗臺上一動不動的凱斯，忍不住伸手推了推他。按理說，他給凱斯灌入的藥劑量已經遠遠大於常人的了，但是眼前的凱斯似乎還有呼吸，甚至他的意識也比常人要清醒。瘀斑臉從自己的實驗臺上能清晰地看見凱斯腦部的電波活動信號，這表示著凱斯的意識正在高速運

轉。但是從他的實驗臺之中顯示出的資料來看，眼前的凱斯又的的確確是死了，這一點令瘀斑臉百思不得其解。

他看到了自己的那些綠色的藥劑滲入到凱斯體內，這意味著凱斯的身體要慢慢凝固成一種類似於遠古時代那種叫「植物」的東西，然後他的軀幹會和這些綠色的液體共同生長，變得僵硬。一旦等凱斯的這個人形標本完成之後，瘀斑臉就會完成其他三個人的人形標本，他要把他們種在一起，作為自己贏下這場賭局的某種紀念。

里茲看見瘀斑臉望向凱斯身體時的臉上某些疑惑的神情，心裡覺得有些好笑。雖然現在的處境下他實在笑不出來，但是這種滑稽的意味還是悄悄湧上心頭。里茲的意識已經從這個「里茲」的身體裡，讀到了剛才賭博的所有過程，他本來是最悲慘的一個人，卻因為他的「意識」並不是這個時空之中的里茲，反而僥倖逃過了一劫。里茲正在暗暗想著自己的心事，瘀斑臉卻突然轉過頭，看到了里茲臉上掛著的笑意，惱怒地將里茲也拉了過來。

「你，還有你，你們都要馬上變成我的人形標本！」瘀斑臉將里茲、費里曼和米雪兒同時拉了過來，將三個人一一推倒後固定在那個實驗臺上。

瘀斑臉將電擊設備接到了三人身上，將自己實驗臺上的那道電源扭動到了最大功率。里茲發出了和凱斯一樣的嚎叫，他感覺到電流穿過了自己的身體，一下子將他的整個人都擊穿了。

就在里茲感到電流流過身體的瞬間，一道和剛才凱斯看到的一樣的熾熱藍光，馬上將里茲拉了起來，他的意識和凱斯一樣，也變成了某種虛化的部分，漂浮到了他身體的上空。他轉過頭，看見米雪兒和費里曼的意識也同樣懸浮於空中。剛才纏繞在凱斯眼前的那道藍光，一下子變得更加強烈，並且伸展開來，將他們所有人整個包裹其中。

凱斯的意識最先匯入了這道熾烈的藍光，緊接著他看到了費里曼、里茲和米雪兒三個人都跟了上來，凱斯的意識和他們簡單地打過了招呼。凱斯感覺到他似乎進入了一個純白的空間，這個空間十分空曠，除了一扇扇發著那種熾藍色光芒的門，幾乎沒有任何東西。

里茲抬起頭，他也看到了那些門。

「打開看看。」里茲對著那扇門說了一句。凱斯輕輕推開了其中一扇門，馬上進入一個熱鬧喧嘩的空間之中，漂浮在整個場景之中的凱斯眨了

眨眼，總覺得眼前的這一切帶著某些熟悉的意味，像是前不久剛剛發生過的事情。

「你會看到你想看到的。」凱斯和里茲幾個人的意識剛剛落地，那個聲音就再次在凱斯耳邊響了起來。

眼前的場景，瞬間蛻變成了凱斯熟悉的那個戰場，展眼望去，到處都是焦土和殘肢。凱斯呆呆地站在原地，這個地方他再熟悉不過了。

「你的意識被『神諭』侵擾得太久了，凱斯，這個東西已經學會了我們人類的意識和思考方式，它會引導你到你內心深處最恐懼的地方去。如果不能清醒過來，你就會永遠被困在自己的意識輪迴之中。」

與此同時，凱斯看見另一個自己從裝甲坦克之中爬了出來，臉上的表情十分得意，看樣子像是剛打了一場勝仗一般。凱斯的意識似乎也能感受到這個「凱斯」的意識，他能從這個人的內心深處，感到他那種志得意滿和溢於言表的興奮之情，他的意識一瞬間被這個凱斯吸了過去，他們融為了一體。

伴隨著凱斯的動作，里茲、費里曼和米雪兒也紛紛找到了他們自己的「意識融合體」。

■ Chapter 097

　　凱斯揉了揉眼睛。有那麼一瞬間，他覺得有些恍惚，雖然自己來到的這個時空，看到的這個凱斯和自己幾乎是一模一樣的，但是他卻本能地知道，那個人並不是真正的自己。眼前的這個凱斯看起來並沒有自己那麼頹喪，甚至還有些趾高氣揚。

　　意識之中的凱斯一邊想著，一邊被眼前的凱斯吸引過去。在他的意識附著到凱斯身上的那一刻，他立刻讀取了這個身體裡面的很多想法，這個凱斯滿腦子都是戰爭的資訊，他在思考著如何打贏一場仗，思考著自己可能馬上要從上尉變成將軍。

　　凱斯從意識之中感受到了這個身體所有的想法，但是這具身體似乎感受不到凱斯意識的存在，或者說，他本能地覺得，凱斯從意識之中就和自己是一體的。凱斯覺得，這是「神諭」進化後，對自己意識的影響，似乎自己自從被那個東西影響之後，每一次感知到的東西都是不一樣的。

　　現在他的意識一次比一次更強大，一開始只能附著到自己前世的身體上，後來可以附著到自己前世的另一種形態上——比如羚羊那樣的動物，現在竟然能感知到另一個平行時空之中的自己。想到自己和瘀斑臉的那場比賽在另外一個時空竟然輸了，凱斯覺得有些鬱悶。

　　在他讀取到這個身體之中的某些想法之後，凱斯從本能之中有些排斥這個身體裡面種種意識。

　　如果說和瘀斑臉賭博的那個時空的凱斯，和自己還有某種性格上的聯繫，那這個凱斯和自己很不一樣——他腦袋裡有很多關於戰爭的設想，甚至有一些關於戰略部署方面的計畫，這是以前的凱斯從來都沒有想過的事情。他在戰爭期間一直就是個小兵，每天只是盡量讓自己能活過今天，他連想都不敢想過，自己有一天竟然能夠成為一個運籌帷幄的將軍。

　　凱斯抬眼看了看四周，他要盡快地熟悉周圍的環境，找個地方，能從這裡脫離開。眼前的戰場仍舊是自己熟悉的，雖然這件事過去了很多年了，但是每次凱斯回憶起來，都能清楚地記得，自己在夢裡曾經無數次地夢到過這個場景——那顆炸彈投下來的場景——當時是凱斯的戰友救了他。

本來得救了的凱斯，也因此患上了戰爭的創傷後壓力症候群，最明顯的表現，就是他每每會在睡夢之中，夢見自己被炸彈炸死的情景，這一點對於凱斯而言，實在是太痛苦了。

這件事令他在夢中也帶著某種不安，也常常因此而不敢進入深度睡眠，似乎自己一閉上眼就回到了戰場上，那顆丟下來的炸彈的落點，正好打在了凱斯所在的區域，他被這顆炸彈炸得血肉橫飛。

他不知道自己為什麼會這樣想——雖然已經被救下來了，但是他常常會設想這個場景，因此他從來都不敢熟睡，因為這場美俄加之間的戰場打了好幾年，他們常常要在半夜起身逃跑，導致後來凱斯的睡眠也變得很淺。

凱斯感覺自己的意識連接上了這個凱斯的情緒，就在他和這個凱斯互相連接的那一剎那，他聽見了自己耳邊又一次響起了那個聲音。

「凱斯・史密斯，現在我給你設計的指令不是為了宣之於口，甚至根本不是傳感觸發器。它是一個可能觸發器，這個指令由一連串知覺組成，這些知覺單個是無害的，但我卻可以將它們成批地植入你的大腦，你在這裡，會看到一些和你以前看到的不一樣的東西。」

那個聲音再次在凱斯耳邊響了起來。

凱斯知道，這一切都是那個「神諭」這種物質對自己意識的侵襲，是這個鬼東西在干擾自己的意識，所以自己才會重新回到這個戰場上。他現在已經感受到了，這個凱斯的確和自己不一樣。以前的他不過是戰場上的一個數字，一個炮灰，而現在的這個凱斯，他的意識之中似乎對戰場帶著某種興奮感和嗜血的渴望。

「你以為這是假的？」那個空靈的女聲又一次響了起來，「不，這不是假的，這就是你某一世經歷過的事情。只不過我可以讓你看到它們不同的結果而已。我可以讓你抵達你的榮耀時刻，也可以讓你一直深處於黑暗之中……」

那個女聲又一次在凱斯耳邊輕輕說著：「好好欣賞吧！凱斯・史密斯。」

伴隨著女聲的落幕，凱斯的雙眼猛然睜開了，眼前的一切沒變，確實是凱斯曾經打過的那一場美俄加之戰的戰場。凱斯想到了里茲所說的，關於「神諭」這個東西對人意識的影響，心中升騰起了一絲恐慌，這玩意兒越來

越厲害了，在瘀斑臉那裡，只是讓他看到了最壞的結果，而現在，他覺得這個東西已經開始影響到他的想法了。

「凱斯，嘿！夥伴，你得聽我說。」找到了自己附著體的里茲向凱斯走了過來，憂心忡忡地望著凱斯，「你現在受這東西的干擾越來越明顯了——你得自己想辦法從這裡退出來——要不，我們就在這個戰場上被人炸死，想辦法從你意識的輪迴之旅中脫身。」

「我之前只是聽說過這場戰役，沒想到現場竟然這麼慘烈。」費里曼掃視了一眼周圍被燒焦的屍體，憂心忡忡地說了一句。

「不行！我現在還不能離開這裡。」凱斯看了幾個人一眼，拒絕的話脫口而出。

凱斯對自己的話吃了一驚！作為凱斯的意識而言，他並不想拒絕里茲，但是自己的意識竟然會被這個戰場上的凱斯侵襲。這個戰場上的凱斯對打仗這件事似乎頗有心得，意識之中的自己剛附著在他的身體不久，竟然就已經被他影響了。

「大概最驚險的電影也沒有今天這麼刺激，竟然一天之內玩遍了所有的死法，看到了形形色色的凱斯的人生。」里茲打了個響指。

「如果可以，咱們應該先到那裡面待著。」里茲指著凱斯面前的這輛裝甲坦克，「至少這裡面會安全一些，雖然咱們不會死，只是意識會經歷輪迴，可是疼痛一點也不會減少。」想起了自己剛才作為羚羊被獅子追著跑的經歷，里茲忍不住皺了皺眉頭。

「走吧。」費里曼無奈地嘆了一口氣，他沒有想到自己竟然會經歷比當鐵匠還要痛苦的事。

凱斯呆呆地站在原地，似乎在發呆。他已經認出了費里曼和里茲的軍銜，這兩個人都是普通的士兵，米雪兒還沒有走過來。凱斯在腦海中搜索著那個熾熱的藍光所在的光源，他原本還想要再聽聽這個女聲對自己那種類似於神啟的告誡，但是這個女聲似乎再也沒有對自己說過一個字。

他現在已經有些明白了，自己每次意識模糊之前看到的那道熾烈的藍光，應該就是「神諭」這個神祕物質帶來的，就是這個東西一直在干擾著自己的意識，引導著自己經歷著不同的輪迴和前世。他想起了一個致命的問題——既然這個「神諭」是藍色熾光的形態，那個叫塞克斯汀的傢伙又該如何

拿到這個東西呢？

「報告！」就在凱斯遐想的時刻，一個士兵跑到了幾個人跟前，指著凱斯剛才路過的那輛裝甲車對凱斯說，「上尉，您應該上那輛車。」

凱斯遲疑了片刻，這才想起了自己肩膀上頂著的軍銜是上尉的標誌。他在這個時空裡已經當上了上尉，現在凱斯指揮著這場戰役，並且他贏了，他即將受封成為將軍。

「羅格，你為什麼站在這裡？還有，我剛才看見了，你對上尉說話竟然沒有敬禮！」那名跑過來的士兵用鄙夷的眼神看了里茲一眼，似乎有些疑惑，「上尉剛剛打贏了這場仗，你要小心一些，說不定凱斯上尉回去就會升職為將軍了。」那名跑來的士兵用狂熱又崇拜的眼神看著凱斯。

凱斯對他輕輕點了點頭，和被稱呼為「羅格」的里茲用眼神無聲地交流了一番。幸好有了前幾次的經驗，他用不著說話，里茲也能看懂他想要表達的意思，因此兩人只是輕輕地交換了一個眼神之後，凱斯便隨著那名士兵一同離去。

「噢！天啊！我要和你們這兩個臭男人一起擠在那個狹窄的坦克裡，還要從這些斷肢上開過去？」米雪兒望著地上的那些殘肢，崩潰的說了一句。

里茲和費里曼看見凱斯隨著那名士兵走遠，這才回過頭來。

里茲看了快要崩潰的米雪兒一眼，這才看見原來米雪兒的意識，竟然貼伏在一個男士兵的身體裡，米雪兒正在用手觸碰著這具身體，似乎對這具身體感到極為不滿。

「不然你以為呢？」費里曼幾乎不放過每一個鄙視她的機會，「我們也不可能把你一個人丟在這裡不管吧！」

「如果我們在這裡被人看出端倪，是會被軍法處置的⋯⋯」里茲看了米雪兒一眼，「當然，我們不會死，但是有可能會被送到某個隱祕的監獄關起來，我現在也不知道如果我們離凱斯的意識太遠，到底會怎麼樣，如果到時候回不去，恐怕你就要留在這個世界裡了。」里茲看了米雪兒一眼。

「我可不要留在這個臭烘烘的男人身體裡。」米雪兒一邊抱怨，一邊跟著里茲和費里曼向坦克的方向走了過去，她剛才一直在適應這具身體，竟然都忘記了要跟凱斯交代，讓凱斯趕緊把意識從這個時空之中脫離出去，她可不要變成這個臭烘烘又滿臉絡腮鬍子的男人。

　「留在男人的身體裡也比附在地上的殘肢上好，起碼這個男人的身體是健全的。」里茲用他那並不幽默的語言寬慰著米雪兒。

　「快走，不然一會兒跟不上凱斯了，我還得從這個叫羅格的男人的腦袋裡讀取這場戰爭的資訊呢！」里茲一邊說，一邊從坦克的頂層鑽了下去。他看著自己眼前的這些儀盤表，心中隱隱有些慶幸，還好這個叫羅格的男人會開坦克。

就在裝甲車向前開走的時候，一個念頭不由自主地鑽入凱斯腦海中：前一刻，是他——凱斯·史密斯指揮著軍隊打贏了這場仗；現在，他被那些人簇擁著，坐著坦克開向美軍的營地。他現在是上尉，而等他回到營地，不，回到美國的戰爭指揮中心，那裡會有一場盛大的晚宴，還有一場美好的受封儀式在等待著他，等待著凱斯·史密斯，他將受封成為將軍。想到這一點，凱斯心中也有些飄飄然起來。

里茲用羅格腦海中殘存的意識，駕駛著眼前的這輛坦克，緊緊跟在凱斯所坐的裝甲車後面。他和費里曼還有米雪兒現在都只是普通士兵，沒有資格距離凱斯所坐的裝甲車過近。

「唉！我現在才知道，或許當鐵匠也有當鐵匠的好處。」費里曼一邊配合著里茲駕駛坦克，一邊在口中嘟囔抱怨著。

「沒想到現在你的要求這麼低了。」米雪兒不失時機諷刺了費里曼一句，「你之前不是看不起鐵匠，迫不及待想要回到自己科學家的身分嗎？」

「當鐵匠至少比當低階士兵好，甚至還不如那種叫羚羊的動物自由——至少不被獅子追的時候，我也是快樂的。」費里曼看了米雪兒一眼，眼神之中帶著某種無奈的幽怨。

「夥伴們，注意，目的地已經在前方了。」里茲抬頭，看見前方的營帳上飄揚的星條旗，認出了美軍的營帳。

營地裡面已經掛滿了各種彩帶，似乎在慶祝著這場來之不易的勝利。凱斯所在的部隊取得了這場戰役的大捷，凱斯·史密斯上尉居功至偉，這次的活動與其說是慶祝會，倒不如說是為凱斯舉辦的慶功宴。

里茲按了一下按鈕，將坦克停在了路邊，和費里曼、米雪兒一起從坦克之中鑽了出來。他們遠遠地看著凱斯從裝甲車之中走了下來，被一群人簇擁著向遠方走了過去。

「所有的士兵們都集合，你們要向這邊走。」有人拿著擴音器向著里茲和費里曼的方向喊著。

里茲和費里曼看著凱斯的背影消失在幾個人的視野之中，只能無奈地跟

著隊伍向前走去。

　　凱斯莫名其妙地被眾人簇擁進了一個房間之中，這是營地的房間，看起來有些簡陋，並不像凱斯平常在電子雜誌或是電影中看到的那些豪華展廳那樣氣派。但是他能看出來，這裡是經過精心布置的──整個大廳看起來十分舒適，地板上同樣鋪著厚厚的地毯，也有柔軟的靠墊、近在咫尺的矮咖啡桌，牆上掛著絢麗多彩的壁毯，頭頂則是發出柔光的黃色球形燈。

　　「您的任命書今天上午就已經送達了，這場戰役您功不可沒。」一個戴著貝雷帽的女士走到了凱斯面前，向凱斯輕輕躬身，將手中一杯看起來像酒一樣的液體遞給了凱斯。

　　凱斯有些發懵，但是還是接過了這名女子遞過來的高腳杯，他輕輕抿了一口。這酒的味道嚐起來有些奇怪，和自己在莫斯特伯阿米克時代飲用的那些酒很不一樣。這個酒的顏色看起來是透明的琥珀色，而不是莫斯特伯阿米克時代的那種淡淡的紅色。

　　看著凱斯端起酒杯，又有幾個人過來敬酒，凱斯置身在燈光和掌聲之中，有一種恍惚的感覺。某一瞬間他似乎感覺眼前的這一切才是真實的，而自己作為那個偵探的凱斯・史密斯的人生反而是一場夢。

　　但是意識之中關於凱斯・史密斯的記憶依舊很清晰，提醒著他那種無法克服那種身處異鄉的感覺。凱斯瞥見了地毯下的泥地，真正的凱斯・史密斯的意識就像這塊泥地一樣，雖然被地毯和壁毯極力隱藏的，但是內核的質地就是如此粗糙。

　　一陣喧鬧的聲音隱約地從房間深處傳來，將凱斯的思緒拉回到現實，凱斯知道這是慶賀自己即將被封為將軍的慶典儀式。那些前來慶賀的士兵，已經從房間的另一側魚貫而入，凱斯裝作不經意地向那些士兵們掃視著，想要從人群之中分辨出里茲、費里曼和米雪兒三個人。現在他只知道，里茲的意識附著在那個名叫「羅格」的士兵身上，費里曼和米雪兒叫什麼名字，他似乎都想不起來。

　　凱斯從這個身體的意識深處瞭解到，這個世界的凱斯・史密斯雖然是個上尉，但是他本人卻並不喜歡這些士兵，對他而言，這些士兵只不過是他手下的棋子而已，他只需要指揮這些人作戰就夠了。然後，利用這場戰爭的勝利，來獲得屬於自己的榮譽。現在他終於如願以償了，要被軍方的最高首領

冊封為將軍。

　　凱斯感到自己目光所到之處，似乎每個人都在看著自己，每個人都在為自己取得的成績鼓掌。他從他們的臉上看到的全部都是笑容，似乎每個人都是真心祝福自己的，但至於他們心底到底是怎麼想的，恐怕只有他們自己知道。凱斯覺得，原來的這具身體一定不會這麼想，這是獨屬於他——那個作為偵探的凱斯·史密斯所有的驕傲。

　　他覺得，自從經歷過那場失敗的戰役，成為一個潦倒的偵探之後，他總是習慣性地用這樣的冷眼來看待這個世界，在作為偵探的凱斯·史密斯眼中，這一切都是一場屬於另外一個人的表演。

　　「但是你也很享受這樣的表演不是嗎？你不得不承認，你內心深處也是渴望榮耀、渴望財富、渴望女性身體的，而現在，在這個世界裡，你能輕而易舉地得到這一切。你看到的，都是你自己真實經歷過的，只要你願意，這一切你都可以代替他享受。」就在凱斯望著眼前這些人的時候，那個聲音再次從凱斯的耳邊響了起來。

　　還是那個女人的聲音，這個女人的聲音似乎是電子合成的，有一點像凱斯在遊戲別墅裡聽到過的娜迦的聲音，但是娜迦的聲音比她要甜美一些，是用男性最喜歡的女音合成的某種電音，而這個聲音似乎帶著某些嚴肅的警告意味。

　　凱斯將自己手中端著的酒一飲而盡，以掩飾自己的內心世界，干擾自己意識的這個「神諭」，似乎在對他做出某種引誘。但是凱斯本人對這些東西並沒有什麼興趣，他覺得自己骨子裡就應該是一個窮困、潦倒的偵探，生活不會比流浪漢好多少，至於將軍什麼的，他從來沒有想過，總覺得這種職位上的人，並不會比一個流浪漢更快樂。

　　「你知道嗎？凱斯·史密斯，人類只有各有立足之地，只有各自知道自己應該站在怎樣的地方，知道自己能夠取得怎樣的成功，方能懂得生活的真諦。你只是一個潦倒的偵探時，你會鄙視那些資本家、那些政治騙子，而現在，你也擁有了同樣的權力和地位，你可以盡情地做你想要去做的事情。」凱斯耳邊又響起了那個空靈的聲音，聽起來餘韻嫋嫋，似乎迴蕩在某個空曠的房間之中。

　　凱斯聽見她所說的這段話，似乎是已經洞悉了自己剛才的想法而做出的

某些回應。凱斯感覺到，隨著自己的前世或者說是異世之旅經歷得越多，這玩意兒對自己的干擾也就越來越明顯。現在這個叫「神諭」的意識已經能夠發聲，並且能用人類世界所渴望的東西來引誘自己，實在是一件讓凱斯感到極不可思議的事情。

「祝賀您，史密斯將軍。」又一個身材高挑的女人舉著高腳杯走了過來，對凱斯拋了個媚眼，凱斯從意識深處讀取了這個女人的資訊，這個女人竟然是凱斯·史密斯原來的情婦。凱斯覺得自己的大腦似乎有些當機的感覺，他覺得一時半刻會接受不了這麼多的資訊。

高臺上有幾個人正在忙碌著，他們在調整著音箱和麥克風，為一會兒的受封儀式做準備。

凱斯感覺自己就像是一個道具，受封這件事並不符合原來那個凱斯·史密斯的理念和原則，從那個偵探凱斯·史密斯的角度——他覺得自己像一個道具——因為他從那個偵探凱斯·史密斯的角度，只能形成這樣的判斷。

「你覺得你是道具嗎？這個世界上，並沒有什麼人是特殊的，英雄、普通人，每個人都是這個世界的道具，事情從來都不在於公正與否。公正需要的是訴諸法律，像面對喜怒無常的情人一樣，依靠一時之念和片面之見進行決斷。事情往往在於公平與否，這個概念遠比公正更加深奧。受裁之人必須能夠感受到決斷的公平之處，事情方能得到妥善解決。就像我對你所說的那樣，你要自己親自感受到這樣的榮耀時刻，然後你才能知道自己在成功的狀態下是什麼樣子，那時候你做出的選擇，才是真正的選擇……」

「別像個長舌婦一樣喋喋不休。」凱斯在自己的意識深處罵了一句。這個女聲實在太煩人了，雖然他知道那個女人想要引誘自己，但是他對於這個人總是想要在自己耳邊，給自己灌輸那些類似於哲學道理一般的句子感到厭倦。

「各位，請安靜一下，受封儀式即將開始。」房間之中，剛才招呼士兵們列隊入內的那個人，又用擴音器喊了幾句，將眾人的目光吸引到了臺前。

麥克風邊，剛才向凱斯敬酒的那個高個子美女——確切點說，這個時空裡那個屬於凱斯·史密斯情婦的女人正舉著麥克風，用迷人的聲音介紹著凱斯指揮的那場戰役的經過，其中不乏對凱斯的許多溢美之詞。

「凱斯」遠遠地望著那個戴著貝雷帽的美女，嘴巴一張一合的樣子，感覺自己似乎在聽另外一個人的光榮簡史。

女人說完了凱斯的歷程，將麥克風交給了自己身邊的人，看樣子應該是這場宴會的主持人。主持人用誇張的語調介紹了幾個在這場戰役之中做出了貢獻的人，每次他點到一個人的名字，人群之中就會響起一陣歡呼聲。

他介紹的最後一個人是凱斯，眾人將目光紛紛投向凱斯，在他念到凱斯名字的時候，歡呼聲是最大的。燈光也向凱斯的方向找了過來，人群中響起了呼喊聲，有幾個人望著凱斯，甚至有些熱淚盈眶。

這樣的場面令凱斯有些尷尬，至少在他是一個偵探的時候，他從來都沒有獨自面對過這樣的場景，但是看到所有人都用熱烈的目光望著自己的時候，凱斯的腦海深處，卻又忍不住泛起了一絲得意之情。

這場戰爭已經扭曲了這些人的心態了。自從食物短缺引起了人類的危機之後，無數人都在尋找著自己應對這場危機的出口，有人是透過打仗的方式，有人是組成各式各樣的教派，相信只有宗教能夠拯救末日。人們帶著某種狂熱的、自毀的情緒進行著一些活動，這是一種典型的不思來日的做法。

凱斯冷眼看著周圍的一切，雖然他是這個宴會的主角，但是他還是有一些莫名其妙的不確定感，他情緒很複雜。

就在凱斯剛才上裝甲車前的那一刻，他又掃視了一遍這個戰場上的情形——他確定這個戰場和自己曾經看到過的那個戰場一樣慘烈。但是結果卻截然不同，是他自己，凱斯·史密斯，指揮著這支部隊在這場戰役之中取得了關鍵性、決定性的勝利，這一切簡直就像是做夢似的。

但是做夢不會有這麼清晰的場景，也不會有滿目的香檳——要知道這玩意兒在莫斯特伯阿米克時代，只有像尼祿和坎貝爾那樣的大財閥，才會有機會從舊時代遺留下來的物品拍賣會中高價拍來，普通人根本想都不敢想。但是在這個世界裡，這一切都清晰地呈現在凱斯面前，所有人都端著香檳，向他投以熱烈的目光，抱以親切地問候，感謝凱斯成為了解救他們生命的大英雄。

　　「現在，凱斯‧史密斯將軍的受封儀式正式開始。」戴著貝雷帽女人的長篇大論終於落幕，所有人都將目光投向了凱斯。與此同時，房間裡的燈光也集中到了凱斯的臉上。

　　凱斯看了看四周，眾人一邊鼓掌，一邊向著凱斯的方向望去。凱斯從意識之中讀取了頒獎者的資訊，這是這場戰役的最高指揮官，也是美利堅合眾國唯一一位五星上將。他的頭髮已經花白了，肚子也有些凸出，一身軍裝穿在他身上顯得有些緊。凱斯看著這個穿著軍裝的五星上將，莫名其妙地想起了史達林。凱斯所在的那個莫斯特伯阿米克時代，他現在控制著坎貝爾集團，研究著某些新型的武器。

　　「凱斯‧史密斯，祝賀你，現在請你走過來。」五星上將看了凱斯一眼，似乎對凱斯在這個當下走神感到某種不滿，他現在要將少將的品階授予凱斯。凱斯望著眼前站著的這位頭髮花白的五星上將，機械地邁步向著領獎臺的方向走去。

　　「祝賀你，凱斯‧史密斯，你的英勇配得上這份榮譽。」五星上將看著凱斯走近，對凱斯行了一個標準的軍禮，將自己手中的任命書遞給了凱斯，身邊的士兵上前，將少將徽章別在凱斯的肩膀上。

　　凱斯下意識地對著這位五星上將行了一個軍禮，看到這幾名士兵將少將的徽章別在自己軍裝的肩頭，又對著這幾名士兵行了一下軍禮。宴會廳裡響起了熱烈的掌聲，有幾個人甚至激動得流下了眼淚。

　　「現在輪到凱斯不想回到那個黑漆漆的大廳裡了，現在這個少將的職位，可比你那個小職員要風光多了。」費里曼看著臺上風光無限的凱斯，一邊隨著眾人一起鼓掌一邊在嘴巴裡小聲嘟囔著，「是不是他的意識不離開這個地方，我們就都無法回去？」

　　「差不多就是如此吧！」里茲聽見了費里曼的抱怨，低下頭解釋道，「因為他的意識受『神諭』的影響，除非用前幾次的方式，他帶著這個時空的凱斯‧史密斯死去，他的意識才能完全脫離這個身體——不過現在『神諭』已經影響到他的意識了，所以到底我們會看到什麼，也只好聽天由命了。」

　　里茲攤了攤手，看到身邊幾名高階士兵的目光頻頻投向自己和費里曼這邊，只能隨著眾人一起鼓掌。

「天哪！我覺得我們應該做一點什麼，拜託凱斯快一點擺脫這個道貌岸然的傢伙吧！我還是習慣那個說話總是帶著諷刺意味的偵探。」米雪兒瞥了一眼凱斯嘴角含笑的樣子，內心忍不住有些崩潰，她本來是想要請凱斯去查她哥哥的死因，沒想到卻來到了這種莫名其妙的鬼地方。

五星上將滿意地看著佩戴著少將徽章的凱斯，似乎在欣賞著自己的某件得意之作。凱斯被他看得有些發毛，忍不住往後退了一步。

「祝賀你，希望你能為我們創造更大的輝煌。」五星上將伸出手來，和凱斯握了握，在凱斯想要把自己手的抽離的那一瞬間，對方卻將手緊了緊，似乎故意逗弄著凱斯一般。

「我相信你會帶我們走向更偉大的勝利的，凱斯‧史密斯少將。在上次戰役裡，你能大膽地根據戰場的當時情況忽略上級指示，下決心扔下戰略核彈，說明你是一個有膽識有決心也有擔當的真正的指揮官！」五星上將盯著凱斯的眼睛，一字一句地說著，彷彿眼前的凱斯真的化身軍神一般，凱斯忍不住一陣惡寒，他在這個時空裡，竟然是他自己扔下的那顆核彈！

「這幫混蛋所說的東西，一個字也不能相信。」凱斯在心中默默地想著，他們大概誰也想不到，自己曾經作為一個炮灰參加過這場戰役，差一點死在了剛才的戰場上。當然，原來的凱斯‧史密斯只不過是統計出來的一個數字，現在，因為他受封少將，他成了這場戰役之中不可或缺的人物，這真是一種莫大的諷刺。

「好了，現在大家可以開始慶祝了。」五星上將拍了拍手。

他的話音剛落，人群之中便爆發出了一陣歡呼聲，眾人走到桌前，端起了屬於自己的酒杯。

里茲看了看周圍的人群，也舉起了自己手中的香檳，和眼前的費里曼碰了一杯。里茲看了看手中的香檳，對費里曼說了一句：「看起來味道不錯。」

費里曼似乎並沒有聽到里茲所說的話，只是憂心忡忡地嘆氣。自從他的意識穿梭在各個時空，看到各個不同形態的凱斯，體會到不同時代的生活後，他幾乎沒有開心過。

「羅格，你為什麼要理會史蒂夫？」一個小個子士兵看見里茲和費里曼兩人交頭接耳，走過來拉走了里茲，疑惑地問了一句。

　　里茲怔了片刻，這才明白，他說的史蒂夫正是費里曼意識依附的這名士兵，他連忙從意識深處讀取了關於史蒂夫的資訊。

　　「整個軍隊裡，沒有人會喜歡跟史蒂夫這種盲目自大的傢伙接觸的。」那個小個子士兵碰了碰里茲，對著里茲使了個眼色。

　　這個人的眼神讓里茲有些發毛。

　　「哈哈！噢！我這應該是高興，高興。」里茲一邊答話，一邊端起自己手中的一瓶香檳酒，預備向口中倒下去。

　　「你幹什麼？」小個子士兵看了里茲一眼，「你今天也有些奇怪，羅格。」他不滿地從里茲身邊走了過去，似乎是在和里茲賭氣一般。里茲已經從這個叫羅格的士兵腦海深處，讀取了他跟這個小個子士兵的關係，不由得在心中絕望地哀號了一聲，他忍不住想起了凱莉，也不知道凱莉現在怎麼樣了。

　　米雪兒也擠到了兩人身邊。從她的視線望去，凱斯現在正被一群人簇擁包圍著，這些人將凱斯圍在中間，雖然她聽不清他們說些什麼，但是用腳趾頭想也知道，應該是些恭維的話。

　　「現在這種情況，真的比變成羚羊還要棘手。」費里曼看著人群之中的里茲，不滿地抱怨了一句。

　　米雪兒忍不住回頭用鄙夷的眼光看了他一眼，似乎他真的沾染上了那個叫作史蒂夫的傢伙的某些壞脾性。

　　小個子士兵回頭，見「羅格」並沒有向自己的方向追過來，忍不住有些失望，端著酒杯又向著幾個人的方向走過來。里茲看他走過來，忍不住後退了兩步。費里曼顯然也從「史蒂夫」的意識之中讀取了兩人真正的關係，也不知道該哭還是該笑。

　　「看樣子你還是當書記員比較快樂，里茲。」費里曼晃了晃自己高腳杯裡面的香檳，看著里茲假裝不動聲色地向人群之中退去，努力想要迴避這個小個子士兵追逐的模樣，有些忍俊不禁。

　　就在里茲鑽入人群之中的一剎那，幾人頭頂上的彩燈撲閃了幾下。

　　「怎麼回事？」歡呼的人群看了看頭頂上的彩燈。

　　「應該是電路的問題。」凱斯轉頭，看見了剛才那個拿擴音器的人放下手中的香檳，看了看頭頂上的彩燈。

「不太像是電路問題。」凱斯放下手中的香檳，扒開人群走了過來，他的父親曾經就在電力公司工作，他對這些東西很瞭解。

「去看看外面的崗哨還在不在。」凱斯瞬間反應過來。他話音還沒落，頭頂上的彩燈忽閃了兩下，竟然徹底熄滅了。

「是有人切斷了電路！」黑暗的人群之中也不知道誰喊了一句，激起了一陣尖叫。凱斯聽見了「嘶嘶」的聲音，從營帳的縫隙之中傳來。

「不妙！是催眠瓦斯！」凱斯從這具身體的意識之中，分辨出了這種味道，衝著人群大喊了一句。

尖叫聲和乒乓的聲音此起彼伏，剛才還在歡呼的人群，連忙向外衝了出去。

「砰！」凱斯聽見一聲槍響，率先衝出去的幾個人，被躲在暗處的狙擊手一槍擊斃。

「糟了！是手榴彈！」凱斯低下頭，就著手中打火機的微光，看見躲在暗處的敵人，向凱斯等人聚集的宴會廳之中扔了一顆已經拉開保險栓的手榴彈。

里茲和費里曼等人看見凱斯向著手榴彈的方向奔了過去，連忙也奔了上來。人群之中的尖叫此起彼伏，地上鞋襪掉了一地，眾人在慌亂之中連滾帶爬地向外湧去，卻聽見幾聲槍響，不知道埋伏在外面的敵人又擊斃了多少人，剛才熱烈的氛圍，現在已經全部都化成了恐懼。

▌ Chapter 100

「這群人是在搞自殺式襲擊！快過來！」凱斯克服著自己的恐懼，撲向了地上的手榴彈。在微光之中，凱斯透過手榴彈的樣式，弄清楚了來人的身分，現在襲擊他們的這股敵人，並不是戰爭之中殘餘力量，而是墨西哥一支武裝毒販。

里茲和費里曼撥開人群，向著凱斯的方向跑過去。在他們臨近凱斯的剎那，手榴彈猛然炸開，激起了地面的一片塵土。凱斯被手榴彈掀起的氣浪猛地衝到了牆上。他感覺自己的身體似乎被炸穿了一個洞，右手和右腿都被炸飛了。

凱斯伸出左手，摸到了從身體裡汩汩流出的血跡，他想要低頭看看自己的胸口，卻發現自己脖子僵直，連動也不能動。他用眼角的餘光瞥見了自己肩膀上那個將軍的徽章，意識也慢慢模糊起來。

凱斯閉上眼的一剎那，他的意識猛然抽離出來。那道藍色的熾焰又一次捲了上來，混亂之中，凱斯的意識被那道藍色的光焰包裹著，正在重新凝聚。他感覺自己隨著那道藍色光焰的包裹，正在不停地向某處墜去。黑暗之中，凱斯定了定神，現在除了那道刺眼的光焰，他什麼也看不見，四面八方都是一片混沌的黑暗。

「凱斯！凱斯！」米雪兒急切的聲音從凱斯頭頂上傳來。她現在終於脫離了那個男人的身體，但是卻和里茲、費里曼兩人跟隨著包裹著凱斯意識的藍色熾焰，墜入了這片無邊無際的黑暗之中。

「我在這裡！」凱斯一邊下墜一邊回應著米雪兒的呼喚。

「還好我們離你夠近，終於從那個戰場的時空脫離出來。」里茲想起那個小個子士兵幽怨的眼神，現在還有些害怕。

「當上將軍的第一天就被恐怖分子炸死，你應該會被載入史冊的，凱斯。」費里曼用開玩笑式的戲謔語氣對凱斯說了一句。

「應該換你來試試才好。」凱斯雖然看不到費里曼，但是忍不住用他一貫嘲諷的語調回應了一句。

「不知道打贏這場戰役你會不會得到獎金，如果沒有領獎金就被炸死，

那你實在是太虧了。」里茲惋惜地感嘆了一句。

凱斯想起了當初米雪兒付給自己的三千元美金，也有些後悔自己沒有開口多向她要一些錢，他想起自己初見米雪兒時，米雪兒貼緊他身體的那一刹那，又覺得內心有些澎湃起來。在那之後凱斯竟然睡著了，當然，他在夢中夢到了這場戰役，當時凱斯被他的戰友營救，僥倖躲過了那個炸彈的襲擊，只不過那時候凱斯是個炮灰。但是這次凱斯雖然當上了少將，卻被炸彈炸成了碎片。

「這個世界還真他媽的諷刺。」凱斯在口中嘟囔了一句。

「更諷刺的事情還在後面，你馬上就會看到了。真理往往伴隨著謬誤，像是不懂得黑暗而去尋找光明，那是不可能的事。」那個女聲又一次在凱斯耳邊響起，說著一些似是而非的話語。

伴隨著這道藍色的光焰，凱斯感覺自己墜入了一種游離的意識狀態。

那個聲音繼續在凱斯耳邊說道：「你現在已經看到了，動物為了逃脫獅子追捕，會放棄其中的某些老弱病殘，這是一種獸類的伎倆。但人類會留在陷阱裡，忍痛裝死，以便伺機殺掉設定陷阱的人，解除對同類的威脅。所以，你們要得到『神諭』，完成整個人類的進化，也需要放棄掉其中的某些人。好好看看吧！凱斯‧史密斯。」

那個女聲說完，猛然將那道藍色的光焰從凱斯的眼前撤去，凱斯的眼前出現了一片影影綽綽的濃霧。他抬起頭，像是走近了歐洲中世紀某個吸血鬼盤踞的小鎮，眼前是一片灰濛濛的狀態。

與此同時，米雪兒、里茲和費里曼也落在了凱斯身邊。

「我感覺現在我們像是在恐怖片裡。」里茲打量了一下四周的景物，身邊的一根枯枝吱嘎一聲，斷在了地上。

「凱斯，你的胸口！」米雪兒注意到，凱斯胸口仍然開著一個大洞，但是卻並不影響凱斯的行走坐臥。

「你們現在已經在餓鬼道了，凱斯‧史密斯。」那個女聲發出了一聲咯咯的輕笑聲，「你們的食物是人類的排泄物，陽光、符咒、聖水、火焰都會給你們帶來巨大的痛苦，好好享受吧！」

凱斯身邊的那個女聲發出了夜梟一般咯咯的笑聲，似乎離凱斯三個人很近，似乎又離他很遠。

「往前走，看看有沒有出去的地方。」凱斯試圖穿過這片迷霧。

「米蘭德研究員的筆記裡，有沒有提到他們接近『神諭』時會看到這些場景？」凱斯疑惑地看了里茲一眼，想要從里茲口中得到更確定的資訊。

「我真的不知道，米蘭德研究員只是寫了『神諭』對他們意識的影響，但是並沒有提到這些。」里茲向費里曼身後縮了縮，這裡的靜謐讓他覺得十分可怕。

凱斯抬起頭，他眼前有一棟哥德式的建築，霧氣之中，這扇古舊的大門緊緊　關閉著，凱斯等人走到了古舊的大門前，輕輕伸手推了推門。門虛掩著，凱斯輕輕一推便將門推開了。

凱斯看了看眼前的水池，映入眼簾的一幕讓凱斯幾乎作嘔。碧綠色的水池之中，泛著發酵一般的惡臭，似乎完是由人類的排泄物堆積而成，已經漚成了一攤碧油油的水池，水池中央擠著各式各樣姿態的餓鬼，爭搶著吸吮著水池中央的水，將這些排泄物從中間理出來，又吐了出去。

費里曼看著眼前的一幕，忍不住作了嘔起來。

「看樣子變成了男人還不是最壞的。」凱斯後退了幾步，想要從門中央退出去。

身後的大門似乎能感到凱斯的意圖，就在凱斯退後的時候，大門「匡噹」一聲竟然關上了。水池之中的餓鬼，渾身沾滿了綠油油的水池，已經看不出原本的面貌。

「糟了，這些東西要把我們也拖下水！」凱斯看著眼前的場景，也拚命忍住想要嘔吐的感覺。

一隻餓鬼撲了上來，抓住了米雪兒的右手，米雪兒尖叫著擺脫這隻餓鬼的抓咬，將它一腳踢向了遠處。凱斯伸手將餓鬼拉開，那隻餓鬼齜牙咧嘴地抓住了凱斯的手腕，凱斯用左手拚命撲打，終於將那隻餓鬼從手上推了出去。

凱斯低下頭，看見自己的右手被抓之處，印出了幾個黑漆漆的爪印，灼痛感從手腕處蔓延上來。他一遲疑，水池之中的餓鬼卻成批地湧了過來，將凱斯等人的手腳抓住，向池水之中拖了過去。凱斯感覺自己左手的指甲已經深深紮進了掌心，他試著彎曲右手的手指，可是卻完全動彈不得。

一陣陣的痛楚傳到了他的手臂，額頭滲出了一粒粒汗珠。腦中的每一根

神經都在啊喊，想要從這些餓鬼手中掙脫出去，抽離這個火坑……費里曼和里茲正喘著粗氣，將靠攏自己的那隻餓鬼蹬開，想要逃離這些餓鬼的抓捕，想要緩和呼吸，卻發現自己做不到。

凱斯被一群鬼爪拖進了水池之中，在沒入這綠油油冒著煙霧、散發著臭氣的水池的那一剎那，凱斯感覺自己的世界變成了一片空白，只剩那隻沉浸在劇痛中的手。

他覺得自己能感到那隻手的皮膚正被燒黑、蜷曲，肌肉被烤酥，一塊塊地脫落，最後只剩下焦黑的骨頭。他驚訝地看著自己的蛻變，他正在慢慢變成和水池之中那些餓鬼一樣的形態。

他身上所有的東西，都蛻變成了和那些餓鬼一樣的黑色，彷彿關上了某個開關，疼痛消失了，他的手也變成了一樣的鬼爪。他轉過頭，看見了米雪兒和里茲等人也變成了同樣的姿態。現在，他們和剛才那些餓鬼一樣，也站在這個碧油油的臭水池當中了。

凱斯看了那個臭水池一眼，剛才堆積在臭水池當中的糞便，現在在凱斯的眼中也變成了美味佳餚。凱斯吸了吸鼻子，剛才那堆排泄物，在他變成了渾身烏黑的鬼靈之後，覺得聞起來似乎也挺香的。

就在他愣神的時候，綠油油的水池之中突然又冒出一堆排泄物，凱斯嗅到了排泄物的味道，和其他餓鬼一樣向著這堆排泄物猛撲了過去。這些餓鬼的身體扭曲成各種形狀，向著凱斯所在的方向追了過來，將凱斯緊緊壓在了身下。

凱斯猛力從餓鬼身下抽動著自己的手，想要掙脫這些惡靈的束縛，但是身上的餓鬼卻一層疊加著一層，像是要把凱斯壓碎一般。凱斯伸手，拚命地想要抓住那攤排泄物，但是卻被其他餓鬼將凱斯的雙手打了過去。無數雙腳從凱斯身上踩了過去，將凱斯壓成各式各樣的形狀。等凱斯抬起頭時，那攤排泄物已經被其他餓鬼吞食得乾乾淨淨。

「真讓人作嘔！」費里曼顯然沒有適應自己現在的身分，他感覺凱斯意識的輪迴之處，一次比一次讓人難以接受，現在竟然看到了凱斯身為餓鬼時的種種情景，他真的不知道該怎麼用言語形容自己現在的心情了。

「這些都是他輪迴時在潛意識裡面留下的記憶，所以才會把我們引導到這裡來。現在唯一的辦法就是脫離，想辦法脫離。」里茲看著眼前碧油油的

水池和飄來飄去的黑色餓鬼，無奈地解釋著。

「怎麼才能從這裡出去？」凱斯忍不住詢問里茲，看著自己全身黑漆漆的骷髏模樣，他現在也有些崩潰。雖然那些排泄物他聞起來還不錯，但是實在是無法克服自己內心的障礙去吞食。

「這個地方是被封印過的。」里茲看了一眼門上的十字架，對凱斯說了一句，「看到那個十字架了嗎？我在書上看到過關於這個東西的描述，據說還是信上帝的年代裡，這東西能把這群餓鬼困在這裡的。我們幫你抵擋住其他餓鬼，犧牲你自己，觸摸到那個十字架，你的意識應該就能從這個輪迴之境裡面出去了。」

「好吧！」凱斯一邊應答，一邊想起了自己剛才被鬼爪摸到手臂上那種火辣辣的疼痛感，他想起了電影之中十字架觸碰餓鬼時，那些餓鬼化成黑煙的場景，忍不住也有些擔心。但他還是咬了咬牙，悄悄向著十字架所在的方向飄了過去。

有幾隻餓鬼看到凱斯的動作，無意識地尾隨著凱斯拚命想要拉住他，費里曼看準時機，將其中一隻餓鬼一腳踢開。里茲則繞到後面，拽住了一隻餓鬼，將他向遠方擲去。

■ Chapter 101

　　凱斯趁機向著那個十字架的方向爬過去，左側一隻餓鬼看到凱斯的動作，又來拉凱斯的手，凱斯狠狠地將這隻餓鬼甩開，又向十字架的方向奔了幾步。眼見凱斯的指尖要觸到十字架，幾隻餓鬼又向凱斯的方向奔過來，拚命想要將凱斯從十字架的方向拉開。

　　「這些玩意兒可真煩。」凱斯望著再次糾纏過來、將身體擰成麻花狀的餓鬼，使勁用腳將他們蹬開。

　　米雪兒飛撲過來，拉住了其中一隻餓鬼，那隻餓鬼將頭擰成了三百六十度，一口咬在米雪兒的胳膊上。米雪兒忍痛將這些餓鬼拉開，費里曼和里茲也趕過來幫忙。

　　「快點凱斯！」里茲大聲叫了一句，催促著凱斯趕緊去抓那個十字架。

　　里茲的聲音帶來了不小的響動，水池之中糾纏的其他餓鬼，注意到了這邊的動向，紛紛向凱斯的方向湧了過來。

　　「別回頭！」里茲看見凱斯的指尖已經觸摸到了那個十字架，連忙又喊了一句。

　　凱斯雙手撐牆，向上飛躍了一步，將整個身體貼在眼前的十字架上。在他這個餓鬼的身體和十字架接觸的那一瞬間，凱斯感覺到胸口與十字架貼合的地方冒出了一陣濃烈的黑煙，像是有一把滾燙的利劍插進了自己的胸口，將他燙得血肉模糊。

　　凱斯強忍著痛苦趴在十字架上，他的身體被燙成了透明的紅色，那幾隻本來抓住凱斯黑色腳爪的餓鬼，被凱斯身體傳導出來的熱量燙得嗷嗷叫喚，連忙放開了抓住凱斯腳踝的雙手。

　　里茲等人見狀，連忙向凱斯所在的方向撲了過去，在接觸到凱斯雙腳的那一剎那，幾個人感覺凱斯身上傳導過來的痛苦，就像是像是穿腸毒藥，將毒汁整個輸送進了三個人的五臟六腑之中，一種火辣辣的痛楚，讓里茲忍不住大聲尖叫起來。

　　「怎麼回事，前幾次都不會這麼痛苦！」里茲一邊抱怨一邊大聲叫，他感覺捏著凱斯那個如餓鬼一般的漆黑腳踝，就像握著一塊燙紅的烙鐵一樣。

「前幾次從來都沒有死得這麼慢過……」里茲一邊發出痛苦的呻吟，一邊解釋著。他聞到了那個碧色的、帶著鐵鏽一般的水池之中，又一次出現了一攤排泄物，這種味道對於身為餓鬼的他而言，竟然帶著某種致命的誘惑力。

有幾隻拽著幾人的餓鬼，顯然也聞到了這股味道，尖叫著向著那攤排泄物所在的方向跑了過去。

凱斯趁機將這塊被叫作十字架的東西抱得更緊了一些，他感覺自己的意識正在慢慢模糊，從眼前的這個餓鬼身上緩緩抽離出來，向著虛空之中晃了過去。就在凱斯的意識脫離這個黑色餓鬼身軀的一剎那，那道藍色的光焰再一次將凱斯的意識包裹起來。

「只有你看到了完整的人生，你才能真正領悟當下。凱斯・史密斯，你永遠無法擁有完全的自我意識，因為你以為的東西，並不是你真正看到的那樣。你的經歷，不過是這個宇宙某次輪迴之中的一個再普通不過的個體，不必執著於你的當下，就在這個虛空之中，成就你無限美好的人生吧，你會得到一切你想要的。」凱斯耳邊，那個女聲又一次響了起來。

「你真是個喋喋不休的長舌婦。」雖然被那道藍色的光焰包裹其中，但是凱斯還是忍不住罵了一句。

他的意識仍舊被這個藍色的光焰牽引著，也不知道要將他牽到哪裡去。凱斯感覺自己的意識緩緩地隨著這道藍色的光焰向虛空之中飄去，也不知道飄了多久，他才終於感覺到自己的身體凝成了實體，雙足重新踩踏上了堅實的地面。

「這是什麼地方？」凱斯猶豫地看了看四周，雖然他的意識還有些模糊，但是鼻尖已經聞到了淡淡的、清甜的香味。

「天堂。」凱斯身邊的那個女聲一邊回答凱斯，一邊咯咯笑了起來，凱斯聽得出來，這個女聲的笑聲之中帶著某種嘲弄的意味，似乎在為凱斯接下來的命運擔憂。

「我不相信你能把我帶來天堂來。」凱斯想起了剛才在那個碧油油的水池之中看到的餓鬼們，忍不住一陣作嘔。

「不相信算了，你低頭看看，就知道我有沒有騙你了。」那個女聲再次響了起來，用那種電子人慣用的嘲弄的語調。

凱斯伸出手，疑惑地低頭看了一眼。他發現自己站在濃郁的白霧之中，並不能看清楚自己手臂的模樣，這些白霧環繞著凱斯，將凱斯整個包裹其中。凱斯感覺自己的手臂上似乎仍然有一些火辣辣的痛楚，剛才被那個叫十字架的玩意兒燙傷燒焦的感覺，令他記憶猶新。

　　理智告訴他，他抬起手，現在看到的將是一截焦黑的斷肢，但是出乎凱斯意料，凱斯將手抬起來時，發現自己竟然毫髮無傷，皮肉上沒有一點跡象，表明哪裡曾遭受過劇痛。他舉起手來轉了轉，彎彎手指。

　　「誘導你在意識之旅中所產生的疼痛，不可能損傷真正的人。」那個女聲再次響了起來，「只會開發你的大腦，讓你領悟到更多的道理，這樣你才能真正瞭解這個世界，看清輪迴。道理很簡單，有很多人想要花大錢得到『神諭』的祕密，但是他們卻不知道這個東西到底有什麼用處。」那個女聲說完，又一次咯咯地笑了起來。

　　「這麼說，你知道那玩意兒怎麼用？」凱斯疑惑地問了一句。

　　「我當然知道，因為我和這個東西本來就是一體的，我是這個東西凝結出來的虛擬身體，所以我當然知道『神諭』到底是什麼，對這個世界有什麼樣的作用，但是我不會告訴你。」那個女聲用諷刺的語調說著，「人類總是妄想掌握『神諭』，總是妄想去做替代神邸、超越神明的事情，事實總會證明，你們到底有多愚蠢……」

　　「你說，你是『神諭』凝結出來的虛擬人？」凱斯還想追問，但是那個電音的女聲逐漸小了下去，只有一些剛才話語的回聲餘韻在凱斯耳畔響著，再過片刻，這點餘韻也消失了。

　　「你在哪裡，凱斯？」里茲的聲音遠遠地從另一邊傳來。

　　「我在這邊。」凱斯一邊回應著里茲的呼喚，一邊站了出來，他看見里茲、費里曼和米雪兒三個人向著自己所在的方向走了過來。

　　「這次總算是來了一個不錯的地方。」費里曼一邊用目光向四周逡巡一邊說著。經過了前面的幾次事故，現在他對凱斯潛意識之中引導的輪迴之旅，簡直有些害怕了。雖然他現在已經知道他們不會死，但是想起自己竟然會對排泄物感興趣，仍然有些害怕。

　　「這衣服真奇怪。」米雪兒低下頭來，看著自己身上的寬袍大袖，「看起來倒是有些像那個瘀斑臉的衣服，不過這些衣料倒是比他身上的好。」米

雪兒一邊說一邊扯著自己身上的衣袖看了看。

　　凱斯聽見了兩人的話，這才從雲霧繚繞之中抬起手來看了一眼。他注意到自己身上穿著和他們一樣的紗衣，但是自己這身紗衣上繡的花紋，看起來似乎要比他們兩人身上的精緻得多。

　　「這次終於輪到你是女人了。」費里曼看著凱斯身上的奇怪裝扮，忍不住嘟囔了一句。凱斯聽見費里曼話裡那種嘲弄的語氣，伸手摸了摸自己的胸口，發現自己的胸脯竟然真的高高隆起了。

　　「噢！Shit！」凱斯忍不住罵了一句。他已經習慣了自己是個硬漢，現在突然變成了一個女人，讓他覺得自己有一種被戲耍的感覺。

　　「終於可以欣賞一把你自己把自己坑了的表情。」費里曼看著凱斯，忍不住哈哈大笑。

　　「你這身行頭看起來不錯耶，凱斯，嗯！你總算有一世做了一個有頭有臉的人物了。」里茲走上前去，從頭到腳細細打量著凱斯。凱斯感覺里茲的目光對準了自己的胸脯，忍不住飛起一腳，將里茲踢開。

　　「你們在幹什麼？」凱斯抬起頭，看到圍繞著自己的煙霧慢慢散去，一個長得有些像變異人的傢伙，從一個環狀的門裡走了進來。凱斯覺得這個「變異人」看起來沒有瘀斑臉那個種族那麼可怕，只是一副方頭大耳的模樣，讓凱斯覺得他看起來有些可笑。

　　這個人的打扮也顯得有些怪異，凱斯注意到，他一隻耳朵上戴了一個環狀金屬，另一隻耳朵上卻是空的。這個「變異人」的衣服樣式也和瘀斑臉有些類似，但是卻是金屬製成的，上面有一些亮閃閃的金屬片。

　　「變異人」走到凱斯面前，里茲、費里曼和米雪兒三個人低下頭，站在凱斯身後，眼角的餘光卻在偷偷觀察著這個「變異人」。

　　「變異人」來到凱斯面前，用審視的目光打量了凱斯和身後的三個人一眼，他的眼神不算凌厲，但是當凱斯觸及這個人的眼神時，總覺得哪裡有些怪怪的。

　　「你們幾個先到別處跑。」凱斯聽見「變異人」吩咐著里茲、費里曼和米雪兒三個人。

　　三個人無奈，只能順著那個環狀的門向外走去。米雪兒低下頭，感覺「變異人」的雙眼緊緊盯著自己的後背，似乎要把自己的後背灼出一個洞

來。「變異人」看到三個人出了環狀門，轉向凱斯，看著凱斯「嘿嘿」笑了兩聲。

凱斯看見「變異人」走向自己，露出了和剛才里茲一樣不懷好意的目光。凱斯注意到，這個「變異人」的雙眼在自己的胸脯上反覆掃視，似乎想要從凱斯身上看出什麼端倪來。

「現在他們都走了，我們可以好好說話了。」「變異人」拉著凱斯向前方的屋子走去，在他拉起凱斯的一瞬間，故意用手臂蹭了蹭凱斯的胸脯。

凱斯忍住了想要踢他一腳的衝動，掙脫了這個「變異人」的鉗制。他已經從這個身體的腦海深處，讀取到了過往發生的一切，他看到的這一世的自己，竟然出生在一個擁有法力的世界裡，是一個住在月亮之中精怪──凱斯想起了北歐神話之中那個摘下了月亮，把月亮變成了一枚銀幣的神。

當然，他也讀到了關於這個「變異人」的資訊。這個變異人竟然是這個法術世界的將軍，一直垂涎自己的美貌，現在他剛打完了一場仗，馬上就來自己這裡上下其手。

「我現在要出去找我的兔子。」凱斯看了這個「變異人」一眼，脫口拒絕了這個所謂精怪將軍的殷勤。雖然他也不知道這個「兔子」是個什麼東西，但是潛意識裡，他覺得自己應該這樣回答。

▋ Chapter 102

　　凱斯用力掙脫了這個「變異人」的拉扯，提起自己身上的紗衣向外跑去。他的意識似乎懸浮在半空，是一個旁觀者的姿態，但是他本人卻已經從這個女精怪的意識深處，讀取了所有關於這裡的資訊——這個女精怪所處的世界的核心地帶有一口井，這口井似乎連通著另外一個世界，只要他們從井口跳下去，就能回到另一個世界中去。

　　讀取到這段資訊的凱斯，直接向著井口所在的方向跑了過去，他追上了意識附著在其他幾名女精怪身上的里茲、費里曼和米雪兒，還好著幾個人都沒有跑太遠。

　　「這個地方有一口井，我們得從井口跳下去才能脫離這個地方。」凱斯用最快的速度將地形向幾個人解釋清楚了。

　　「變異人」尾隨著凱斯追了過來，凱斯望著這個「變異人」，意識深處浮現出了一個類似於「豬」的詞彙，雖然這個東西他在莫斯特伯阿米克時代只是在電子雜誌上看到過，但是現在他卻不由自主地想到了這個詞。

　　「快一點跑，那頭豬追上來了。」凱斯回頭看了一眼，「變異人」的速度很快，像是貼著風向幾個人的方向飄過來。

　　「總是來這些奇奇怪怪的地方。」費里曼一邊摸著自己的胸脯，一邊說了一句。

　　「我是不是可以理解為你這是自己占自己的便宜？」米雪兒向費里曼投過去一絲鄙視的眼神。自從費里曼的意識依附在這個女人身上之後，費里曼總是有意無意地將自己的手擺放在胸脯的位置。

　　「穿過前面的桃林，就到那口井的位置了。」凱斯一邊飛快地在腦海中讀取這個女精怪的意識，一邊向著井口的方向跑過去。令凱斯感到奇怪的一點是，這個女精怪的頭腦之中，並沒有覺得自己是精怪，反而認為自己是「神仙」。不過對凱斯而言，她是什麼都不重要，這不過是自己在某個時空的一段經歷罷了，重要的是凱斯現在要馬上找到那口井。

　　「小心！」凱斯向前跑著，似乎急於擺脫那個像豬一樣的「變異人」的糾纏。雖然他感覺這個像「豬」一樣的「變異人」，並沒有對自己有很大的

惡意，但是凱斯只要一看見他那張臉，就從心底湧起一陣厭惡之情。

「你們幾個去那邊看看，務必要把月仙子找出來！」凱斯聽見那個像豬一般的變異人的聲音遠遠地傳過來。

「趕緊躲起來！」凱斯拉著身邊的米雪兒，以極快的速度蹲伏在一塊山岩下。凱斯聽見身後的風聲吹了過來，他偷偷抬眼望過去，看見自己的身後有一條又寬又淺的溝壑。溝壑上長著一叢叢幽藍幽藍的水晶，看起來就像凱斯曾經在電子書看到的藍色草一般，溝壑裡面飄蕩著泛著黑色霧氣的幽藍色水流。

凱斯轉頭看了看自己身後，那裡長著很多發光的條狀物 [28]，這些條狀物上同樣結著類似於水晶一樣的結晶，同樣散發著淡淡的藍光。這些藍光灑向了盆地，將整個盆地照得忽明忽暗，但是盆地之中仍然很冷，夜幕留下的乾燥刺骨的冰寒，一陣陣地向凱斯躲藏的石頭背後襲來。

里茲和費里曼趁機又抱緊了兩人的胸脯，米雪兒看見兩人的動作，悄悄地向一側挪了挪。

「小心點，別被那個人聽見。」凱斯按了按米雪兒，提醒米雪兒動靜不要太大。

「你似乎很討厭那個人，我感覺他對你並沒有什麼惡意。」米雪兒看了凱斯一眼，對凱斯的舉動十分不解。

凱斯低下頭，厭惡地看著幾個舉著鐵劍的甲兵從自己的身畔走過，聽見他們橐橐的腳步聲，凱斯覺得有些噁心。這幾個掛著鐵劍的士兵，並沒有發現躲在石頭後面的凱斯，他們從凱斯身邊走了過去。

「晚上最好不要穿過『禁林』，月仙子知道這個禁忌，她應該不會到這片禁林裡面去的。」凱斯聽見其中一個帶劍的士兵說了一句。

「那也說不準，我看她為了躲避將軍，什麼事情都能幹出來。」另外一個士兵一邊整理自己身上的扣帶，一邊說了一句。

「好吧！我們去『禁林』裡面找找看。」那個士兵似乎對這個提議十分無奈，只能隨著他一起向「禁林」的方向走去。

凱斯躲在石頭後面，看見兩人在「禁林」的周邊轉了一圈，又向著自

---

[28] 這些條狀物其實是沒有葉子的樹的形狀，但是因為在故事的世界觀之中，凱斯等人沒有見過植物，所以並不知道。

己所在的方向走了過來，連忙又向石頭後面縮了縮。費里曼和里茲看見凱斯縮向他們所在的地方，也向後擠了擠，這一下里茲正好貼在了費里曼的胸脯上。

「小心點，別碰到我！」米雪兒將靠攏自己的費里曼向一側推了推。

「我這邊沒有什麼異常。」那名士兵衝著另一個士兵擠了擠眼睛，「你那邊呢？」

「我這邊也是，沒有發現任何異常，可能是月仙子根本就不在這個地方吧！」另一名士兵領會到了這個人的意思，隨聲附和了一句。

順著凱斯的角度望過去，這兩個人根本就沒有進入「禁林」。

凱斯悄悄地趴在石頭背後，看著兩人離開了禁林，慢慢向自己跑過來的方向走了過去。

「沒想到所謂『神』和『精』也會騙人。」米雪兒看著兩人遠去的方向說了一句。

「還好他們會騙人，如果真的找過來反而麻煩了。」凱斯豎起耳朵，聽著四下沒有什麼動靜，悄悄站了起來。

「我們要穿越他們說的這個叫『禁林』的地方，才能找到那口井，里茲。」凱斯看著藍霧瀰漫的禁林，顯得有些憂心忡忡。

凱斯潛意識裡總覺得，這個地方似乎就像那道藍色熾光之中那個女聲所說的那樣，現在經歷的只是曾經某一時刻經歷過的畫面，是自己潛意識之中某段記憶的重現和重播。這些經歷，像是為了提醒自己人生的種種真諦，又像是對自己大腦的一次啟動與開發，用痛苦和快樂的經歷來誘發自己的思考。

「我難以想像，尼祿那裡躺著的那些人，他們的意識是不是時時刻刻都在這種輪迴裡，或者從自己的潛意識裡、另一個宇宙、另一個時空之中尋找某些可能性？」凱斯一邊彎著腰穿過禁林，一邊詢問著里茲。

「如果我沒猜錯的話，應該是吧！一切科學規律都源於對宇宙規律的模仿。經驗的鑄刻是無可替代的。他們強迫人的意識進入這種輪迴，在輪迴之中體驗各種經驗，再用這樣的辦法來開發他們的大腦。這些人躺在那裡的體驗，比普通人幾生幾世還要多，所以他們能開發出那些尖端的科技產品也不奇怪了。」

「泰爾西公司應該每週都會有專人對他們進行喚醒，我不知道他們用什麼樣的方式把『神諭』控制住的，這應該是他們公司的核心機密了。」費里曼聽見兩人的談話，也插了一句嘴。

「他們收購米蘭德研究所，應該就是為了研究這些東西。可惜，在資本壓榨和人性的欲望較量之中，到底什麼更勝一籌，也很難說清楚，你們的父輩應該都是米蘭德研究所的科學家吧？」凱斯看了兩人一眼。

「沒錯，十號倉庫的事情，就是費里曼的父親在臨終前告訴我們的，這個世界有太多祕密了，可惜人的壽命太短，有些事情我們去窮盡一生，也未必能弄懂它們的運作邏輯。」里茲嘆了一口氣。

「這麼說來，托比想要復活某個暴君的願望，也是有他的正確性的？」凱斯忍不住挑了挑眉。

「是不是你每一世的輪迴，都會做這個動作啊？凱斯。」里茲看著凱斯挑著眉毛略帶譏諷的神情，忍不住開了一句玩笑，「現在你穿著這身衣服做這個動作，看起來真的很奇怪。說起來，你在這一世輪迴裡雖然是個女仙，看著倒也挺漂亮的。」

「也許是你的審美出了什麼問題。」凱斯白了里茲一眼。他們幾個人一邊說一邊輕手輕腳地向前走去。

「前面就是他們說的禁林了，凱斯。」里茲抬頭，眼前的條狀物有一條主幹，主幹上也生出各式各樣的細條[29]，上面結著和地上一樣藍色的類似於水晶的結晶，結晶上散發著幽幽的藍光，忽明忽暗地閃動著。

凱斯看了看禁林之中繚繞的霧氣，總感覺這裡面透著一絲詭異，但是現在他們必須要穿過禁林才能抵達那口水井——他們得從那口水井的井口跳下去，意識才能脫離現在這個身體。

「小心一點，我感覺這些東西有毒。」凱斯小心翼翼地向禁林深處走去。他感覺現在身上穿的這身衣服實在是太麻煩了，一不小心就會被身邊的這些細條掛住，但是衣服上的花紋看起來似乎也價值不菲。

「這個女仙看起來像是東方面孔。」里茲藉著樹條上藍幽幽的光看了凱斯一眼，「看起來還挺漂亮，難怪那個『變異人』要追著你不放了。」

---

[29] 這些細條實際上是樹枝的模樣，但因為主角沒見過，所以並不知道是樹枝。

「趕快走！」凱斯聽見身後傳來「哼哧哼哧」的聲音，似乎有人什麼東西在用鼻孔拱著地面。

「噢！上帝！恐怕用走的不行，咱們得趕緊跑了，凱斯！」里茲顯然也聽見了這個「哼哧哼哧」的聲音，忍不住回頭看了一眼，卻發現一個龐然大物正向著他們的方向追了過來。

「這東西的外型，真像我們在電子雜誌上看到的那種叫『豬』的動物，只不過那些電子雜誌上的豬沒有它這麼長的牙！」費里曼看到里茲的動作，也忍不住回頭看了一眼，這一眼也把他嚇了一跳，那個東西顯然也竄進了禁林，緊緊跟在幾個人身後！

「這個當下你還有閒心研究怪物的牙齒長度，快跑啊！」米雪兒叫了一聲。

凱斯三兩下就將自己身上那些披披掛掛的絲帶扯開，穿著一身內襯，向著自己意識之中井的位置奔了過去。

「這樣清爽多了。」凱斯舒了一口氣，卻發現禁林之中那些長條也開始擺動了起來。

「這些東西也會動，凱斯！」里茲驚恐地看了自己身邊的條狀物一眼，發現這些東西不但在迎風生長，還向著幾個人所在的方向延伸過來。

夜色之中，凱斯聽見整個禁林 [30] 傳來各種「沙沙」的枝條蔓延的聲響，似乎有無數細條正擺動著向幾個人的方向伸過來，要將幾個人抓住。

「我們可以把這頭『豬』引向禁林的中央，凱斯！」里茲看著離幾個人越來越近的怪物，情急之下叫了一句。

「誰來做誘餌？」凱斯看了幾個人一眼。

「這個怪物的目標是你，凱斯，只能你去把他引開！」費里曼一邊從地上摸了一塊碎石扔給凱斯，一邊叫了一句。

「媽的，你這個提議可真夠糟糕的！」凱斯想起這隻怪物看著自己那種色瞇瞇的模樣，忍不住對著費里曼罵了一句，但是他仍然向著禁林中央最大的那個條狀物走了過去。

果然，那隻像豬一樣的怪物看見凱斯，馬上就放棄了其他幾個人，直接向著凱斯的方向奔了過來。凱斯手中緊緊握著費里曼丟給自己的碎石，向禁林深處跑去。

他已意識到這片禁林中心那個最大的條狀物，才是其他所有條狀物的核心樞紐，正是這個東西擺動，才指揮著其他條狀物的動作。凱斯從這個身體的意識深處搜索著這個條狀物的名稱，卻發現這個東西只是叫作「神樹」，並沒有什麼別的名稱。

凱斯繞過那些纏向自己的小型條狀物，向著「神樹」的方向跑了過去。神樹上的藍色結晶比其他條狀物的結晶要大得多，枝幹隨著風的擺動，也散發著忽明忽暗的光亮。

那棵「神樹」似乎也長著眼睛，看見凱斯接近，樹上的枝條立刻向著凱斯的方向延伸了過來。

與此同時，那隻像豬一樣的怪物看到了凱斯的動靜，也向凱斯的方向猛

---

[30] 因為故事之中的主角生活的世界之中並沒有植物，所以主角對「禁林」的理解並不準確，只是知道有這個詞彙而已。

撲了過來。費里曼和里茲看見怪物壯碩的四蹄踢飛了一片泥土，都被這個怪物嚇了一跳。

「快一點，凱斯！」米雪兒看著凱斯在神樹擺動的枝條之中穿來穿去，也為他捏了一把汗。

凱斯向前神樹枝條擺動的方向跑了過去，那隻類似於豬的怪物，也向凱斯的方向追了過來。凱斯看準了一個時機，將手中的石塊向其身後扔了過去，神樹聽見石塊飛過來的聲音，馬上伸展枝條，向著石塊落地的方向纏了過去。

與此同時，那個凱斯他們看起來像巨型「豬」一樣的怪物，也向著凱斯的方向飛撲而來。凱斯向前跳動了一步，那棵神樹的枝條，正好纏在豬狀怪物的身上。

「還好這個身體比較輕盈。」凱斯看了一眼眼前這個被那些士兵叫作「月仙子」的身體，雖然一個女人的身體讓他十分不爽，但是這個身體跑跳起來都不算慢，也算是讓他舒心了一點。

「這種東方的精怪一向就是這樣。」里茲看著那個被神樹枝條纏上的巨型豬怪，害怕地接了一句。現在這個巨型豬怪，正在掙脫這個神樹的枝條，但是這些枝條的柔韌性似乎很強，它越是掙脫，這些枝條反而纏得越緊。但是這隻豬怪的力氣似乎也很大，兩根獠牙頂在地上，竟然將神樹上其中一根藤條「啪」的一聲扯斷了。

「我們得趕快到那口井那邊去。」費里曼看著那隻豬怪在枝條之中掙扎，總覺得它會很快掙脫似的，連忙說了一句。

「真該死，一會兒如果這個豬怪掙脫了藤條，你去把它引開！」凱斯想起了費里曼剛才的那個提議。

「快走吧！凱斯。」米雪兒拉了拉凱斯。

禁林之中的霧氣似乎越來越濃郁，凱斯抬頭看了看，濃霧之中禁林的風景若隱若現，仍然帶著某種妖異的氛圍。

凱斯從意識深處調動著那口井的位置的意識，帶著費里曼和里茲向著前方跑去。幾人穿過了禁林之中那些沙沙作響的枝條，小心翼翼地繞開了地上那些像藍色水晶的植物，終於跑出了禁林。

三個人抬起頭，前方空曠的一處原野上泛著朦朧的白光，原野的中央果

然有一口井。凱斯一馬當先地跑到了井邊，幾人走近了才看見，井水邊雖然霧氣繚繞，但是井水之中似乎卻很平靜，一絲波瀾也沒有。

「我們得從這個地方跳下去，才能回到那個該死的、黑壓壓的大廳之中，希望那時候那個叫塞克斯汀的傢伙已經回來了，不然的話，我們還要想辦法潛到那塊金屬所在的水底去。」凱斯一邊說，一邊爬上了井沿，「這是這個地方的時空之門，從這裡跳下去就行了。」

凱斯一邊說，一邊向著井水之中跳了下去，井水瞬間沒入了凱斯的頭頂，但是那些水紋瞬間又恢復了平靜。里茲、費里曼和米雪兒相互對視了一眼，也鼓起勇氣向井水之中跳了下去。

凱斯感覺冰冷刺骨的井水似乎已經灌入了自己的五臟六腑，在跳下去的一瞬間，他感覺自己意識依附的月仙子身上的法力慢慢消散，他的意識又重新飄盪到了虛空之中，那道藍色的光焰又一次向凱斯襲來。

「感覺怎麼樣，凱斯‧史密斯？」藍色光焰之中，那個聲音又一次響了起來，「偉大是一種轉瞬即逝的體驗，絕不會始終如一。它部分依賴於人類創造神話的想像力，體驗偉大的人，必定能感覺到他所身臨其中的神話般的光環。你很會自嘲，凱斯，這種自嘲能讓你省察自身，這也是我挑中你的原因。」

「我可沒心情也沒時間和你一起玩這種愚蠢的遊戲。」凱斯不耐煩地打斷了藍色光焰之中的那個電子女聲。

他感覺冰涼的井水灌進了自己的鼻子，灌進了自己的耳朵，甚至灌進了自己的肺部，讓自己喘不過氣來。

「只有集中意念，你才能回到那個大廳當中去。」凱斯想起了里茲對自己說的那句話。

「好吧！」凱斯在心底嘆了一口氣。

他感覺自己眼前像過電一樣，似乎又一次劃過了許多形形色色的場景——這些場景之中有東方的、有西方的，有各式各樣的形態，還有形形色色的男女，現在他已經知道了，這些場景就是自己每一生每一世，有些甚至是自己在其他時空之中經歷過的事情。

「集中意念……擴張動脈血管……摒除一切雜念……只餘下自己選擇的那部分意識……血液變得充實，迅速流向負荷過重的區域……」凱斯盡量讓

那些東西對自己不造成更大的影響。

凱斯感覺自己的大腦似乎在光速之中運轉,他努力集中精神,想著自己來到這裡之前的那個大廳。

那個藍色光焰之中的電子女聲,還在凱斯耳邊喃喃自語著:「單憑本能並不能使人獲得食物、安全、自由……人類意識無論怎麼延伸,都無法超越特定的時刻,也不會讓它產生獵物可能會滅絕的念頭……人類破壞,但不生產……人類的快樂,始終是有局限的……始終接近感官層次,達不到感性的層面……人類需要一個背景網,透過該網可以看清自己的宇宙……有選擇地控制意念,這便會架構起你的網……依照細胞需求發出的最深層次意識,神經血液有規律地流動,肉體也隨之保持完整……天地萬物、生靈、人類都非永恆……為了川流不息的永恆奮爭……來跟隨我,讓你體驗到極致的快感,只要你留在意識的世界,我會讓你看到一個完美的世界。只有在意識之中經歷的東西,才算是永遠屬於你的。來吧!凱斯,來這個屬於我們的世界裡吧!」

凱斯努力讓自己的意識集中,盡力不讓自己受藍焰之中那個女聲干擾。

「只有那個黑漆漆的大廳,才是我的目標。」凱斯集中念力,努力在自己的腦海中勾勒那個大廳的模樣,那個鬼地方貼著一座橋,需要穿過一堵高牆才能入內,裡面的能源驅動是核能……

凱斯努力回憶著關於大廳的細節,他感覺到自己的腦袋似乎在發熱,眼前關於大廳之中的一切也慢慢清晰起來,他的鼻子之中終於漏進了一絲空氣。

時間像是停滯了幾秒鐘。

突然「嘩啦」一聲,凱斯聽見了一絲亮光慢慢滲透進了自己的雙眼,一聲嘩啦的水聲從自己的耳畔傳來,新鮮的空氣猛然進入了凱斯的肺部。

他努力睜開眼,發現自己終於站在這個大廳之中,一陣冰冷的空間從凱斯耳朵後面傳了過來,讓他忍不住打了個顫抖,凱斯感覺整個大廳又重新開始活動了起來。

「咚!」費里曼的意識重新回到了大廳之中站在操作臺前操作潛艇和觀測「神諭」動態費里曼的身體之中,大概是衝力過於猛烈,竟然將費里曼撞得向前踉蹌了一步,頭差一點撞上了操作臺。

里茲舒展了一下雙手，大概是也回到了這個大廳之中。米雪兒放下了她觸碰凱斯手臂的雙手。

　　凱斯感覺到自己的腦後傳來了一陣涼意，他想應該是自己在那個井水之中待了太久的緣故。下一秒，他卻聽見了托比的聲音，凱斯想要往前走，托比黑壓壓的槍口已經指向了凱斯的後腦勺。

　　「你下去，把那個叫『神諭』的玩意兒想辦法給我拿上來。」托比高傲地命令著凱斯。

　　「你什麼時候上來的？塞克斯汀呢？他不是還在下面嗎？」凱斯本能地舉起雙手。

　　「別問那麼多。我的意識比你們回歸得早得多，我把潛艇開上來了，現在潛艇在我手裡，拿不到這個東西，你們都別想從這裡出去。」托比表情猙獰地望著凱斯，惡狠狠地說了一句。

■ Chapter 104

「好！好！好！先不要那麼激動。」凱斯看了眼前的托比一眼，「說吧！我們要怎麼樣才能拿到那個東西？」

「穿上潛水衣，戴上這個盒子，然後在『神諭』試圖控制你的時候，你的意志要比他更強大，不能受它的任何蠱惑和影響，直到它真正成型，你把它裝在這個盒子裡就行了。」托比一邊說著，一邊將手中的一個盒子拋給了凱斯。

「這個盒子是從哪裡來的？」凱斯接過了托比拋過來的盒子，拿在手中看了一眼。這個盒子四四方方的，看起來有些小巧玲瓏，凱斯注意到在這個盒子上，雕刻著一個和城市中心的食物發放機一模一樣的花紋。

「那個潛艇之中，有前米蘭德研究所留下來的研究資料，靠著這個資料，我找到了你手上的這個玩意兒。沒有這個東西，那個塞克斯汀永遠也拿不到『神諭』。所有的東西都藏在最顯眼的地方，但是那些蠢貨是發現不了的。」托比一邊轉動著自己黑壓壓的槍口，一邊對凱斯說了一句。

「哼！讓你們在巴黎聖母院的塔頂逃脫了，現在還是一樣被我抓住。」托比用他冷嘲熱諷的眼神看了凱斯一眼，似乎凱斯等人就是他掌中的獵物一般。

凱斯有些錯愕，他並沒有想到，托比竟然把意識穿梭之中發生的事情，也算在他們頭上。好吧！凱斯在心中冷笑了一下，他並不是第一天認識托比，從他第一次見到托比時，這個托比就是一個小心眼又自以為是的蠢貨。凱斯看了看托比頂在自己腦袋上那支黑壓壓的槍口，他不想和托比計較。

「你在那個世界也不過是皇帝的跑腿小弟而已，當別人工具的人，有什麼好得意的。」米雪兒看了托比一眼，忍不住出言譏諷，現在這個世界裡，托比畢竟還是聯邦警署的研究員，只要自己還有合法公民的身分，她相信托比並不敢真正開槍。

「砰！」托比向著地上放了一槍，將站在他身邊的幾個人嚇了一跳。

「如果我的槍發生了什麼意外，擦槍走火了，我想，這樣的報告也沒有人會追究它的真實性。如果我們中間有些人因為受傷而死在沙漠裡，我

想，應該也不會有人認真追究的，你說是不是？」托比看了看自己冒著煙的槍口。

里茲向後退了一步，發現格爾正歪倒在角落裡呼呼大睡，他想起了自己和凱斯的意識之旅，不禁有些羨慕起格爾的狀態來，現在他大概摸透了這個叫「神諭」的東西的某些規律——似乎心思越單純的人，越不容易受這個東西的影響，凱斯的經歷太複雜了，所以他反而是這群人之中，受到神諭影響最深的人。

「動作快點！」托比不耐煩地催著凱斯。他看見凱斯正在穿戴那些潛水設備。

凱斯想起了在那個時空裡看到托比的樣子，似乎托比的意識受這趟時空之旅影響，更加變本加厲了，變得更刻薄和歇斯底里了，凱斯想起了藍焰之中的那個聲音，自己已經有過一次戰勝那個玩意兒的經歷，並在這個過程之中，沿著時間網路層層展開，曾經無數次見過自己在其他時空的模樣。唯一的遺憾大概是他每次在死亡之前，意識就脫離了自己的身體，但卻從沒見過自己死亡的那一刻。

里茲和費里曼看著凱斯，似乎也對托比的命令感到有所不滿。凱斯已經換上了潛水衣，他不知道他們在這個大廳之中待了多久，如果已經超過一個小時的話，塞克斯汀背上的那罐氧氣瓶不一定夠用。

他用眼角的餘光瞥了一眼操作臺上的時間，發現只過去了半個小時。還好，看樣子意識之中穿梭，確實就像自己在藍色光焰之中見到的那個女人所說的那樣，這中間領悟到的東西，會比之前快幾倍。

「放他下去！」托比看見凱斯已經把衣服換好，指揮著山姆將潛艇的門打開。

米雪兒看著凱斯坐進了潛艇，不由得有些擔心。她和里茲等人對視了一眼，總覺得托比似乎有些什麼東西並沒有說清楚，但是現在他們即使開口詢問，托比大概也不會告訴他們的。凱斯想起了自己在意識之中聽到的那個藍焰的女聲，琢磨著是不是這東西告訴了托比什麼不為人知的祕密。

凱斯看了看三個人，示意他們不用擔心，他的目光最終落到凱莉的身上。她已經被山姆和托比綁起來了。凱斯看見身材高挑，皮膚白皙，金髮碧眼，有一張頗具貴族氣質的漂亮臉蛋，傲慢中帶著古典美的凱莉，臉上流露

出對這兩人不屑的表情。她看起來並沒有流過眼淚，完全是一副不可戰勝的神情，但是她緊鎖的眉頭，還是出賣了她的內心世界。

「放心吧！我會把他帶回來的——如果他還活著的話。」凱斯看著凱莉說了一句，凱莉接觸到凱斯的目光，衝著他輕輕點了點頭。

「我會看好你的。」費里曼走上前來，拍了拍凱斯的肩膀，重新回到了他的操縱臺上。山姆拿出了另外一把槍，逼著費里曼和里茲重新啟動了這架潛艇。

凱斯感覺到潛艇在慢慢下沉，他看著儀盤表上的讀數，感覺自己離那塊黑色的岩石已經越來越近了。

潛艇行駛得十分平穩。費里曼透過操控臺，啟動了潛艇之中的熱能設備，對凱斯的潛水服和氧氣管進行了掃描。

「一切正常，可以向目標地點前進，凱斯。」費里曼的聲音從凱斯的頭頂上方傳了過來。

「收到。」凱斯接收到費里曼所發過來的信號，從潛艇之中鑽了出來，向著黑岩的方向前進。他抬起頭，看見自己的正前方閃動著藍色的光焰，那個東西似乎就是「神諭」的本體。

凱斯緩緩地從那塊黑色岩石的縫隙之中潛了過去，他感覺自己離這個東西已經越來越近了，冰冷刺骨的水隔著衣服刺激著凱斯的感官，他感覺自己像又回到了那口井中。

「接近目標點，接近目標點，凱斯。」里茲的聲音從凱斯的防水耳機中傳了過來。

「收到。」凱斯簡短地回覆了里茲的信號，向著藍色光焰的中心游了過去。他感覺那道藍色的光焰中心，似乎像是一團高溫的火苗，但是這個東西並沒有帶來任何溫度，反而令他周遭的水比井水更刺骨。自從吃了食物中心發放機的那些食物，凱斯感覺自己已經沒有那麼怕冷了，但是這個東西附近，竟然第一次又讓他有了冰冷刺骨的感覺。

那道藍色熾光向著凱斯所在的方向捲了過來，凱斯感覺自己周圍的水氣，似乎在這道熾光之中極速退去，他又重新遁入了一個無垠的虛空之中。

「凱斯·史密斯，我們又見面了。」那個電子女聲又一次在凱斯的耳邊響起。

「你知道為什麼每次你可以透過死亡的方式，躍入另一個時空之中嗎？」那個電子女聲尖細的聲音，直直地鑽入了凱斯的耳朵，讓他有一種魔音穿腦的感覺。

這個問題讓凱斯心中一凜。

里茲一直告訴他可以用這個方式，但是里茲並沒有說過這件事情的原因。

「如果你猜中了，你就可以拿到這個東西了。」凱斯抬起頭，看見一個渾身冒著藍色光焰的電子姬，從虛空之中走了下來，向著自己的方向走了過來，兩人之間隔著一段時空的距離。

凱斯低頭，看見地上躺著一個人，這個人竟然就是之前穿過這道黑色岩石來到「神諭」旁邊的塞克斯汀，他看起來像是睡著了。

那個『神諭』虛擬出來的電子姬，似乎看穿了凱斯的心思，冷傲地看了地上的塞克斯汀一眼，對凱斯說道：「他並沒有死，你放心，只不過他在回答我的問題時出現了致命錯誤，所以現在他還在他的意識時空裡，被各式各樣的危險包圍著、追逐著，直到他想到正確的答案為止。我可以化身千萬，引領每個想要接近真理的人開悟。」

電子姬用引誘的語調在凱斯耳邊呢喃。

「我已經知道了你的答案。」凱斯想起了自己在井水之中的那段經歷，又聯想到自己的時空之旅，腦海中忽然冒起了一個大膽又離奇的念頭。

「噢？」被藍焰包裹的電子姬顯然有些意外，她沒有想到凱斯竟然這麼快就知道了自己的答案。

「是的！既然你說你能引導人洞悉自身的祕密，而人類最大的祕密，無非就是生與死。」凱斯淡淡地說著，「既然你是系統的產物，那所有活人的資訊你都能夠採集到，只有死人的資訊是你採集不到的，因為死人的意識是不會波動的。如果要拿到神諭，你才應該是那個最終終結我們命運的人才行，對嗎？終結了我的命運，我才能接近這個『神諭』，因為那時候，這個東西已經影響不到我了。」

凱斯看著這個電子姬，一口氣將這些話說了出來。

「不錯，不錯！」電子姬縮進了那道藍色的光焰之中，在凱斯眼前慢慢凝結成了一個正方體的深藍色結晶，這個深藍色結晶漂浮在半空之中，似乎

散發出了立體的光焰。

凱斯打開盒子，在千鈞一髮的時刻，將這個深藍色的正方體裝進了托比給他的盒子之中。盒子之中發出了一陣劇烈的搖晃，這種巨大的衝力，幾乎將凱斯拉動得失去了平衡。

塞克斯汀飄了過來，也猛然睜開了雙眼，在兩人身後拔出「神諭」的地方，似乎泛著紅光。

「這是海底的岩漿，你們得快點走！」費里曼從監控臺之中監控到了這一切。

凱斯扯拽著塞克斯汀的衣領，將他向潛艇的方向拉了過去。

「快一點，凱斯！」里茲從監控臺和凱斯潛水服身上所裝的鏡頭上，看到了這一切，連托比也忍不住過來看了一眼。費里曼正向奔向潛艇的方向，托比馬上舉起槍，攔著費里曼。

凱斯猛力向著潛艇的方向游去，身後傳來一聲巨響，岩漿的熱浪從水底噴湧而出。凱斯雙腳猛蹬，最後的時刻鑽進了潛艇之中，在熱浪撲過來之前啟動了潛艇，向大廳前面的支架旁升了過去。里茲和費里曼見狀，連忙啟動了潛艇助推器，將潛艇拉了上來。

熱浪席捲而來，又被大廳底部的海水捲了回去。

凱斯推開門，從潛艇之中走了下來，托比緊緊盯著凱斯懷中的盒子。

「把那個盒子扔過來給我。」托比用槍指著凱斯的腦袋，對著凱斯惡狠狠地說了一句。

■ Chapter 105

　　飛機在沙漠的上空盤旋著，山姆正在操縱著飛機的儀盤，帶著凱斯等人向著沙漠之中神廟的方向飛過去。

　　塞克斯汀虛弱地靠在一旁，凱莉一直在他身邊照顧著他。凱斯看了把玩著裝著「神諭」盒子的托比一眼，眼神之中流露出了一絲鄙夷，自從他們從那個黑壓壓的大廳之中出來後，托比就一直抱著這個盒子，似乎這個盒子裡的東西比他的命還要珍貴。

　　「不要再耽誤時間了，有了這個東西就足夠了，我們應該趕緊去沙丘中央的神廟裡朝聖。」托比走到山姆面前說了一句，語氣之中略帶焦慮。自從他得到了這個東西之後，一直都是這副樣子。

　　凱斯看著托比，想起了一句古老的諺語：「人類總是看到眼前的利益，而忘記身後的危險。」雖然凱斯現在並不能完全推理出那個叫塞克斯汀的暴君，為什麼沒有觸碰這個能量塊，但是他從他的表情之中可以感受得到，這個東西絕對不會像托比他們想得那樣好。人們總是對那些顯而易見的寶物趨之若鶩，對那些真正的寶物置若罔聞。

　　「我們可以坐飛機過去，你把我們送到神廟所在的地方，然後你在周邊等我們就行。或者，神廟那邊自然會有人來接你了。」托比看著山姆，似乎在與他商量著一件什麼大事，他的語氣明顯輕快了很多，大概是因為他已經把那個叫「神諭」的東西拿到手了，凱斯心想。

　　回去的路比來的時候感覺要近得多，大概是因為這幾個人，誰也沒有想到自己竟然會這麼愉快地就把這件事解決掉了吧！托比和山姆在最前方領路，其餘的人跟在兩人身後，感覺他們的腳步也輕快了許多，似乎剛進行了某一場朝聖般的旅行，獲得了上帝的洗禮。

　　凱斯跟著托比等人從黑岩處鑽了出去，一陣風從東南方吹來，風勢很小，經過遮蔽牆山（其實就是那些黑岩）的阻擋，已成強弩之末。遮蔽牆山高高聳立，傍晚的光暈把黑牆的邊緣染成了某種淡淡的黑黃色，光線裡飄蕩著薄霧般的灰塵。雖然莫斯特伯阿米克的天色並非完全不能視物，但是恰恰是這種暗淡的光線，反而有一種令人傷感的氛圍。

　　米雪兒跟在眾人身後，溫熱的風吹在她的面頰上，勾起了陣陣思鄉之情。雖然這是她第一次來到這個沙漠，但是她卻有一種熟悉的感覺。

　　「上飛機。」山姆招呼著眾人重新坐回飛機上去。托比一路上捂著自己的那個口袋，似乎生怕別人將他口袋裡的東西搶走一樣。對托比而言，這個東西幾乎承載了他的夢想，凱斯難以想像，如果托比對這個東西的預估失誤了之後，托比將會怎麼辦。

　　飛機平穩地飛著，那個鐵盒子仍然停在幾個人中間，就像是……一口棺材一樣。

　　「這口棺材裡裝的是什麼？」飛機平穩飛行的時候，凱莉緩緩站起來，似乎是要活動筋骨。

　　凱斯聽見她直接說出了「棺材」兩個字，錯愕之餘又有一點好笑，似乎凱莉並不把托比的命令放在心上。

　　「與你無關！對於你這樣沒有信仰又沒有智慧的人而言，永遠只能看到表像，我懶得花那個工夫給你解釋。」托比的好心情似乎被「棺材」兩個字破壞了，忍不住冷冷地回應了凱莉一句。

　　「我才懶得知道你的那些東西呢！我只不過覺得這個東西放在這裡，實在是太礙事了。」凱莉踢了踢那口鐵盒子，順勢走到了玻璃窗邊。

　　飛機飛得很低，從凱莉的角度看過去，能看見下面那些影影綽綽的物體，這裡雖然是「區域外」，但是似乎還殘留著一些過去的建築物。她想起了很久以前聽過的一句話，是野蠻的弗瑞曼人說的：「有四件東西是隱瞞不了的，那就是愛、煙霧、火柱，以及在開闊沙漠上行走的人。」

　　那時候，她很希望這個叫作塞克斯汀的男人，能陪著自己一起來看看沙漠，但是他並沒有那樣的時間分給她，現在她終於可以看到沙漠了，雖然是以這樣的方式。

　　塞克斯汀走了過來，順著凱莉的目光一起向窗下望去，很早以前他曾答應過凱莉，要陪她去看看沙漠，但是他卻沒有兌現過這件事，現在竟然以這樣的機會實現了。

　　凱斯看著兩人的背影，覺得這個名叫塞克斯汀的暴君，似乎和其他人並不一樣。

　　「這裡有什麼好東西嗎？」米雪兒想起了自己那陣恍然如夢的熟悉感，

也走了過來，突兀地問了一句。

「對於有些人而言，或許沒有；但是對另外一些人而言，這裡恰恰是最好的。」塞克斯汀淡淡地笑了笑。

凱斯聽見了幾個人的對話，想起了自己知道的其他幾個被復活的暴君。史達林和尼祿似乎在延續著自己以前未竟的事業，而這個名叫塞克斯汀的男人卻不一樣，他應該是想要過一種和原來完全不一樣的生活，大概每個人都有每個人的追求吧，凱斯感嘆著。

凱斯也向下張望了一眼，沙漠的表層還有一些類似於金字塔的建築物。這些東西讓里茲和費里曼感到十分新鮮，他們大半輩子都是在實驗室裡過的，像這樣的長途跋涉，這還是第一次。現在他們已經看到了「神諭」，對於他們而言，這個東西似乎並不像他們想像的作用那麼大。現在他們反而有一種卸下一口氣的輕鬆感，能好好地欣賞腳下的這些景物。

「你知道嗎？我以前在書裡看到過對這裡的描述。我是說，莫斯特伯阿米克降臨之前對這裡的描述，香客們一天比一天多，神廟低處的遊廊被他們塞得滿滿的，小販們在香客間遊走叫賣。許多低級術士、占卜僧、預言者也在那兒做生意……當然，有些好萊塢的老電影裡面也有過同樣的場景，我看到過的。」里茲指著下面幾個能看到塔尖的金字塔說著，「當然，現在這裡什麼也沒有了。」

「這裡曾經有很多異域情調的東西，也有一些美麗的女人，還埋藏著一些神祕的力量。」里茲對著下面能夠看見的金字塔輪廓，抒發著感慨之情。

「或許，這裡還某些變異人，能把你追得四處逃竄。」凱斯打斷了里茲抒情模式的長篇大論，「要知道，這裡是沒有食物發放機的。」

凱斯提醒著里茲，在看過瘀斑臉和他們那個種族所謂的「食物」之後，凱斯已經對那些變異人心有餘悸了。當然，瘀斑臉的種族只是暗暗地購買那些變異人，而他們現在卻真真切切地來到了「區域外」。儘管這個飛機上還有兩名聯邦警署的警察，但是在這種不毛之地，警察反而比什麼都危險，凱斯在心裡默默地想著。

「有些人註定了鼠目寸光，而有些人註定要引領未來。」托比又恢復了他冷漠諷刺的語調，「就像這個區域曾經流行過塔羅牌一樣。很多人沒有想到過，為什麼塔羅牌偏偏在這個時間、這個地點大行其道？用它預測未來？

其實，預測對於很多人而言，並沒有任何用處，大部分人即使知道未來會怎麼樣，他們也改變不了什麼東西，在這個世界上，只有少部分人能掌握自己的命運。當然，那些能引領世界上其他人命運的人就更少了。」

「好了，我們可以下去了。」山姆看看戰鬥機螢幕上顯示出來的那些資料，又看了看沙漠之中的景物，篤定地說了一句。

「你們所有人都回到自己的座位上，綁好你們的安全帶！一會兒如果有人被風吹下去的話，只能說是自己活該了。」托比冷冷地說了一句。

凱莉瞪了托比一眼，似乎對托比打擾了自己觀賞沙漠景致的行為感到有些不滿，但是她也明白托比確實是在提醒她們，只能和塞克斯汀一起回到座位上，重新繫好了安全帶。

「他們得用繩子吊下去，先把他們放在金字塔塔頂，然後再慢慢爬進塔裡才行。」山姆一邊緩緩往金字塔塔頂降落，一邊向眾人解釋說明著。

「你確定這裡就是神廟的位置？」托比一邊撥弄著手中監控區域的平板電腦，確認自己是否來到了神廟，一邊疑惑地詢問著山姆。

「應該沒有錯。」山姆又看了儀盤表一眼，似乎是再次確認自己是否找對了位置。

「測試一下飛機能否停到神廟當中。」托比看了看神廟入口的那個洞口，想用肉眼丈量出距離來。

伴隨著他們的話語，飛機盤旋著，發出嗡鳴。

「我先測試一下這裡的承重再說，這裡流沙太厚了，人不能接觸地面，陷進流沙馬上就會死。」山姆一邊說，一邊密切注視著自己手中的儀盤表。

「這個東西怎麼辦？應該先把這個東西吊下去。」托比看了看放在飛機正中央被固定好的那口「鐵盒棺材」，皺了皺眉。

「一會兒用繩子吊進金字塔裡面去，你在那裡看著就行，神廟的高度我早就測試過的。」山姆一邊操縱著飛機向金字塔頂降落一邊吩咐了一句。

「每個人用繩子把自己拴好，一會兒需要自己爬到金字塔裡面去，如果有誰從塔頂上滾落，我們概不負責。」托比看了幾個人一眼，冷冷地說了一句。山姆操縱著主機殼，將機器內部的底板打開，兩側的自動裝置，立刻將放置在底部的那口鐵盒棺材掛了起來。在他打開底板的一剎那，眾人聽見下面呼嘯嗚咽的風聲，感覺到那些被掀起的黃沙似乎撲面而來。

凱斯透過戰鬥機的玻璃窗向下望去，從影影綽綽的亮光之中，他可以清晰地看見金字塔頂部的入口，和裡面空曠的內部結構。

　　山姆機艙之中的繩索很長，他一邊緩緩降落，一邊將那口「鐵盒棺材」吊在飛機下面。

　　「洞口的距離剛剛好。」山姆欣喜地發出了一聲讚歎。凱斯看著山姆操縱著飛機向下降落的動作才明白，原來山姆說的是金字塔的洞口大小，剛好可以容納飛機的升降。

　　「這裡風化的速度太快了，上個月這個洞口的寬闊都還不夠。」托比望著自己平板上的顯示資料，隨口接了一句。

Chapter 106

「對我們來說卻是剛剛好……」托比得意地說，他把這一切都看成是神跡。從自己找到「神諭」到他們來到神廟的這段旅程，對他而言不吝於神跡的展現。他所期待的一切都是那麼順利，這一切只能用神跡來解釋。只要一想到這些事，托比甚至覺得眼前的這些人都不那麼令人討厭了。

山姆操作戰鬥機緩緩從入口處降落。隨著飛機降落，繩子上掛著的鐵盒棺材也緩緩落入了金字塔底。凱斯等人聽見「匡噹」一聲輕響後，飛機發出了低緩的轟鳴聲，山姆操縱著拉桿，緩緩地將繩子收了回來。

「注意間距，山姆。」托比仔細叮囑著，這是凱斯第一次聽見他不用譏諷的語調說話。

「明白。」山姆一邊回答一邊收回了鉤子。

「越是到關鍵時刻，越是應該謹慎行事。」托比掃視了一眼屋內的眾人，「少數人的暴政隱藏在多數人政權的面具下。」

托比用朝聖般的語氣說著，他的聲音中有些幸災樂禍的意味：「這是民主的墮落，或者會被它自己的過度行為所推翻，或者被官僚主義所吞噬。」

「你們應該記住這些話，因為……明天你們就能親自見到神跡。要知道，這些暴君們其實是犧牲者，他們才是真正為了推動這個世界做出貢獻的人——當然了，大多人理解不到這個層面。」托比伸手，做了一個噓的姿勢。

凱斯從托比的動作注意到，他們已經進入了神廟內部，這裡顯得清幽而空曠，透過飛機的玻璃窗，依稀可以見到一些石柱和一些還沒有完全被完全風化的石像。

從這些石像現在的模樣來看，凱斯可以想像得出來，當初在建造這些石像的時候，耗費了多少人力物力。或許托比說得有些道理，完成某些大工程的時候，必須在某些暴君的統領下，才能順利進行。相較於人們的愛戴，一個令他們懼怕的人來管理他們，反而會更好。

「你們每個人帶著自己的繩子，從這裡下去。」托比看了坐在飛機中的眾人一眼。

「繩子在你們座位旁邊底下。」山姆補充了一句。

「現在不是可以降落在神廟內部嗎？為什麼還要帶著繩子？」米雪兒看了說話的兩人一眼，有些疑惑地問了一句。

「你可以不用帶。」托比白了米雪兒一眼，「我不會允許女人觸碰到暴君神聖的聖體，哪怕隔著鐵片都不行。」

「我也不稀罕做你做的那些事情。」米雪兒撇撇嘴，賭氣並沒有拿繩子。

里茲拉開了座位下面的盒子，果然在裡面找到了一段長繩，看樣子他們早就把這些東西都準備好了。

飛機緩緩降落在了空曠的神廟內，凱斯等人從飛機上走了下來。從凱斯的角度上望去，他們正站在一個空曠的石臺上，正對面是一個碩大法老的雕像。風化的作用將這個法老的面貌侵蝕了一些，看起來有些恐怖，他們下面是一級長長的臺階，看起來似乎很長。

「照理說，山姆，這飛機就不應該開進來，雖然這洞口風化的間距大小剛好，但是把這些現代化的東西拿到這裡來，這些東西都會影響神廟蕭穆的氛圍，破壞這裡的儀式感。」托比皺了皺眉頭。

他的話引起了凱斯的注意。確切一點說，是他的話讓凱斯有些訝異。托比本來是聯邦警局的通信員，也是技術工程師，但是他卻對這些原始的東西如此迷信，實在是令凱斯有些難以置信。

當然，凱斯想起了自己在此之前對那些東西也是一種將信將疑的態度，這種態度持續到自己親眼見到了幾個被復活的暴君之後才有所改觀的現狀，覺得托比會有現在這樣的表現，也不奇怪了。

「如果我不把飛機開進來，一會兒他們得幫忙把聖體抬到神廟的祭壇上去。」山姆嘟囔著，相較於托比口中所說的儀式感，他更看重這件事的結果。

「現在可以告訴我們，你這個鐵盒子裡裝的是什麼了嗎？」凱斯一邊捲起了自己的那段繩子，一邊詢問著托比。

「有些事情還是留下一點懸念比較好。」托比看了凱斯一眼，他可不喜歡現在就把這些東西全部都說出來，相較於視覺的震撼，他覺得言語是無力的。

山姆緩緩將飛機停在神廟的底部，凱斯聽見轟鳴聲緩緩停了下來。里茲和費里曼等人已經帶著繩子走了下去，他們對托比並不像凱斯和塞克斯汀那樣抵觸，相反的，他們原本就是精英階層，對於托比的某些論斷，他們從心底甚至會有某種程度上的認同感。

凱斯和眾人一起下了飛機，米雪兒果然沒有拿那段繩子，剩下的幾個人倒是都拿了，就連一向冷言冷語的凱莉和膽小的格爾，都把繩子拿在手中。

「等一會兒如果有什麼需要繩子的地方，我用你的。」米雪兒看了凱斯一眼，她可不想在托比這種傢伙面前示弱。

「放心吧！不會有什麼特別需要繩子的地方。」凱斯抬起頭，看了看橫在眾人下面那道長長的石階，接著說了一句，「如果我沒有猜錯的話，他讓我們拿起繩子，是有另一個作用。」

「如果你不介意我說出來的話，我想我已經猜出你想要幹什麼了。」凱斯不經意地瞥了一眼放在眾人腳邊的那個「鐵盒棺材」。

「當然！如果你自己猜出來的話，可以另當別論，反正明天你們就可以見到神跡了──比我預想得要早很多。如果歷史有任何重複模式，這就是其中一個，恍如鼓點般密集的重複。首先，公共事務法似乎是糾正過度煽動以及修復毀壞系統的唯一辦法，可惜這只是它的表像，是徹頭徹尾的謊言。」

「其次，權力的積聚卻發生在選民們無法觸及的地方。最後，還有貴族階層，有了這些東西，就需要一個暴君來統治他們。當然，如果我能做成這件事，我想我也會像坎貝爾和泰爾西家族一樣，把這件事做成產業的……不過，我可不會像他們那樣，傻呼呼地想著搞發明創造，我可以想辦法請來更多的暴君，只要他們帶著他們的暴君思維，他們就能把這個世界治理得更好……」

凱斯看著托比，他在托比的這個論斷中，聽出了托比的意圖。凱斯看了塞克斯汀一眼，他幾乎已經可以猜出來這個鐵盒棺材裡放的是什麼東西了。

托比渾然未覺，到了這個地方，他已經完全不必再謹慎了。凱斯聽見托比的聲音迴蕩在神廟之中，帶著某種恐怖又神祕的意味。這裡的空曠把他的聲音又放大了好幾倍，凱斯望著托比狀似瘋狂的模樣，大腦裡似乎自動播放著托比瘋狂演講時的聲音。

托比的話令他想起了當初他在戰場上的那些事情，對他而言，戰場上的

那些事情，和托比說的並沒有什麼兩樣。一些人只是另外一些人的工具，為了另外一些人口中所謂的真理，貢獻出自己的生命——而那些煽動民眾相信某些大道理的人，往往躲在背後計畫著自己的利益分配。

凱斯覺得，自己從戰場上下來時，他就已經看透了這一點，但是聽見托比這個敵視自己的人，赤裸裸地把自己心裡的想法說出來，對凱斯而言，多多少少還是有些不舒服。

「你知道那裡面到底放了什麼東西嗎？」格爾拉了拉凱斯的衣角。

「應該是某個暴君的身體，如果我沒猜錯的話。」凱斯回答著格爾的話，眼睛卻一直看著托比，似乎在等待著托比的確認。

「你猜得沒錯，但是你絕對想不到這裡面放的到底是哪個人，這個人以前統一過整個歐洲。」托比看著凱斯，不經意地說了一句。

「如果只是想用炮來轟美國人的話，我想尼祿和史達林也能幹好的。而且，我覺得他們應該很樂意幹這樣的事情。」凱斯聳了聳肩膀。

「也就是說，你想模擬死神的功能？」塞克斯汀看了托比一眼，突然插了一句。他一直冷眼旁觀，但是現在突然開口，似乎是對托比的這種瘋狂感到不可思議。

「不！我才不會像死神大人那麼麻煩呢！雖然我覺得死神大人也很偉大，我這麼做，只是因為我們領會了死神大人的意圖。你對暴君的理解太膚淺了，凱斯・史密斯，從我第一眼看見你的時候，我就已經知道了你的淺薄。」托比看了凱斯一眼，對凱斯感到十分不屑。

「如果你能真正理解暴君對這個世界的意義，你就會知道我為什麼這麼幹——我希望把這個世界變成一個更瘋狂的世界，這才是我的終極理想。死神對人類還有憐憫，所以他還給人類留下了食物發放機，還保留了中心城市。而我覺得，對於那些庸俗到只剩下自私的人類而言，這樣的憐憫也不必。」

「對我自己來說，我只希望這個世界更加瘋狂，讓這個世界的每個人都暴露出他們該有的醜態，在這些暴君的統領下高速運轉，直到他們必然毀滅……這才是我的願望。在毀滅或者是重生的邊緣，才是人類最適合的生存狀態……」托比突然說出了一句類似於囈語的話來，似乎已經完全沉浸在自己的遐想世界裡。

　「如果你真的見過死神大人，就會知道自己有多可笑了。」塞克斯汀聳了聳肩，他並不想和托比爭辯，但是他並不認為托比能成功，他對托比本身要做的事情，倒是沒有什麼意義。

　「人類總是妄想超越生死，或者說，某些人總是喜歡把自己想像得和別人不一樣。事實上，本質上並沒有什麼差別。」凱斯不屑地看了托比一眼，雖然他也不喜歡和某些人待在一起，但是他覺得沒有人有權利決定別人的生死，也無法代替別人做出選擇。

　「到時候你就知道了，你比那些愚蠢的人類好，就好在你有運氣見證神跡。」托比不耐煩地將繩子拴在鐵盒棺材上，準備將這個盒子抬到祭臺上去。里茲和費里曼看見了托比的動作，也學他的樣子上前幫忙。

■ Chapter 107

「如果幫你做苦力也叫運氣的話，那這種運氣我情願送給別人。」凱斯冷冷地看了托比一眼，但是仍然將他手上的繩子拴在了「鐵盒棺材」上。他明白，像托比這種瘋狂的人，如果真的惹火了他，大概他什麼事情都能做出來。

山姆扭動了自己手上照明用的照明燈，綠色的閃光照亮一個圓形區域。在傾斜的黑暗中，一大片被灰塵遮蔽、顯得朦朧的星空，被鑲嵌在了整個平臺上。地面上的星空已經被時間覆蓋上了一層沙的波浪，被幾個人踢開了之後，顯現出幾顆原來雕刻出來的星空。

費里曼和里茲也拿著繩子過來幫忙了，對他們而言，對這個「鐵盒棺材」的好奇，要遠遠大於對這件事本身的興趣。凱斯明白，他們只想知道「神諭」的功效，至於這個鐵盒棺材裡的暴君，是不是真的能像托比所說的那樣被他復活，他們根本就不關心。

格爾則呆呆地盯著那個法老的神像，似乎被這裡的空曠、神祕所震懾。

凱莉注意到，在祭臺的前方刻著一些字：

星光不能取代黑夜，每一處陰暗裡都充滿著危險。
黑色是一種盲目的夢，你應該注意傾聽各種聲音，
傾聽著過去追逐你祖先的那些人的喊叫聲。

里茲的目光追尋著凱莉，同樣也看到了祭臺上刻著的這行字，下面則是一段拉丁文，應該是這個法老的名字，和這座神廟的名字。

「卡納克 (karnak) 神廟——人類所有的思維都將死和失落於此。」

里茲一邊向著祭臺上拖舉著手中的棺材，一邊將下面刻著的這段文字唸了出來。

「父親曾經告訴我，尊重真理是接近所有道德準則的基礎，真理不會產

生於無根據的事。如果你瞭解真理是多麼得不穩定，就值得你進行長時間的思考。」

「我想知道，這裡面裝著的到底是誰。」幾人合力將鐵盒棺材抬到了神廟的祭壇上後，里茲望著他們的勞動成果，忍不住問了一句。

「你念書的時候，歷史一定學得很差勁。」凱莉看了里茲一眼，似乎對里茲的疑問感到十分不屑。

事實上她和塞克斯汀一樣，在托比說「他曾征服過歐洲，幾乎占領整個歐亞大陸」的時候，他們就已經知道這裡面的人到底是誰了。只不過他和塞克斯汀一樣，他們並不相信托比能成功，因為這是只屬於死神的榮耀。她甚至懷疑，如果托比妄想竊取神的力量，對於托比而言，應該會帶來不小的災禍。

「當然，我大部分時間都花在數學上，這是總結規律、預測未來的學科。對於那些已知的、需要我背誦下來的科目，我覺得大半都沒有什麼用處。」里茲老老實實地回答著。

「但是你還是會看電影，對於大部分人而言，這個東西本質上作用也不太大。」凱莉冷冷地看了里茲一眼。

「那不一樣，電影能啟動我的想像力，尤其是在我長時間思考之後，電影可以讓我輕鬆下來。當然，這種思考和你的體能訓練有很大的差別。」里茲討好般地和凱莉對答。

「還是我來告訴你吧！如果我沒有猜錯的話，他想要復活的應該是成吉思汗。」塞克斯汀突然插進來一句話。

「看樣子你的歷史一定學得很好。」里茲對塞克斯汀突然打斷他和凱莉的話感到有些不滿，儘管他知道他們倆的關係，但正是因為如此，他才對這件事感到更加不滿。

「我不相信一個暴君的力量，能對這個世界有多少改變，當然，連我也不得不承認，這個世界上有些人是不值得被拯救的。」費里曼拍了拍里茲的肩膀。

對於這件事，他們的看法是中性的，甚至這些人都想要看看，托比手中的「神諭」能量塊，是否能具備復活這些暴君的效果。

「看看時間，山姆，儀式必須在上午八點準時開始，在那之前我們得把

『神論』的能量完全啟動。」托比看著放上祭壇的鐵盒棺材，言語之中不可避免地帶著某種激動。

在山姆手中照明燈的光照下，凱斯才看清楚，原來這個棺材上的花紋，和自己曾經在西蒙辦公室裡看到的十分相似。棺材的外部被漆成了深黑色，上面鑲嵌著扭曲的金屬骷髏，有些只剩下半張臉，有些則呈現出非常痛苦的姿態，這些雕像都形態不一，分別鑲嵌在了棺材的兩側。

幾個人收起了自己的繩子，朦朧的天光從頂端的洞口漏了下來，灑在雕像的岩石輪廓上，使一切都染上淡淡的青色。懸崖下面還很冷，是黑夜留下的乾燥、刺骨的寒冷。

凱斯曾經在書上看到過，說沙漠之中的白天很炎熱，但是晚上則很冷。現在氣候已經變了很多，在他們下來的時候，這裡一直刮著暖和的風，但此時還是很冷。

這裡安靜了許多，只有山姆安裝某些東西的聲音，凱斯看見山姆似乎把什麼東西纏繞在那個鐵盒棺材上。隨著山姆的動作，鐵盒棺材兩壁鑲嵌著的雕塑，似乎也被點亮了一些。

山姆的動作很虔誠，如果不知道他和托比到底要做什麼的話，凱斯幾乎要被他這種認真的勁頭感動了。

「加快速度，山姆！」托比催促著，似乎對山姆這種慢騰騰的動作感到十分不滿。他一邊滑動著手中的平板電腦，測試著各項啟動「神論」的功能，一邊催促著山姆。

凱斯注意到這些絲線都是通往棺材內部的，也就是說，托比的思路和他在尼祿的實驗室中看到的一樣，雖然他並不懂得其中的科學原理，但是他能夠想像，托比和山姆應該是透過啟動這些人的腦容量，來啟動生命體的潛能。

只不過他在尼祿那裡看到的這些人是活人，而這些活人們在催眠的狀態下，大腦就像電腦一樣不停地被輸入資訊，在不停地進行思考，將他們思考的結果，透過潛意識的辦法被電腦讀數出來。

尼祿在吹噓自己的這項發明時曾經說過，他把這些人設定為催眠狀態，是為了盡可能地節省他們的身體能源對大腦的消耗，凱斯並不知道反過來能不能成功。從這個角度上而言，他對托比現在的行為，也產生了某種程度上

的好奇。

山姆在測試著自己安裝下的每一條絲線，他跟著自己的設定走到第一個箭頭，看見在他們接觸開關時變暗，當自己鬆開手時，另一個箭頭亮起來，似乎有著某種向前的流向。

「很好！」托比看著眼前的情景，心情也開始跟著激動了起來。他似乎已經有些迫不及待地想要看到「神諭」能量塊和鐵盒棺材裡那個人相連的場景。

「每一個先知都是比普通人更快一步的，因為他們把它揭示出來的現象，和各種限制結合在一起，立即變成準確而有意義的思想方向的源泉。受干擾的模糊理論即顯示出他所看到的，並改變他所看到的東西能量消耗。」托比念著自己平板電腦上的教義。

到了這個時候，他覺得自己似乎也變成了一個只知道喊口號的狂熱分子，那些科學的東西，在這些原始的力量面前，幾乎什麼也不是。

「我相信只要找對了方法，每個人都能有無限接近神的力量。」托比在口中喃喃自語著，似乎他已經接近了這樣的境界，「『神諭』能量塊就是其中的媒介，這種連接體能把你自己都不知道的潛能開發出來，前提是你找對了方法。但是，這種方法只有我們索婆阿騰納斯的人才知道。」

托比神祕兮兮地說了一句。

凱斯抬起頭，整個空曠的神廟已經在托比和山姆的操作下，呈現出了某種科技與古老交織的狀態。

托比小心翼翼地將那個裝置著「神諭」能量塊的盒子掏了出來，將其中的能量塊取出來，鑲嵌在鐵盒棺材的蓋子上。眾人注意到，在他將這個能量塊放上去的那一剎那，整個鐵盒棺材似乎都被籠罩在一陣朦朦朧朧的光亮裡，棺材周圍的那些雕塑，在那一瞬間似乎都活了過來，用它們猙獰的目光直視著凱斯等人。

「你們知道嗎？這些頭蓋骨，每一個都曾經是他親自動手殺掉的。」托比撫摸著籠罩在淡淡微光之中的鐵盒棺材邊緣，撫摸著帶著黑暗氣質的雕塑。

「你從來沒有想過，或許覬覦神的力量本來就是一種錯誤？」塞克斯汀用他一貫冷淡的語氣問著托比。

「我現在，本來就是執行神的旨意。」托比冷冷地望著塞克斯汀，他並不喜歡自己的行動受到任何人的旨意。

　　「你錯了！你並不是在執行神的旨意，而是你自己的，你希望把自己變成神，這樣你也可以成為像尼祿和史達林那樣的人，至少你的潛意識裡就是這樣想的。」塞克斯汀看著托比，絲毫不在乎托比敵視的眼神。

　　「即使是這樣，那也和你無關。」托比拿著自己的平板電腦，繼續測試著各項機器的性能，山姆則不停地從他的工具箱往外掏東西。

　　「走開！別在這裡礙事。」托比重重地從塞克斯汀身邊撞了過去。

　　「我等著看你失敗。」塞克斯汀淡淡地笑著，似乎並沒有被托比的動作激怒。

　　「我會成功給你看的！」托比幾乎是從鼻孔裡哼出來這幾個字。

Chapter 108

　　凱斯聽著托比和塞克斯汀兩人的唇槍舌劍，深吸了一口氣，他現在也不確定托比能不能行，但是他也有一種想要看好戲的心態。他現在也不確定自己到底希不希望托比成功，如果托比真的成功了，這應該是一項壯舉；如果托比沒有成功，他覺得才更合理。

　　「你只要等著看好戲就行，閉上你的嘴，收起你那道貌岸然的笑。一會兒等你見到聖體復活，你就什麼話也說不出來了。」不知道是不是帶著「神諭」能量塊的時間太久了，凱斯感覺托比的神經有些癲狂。

　　「山姆，確定一下，啟動系統是不是已經開到了最大功率？」托比語氣裡似乎帶著某種恨意。

　　「剛才不是已經看過一遍了嗎？」山姆有些奇怪地回了一句，他已經走到了臺階的另一頭，正準備檢查能量傳輸的線路。

　　「如果有問題的話，我們就前功盡棄了，所以，再怎麼小心也不為過。」山姆看了托比一眼，忍不住搖了搖頭，但是還是按照托比的吩咐又走了過去。

　　雖然他是個大個子，但是性情溫和，對於別人的要求，一般只要是他能辦到的，他都不會怎麼拒絕。

　　山姆一邊在口中應答著，一邊又任勞任怨地走上前去，里茲和費里曼看到他重新將整個啟動系統的功率測試了一遍。山姆再次確認無誤之後，才又重新轉向了那些線路，用手中的工具試探著每一段線路的通電狀況。

　　外面的沙漠上，莫斯特伯阿米克時代特有的夜幕已經降臨，但是這裡，在這個神廟的洞廳裡，卻是永久的黃昏。

　　「我們應該先祈禱，山姆。雖然我也不喜歡那該死的禱告文，但是現在每一個環節都不要出錯，這樣才能保證我們的成功率，科學的手段有時候還要輔助一些神祕的原理才行。」托比像是在解釋又像是在喃喃自語。

　　「我給予這個世界銀色的天空、金色的沙漠和它那閃閃發光的岩石，以及將會變成綠色的原野。我把這些給予，為的是讓人們不要忘記，他們是這

個世界的僕人，在這種族的典禮儀式上，讓這些重要的使命降落在聖體上，讓一個暴君將要承擔他該承擔的罪行，以幫助死神大人來淨化這個世界。」

托比祈禱完畢，對著那個鐵盒棺材劃出了一個奇怪的符號，他在進行這件事的過程中所發出的聲音，都與黑暗之中自然界的聲音融在一起。

凱斯等人聽見了托比的祈禱，他呢喃的聲音落在了凱斯的耳中，似乎還真的帶有幾分虔誠的意味，這種感覺令凱斯對眼前的托比和他慣常時認識的那個托比，發生了某種錯位，這種錯位感讓他覺得奇怪而不是好笑，至少在這個時候，他已經笑不出來了。

他看了看其他幾個人的表情，覺得他們應該也是同樣的想法，不管托比是不是故弄玄虛，但他的這種態度，還是令他們這些人感到了一絲複雜的情緒。

雖然他也不相信托比能成功，但是現在聽見了這些祈禱詞，他覺得如果托比失敗了，這個結果對托比這個人而言，實在是有些殘忍，好在這件事馬上就可以知道結果。

托比開始唸他的第二段祈禱詞。

「每一個物種都小心地被種在獨屬於它自己的坑裡，坑內裝滿了光滑的橢圓形的五彩塑膠，光使它們變成白色。如果你從高處往下看，你能看到，它們在黎明的曙光中發亮，白色的反射光。但是當太陽離去時，五彩塑膠在黑暗中變得透明，它極迅速地冷卻，它的表面從空氣中濃縮出水汽，水汽滴下去，維持著我們的這個世界的運轉，希望死神能將這種力量賜予我們，讓我們看到您的神跡。」

「八點快要到了。」山姆低下頭，看了看自己手中的平板電腦，仍舊用他那一貫平緩的語調說著。

托比唸到最後一段的時候，他的聲音也顫都起來，他對這一刻等待已久。

山姆已經接好了一切設備，他輕輕扭動了一下自己手中的按鈕，整個平臺都被照亮了。凱斯看見眾多的絲線就像人體的血管一樣，連進了整個鐵盒

棺材，正在「神諭」能量塊的輝映下，發出藍幽幽的光芒。

照明燈同樣把整個祭臺照亮了，凱斯這才看清，整個祭臺上畫滿了各式各樣奇怪又古老的符號，這些符號或許曾經代表了某個文明，在這種暗黃色燈光的照耀下，顯示出某種古老又神聖的感覺來。

「搞得似乎還煞有介事。」米雪兒不屑地撇撇嘴，還沉浸在托比剛才諷刺自己的語調裡。因為相貌的緣故，她很少被男性這樣對待，但是現在身邊的這幾個人，似乎都對另外一些事情比對女人的興趣要大得多。

「當然了，你肯定不知道這其中包含的某些真理，我也不屑於跟女人們解釋這些事情。對於神跡，你應該學會閉嘴，只用觀看就好了。」托比不耐煩地看了米雪兒一眼，認為她在這個時候插嘴特別不合時宜，顯得極其不耐煩。

「還有五分鐘就到八點了。」山姆沉穩的聲音從管線的另外一頭響起，似乎是在提醒著托比。

「時間剛剛好。」托比欣慰地點了點頭，對自己的安排感到十分滿意。

「幸好洞口風化的大小剛好，如果飛機沒有辦法降落，我們得等到下個月才能把這些東西都準備好呢！這種情況真的不能不說是死神庇護。」托比摩拳擦掌，迫不及待地想要看到儀式被啟動的那一刻。

「也許是死神想要早一點讓你發現你的愚蠢和無知也說不定。」塞克斯汀又冷不防地插了一句。

「我想，沒有人會嫌自己活得太長的，我不管你是從哪裡來的，背後有沒有什麼大人物來幫你撐腰，現在除了死神大人本人之外，其他任何人破壞了我復活聖體的儀式，我都會請他吃一顆子彈——如果一顆不行，我也不會吝嗇請他吃兩顆。」托比冷冷地警告塞克斯汀。

「那你也得先問問你的槍能不能快過我的拳頭。」凱莉走上前來，冷冷地看了托比一眼。

里茲聽了凱莉的話，連忙走了過來，儘管他們都對抗不了托比和山姆手中的槍，但是他想，自己站在這裡，至少氣勢是足夠的。

「讓他這麼幹吧！如果不親眼看到結果，我想他是不會死心的。」凱斯漫不經心地說了一句，現在已經到這種程度上了，不管這件事結果如何，托比都會硬著頭皮幹下去。

凱斯掃了鐵盒棺材上的那些雕塑一眼，又一次想起了自己在西蒙的辦公室看見的那些模樣扭曲的雕塑，黑壓壓的眼眶正對著凱斯的雙眼，面目猙獰的模樣，還有從中間劈開的那些縫隙……這些雕塑給他的感覺都是同樣陰鬱沉重的。

　　西蒙自己並沒有親自來，這個狡猾的混蛋，他連信仰這該死的索婆阿騰納斯教，都要給自己留一條後路，凱斯幾乎可以想到，他就是在等待這件事的結果。

　　如果托比他們真的把這件事做成了，那這件事就可以算是他指揮得力；如果托比他們並沒有把這件事做成，那他沒有親自參加，又可以把自己撇得一乾二淨。

　　「時間到了！」托比低頭看了一眼。他的平板電腦已經被調到了時鐘的介面，他就連和塞克斯汀鬥嘴時，也一直都盯著自己平板上的時鐘，生怕自己錯過了復活聖體的最佳時刻。

　　「啟動裝置，山姆！」托比高聲吩咐了一句。

　　「收到。」山姆收到了托比的感染，聲音也變得有些高亢起來，他按下了手中的按鈕。

　　凱斯看到一陣幽藍色電流一樣的東西，從山姆手中所按下的方向，流向了鐵盒棺材的方向。

　　就在這些藍色光焰流動的那一剎那，托比也關上了自己的平板電腦，他正對著這個鐵盒棺材，似乎在低語著某些古老的咒語。在這一瞬間，凱斯感覺，自己看到這個神廟裡的時間，似乎也凝結在了某一處，各種輕微的聲音似乎交織在一起。

　　眾人看著托比，眼睛一眨也不眨，整個神廟的空間都安靜了下來。似乎最細微的動作，不管是眼睛一眨或是隨隨便便的一句話、錯放的一粒沙，都可能移動橫越這未知世界的巨大槓桿。

　　每個人都在等待著最後的結果，他們對鐵盒棺材之中的聖體到底會如何變化，感到十分有興趣，如果托比真的能成功的話，他們將會親眼見證一位暴君的復活。托比的說話聲和整個藍焰的流動交織在一起，他似乎害怕自己行為的結果受到多重變數的影響，以至於他任何細微的動作，就會使這種模式發生巨大的變化。

　　凱斯也沉浸在「神諭」能量塊被啟動的巨大引力之中，他第一次感到周圍極其穩定不變的時間的運動，由於潮流、波紋、波浪和逆波的運動而複雜化，就像海邊擊在岩岸上的碎浪。他已經見過了好幾位暴君，感受過他們復活對自己帶來的衝擊力，也見到過尼祿關在實驗室之中那些被催眠的「人腦電腦」。

　　他本來以為自己當時看到的，就已經是未知部分的全貌，但是「神諭」能量塊的啟動，似乎令這個空間發生了新的變化，讓凱斯對某些東西又有了新的理解。

　　明白了無時間的原因，也知道了錯誤所在，並立即感到了這個東西和周圍空間的某些流動的感應，雖然那些絲線並沒有纏繞在他身上，但是他在那一瞬間，也感覺自己身體裡的某些能量被啟動了。

■ Chapter 109

　　鐵盒棺材的深處發出了一陣震動，似乎那裡面有什麼東西要破牆而出。隨著藍色光焰不停地向鐵盒棺材深處流動，這聲響動也越來越大，像是來自亙古洪荒的某種深切的低吟聲。

　　這個聲響打斷了凱斯和「神諭」的精神連接，讓他不由自主地向連接鐵盒棺材的「神諭」所在的方向看了一眼。

　　「神諭」上釋放的藍色光焰，正有條不紊地向著鐵盒棺材的方向流動著，這個道藍色光焰像水一樣流淌著，慢慢彙聚到鐵盒棺材的深處，催動著裡面裝載著的那位暴君的意識復甦。

　　托比正急切地望著眼前的這一切，雖然他佯裝淡定，但是他的表情還是出賣了他，即使隔著空氣，凱斯都能感覺到他精神上傳遞出來的焦慮感。對他而言，似乎成敗在此一舉。

　　「把功率再加大一點，山姆！」托比催促著山姆，似乎對眼前的結果感到非常不滿，而且他似乎已經有那種強烈的、自己即將失敗的預感，他聽到自己聲音之中的乾澀無力，彷彿現在的一切，都是在做無謂的垂死掙扎一般。

　　「已經開到最大了，托比。」山姆不厭其煩地回答著托比，他在聯邦警署的時候就是托比的助手，並為托比服務，他跟著托比學會了很多技術上的東西，他對他幾乎唯命是從，但是眼前的狀況，顯然並非是托比能夠控制的。

　　鐵盒棺材內也充斥著藍光，凱斯感覺到縫隙之中，透露出自己在意識遊走時看到的那種藍色的熾光，不由得感到一陣害怕。但是凱斯同時也明白了托比他們的意圖，他們要用「神諭」對人意識的影響，來強行引動這個肉體的精神能量，讓他能重新煥發出光彩來。

　　但是凱斯想起了藍色熾光之中那個女聲對自己所說的話，一切能量的反應，都建立在原本的自我意識上，這些自我意識決定了凱斯最終會遇到什麼樣的問題，大腦開發到什麼樣的程度——凱斯聽著鐵盒棺材之中的響動，又看著托比的神情，感覺自己似乎看穿了托比的虛弱。

　　機器聯動鐵盒棺材的地方，發出了「哼哧哼哧」的響動，托比聽見響動，不由得眼前一亮。

　　「把那東西打開，山姆！」托比急切地命令著。

　　凱斯看見山姆帶著工具，將鐵盒棺材的蓋子撬了起來。凱斯心想，這個東西用的是活動的釘子，因為他感覺山姆似乎並沒有花什麼力氣，就將這個棺材撬動了。

　　隨著山姆的動作，鐵盒棺材的蓋頂被揭開，一道熾烈的藍色光焰從中透了出來，凱斯感覺到意識在一瞬間受到了震盪。好在這樣的情形並沒有持續太久，隨著鐵盒棺材深處的聲音消失，那道藍色的光焰也逐漸暗淡了下去。托比看到那些藍色的光焰如水流一般，向「神諭」所在的方向倒退而去，連忙向著鐵盒棺材所在的方向跑了過去。

　　出於某種好奇心，凱斯和里茲、費里曼也向著鐵盒棺材內部望了過去，出乎所有人意料，這裡面只剩下一具焦黑的屍體。

　　只有塞克斯汀沒有動，他似乎早就已經意料到了這個結局。

　　看到這種情形的凱斯，和里茲、費里曼交換了一個眼神，雖然他們早就想到可能會有這個結果，這一切都很滑稽。凱斯不想看托比的表情，他笑不出來，畢竟托比努力了這麼久，卻只得到了這樣的結果。

　　「我早就說過，死神的旨意並不是人類能夠揣測的。人總是妄圖模仿神，卻不知道正是他們這樣的舉動，才給自己帶來了災難性的結果。」塞克斯汀還是一副冷冷的表情，似乎並不願意解釋著背後的東西。

　　「你似乎就是為了來看笑話的？」凱斯挑了挑眉，對這個人他說不上來喜歡也說不上來討厭，但卻從心底有一種反感。

　　「我來是為了幫死神取回原本屬於他的東西，他已經賜予了人類很多東西了，但是人類總是貪得無厭，一旦他們的生活有了間隙，他們就會開始蠢蠢欲動，妄圖模仿神明的動作。或者說，揣測神的動機，人類中有太多騙子、小偷、妓女，這些人有高明的也有低劣的。」

　　「別以為很多人穿上那身衣服，做出道貌岸然的樣子就不是騙子、妓女和小偷了。那些政客、商人、資本家，也同樣是騙子妓女和小偷，這些都是人類自己傷害自己帶來的結果，死神大人呼喚這些暴君來管理他們，是為了讓他們不要過度膨脹，讓他們領悟到這個世界的本源而已。當然，如果不

讓人類去驗證自己的愚蠢，他們也不會甘心的。」塞克斯汀輕蔑地看了托比一眼。

「我可不管什麼神明不神明的，我只知道，留著這玩意兒，不知道又會引發多少欲望和爭端。」凱斯走到了那個已經化成一個立方體的「神諭」前面，盯著這個東西仔細看了一眼，轉向托比說了一句，「既然你這個東西並沒有什麼好用的，乾脆現在就把它收起來，扔到一個沒有人知道的地方，省得史達林和尼祿那些人知道，到時候他們說不定會和這個冷血的傢伙一樣，用這個東西製造出無數的麻煩和爭端來。」

托比似乎並沒有聽見凱斯所說的話，反而一個人呆呆地望著前方，也不知道在想些什麼。復活鐵盒棺材的暴君失敗對他打擊很大，從看到鐵盒棺材那具屍體開始，他就一直在發呆。

凱斯不知道的是，托比的腦袋現在正在高速運轉著，他在意識之中複盤著每一個環節，似乎在竭力地思考自己到底是什麼地方出了問題，以至於這個實驗最終失敗了。

山姆似乎也顯得十分沮喪，他和托比一樣，曾是索婆阿騰納斯教的信仰者，眼前這個失敗的實驗對他們彼此而言，都不吝於是個世界末日，但是他在這件事上付出的心力和對這件事的執念，遠遠不如托比那麼深，所以他本人對此似乎比托比要好接受許多。

凱斯看了里茲和費里曼一眼，向他們點了點頭，兩人向著托比和山姆安置「神諭」的地方走了過去。托比和山姆看了兩人一眼，似乎並沒有注意到兩人的動作。

凱斯相信里茲和費里曼應該和自己一樣，對這個東西已經有些害怕了，他們不願意這個東西再坑害更多的人。不！應該也不能叫坑害，這個東西本身是無害的，但是這玩意兒擁有巨大的能量，而大部分人不能抵抗這個東西對他們的誘惑，所以他們有理由相信，這玩意兒一定會被別有用心的人利用。

「把那個盒子給我。」凱斯走到山姆面前命令著山姆，山姆看了托比一眼，又看了看凱斯他們，見托比並沒有反對的意思，點了點頭，從托比懷中掏出那個托比用來裝「神諭」的盒子，本能地遞給了凱斯。

「費里曼你也來幫忙。」里茲招呼著費里曼。里茲一邊和凱斯走近閃動

著光亮的立方體狀的「神諭」，一邊招呼著費里曼過來幫忙。他和費里曼從年少的時候，每天聽到的都是這個「神諭」有關的資訊，他們的父輩用畢生的精力研究的也是這個東西，他們也被這個東西影響過意識，現在看到托比在這個東西面前失敗，彼此都有些唏噓。

他們現在已經知道了這個東西的一部分功能，也知道這個東西是怎麼樣對人腦進行開發的，但是他們並不希望對自己的大腦開發到那種程度——科學的確是一個很好的東西，但是如果把自己全部交給這個東西，他們就徹底淪為了科學的奴隸，完全不能再保存人性的那一部分——這個結果也不是他們想要的。

「把這個東西裝進去，然後坐上飛機，把它丟得遠遠的。」凱斯看了托比和山姆一眼，見兩人沒有反對的意思，便繼續自己手上的動作。

「不得不承認，這些人說得有他們一定的道理，有時候人不需要進步，不需要瞭解那麼多東西會過得更好，科技本來是為人服務的，人不能淪為科技的奴隸。」凱斯一邊將「神諭」裝在盒子裡，一邊喃喃自語。

不知道為什麼，他突然想起了當初自己去地下的酒吧賭博時，看到那些懸磁浮的飛車，那些資本家用所謂的高科技產品來給每一個人洗腦，讓他們感覺擁有了某樣東西，自己就和別人不一樣。但事實上，這些東西本身並沒有給他們帶來任何本質的不同，人需要在自己的領域生活。

化成正方體的「神諭」，被凱斯裝進了盒子，在「神諭」被裝進盒子的一剎那，凱斯感覺到了「神諭」在盒子內部的掙扎，這個東西似乎也不甘心被盒子束縛，想要掙脫出來繼續引誘著人類的意識。

「米雪兒，快來幫忙按住這個東西！」凱斯呼喚著米雪兒，里茲和費里曼也過來幫忙，幾個人一起蓋下了這個盒子的蓋子。凱斯將盒子遞給了里茲，他是這群人之中唯一一個比較淡定又瞭解「神諭」的人，在里茲伸手的那一剎那，凱斯這才注意到，這個盒子上有米蘭德研究所的標誌。

「把這個玩意兒沉入海底，和米蘭德研究所的遺址一起，不要做標記，也不要寫任何東西，這樣就沒有人知道這個東西到底是什麼，也不會有那麼多麻煩了。」

凱斯看了托比一眼，托比還是直直地盯著鐵盒棺材之中那具毫無生機的屍體發呆，似乎全身的理智已經被抽乾了。

「這就是人類妄圖模仿神的後果。」塞克斯汀看了兩人一眼，用他那一貫冷冷的口氣說道。

「山姆，這個東西不適合放在這裡，我提議把這玩意兒扔了。」凱斯看了山姆一眼，現在托比這種魂不守舍的樣子，凱斯儼然已經成了這個團體的首領。

「就按你說的辦吧！」山姆回應了一句。

「今天先在這裡休息一個晚上，托比現在的狀況也不適合上路。」凱斯看了托比一眼，雖然托比是個混蛋，但是畢竟還是他們的同類。經歷了尼祿和瘀斑臉那樣的人，又看到了自己的前生來世，凱斯覺得自己對眼前的一切都寬容了許多。

山姆點了點頭，從飛機上又取下來不少物資。現在這個地方，既沒有要追他們的人，也沒有瘀斑臉的威脅，如果要休息的話，這裡的確是合適的。凱斯和米雪兒結果山姆遞過來的物資，彼此對視了一眼，似乎自從米雪兒的兄長死去之後，他們就一直疲於奔命，現在終於可以休息一陣了。

里茲和費里曼把毯子鋪開，兩人也背靠背躺了下來。凱斯盯著頭頂上的星空，感覺自己不知不覺又潛入到了水下的那個地方，那道藍色熾光包裹了凱斯的意識，將凱斯整個捲了進去。

■ Chapter 110

　　飛機的轟鳴聲吵醒了凱斯，他迅速爬起來，穿好了衣服。凱斯抬起頭，看了看沙漠之中的天色，感覺自己對這個東西似乎有些反應過度，剛才的一切似乎只是一場夢。他在夢裡聽到了飛機在頭頂上盤旋，似乎又準備往他們睡覺的地方丟下一枚炸彈。

　　曾經他只要一聽到這個聲音，馬上就用飛快地速度爬起來，第一時間穿好衣服、背好補給物，躲到掩體下面，以防備敵人的轟炸。這些動作記憶殘留在他的體內，幾乎讓他形成了肌肉記憶。

　　這些都是那場該死的戰役留下來的後遺症，凱斯有些懊惱，他入眠很困難，但是剛才應該還是睡了一小會兒的。他夢到了那道藍色的光焰，又一次把自己捲入其中，他重回了曾經的戰場，夢境裡的一切，就像他在意識之中經歷過的那樣清晰。當然，他也還是當上了將軍，但是這一次凱斯切切實實在那個勳章授予會上被炸死了。

　　他記得那時墨西哥的一小撮恐怖分子，他們把炸彈丟下來，正好落在營地之中那個張燈結綵的帳篷裡，那裡的所有人都被炸成了碎片。凱斯捏了捏自己的肩膀，感覺到自己完好無損的身體，長長地鬆了一口氣，好在這一切都是夢。

　　其他人聽見響動，也陸陸續續爬了起來。凱斯看見托比和山姆靠在鐵盒棺材上，也不知道是睡著了還是沒有睡著，托比醒來之後，眼神也有些渙散，似乎還沒有從自己失敗的打擊之中恢復過來。

　　「休息得差不多了，我想我們該走了。」凱斯招呼著幾人陸續從地上爬起來的人，里茲和費里曼看起來精神奕奕，好像睡在哪裡對他們都沒有太大影響。就連格爾看起來也比之前好了許多。昨天聽了凱斯的話，他感覺自己似乎馬上就可以回到馬普爾的溫泉旅館，至於他是不是從泰爾西公司偷竊到了自己想要的東西，現在他已經不在乎了。

　　「好像少了兩個人，凱斯。」米雪兒一邊向四周看了一眼，一邊收拾起自己蓋過的毯子。從她醒過來之後，她就一直在密切注視著周圍的情景，很顯然塞克斯汀和凱莉已經不在這裡了。

「噢！不會吧！」米雪兒的話提醒了里茲，他快步走到了飛機之中，發現裝「神諭」的盒子不見了。

「這兩個傢伙偷走了『神諭』！」費里曼一邊掀開昨天幾個人藏『神諭』的箱子一邊驚叫，那裡已經空空如也，顯然是有人把裝「神諭」的盒子拿走了。

凱斯快速向之前安置「神諭」盒子的地方跑過去，那裡果然什麼都沒有了。

「塞克斯汀！凱莉！你們這兩個該死的混蛋，你們在哪裡？」凱斯的目光在神廟之中逡巡，用眼神搜索著神廟的陰影，似乎這兩個人就躲在神廟的暗影之中，而他們身上就帶著那個裝置著「神諭」的盒子。

「我昨天就覺得這兩個混蛋有些不對勁。」費里曼氣鼓鼓地說著。

里茲感覺到有些沮喪，他對凱莉一直有一些說不清、道不明的想法，但是現在凱莉和塞克斯汀一起逃走的舉動，無疑是給他當頭澆了一盆冷水，讓里茲感到有些許背叛的痛苦。

凱斯忽然想起了什麼，他從地上把自己的大衣扯了起來，伸手進口袋摸了摸，那裡果然什麼也沒有了，那兩個該死的混蛋，拿走了賽洛送給自己的手機。凱斯記得自己用最後的電量和山姆他們聯繫上了之後，就一直把手機放在口袋裡，再也沒有掏出來過。

自己在問路的時候，那兩個該死的傢伙看到過他使用手機，凱斯想到了這一點。他快步跑到了山姆停在了平臺上的那架飛機之中。其他人看見凱斯的動作，也收拾起自己的東西，陸陸續續地向飛機上搬了過去。

凱斯跑進了機艙內，機艙內有一個電瓶，這是山姆平時用來給飛機充電用的。凱斯拿起電瓶檢查了一番，發現電瓶裡的電果然消耗了不少，這兩個傢伙應該是昨夜就計畫好了的，他們應該是想另外的途徑走的，因為他們害怕啟動飛機會吵醒其他人。

「不知道他們還用手機聯絡了什麼人。」凱斯有些猶豫地看著眼前一片狼藉的場景。

「那傢伙很有錢，這裡離那個瘀斑臉他們所在的地盤並不遠，如果他聯繫的是之前我問過路的那個土著的話，這件事就不奇怪了。」凱斯很快就推理出了事情的原委。之前他用手機向那個熟悉瘀斑臉地界的土著問過路，當

時是塞克斯汀承諾付錢的，這個叫塞克斯汀的傢伙有很多錢，他完全可以用錢去買通那個土著，讓他幫自己想辦法從這裡逃出去。

「好吧！現在他們偷走了『神諭』，而且我們也不知道他們到底去了哪裡。如果他真的像你所說的那樣，可能過不了多久，就又會多一個像坎貝爾或者是泰爾西那樣的公司了。」里茲攤了攤手，還好他和那個叫凱莉的女人之間沒有發生什麼關係，不然他會比現在更加鬱悶的。

「照我看來，那個傢伙應該沒有多少興趣創辦什麼公司，他已經夠有錢了，他曾經是個暴君──路易十六，所以他才化名為塞克斯汀跟我們在一起。」凱斯拿出自己的筆記本，看著自己曾經在上面標注的那些關鍵字。

「原來是這樣。」費里曼恍然大悟，「又是一個被死神復活的暴君，不過這些暴君的癖好真是不盡相同。」

「一個人的本性不會那麼容易改變的，要分辨他們誰是誰，只要稍微分析一下就可以了。」凱斯有一點得意，他之前利用賽洛給他的那支手機在網上搜索過這些資訊，現在他們所有人似乎都需要向自己求教。

「什麼暴君？」托比忽然插了一句嘴，暴君這兩個字似乎刺激到了他。

「沒什麼。」山姆連忙撫慰著托比，生怕他因為這兩個字的刺激，而做出什麼出人意料的舉動。

「現在我們應該怎麼辦？去追他們，還是回到我們各自原本的生活裡去？」里茲看了看凱斯，又看了看眼前的眾人。他們現在已經沒有「神諭」了，這個東西也和他們的生活無關了，他們不會再因為這個東西受到傷害或者追捕，只要他們現在駕駛飛機回到美國那所中心城市，就可以過著他們原來的生活，每天從食物發放機之中，領取他們應該領取的食物即可。

「這兩個傢伙不會拿著這個東西去創辦公司的，他沒有這個興趣，這個叫塞克斯汀的傢伙，他拿著這個東西是想去討好死神，別忘了，所有復活的暴君都和死神有關。」凱斯想起了當初自己在警局裡無意中聽到的對話，又回憶起塞克斯汀所有的言語，覺得自己想的應該沒錯。

「按你這麼說，這傢伙得罪了死神嗎？」費里曼有些好奇，雖然凱斯是個偵探，但是他對凱斯的這些推理還是半信半疑。

「應該沒錯。」凱斯一邊在自己的筆記本上寫著塞克斯汀所說的那些關鍵字，一邊頭也不抬地回答著費里曼。

「這傢伙很有錢，卻並沒有獲得對應的權力，他談起死神的樣子，也讓人感覺到他對死神似乎有些害怕，死神復活了他，是為了讓他和史達林、尼祿那些人一樣——幫助他管理這些民眾，而不是讓他只顧發洩自己變態的統治欲望的。你還記得尼祿身邊那個侍衛所說的嗎？他們要震懾民眾，讓他們感覺到害怕，所以不能離他們太近，因為他們必須要讓民眾對他們保持一定的敬畏。」凱斯努力串聯著自己所獲得的資訊，盡量把這些拼湊完整。

「這傢伙在歷史上就是個變態人物，他沒有什麼宏圖偉業的計畫，只想著自我滿足了。」山姆聽見幾個人的談話，適時地插了一句，「死神大人應該後悔復活了這傢伙吧，唉！」山姆看著托比呆滯的神情，忍不住嘆了一口氣。

「你懂什麼？一味殘暴的那些暴君，並不是真正意義上英明的人，暴力只是他們的手段而已。他們做這些事情的目的，是為了震懾那些自私自利的人類，因為這些人太過卑劣，用懷柔的政策根本就是助長他們的劣根性，他們需要暴君，死神大人才會復活暴君來統治他們。」托比聽著眾人不停地談論著死神、暴君等字眼，突然站起身來，聲嘶力竭地吼了一句。

「看樣子你才是死神大人的知己。」凱斯看了看托比額頭上青筋暴起的模樣，顯然托比的精神有些不正常了，雖然他有些同情托比現在頹廢的模樣，但是卻並沒有報仇的快感。

「那是當然的，我完全瞭解死神的意圖，不僅如此，我還要幫死神復活那些暴君，讓他們來代替死神管理這個世界，這些暴君才能把這個世界管理得井井有條。」托比顯得有些得意。

「如果他們偷走『神諭』真的是為了獻給死神，我覺得我們應該把他們追回來。」米雪兒看了看幾個人，認真地提議著。

凱斯看了米雪兒一眼，他明白米雪兒的心思，米雪兒一直對自己的身分耿耿於懷，從尼祿那裡得到的那些資訊，讓米雪兒懷疑自己的身世是不是和「神諭」催動意識之後產生的那些變異人有關。

她覺得這些事情是她哥哥阿姆塔奇殺身之禍的來源，她為了這個緣故，一直對這個叫「神諭」的東西感到十分好奇，但是現在「神諭」卻弄丟了，這多多少少讓米雪兒的內心感到不安。

「我也覺得應該把那東西追回來，那個東西放在他們手裡，不知道又要

禍害多少人了，而且，我想我們對那東西的功能，並沒有徹底瞭解，現在我們只知道這個東西會影響人的意識，但是為什麼這個東西所在的區域會出現變異人，我們也不知道。」里茲看了幾人一眼，走上前來說了一句。

「我也希望能把一個東西的功能完全瞭解清楚了再把它扔掉，這樣至少沒有什麼遺憾，不管那個東西對我而言有沒有危險，但是研究情緒這個東西是一個科學家的使命。」費里曼也站了出來。

「好吧！」凱斯攤了攤手，「難得大家意見這麼一致，就按你們說的做，你怎麼想呢，格爾？」凱斯看了一眼瑟縮在角落的格爾一眼。

「那個，我……我覺得還是回到溫泉旅館，不過我可以把背包還給你們。」格爾囁嚅著說了一句，將自己身上掛著的背包遞給了里茲。凱斯知道這裡面有一臺米蘭德研究員曾經用過的電腦，這個電腦之中也記載了一些關於「神諭」和泰爾西公司開發「神諭」功效的日記，或許里茲和費里曼可以研究出點什麼。

「那好吧！」凱斯看了眾人一眼，每個人都有自己的使命，這樣的結果似乎皆大歡喜。

山姆和托比對視了一眼，托比對著山姆點了點頭，山姆重新坐到了副駕駛的位置上，啟動著飛機向著頭頂上方升起。

■ Chapter 111

　　凱斯走到飛機邊緣，抬頭向著前方看了一眼，飛機開著夜間燈，在朦朧的、青黑色的天光之中一閃一閃的，提醒著前方的空中交通。凱斯極目望去，天幕之中仍然是黑壓壓的模樣，但是在天幕的上方，卻又有著熾眼的亮光。

　　他們已經出來很多天了，這段時間，凱斯把當初他們去過的地方重新檢查了一遍，當然是祕密的，想要找到塞克斯汀和凱莉兩個人的行蹤，但是都沒有找到，這兩個人似乎從這個世界消失了。

　　格爾已經回到了溫泉旅館，托比進了精神病院，山姆在那裡照看他。在他們坐飛機回到紐約的時候，凱斯特別抽時間回了一趟 free-center，這個自由港還是老樣子，髒兮兮的。

　　白天看起來還有點像樣，夜晚卻是妓女、騙子、吸毒者的天堂。凱斯也回自己租住的地方看了一眼，那裡似乎什麼都沒有變過，唯一的變化，大概就是他的那些智慧桌椅和該死的偵探所又要繳費了。

　　米雪兒之前支付的那三千元美金，只花了五百美金就搞定了這一切，房產的電子管家們對凱斯態度友好了許多，大概是因為這一次他付錢比較快。他們懷疑凱斯不在自由中心的這一個月，是不是在哪裡發了一筆橫財，這讓他們對凱斯的態度有些猶豫，甚至帶著某種示好，似乎想要彌補之前和他吵架鬧出來的不愉快。

　　米雪兒找他懇談過一次，米雪兒告訴凱斯，這三千元美金可以當成是訂金，這件事結束之後，如果他還需要錢，她也表示自己可以繼續提供給他。當初阿姆塔奇死去的時候，米雪兒似乎得到了很大一筆財產，這些錢她都放在那個保險箱裡，到現在為止似乎也沒有用多少。在自由港的那幾天，凱斯看見米雪兒用手機在自由貿易的市場上買了許多新衣服，這裡面有不少都是莫斯特伯阿米克時代來臨前剩下來的名牌。

　　他們還花了一點錢去賽洛那裡，做了一個之前的手機定位，凱斯有一點慶幸自己當初出去的時候，帶了賽洛給自己的這支手機。賽洛用他的駭客技術，在自己所有的手機之中都裝了定位和追蹤系統，這個追蹤系統不會那麼

容易被檢測出來，賽洛檢測到塞克斯汀和凱莉並沒有扔掉這支手機。他們應該不知道賽洛的那些技術，以為這支手機和普通的手機一樣——這也為凱斯等人爭取了一些時間。

賽洛幾乎是用最快的速度，在飛機上裝載了追蹤系統，當然這架飛機是之前托比開過來找他們的那一架。里茲和費里曼把飛機開到了他們之前做研究的祕密基地檢查了一番，確定這架飛機並沒有什麼太大的問題，只是有些小毛病，稍微整理一下，還可以繼續使用。

他們花了一點時間把飛機重新修整好的同時，賽洛也幫助他們在飛機上安裝了一個追蹤器，靠著這個追蹤器，他們能夠追蹤到塞克斯汀和凱莉的行蹤。

現在飛機之中坐著凱斯、米雪兒、里茲、費里曼四個人，費里曼正在駕駛著飛機，里茲則在副駕駛的位置上幫他的忙。

儀盤表上響起了幾聲滴滴答答的聲響，一個紅點慢慢在儀盤表上顯現出來。凱斯一個顫抖，從座椅上站了起來，快步地跑到了紅點的旁邊，盯著那個若隱若現的紅點。

紅點正在緩緩向前移動，這是這麼多天來，這個紅點第一次接通他們的追蹤器。賽洛告訴過凱斯，只要這個紅點發出聲音，就證明追蹤器追蹤到了塞克斯汀和凱莉偷偷拿走的那部手機的位置。

紅點滴滴的聲音，也吸引了里茲和費里曼的注意，幾個人對視一眼。費里曼重新調整了飛機儀盤表上的狀態，定位了紅點所在的方向，調整飛機向紅點定位的方向飛過去。

「追蹤器感應到他們現在的位置了，如果他們沒有扔掉那支手機的話，我們大概多久能追蹤到他們的準確位置？」凱斯低下頭，看著眼前的那個紅點，急切地問了一句。

賽洛告訴過他，如果追蹤器能感應到這兩個人的位置，就會發出滴滴的警報聲。他們追蹤了這麼久，警報聲都沒有響起過，現在終於出現了警報聲，這個聲音在凱斯聽來不亞於天籟。

「這個紅點在移動，這說明他們應該沒有扔掉這支手機。如果這個追蹤器顯示的距離是正確的話，那他們在離我們不遠的地方。」里茲看著螢幕上的紅點說了一句。

凱斯看了看外面的天色，好像塞克斯汀和凱莉就在他們周圍似的，但是從他的視角望去，外面似乎什麼也看不見。只有和飛機探照燈對應的朦朧的天色，自從莫斯特伯阿米克時代之後，他看到的天色就一直是現在這樣。

　　「凱斯，我們得找個地方降落。」費里曼操縱著飛機上的儀盤表，熟稔得就像撫摸自己愛人的手臂似的，一邊引導著飛機降落一邊對著凱斯喊了一句。

　　「下面是什麼地方？」凱斯有些遲疑地問了一句。

　　「不知道，探測儀檢測四周都是海水，但是海中央有一座孤島，面積不小，應該有合適的降落環境。」費里曼一邊說著，一邊將探測雷達全部打開。他已經熟悉了這架飛機的所有裝置，加上他本來就是機械工程師，稍微練習了一番，就掌握了這架飛機的全部功能。

　　「我現在才覺得，你真是個玩機器的天才。」凱斯看著費里曼熟練的動作，忍不住讚歎了一句。

　　「所以，幸好我們在這個時代相遇，不然你就只能看我打鐵了。」費里曼笑了笑，想起了他和凱斯當初因為「神諭」的影響去另一個世界的情形，在那個時空裡，費里曼只是個鐵匠，這讓他十分懊惱。

　　「這座島面積有一點大。」費里曼感覺自己的飛機似乎穿過了某個集結的雲層，鑽進了一個光圈籠罩的世界之中。

　　飛機發出了低低的轟鳴聲，慢慢向下降落。螺旋槳旋轉著，帶起了一陣狂風，凱斯聽見周圍傳來一陣嘩嘩的響聲，這種響聲自己之前從未聽見過。

　　「把安全帶繫好凱斯，飛機馬上就降落了。」里茲一邊看著儀盤表上顯示的各項資料，一邊提醒著凱斯。他低聲向費里曼彙報著眼前的各種資料，好讓費里曼隨時掌握周圍的動態。

　　「下面有些什麼東西？」費里曼皺了皺眉頭。飛機已經慢慢靠向地面了，機身上的探照燈映出了地面上的狀況，費里曼和里茲看到地面上有許多又深又高的條狀物，被飛機上的螺旋槳吹動，向四周飄動，螺旋槳將這些柔軟枯黃的條狀物吹開，露出中間的一大片空地來。

　　「這是些什麼東西？」里茲顯然也看到了地上長著的那些柔軟枯黃的條狀物，這些東西有一點像他們當初在意識之中看到「禁林」邊生長的那些東西，但卻和那些東西又不盡相同。

「這東西叫草，只不過已經枯萎了。」凱斯用手機拍了一張那東西的照片，在自己的手機之中辨識了一下，賽洛給他裝置的電子識別器，馬上就識別出了他手機之中照片的名稱，這是賽洛在他手機中裝載的新功能。

「這東西是植物？」里茲驚奇地望著地上那些被螺旋槳吹開的長條，總覺得這些條狀物看起來似乎很奇特。

「不是說莫斯特伯阿米克時代所有的生物都已經被收走了嗎？」里茲詫異地望著眼前這些被螺旋槳吹開的枯草。

他咬了自己一口，手臂上傳來的疼痛感很真實，他要確定自己是不是在真實的世界裡看到這些草，他想起來之前和凱斯的意識一起去那個所謂的「精怪的宇宙」，在那裡他們也看到過某些植物，後來里茲回來的時候，特意在網路上查找了一下，卻並沒有查出那些東西的名稱。

說真的，他到現在也不確定自己當初在意識之中看到的那些東西，到底算不算植物，畢竟由凱斯的意識引領的輪迴對他們而言，很多東西都是扭曲的。

「有一個地方或許還有。」凱斯有些遲疑地看了看周圍，又低頭看了看自己的螢幕。螢幕上正顯示著草的單詞，旁邊還配著一些圖片，畫著各種的草類植物，其中一種和他們現在看到的樣子差不多。

「什麼地方？」凱斯的回答引起了里茲的好奇心，他不假思索地追問了一句。

「當初收走所有生物的死神，他所居住的地方，應該還保存著這些東西。」

飛機上追蹤器的紅點還在叫喚著，顯示著塞克斯汀和凱莉就在他們附近不遠的地方。費里曼已經把飛機慢慢降落在這些枯草中央了，機身上的螺旋槳也緩緩停了下來，發出「吱嘎吱嘎」的聲響，最後歸於平靜。

凱斯解開了安全帶，米雪兒也將一副墨鏡架在了臉上，這個墨鏡是他們回到自由港的時候，米雪兒在網上買的，現在看起來大小正合適。

費里曼也從飛機上走了下來，有些驚異地打量著周圍的風景。幾個人面面相覷，眼前的這些情景，都是他們在電子雜誌和電視上看到過，但是現實之中從來都沒有真正見到過的東西。

他們打開了手機上的探照燈，不停地用手機拍著眼前的圖片，將這些圖

片輸入到賽洛之前裝載的那個識別系統當中去。

　　草場的周圍有很多樹木，這些樹木已經長大十分高大了，擁擠在一起形成了一座密林，凱斯不停地對著這些樹木拍著照片，識別著這些樹木的名字。

　　眼前的新奇景象，讓他們幾個人一時忘記了來這裡的目的，直到凱斯聽見樹林之中的一陣響動，這才想起來，他們並不是唯一一個來到這裡的人。如果賽洛的追蹤器沒有出錯，塞克斯汀和里茲應該也來到了這個地方——死神的居所。

█ Chapter 112

「我們得回到飛機裡去！」凱斯聽見樹林深處傳來一陣嘩啦啦的響聲，本能地覺得有些害怕。

雖然他並沒有真正見到過任何植物，但是人類那種恐懼的天性，已經融入了他的基因之中，他從心底對那些自己看不到的東西，感到了某種說不清的恐慌和畏懼。

「我贊同你的提議。」里茲附和著凱斯，他也感到了同樣的恐懼，畢竟他們現在闖入了死神的地盤，他們對這個莫斯特伯阿米克時代的統治者，本能地有些敬畏，尤其是想起他們每週從中心城市領取的那些食物發放機裡面的食物，都是來自死神，他們就覺得有些不可思議。至少在他們這些人心靈深處，死神雖然無處不在，但是卻又是神祕而遙遠的。

「如果可以，我想我們應該離開這裡。」費里曼一邊拉開了飛機駕駛室的門一邊說著。他又打開了雷達探測器，想要看看周圍到底是什麼狀況，雷達發射出來的信號回聲很長，穿過了整個草原，到達密林邊上，卻不知道被什麼彈了回來。

費里曼低下頭，螢幕上發出了一陣「刺啦」的聲音，緊接著出現了一片雪花，費里曼聽見螢幕上刺啦的聲音，連忙把螢幕關掉。

里茲見狀，連忙低頭檢修信號接收設備。設備是正常運行的，並沒有任何問題，看樣子是受到了這個空間的磁場干擾。凱斯上前幫忙，和里茲一起維修著著信號接收器，這個信號搜索器是賽洛加強過的，和攝影掃描裝置連接在一起，通信過程之中只要打開螢幕，可以看到監測物品大概的樣子。

「螢幕好了嗎？費里曼。」里茲一邊低下頭擺弄，一邊高聲問了一句。

「我看看。」費里曼一邊應答，一邊打開了自己的顯示器螢幕，螢幕上的畫面又重新清晰起來。他又一次啟動了自己的雷達探測系統，但是和上次一樣，螢幕上顯示信號到了密林邊上，就再也無法前進了，似乎被什麼東西彈了回來。

螢幕上追蹤器的紅點倒是還在，只是一直發出警報聲，顯示著塞克斯汀和凱莉的位置。

「這兩個傢伙應該躲在密林之中。」凱斯看了看手錶，上面顯示是凌晨四點。他向窗外張望了一下，關掉了自己座椅上的燈，看見外面有一些朦朧的亮光[31]透進了機艙，機艙內部的很多設施，在這個微弱的亮光下顯得影影綽綽，但是大體的結構也還是能夠看得清楚的。

凱斯感覺這裡的天光，似乎和莫斯特伯阿米克的那些中心城市有一點不一樣，這裡並沒有那麼多路燈和人造的照射器，但是這裡的光源卻更亮，也令人的眼球更加舒適。這道亮光多多少少也減少了凱斯自己的一些恐懼感，他覺得被這些朦朧的光覆蓋著，密林裡的東西也沒有那麼可怕了。

里茲和費里曼顯然也注意到了覆蓋在這整個區域的光芒，兩人的注意力從螢幕上移開，看了看外面的天色。

「這裡的天色和中心城市的有些不一樣，雖然還是霧濛濛的，但是感覺這裡的光源似乎更溫和，也更亮一點。」里茲看著外面的天色，在光源的照射下，這裡很多東西已經能看清楚一個基本的輪廓了。

「這裡的光源，像是……」里茲仔細看了看外面，遲疑著說了一句，「像是陽光[32]。」

「這裡竟然還有陽光？」米雪兒把她架在臉上的墨鏡摘了下來，驚異地站了起來。和凱斯他們一樣，米雪兒只在電子雜誌上看到過、聽到過陽光的存在，也見過很多抽象畫派繪製的陽光，但是在現實之中看到切切實實的陽光，這是第一次。

米雪兒伸出手，讓陽光灑落在她的手心和手背上，感受著這種只在電子書上見到過的「光源」的神奇。

隨著時間的流逝，外面的陽光似乎又更亮了一些，凱斯已經可以清晰地看見之前那些密林之中的那些枯草，和散落在地上的枝枝杈杈。他拿出手機來又遠遠地拍了幾張照片，輸入到賽洛設定的那個識別系統當中去。機器很快就識別出來這是某種蕨類植物，在此之前只有在海洋深處才有，但是這裡的蕨類植物竟然生在密林之中。

---

[31]這裡主角團看到的亮光其實是陽光，但是因為他們之前並沒有見過，所以沒有辦法分辨。

[32]主角團透過各種資訊得知了陽光，也是第一次見到陽光。在莫斯特伯阿米克的空間裡，他們看到的天色是一片漆黑的，在天幕的上方又是熾光，他們的世界裡只有各種人造光源交錯，這是他們第一次看到陽光。

　　凱斯驚訝於眼前的這些神奇景象，有一點不知道該說些什麼，只是飛機周圍的這些生物，都已經讓他們目不暇接了。幾個人感覺自己像無知的孩童一樣，看著這些神祕的場景，不知道該讚歎還是訝異。

　　螢幕上的追蹤器又一次發出了警報聲。

　　「他們在移動，凱斯！」費里曼喊了一聲，雖然這個信號器被周圍的磁場干擾得厲害，但仍然能檢測到塞克斯汀和凱莉的行蹤。

　　凱斯跑到機艙的尾部，想要透過玻璃窗看看他們兩個人到底躲在哪裡，密林之中傳來各式各樣的聲音，有風聲還有一些枝葉的響動，遠處還有流水潺潺的聲響。

　　從凱斯的視角望去，遠處的平原上有一座高塔，雖然從朦朧的天光之中只能看到一點影影綽綽的影子，但是他仍然能感覺到這座塔的偉岸。

　　「他們應該在向塔的方向移動。」凱斯看著遠方的塔，又看了看追蹤器上移動的那個紅點，說了一句。

　　「我們現在要追過去嗎？」里茲看了凱斯一眼，老實說，他現在對這座島周圍環境的好奇，要比追這兩個人大得多，他迫不及待地想要下去看看，這裡有陽光、有流水，還有陰森茂密的叢林，這一切他以前只在電影上看過。

　　「我們先下去再說吧！」凱斯穿上了外套──那是米雪兒網購的──她幫他們所有人都買了一件。

　　他們跳下了飛機，外面的天光已經大亮了，枯草上沾著一些露珠，打濕了凱斯的雙腳。枯草周邊有一條滿是塵土的小路，遠遠望去，密林深處帶著原始森林的陰森、冷鬱和潮濕。

　　「他們應該是向那座塔的方向走過去的，我們只要向著那個方向走，應該就能追上他們。」凱斯打開了自己的手機定位，這裡面賽洛也幫他裝上同樣的追蹤和定位系統，只要他啟動其中的一個軟體就能看到。

　　「這是我第一次在現實之中看到光合作用的結果，要不是來到這裡，我都懷疑以前米蘭德研究所的生物老師是在騙我。」里茲蹲下身子，仔細研究那些草尖上的露珠。

　　費里曼抬起頭，塔就浮現在他們的視線裡了。一根像亞麻線一樣的細條，搖曳在閃著微光的熱騰騰的空氣中，從遠處地平線上慢慢聳立起來。

「真不敢相信，這些東西是我在現實之中所見到的。」費里曼讚歎著，雖然他為了研究，見過很多其他人可能一輩子也沒有見過的東西，並且和里茲一起漫遊過很多地方，但是他們確實是第一次見到鮮活的生物。

「沒有什麼創造能比擬大地創作生命的神奇，費里曼。」里茲看著眼前那座高聳入雲的塔，也忍不住稱讚了一句。

「我們距離那裡大概十公里的樣子，走路過去只需要花半天的時間，但是我想，我們半天應該找不到那裡。」費里曼一邊從飛機上取下一些行走時可能遇到的工具，一邊對幾個人說了一句。

「的確，每個來到這裡的莫斯特伯阿米克時代人，應該深恨自己少生了一雙眼睛。」里茲一邊撫摸著地上的草類，一邊望著遠處那些纏繞著枯藤的、古老的蕨類植物感慨著。

「走吧！夥計們，希望我們在中午之前能抵達那座塔。」凱斯接過費里曼扔給自己的工具，在身上裝備好。

米雪兒也拿著兩個登山杖，又背上了一把槍，這才向著叢林深處走去。之前米雪兒靠著賽洛的關係，從黑市之中購回了幾把槍，將槍枝扔給了幾個人一人一支。

四個人跨過了一條河流，河流上長滿了青苔，又濕又滑，里茲對青苔表現出了超乎常人的好奇，調整自己手機的角度，又拍了許多照片才甘休。

行走一些時候，他們眼前出現了一座巨大的圍牆，如果把這圍牆看作一個巨大的硬泥殼的話，那麼，塔身就好像正破殼而出的一根柱子，帶著某種哥德式的神祕與奇詭，直直地聳上了雲霄。

「這座塔好像沒有頂似的。」米雪兒感嘆了一句。

像很多女人一樣，她的手機裡也拍了許多風景照，不過她和里茲他們不一樣，里茲他們純粹是因為好奇，米雪兒則準備拿這些照片當樣本，在一些網路平臺出售，以賣個好價錢。

凱斯也發現了，他們只能仰著脖子才能看見這座塔的上端，把視線收回到地面時，便只能看見塔身和建造在高塔周邊的那座圍牆。這座塔的地基非常穩固，似乎插向了地心。

「這裡是個孤島，竟然能豎起來這樣一座高塔，也是厲害。」凱斯讚歎了一句，他雖然對建築不太懂，但是仍然能感覺到這座塔的偉岸之處。它伸

進無邊的天空中，最後，高得連自身也像被天空吸進去一樣，什麼也看不見了。近距離看到這座塔，凱斯幾乎都可以感覺到這塔是天空的支柱。一行人就這麼仰著腦袋走路，在強烈的陽光下瞇縫著眼睛。

「這座塔看起來挺近，真的走起來倒也還挺遠的。」費里曼擦了一把汗。雖然眼前的景物也讓他有些訝異，但是他對周遭的東西，一向沒有里茲那麼大的好奇心，只想著趕快抵達目標。

「或許，我們會在這座塔裡面見到死神大人。」凱斯沉吟著說了一句，老實說，貿然闖入死神的地界，他也不知道會有什麼樣的結果。

Chapter 113

「不是說半天就能到嗎？」凱斯一邊撥開一個蕨類植物的葉子，一邊沿著土路向著高塔的方向走去。

地面很濕潤，踩上去有些滑，沒有辦法走得太快，凱斯用登山杖撐著向前走。幾個人穿過了一叢粉色的刺玫瑰，里茲又停下來拍了許多照片。凱斯看到前方有幾間廢棄的房屋。

這裡離塔基已經很近了，凱斯看了看手機，手機上顯示著的代表著塞克斯汀和凱莉的紅點，已經停在原地不動了。

「他們應該已經到了。」凱斯看了一眼自己手機，向身邊幾個人彙報著這兩人的行蹤。

「真不知道這座高塔裡還有什麼新奇的東西。」里茲一邊讚歎著，一邊又打開了手機。

「里茲，留著一些電，一會兒進入了塔內萬一走散了，我們怎麼聯繫你？」費里曼看著里茲的動作，無奈地嘆了一口氣，他覺得里茲在這些方面就和一個孩子差不多。

凱斯率先走過了一座木板搭建的橋梁，他用手中帶著的刀，砍開了地上纏繞的一些藤蔓，它們的尾端纏繞在石頭上，看起來似乎已經生長了很多年，和石頭連在一起，凱斯拔開了幾個藤蔓，那座木頭建構的板橋終於被疏通了。

一座荒廢的、有一點類似於廟宇的東西，矗立在木板橋的另一頭，廟宇自身本應也是個輝煌的所在，可現在，它卻那麼灰溜溜地蹲在那裡，看起來已經荒廢了很久了。

「感覺這裡像過了好幾百年的時光一樣。」凱斯一邊用登山杖輔助著自己跨過木板橋一邊感慨著。他們感覺自己在這個空間裡，一天見到了別人四季才能看完的風景，見到了不同時代的植物。

「你們以前聽過死神居住這座塔的傳說嗎？里茲？」凱斯一邊跨過木橋，一邊問了一句。

「我喜歡瀏覽那些神祕的網站，當然也有人記錄過。」里茲抬頭看了那

座塔一眼，這個塔現在離他們又近了一些。從他們的角度，可以清晰地看到塔身的某些部分。

「搜索一下就知道了。」費里曼打開手機，搜索著里茲說的那些神祕網站。進入一個網站，網頁打開很快。幾人眼前出現了一張手繪的石塔的圖案，但是和眼前的這座塔感覺並不相像。圖案下面配著一些文字，似乎是對這座塔的說明。

「塔就不一樣了，不等你靠近去觸摸它，就已經感到一種純粹的堅固與力量。所有的傳說都認為，死神建造這座塔的目的，是為了獲得一種力量，這種力量是任何一座以前的廟塔都未曾擁有的。」費里曼一邊向下划著網頁，一邊將這些字唸了出來。

普通的廟塔只是用太陽曬乾的泥磚製成，只在表面裝飾經過燒焙的磚，這座正等他們去攀爬的高塔，卻全部用被窯火煆燒得十分堅硬的磚堆砌而成，一塊塊磚被瀝青膠泥黏合起來，塔身直聳雲端，死神就居住在這座高塔的頂層⋯⋯

「我怎麼感覺寫這篇介紹的人，像是在寫小說呢？」凱斯有些猶疑地看著兩人，「這段關於這座塔的介紹寫得似是而非，就像之前那些給人占卜算命的人一樣，總是說一些很奇怪的話，這些話都是那些似是而非的，可以從各個角度去理解，一旦人們看到那個真實的東西，就會覺得和自己之前獲得的資訊互相印證了。」

「你是偵探，當然習慣性地對任何資訊進行推敲，或者說，保持懷疑。」里茲看了凱斯一眼，又看了看眼前的這座高塔，他倒覺得，形容得倒是很貼切。

凱斯湊過去看了一眼，看到很多人在網上把這座塔叫作「巴別塔」，他覺得這個名字就挺扯的。這個名字來源於一個人寫的一部科幻小說，小說之中說，人類要建造一座通天塔，這座塔直上雲霄，聯通著他們居住的大地和雲端上的神。凱斯覺得，這種說法本身就挺扯的。

當然，網頁上還有很多其他的文字，講述著人們關於這座神祕塔的種種猜測，中間還配了一些故事。費里曼還在往下划著網頁，凱斯看著他螢幕上顯示的那些文字，想起了兒童時代聽過的故事，那些大洪水氾濫之後的神話。

這些故事裡,把上帝造物的故事直接轉運在死神的身上。

　　關於這座塔的來歷,從故事裡的陳述,似乎講述了大洪水之後,人們怎樣移居到世界的每個角落,居住到比大洪水之前更多的陸地上;人們怎樣航行到世界的邊緣,看到海洋下陷進茫茫霧靄之中,匯入地獄的黑暗;人們怎樣因此認識到這個世界太小了,並希望看到邊界之外的東西,所有耶和華的創造物;人們怎樣在焦渴的大地上抬頭望天,想像上帝的房子一定建在清涼的水上。

　　進而想起幾世紀前,塔開始建築,一根支撐天宇的巨柱,一道通往天堂的樓梯,人們可以爬上去瞻仰死神的傑作,死神也可以下到地面來看看人間的創造。

　　中間還有一些經歷過倒數計時時代的人,他們把死神設定的那種死亡前的倒數計時,提醒描述成了一種恩賜。把人類最終痛苦地結束自己的命運,歸結為人類自己自私自利導致的惡果。

　　費里曼將這些描述逐字逐句唸了出來。

　　「我感覺就像是托比在這些人身上復活了,這些混蛋描述這些事的語氣,特別像托比。」凱斯聽著這些話,忍不住又拿出了他譏諷的語調,「就像托比一樣,對他們那套精英主義和獨裁主義進行大肆地吹捧,深信不疑。」

　　費里曼唸完了這些東西,收起了手機,學著凱斯的樣子,借助登山杖走了過來,跳了一步來到廟宇的旁邊。

　　「要到那座塔所在的地方,需要穿過這個片『叢林』[33]。」費里曼關掉了介紹那塔的網頁,重新設定了幾個人的定位,估算著塔的位置,以及到塔的距離,又重新規劃了一下路徑。

　　「沒有別的路了嗎,費里曼?這座密林看起來有一點危險。」凱斯皺了皺眉頭,看了看眼前的密林,這座密林看起來有些幽暗深邃,裡面不知道隱藏著一些什麼東西。

---

[33] 因為平時主角的生活之中很少會提到這些名詞,對他們而言這些單詞很生僻,所以費里曼在唸出來的時候會顯得有些彆扭。

站在他們現在的角度看，塔身已經很清晰了，凱斯甚至可以看到塔身的顏色。

「把武器都拿好。」凱斯向密林深處看了一眼，把槍從背上取了下來，他感覺這密林深處藏著一些什麼不為人知的東西。

里茲和費里曼看著凱斯的動作，也把槍從背上取了下來。

幾個人端著槍走入了密林，他們穿過了正前方的一片花叢。這片花是幽藍色的，葉子翠綠，花朵很小。花叢的遠處有夾雜著一些花樹，這些花樹雖然生長在密林之中，卻似乎有專人打理過，花樹上開滿了花。

這裡唯一和他們在那些講生物的雜誌上看到不一樣的地方在於，這些花似乎是從世界各地搬到這片區域來的，現在竟然生長在同樣的一片土地上，這裡的植物品種，比他們平生在電子雜誌上看到的加起來還要更多。

「沿著溪流走，凱斯，那座塔似乎在這個山澗的源頭那裡。」費里曼一邊用手機定位，一邊叮嚀著幾人，這裡的信號總是受到這個磁場莫名其妙的干擾。

凱斯看見有些會動的東西，向著這些盛放的花朵飛了過去，他認得那些東西，電子雜誌上說過，很久以前的人——大概是凱斯他爺爺的前輩，他們管這些玩意兒叫作「蝴蝶」。這些蝴蝶有各式各樣的顏色，看起來很漂亮，米雪兒的目光很快就被這些蝴蝶吸引了過去，她也拿出手機拍了起來。

凱斯和費里曼無奈地對視了一眼，兩人看著忙活不停地里茲和米雪兒，覺得他們說了也是白搭。

密林深處傳來了一陣窸窸窣窣的響動，似乎有什麼東西正躲在裡面，凱斯警覺地抬頭，他一瞬間想到了自己在意識之中時，看到那個名叫「獅子」的東西。不過在那個時空裡，凱斯只不過是一隻叫作「羚羊」的動物，而現在他時凱斯·史密斯，他的手裡有現代化的人類武器。

凱斯端起了槍，向著密林深處響動的地方放了一槍，子彈打中了地上的枯葉。凱斯聽見了一聲奇怪的尖叫，似乎有什麼東西向著密林深處逃竄了去。

「你把這些蝴蝶都嚇跑了，凱斯。」米雪兒有些不滿地抱怨了一句。凱斯剛才的那一槍，將幾朵停在花上正在採擷花粉的蝴蝶，嚇得飛到了密林深處。

「有個什麼東西在我們附近。」凱斯向著密林深處看了一眼，他有一種被捕獵者盯上的恐懼感，就像他早上在飛機附近感覺到的那樣。

「我們不是『羚羊』了，凱斯，我們來這裡，是為了找塞克斯汀和凱莉那兩個混蛋的。當然，如果有一點什麼其他的意外收穫，我也不介意。」米雪兒一邊說著，一邊繼續對著眼前的這些花花草草猛拍。

從花朵上傳來了各種香味，熏得凱斯有些頭暈，米雪兒倒是很喜歡這些味道，一直在花朵旁邊轉來轉去，絲毫沒有覺得這裡會有什麼危險。

「過去看看！」費里曼也聽見了剛才那個聲音，他和凱斯一樣，對叢林裡那個東西感到了一絲警覺。

「你們小心一點！這裡有很多我們沒有見過的東西。」里茲嘴上和兩人搭腔，手上卻繼續忙著，絲毫沒有停下來的意思。

凱斯端著槍，和費里曼一起向叢林中追了過去。兩人警覺地走進了叢林裡，費里曼也摘下了自己背上的長槍，和凱斯一起在叢林之中，尋找剛才逃跑的那個生物。

「這裡有『血跡』。」凱斯有些猶疑地蹲下身子，看著地上那些枯葉上沾著一些紅色的液體。在意識之中他曾經看到過，費里曼身上傷口滲出這種顏色的血液，和莫斯特伯阿米克時代那些人的「血跡」不太一樣，這些血跡沒有那麼黏稠，也不是那種白色透明的液體。

「小心一點，凱斯，我覺得這裡看起來有一點危險。」費里曼端著槍，向著密林深處走去。

■ Chapter 114

　　凱斯低下頭，地上的枯葉上，蜿蜒出一道血跡，那個東西似乎已經被他打傷了，滴了許多血在這些枯葉上，這些血液帶著某種腥味。

　　他和費里曼循著血跡追了過去，這個東西似乎從早上就開始監視著他們，一直在他們周圍窺伺。

　　里茲和米雪兒看到兩人的動作，也連忙追了過去。現在只有費里曼能夠操作這支手機的定位系統，他們的手機螢幕受到周圍某些電磁波的干擾，總是會時不時地發出一些刺啦的聲響。

　　「這東西跑了。」凱斯一邊說一邊在手中比劃著，他在提到這個東西裡，腦海中本能地想到了自己在意識當中看到過的獅子的形象。

　　「這東西不一定會傷害我們，如果要傷害我們早就傷害了。你不應該貿然出手的，凱斯。」米雪兒忍不住抱怨著凱斯，她一直想多拍幾張照片，凱斯開槍的動作卻打擾了她拍照。

　　「沒辦法，這裡有太多我們沒有見過的東西了，誰知道這東西是到底是不是有害的？只能先下手為強。」凱斯回敬了米雪兒一句，他有一點後悔自己帶米雪兒到這個地方來了，他現在終於明白，為什麼費里曼一直覺得女人太麻煩的原因，帶著一個女人，的確會多很多不必要的麻煩。

　　「這東西說不定是什麼人豢養的。」里茲從地上撿起了一片枯葉，用手指彈了彈上面的血跡，「我在電子雜誌上看過，那些野生的生物。」

　　里茲一邊說一邊環顧了一下四周景物：「通常會具有很強的攻擊性。」

　　「所以你的結論是？」凱斯挑了挑眉。

　　「像這種一直在旁邊監視我們、中了一槍又逃走的生物，電子雜誌上說是少有的。所以我想，這或許是某些人豢養的。」里茲放下了樹葉。

　　「你猜對了。」密林深處一個聲音冷冷地響了起來，這聲音像是從冰窖之中傳出來的，天然帶著幾分冷氣。自從凱斯他們吃了中心城市發放機之中發放的食物之後，對寒冷的抵禦強了許多，但是他聽見這個人說話的聲音，還是本能地覺察到了一股冷意。

　　凱斯和費里曼循聲望去，看見密林深處不知道什麼時候多了一個人，這

個人穿著黑色的衣服，頭、臉都包裹在衣服當中，臉上繪製著奇怪的圖騰，看起來有些猙獰。

他的眼神帶著某種類似於骷髏的空洞，眼神之中似乎有一團紅色的火焰，這種暗紅看起來有些像凱斯他們從食物發放機之中領取的食物顏色。不知道為什麼，想到這一點令凱斯有些噁心。

來人赤著雙腳踩在葉子上，正向著凱斯等人所在的方向走了過來。在他身後，還跟著一個會動的龐然大物，應該是凱斯他們在電子雜誌上看到的某種動物。凱斯覺得這個動物看起來有些像他在電子雜誌上看到的「老虎」，身上有著貓科動物獨有的花紋和特徵，但是嚴格意義上又不是老虎，因為這個東西的牙齒似乎十分鋒利。

里茲偷偷掏出照相機，趁著那個黑衣人不注意，對準他身後那隻動物拍了一張照片，輸入到了賽洛之前設定的那個識別器當中。

聽到里茲手機的嘩嚓聲，這隻龐然大物發出了低低的怒吼聲，昏黃的眼珠瞪著里茲。

「住嘴。」蒙著頭面的黑衣人用他暗紅色的眼睛，瞪了身邊的動物一眼。

「不用識別了，這是『劍齒虎』。」來人似乎從里茲掏出手機的那一刻，就洞悉了里茲的心思，不緊不慢地說了一句。

他向凱斯他們走近了幾步，那隻劍齒虎溫順地跟在他身後，只在靠近凱斯的時候，發出了低低的怒吼聲。它似乎知道剛才是誰開槍打中了自己。

「你是誰？」凱斯看著來人，有些疑惑地問了一句，他感覺這傢伙似乎不是人類，至少凱斯從他身上散發出來的那種氣息，感覺他並不像是人類。

「我是死神使者。」來人冷冷地看了凱斯一眼，眼窩之中深紅色的火苗發出了忽閃忽閃的紅光，隨著他言語的節奏律動著，「死神已經知道你們來這裡了，所以派我帶你們去死神大會的現場。」

「什麼？」凱斯後退了兩步，雖然他們闖到了這個地方，看到了這座塔，但是他們仍然認為死神應該是某個傳說當中的人物，現在死神使者竟然來到了他們面前。

「劍齒虎是冰川紀的動物，凱斯。」里茲在凱斯身後悄悄說了一句，「我看這傢伙的樣子，如果我們拒絕了他，他應該會馬上放這個玩意兒來咬

我們。」里茲又在後面加了一句。

「走吧！」來人兩個空洞的眼窩之中，重新閃動著火光，看了看他們，似乎並沒有給他們開口拒絕的機會。

凱斯懵懵懂懂地跟在黑衣人身後，這個人似乎有著某種吸魔力，吸引著他們不得不跟他走。米雪兒和里茲對視了一眼，兩人也跟了上去。

「收起你們手上的那些鐵玩意兒，我想，死神大人不會高興看到那東西的。」黑衣人轉過頭，冷冷地看了凱斯一眼。凱斯被他的眼神瞅得有些發慌，乖乖地收起了自己手中的長槍。

黑衣人帶著劍齒虎和他們四人向塔的方向走去，他們誰也沒有說話，只是默默地跟在這個人身後向前走著。密林之中只有幾個人腳踩在樹葉上「嘎吱嘎吱」的聲響。凱斯不小心踏到了一截枯枝，驚奇了一個原本棲息在樹上的動物，凱斯看見那個動物怪叫著，撲打著翅膀向密林深處飛去。

「那是鳥類。」里茲一邊在凱斯耳邊低聲向凱斯科普，一邊掏出手機，想將這個東西重新拍下來，只不過他動作慢了一步，只拍到了一個模糊的影子。

「我們得加快速度，這樣才能趕上死神大會。」身著黑衣的死神使者對著他們冷冷地說了一句，「如果不能趕上死神大會，誰也不知道會有什麼樣的後果。」

凱斯和里茲面面相覷，雖然這個身著黑衣的傢伙，說話的語調不快不慢，但是他們卻對他冰冷的語調，感到某種本能的畏懼。

他們加快了腳步，黑衣人很快就帶他們走出了這片密林。這片叢林很深，裡面有各式各樣的生物，凱斯甚至在某些地方看到了自己在事前見過的那些生物，這些生物都姿態各異，似乎從亙古時期就生長在這裡。

他們還路過了一段山谷，黑衣人帶著凱斯他們從山谷之中蜿蜒而行，又爬上了另一端。

「你的定位不是很準，費里曼，如果不是死神使者，這條路我們十天也不能找到。」凱斯一邊邁過一叢縱深的草，一邊對費里曼低聲說了一句。

那座塔看起來近在眼前，但是走起來竟然還有這麼長一段路。

「這條路不是人類的科技能夠定位的，只有死神使者才能帶你們抵達路克斯塔的位置。」死神使者聽見了兩人的對話，冷冷地說了一句。

「原來那玩意兒的名字叫『路克斯塔』[34]，我就說網頁上那幫人是無知的，他們根本就不知道塔的名字，只是胡編亂造而已。」

「沒有死神使者的帶領，普通人不可能抵達路克斯塔，即使他們來到了這個密林，也只不過是在這片密林之中胡亂轉動，最後死在這裡，成為這些動物的食物和植物的肥料而已。」死神使者又冷冷地說了一句。

凱斯與費里曼互相對視一眼，兩人不再說話。不知道為什麼，這個死神使者每次開口，他們都感覺像是陰冷的刀鋒從心頭劃過一樣，帶著某種死寂般的恐怖氣息，他們寧可自己閉嘴，也不想引動這個死神使者再說些什麼。

幾個人沉寂了一陣子，緊緊跟隨著死神使者在林中穿行，雖然這裡有著各種動物和植物，但是幾個人卻感覺四處潮濕、冷寂和陰森。死神使者帶著幾個人在密林之中穿行，凱斯只覺得自己似乎在原地繞圈，雖然每次走的路並不一樣，周圍的植物也不盡相同，但是他卻感覺自己始終沒有走出過這裡。

這裡似乎隱藏著整個生物圈漫長的編年史，凱斯跟隨著死神使者穿行過了一個捕獵現場。從冰原上，他看到了幾隻兇猛的生物，正在撕咬著幾隻羚羊的現場，凱斯想到自己曾經在某一世也做過羚羊，不由得感到了一陣害怕。他們又穿過了一片水域，水域裡，鱷魚正在撲食著幾隻在水邊晃蕩的水鳥。

這是自然界的生物圈，凱斯雖然在此之前在電子雜誌上聽說過，但是這還是第一次親眼看見。里茲、費里曼和米雪兒也看到了同樣的場景，幾人感覺到有些害怕，再也沒有把手機拿出來過。他們又走了很長一段路，一路上都是這樣的情景。

「我們快到了。」在幾個人沉寂了很久之後，死神使者終於再次開口。

凱斯抬起頭，他看到不遠處又一次出現了大片的、自己早上曾經看到過的陽光。這些陽光灑在一片草地上，這裡的草叢看起來比早上他們飛機停靠的地方還要茂盛許多。

草場後面是一座圍牆，整座圍牆散發出黑鐵一般的氣息，將整座路克斯塔圍了起來。圍牆和塔底的正前方，有一個巨大的正方形平臺，大約長

---

[34]「路克斯塔」（拉丁語音譯，意思為「光明塔」），死神在地球世界上建造了一座「路克斯塔」，是與死神降臨前所在的世界裡的一座名叫「黑暗塔」相對應的。

二百腕尺 [35]，高四十腕尺，上面是第二個平臺，就是從那裡開始，塔身拔地而起。

　　塔身是一根正方形的巨柱，支撐住塔的重量，塔身上纏繞著一條斜面，就像纏在鞭子手柄上的皮條。不對，不是一條斜面，而是兩條，纏繞著塔身。凱斯發現只要自己望向塔頂，這座塔就能吸引著的目光一直往上。

　　他看到的是永無止境的交替出現的斜面和磚、磚和斜面，直到最後就什麼都分辨不出來了。而塔卻還在向著天空上升、上升，不停地上升，凱斯看得腦袋眩暈，他的視線離開塔的時候，步伐都有些踉蹌。

　　「沒有一個普通人類可以直視路克斯塔的。」死神使者看到了凱斯的動作，冷冷地說了一句。

---

[35] 這一術語廣泛用於埃及，也用於希臘和羅馬，並作為他們的測量單位。

■ Chapter 115

「好吧！」凱斯晃了晃腦袋，跟隨在死神使者身後。

死神使者向著塔基上的平臺走去，他們靠近路克斯塔的時候，頭頂上懸著的陽光漸漸隱入了雲層之中。隨著死神使者的靠近那座塔基，幽暗的霧氣也漸漸籠罩了上來。凱斯抬起頭，看見幾個人頭上烏雲翻湧，整座塔瞬間籠罩在幽冷陰暗的氣氛下。

「這是死神大會的前兆。」死神使者感覺到周圍氛圍的變化，帶著凱斯一行四人穿過塔基來到門前。

塔前有一座高大的石門，這座石門看起來已經有些年代了，石門上鐫刻著各式各樣的圖騰，被雨水沖刷之後，那些圖騰看起來越發清晰。猙獰的模樣在若隱若現的霧氣之中看起來越發扭曲，似乎隨時要從石壁上飛撲出來。

「這些都是地獄裡有名的惡鬼。」里茲附在凱斯身後小聲地說。這些圖像雖然鑲嵌在石壁上，但是看起來比真實的還要嚇人。

「路克斯塔一共有九層，死神大人住在第十層上。」死神使者冷冷的聲音再次在幾個人耳邊響了起來，聽起來就像石磬敲打在骨頭上，比剛才更加陰冷刺耳，讓里茲從心底有些發毛。

「你們馬上可以看到第一層。」死神使者帶著凱斯等人穿過了一條黑色的、狹窄的樓梯，凱斯聞見樓梯之中傳來一股發霉的味道，樓梯的兩側懸掛著各式各樣的掛畫。

幾人穿過了這道樓梯，凱斯感覺自己的視野一下子開闊起來。塔的第一層上竟然是個開闊的原野，這裡生長著凱斯他們從來都沒有見過的那些農作物。當然，其中有些凱斯曾經也在電子雜誌上看到過，只是他不知道它們叫什麼名字，也不知道這些植物有什麼用。幾個人看到很多幽靈在原野之中穿梭忙碌著，這些幽靈模樣醜陋，但是動作卻很輕柔，彷彿在這裡居住了很久。

其中有些幽靈推著車，車上裝載著各式各樣的口袋。

「這些口袋裡面裝著大麥、小麥、小扁豆、洋蔥、海棗、黃瓜等各式各樣的農作物。」死神使者冷冷的聲音再次響了起來，「當然，還有許多碩大

的陶罐，裡面盛滿了水、酒、牛奶、棕櫚油。車上還有青銅容器、蘆葦籃子和亞麻布，這些都是幽靈們生產出來的生活必需品。」

凱斯還看見其中一些幽靈，正抓住了幾隻肥壯的動物，這些動物看起來比死神使者身邊的劍齒虎要溫順得多。

「那些是牛和山羊，我在電影之中看到過，我認識。」里茲看到了這些動物，忍不住又向凱斯解釋了一句。

「你說得沒錯，這些都是預備送給死神大人的，牠們是死神大會上的祭品。」

凱斯點了點頭，他看見其中幾隻幽靈，正用布條將這些牲畜的眼睛蒙住，以免牠們登塔時看到下面而受到驚嚇，到達塔頂後，牠們將成為祭品。

當然，還有些拖車用來裝上礦工幽靈們的鎬頭和錘子，以及一些可以裝配出一個小煆鐵爐的元件，工頭還叫人往拖車上裝木頭和蘆葦。

凱斯站在一輛拖車旁，看著其中一個高大的幽靈飄了過來，把裝上車的木頭用繩子繫緊。費里曼忍不住問了一句：「這些木頭是從剛才的密林裡砍伐的嗎？」

在他看來，這些木頭都是非常好的製造材料，他曾經在製作自己使用的物品時，只能從黑市上收購那些從古舊的桌椅上，拆卸下來的木材。

「在北方有一片樹林，有一群幽靈專程在那裡採伐，砍下的木頭順著河漂流下來的。」死神使者冷冷地回答了一句。

費里曼忍不住站在那些木材旁邊嘖嘖稱奇，對他而言，這個東西有著某種致命的吸引力。有了這些東西，他的很多機械設備都能做成，如果莫斯特伯阿米克的空間裡也有這些東西該有多好。

米雪兒向遠處看了一眼，剛才的密林看起來就像一團綠色的煙霧一樣，離她們已經很遙遠了。

「我從來沒有站得這麼高，以至於能夠俯瞰這下面的一切。」米雪兒忍不住感慨道。雖然遠處的東西看起來很模糊，但是還是令她心神開闊。

「走吧！上第二層的電梯都準備好了。」死神使者冷冷地提醒著幾個人。他隨手一揮，身邊的劍齒虎向著原野奔跑過去，衝著那些幽靈低聲怒吼著。這些幽靈看到劍齒虎似乎很害怕，紛紛向四周躲開。

「你就留在這一層監工，米勒，你不能參加死神大會。」死神使者冷冷

地對劍齒虎吩咐了一句，凱斯這才知道，原來這隻劍齒虎的名字叫米勒。劍齒虎低吼了一聲，似乎在回應死神使者的話。凱斯從牠的吼聲之中，聽出了某些不情願的意思。

另一邊，所有幽靈在其中一名幽靈的指揮下，都配成兩人一組，每一組都配上一輛拖車，幽靈們在自己身上套上了拖車的繩索。

「記住！」死神使者看了凱斯幾人一眼，叮囑他們，「跟前面的車保持十腕尺的距離。」

凱斯和費里曼對視了一眼，兩人看見拖車身邊的那些礦工幽靈都彎下腰，把拖車的繩子吊在肩膀上，然後一起直起腰來，把拖車的前端抬離了地面。

凱斯繼續跟隨著那些幽靈向前方走去，也不知道死神使者用了什麼方法，凱斯他們面前也同樣出現了一個類似於礦區的老式電梯。死神使者帶著凱斯他們進入了電梯，這個老舊斑駁的電梯很快就向上升起，凱斯感覺他們周圍只剩下凜冽的風，和瀰漫在濃霧之中的影子。

第二層的氣溫比下面的第一層要低很多，在下面，凱斯他們能看見原野空間之中灑在地上的陽光，那些陽光很刺眼，似乎是為了集中照射，但是第二層卻是一座陰冷、幽暗的城市。

「這座塔看起來真高，不知道是怎麼建成的……完全不符合建築原理。」里茲忍不住感慨了一句。

從他們的角度俯瞰，可以看見第二層塔之中整個城市，城市之中密密麻麻的街道與建築，構成的迷宮般的圖案，而在整個城市之上，閃耀著石膏塗料的白色光芒。

「等你們到達塔頂後，你們可能還會覺得這塔不夠高。」死神使者聽見了兩人的談話，冷冷地插了一句。

第二層的城市之中，也有很多人正在忙碌著，這座城市比凱斯他們居住的自由港顯得還要繁華。凱斯仔細看了一眼，整個城市之中往來的，仍然是那些幽靈，這些幽靈像自由港的那些人類一樣，正在這座城市生活，維繫著這座城市的運轉。

凱斯看見他們也在進行某些工業生產，似乎這一層是整座塔裡的工業區，但是這些幽靈使用的工具，卻是凱斯從來都沒有見過的。凱斯想起那個

告訴過他們自己科技很發達的瘀斑臉，現在看來，眼前的這一切，比瘀斑臉他們種族的科技要高明十倍。

費里曼目不轉睛地望著整座城市工業系統的運轉，死神使者給他們安排的那座老舊電梯，從整個城市的上空滑過，可以細緻地看見整個城市的各種工業設施的細節。

「這裡的每一個環節，都比我看見的要好得多……」費里曼用力讚歎著，簡直不知道用什麼樣的語言形容，他現在才知道，比起現在這座城市裡的科技水準，他在其他人那裡看到的那些技術，簡直連三腳貓的功夫都不如。更讓他和里茲感到可怕的是，這些幽靈簡直不知疲倦。

「這個電梯可以一直通往第四層，五層以上是那些暴君，死神大人要在死神大會對他們進行最後的審判。」死神使者如同磬敲骨頭的聲音，再次響了起來。

「什麼叫最後的審判？」雖然這個死神使者的聲音令里茲極不舒服，但是對他而言，什麼也不能打敗他的好奇心。

「因為這一屆的死神大人即將卸任，新的死神大人將接替他的工作，由他來統領這個世界。」死神使者簡短地回答了里茲，冷冰冰的語調和原來一樣，不帶任何感情。

凱斯有些吃驚。

現任的死神即將卸任，多多少少讓他產生了一些複雜的感情，他想起了自己在中心城市領取食物的場景，還有當初那個欺騙自己的侏儒，這件事已經過去很久了。凱斯有時候想起前塵往事，竟然覺得自己竟然對那種混亂的場面和城市之中低級生態，有種莫名其妙的依賴感。

死神使者說完這兩句話，不再理會他們，用手紋覆蓋了那座老舊電梯上的某些按鈕，指揮著電梯繼續向上攀升。

隨著電梯的上升前行，凱斯等人的眼前再次籠罩了一片黑暗，凱斯只能透過這座老電梯縫隙觀察周圍的情景。當他們來到與太陽水平的高度上時，周圍已經一片漆黑。這段路比他們之前走過的那兩段要長很多，似乎坐著電梯都走了半天之久，凱斯和費里曼在電梯之內坐了下來。

死神使者按下了一個按鈕，幾人頭頂上電梯的屏障，變成了某種透明的顏色，透過電梯的屏障，凱斯能清晰地看見外面的夜空。

這裡的夜空和莫斯特伯阿米克時代的夜空也很不相同，這裡的夜空之中掛著許多明亮忽閃的東西，就像在夜幕的黑毯上鑲嵌了無數的寶石。

　　「這是……星星？」米雪兒也看見了那些掛在天幕上的東西。

　　聽見米雪兒的驚呼聲，里茲也趕忙抬起頭，這些星星也讓他吃了一驚，他把手伸進口袋，想摸出手機來拍下眼前的場景。死神使者冷冷地看了里茲一眼，里茲被他的眼神嚇了一跳，又怔怔地把手放了下來。

　　「抱歉，忘記了，忘記了。你說過的，這裡不能拍照。」里茲慌忙打著圓場。

　　凱斯仔細盯著這些自己曾經在電子雜誌上看到過的星星，現在，星星就在他們頭頂上方，像一個個小火團，又像是一顆顆珍珠，向整個天幕鋪展開來。在這裡，星星並不像從地面上看去那麼密集，也不是全部分布在同一個水平高度上，並一直向上延伸。

　　很難辨別它們到底有多遠，因為沒有恰當的參照物，凱斯感覺，他們這部老舊的電梯，像是在星星周圍穿行。

■ Chapter 116

　　死神使者召喚來的那部舊電梯還在緩步上升，他們頭頂上似乎有一根無形的繩索在拉著這部電梯，但是他們又無法看見這個繩索到底裝置在哪裡。

　　這些星星都停在整座塔的第三層，凱斯感覺整座三層都籠罩在雲霧之中，就像自己在輪迴之中見過的那個「月中仙子」居住的地方一樣，他們穿行過這些星星所在之處，隨手可以將其中一顆採擷下來。

　　但是這裡和「月中仙子」居住的地方還有一點不同，那個地方的東西並沒有這裡這麼豐富，看起來也沒有這裡這麼多樣。

　　他們路過其中一些星星的時候，感覺到了某種熾熱的溫度，似乎這些星星也帶著某種餘溫。凱斯看見其中一顆星星從夜幕上墜落下來，向下面密林的方向墜落而去。

　　天空是一種比從地面上看起來更蒼白的藍色，彷彿他們正在接近天堂拱頂的跡象。從二層、三層的方向看不到它們，是由於那裡有炫目的陽光，只有穿過那些陽光，才能接近黑暗的天幕。

　　「那是流星，凱斯！」米雪兒抓住凱斯的手臂尖叫了一聲，顯得十分激動，這是她第一次在現實之中親眼看到流星墜落。

　　「什麼是流星？」凱斯有些猶豫地望著那顆星星墜落的方向，猶豫著望著米雪兒，這又是一個他沒聽過的單詞。

　　自從他來到這裡，看到的都是之前記載在古書上的那些東西，他對這些古老的、莫斯特伯阿米克以外的名詞，一向不怎麼關注，他並不像米雪兒那樣，喜歡看那些八卦的東西，在凱斯看來，這些東西離他的生活實際太過遙遠。

　　「很久以前，是一個多世紀以前，是一個當地居民講的故事，當時他的祖父在現場，他們親眼看過流星墜落的畫面，然後把整件事記錄了下來。當然，他們把過程描述得很美。」米雪兒激動地敘述著。

　　凱斯看著米雪兒的表情，懷疑米雪兒是在哪本電子雜誌之中刊載的愛情小說之中看到的這些資訊，他可不相信米雪兒還有考據那些歷史資訊的癖好。

透過電梯的縫隙，可以看到星星墜落在地上，還帶著火焰的餘尾，在密林之中閃動著某種忽明忽暗的光芒，接著又緩緩黯淡了下去。

它燃燒著墜落的那一瞬間，凱斯聽見一陣嘶嘶作響的聲音，在掉落到密林的時候這道光膨脹到了最亮的程度，明亮得讓人根本無法正眼看它。

「我真想下去把那東西撬出來。」費里曼呆呆地望著星星墜落的方向喃喃自語，對他而言，這裡的每一樣東西都是至寶。

「幾個星期後，它自己才冷卻成一堆黑色的疙疙瘩瘩的天堂金屬，有一個人雙臂環抱在一起那麼大。」費里曼努力向凱斯描述著自己曾經在做研究時，讀到過那些關於星星的論文，他曾經對電子雜誌之中描述的這些天文類的東西，產生過強烈的興趣。

「記得我以前看的那些電子雜誌之中寫過，以前當星星落到地面上時，也能找到小塊的天堂金屬，比最好的青銅還堅硬，人們通常用它打造工具。當然，這東西也是很好的研究材料。」費里曼眼神直勾勾地望著落在密林之中的那顆星星，似乎對此感到萬分惋惜。

凱斯看著他的表情，心中想著，如果不是現在這個升降梯是封閉的，費里曼也不會操作這個升降梯的話，他幾乎要馬上從這個升降梯上跳下去了。

死神使者看了費里曼一眼，這次卻並沒有開口說話，但是眼神之中警告的意味卻十分明顯。也不知道這個死神使者做了一個什麼樣的動作，凱斯感覺升降梯向著頂部快速飆升，他明顯地聽到外面的風聲銳利了許多。

大概又走了半個小時的樣子，升降梯終於緩和了下來，升降梯上那種黑鐵一樣的顏色又開始慢慢隱去，呈現出某種透明的部分來。凱斯伸手摸了摸，這些透明的材質，有一點類似他在尼祿那裡曾經看到過的那種材料。

隔著這種透明材料，凱斯看到了自己曾經在古舊的電子雜誌之中看到的那種蔚藍色的天空。隨著他們上升的高度越來越高，天空的色彩變得越來越柔和，到最後，這種藍色也漸漸稀釋了，變成了某種蒼白的顏色。

又走了一陣子，越來越蒼白的天空，現在看起來像是一層白色的天花板，在他們頭頂高處鋪展開來。

凱斯抬頭看了看，覺得他們已經非常接近這座塔的拱頂了，現在這座塔的塔頂顯得特別巨大，看到它就像一個固體的殼，封住了整個天空。凱斯聽到了塔頂傳來了閃電和雷聲的轟鳴，每一聲都讓整個塔身也跟著發出了巨大

的震顫。

現在連里茲都不敢大聲說話，盯著天空目不轉睛地看，露出白痴一樣的傻樣，也因此受到米雪兒的嘲笑。

「我們快要到了。」死神使者引導著幾人乘坐的升降梯，衝破了閃電背後翻滾的黑雲，向著塔頂所在方向疾馳而去。他突然像飆車一般的加速，讓凱斯差一點摔倒在升降梯之中，米雪兒也忍不住尖叫了一聲，抓住了凱斯的大衣。

也不知道加速了多久，升降梯突然停在了某一處。凱斯聽見了和他們上升降梯時同樣的一聲「唭嚓」聲，升降梯的門自動向兩側拉開，連接升降梯門和塔身前，出現了一座石橋。

凱斯踏上石橋，在雷電之中走向了高塔上的另一處平臺。平臺上同樣瀰漫著黑色的濃雲，濃雲的四周亮著各式各樣的石燈，凱斯他們走過的地方，濃雲自動散開。凱斯想向濃雲之中尋找一個目標點，但是他感覺這片濃雲籠罩的平臺似乎無邊無際，不管他轉向哪個方向，最終都延伸到了某個無邊無際的地方。

此情此景讓四個人感覺到有些眩暈。

「跟著我走。」死神使者那種像石磬敲打著骨頭的聲音再次傳來，讓幾個人周身又升騰起了那種不寒而慄的感覺。

森冷恐怖的氣息環繞在四個人周圍，讓他們感覺到有些莫名的恐慌。

「死神大人在裡面等你們，那些暴君們應該也已經進去了。」死神使者繼續用他那冷冰冰的聲音向幾個人介紹著。

當他邁步向前時，他身邊環繞著的那些濃雲便急速地散開，為他讓出一條道路來。

他帶著凱斯他們走近了一扇和塔底一模一樣的大門，大門上繪製著那些面孔黝黑、表情猙獰的骷髏，有一點像凱斯在索婆阿騰納斯教之中看到的那些圖騰的標誌，但是這些雕塑看起來要恐怖許多，也扭曲許多。

如果不是這些圖騰上散發出的那種清冷幽暗的氣息，凱斯幾乎要懷疑這些雕塑簡直是直接用真人的頭蓋骨做成的——大概是在這些人最驚恐的時候，澆築了能讓人凝固的汁液，因此他們驚恐的表情，也被鑴刻在了這些雕塑的骨子之中。

想到這裡，凱斯忍不住打了個哆嗦。這扇門有一點像他在尼祿的泰爾西公司地底看到過的那扇門，但是尼祿那裡的那扇門，只是對此進行了某種拙劣的模仿而已。

　　「到了。」死神使者不知道用了什麼樣的印記，輕而易舉地就推開了那扇大門。

　　凱斯一行四人跟隨著死神使者的腳步，踏進了這座殿堂之中，這座殿堂幽暗、漆黑，只在死神安坐的寶座後面，漏下了一絲亮光。這絲亮光從死神的背後射過來，將死神整個籠罩在陰影之中，讓人看不清他真正的面目。凱斯看見死神全身都被包裹在他的黑袍之中，身邊卻安放著那把精巧的鐮刀，這是他用來收割靈魂的。

　　四周的座椅上已經坐滿了人，這些人無一例外地披著黑袍，戴著鐵面罩，只有兩隻眼睛留在外面。雖然只是遠遠地望了一眼，凱斯卻感覺到這些人渾身都散發著某種冷寂的死亡氣息，這比凱斯當初在意識之中進入輪迴時見到的那些餓鬼，還要陰森可怖得多。

　　大廳中央有一大片空地，空地上方修建了一座拱頂，拱頂也籠罩在黑雲之中。凱斯忍不住看了那個拱頂一眼，當他注視拱頂時，覺得整個世界都在虛空中翻轉，而且頭上的拱頂也帶有一種令人壓抑的重量，它像整個世界一樣重，卻又沒有任何支撐。了前所未有的驚恐，拱頂隨時會從頭上倒塌下來。

　　那些黑雲隨著凱斯的目光也不斷翻滾，是不是露出黑雲外的閃電光芒，凱斯聽到的雷聲，就是從拱頂上方傳來的。他又覺得拱頂像一面垂直的懸崖，而後面朦朧的地面是另一面懸崖，塔則是一根纜繩，緊緊地繃直在兩者之間。

　　壓抑、不安情緒籠罩著整個大廳，凱斯近距離地感受著這座路克斯塔最核心地區域散發出來的氣息，覺得腳下有些發軟。他在中心城市領取地食物，還有他生活的那片區域，都是由眼前這個死神掌管的。

　　凱斯聽見了里茲和費里曼牙齒打顫的聲音，這些無處不在的恐懼感，讓凱斯頭暈目眩的感覺暫時消失了。

　　死神使者伸出手，凱斯四人的身上突然多了一件和看臺上眾人一樣的黑色袍子，他們的臉部也被同樣的鐵面罩罩了起來，死神使者將四人引到其中

的一個空位上坐了下來。

　　死神揮了揮手，他的座椅忽然出現在大廳中央的那座高臺上，高臺越升越高，死神端坐其上凝視著下面的一切。縹緲的霧氣散去後，頭頂上的雷聲也緩緩停止了。在他們頭頂，懸浮著的是這個世界的屋頂，伴隨著他的動作，死神使者也站在了他身邊。

　　死神掃了一眼坐在臺上的暴君們。

　　死神使者緩緩開口，冷冷的像冰塊撞擊骨頭的聲音再次響了起來：「現在，死神大人站在世界的最高處，在這個所有創造根源的地方，對你們這些暴君，進行離開前的審判。」

▋ Chapter 117

　　大廳之中散發出某種如同死亡一般的冷寂，凱斯不安地看了一眼自己的正前方，卻也只能看見烏壓壓的一片黑衣。

　　大家連動都不敢動，彷彿每個個體都在等待死神宣告自己的命運，等待他最後降下來的懲罰。神殿之中瀰漫著某種可怕的、詭祕的岑寂，凱斯忽然覺得有些滑稽，他想起這些暴君曾經也是左右著別人的命運，掌管著很多人類的人，現在他們也一樣被死亡的氣息籠罩著。

　　「路易十六，把你口袋裡拿著的那樣東西交出來。」死神使者冷冰冰的聲音再次響起，伴隨著他的聲音，他的視線也轉向了這群人中的某個地方。坐在大廳之中的眾人，也隨著死神使者的目光，落到了其中一名黑衣鐵面人的身上，發出了某種「嘩啦」聲。

　　「這是那個塞克斯汀。」里茲偷偷地把頭轉向凱斯，低聲說了一句。他們身邊坐著的那個黑衣人，聽見兩人在交頭接耳，忍不住用他掩藏在鐵面之後的眼神，狠狠地瞪了凱斯和里茲一眼，彷彿這兩人的交頭接耳，會給他惹來某種殺身之禍。

　　死神使者揮了揮手，塞克斯汀的座位就已經空了。下一秒，凱斯就看見穿著黑衣、戴著鐵面的塞克斯汀，匍匐在了死神的腳下。環繞著死神的那些濃郁的煙霧早已經散去，似乎都已經被吸上了穹頂，凱斯抬頭看了看，伴隨著死神的怒氣，穹頂上似乎再次雲氣翻湧，雲層之中的閃電雷鳴若隱若現。

　　凱斯順著死神的座位望下去，只見死神的袍子垂地的一端纏繞著很多枯藤，這些枯藤似乎也具備某種生命力，一直在不停地蜿蜒搖晃。

　　塞克斯汀將手伸進了自己的衣服，戰戰兢兢地把自己藏在懷裡的東西拿了出來，向前遞了過去。凱斯和費里曼對視了一眼，塞克斯汀拿在手上的，正是他們曾經見過的那個裝置著「神諭」的盒子。

　　死神使者揮了揮手，盒子自動向著死神的方向飛了過來，也沒見死神如何動作，盒子便自動打開了。凱斯看見，曾經影響了他很久的那塊「神諭」，自動從盒子之中飄了出來，在死神揮手的動作下，變幻著各式各樣的形態。有時候看起來像是一道純粹的藍光，有時候看起來又像是一塊純藍色

的透明水滴，更多的時候，像是一道純粹的、藍幽幽的烈焰。

只不過那道烈焰終究還是慢慢熄滅了，變成了死神手中一個像是立方體一樣的塊狀物。凱斯和里茲對視了一眼，想起他們當初為了抓住這個「神諭」時所耗費的力氣，覺得自己似乎有一點可笑。

死神將「神諭」還原成了那個透著藍色光焰的能量塊，輕輕揮了揮手，這個「神諭」凝結成的立方體能量塊，就懸浮在了兩人中間的半空之中。

「我想，在座的各位暴君，你們在管理人類世界的時候，或多或少也都聽說過『神諭』這個東西，但是你們對這個東西的作用，可能還是一知半解的。所以，你們中間有的人對這個東西起了貪念，妄想著染指神的權力。」死神使者看著死神的動作，緩緩開口。

凱斯注意到，死神使者在提起這些事情時的聲音，顯得比以前更加銳利，幾乎是用尖鐵敲打著骨頭的聲響，像是用錘子在捶打著人的心臟一般，他每說一句話，凱斯都能感覺到心臟鼓膜之中的那種震動感。

死神使者掃了掃廳中安坐的眾人一眼，他在說這些事情的時候，他的眼神之中忽明忽暗的紅色火苗不停地跳動著。蒙在黑色袍子之中的死神，眼神之中的火苗也同樣時明時暗，彷彿他眼中的這團火焰，也有自己的某種自主意識。

「你們的一舉一動，死神大人都了然於胸。」死神使者看了跪在地上的塞克斯汀一眼，將「神諭」重新收回到了那個盒子之中。

「你完全沒有領會死神大人的意圖，你以為你拿著『神諭』，就可以求死神大人的原諒嗎？要知道，『神諭』本來就歸死神大人所有，死神大人收走了這個世界的生物之後，就降下了五個『神諭』，分列於這個世界的五個地方，用來穩定這個世界的生態。」

「當然，也為了讓那些沒有生存空間的人類，暫時有一個穩定的生態環境，死神大人還要對人類進行進一步的觀察，以調整他對人類的策略。你們卻自作聰明地將這東西挖了出來，作為獻祭給死神大人的禮物，可想而知，你們即使作為管理者，也擺脫不了人類那種愚蠢的習性。」

死神使者望著匍匐在地上的塞克斯汀，說了很長一段話。這次他似乎又換了一種聲音，聽起來有些飄忽，彷彿是自地底生出來，飄蕩在整個大廳的上空一樣。

塞克斯汀連頭也不敢抬，只能匍匐在死神的腳下，接受死神的訓斥，死神使者說完這段話，眼神之中的火苗再次黯淡了下去。

端坐在黑漆漆的鐵椅子上的死神突然抬起頭，直勾勾地看了匍匐在地上的塞克斯汀。伴隨著死神的動作，在鐵椅子下蜿蜒纏繞的那些黑色藤蔓，突然也豎直了起來，發出了像鋼鐵摩擦地面時那種金屬敲擊的聲響，藤蔓上冒著黑色的霧氣，將塞克斯汀整個包裹其中。

凱斯聽到一陣劇烈地慘叫，這種叫聲比他在戰場上聽到的那些慘叫還要劇烈十倍，讓他不寒而慄。

但是這種慘叫並沒有持續太久，只持續了幾秒鐘，那團黑色煙霧便飄散開去，纏繞著塞克斯汀的藤蔓，自動縮回到了死神的椅子下，凱斯感覺到這些黑色藤蔓，彷彿每一根都有生命力，監視著坐在座位上的每一個人。

隨著塞克斯汀的死去，死神揮一揮手，那個裝著「神諭」的盒子，突然也消失在了空氣之中。

死神眼神之中的那團黑色火焰再次燃起。

死神使者的眼神又一次向大廳中央掃去，凱斯明顯感覺到坐在自己身邊的里茲身體往後瑟縮了一下，好像生怕自己會被死神使者的眼神捕捉到一樣。凱斯心中則是另外一番想法，自從他遇到塞克斯汀之後，他就知道塞克斯汀對「神諭」抱有極大的興趣，但是他並沒有想到，他竟然會因為「神諭」，這麼輕而易舉地死去了。

不過凱斯沒有看到他的屍體，或許死神把他的屍體轉移到了某個地方，而把他的靈魂留在這裡，凱斯心想。

死神使者的眼神在大廳那群黑壓壓的人之中的某一處停了下來。

死神使者再次開口了。

「尼祿，你知道為什麼你雖然用了這個東西，卻並沒有受到死神大人的懲罰嗎？」死神使者的眼神望著黑壓壓眾人之中的某一個位置。

凱斯明顯感覺到坐在自己後面的黑衣人鬆了一口氣，大概他害怕死神使者這次點到的姓名會是自己。

凱斯的目光也追隨著他望了過去，他知道，死神使者看向的那個位置一定坐著尼祿，那個創建了泰爾西公司，曾經化名為維多·多莫，建造了整個多莫莊園的人。這個死神使者好像有著某種透視的能力，在看到死神使者讓

塞克斯汀把手中的「神諭」交出來的時候，凱斯就知道，尼祿大概也不會有什麼好結果——因為他曾經也擁有過這個叫「神諭」的東西，還對這個東西大加利用。

下一秒，凱斯看見尼祿的座椅也空了，尼祿似乎也被死神使者用某種法術，從他所在的位置位移到了死神的腳下。

尼祿像塞克斯汀一樣匍匐在死神腳下，似乎在等待著死神對他的審判。比起塞克斯汀的恭敬，尼祿倒是顯得更加害怕，凱斯看見尼祿被黑袍遮蓋的身體正在發抖。

不過他覺得他會如此也並不奇怪，可能在尼祿挖出這個能量塊之前，尼祿本人也不知道「神諭」是屬於死神的東西——他只不過是利用這個東西開發了人類的能量，並且把這種能量用在了開發科技上而已。

當然，他也利用這個東西賺到了比坎貝爾家族更多的錢，他們一直不知道他的祕密，不知道他到底用什麼樣的方法，取得了在神經網路開發系統上突飛猛進的進步，他們只是覬覦他得到的一切，並在明裡暗裡想著用各式各樣的手段，從他手中把這個東西搶過來……

尼祿額頭上的冷汗涔涔而下，如果不是他把自己隱藏在鐵面背後，幾乎所有的暴君都要看到他驚恐的表情了，他感覺到自己的冷汗灌注到鐵面之中，沿著脖子流了下來。

他還記得當初死神復活他的情景，他要他幫助自己管理那些人類，威懾他們、穩定他們，讓他們不至於在無序的狀態下暴亂，同時也讓他們不至於放大自己的自私、貪婪和懶惰。這些暴君們就像是一個符號，一個懸在那些庸眾頭上的一把利劍，有了他們，整個人類才能穩步向前，克服掉他們身上的某些陋習。

當然，他明白，這也是這一屆死神的策略，他利用這種策略賺了一點錢，讓自己享受生活。他現在才明白，自己的這一點心思，並沒有逃過死神的法眼，他完全知道自己在幹什麼，只是並沒有戳穿而已。

尼祿微微發抖，在他看來，塞克斯汀比他還要幸運一點，至少塞克斯汀還能交出「神諭」，而自己卻已經把這個東西徹底開發完了。如果死神真的要追究責任，可能他只能再次變成一具屍體。他不想變成屍體，但是一想到如果死神要回收他現在擁有的一切，這比變成一具屍體還要讓他難受。

尼祿的大腦運轉得飛快。

「你揣測不了神的意圖，尼祿，雖然你曾經嘗試模擬一個神，但是你畢竟不是真正的神。」死神使者看了匍匐在地上的尼祿一眼。

凱斯知道，尼祿這個傢伙比塞克斯汀還要清醒，塞克斯汀完全沒有想過領會死神的意圖，他只是一心想要回到自己當初身為暴君那個時代的為所欲為，尼祿多多少少也做了一點事情，凱斯心想。

Chapter 118

「死神大人花心思復活你們，是為了讓你們幫助死神大人處理那些麻煩的。讓那些人類安分守己，需要恩威並施，在這一點上，你做得還算不錯，所以即使你挖出了『神論』，死神大人也不會找你的麻煩。但是你挖出神諭，破壞了死神大人維繫的人類生存生態，導致許多人類變異，所以，嘉獎你延續你的壽命，你可以繼續掌管你的多莫莊園，再多活三十年，但是也要對你進行懲罰。」

死神使者冷冷地看了匍匐在地上的尼祿一眼。死神座下那些纏繞著的黑色藤蔓，又一次發出了「嘶嘶」的聲音，彷彿隨時準備著攻擊尼祿，死神揮了揮手，那些黑色藤蔓立刻安靜了。

尼祿聽見死神使者說出「懲罰」兩個字，也有些發抖，他知道，他所說的這個「懲罰」，一定不是自己腦袋之中能想出來的那些東西。

「為了懲罰你挖走『神諭』，改變死神大人設定好的那些生態，導致眾多的人類變成變異人，所以，你剩下的三十年生命，也會以變異人的形態存在。」死神使者宣告了尼祿最後的命運。

隨著他說完這些話，那些纏繞在死神座下四周的藤蔓再次擺動起來，釋放出剛才那種黑色的霧氣，將尼祿包裹其中。但是和剛才塞克斯汀不一樣，尼祿並沒有全身包在這團黑色的霧氣之中，而是只有下半身被拖進了這團黑色的煙霧裡。

凱斯聽見了尼祿的慘叫聲，似乎比剛才塞克斯汀的還要大。

「這傢伙以前折磨別人的時候，一定沒有想到自己也會有這麼一天的。」米雪兒趁著尼祿尖叫的間隙，附在凱斯耳邊說了一句。

尼祿的尖叫聲也並未持續太久，凱斯看到死神揮手收回了他座下纏繞著的深黑色藤蔓，同時也抽走了那團黑色煙霧。尼祿向著死神所在的方向匍匐著，看起來像是一具屍體一樣，凱斯想起尼祿當初坐在輪椅上的樣子，又覺得有些某種反差式的滑稽。

死神使者揮了揮手，尼祿像一塊破舊的毯子一樣，黑色的長跑懸垂，懸浮在空中向著自己原來的座位飄了過去。雖然不知道死神對尼祿施加了什麼

樣的變異懲罰，但是看見其他暴君鐵面後空洞的眼神之中，流露出某種驚恐的意味，凱斯也覺得應該不是什麼好的事情。

坐在凱斯身邊的米雪兒，聽到「變異人」三個字，忍不住伸手摸了摸自己左耳下面那道痕跡，不知道為什麼，她一直覺得自己似乎也和變異人有關係，但是她的種種表現，又不像是變異人的樣子，這一點一直讓她耿耿於懷。

死神使者將尼祿送回到座椅上，眼神再次向座中其他人逡巡而去，不知道為什麼，每次他的眼神掃過，眾人都感覺到身上飄過某種森冷的寒意。但是這一次他的眼神並沒有前兩次那樣嚇人，似乎帶著某種搜尋的意味，就像凱斯他們第一次在密林之中看到他那樣。

隨著他的動作，穹頂上濃密的黑雲再次翻湧，隱藏於雲層之中的電閃雷鳴也開始再次響動了起來。凱斯看見雲層之中的閃電向著這些人端坐的椅子上蔓延，形成了某種有形有質的電流，照亮了整個大廳。

「懲罰的說完了，應該獎賞其中的某些人。」隨著閃電向四面蔓延，死神使者眼中那團紅色的火焰，也再次忽明忽暗地閃動了起來。

凱斯看到隨著他眼神的移動，雲層之中的閃電也快速地在座椅之間流淌，就像是一道帶著光的繩索一般，慢慢滑向了其中的某個黑衣蒙面人。

這名黑衣蒙面人被流過的閃電集中後，這道閃電如同繩索一般，將他全身束縛起來，向著死神所在的座位飛了過去。

「沒有活人能直視死神大人，就像沒有活人能夠直視這座路克斯塔一樣。」死神使者用冷峻的語調說著，「但是我現在特意賜給你這種殊榮，因為你領會了死神大人的意圖，把死神大人的理念貫徹得十分徹底。雖然你不能完全領會死神大人的意圖，但是作為　個凡人的暴君，你只要做到了你該做的，死神大人就不會虧待你。」

凱斯看見這個裹著黑袍的暴君，被這道閃電纏繞著，漂浮在端坐於王座的死神的正前方，這才明白這道閃電是死神加諸在他身上的殊榮，為了令他能夠看到死神的模樣。

端坐於漆黑寶座上的死神揮了揮手，他眼前的空氣之中再次出現了一個盒子，正是剛才裝置著「神諭」的那個盒子。凱斯原本以為他已經將「神諭」收了回去，將來會重新安置在最開始米蘭德研究所那些人開採「神諭」

的地方，卻沒有想到死神竟然會現在就把它拿出來。

「這個『神諭』會給你，人類總是覬覦神的寶物，想要掌握神的力量，但是他們對神的力量一無所知。拿走『神諭』的區域，會製造出大量的變異人是因為，正是『神諭』維繫著世界生態繼續正常運轉，這是死神大人在用黑線收走所有生物和微生物之後，安放在這個世界的神器。死神大人可以把這個東西賜給他想賜給的人，但是卻不允許有人未經死神大人的允許，去取走他們。」

死神使者冒著紅色火苗的眼睛再次開始閃動，用他特有的聲音語調，對著廳中坐著的每一個黑袍人說著。

隨著死神揮手的動作，裝置「神諭」盒子發出了熾眼的藍色光芒，隨即又黯淡了下去，變成了一個普通的舊盒子模樣。

死神使者看了那個裝著「神諭」的盒子一眼，盒子向著那個被閃電捆綁著、懸浮在兩人面前的暴君身前飛了過去。那個盒子懸浮在此人的身前，盒子內的「神諭」再次爆發出藍色的光焰，不停地旋轉漂浮著。

凱斯忽然有些好奇這個暴君的身分，自從他在索婆阿騰納斯教派的那兩個警察那裡聽過這些關於復活暴君的事情之後，他對這件事從一開始的好笑懷疑到逐漸接受，也花了不小的時間。

期間他曾經遇到了喪心病狂的尼祿，和隱藏於坎貝爾家族背後、坐鎮指揮西蒙和他的警察局去控制美國民眾的史達林，也和化名為塞克斯汀的路易十六同行了一陣子，但是在他短暫的旅途和有限的冒險歷程裡，他並沒有見過多少其他的暴君。

當然，那個躺在鐵盒棺材裡的成吉思汗不算，凱斯覺得那只能算是一具暴君的屍體，不能算是某位暴君。因為他曾經在東方流傳過來的某些傳說之中聽說過，東方的那些君主們，享有無上至尊的榮耀，在他們死去之後，他們的屍體會以某種奇異的方式被保存下來，以供他們的子孫後代瞻仰。

雖然他不知道當初托比放在鐵盒棺材之中的那具暴君屍體是從哪裡得來的，但是想必托比花費的代價並不小。

伴隨著死神使者的動作，纏繞在那人身上的閃電繩索突然解開，那名穿著黑袍的暴君也緩緩墜落下來，像尼祿和塞克斯汀那樣，匍匐在死神王座的腳下。

「這個人會不會是掌管坎貝爾家族的史達林？」里茲看著這名黑袍人的背影，偷偷湊過頭來，向費里曼詢問了一句。

「我也不知道？應該是吧！」費里曼心不在焉地答了一句。眼前的這些東西大幅超出了他的認知範疇，讓他一時之間有些答不過來，畢竟在他曾經的認知裡，科學體系能夠解釋這個世界上的一切。

更何況，他們這一路上過來，見過的、聽過的暴君，也不過就那麼兩、三個而已，但是現在看來，他們完全錯了，整個大廳之中的黑袍人，應該都是歷史上曾經有名的暴君，這些暴君，有些他聽過名字，有些他沒有聽過名字。

「鐵木真，你拿到了『神諭』，要代替死神大人管理那些人類，威懾他們，讓他們不敢犯上作亂。同時也要管理他們，讓人類世界維繫正常的運轉，你要繼續做一個讓民眾敬畏到不敢靠近、卻又不得不服從其命令的君主。要始終相信那句話，深信不疑加上思想極其狹隘，會賦予某個擁有聲望的人以強大的力量。」

「不過只有滿足這些條件，才能無視障礙、表現出堅強的意志的暴君，才會受到死神的嘉獎。群眾本能地從這些精力充沛、意志堅定的人當中，找到他們都永遠需要的主宰。科技只是一種輔助的手段，有了這種輔助的手段，你才能好好的管理你的民眾。」

死神使者又發表了一段長長的宣講，凱斯明白，他的這些宣講不僅針對現在匍匐在他腳下這個叫鐵木真的傢伙，還針對坐在這些座椅上的，所有身穿黑袍、頭罩鐵面的暴君。

「不是吧……這個人，他竟然……就是成吉思汗……」里茲看著眼前的這個黑袍人，眼見他摘下了自己黑袍上的兜帽，取下鐵面，對著死神行禮的動作，忍不住在口中喃喃自語。

「這……是托比要復活的那個暴君？」凱斯聽見了里茲說的話，猶疑著問了一句。

「對……」里茲還沉浸在自己的訝異之中沒有回過神來，但是剛才恐怖的一幕，讓他本能地壓低了自己的聲音。

凱斯想起了自己在托比運過來的那具鐵盒棺材之中看到的屍體，又看了看眼前這個身材魁梧的暴君，覺得容貌上的確有些相似之處，但是仔細看，

應該還是有所區別的。

　「我聽說那些東方人喜歡把他們的樣子畫在畫像上，但是繪畫部分，總是會有一些失真的地方，或許托比就是被那些畫像騙了。」里茲見死神使者正在將裝置「神諭」的盒子賜給那個叫「成吉思汗」的暴君，見縫插針地湊過來說了一句。

　「好吧！」凱斯聽了里茲的解釋，覺得自己越發有些同情托比起來。

　兩人再次抬頭時，死神的賜盒儀式已經完成了，那些閃電再次流動起來，將這個名叫成吉思汗的暴君縛起，帶著他飄向了自己原本的位置。

「時間到了。」死神使者看了一眼被閃電束縛著，飛回自己座位上、身著黑袍的成吉思汗，緩緩說了一句。

死神眼窩之中的幽暗之火焰再次騰起，他輕輕揮了揮手，座下的藤蔓開始瘋狂地生長，將身穿黑袍的死神整個包裹其中。黑色藤蔓將死神整個包裹成了一個厚厚的繭子，伴隨這些藤蔓的生長和蔓延，死神端坐的那把黑色椅子下，也開始蔓延出了大量的煙霧，這些煙霧向著端坐在大廳之中的那些暴君們湧了過去，很快就把他們湮滅了。

凱斯端坐其中，這些黑色的煙霧也向他和米雪兒、里茲、費里曼湧來，煙霧遮擋了凱斯的視線，朦朧中，凱斯只能看見被黑色藤蔓整個包裹的死神王座。

這些黑色的煙霧一直湧上了穹頂，在這些黑色煙霧與穹頂接觸的那一剎那，凱斯似乎聽見這些藤蔓發出了「嘶嘶」的吼叫聲，似乎正掙脫某種束縛，紮根大地，並向大地深處蔓延。

隨著這些藤蔓枝條向著大廳的地底鑽去，整個大廳發出了皺裂的聲響，這些皺裂的聲響和凱斯頭頂上穹頂之中，黑雲翻滾裡的雷聲轟鳴混淆在一起，讓整個大廳都動盪起來。

伴隨著眼前這些黑霧瀰漫，凱斯轉過頭，看見他身邊那些暴君們的座椅上空了不少。這些暴君有些被黑色的濃霧裹挾著，不知道被死神帶到了哪裡，凱斯看見這團黑色的煙霧還在繼續瀰漫，瀰漫到其中一位暴君的腳下，將這名暴君裹挾其中，然後拉著他向死神的座位飛去。

黑霧飄動，徹底遮住了凱斯的雙眼，凱斯感覺到這團黑霧向著自己的臉上戴著的鐵面罩之中鑽了進來，熏得他雙眼有些模糊。好在這些黑霧並沒有什麼味道，但是身在這種黑霧之中，凱斯不可避免地從心底生出了一些恐懼，彷彿自己置身在無邊無盡的幽暗地獄一般——雖然他也並未見過什麼地獄，但是他腦海中卻莫名其妙地產生了這種感覺。

在黑霧透的遮擋下，凱斯身邊的東西也變得影影綽綽，模糊之中，他只能看見自己身邊坐著的暴君越來越少，眼角的餘光之中，只能瞥見為數不多

的幾個黑色身影。凱斯焦慮地轉過頭，看見里茲、費里曼和米雪兒這三個人還在自己的身邊，稍微鬆了一口氣。

當然，在這樣的地動山搖之中，他們三個也像凱斯一樣恐懼，緊緊抓住自己座椅的扶手，生怕自己在這種搖晃之中摔下了整個大廳。凱斯感覺黑霧慢慢像自己的腳下滲透，腳下也傳來了一股冰涼的冷意，整個人像是被浸泡在極地的海水之中，冷得他牙齒直打顫。

他拽了拽里茲，里茲也和凱斯一樣，感覺到他們整座大廳似乎都要在這種晃動之中塌陷下去。他感覺那些黑色的藤蔓，似乎已經穿透了整個審判大廳的地板，沿著地板向著整個塔底蔓延，想要紮根到塔底的深處。

凱斯都能感覺出里茲對這件事的恐懼，透過黑袍和鐵面發散出來，凱斯心中也有一種想逃走的衝動。他抬起頭，本能地想要在黑霧之中搜索出一條出去的路徑，一不小心他的頭卻撞在了座椅上。凱斯這才看見，原來這些座椅竟然是懸空在整個大廳上的。伴隨著這些黑霧的滲透，死神使者帶領凱斯進入大廳時的實地，已經變成了這些虛幻的煙霧。

凱斯瞬間想起，他們是跟隨死神使者來到這個大廳，如果自己真的要離開這裡，首先得想辦法從這座高塔上下去才行，這個認知讓他有些懊惱。

凱斯在座椅的晃動之中，努力搜索著死神使者的位置，卻發現大廳之中的黑霧越來越多，也越來越濃密，儘管凱斯抬頭努力搜尋，最終也只能看見死神使者眼窩之中那團若隱若現的紅色火苗。

他發現每當有黑霧裹挾的黑袍暴君靠近死神那個黑壓壓的座椅，那團紅色火苗就會躍動，發出忽明忽暗的光芒。

凱斯清楚地知道，只要自己看見紅色光焰的躍動，那就意味著死神使者正在發表著什麼宣判，或許就像他之前說的，他正在對這些人進行著死神大會上的審判。但是在這團黑霧的包裹之中，他似乎已經隱藏了他的聲音，或者說，他現在的宣判內容，只有死神、那些被審判的暴君和他本人才能聽得見。

伴隨著他們的動作，整個大廳之中的黑霧越來越濃郁，天空之中雷聲越來越響，閃電也一次比一次更亮。凱斯看見閃電穿過了整個大廳的黑霧，似乎要將死神和暴君們所在的整個大廳劈開。

凱斯感覺到自己的座椅發出了劇烈的震盪，這種震盪幾乎要將他從座椅

上震動下來，凱斯緊緊地扒住了座椅。下一刻，座椅的搖晃讓凱斯幾乎整個翻轉了過來，那些黑霧已經灌注了整個大廳，和整個穹頂上的黑色濃雲糾纏在一起，兩者互相滲透，將整個大廳變成了一團混沌的、被電閃雷鳴包裹著的、充滿著黑色霧氣的球體。

凱斯和費里曼已經被這團流轉的雲氣甩了出去，米雪兒看到凱斯被捲入到黑雲和霧氣當中，連忙伸手拉著凱斯的黑袍，這個動作直接將她也捲入到了這團流動的夾雜著電閃雷鳴的球狀霧氣之中。里茲雖然拚命的扒著座椅，但是在片刻之後，連人待整個座椅被捲入到這團黑霧之中。

凱斯感覺這團黑霧變成的球體流轉得越來越快，那些身著黑袍的暴君們，似乎已經整個變成了一道黑色的幽靈，融入到了整個霧氣之中。起初的時候，凱斯還感覺到自己在這團黑色的霧氣之中晃來晃去，但是隨著這種晃動越來越劇烈，凱斯的意識也越來越模糊。

迷迷糊糊之中，凱斯感覺自己和里茲、費里曼也一起化成了一個黑色的幽靈，漸漸融入了這團黑霧，似乎變成了黑霧之中的一部分。

幽暗之中，凱斯感覺兩道紅色的火苗忽閃忽現，不知道又過了多久，他才重新睜開了眼睛。

一束光從縫隙之中透了過來，凱斯看見這束光，感覺這道光似乎有一點像里茲所說的那種「陽光」。他揉了揉眼睛，站了起來，他的身體很輕盈，像是獲得了某種新生。

凱斯抬頭，掃了整座大廳一眼，這座大廳很空曠，裡面除了中央區域有一個黑壓壓的鐵椅子之外，別無他物。這張鐵椅子像是用黑鐵澆築的，凱斯看著這張黑色的鐵椅子，覺得這座大廳似乎有些眼熟。

死神使者來到了凱斯身邊，冷冷地看了凱斯一眼，眼中那種粉色的、幽暗的火苗輕輕跳動了一下。這個瞬間讓凱斯想起了之前的經歷，他和里茲、費里曼還有米雪兒三個人在密林之中遇到了這個死神使者，在他的帶領下，他們來到了這座路克斯塔，並在這裡經歷了一場死神大會。

凱斯打量著這座大廳，這座大廳和自己剛才看見的那座大廳有些類似，只是穹頂上並沒有翻騰的黑雲，只是雕刻著普通的圖騰，就像凱斯在巴黎看到的那些建築一樣。整個大廳之中空蕩蕩的，只有死神使者站在自己的身邊。

　　凱斯找尋著米雪兒三個人的蹤跡，卻發現他們並不在這裡，整個大廳之中就只有自己和死神使者。

　　「他們在另外的空間裡，和我的分身在一起，他們也會獲得和你同樣的資訊。」死神使者眼中的火苗躍動，凱斯沒有見到死神使者開口，卻聽見了他發出的聲音。

　　「死神大會已經結束，新的死神即將降臨，莫斯特伯阿米克時代終結了。」死神使者仍然用他那種冷冰冰的口氣說著，他的聲音十分飄忽，和凱斯之前感受到的那種如同堅冰敲擊骨骼的聲音，有著很大的區別。

　　伴隨著死神使者的聲音，整座大廳正中央突然出現了一個身影，凱斯怔怔地望著轉過來的那個面龐，發現他臉上塗抹著某種各式各樣類似於油彩似的顏料，嘴角似乎被什麼人用畫筆勾了出一個笑容的弧度，伴隨著他的動作，那個原本黑壓壓的、像是生鐵澆築過的椅子，突然變成了舞臺上那種可以隨意轉動的高腳的椅子。

　　一瞬間整個大廳重新被填滿了座椅，只不過這一次座椅上坐著的，卻是那些歡欣鼓舞的人。新死神揮了揮手，他身邊出現了許多和他一樣繪製著小丑妝容的人，這些人圍繞著他又唱又跳，似乎像是在進行著某種表演。一瞬間整個大廳變得像某個歡騰的舞池一般，充斥著炫目的閃光燈、刺耳的尖叫聲，和歡騰的熱鬧的氛圍。

　　凱斯呆呆地看著這一切，一時覺得有些難以適應，一個時代彷彿就這樣悄悄落幕了，而自己經歷過的那一切，就好像是一場幻夢。

　　「他們在其他空間裡，看到的也是同樣的場景。」死神使者看了凱斯一眼，又一次從凱斯腦海中讀出了凱斯的所思所想。

　　凱斯感覺那個坐在座椅上的小丑模樣的死神，不停地揮動著自己的雙手，在這個類似於狂歡和舞池的大廳之中，揮著手又唱又跳，身旁圍著的那些小丑，也做出了和他同樣的動作。

　　伴隨著這個小丑的動作，整個大廳背後出現了巨幅的螢幕，一幕幕閃過的鏡頭，就像凱斯曾經在電影之中看到過的那些場景一樣。自由港在這些鏡頭之中一掠而過，凱斯看見，自由港上空恢復成了自己在電影之中看到過的那種蔚藍的天空，有幾隻他在密林之中見過的「鳥類」從自由港的上空飛過，雖然他叫不出這種生物的名字來，但是卻讓他本能地感到某種親切。

「是時候該走了，我會指引你回到你的世界。」死神使者看了凱斯一眼，對凱斯說了一句。他眼中的火苗緩緩向全身蔓延，最終變成了一團紅色的烈焰，凱斯看著這團紅色的烈焰，意識再次模糊起來。

凱斯感覺到自己在迷迷糊糊之中，似乎重新回到了飛機之中，這架飛機和他們來的時候一模一樣，仍然停在那片草場上。凱斯的頭動了動，感覺自己似乎像是剛醒過來一樣，但是當他想要站起來時，卻發現自己全身像被撞擊過一樣痠痛。

陽光已經透過飛機的機艙灑了進來，雖然凱斯在莫斯特伯阿米克時代從來都沒有見過陽光，但是當他從夢中醒來的時候，他卻本能地感覺到這種光應該叫「陽光」，雖然他也不知道自己到底是從哪裡得知這個單詞的，但是他覺得他的理解應該沒有錯。

「真該死！飛機在降落的時候撞到這片草地上了，費里曼，你應該再多加一點緩衝的，你下降的時候太急了！」里茲揉了揉自己的額頭，忍不住向費里曼抱怨了一句。

凱斯站起身來，在他抬眼的那一剎那，他似乎看到有兩團細小粉色火焰的東西消失在密林之中，這兩團火焰轉瞬即逝，不等凱斯細看就已經消失了。

「真奇怪，我竟然夢到我們看見了那個給我們發放食物的死神。」費里曼也抬起了頭，嘟囔了一句。

米雪兒的撞擊似乎最為嚴重，她到現在還沒有醒過來，凱斯對米雪兒進行了一番急救，她才悠悠轉醒。

「真該死，這個追蹤器上的紅點消失了！」幾個人說話的當下，費里曼低頭看了一眼螢幕，這才發現之前一直困擾幾個人的紅點和追蹤器上發出的報警聲已經消失了。

「反正那個『神諭』對我們來說也沒有什麼用……」里茲看了凱斯一眼，遲疑著說了一句話。

四個互相環視著對方，想起了自己在夢裡所見的情景，最終還是決定以飛機損壞為由，將飛機開回自由港，放棄對塞克斯汀和那個叫凱莉的女人的追蹤。

▌ Chapter 120

　　凱斯一行人來到了中央廣場。

　　這裡的結構雖然和紐約市中心的廣場極為相似，但是卻又有著明顯的不同。眼前的一切都像是從地底挖出來一般灰濛濛的，廣場上散落飄飛的煙塵，不禁讓凱斯想起了自己曾看過的那部電影《沉默之丘》。

　　不知道為什麼，他來到這個廣場，就會想起之前自己在電子設備上看到的「大主宰」降臨的場景之中曾經寫過，當日死神降臨之時，就是在一個充斥著一道道的「disaster」。

　　白光像閃電一樣照亮雲層上空的時刻，四周突然陷入了某種不安的靜謐之中，凱斯忽然覺得有些恍惚，眼前的畫面逐漸變成了另外一幅樣子，像是從空氣之中緩緩切換出來的一樣。

　　眼前的黑夜突然變得有些空曠，凱斯眼前的廣場和背景突然變得無窮無盡，凱斯等人也隨著廣場的蔓延被越拉越小，在凱斯等人的腳下，之前空曠的硬地也緩緩變成了流動的。黑色光帶向四面八方無限蔓延，在凱斯等人的注視之中，一個手持黑鐮、身披黑袍的形象，緩緩地降落在廣場上。

　　凱斯等人的耳邊，突然響起了各式各樣的聲音，像是各式各樣的語言突然彙聚在了一起，如同突然掉進了一個巨大的噪音場一樣，震得他耳膜生疼。他想要出聲詢問米雪兒的情況，卻突然發現自己一個字也說不出來。

　　耳邊傳來呼呼的風聲，凱斯像是被懸掛在流動的黑色星空之中，周圍都是熾眼的白光，和一望無垠的黑色星空。星空之中不斷地飄落著浮塵，像是從天空頂端漏下來的光焰，在凱斯努力適應眼前的一切時，一個巨大的黑色身體，從天頂上緩緩降落了下來。

　　雖然凱斯緊閉著雙眼，但是他的腦海中，似乎能清晰地看到眼前的這幅畫面。凱斯清晰地「看」到，那個黑色的巨大身軀，手持飛鐮、身披黑袍的，正是之前統治著這個世界的「大主宰」──死神。

　　眼前的死神懸浮在半空中，用兩道黑壓壓的目光掃視著周圍的一切，和眼前渺小的眾人。

　　雖然凱斯並沒有直接接觸到死神的目光，但是不知為何，被他這兩道目

光透視之際，凱斯仍然感覺自己好像在接受靈魂的審視。

他幾乎不敢抬頭，但是眼前這個身材高過雲層、主宰這個世界一切的傢伙，似乎正在入侵自己的大腦——儘管他緊閉雙眼，但是他仍然可以看到死神在自己腦海深處呈現出來的畫面。

亮如白熾的天空雲頂上，死神交接的黑色流質正在無限蔓延，看起來似乎包裹了這個世界的一切，包括星空、宇宙、大地和人類。這場畫面就像當初死神降臨時一樣，他在一瞬間就接收了這一切，似乎是自動在每個人的腦海中上演著。

正如《disaster》之中所說的那樣，似乎是一陣電波閃過之後，他的大腦竟然自動讀懂了它想要傳遞出來的資訊。但是凱斯似乎分辨不出來他要閱讀的那段資訊，並強制推送進他的大腦，讓他在瞬間就理解眼前的這一切，到底是怎麼回事。

「死神交接」，凱斯的腦海中突然冒出這四個字，他想，如果《disaster》這本書中所說的是真的話，那現在他接收到的資訊，一定所有人都接收到了，凱斯一邊想一邊努力抬頭，似乎這樣可以讓自己腦海中的畫面清晰一些——當然，他也希望自己能看到初代死神真正的樣子，畢竟之前在審判室之中，他們只聽到了聲音，只看到了初代死神幻化出來的狀態，而並沒有見到他真正意義上的實體。

看到初代死神照在自己身上的目光，凱斯忍不住將自己的身體向後縮了縮，他已經看到了初代死神對那些管理整個世界的暴君們的審判，對眼前這個死神的冷硬與洞察，有了某種直觀的感悟，所以他忍不住也從心底湧起了一絲恐懼感。

好在初代死神似乎並沒有注意到凱斯，只不過將目光從他身上滑過，很快又審視別的東西去了。

「二代死神即將管理這個世界——」凱斯腦海中突然呈現出了這樣的資訊，這個資訊在暫態就轉化成了他能理解的語言。

初代死神退場，像是報幕一般，凱斯看見眼前這個主宰當下世界一切的死神，又沿著四面八方掃視了一遍，似乎在檢閱著星空、宇宙和這個世界上所有人的靈魂。

「二代死神降臨——」凱斯的腦海中突然閃過了這個聲音。緊隨著這個

聲音而來的，是整個畫面的翻轉，剛才那種黑色的、懸掛著宇宙和星空的、一望無垠無邊無際的黑色流質，突然消失在空氣之中，取而代之的，是一個繁華、熱鬧、鑲嵌著各種紅紅綠綠背景的廣場，和各種卡通式的大樓。

如果不是腦海中傳來那些嘈雜的聲音，如果不是眼前看到那些自己從未在現實世界之中玩過的，不停地在自己眼前滑動的各式各樣如同彩繪一樣的植物、熱氣球和不停下墜的彩紙，凱斯幾乎要以為自己是在參加什麼嘉年華。

忽然之間，凱斯耳畔的聲音再次轉換，在音樂聲之中，凱斯看見整個城市之中往來的人群在飛快地流動，眼前的畫面在不停地轉化，最終定格在這個繁華、卡通又帶著某種豔俗夢幻的場景上。

伴隨著音樂聲和不知道從什麼地方傳過來的歡呼聲，廣場上忽然升起了一架懸梯，這架懸梯和整個廣場的風格一樣，也是帶著某種誇張的絢麗，從樓頂直接架到了廣場表面。

伴隨著懸梯的出現，整個廣場上的音樂聲突然停止，只有那些懸浮的彩帶和各式各樣被製作成玩具狀的熱氣球，還在不停地向地面撒著彩紙。

一個小丑裝扮的人出現在懸梯上，他靜靜地沿著扶梯向下走去，他的裝扮在別的地方顯得很突兀，但在此處卻並不惹人注目。他穿著一身復古的紫色燕尾服，與他頭上的禮帽恰好相配，再配合唇邊那一抹精緻修剪過的小鬍子，就像是從四〇年代的電影中走出來的一樣。

他在懸梯上輕輕轉身，用誇張的舞步來回走動，伴隨著他的動作，他的面目也不停地變化著──就像凱斯在電影之中看到的小丑一般，唇部塗著誇張的彩繪，鼻頭也被顏料染成了紅色，頭上的頭髮卻是紅、藍、綠相間的樣子。

隨著他的行動，他身後這座大樓的顏色，也在不停地變化著，凱斯看見這座大樓突然變成了紐約最負盛名的百貨公司，只不過片刻的時間，遊人的虛影突然充斥了整座廣場的地表，就像快轉的鏡頭一般，在凱斯眼前穿梭。凱斯知道，那些都是幻影，只有這人是真實存在的。

在這一瞬間他已經知道了，眼前的這個小丑就是新來的死神，雖然他不知道對方用了什麼方法，但是他的腦袋之中已經被灌輸了這些資訊。

這個人在人群中靜靜地穿行著。

地下一到三層全是擠滿了人的櫃檯，眼前的小丑死神卻沒有停步，而是跳著誇張的舞步，繼續往下走。他手中托著一個紙袋子，就像是個普通的購物者，似乎不屬於這個世界，但是凱斯知道，眼前的這個世界，都是由他主宰的。

他在懸梯上跳著誇張地舞蹈，用輕快的步伐穿過往來的人群，推開一扇又一扇隱蔽的門，眼前呈現出一條狹窄的通道。

天上不停地飄下彩紙，這個扮演小丑的男人突然一個轉身，身上的衣服隨著他的動作，又變回了那件燕尾服和黑色禮帽。周圍彩紙飄灑，與他身上的古典氣息格格不入，但是此人並沒有猶豫，扶著鏽跡斑斑的扶手走了下去。

身後的大樓不停地變換著模樣，像是舞臺上的彩燈。這是戰後修建的大樓，下水道大多按美式標準設計，空間極寬，通風良好，管道裡甚至可以容下一輛小轎車奔跑。

凱斯看見小丑死神用誇張的動作旋轉著，似乎在避開地上的障礙物，凱斯聽見自己的耳畔響起一個乾啞的聲音，帶著某種滑稽，又帶著某種戲謔的腔調：「你為什麼將我喚醒？」

「噢！對了，這個世界將要由我掌管！」聲音絲毫沒有起伏，帶著一種奇異的冰冷感，像是吟唱某種歌曲，帶著誇張的音調。

小丑死神唱完這兩句，突然一跺腳，只見一具傀儡從樓頂上墜落下來。那是一具高半米多的傀儡，由木頭刻成，披著鎧甲，頭戴一頂鑲嵌了羽毛的頭盔，騎在一匹同樣是傀儡的馬上。

傀儡的面目鏤刻得極為精細，眉梢似乎夾帶著一絲揶揄的笑意，令人信以為真。吹動彩紙的微風，吹過懸垂傀儡的絲線，傀儡微微晃動著，面目在光影中徘徊，那雙眼睛就像是活過來一般，隱祕地盯著來人。

凱斯看著這一幕，忽然感覺眼前的這個小丑死神，滑稽中透出某種詭異，這隻傀儡的眼神深處，似是打開了通往冥界的門戶，祕魔透空而來。

這個空洞的眼神，讓凱斯又一次感到了戰慄和可怕，正如剛才初代死神的審視一般，這個傀儡騎士的目光，竟似真的穿透了他的身體，看進了他的內心！

■ Chapter 121

　　返回自由港已經是一個月以後的事情了，費里曼駕駛著飛機，再次穿行過他們在此之前經過的那個沙漠，凱斯站在玻璃窗邊看了許久。這一次，他們並不需要飛機上安裝的探照燈，就能清晰地看見沙漠之中的景色。

　　途中他們停在格陵蘭島之前的那個小鎮上，休憩了大半個月，飛機落地時受到的衝撞，比他們想像得要嚴重，小鎮上交通不方便，里茲和費里曼跑了很多趟，才把修理的工具採購完備。不久之後，格陵蘭島又碰上了暴雪天氣，等待飛機能起航時，半個月已經過去了。

　　凱斯透過飛機的玻璃窗，看見漫無邊際的沙海向天際蔓延，覺得一切恍如隔世。上次他們來到這裡，是為了取走「神諭」而來，現在他終於有一點閒暇可以欣賞這裡的風景了。

　　回到了自由港之後，凱斯在家裡休息了一天，他決定去找西蒙。凱斯心想，他們之間沒有了「神諭」這樣的鬼東西惹來爭端，他和西蒙間的關係也應該能改變不少。有聯邦警署提供資訊給自己，米雪兒的哥哥——阿姆塔奇被殺的案子，應該也能很快就查找到新的線索。

　　在回自由港的路上，凱斯已經和賽洛通了一個電話，他請賽洛幫自己駭進了聯邦警署的戶籍系統，在這個戶籍系統裡，凱斯查到了米雪兒的資訊。米雪兒仍然還是正常的美國公民，並沒有和其他莫斯特伯阿米克時代的變異人居民一樣，遭到狩獵和追捕，甚至被某些有心人豢養，成為黑市上肉人的一種。

　　在凱斯不在的這段日子裡，他聽賽洛說，黑市上供應的那些肉人，已經有了新的亞種——除了之前讓他們嘗鮮的那些肉人之外，現在還有一些可以供男人們賞玩的女肉人，這些女肉人身材火辣，模樣姣好，性情還很溫順。只不過這樣的女肉人比較難以培育，在黑市上也要有關係才能弄到一個。

　　凱斯想起了之前被復活的那個坎貝爾，或許以他的手段，他應該能夠弄到一個，當然，西蒙應該也可以弄到。這些道貌岸然的傢伙們，背地裡幹的都是那些非法的勾當——雖然他們現在的關係緩和了一些，但是凱斯始終相信，某些人的本質應該沒有那麼容易改變。

下飛機的那一刻，凱斯站在蔚藍的天空下，感受著莫斯特伯阿米克時代遠去之後的新鮮空氣，他看見了自己曾經在小丑所在的那個大廳之中看到的，水鳥從自由港碼頭的上方飛過天空的場景，這個場景讓凱斯有種恍若隔世之感。

　　凱斯和里茲、費里曼告別後，租了一輛車，向著他租住的那個偵探所開去，沿途的一切還是和他離開時一模一樣，彷彿他經歷的一切都從來沒有發生過。他終於在陽光之中看到自由港對面那座大廈上的霓虹做出來的字樣。

　　這些字樣看起來已經十分老舊了，除了已經掉落的部分之外，剩下的那些彩色字上也落滿了灰塵。大廈外觀上油漆斑駁，到處都是皺裂，有些地方甚至露出了裡面的白灰，像是幾個世紀之前就荒廢在自由港的這個角落一樣。

　　美國人一向喜歡這些有一點年代感的東西──凱斯心想，雖然這個東西看起來又髒又亂，卻令人有著某種熟悉的親切感，凱斯一邊向著自己那個破舊的偵探所走去，一邊打開了手機。

　　他划著手機，想從手機上找到自己熟悉的那個網頁，以便查詢一下自己那些智慧桌椅還有多久的租期。他順便也看了一眼自己銀行帳戶上的資料，米雪兒之前支付的三千元美金，還剩下兩千五百美金，這些錢也夠他用好一陣子了。

　　網頁跳了出來，上面有客服的連線服務，凱斯直接打了客服的視訊電話，客服用的是一個貓的頭像。凱斯本以為接電話的會是之前羞辱過自己的那個電子管家，但是畫面打開，跳入凱斯眼簾的，卻是一個人身貓頭的女人。

　　幸好凱斯曾經在電子雜誌上看到過貓咪，知道貓咪這種動物並沒有什麼害處，不然他還以為這是什麼怪物呢！這個女人操著熟練的美式英語和凱斯打招呼，詢問凱斯需要什麼服務。

　　凱斯以為自己出現了幻覺，他有一點茫然地掛斷了視訊，又低頭看了看那個管家的個人資料，這個貓頭的女人叫多莉。多莉在影片網頁上，也用了一個貓咪頭像來作為自己的個人頭像，一開始凱斯以為她是從電子雜誌上下載下來的圖片，來替代自己的頭像，但是仔細看上去，卻又覺得並不是那樣，這個頭像動態的樣子，和自己剛才看到的多莉本人竟然有些類似。

　　這個發現讓凱斯吃了一驚，他撥通了西蒙的電話，想要問問他這到底是怎麼回事，電話接通的瞬間，凱斯聽到西蒙的聲音，這才感覺回到了自己熟悉的領域。

　　「我也不知道，但是一個月之前就已經這樣了。」西蒙無奈的語氣，透過電話傳了過來。

　　西蒙在電話裡告訴了凱斯這裡發生過的一切——起初是食物發放機被收走了，緊接著，之前被收走的那些生物突然重新出現，但是街道上出現了許多具備和人類同樣意識的動物——當然，他們的外型和人類不一樣。

　　政府最開始把這些動物當成變異人，派出警力追逐了一陣子，但是這些動物似乎具備和人類一樣的思維模式，他們組成了各種聯盟，向政府抗議、積極地參與社會活動，很快就滲透進人類的工業體系中。這些動物化後的人類，也會使用武器，和人類一樣能使用科技產品、電子產品，他們有組織地控制了一小股部隊，向政府發動了武裝襲擊。

　　為了防止事態進一步擴大，政府派出組織代表來與他們和談，承諾給這些「動物人」劃定一定的生活區域，提供一定的工作崗位，以暫時穩住這個新出現的群體。

　　「所以，就是我現在看到的這樣？」凱斯有些吃驚。

　　「大體就是這樣吧！」西蒙畢竟適應了一個月，他似乎已經完全接受了這個事實，「政府強制要求那些企業給動物們提供一定的工作，如果企業為動物提供工作，會給他們某些稅收上的優惠。」

　　「所以說，那些資本家很快就接受了這一點，然後就和這些動物融洽相處了？」凱斯想起了那個貓頭的多莉，心理上還是覺得有些難以適應。

　　「不然還能怎麼樣呢？」西蒙無奈的聲音響了起來，有一點讓凱斯意外的是，西蒙突然問起了米雪兒的事。

　　凱斯遲疑著說出了米雪兒的事情，他從自己第一次見到米雪兒開始敘述。當初米雪兒和他哥哥錯把凱斯當成了皮埃爾，在他們從皮埃爾那裡搞到了一個保險箱之後，米雪兒的哥哥阿姆塔奇還有和他們同行的兩人全部被殺了，凶手似乎至今還逍遙法外。

　　米雪兒告訴凱斯，自己和阿姆塔奇是從多莫莊園逃出來的，為此凱斯特意和她一起跑了一趟，當然，這中間還發生了許多意外和轉折，有些是西蒙

知道的，有些凱斯並沒有詳述。

「政府讓我們檢查這些動物來源時，我們突襲了自由港，根據你對案發現場的描述，我們在自由港發現了一幫流竄作案的毒販——可能是從黑市上來的，這幫毒販聽說有個人靠著作弊軟體贏了一大筆錢。然後他們在某天夜裡喝醉之後，想要襲擊那個人，順便把他贏的那些錢搶過來。但是根據那些毒販的口供，他們那天晚上好像走錯了樓層。」西蒙語速飛快地告訴了凱斯這件事。按道理來說，他是不應該把這些事情告訴凱斯的，但是現在警署本身似乎還處在動盪的時期當中，所以他也就無所謂了。

「如果有什麼其他線索，我會通知你的，如果是你們那棟樓的話，你可以留意一下，之前有什麼人去酒吧賭博過。瓊恩是你們那個區域的巡邏警察，有什麼發現你也可以打電話給他，一會兒他會把案件傳真傳給你。」西蒙簡短地交代了凱斯一句，隨後便有些疲憊地掛斷了電話。凱斯錯愕地站在原地，想起了米雪兒哥哥被殺的案子，只覺得頭腦嗡嗡作響。

他的腦袋裡一瞬間飛出了許多念頭，自己當初在酒吧時用賭博軟體作弊的情景，還有他和米雪兒這一路的經歷，當然，還有當初來找自己的瓊恩和托比。凱斯懷疑西蒙背後的支持者可能換了，他想起了自己在路克斯塔時的那段經歷，暗自揣測著那些暴君的去向。

如果莫斯特伯阿米克時代已經結束了的話，或許現在坎貝爾家族的實際控制者，已經不是史達林了。他隨即晃了晃腦袋，不管這個人是誰，都和自己無關，他不過是個住在 free-center 的小偵探而已，如果接不到新的案子，他很快就會再次為生活發愁了。

一個司機差一點撞上了站在馬路中央打電話的凱斯，他衝著凱斯罵了一句，打著方向盤將車從凱斯身邊駛離，只留下煙塵瀰漫的汽車尾部。凱斯抬起頭看了看，四周的人漸漸多了起來，人群之中混雜著一些像人一樣的動物，這些動物有的夾著公事包，有些推著嬰兒車，正在等待著下一個紅綠燈。

其中有些動物正在低著頭，和旁邊的人交頭接耳，凱斯側耳聽了一下，發現西蒙說得沒錯，這些動物們操著的也是一口純正的美式英語，一個穿著西裝的馬男看到凱斯，自動讓出了一個位置給他，顯得彬彬有禮。凱斯衝他點了點頭，馬男也用禮貌的語氣回應了凱斯。

　　凱斯一邊想一邊回到了自己居住的地方，偵探所之中還是凌亂不堪，地面上各種資料散落了一地，凱斯無心收拾，躺在他那個還未被搬走的智慧型舊沙發上休息，這個沙發破了一個洞，是他當初用槍打穿的。

　　凱斯放在桌子上的傳真機響了起來，凱斯走近看了一眼，是西蒙安排瓊恩傳過來的結案資料。

　　凱斯看了那個結案資料一眼，把結案資料放在桌上，撥通了米雪兒的電話。電話很快就接通了，凱斯把案件詳情簡短地告訴了米雪兒，並邀請米雪兒來到自己的偵探公寓。

　　做完了這一切，凱斯又一次躺在沙發上，呆呆地望著天花板上那些斑駁的斑點。

　　過了一會兒，門口傳來敲門聲。凱斯走到門邊，拉開門，門外站著的竟然是米雪兒。米雪兒和凱斯在機場就分手了，凱斯看著米雪兒臉上的精緻妝容，和她隱藏於烈焰紅唇後的美貌，覺得米雪兒回家大概只做了化妝和換衣服這兩件事，他看著米雪兒，想起了當初他們被打擾的那次親密。

　　米雪兒似乎讀出了凱斯的心思，主動向凱斯貼了上來。凱斯摟著米雪兒，脫掉了自己那件髒兮兮的舊大衣，和米雪兒一起跌進了那張有個破洞的沙發上。兩人很快糾纏在一起，凱斯又一次感覺到了自己當初在藍色熾焰之中的心旌神搖，在路克斯塔頂層時的那種動盪——當然，這一次是在米雪兒的身上。

　　完事之後，凱斯似乎迷迷糊糊地睡了過去，等他醒來的時候，米雪兒已經走了，和她一起消失的，還有桌子上的那份結案報告。凱斯的手機還在原地，凱斯拿起手機，想要撥通米雪兒的電話，卻發現裡面所有和米雪兒有關的資訊，已經全部被她刪除了。

　　凱斯奔到樓上去，看見之前皮埃爾的東西已經被掃蕩一空，保險箱洞開著，但是裡面的錢已經全部被人拿走了，他又看了看自己的手機裡面的銀行存款，那兩千五百元美金倒是還在。

　　「Shit！」凱斯罵了一句，隨後裝作若無其事的樣子，將手插在口袋裡，吹著口哨走下樓去，重新躺回他那個破了一個洞的沙發上。

　　但是這一次，他卻無論如何也睡不著了。

Chapter 122

「所以呢？你覺得偷盜我珠寶的人，到底應該是誰？」凱斯對面的女人歇斯底里地吼叫著，飛濺的唾沫幾乎噴到了凱斯臉上。

姑且稱呼這個女人為鹿小姐，她的口水要比一般人多得多，當然，比起昨天來的那位豬小姐，凱斯覺得這還算是好的了。畢竟這個人沒有豬小姐那樣的一口黑牙，他只能勉強這樣自我安慰。

自從小丑死神接替原來的大主宰之後，這個世界就變成了現在這樣，他抖了抖自己的手中的煙蒂，繼續聽這個女人重複述說著自己消失的珠寶對自己有多重要的抱怨。

「如果可以的話，我希望您能多告訴我一點關於案件的資訊。」凱斯無奈地聳了聳肩。

雖然自從小丑死神降臨之後，他就不得不接受這個世界上某一部分人變成了現在自己看到的樣子——但是他仍然對眼前的情景感到有些不習慣。

他也是回到了這個世界才知道，小丑死神雖然將動、植物歸還給了這個世界，卻又帶來新的癖好——他隨機抽取了一些人類，並將他們中間的某些人，變成了人身動物頭的模樣。

凱斯在心裡嘀咕著這個案子的案情，自動忽略這位鹿小姐的抱怨。自從這個世界恢復了某種秩序之後，事情卻開始往更加無法預測的方向發展了——因為適應不了物質的空間繁榮，人們竟然變得彬彬有禮起來。當然，凱斯也解除過另類的案件——比如那種躲在屋子之中很久不出現，最終因為孤獨死去的一部分人。

「至少食物短缺的時候，人們還有為生存搏鬥的活力。」凱斯含著煙斗，忽然覺得自己竟然還有些懷念莫斯特伯阿米克時代。

因為現在找他的人多了些，所以他也從之前的 free-center 搬了出來，如今他的偵探所終於開在了大街上，這是一個兩家合租的店面，另一半是賣珠寶的。珠寶商是位銀髮黑眼的猶太大漢，偏偏長著一個馬頭，每天都會戴上各式各樣的珠寶在門口拉客。

凱斯大概看了一眼，他手上戴的金鍊子大概就有五條，鼻子上還穿著

一個鼻環。總而言之，只要是能掛上掛飾的地方，他幾乎都掛滿了——他看著凱斯皺著眉頭，雖然什麼也沒有說，但是嘴角隱隱浮起一絲心照不宣的微笑。

為了讓自己的偵探所看起來有品味一點，凱斯專門找人在地板上鋪了一層厚厚的藍色地毯，擺了幾張藍色安樂椅，每張旁邊有高腳煙灰缸，買了幾套真皮書衣的書散放在窄茶几上，還買了幾本自己永遠也不會翻開的書放在玻璃櫃裡。此外，他還在店裡裝了一扇單門隔板，隔成前後兩個空間，把自己所有的雜物都堆在了後面。

偵探所的角落擺了張小桌子，桌上放置著一盞有燈罩的檯燈，據他們說，這樣可以讓來訪者有效放鬆——雖然凱斯並沒有感覺到這個東西到底有什麼效果。

說話間，這位鹿小姐突然站起來，婀娜多姿地理了理自己頭上的毛髮，緊緻的大腿裹在吸光的黑色緊身連衣裙裡。雖然頂著鹿頭，但是她的睫毛膏塗得很厚，耳上仍然戴著大黑玉耳環，頭髮在耳環後飄曳，指甲也塗得銀光閃閃。

「案情就是如此，您幫我找到了我的東西，錢我一定會盡快付給您的。」鹿小姐用自己都不相信的輕佻語氣對凱斯說著。

鹿小姐說完，從自己的錢包裡抽出了一張鈔票遞給了凱斯。

「放心吧！我一定會盡心盡力的。」凱斯接過鈔票，強忍著自己的不耐，和鹿小姐握了握手。

「您這個地方可真夠簡陋的。」鹿小姐不屑地說了一句，「要不是他們都說你這裡不錯，看到這裡的裝修，我都不會進來的。您抽空得好好裝飾一番了。把這些椅子都挪到另一個地方去，這裡應該放兩盆花，還有那裡的掛畫……」

「夫人，這裡不是您的家。」凱斯禮貌地打斷了鹿小姐。

「噢噢！，我忘了，那就請您盡快幫我找到我消失的珠寶。」鹿小姐輕蔑地笑了笑，踩著高跟鞋旖旎而去。

凱斯看著鹿小姐離去的背影，輕輕揉了揉自己的頭，預備掛上「今日歇業」的牌子。

他走到門邊，聽見對面的喬治和長著貓頭的維利安又開始吵鬧起來。

這兩個傢伙是新近搬過來的一對雙胞胎，據凱斯觀察，他們目前應該都是沒有工作、遊手好閒的傢伙。

　　「喂！你別把我的東西弄壞了。」

　　喬治十八歲，生得皮膚黑漆漆的，中等個兒，但是由於比較瘦削，所以顯得比實際上要高一些。

　　維利安一點也不比他矮，但是因為生得粗壯，又長著一個貓頭，所以看起來十分滑稽。凱斯知道，喬治私下裡稱呼他為「小胖子」，但是維利安本人對這個名字十分敏感，他喜歡自己的正式名字，並強迫人們叫他的姓——特瑞維利安，或者這個姓的任何體面的變音。好像為了進一步證明自己已經長大成人，他固執地蓄起了鬢髮和短撅撅的一撇小鬍子。

　　從凱斯的角度看，維利安非常緊張，渾身冒著汗，喬治（這時維利安已經不再叫他「舅吉」，而是從喉嚨裡含混地咕噥出「喬治」這個聲音）看到他這個樣子，竟覺得非常有趣。

　　他們仍然站街道對面，正在喋喋不休地說著什麼。

　　特瑞維利安把身體探過來說：「我真不懂，幹麼讓人這麼等著。」

　　「還不是形式主義！」喬治說，「哪兒也免不了這一套。」

　　特瑞維利安說：「你怎麼能夠這樣處之泰然？」

　　「我沒有什麼著急的。」

　　「哎呀！老弟，你簡直讓我覺得討厭。我真希望你最後什麼也當不成，只能作個合格的施肥員，到那時候我倒要瞧瞧你的臉色。」說完了，他的目光焦急不安地把四周的人掃了一遍。

　　凱斯明白，他們在談論著他們要報名參加的一個什麼演員的競選，這些遊手好閒、無所事事的傢伙，總是幻想著自己能夠就此一飛沖天。

　　「我覺得，我就是他們需要的特別演員。」維利安低聲說著。

　　「如果你能減減肥，我想你的勝算會更大的。」喬治也向周圍看了看，似乎對維利安的說法心不在焉。

　　凱斯看著對面那張殘破的海報，對兩人的期待不以為然。從這張海報上他就能分析出來，這個號稱自己是影視投資者的傢伙，十之八九是個騙子，當然，凱斯的判斷並不能阻止那些年輕人在外面排著長隊。

　　於是，從凱斯的角度望過去，只能看見各種動物的頭在自己眼前晃動

著。這些人一個個皺著眉頭，顯得很不自然，他們拿起各自的衣服和隨身攜帶的東西，便到對面的那間屋子裡去探詢結果。

每當從那間屋子裡走出一個人，都被人數逐漸減少、仍然等候著的小夥子圍住問：「結果怎麼樣？」、「你有什麼感覺？」、「你想你會成為什麼樣的演員？」、「你覺得跟以前有什麼兩樣嗎？」

凱斯聽見喬治的話語聲中流露出無限嚮往，他實在無法克制自己的渴慕心情。

喬治的臉龐本來就不胖，大概是由於最近吃不飽飯——凱斯心想，他看起來更加瘦了一圈。他的身軀比較瘦小，但是一雙藍眼睛卻仍然像過去那樣炯炯有神。他的手放在自己手中拿著的宣傳單上，半握著拳頭，給人以囚禁在樊籠裡的感覺。

凱斯聽見維利安挑釁似地說：「我想你應該忘了上次自己在另一場演員競選之中，是怎麼被打擊的吧！瘦皮猴——這就是主考官對你的評價。」

說話間，一個長著猴頭的人，向兩人所在的方向望了一眼。

「這是一次新的選拔，他們並沒有判斷出我真正的潛力。」喬治暴躁地說。

「這是事實，我已經告訴過你……」

「沒錯！你是已經告訴過我了，但是你心裡也明白，關於你的事，任何人也沒有弄錯。」

「難道因為誰也不肯認錯，就能說沒弄錯嗎？你認為如果不對他們施加一些壓力，他們會承認把事情辦錯了嗎？哼，我就要給他們加一點壓力。」

「負責分析的人是絕對不會弄錯的！」維利安用貓鼻子嗅了嗅。

「絕對是他們弄錯了，難道你對我的智力還懷疑嗎？」

「智力和這件事毫無關係，不是已經多次和你談了嗎？難道你還不理解？」維利安回覆著，「我競選的是特別演員，他們只要長著貓頭而不是人臉的人。」維利安的語言之中，透著得意的勁兒。

喬治顯然也感覺到了他這種得意，他冷冷地說：「你過去想到過你會落到這個地步嗎？」

「什麼叫這個地步？我準備在這次的選拔之中大展身手。」維利安幾乎是用怒吼地腔調說這幾句話。

「所以你就知足了，你就心滿意足了，你還挺高興你喜歡這種生活，你不想到別的地方去了。」喬治氣得咬著牙，牙齦都齜了出來。

　　凱斯冷冷地關上了自己偵探所的門，將這場無聊的談話隔絕在了門外，當然，他也懶得去看那些長著動物頭的人類。每當這個時候，他都會照照鏡子，慶幸自己並不是被小丑死神隨機選中的那一分子。

Chapter 123

　　好在凱斯幾天後就要前往羅馬，暫時遠離這個海港城市中心的一切。老實說，他實在受不了這些惡俗的動物頭在自己的眼前晃來晃去。

　　抵達羅馬的時候是週一的下午，凱斯無所事事地待了幾天之後，發現自己竟然在某幾個瞬間，還有些想念起中心城市庸俗又喧鬧的生活來。

　　他強壓下了自己的這個念頭。

　　羅馬城中也處處可見人頭動物身軀的活動者，只是這些人的舉止比凱斯之前待的自由港要優雅得多。他是來這裡確定鹿小姐珠寶的原產地的，從凱斯內心而言，他第一次見到鹿小姐之後，對這個女人的感覺就不太好，他不相信這個女人所說的珠寶值那麼多錢，所以他特意來羅馬跑了一趟，確定這款珠寶的珠寶設計師和設計年份。

　　任務之後，他越發感到無所事事，他覺得自己還是在中心大道那個鬧哄哄的地方更自在，於是便急不可耐地跑到大街上，到處去尋找酒吧、妓院，以及一切可以尋歡作樂的地方。

　　他從來沒有忘掉當初米雪兒的笑聲，和她那從不讓外人看見的傷疤，更沒有忘記黑市之中那個嗜酒如命、頭髮蓬亂、淚眼模糊的浪蕩相好露西。

　　凱斯抽了一支煙，想起了那女人總是穿著一件橘黃色的襯衫，從來不扣扣子，胸脯上緊緊束著一件白色胸罩。她的手上總是戴著一枚橙紅色浮雕寶石戒指，裙子撩得高高的，露出她那修長的大腿和白白的屁股。在兩個旅館之間的一條小巷裡，一個又咳嗽又吐痰的瘦瘦的阻街女郎拉住了他。

　　羅馬的街邊也有一些這樣的夜鷹。自從小丑死神降臨到這個世界以後，凱斯真正理解了夜鷹的含義，也明白了為什麼莫斯特伯阿米克時代以前的人，會把這些女人叫作「夜鷹」了。

　　他在這裡也找了幾個女人，其中有一個穿灰白色內褲、待人十分和氣的胖女傭，她生著一個貓頭，所以說話的時候總帶著一些口氣。她說有人點了自己，簡直高興極了，可凱斯卻並沒有和她發生什麼事。因為這裡的動物都帶著一種提不起勁兒的感覺，完全不像中心城市那樣生機勃勃。

　　當這檔事都讓凱斯覺得自己打不起精神來時，凱斯只好在自己所住的賓

館之中獨自早早上床睡覺。醒來時他依然感到無聊，吃完早飯就在公寓裡找了一個活潑、豐滿的矮個子姑娘草草了事，完事後就把她打發走了，自己接著睡覺。

他睡到午飯時間，忽然就上街去幫辦公室旁邊的書店老闆買禮物——儘管他懷疑他不過是用書店的幌子，在進行某種見不得人的交易——但是這不是他應該管轄的範疇。

凱斯還給穿灰白色內褲的胖女傭買了一條圍巾，讓她感激得不知道怎麼做才好，一個勁兒地擁抱他。這下子又勾起了他對中心城市那個畫著濃眼妝妓女的欲火，最終並促使他訂了回去的機票。

回到了中心城市後，凱斯驚奇地發現，對面的演員招募竟然還沒有結束。那種有一點幸災樂禍又有一點看熱鬧的情緒，再一次湧上了他的心頭。他以最快的速度放下行李，連禮物都沒有來得及給旁邊的那個書店老闆，就迫不及待地去黑市找露西。遺憾的是，凱斯沒有找到露西。

露西的兔頭夥伴告訴凱斯，露西前幾天被幾個大人物帶走了，看這些西裝惡魔身上戴著的徽章，她可以確定他們是坎貝爾家族的人。

是的，這些凱斯熟悉的傢伙們，在小丑死神降臨到這個世界之後，搖身一變，重新變成了這個世界的鑽營者。雖然凱斯不知道他們的操作過程，但是他知道這些人背後，一定還是有某些見不得人的勾當。

據露西的兔頭夥伴描述，那天晚上，一幫已中年的軍方大人物，把黑市的妓女扣在一家旅館裡，她不說「認輸」兩個字就不讓她走。之前露西的幾個相好，賽洛應該也認識，這幾個人喝得醉醺醺地去找那幫人打架，要把她救出來，賽洛說什麼也不願意跟他們去。

凱斯知道，倒不是說賽洛本身沒有血性，而是那傢伙本身對電子產的興趣要比女人大得多。在小丑死神成為這個世界新的主宰者之後，這個世界忽然多了很多新鮮材料，就這些東西就夠他研究一陣子了。

因為這件事，凱斯決定還是出面去和坎貝爾家族的那幾個傢伙交涉一番，畢竟他從來都不是那種見死不救之人。

他決定去找賽洛，讓賽洛幫助自己引薦「黑鷹」那幾個管事的傢伙，畢竟只有這幾個傢伙，能和坎貝爾家族在紐約的軍方勢力對話，雖然凱斯也不太喜歡這幾個人。

　出於對朋友的道義，賽洛很爽快地答應了凱斯，他最近研究出了一些程式，隱隱有些黑白通吃的跡象了。凱斯很感激自己能遇到賽洛這樣的朋友，因為賽洛現在的生意已經滲透進坎貝爾家族，所以「黑鷹」的這些傢伙對他也客氣了許多。

　在凱斯提出了自己的想法之後，賽洛很快就答應了凱斯，他們一起來到了黑鷹的總部。

　「我為什麼要僅僅為了救她出來，而給自己惹麻煩呢？」塞爾達傲慢地質問道，「畢竟，我聽說，我兄弟互助會裡一個重要的兄弟看上了她。」塞爾達晃動著自己那顆黃鼬腦袋，用尖銳的聲音對凱斯和賽洛說道。

　「據我所知，我兄弟不過是要讓那個叫露西的妓女說出『認輸』兩個字，才肯放她走而已。」

　「說『認輸』。」他們對她說。

　「你們所謂的認輸，是讓她出賣靈魂，而她是個有尊嚴的妓女。」凱斯冷冷地瞪著塞達爾的腦袋，覺得塞爾達搖頭晃腦的樣子，顯得十分可笑。

　「你還是不明白，你這個邋遢的偵探，那個妓女不應該有她身分不該有的尊嚴，他們不過是想給她一點教訓，因為她得罪了坎貝爾的客人，她不服從『夜鷹』的規定。」

　「去你媽的規定。」凱斯恨恨地罵了一句。

　「別這麼不識時務好嗎？」塞爾達露出了一絲嘲諷的笑意，沒有得到足夠的教訓，他們是不會放她出來的。

　凱斯聽著眼前這個黃鼬腦袋的話，忽然有一點明白自己為什麼會看上露西了，這個女人和自己一樣，有著某種不會屈服的倔強。

　他和賽洛對視了一眼，很顯然的，賽洛也明白了凱斯在想什麼。

　「不！這樣也沒有用！我們的話根本進不了她的腦子裡去，我們要她說『認輸』，需要那個女人低頭，但是她一點都不在乎。他們必須讓她心服口服之後，才會放她出來，同時也會讓其他人知道，對抗這些大人物一點好下場也沒有。」

　「發動軍隊去對付一個手無寸鐵的妓女，你們可真夠厲害的。」凱斯的話裡不無嘲諷。

　「冷嘲熱諷並不能改變什麼，出於某種真心的建議，凱斯，我說真的，

勸服她才能讓她少受一點苦——如果她真的是你的相好的話。我說真的，你應該能做到這件事。」黃鼬腦袋的塞爾達望向凱斯，似乎在等待他鬆口。

「你們現在也只有對付一個妓女的能耐了。」凱斯恨恨地說。

「我不介意你說什麼，但是你的朋友必須為她的所作所為付出代價。據我所知，她對我的兄弟一點也不在乎，這一點弄得他心煩意亂，她看起來對什麼都不在乎，甚至當他們威脅說要把她從窗戶扔出去時，她也無所謂。她竟然敢對伺候坎貝爾這件事感到厭倦，她只不過是和另外兩個姑娘一塊來供他們尋歡作樂的。她告訴我的兄弟，這一切全都這麼難以理解，這麼令人厭煩。」

「他們喜歡這種桀驁不馴的女人，所以他們不會那麼快就讓她死去的。」塞爾達微微一笑，努力表現出一副運籌帷幄的模樣。

「走吧！我帶你去見她，記住你的任務，這樣至少能讓她少受一點苦。」黃鼬腦袋的塞爾達抓起桌上的衣服，開門帶著凱斯和賽洛出去。

兩人跟著塞達爾來到了坎貝爾關押露西的地方。

凱斯看見露西馴順而麻木地坐在長沙發上，神情恍惚，嘴微微張著。她所有的衣服都扔在地板的一個角落裡，彷彿從亙古的時期她就已經坐在這裡了，如果沒有人打擾的話，她還會一直在這裡坐下去。

「瞧瞧你這副髒樣。」賽洛突然說出了一句話，打破了平靜。塞爾達走上前去，似乎在跟站在屋子之中的軍官驢頭鄧巴，解釋凱斯和賽洛的來歷。

「這樣也好，畢竟死神大人規定了，這個世界不允許有惡性事件發生。如果你幫我們勸服她的話，那倒是件大好事。」長著驢頭的鄧巴，冷冷地掃了凱斯和賽洛一眼，走到了一邊坐下，點燃了自己的高級雪茄。

「我們幫你勸服她？恐怕得把這個『服』字去掉。」凱斯反問了一句，他想要把這軍官的銳氣給挫了下去。

「你是在故意重複我說的話嗎？偵探先生。大主宰只是規定了不能發生惡性事件，卻沒有禁止我揍你。」鄧巴的驢眼之中閃著寒光。

「我要揍你一頓。」露西突然重複著這句話，然後看著鄧巴的驢頭哈哈大笑，將整個屋子裡的人弄得莫名其妙。

「德國間諜？我是個美國上校。」凱斯突然明白了露西笑的原因。

老實說，鄧巴這個驢頭，他看到時也覺得十分好笑。

「我想我知道她的原因了。」凱斯忍住笑意，「這個女人絕對沒有對鄧巴上校不敬的意思，她只不過是對現在這種狀況不太適應……對！」凱斯十分用心才沒有讓自己笑出聲來。

老實說，面對鄧巴這樣一張長了驢頭的臉，任何一個人都沒有辦法屈服順從，沒有辦法不流露出一絲一毫的鄙夷神態來，尤其是露西還是帶著一點倔強和驕傲的姑娘。

■ Chapter 124

「真該死！」帶凱斯和賽洛兩人過來的塞爾達，明白了凱斯和露西的意思之後，雖然內心極為惱怒，不過還是很有禮貌地勸誡他們倆。

「我想，露西小姐還是應該道個歉的。不過，鄧巴上校也不是什麼小肚雞腸的人。」塞爾達努力做出一個體面人該有的樣子。

「當然要道歉，我們再蠢也不會蠢到以卵擊石，你們放心。」賽洛笑了笑，「大不了下次你們需要的那些東西，我以更低廉的價格賣給你。」

凱斯明白，他們這邊已經開出了自己的條件，就剩下的對方的態度了。

「那麼，現在，露西小姐，你去向鄧巴上校道歉吧！就現在，當著我們大家的面。」黃鼬頭塞爾達努力表現出一副循循善誘的模樣。

說話間，凱斯已經將露西從地上拉了起來。

「好吧！既然是這樣，那我道歉。」露西站了起來，忍住不去看鄧巴那張臉，省得自己忍不住笑出聲來。

「盯著地面上的某一處，這樣他就會以為你是因為畏懼才會如此虔誠。」凱斯在拉起露西的一瞬間，附在她耳邊低聲說了一句。

「好吧！」露西垂下頭，努力不去看鄧巴的那個驢頭，以免自己因為忍不住而再次笑出聲來。

她按照凱斯的指示，來到了鄧巴的面前。

「那個……」露西深吸了一口氣，隨即馬上又想起了凱斯告訴自己的那個方法，立刻盯著眼前的那個小塊地方，努力讓自己表現出順服又虔誠的樣子來。

「我想，我應該向您認輸的，鄧巴上校，是我的錯。」露西憋住笑，盡量不去看他那張驢臉，終於一口氣把這句話全部都說了出來。

「算了算了。」驢頭鄧巴擺了擺手說，「既然你都已經道歉了，你可以走了。」

「謝謝鄧巴將軍。」露西又深深吸了一口氣，兩肩聳動顫抖下，終於將這句話說完了。凱斯幾乎不用看露西的表情，僅僅從聲音就能判斷出她到底在想些什麼。

「好了好了，既然是這樣，那我們就走了。」黃鼬塞爾達看著幾個人憋著笑的古怪表情，眼裡露出了一絲疑惑，趕緊將幾個人拉著離開。

「以後再對鄧巴將軍登門道謝。」塞爾達看著眼前的幾個人，皺了皺眉頭，說了一句客套話。

「走吧！」鄧巴上校揮了揮手，塞爾達連忙抓起桌子上的外套，帶著幾人離開了。

四個人幾乎用最快的速度回到了「黑鷹」大本營，黃鼬腦袋塞爾達坐了下來，將自己的大衣重新掛在了掛衣鉤上，掃了掃眼前的幾個人。

凱斯注意到，這個黃鼬腦袋的塞爾達，自始至終也沒有穿過這件衣服。

「我想，如果沒有什麼別的事情，我們是不是可以走了？」凱斯望著眼前的塞爾達。

「走吧！不過別忘了你答應我的交易。」塞爾達意味深長地望著賽洛。

「放心，你需要的資料，我一定會交到你手中。」賽洛點頭答應。

三個人一直走出了「黑鷹」總部那個五光十色的大門，凱斯才忍不住詢問賽洛這件事：「你到底又答應他什麼交易了？」

「只不過是國會政府官員的私人資料而已，他需要保留這些東西，在他們找麻煩的時候，用來解決自己的麻煩。總而言之，每個人都要有自己的生存方式。」賽洛攤了攤手，不以為意的說著。

「好吧！我有時候覺得有你這樣一個朋友真不是件壞事。」凱斯聳了聳肩，接過賽洛遞過來的煙。

「我想你應該也可以走了，露西小姐。」凱斯拍了拍露西的肩膀。

「謝謝你。」露西衝著凱斯微微一笑。

凱斯有一點慶幸，自己並沒有生著一個驢頭，不過凱斯望著大街上往來的人群，其中也不乏生著動物頭的同類，但卻不像生著驢頭鄧巴將軍那樣好笑。

露西看著凱斯的眼神，明白了凱斯在想什麼，隨後她在凱斯的臉上輕輕一吻，發出了一聲咯咯的笑聲：「好吧！我要走了，回頭見。」

露西衝著凱斯和賽洛揮了揮手，輕盈地離開了。

凱斯摸著自己被露西親吻的臉頰，忽然覺得內心有一點異樣的感覺。一瞬間，他覺得自己想著的那一點事情有些噁心，甚至都忘了露西原本就是個妓女。

「好吧！雖然我不知道女人到底有什麼好，但是這件事總歸是解決了。我也得走了，凱斯，回頭見。」賽洛對著凱斯揮了揮手。

「回頭見。」凱斯回過神來，拍了拍賽洛的肩膀，「謝謝你。」

目送賽洛離去後，凱斯一路走回了自己的偵探所。大街上已經沒有那些來回晃動的動物頭了，只有幾張被撕毀的紙張，孤零零地落在地上，上面被踩上了幾個腳印，仔細看的話，還能看出來原來是那個自稱為影視公司的招聘廣告。

凱斯走到自己偵探所門口，看見那個長著熊頭的書店鄰居，衝著自己偵探所裡面努了努嘴。凱斯覺得有一點詫異，推開門時，他才看見裡面坐著兩個人。

「您好，請問有什麼是我可以幫助你們的？」凱斯疑惑地望著眼前坐著的兩個人，顯然他們是偵探所的來訪者。

兩人看見凱斯進來，放下了手中本來正在翻閱的宣傳資料，疑惑地望著凱斯。凱斯看著兩人的臉，舒了一口氣，總算今天自己不用再看動物臉了。

「我是說，我就是這裡的……偵探。如果你們願意這麼稱呼我的話。」凱斯向兩人介紹自己。

「是這樣的，我總是感覺到自己渾身冰冷，因為我最近生病了，對！是這樣的，但是我不知道我為什麼一直感覺到渾身冰冷。這是我的主治醫師，不！現在他不能算是個醫師，應該是個凶手，他叫丹尼爾，我懷疑他在我的藥裡摻了什麼可怕的東西。」

丹尼卡醫師猛地抬起頭來，憤憤地望著他，疑惑不解地問：「你說什麼，有本事你再說一遍。」

「好了好了！人們總是聲稱自己是無辜的，但是事實是否如他們自己所說的那樣，還需要偵探來進行一番調查。」凱斯擺了擺手，平息了兩人的怒氣，這兩個人顯然要打起來了。他實在不明白，剛才這兩個人是如何能心平氣和地坐在一張桌子上看資料的。

「你已經死了，內斯長官。」丹尼爾指著剛才說話的人重複道，「也許這就是你總是感到身體冰涼的原因。」

「你究竟在胡說些什麼？」凱斯注意到，一開始說話的那個人尖叫起來，顯然他就是那個叫內斯的傢伙。

　　凱斯聽著兩人的對話，忽然有一種不好的預感，這兩個人雖然沒有長著動物頭，但是這兩個人顯然精神有些不太正常。

　　「這是真的，長官，」丹尼爾接著說道，「我查過你的飛行記錄，記錄表明，你為了統計飛行時間，上了某架飛機，而且，你沒有跳傘降落，所以飛機墜毀時你肯定犧牲了。」

　　「你胡說！」內斯連忙上前，一副怒氣沖沖的樣子，似乎馬上要和對方打起來。

　　「是啊，內斯長官，」丹尼爾對此看起來毫不在意，「你居然還有體溫，你應該高興才對。」

　　「我要把這個犯上事件，原原本本地報告給軍隊醫務處，讓他們罷免你的職位。」內斯盯著丹尼爾的眼睛，惡狠狠地說著。

　　「就是我的上級通知我這件事的，」凱斯注意到那個叫丹尼爾傢伙攤了攤手，「陸軍部已經準備通知你的妻子了，我勸告您，在軍方就您的遺體安排做出某種決定之前，盡量少露面。」

　　「兩位，我想你們要開玩笑的話，恐怕找錯了地方。」凱斯皺了皺眉，打斷了兩人的談話。

　　「你這裡不是偵探所嗎？」內斯露出了奇怪的表情。

　　「是的，沒錯。」凱斯努力用禮貌的語氣回答著他。

　　「如果是的話，那就是了，我要委託你調查我死亡的真相。」內斯一本正經的對凱斯說道。

　　「那您得先把費用支付給我。」凱斯故意用戲謔的語氣回答他。他決定，如果這兩個傢伙繼續在這裡胡鬧的話，他就帶警察來趕走他們。

　　沒想到內斯竟然嚴肅地點了點頭，從錢包之中抽出了三張五百面值的鈔票遞給凱斯：「既然如此，那就麻煩了。」

　　凱斯怔怔地看著三張鈔票，觸摸到鈔票的瞬間他覺得，這些鈔票絕對是真錢，這回輪到他自己瞠目結舌了。

　　「我下周來詢問案情結果。」內斯拍了拍凱斯的肩膀，用語重心長的語氣說道，似乎把什麼了不起的事情委託給了凱斯。

　　「先生，不管你相不相信，我已經確證過了，您的確已經死了，作為一具屍體，您像現在這樣跑來跑去，恐怕不是什麼好事。」丹尼爾醫師忍不住

跟在他身後喋喋不休。

「如果你膽敢再多說一句，即使你是我的主治醫師，我也怕自己會忍不住要揍你。」內斯轉過頭，惡狠狠地盯著丹尼爾。

「您不能這樣質疑一位醫師的專業性，甚至這樣剝奪一位醫師的尊嚴。」丹尼爾醫師也不甘示弱。

「既然我們誰也說服不了誰，那一切以偵探先生的調查為準。」內斯收回了自己的拳頭，轉頭望向凱斯。

「好吧！」凱斯聽見他說得如此一本正經，只好也一本正經地點了點頭，就當是看在鈔票的份上，他心想著。

「我發誓我一定是看在鈔票的份上，才會理會這兩個瘋子的。」凱斯在電話之中努力向賽洛解釋著。

當然，他也把那個看起來氣嘟嘟的內斯給自己的三張面值五百的鈔票，分了一張給賽洛。不僅因為賽洛能幫他查找這個人的相關紀錄，還因為賽洛今天已經幫過他不少忙了。

「很顯然的，這個人並沒有動物化，所以從這個特徵來看，可以排除很多同名同姓的人。」畢竟，這個世界上叫內斯的人不在少數。

「是的。」凱斯一邊和賽洛通電話，一邊盡可能詳細地描述著這個人的特點，「他的朋友圈裡應該有個叫丹尼爾的傢伙，是個大夫，把條件縮小到這個範圍，應該會詳細很多。」凱斯解釋著。

「好吧！」賽洛一邊開著電話，一邊快速地在自己的系統之中查找著。「Yes！」賽洛那邊傳來了一陣驚喜的聲音，「我找到了！」

「快說來聽聽。」凱斯急切地答覆著。

「他的確不在活著的名單裡，確實在死亡名單裡。」賽洛向凱斯解釋著自己的發現，「得知內斯的死訊後，內斯的妻子梅利卡太太非常難過，當她收到陸軍通知內斯陣亡消息的電報時，她悲痛欲絕，尖厲的慟哭聲刺破了烏干達小鎮寧靜的夜空。」

「女人們前去安慰他，她們的丈夫也登門弔唁，而這個人的主治醫師，正是叫作丹尼爾。幾乎整整一個星期，這可憐的女人完全心神錯亂，隨後，她慢慢地恢復了勇氣和力量，開始為自己和孩子們多種前途做通盤打算，後來他們全家在丹尼爾醫師的幫助下搬到了紐約。」

「停！」凱斯打斷了賽洛讀的資訊。

「怎麼了？後面還有一大段呢！」賽洛有些不滿地嘟嚷著。

「這個人只不過是在死亡的名單裡，然而並沒有真正的確認死亡，真正通知他死亡消息的人，是這個丹尼爾醫師？」凱斯迅速地抓住了整段報導之中的關鍵疑點。

「反正報導裡是這麼寫的。」電話那頭的賽洛一邊掃視著眼前的資訊，一邊回答著凱斯。

「好，繼續讀下去吧！」凱斯一邊思考著整件事中的疑點，一邊要求賽洛繼續念著電腦螢幕上的資訊。

「冷酷的現實，的確使內斯的太太失去了自己的丈夫，不過她搬到紐約後，她的悲痛多多少少減輕了幾分，當然，包括她搬到紐約這件事，都和這件事有關。因為在烏干達小鎮之時，她收到了一份來自華盛頓的通知，那上面說，她的丈夫曾在紐約買過一份保險，而她本人和孩子們是她丈夫一萬元美金保險金的受益人，這筆錢她隨時可以領取。她意識到自己和孩子眼前不會挨餓了，臉上不禁露出一個無所畏懼的微笑，她的悲痛從此出現轉折。」

「能找到的消息就只有這麼多。」賽洛關掉了新聞，「剩下的可能需要你自己順著這個線索去查找了，畢竟我也不知道哪些資訊會對一個偵探有具體的用處。」

「這樣就已經很好了。」凱斯謝過了賽洛，賽洛隨後把網站的網址傳了過來，下面的連結裡有相關的新聞和具體事件的關鍵字，凱斯順著這些關鍵字，搜索到了很多自己需要的資訊。

就在第二天，退伍軍人管理局來函通知內斯太太，由於她丈夫的犧牲，她今後有權終生享受撫恤金，此外，還可以得到一筆二百五十元美金的喪葬費，來函內附著一張二百五十元美金的政府支票。

凱斯瞇了瞇眼睛，敏銳地察覺到了問題所在。毫無疑問，因為這些錢，內斯太太的前途一天天光明起來，同一個星期，社會保障總署來函通知她說，根據之前頒布的一條法令，她和由她撫養的十八歲以內未成年兒女，都可以按月領取補助費。

由於她和丈夫內斯育有四個孩子，所以除了保險理賠之外，她因為丈夫的死亡，還可以領取五百五十元美金的喪葬費。她以上述政府公丞作為丈

夫的死亡證明，申請兌付丈夫內斯名下的兩張金額均為十萬元美金的人壽保險單。

這些東西已經完全沖淡了內斯太太對丈夫死去的悲傷，她在亞瑟街的某處租賃了一所大房子，她和她的孩子們就在那裡住下了……

內斯太太的申請很快得到認可，各項手續迅速辦理完畢，每天都給她帶來出乎意料的新財富。她得到了一把保險箱的鑰匙，在保險箱裡找到了那幾張面值十萬元美金的人壽保險單，以及一萬八千元美金的現金，這筆錢從來沒有繳納過所得稅，而且因為內斯先生的死亡，現在永遠也不必繳了。

亞瑟街道附近的人很快注意到了這位富有、慷慨又優雅的太太，她很快在這裡有了許多新的女性朋友，這些女性朋友們的丈夫也開始和她調情。事情發展成這種結局，內斯太太開心極了，她甚至把頭髮都染了，又買了一些新衣服，讓自己看起來比實際年齡更加年輕。

她把剩下的錢存在銀行——因為保險公司的理賠，那筆驚人的財富仍在不斷增加，她不得不天天提醒自己，沒有丈夫來和自己分享這筆源源不絕的鉅款，是一件讓人十分開心的事。

當然，這些描述是從她的鄰居們口中說出來的，沒有人知道她們這樣說是不是出自某種詆毀的需要，總而言之……

凱斯省略了隨即而來大段大段關於內斯太太的描述，直接跳到了中間的部分，他知道這件事情能夠被如此詳細地描述出來，一定是其中發生了某些意外。他順著連結下面的關鍵字點了進去，發現了更多的消息，這個消息是保險公司發布的，是一則訃告，關於內斯太太的訃告。

「紐約亞瑟街的某一家出租屋內，一位四十多歲的內斯太太於清晨死在自己的房間之中，據警方堅定表示，這位太太是飲酒過量自然死亡，在銀行尚有著三十萬的保險理賠和十萬元存款收益，希望受益人能迅速來認領。」

凱斯關掉了這個網頁，隨即又打開了另外一個網頁。

這個網頁裡面有對內斯太太大女兒的採訪，顯而易見的，她對自己的母親獨占所有財產，並沒有填寫受益人，導致自己無法獲得財產的事情感到十分不滿，她向採訪自己的那位長著狐狸頭的記者透露了一個關鍵資訊。

就在內斯太太漸漸聽天由命地接受了丈夫的死亡事實後，便舉家搬到了紐約亞瑟街道。此時她遇到了一個人，這個發現猶如一個晴天霹靂——這個

街道上的行人當中，有一位長相酷似她已經亡故的丈夫，這件事把內斯的太太驚得目瞪口呆。

所以，她們有理由懷疑自己的父親內斯還沒有死亡，所有的一切都是一個意外。只要確認內斯還沒有死亡，這些保險的受益人將會重新變成內斯，但是據她女兒所說，他們遇到那位酷似內斯的人，看起來精神有一點不太正常。

凱斯梳理著自己查找到的資訊，用邏輯推想著這些資訊之間的關聯性。

從自己昨天看到的情況來說，這個叫內斯的人顯然還活著，而他身邊還跟著一個關鍵人物——當初在軍隊之中為他治病的丹尼爾醫師。

凱斯將昨天那個叫內斯的人給自己的錢，從自己的錢包裡抽了出來，他仔細看了看鈔票後發現了一些端倪，其中一張錢的一角上，染上了一個紅印章的痕跡。

凱斯用放大鏡看了看上面染上的紅印章，發現這個印章的字跡放大了之後，正是丹尼爾先生的名字。

很顯然，這些錢原來應該是屬於這個丹尼爾醫師的，凱斯迅速將整件事梳理了一遍，已經有了大致的想法。他走到桌邊，拿起來丹尼爾先生留在桌子上的一張寫著電話的卡片，撥通了上面的那串數字。

不出凱斯所料，電話很快就接通了，電話那頭傳來丹尼爾醫師的聲音，正是自己白天見過的那個人。

「我想，我知道你們希望我做什麼了。」凱斯不緊不慢地說出了自己的想法，「你們希望我能證明內斯還活著，好拿到那筆錢，成為合法的資金受益人。」

「你是一個很聰明的偵探。」丹尼爾醫師回覆著凱斯，肯定了凱斯的想法，鼓勵凱斯繼續往下說。

「但是很顯然的，內斯先生現在的精神不太正常，所以他需要有一個幫他理財的委託受益人。而這個受益人，如果是他曾經在軍中長期為他治病的丹尼爾醫師的話，一切就再合適不過了。」凱斯捋了一下思緒，緩緩說出了自己的想法。

「這些都是你自己猜出來的，但是我不得不說，你猜得很對。一開始，我也沒想過上報內斯先生死亡這件事，我只不過是在幫他做手術的時候，出

了一點小小的失誤。他在我這裡做了大腦的手術，很不幸的是，我想，有件事你應該知道，這種手術的風險一向很大，而那天又不知道發生了什麼事，這個世界突然變了⋯⋯」丹尼爾先生解釋著，說出了一個日期。

凱斯核對著這個日期，赫然發現這正是小丑死神降臨的日子。

「我明白了，我可以幫你確定內斯先生活著的這件事，也可以幫你找出證據證明這件事完全是意外，但是相對的，你必須像現在一樣照顧內斯先生，直到他死亡為止。」凱斯望著自己手中那兩張五百美元面值的紙幣，說出了自己的條件。

「這是一定的，因為如果內斯先生真的死了的話，這筆撫恤金也會停止供應的。」丹尼爾醫師一瞬間就明白了凱斯的選擇。

凱斯掛斷了電話，長長的舒了一口氣。

此時電話鈴聲突然又響了起來，凱斯本以為是丹尼爾有什麼要補充的注意事項，接起來才發現是之前那位鹿小姐打來的。鹿小姐告訴凱斯，她的珠寶在家中的某個角落找到了，原來是孩子們拿去玩的時候，不小心掉到沙發背後去了。

末了，鹿小姐還在電話裡給了凱斯一個飛吻，凱斯掛斷電話，點燃了一支煙，望著自由中心外面那些閃爍的霓虹燈，以及間或飛馳而過的汽車，忍不住在心中罵了一句：「這是個王八蛋的世界。」

當然，他的想法影響不了任何東西，就在凱斯轉身離去的瞬間，紅燈重新亮起，一名長著鳥頭的紳士開車離去。

不遠處的地鐵門重新關閉，在各種動物頭的人類的罵聲中重新啟動。

■ Chapter 125

　　時間一天天滑過，距離上次凱斯和米雪兒分開，不知不覺又過去了三個月，這三個月裡並沒有什麼新鮮事發生，凱斯也沒有接到什麼新的案子。他每天下午都躺在自己那個破了一個洞的沙發上，玩著自己手機上的那款遊戲。

　　他總是會卡在那個地方，就在自己要摸到那個女領隊的屁股時，遊戲網頁裡就會彈出某個關卡，讓凱斯去完成任務之後再過來。這個任務凱斯一次也沒有完成過——遊戲裡設計者似乎有意刁難針對，不管凱斯如何氣得跳腳，遊戲仍然卡在這一步。

　　自由港仍然還是小偷、妓女和騙子的天堂，只不過和莫斯特伯阿米克時代不同的是，當初他們的罪惡掩蓋在黑暗裡，現在他們的罪惡暴露在陽光下。大家換了一種方式生活，也很快就適應了，這些妓女、小偷、騙子很快就回到了他們熟悉的世界裡。中途有人找上門來，竟然花十元美金就請凱斯幫忙抓一個小偷，他們搞不清楚偵探和警察的區別。

　　凱斯看了看手機，米雪兒當初支付的三千元美金已經花了一大半，餘下的錢只夠支付偵探所下個月的房租了。在此之前，那個貓臉多莉一直對凱斯彬彬有禮，但是凱斯難以想像，如果自己沒有錢付這個租賃公司的租金之後，她會是一副什麼樣的嘴臉。

　　凱斯一邊想一邊打著自己手中的遊戲，遊戲卡在了同樣的環節，氣得凱斯將手機摔在沙發上。

　　門外再次傳來了敲門聲，凱斯有些訝異地站起身來。

　　他走到門邊，拉開門的一剎那，竟然看見瓊恩站在門外。瓊恩身邊站著山姆，自從凱斯他們和山姆分別之後，他就再也沒有得到過山姆和托比的任何消息，據說他們已經從聯邦警署辭職了。

　　瓊恩現在是自由港整個區的巡邏警員，他負責這個區的治安。但凱斯瞭解他，根據瓊恩的習性，他應該很快會和那些犯罪分子打成一片，在應該管制他們的時候對他們加以提醒，在他們鬧過火的時候對他們進行某種管制——這是瓊恩作為一個警員的生存哲學。

當然，那些已經和人類同化的動物，也在警署備案了，現在他們同樣受到瓊恩的管轄。

山姆遞給凱斯一個快遞包裹。凱斯有一點訝異，他已經很久都沒有和任何朋友聯繫過了，竟然還有人給他郵寄包裹。

「打開看看。」山姆雲淡風輕地說。離開警局之後，他似乎生活得不錯。瓊恩告訴凱斯，現在山姆的主要工作是在療養院照看托比，他在療養院認識了一位長頸鹿小姐，他們馬上就要結婚了。

凱斯看了一眼包裹上的郵寄者，發現寄包裹的人竟然是遠在馬普爾的格爾。格爾在和凱斯他們第一次分別之後，就回到了溫泉旅館，起先還發過一封電報給凱斯，說是自己對凱斯和瘀斑臉賭博的場景留下了深刻的印象，現在自己正在研究東方文化。但是凱斯當時並沒有把這封電報當成一回事，他的印象之中，格爾還是那個膽小怕事的人。

格爾寄給凱斯的東西，似乎是一本研究筆記，這本筆記上面剪貼了很多圖片，有些是從網上列印下來的，格爾把他們貼在了筆記本上。

「我們先走了。」山姆把筆記本交給凱斯，和凱斯打了一聲招呼，他現在看起來平和了不少。

凱斯點了點頭，接過了山姆遞過來的筆記，低頭翻看著格爾寄過來的筆記。這本筆記裝訂得十分整齊，但是模樣有些古舊，看樣子應該被摩挲過很多遍，扉頁上工工整整地寫著「東方文化研究」幾個大字。

凱斯翻了翻筆記，看見第二頁上寫著一個句子——愛比死更重。格爾在下面備註，說這是他很喜歡的某位作家死的時候，朋友們對他的評價，他說他要用這個句子來紀念他和凱斯、米雪兒他們之間的冒險經歷和那段友誼。

凱斯繼續往下翻，格爾在這個筆記本裡面，對東方文化做了非常詳細的注解和說明，他在裡面告訴凱斯，當初他們在瘀斑臉身上看到的那種瘀斑，是日本獨有的一種敷面文化，瘀斑臉的麻鞋是泰國的產物，但是瘀斑臉所穿的袍子則是印第安的款式。至於瘀斑臉唸出來的那些句子，有些是日本的俳句，有些則是來自遙遠的中國詩人，那是詩人們寫下的詩詞。

筆記裡還提到了他們在瘀斑臉那個大廳裡看到過的雕塑，這個源自東方的佛教文化裡面的文殊菩薩，掌管亡者，引渡亡靈，但是瘀斑臉他們卻對此頂禮膜拜，格爾在下面的注解之中，將瘀斑臉結結實實地嘲笑了一頓。

筆記後面純粹以介紹中國文化為主，凱斯在這本筆記裡看到了一個熟悉的畫像——自己當初在意識輪迴境之中看到的那個東方女精怪。格爾特別在這個精怪的名稱旁邊配了一幅圖，還寫了大篇幅的詳細注解。

凱斯驚異地讀著這個故事，發現自己在輪迴的平行世界裡所變的人，用中文發音應該叫「嫦娥」，而追逐自己的那隻豬形怪物，中文名則叫作「豬八戒」，他們當初進入的那片密林則叫蟠桃園，只不過當初他們進入輪迴看到凱斯變成嫦娥模樣的輪迴裡，不是蟠桃結果的時節。

凱斯仔細地將格爾給自己的筆記本認真地讀了幾遍，終於搞清楚了這中間的那些似是而非，或者說令人啼笑皆非的某些部分。

他從下午一直看到了黃昏，直到自由港對面那幾個霓虹大字又重新亮了起來。他看了看外面的天色，將筆記本和他那堆標註著「重要資料」的亂糟糟的檔案放在一起，拿起大衣，看了一下手機的電量，關上門，向「湯匙」酒吧的方向走了過去。

（全文完）

死神降臨

作　　　者／米高貓
美 術 編 輯／孤獨船長工作室
責 任 編 輯／許典春
企畫選書人／賈俊國

總　編　輯／賈俊國
副 總 編 輯／蘇士尹
編　　　輯／高懿萩
行 銷 企 畫／張莉滎‧蕭羽猜‧黃欣

發　行　人／何飛鵬
法 律 顧 問／元禾法律事務所王子文律師
出　　　版／布克文化出版事業部
　　　　　　臺北市中山區民生東路二段 141 號 8 樓
　　　　　　電話：(02)2500-7008 傳真：(02)2502-7676
　　　　　　Email：sbooker.service@cite.com.tw
發　　　行／英屬蓋曼群島商家庭傳媒股份有限公司城邦分公司
　　　　　　臺北市中山區民生東路二段 141 號 2 樓
　　　　　　書虫客服服務專線：(02)2500-7718；2500-7719
　　　　　　24 小時傳真專線：(02)2500-1990；2500-1991
　　　　　　劃撥帳號：19863813；戶名：書虫股份有限公司
　　　　　　讀者服務信箱：service@readingclub.com.tw
香港發行所／城邦（香港）出版集團有限公司
　　　　　　香港灣仔駱克道 193 號東超商業中心 1 樓
　　　　　　電話：+852-2508-6231 傳真：+852-2578-9337
　　　　　　Email：hkcite@biznetvigator.com
馬新發行所／城邦（馬新）出版集團 Cité (M) Sdn.Bhd.
　　　　　　41，JalanRadinAnum，BandarBaruSriPetaling，
　　　　　　57000KualaLumpur，Malaysia
　　　　　　電話：+603-9057-8822 傳真：+603-9057-6622
　　　　　　Email：cite@cite.com.my
印　　　刷／韋懋實業有限公司
初　　　版／2022 年 9 月
定　　　價／480 元
Ｉ Ｓ Ｂ Ｎ／978-626-7126-56-1
　　　　　　9786267126639（EPUB）

城邦讀書花園　布克文化
www.cite.com.tw　WWW.SBOOKER.COM.TW